Der junge Ben-Hadad, wie seine Vorfahren ein ›Kind des Löwen‹ aus der Dynastie legendärer Waffenschmiede, ist nach Ägypten gelangt. Er ist auf der Suche nach seinem Blutsbruder Joseph, der im heimatlichen Kanaan von seinen Brüdern an durchziehende Sklavenhändler verkauft wurde. Um seinen Lebensunterhalt in der Fremde zu verdienen, bleibt Ben-Hadad zunächst nichts anderes übrig, als sich in den Basaren als Brettspieler zu verdingen. Dabei steht ihm eine junge Frau zur Seite, die die Tücken und Schliche des Lebens in den Basaren genau kennt; Tuia hilft ihm nur allzu bereitwillig, denn sie hat sich hoffnungslos in Ben-Hadad verliebt.

Inzwischen nimmt der militärische Druck der Nomaden auf das geschwächte ägyptische Pharaonenreich weiter zu. Die Hauptstadt Memphis ist bedroht, aber Palastintrigen um den Wesir Madir und den obersten Truppenbefehlshaber Harmin schwächen die Abwehrkraft der Ägypter. Madir hat bereits von den außerordentlichen seherischen Fähigkeiten des jungen Joseph gehört, der in Memphis im Gefängnis sitzt, nachdem er von Potiphars Frau verleumdet wurde, und versucht den sonderbaren Gefangenen für sich einzuspannen.

Auch der blinde Schobai lebt in Memphis und tut als Schmied alles in seiner Macht Stehende, um die ägyptische Armee mit Waffen gegen die Nomaden zu versorgen. Wie sein Neffe Ben-Hadad ist auch Schobai ein ›Kind des Löwen‹, aber er ahnt nicht, dass Ben-Hadad sich in Ägypten aufhält. Doch auch Schobais rastlose Arbeit wird durch Intrigen hintertrieben und als seine geliebte Frau Meret entführt wird, bricht für ihn eine Welt zusammen.

Schließlich kommt es zur entscheidenden Schlacht um Memphis zwischen den Nomaden und den Ägyptern und ihr Ausgang führt zu einer unerwarteten Wendung für das Schicksal aller ›Kinder des Löwen‹.

Peter Danielson stammt aus dem amerikanischen Süden und ließ sich nach seinem Militärdienst mit seiner Familie in Kalifornien nieder. Erste schriftstellerische Arbeiten entstanden neben seiner früheren Tätigkeit als Journalist. Erst nach einer langen beruflichen Karriere als Musikmanager fand er zur Literatur zurück und schuf die mehrbändige Chronik der ›Kinder des Löwen‹. Bereits erschienen: ›Im Zeichen des Löwen‹ (Bd. 14348), ›Die Insel der Göttin‹ (Bd. 14349), ›Die Nomadenkönige‹ (Bd. 14672), ›Die Rache des Löwen‹ (Bd. 14812). In Vorbereitung: ›Der goldene Pharao‹ (Bd. 14893; Februar 2001).

Unsere Adresse im Internet: www.fischer-tb.de

Peter Danielson

Der Löwe in Ägypten

Roman

Aus dem Amerikanischen
von Brigitte Gruss

Fischer Taschenbuch Verlag

Deutsche Erstausgabe
Veröffentlicht im Fischer Taschenbuch Verlag GmbH,
Frankfurt am Main, Oktober 2000

Die amerikanische Originalausgabe erschien 1984
unter dem Titel ›The Lion in Egypt‹
im Verlag Bantam Books, New York

Satz: Pinkuin Satz und Datentechnik, Berlin
Druck und Bindung: Clausen & Bosse, Leck
Printed in Germany
ISBN 3-596-14813-3

Der Löwe in Ägypten

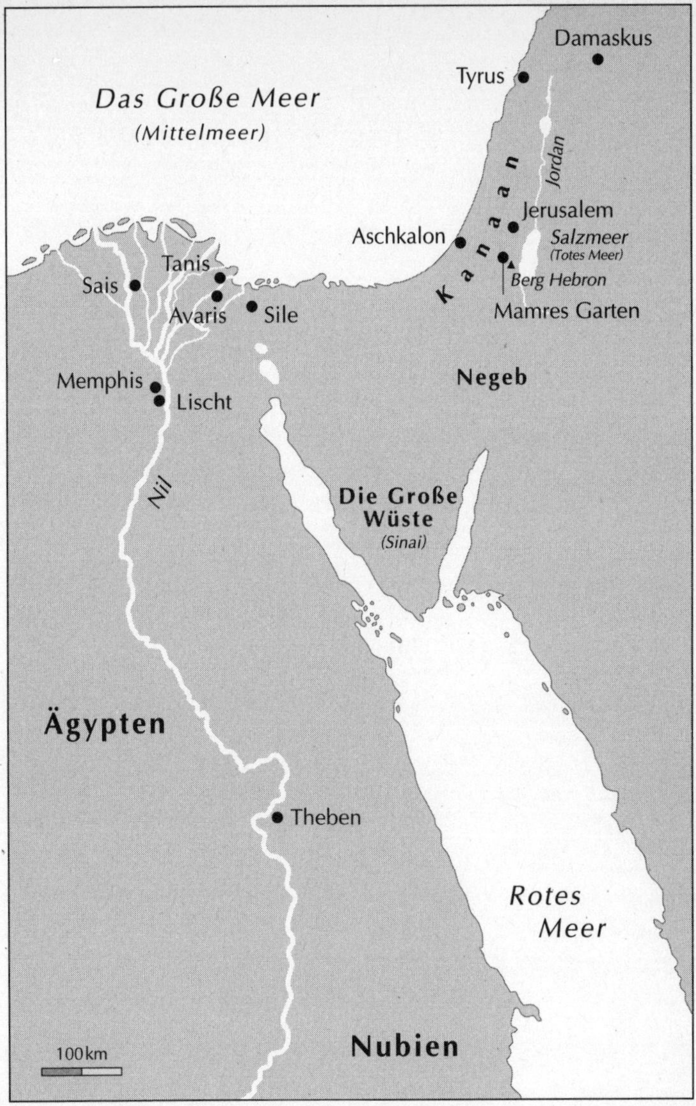

Das Große Meer
(Mittelmeer)
Damaskus
Tyrus
Jordan
Kanaan
Jerusalem
Aschkalon
Salzmeer
(Totes Meer)
Berg Hebron
Mamres Garten
Tanis
Sais
Avaris
Sile
Memphis
Lischt
Negeb
Nil
Die Große
Wüste
(Sinai)
Ägypten
Theben
Rotes
Meer
Nubien
100km

Verzeichnis der wichtigsten Personen

In Ägypten:

Anab	Kleiner Gauner mit entstelltem Gesicht und ein großer Freund
Baka	Ehemaliger Garnisonshauptmann von Athribis; erster Ehemann von Meret
Ben-Hadad	Neffe von Schobai, ein ›Kind des Löwen‹
Benu	»Der Phönix«: Anführer der ägyptischen Widerstandsbewegung gegen die Nomaden
Harmin	Oberster Befehlshaber der ägyptischen Armee
Hori	Junger ägyptischer Hauptmann, Vertrauter von Schobai
Madir	Allmächtiger Wesir am Hof des Pharao
Meret	Ehefrau von Schobai; Mutter der Zwillinge Teti und Ketan, der nächsten Generation der ›Kinder des Löwen‹
Potiphar	Hofbeamter des Pharao, oberster Küchenmeister
Salatis	Der goldene Pharao; er hieß als Nomadenherrscher Avaris und ist der Sohn von Manuk
Schobai	Der blinde Schmied; Onkel von Ben-Hadad; ein ›Kind des Löwen‹
Unas	Ägyptischer General; Freund von Schobai
Uni	Madirs Gefängnisaufseher

Auf der Nil-Expedition:

Akilleus	Anführer der Expedition, Freund von Schobai
Bukango	Afrikanischer Stammesfürst
Ebana	Ehefrau von Akilleus
Kimala	Junger Krieger, Sohn eines afrikanischen Stammeshäuptlings
Musuri	Ehemaliger moabitischer General; Freund von Akilleus und Schobai
Mtebi	Afrikanischer Name von Akilleus
Ramogi	Sohn von Bukango

Prolog

Den ganzen Tag lang war der glühend heiße Wind heulend über die ausgedörrte Wüste gefegt. Er erregte die Menschen, machte sie streitsüchtig und trieb sie oft an den Rand des Wahnsinns. Mit hereinbrechender Nacht schlief der Wind ein, und mit der abendlichen Kühle beruhigten sich auch die erregten Gemüter. Freundschaften, die tagsüber arg gelitten hatten, wurden im wohltuenden Licht des Mondes wieder erneuert; Mann und Frau, die sich noch vor einer Stunde feindlich gegenübergestanden hatten, brachen wieder gemeinsam das Brot und es herrschte Eintracht zwischen ihnen. Die Kinder hatten ihren Hunger gestillt und machten es sich – müde geworden – zwischen den Beinen der Eltern vor dem Lagerfeuer bequem. Über der wärmenden Glut kringelte sich der Rauch.

»Er ist da«, sagte jemand.

Plötzlich tauchte er am Rand des vom Feuer erhellten Kreises auf: Der Geschichtenerzähler war da, schlank und hoch gewachsen, mit schmalem Gesicht und weißen Haaren. Sein zerlumpter Umhang bewegte sich sanft im Abendwind. Ein Murmeln ging durch die Menge, als der Mann langsam näher trat, stehen blieb, sich umsah und den Blick seiner tief liegenden Augen forschend von einem Gesicht zum anderen wandern ließ. Schließlich breitete er die Arme aus, dass sich die Ärmel seines Gewandes bauschten. Mit sanfter Stimme begann er zu erzählen, zuerst flüsternd, dann immer lauter, und sein melodischer Singsang war weithin zu hören.

»Im Namen Gottes, des gnädigen, gütigen Gottes …«

Die Kinder schmiegten sich näher an die hochgezogenen Beine ihrer Eltern. Im Lager war es still geworden; alle wandten die Gesichter dem alten Mann zu, dessen aufrechte Gestalt hinter dem allmählich ersterbenden Lagerfeuer deutlich zu erkennen war.

»Ihr habt die Geschichte von den Nomadenkönigen vernommen, von jenen nomadischen Völkern, deren unübersehbare Scharen sich unbarmherzig durch das friedliche Zweistromland und Kanaan kämpften und Tod und Zerstörung mit sich brachten.

Ihr habt die Geschichten von den Brüdern Schobai und Hadad vernommen, den Waffenschmieden und ›Kindern des Löwen‹. Ihr habt gehört, wie Hadad von dem Verräter Reschef getötet wurde, aber durch seinen Tod seinen geblendeten Bruder und seine Heimatstadt rettete, und wie Schobai und die Ägypterin Meret ihn schließlich rächten.«

Vor allem die Frauen, aber auch die Männer und Frauen erinnerten sich noch gut an die Geschichte von der großen Liebe zwischen dem blinden Schobai und der schönen Meret, der Tochter eines ägyptischen Schriftgelehrten und Witwe des tapferen Garnisonshauptmanns Baka. Meret hatte den großen blinden Mann geheiratet und ihm Zwillinge geboren, zwei Kinder des Löwen, einen Jungen und ein Mädchen.

Mit lauter Stimme fuhr der Geschichtenerzähler fort: »Hört jetzt, wie es Hadads Sohn, Ben-Hadad, erging. Wie sein Vater war er ein Freund des kanaaitischen Patriarchen Jakob und der Blutsbruder von Jakobs Sohn Joseph. Dieser Ben-Hadad folgte seinem in die Sklaverei entführten Freund Joseph nach Ägypten, in der Hoffnung, ihn wieder in das Land seines Vaters zurückbringen zu können.«

Damit sicherte sich der Geschichtenerzähler vor allem die Aufmerksamkeit der jungen Zuhörer, denn die Geschichte von Ben-Hadad war bei ihnen sehr beliebt.

»Hört die Geschichte der tapferen, schönen Tuia. Sie war eine Waise und lebte auf der Straße, aber sie empfand eine tiefe Liebe für Ben-Hadad. Hört, wie sie und Ben-Hadad sich dem Kampf gegen die verhassten Nomaden anschlossen, die bis nach Ägypten in das Nil-Delta vorgedrungen waren. Hört von Akilleus, dem starken, riesenhaften Schwarzen, und von seinen Abenteuern an den Quellen des Nils, wo er Soldaten zum Kampf gegen die fremden Eroberer anwarb und Erz für Schobais Schmieden zu finden hoffte. Hört, wie vor den Augen des übermächtigen Feindes der Widerstand in den besetzten Ländern immer mehr zunahm.«

Seine Stimme wurde leiser. »Hört von den Kindern des Löwen und ihren Abenteuern im Land Ägypten.«

Kapitel 1

I

Leise und unauffällig bewegten sich die beiden gedungenen Mörder durch die überfüllten Straßen der noch im Bau befindlichen Stadt Avaris.

Rundum herrschte emsige Betriebsamkeit. Mit frischen Lehmziegeln beladene Ochsenkarren und solche mit Holz für die Zimmerleute machten einander den Weg streitig. Dazu kamen das kauflustige Volk, die Kaufleute, die Diebe, die Wachmänner und die Sklaven, die in Lumpen gekleideten oder völlig nackten Straßenkinder, die Huren und Kuppler und die allgegenwärtigen und von allen gehassten fremden Soldaten, die in ihren auffälligen Uniformen zu dreien und vieren an allen Ecken und in allen Durchgängen standen. Jeder versuchte sich mit Ellbogen, Knien und Fäusten einen Weg durch die Menge zu bahnen. Es herrschte ein ohrenbetäubender Lärm, und so hatten es die beiden Mörder nicht schwer, sich in der brodelnden Menschenmenge unauffällig ihrem Ziel zu nähern.

Am Stadtrand von Avaris endete der gerade Verlauf der Straßen, und ab hier war in der Anlage von Straßen und Häusern kein Schema mehr erkennbar. Das Stadtzentrum hatten Architekten mit diktatorischer Strenge nach geometrischen Richtlinien entworfen. Doch die Viertel jenseits des Zentrums gehörten – wie es in Ägypten immer üblich gewesen war – dem gemeinen Volk und ihre Entwicklung blieb dem Zufall überlassen. Schäbige einstöckige Behausungen aus Lehm oder ungebrannten Ziegeln, grob mit Schlamm verschmiert, reihten sich regellos aneinander. Die Straßen wanden sich zwischen Häusern und Hütten, als hätten sich die Ochsenkarren, die sie befuhren, willkürlich einen Weg gesucht oder das Wasser nach einem der seltenen Regenfälle im Delta. Hier draußen schienen die eleganten Tempeltürme, die im Stadtzentrum allmählich emporwuchsen, weit entfernt.

In diesem Straßengewirr verirrte man sich leicht. Sogar mitten am Tag konnte es geschehen, dass sich selbst erfahrene Reisende im Netzwerk der Straßen und Hinterhöfe verliefen und in einer unbekannten, oft gefährlichen Gegend landeten. Nach Einbruch der Dunkelheit steckten in den metallenen Halterungen Fackeln aus in Pech getränktem Schilf und verbreiteten ihr spärliches Licht. Doch dann wagten sich nur Ortskundige oder besonders Furchtlose hinaus. Das war ein ungeschriebenes Gesetz in Avaris.

Die Stadt Avaris wurde im fruchtbaren zwanzigsten Gau errichtet; noch zwei Sommer zuvor hatte es hier nichts als Ackerland gegeben. Das rasche Wachstum der Stadt zeugte nicht nur vom Fleiß der ortsansässigen Ägypter, sondern auch vom eisernen Willen von Salitis, dem Gründer der Stadt. Salitis, der Sohn des Nomadenherrschers Manuk, war noch in der wilden Bergwelt nördlich des Königreichs der Assyrer geboren worden und hatte viel von der Entschlossenheit und Klugheit seines Vaters geerbt. Unter Manuks Führung waren die nomadischen Hirtenkönige mit ihren Völkerscharen bis in das fruchtbare ägyptische Delta vorgedrungen.

Eine entsetzliche Dürre hatte die Nomadenvölker eine halbe Generation zuvor gezwungen, ihre Heimat zu verlassen. Quer durch das nördliche Zweistromland waren sie bis an die Grenzen des Hetither-Reiches gezogen, wo sie erstmals auf ernsten Widerstand stießen. Sie wandten sich nach Süden und verwüsteten Charchemisch und die Küstenstädte. Danach verlangsamte sich ihr Vormarsch und kam vor den Mauern der berühmten Stadt Ebla vollends zum Stillstand.

Die Belagerung von Ebla war zwar am Ende erfolgreich, aber sie hatte die Armeen der Nomadenkönige geschwächt, und nach dem Fall der Stadt gingen sie jeder Schlacht aus dem Weg, bis sie die Grenzen der Wüste Sinai erreichten; sie hielten sich an die Abmachungen, die Manuk mit Jakob, dem König der Kanaaniter, getroffen hatte. Auf dem Marsch durch das karge Ödland gingen nicht nur die gewaltigen Herden der Nomaden zugrunde, sondern auch ihre ehemals so schlagkräftige Armee war zu einem Bruchteil ihrer früheren Größe geschrumpft, als sie bei der alten Festung von Sile endlich die Grenzen Ägyptens erreichten.

Nach einem fürchterlichen Kampf war Sile schließlich gefallen, und die Nomadenkönige waren in Ägypten eingezogen. Das Königreich Ägypten war nach dem Ende der mächtigen Zwölften Dynastie in viele einander bekriegende Parteien zerfallen, sodass die Nomadenkönige sogar in ihrem geschwächten Zustand stark genug waren und die Oberhand gewannen. Sie hatten die letzten Heere des alten ägyptischen Reiches aufgerieben und aus dem Delta bis nach Memphis vertrieben. Damit war der Rest des Pharaonenreiches nicht nur vom Handel mit anderen Völkern abgeschnitten, sondern auch von den fruchtbaren Gebieten im Delta. Zwischen Memphis und dem Meer blieben nur kleine, aber hartnäckige Widerstandsnester erhalten, doch bald waren auch diese entweder ausgelöscht oder sie zogen sich in den Untergrund zurück.

Dieser zähe Widerstand aus dem Untergrund gab dem Erben Manuks zu denken und er sah ein, dass er die eroberten Gebiete nicht erfolgreich regieren konnte, solange er nicht die Herzen der Menschen erobert hatte. Daher legte er seinen früheren Namen Avedis ab und nahm den Status des gottgleichen Herrschers über das Königreich an; fortan nannte er sich Salitis, Pharao von Ägypten. Als erste offizielle Handlung gebot er die Gründung einer neuen Stadt, einer Hauptstadt, von der aus er herrschen würde. So war aus der nackten Ebene heraus Avaris gewachsen, das Zentrum des neuen Königreichs, eine Verschmelzung von ägyptischer Pracht und dem orientalischen Geschmack der Nomadenkönige; in den äußeren Randgebieten war nichts von all dem zu bemerken. Hier herrschte das unvermeidliche Chaos wie in allen schnell wachsenden Städten: formlos, gesetzlos, kraftvoll, gefährlich – ein Ort, an dem man über Nacht ein Vermögen machen oder es verlieren konnte, an dem man über Nacht zu Ruhm gelangen oder tief fallen konnte, an dem man tötete oder getötet wurde, ohne von den angeblichen Ordnungshütern daran gehindert zu werden.

Die gewundene Straße mündete in einen Platz, auf dem das übliche Gedränge eines lauten, schmutzigen Marktplatzes herrschte. Hier verharrte der Anführer der beiden gedungenen Mörder plötzlich und bedeutete seinem Begleiter, neben ihm stehen zu bleiben. »Wir haben Glück, Onuris!«, flüsterte er seinem Freund ins Ohr. »Schau, dort drüben beim Brunnen!«

Der Mann namens Onuris blickte in die angegebene Richtung. »Wo? Ich verstehe nicht, was …«

»Dort, du Narr! Die Soldaten! Schau doch nur!« Er packte den Gefährten ungeduldig am Oberarm.

»Aber Zosar, ich weiß nicht …«

Jetzt riss er die Augen auf und grinste. »Du hast Recht«, sagte er. »Was für ein Glück! Nicht nur eine von seinen Leibwachen, sondern alle beide! Und so wie sie aussehen …«

Zosar umklammerte Onuris' Arm noch fester. »So wie sie aussehen, hat jeder von ihnen bereits einen halben Krug Palmwein getrunken. Schau nur, wie der Große taumelt. Er kann kaum aufrecht stehen. Komm! Eine solche Gelegenheit darf man nicht ungenützt lassen.« Ohne sich umzudrehen, schlug er eilig einen Weg durch eine Seitengasse ein, fort von den beiden Soldaten. Onuris musste so dicht neben ihm gehen, dass er den Knauf des Dolches unter dem Gewand des Freundes spürte. Zosar führte ihn im Laufschritt durch die gewundenen Gassen und blieb erst vor einem behäbigen Tor aus fremdländischer Eiche stehen. Beim Anblick des Tors machte Onuris' Herz einen Sprung: Die betrunkenen Soldaten hatten es angelehnt gelassen.

Die Laken des Bettgestells, auf dem Hovsep saß, waren nicht mehr besonders sauber. Der Hauptmann einer Eliteeinheit der berittenen Truppen der Nomadenkönige war nackt und vom Palmwein berauscht. Auf seinen Knien saß eine ebenfalls nackte Tänzerin; sie schlang ihren Arm um seine Schultern. In einer Ecke des kahlen Raums saßen zwei Frauen in durchsichtigen Gewändern mit entblößten Brüsten und spielten auf einer sechssaitigen ägyptischen Lyra und einer Doppelflöte. Eine schlanke Tänzerin wiegte ihre Hüften im Rhythmus der Musik. Sie trug nur die gewebte Perücke der Prostituierten und einen Hüftgürtel aus Fayenceperlen. Sich windend kam die Tänzerin näher und zog sich verführerisch wieder zurück, jedes Mal wich sie dem ausgestreckten Arm des Hauptmanns gerade um Fingerbreite aus. Einmal streichelte er ihre nackten Hüften mit den Fingerspitzen, und sie lächelte aufreizend, während die Musikantinnen auf ihre Stimmung reagierten und das flotte Tempo der Melodie noch steigerten.

»Komm her, du kleines Biest!«, lallte der Soldat, warf sich nach vorn und stieß dabei die nackte Frau von seinem Schoß. Die Tänzerin sprang ausgelassen davon, und ihre Brüste wippten verführerisch. Hovsep erhob sich, schwankte trunken vor und zurück und streckte die Hand nach ihr aus. Schwerfällig näherte er sich dem Vorhang vor der Tür des Zimmers.

»Ahhh!«, stöhnte er plötzlich, hielt sich den nackten Bauch und taumelte zurück.

Die Musik stockte.

Hovsep drehte sich um und presste die Hände auf eine klaffende Wunde.

Die Tänzerin schrie auf. Die Musik verstummte vollends.

»Nein!«, rief eine der Frauen. »Verschont uns! Wir sind doch bloß ...« Hinter dem Vorhang traten hintereinander zwei Männer hervor. Beide hielten ein Messer in der Hand. Von einem Messer tropfte Blut. Der größere Mann lächelte hämisch und verbeugte sich. Hovsep versagten die Beine und er brach zusammen. Um seinen nackten, vom Alter gezeichneten Körper breitete sich eine Blutpfütze aus.

»Bitte!«, flehte eine der Frauen erneut und versuchte mit der Hand ihren Leib zu bedecken. »Tut mir nichts!«

»Beruhige dich«, sagte der größere Mann und wischte seine blutige Klinge am Vorhang ab. »Wir haben erledigt, weswegen wir gekommen sind. Beinahe zumindest.« Er warf einen Blick auf den sterbenden Mann zu seinen Füßen. Dann drehte er Hovsep mit dem Fuß auf den Bauch. »Pfui! Es tut mir weh, einen Abschaum wie ihn anzurühren. Was tut man nicht alles für sein Land!« Mit der geübten Hand eines Schreibers zeichnete er mit seiner scharfen Klinge auf dem nackten Rücken des Soldaten einige schwungvolle Linien. Starr vor Angst sahen die Frauen zu, wie auf dem Rücken des Soldaten die blutige Gestalt eines reiherähnlichen Vogels entstand.

Die nackte Tänzerin hielt die Hände vor der Brust und schnappte nach Luft. »Benu?«, fragte sie ungläubig. »Der Phönix?«

Der Mann mit dem Messer grinste zynisch. Sie würde dieses Gesicht nie vergessen: ein Habichtsgesicht mit scharf gemeißelten Zügen. Sein Nasenrücken war schmal wie die Schneide seines Messers, der Ausdruck seiner schwarzen Augen nicht zu deuten und sein Mund in bitterem Hohn verzogen.

»Der Phönix?«, wiederholte er. »Ich? Pech gehabt. Der ist weit von hier in Sicherheit. Aber wenn meine Hand einer giftigen Brut wie dieser hier ein Ende bereitet, so leiht ihr der Arm des Phönix sein Gewicht.« Er verbeugte sich mit sarkastischem Grinsen. »Wenn also die Wachen kommen, und sie werden kommen, dann könnt ihr ruhig sagen, dass euch Benu persönlich einen Besuch abgestattet hat. Es wäre nur eine etwas großzügige Auslegung.«

Er genoss es offensichtlich, sich vor seinen Zuhörerinnen aufzuspielen. Sein Freund zog ihn am Ärmel und wollte gehen. »Ich komme«, antwortete Zosar gereizt. »Euch beiden möchte ich noch etwas sagen!«, wandte er sich verächtlich an die nackten Tänzerinnen, die versuchten, ihre Scham mit den Händen zu bedecken. »Ich an eurer Stelle würde es mir zweimal überlegen, bevor ich mit den Fremden noch einmal herumhure.« Sein schiefes Grinsen war beleidigend. Die Frauen zitterten und drückten sich mit dem Rücken an die Wand. Er wischte noch einmal das Messer ab und verbeugte sich, diesmal noch tiefer als zuvor. »Man kann nie wissen, ob vielleicht ein Diener des Phönix hinter der Tür lauert. Und nicht alle von uns haben meine ...«

»Komm jetzt!«, mahnte sein Begleiter. »Wir haben keine Zeit zu verlieren!«

Im nächsten Augenblick waren beide verschwunden. Nur der mittlerweile tote Mann vor dem Bett erinnerte an ihre Anwesenheit. Am Rand der dunklen Blutpfütze sammelten sich bereits die Fliegen.

Zosar und Onuris gingen rasch davon. Onuris beeilte sich, den Gefährten einzuholen, und bemerkte mit Schrecken, wie erregt dessen Augen leuchteten, fast wie in sexueller Ekstase.

»Es hat dir gefallen, was?«, fragte Onuris. »Es hat dir nicht genügt, den Mann zu töten, wie es unser Auftrag war. Du musstest ihn verstümmeln und deinen Spott mit ihm treiben. Du musstest diesen Frauen Angst machen. Dabei haben sie nur getan, was ...«

»Ach komm!«, entgegnete Zosar verächtlich. »Schlampen!

Huren, die sich mit dem ärgsten Dreck wie ihm ins Bett legen. Sie waren diesem widerlichen Schwein zu Gefallen! Ich hätte ihnen die …«

»Sprich leise! Ich habe dir schon einmal gesagt, wir haben uns ihnen angeschlossen, um für die Freiheit zu kämpfen. Wir tun, was wir können, um die Nomaden zu vertreiben. Wir haben uns Benu nicht angeschlossen, um aus Vergnügen zu töten.«

Zosar mit seinen langen Beinen beschleunigte seine Schritte. »Bei allem, was heilig ist! Halte endlich den Mund! Du redest wie ein wehleidiger Schlappschwanz, der sich über die Würde und Rechte der Feinde den Kopf zerbricht, während …«

»Das tu ich nicht. Du weißt ganz genau …!« Onuris hatte Zosar am Arm gepackt und zwang ihn stehen zu bleiben. Dann drängte er den größeren Mann in eine Seitengasse und drückte ihn gegen die Mauer. »Ich nehme die Sache genauso ernst wie du, und du kannst mir nicht in die Augen schauen und dabei etwas anderes behaupten, stimmt es? Los! Was ist?« Der andere schwieg, und Onuris fuhr fort: »Ich bin aber der Meinung, dass es nichts bringt, wenn man mit ihnen seinen Spaß treibt, wie du es tust. Töte sie rasch und stehe nicht herum und demütige sie, während sie sterben, das ist meine Meinung.« Er schüttelte zornig den Kopf und suchte vergeblich nach Worten; seine Unbeholfenheit, sich auszudrücken, ärgerte ihn. »Außerdem riskierst du, dass man uns erwischt und am Ende tötet, wenn du danach noch lange dort bleibst.«

Zosar befreite sich aus der Umklammerung. Seine Augen funkelten immer noch zornig. Er griff nach seinem Dolch, überlegte es sich aber wieder anders. »Du hast ja Recht. Es ist gefährlich. Aber ich kann dir gar nicht sagen, wie sehr ich diese geilen fremden Schweine hasse!«

Gemeinsam traten die beiden wieder hinaus in die enge Straße, da streiften an der Ecke zwei Männer an ihnen vorbei, beide kaum älter als sie. Zosars Wut schwoll erneut. »Gebt Acht, wo ihr geht, ihr tollpatschigen Narren!«, fauchte er wütend und griff wieder nach dem Dolch. Einer der Männer drehte sich halb um, sah Zosar an, zuckte die Achseln und setzte seinen Weg ohne anzuhalten fort, tief in das Gespräch mit dem kleineren jungen Mann neben ihm vertieft.

Dass er ignoriert wurde, erregte Zosars Zorn aus irgendeinem Grund noch mehr. Fluchend sprang er den beiden nach, hielt jedoch unvermittelt wieder inne. Eine Dritter war plötzlich aufgetaucht und verstellte ihm den Weg. Der Mann war klein und schmächtig, und Zosar konnte weder jetzt noch später sagen, wo er so unvermittelt hergekommen war. Der Neuankömmling hatte eine Klinge gezogen und schien genau zu wissen, wie man damit umging.

Ein halbwüchsiger Junge? Oder etwa –?

Die Frau sagte etwas und plötzlich war alles klar. Zosar wusste nicht, ob er lachen sollte, und sah sie mit offenem Mund an. Wieso hatte er sie nicht erkannt? »Tuia!« Er ließ die Hände sinken. »Was in aller Welt machst du hier?«

»Das geht dich nichts an«, antwortete die junge Frau. Sie stand immer noch mit gezogenem Messer zum Sprung geduckt vor ihm. Zosar trat respektvoll einen Schritt zurück; im Viertel der Diebe war weithin bekannt, wie geschickt die Gassendirne mit dem Messer umzugehen verstand. »Lass die Hände von ihm! Hast du verstanden? Er gehört mir! Wenn du ihn auch nur anrührst, schneide ich dir die Ohren ab! Nein, nicht die Ohren, sondern deinen …«

»Schon gut, schon gut«, beruhigte Zosar sie; die Sache kam ihm plötzlich lächerlich vor. Das würde eine gute Geschichte abgeben, wenn er sie im Lager erzählte. Die Frau hatte ein schmales Gesicht, schlanke Hände und Füße, und unter ihrem formlosen Gewand zeichneten sich die Umrisse ihres geschmeidigen Körpers ab. »Keine Angst, ich tue deinem Liebsten nichts«, lachte Zosar und wollte Onuris zuzwinkern. Aber sein Gefährte war verschwunden. »Wo ist er denn hin?«

»Er hat sich aus dem Staub gemacht, und du tust gut daran, auch zu verschwinden, Zosar!« Ihre Augen blitzten, und sie drohte Zosar mit dem langen Messer. »Du hast ihn in Ruhe zu lassen, Zosar, vergiss das nicht. Ich bringe jeden um, der Hand an ihn legt, verstanden? Wenn du ihn anrührst, schneide ich dir die Kehle durch. Ich komme nachts, wenn du schläfst, und mach es. Glaub ja nicht, dass du dich vor mir verstecken kannst. Ich finde dich. Ich weiß schon, wie.«

»Schon gut, in Ordnung.« Zosar lachte und machte eine versöhnliche Geste mit den Händen, während er seinen Dolch in die Scheide schob. »Wenn er dir so viel bedeutet, ist mir das egal. Ich kenne ihn ja gar nicht. Ich habe mir nicht einmal sein Gesicht gemerkt. Wer ist denn der Tugendbold, von dem du so hingerissen bist? Ich muss doch wissen, von wem ich mich fern halten soll, wenn ich mir nicht deinen Unmut zuziehen will.«

»Er heißt Ben-Hadad«, antwortete sie.

Tuia hielt immer noch das Messer in der Faust, und ihre Augen funkelten zornig. Sie sieht gar nicht übel aus, dachte Zosar bei sich. Man müsste sie nur waschen und ihr etwas Ordentliches anziehen.

»Er wohnt hier im Viertel und spielt Senet im Basar *Zum Olivenbaum*. Damit verdient er sich seinen Lebensunterhalt. Jeder kennt ihn.« Während sie sprach, fuchtelte sie mit dem Messer herum. »Du sagst es besser deinen Freunden weiter, Zosar, falls du überhaupt Freunde hast. Jeder, der versucht, Ben-Hadad etwas zuleide zu tun, ihn ausraubt, ihn verprügelt oder ihm sonst etwas antut, der bekommt es mit mir zu tun. Verstanden? Er gehört mir!«

Zosar hatte sich bereits umgewandt und verschwand durch die schmale Gasse; die Sache amüsierte ihn immer noch, und er schüttelte sich vor Lachen. Tuia stand mit gespreizten Beinen da, die kleinen Füße in den Sand gestemmt, die Hände auf die Hüften gestützt und sah Zosar nach; schließlich verstaute sie ihr Messer.

Sie seufzte; ihr Zorn wich allmählich und machte einer nachdenklichen Schwermut Platz.

Wem willst du etwas vormachen? Glaubst du wirklich, dass dir das jemand glaubt? *Er gehört mir,* erzählst du jedem. Jedem, außer Ben-Hadad.

Und er? Er weiß kaum, dass es dich gibt.

II

Im Basar *Zum Olivenbaum* hatte sich bereits eine beachtliche Menschenmenge um das mit Seilen abgetrennte Podium versammelt, das man vor der Schenke aufgebaut hatte. Als der erste

Spieler mit seinem Begleiter auftauchte und sich lächelnd einen Weg durch die Menge bahnte, ging ein aufgeregtes Raunen durch die Zuschauer. Der kleinere Begleiter musste beinahe laufen, um mit dem raschen Schritt des anderen mitzuhalten. »Der Fremde!«, ließ sich eine Frau von weiter hinten vernehmen. »Der Fremde! Er ist ein Liebling der Götter.«

Ein Mann gab ihr Recht. »Ben-Hadad!«, rief er. »Ben Hadad!«

Die Menge teilte sich und ließ die beiden Männer durch. Der junge Spieler mit dem runden Gesicht stieg lächelnd auf die Tribüne. Er zog seine Sandalen aus, verneigte sich vor der Menge und setzte sich mit gekreuzten Beinen vor das Senet-Brett, das auf einem niedrigen Tisch bereits aufgebaut war. Der zweite Mann bedeutete den Zuhörern, still zu sein.

»Freunde!«, wandte er sich an die Menge und hielt die Hände hoch. »Heute haben wir etwas Außergewöhnliches für euch. Ben-Hadad, der beste Spieler in allen sechs Basaren, der Liebling der Götter und Meister im Senet-Spiel und im Palm-Spiel, spielt heute gegen ...«

»Gegen wen spielt er? Ich habe nichts verstanden!«

»Ruhe! Seid still!«, bat der kleinere Mann. Er hatte ein entstelltes Gesicht und sah immer so aus, als würde er abfällig grinsen. Er machte eine unwillige Handbewegung und fuhr beinahe kreischend fort: »Ich will es euch gerade erklären. Heute wird Ben-Hadad gegen den großen Khensu aus Sile antreten, den berühmten Senet-Spieler ...«

Seine Worte gingen im Lärm der Menge unter. Er wurde ungeduldig und blickte zornig in die Menge. Sein Favorit, der Fremde Ben-Hadad, saß entspannt mit vor der Brust verschränkten Armen auf dem mit Teppichen ausgelegten Podium und lächelte. Als der Lärm allmählich verebbte, verkündete sein Partner sein Angebot: »Hört, Freunde! Wer wettet mit mir, wem die Götter ihre Gunst schenken? Wer nimmt es mit mir auf? Wer gibt mir, sagen wir, sechs Ringe, um fünf zu gewinnen?«

»Sechs zu fünf?«, fragte ein gedrungener Mann in der vorderen Reihe ungläubig. »Sechs zu fünf gegen ihn? Wo Ben-Hadad im Laufe von sechs Monden nicht ein Spiel verloren hat? Für wie dumm hältst du uns? Entweder gleiche Einsätze oder gar nichts.«

Vom niedrigen Dach eines angrenzenden Gebäudes beobachtete der Kaufmann Wenis das Spektakel, das sich unten vor der Taverne *Zum Olivenbaum* abspielte. »Seit wann geht das jetzt schon?«, fragte er mit unverhohlener Neugierde. »Nach dem, was der Kerl in der ersten Reihe sagt, zumindest seit sechs Monden. Aber ...«

Hedschri, sein Diener, wartete, bis sein Herr verstummte und den Satz unausgesprochen ließ. Dann fügte er hinzu: »Soviel ich weiß, seit mehr als doppelt so lange, Herr. Der junge Mann traf hier unmittelbar nach Baubeginn der ersten Gebäude im Verwaltungsbezirk von Avaris ein. Angeblich hat er das Schmiedehandwerk gelernt, seine Ausbildung aber noch nicht abgeschlossen. Als dann die Nomaden verfügten, dass Fremde nicht in Handwerksbetrieben arbeiten dürfen, verlor der junge Mann seine Arbeit. Soviel ich in den Basaren gehört habe, war er beinahe am Verhungern, als er entdeckte, dass er sich ausgezeichnet auf die in der Stadt populären Spiele verstand. Er begann mit dem Palm-Spiel und ging sehr bald zum Senet über. In beiden Spielen hat er durchwegs nur gewonnen.«

»Hm.« Ein schmales Lächeln huschte über Wenis' vornehmes Gesicht. »In beiden Spielen, sagst du? Das ist interessant. Sehr interessant. Aber erzähl weiter!«

»Sofort, Herr«, antwortete Hedschri und beobachtete dabei, wie Ben-Hadads Begleiter einen zur Hälfte mit Kupferringen bedeckten Stab vor der Menge hin und her schwang. Diese Ringe stellten die wichtigsten Tauschobjekte in den Basaren dar, und der Junge animierte die Wettlustigen. »Vor ungefähr sechs Monaten traf dann Ben-Hadad mit dem Kerl mit dem hässlichen Gesicht zusammen, der jetzt den Stab schwingt.«

»Ja und?«

»Bis dahin hatte Ben-Hadad nur für Unterkunft und Verpflegung gespielt. Der Wirt der Schenke bezahlte ihn auf diese Weise, damit mehr Leute in seine Taverne kamen. Aber dann tauchte dieser Kerl auf, dieser Anab, der da unten die Wetten annimmt. Er freundete sich mit Ben-Hadad an, und von da an wurde alles anders.«

»Anab, sagst du? Den Namen muss ich mir merken. Erzähle weiter!«

»Es gibt nicht mehr viel zu erzählen. Anab und Ben-Hadad wurden Partner. Ben-Hadad ist angeblich Kanaaniter. Anab kümmert sich um alles. Er nimmt die Wetten an und zahlt sie aus und sieht zu, dass niemand stört. Somit hat Ben-Hadad nichts anderes zu tun, als zu spielen. Ihr habt ja gehört, Herr, er hat in der letzten Zeit gegen kaum einen Gegner verloren. Zwei von drei Spielen hat er immer gewonnen. Manchmal verliert er eine ganze Woche kein einziges Spiel, oft auch zwei Wochen. Manche behaupten, er würde nie auch nur ein einziges Spiel verlieren, aber von Zeit zu Zeit rät ihm Anab dazu, um der Wettquoten willen.«

»Glaubst du das?« Der Kaufmann lächelte zynisch.

»Nein, Herr. Ben-Hadad ist kein Heuchler. So etwas widerspricht seiner Natur. Falls es so wäre, Herr, würden doch die Götter ihm, einem ungläubigen Fremden, ihre Gunst nicht in dem Ausmaß schenken.«

Wenis brummte etwas vor sich hin. Abergläubischen Menschen diente das natürlich als nahe liegende Erklärung. Senet bedeutete »Hinübergehen«, eine Kurzform für »Hinübergehen in die Unterwelt«. Es handelte sich dabei um ein altes Spiel, in dem es um Glück und Geschicklichkeit ging, und das mit dem Übergang des Geistes eines kürzlich Verstorbenen in die nächste Welt zu tun hatte, mit den vielen Fallen und Wirrnissen, die zu überwinden waren, bis er zum ewigen Frieden gelangte. Für viele war Senet mehr als bloß ein Spiel. Der Wettkampf begann angeblich im Augenblick des Todes. Jeder Spieler hatte sieben Figuren – man nannte sie Tänzer –, die auf verschiedene Felder gesetzt wurden, die man Häuser nannte. Ein Spielbrett hatte dreißig Felder. Jeder der beiden Spieler bewegte seine sieben Tänzer durch diese Häuser, bis zu den Gefahren, die in den letzten fünf Häusern drohten. Die einzelnen Züge wurden durch das willkürliche Fallen von vier Wurfstäben bestimmt. Die jeweilige Konstellation dieser Stäbe erlaubte unterschiedliche Züge. Das Spiel beruhte zum Teil auf reiner Geschicklichkeit, besonders die komplizierten Züge am Schluss des Spiels, wenn ein Spieler versuchte, nicht nur seine Figuren in günstige Positionen zu setzen, sondern den anderen Spieler an ähnlichen Zügen zu hindern.

Wenis' starrer Blick ruhte auf dem jungen Handwerker mit den gelockten Haaren und dem runden Gesicht. Er hatte eine breite Stirn, breite Schultern und einen kräftigen Körperbau; er wirkte ausgesprochen gelassen.

Aber das war nicht alles, worum es bei diesem Spiel ging. Es kam nur teilweise auf Geschicklichkeit an. Der Rest beruhte auf Glück oder auf der Gunst der Götter. Ein Spieler, dem es immer gelang, seine Tänzer durch die Schrecken am Ende des Spiels zu manövrieren und sie vor den Figuren seines Gegners zum ewigen Frieden zu führen, erfreute sich augenscheinlich besonderer Gunst, zumal die einzelnen Felder auf dem Senet-Brett von den mächtigsten Göttern und Göttinnen regiert wurden.

Man muss sich vorstellen, überlegte Wenis mit leisem Lächeln, wie es auf die breite Masse wirkte, wenn die Götter ihre Gunst ständig einem Fremden, einem Andersgläubigen, schenkten. Kein Wunder, dass der junge Mann einige Berühmtheit erlangt hatte und in den Basaren und anderen Treffpunkten des Volkes in aller Munde war. Kein Wunder, dass er für sie ein Held war.

Wenis beugte sich vor, um den Gegner des jungen Mannes besser zu sehen. Khensu aus Sile betrat soeben den kleinen Platz, gefolgt von Anhängern und Freunden. Ben-Hadad war barfuß und trug nur ein Lendentuch; er stand auf und verbeugte sich höflich vor seinem Gegner. Dabei konnte man bemerken, wie muskulös Rücken und Schultern des Kanaaniters waren, ebenso wie seine Arme.

»Hedschri!«, rief Wenis, ohne den Blick von der Szene unten zu wenden.

»Ja, bitte, Herr!«

»Laufe doch in die Schenke nebenan und hole mir bitte einen kühlen Trunk! Und bringe mir einen Stuhl; ich will nichts von dem hier versäumen.«

Am Rand der Menge kletterte Tuia auf den Brunnen und stemmte sich gegen den Stamm des kleinen Olivenbaums, der dem Basar seinen Namen gab. »Anab!«, rief sie über die Köpfe der Leute hinweg. »Anab!«

Anab stand nur wenige Schritte von ihr entfernt, aber er hob den Blick nicht von der Tontafel in seiner Hand, auf der er rechnete. »Stör mich jetzt nicht, Tuia! Siehst du denn nicht, dass ich rechne?«

»Du denkst doch nur an Geld, an nichts anderes. Wie geht es ihm? Ist er in guter Verfassung?«

»Natürlich!«, antwortete Anab. Er hielt inne und blickte zu Tuia hoch. »Ich will, dass es so bleibt, hast du verstanden? Stör ihn nicht und ruf ihm auch keine Ermutigungen zu, wie du es neulich getan hast. Es lenkt ihn ab.«

»Aber er braucht mich, Anab. Er braucht mich neben sich! Ich bin sein Glücksbringer. Hast du nicht gehört, wie er das gesagt hat?«

Anab verzog sein hässliches Gesicht. »Es ist mir gleichgültig, was er sagt«, meinte er zornig. »Du hältst dich von ihm fern, verstanden? Ich möchte, dass er zum ersten Mal in seinem Leben wirklich viel Geld verdient und damit endlich bei den wichtigen Leuten hier in der Stadt bekannt wird. Wie aber soll mir das gelingen, wenn eine Gassendirne wie du ständig um ihn herumtanzt und den Eindruck zerstört, den ich erwecken will.«

In diesem Augenblick ging ein kurzes Seufzen durch die Menge und Anab drehte sich erschrocken um. »Das Spiel hat begonnen! Ich habe noch nicht alle Wetten platziert!«

Tuia beachtete ihn nicht, sprang vom Brunnenrand herunter und drängte sich durch die Menge. Sie war so klein und zierlich, dass sie einem durchschnittlich großen Mann kaum bis zur Brust reichte und kaum mehr wog als ein zehnjähriges Kind. Mühelos drängte sie sich nach vorn durch, und nicht einmal die Leute hinter ihr hatten etwas dagegen, da sie nicht groß genug war, ihnen die Aussicht zu verstellen.

»Ich bin hier, Ben-Hadad!«

Der junge Mann auf dem Podium zögerte; er hielt die vier Wurfstäbe in der Hand. Dann erblickte er sie und lächelte. »Tuia!«, sagte er und sprach dabei so sanft, als spräche er mit einem Kind. »Komm her zu mir! Ich kann jede Menge Glück gebrauchen, wenn ich gegen einen Meister wie Khensu spiele.« Er nickte seinem Gegner höflich zu. »Ich bin sicher, dass ein berühmter Senet-Spieler wie Khensu nichts dagegen haben wird, wenn mein Glücksbringer mir zur Seite steht, wenn ich mein bescheidenes Können mit seiner überlegenen Geschicklichkeit und seiner Erfahrung messe.«

Khensu wirkte zuerst erzürnt, aber Ben-Hadad verstand es, mit besänftigenden Worten Probleme abzuwenden. »Außerdem hat der große Khensu auch seine Skarabäen und Amulette mitgebracht, um sich vor Unglück zu schützen. Ich habe nur dich. Ich bin sicher, er hat nichts dagegen. Kann jemand für sie hier vorne Platz machen? Hier oben, neben mir!«

Die Menge teilte sich, Tuia schlüpfte durch und stellte sich neben die Tribüne. Ihr Herz klopfte zum Zerspringen. Vor Glück standen ihr Tränen in den Augen, als sie zusah, wie er die vier Stäbe auf den Teppich des Podiums warf und seinen Wurf begutachtete.

Alle vier Stäbe waren mit der gekennzeichneten Seite nach oben gelandet. Das bedeutete, er konnte fünf Häuser vorrücken und durfte noch einmal werfen.

Ben-Hadad lächelte in die Menge, ehe er seine Tänzer um die Ecke und in die nächste Reihe schob. »Seht ihr? Sie ist mein Glücksbringer. Wo wäre ich ohne sie? Speziell bei einem Gegner, wie der große Khensu aus Sile einer ist!«

Tuia strahlte. Dabei entging es ihr nicht, dass der junge Mann zuerst warf, bevor er seine Figuren weiterschob; somit konnte er die zwei Vorwärtsbewegungen in mehrere aufteilen, was die Spielregeln gestatteten. Er setzte eine seiner Figuren geschickt so, dass er eine wichtige Position blockierte; Khensu konnte jetzt kaum einen nützlichen Zug machen. Glück?, fragte sich Tuia. Ihre Hochstimmung war mit einem Schlag verflogen. Glück hatte nichts mit der Geschicklichkeit zu tun, mit der er seinen Wurf ausnützte. Sie wischte sich die Augen trocken; alle Freude war aus ihrem Gesicht gewichen, als sie begriff, dass er nur nett zu ihr gewesen war. In Wirklichkeit war sie ihm gleichgültig. Genauso hätte er sich auch gegenüber jedem anderen verhalten.

Sie wollte gehen, wusste aber gleichzeitig, dass sie es nicht übers Herz brachte. Was, wenn sie tatsächlich sein Glücksbringer war? Was, wenn sie sich irrte? Wenn ihm tatsächlich etwas an ihr lag?

Schweren Herzens blieb sie. Ich bin hoffnungslos in jemanden verliebt, dem ich vermutlich gleichgültig bin, sagte sie sich. Trotzdem bleibe ich und nehme es in Kauf, weil das alles ist, was ich auf dieser Welt habe. Brosamen, nichts weiter als Brosamen. Aber ich freue mich sogar darüber!

Oben auf dem Dach hatte Wenis das Senet-Spiel nicht für einen Moment aus den Augen gelassen. Wie vielen anderen Zuschauern war es ihm nicht entgangen, dass Khensus Züge allmählich ziemlich hoffnungslos wirkten. »Bei allen Göttern! Es ist nicht zu glauben!«, wunderte sich Wenis. »Jetzt kann er nicht mehr verlieren. Noch sechs Züge und das Spiel ist so gut wie vorüber. Schau nur, jetzt hat Khensu es bemerkt. Er sieht es!«

»Wirklich erstaunlich, Herr. Ich vergesse immer wieder, dass Ihr ihn zum ersten Mal seht. Anfangs traute ich auch kaum meinen Augen. Dabei dürft Ihr nicht vergessen, Herr, dass Khensu in der gesamten Grenzregion einer der besten, wenn nicht überhaupt der beste Spieler ist. Jeder kennt ihn, der sich für das Spiel interessiert. Der Kaufmann Schaschank hat in Sile eine Stele errichten lassen, die Khensu beim Senet-Spiel zeigt. Ein Wasserträger der Nomadenkönige hat mir erzählt, dass ...«

»Das ist *der* Khensu? Bevor Schaschank starb, hat er mir von ihm erzählt. Er sagte, dass sein Senet-Spieler für ihn in einem Monat mehr Geld verdiente als sechs Karawanen, selbst wenn sie die Basare von Ebla und Damaskus plünderten. Und hier sitze ich und schaue zu, wie ihn ein junger Mann nach allen Regeln der Kunst schlägt. Noch dazu sieht es ganz einfach aus bei ihm.«

»Ihr habt Recht, Herr«, antwortete Hedschri. Er neigte sich näher zu seinem Herrn und fuhr in leisem, schüchternem Tonfall fort: »Es ist Euch bestimmt nicht entgangen, Herr, dass der Partner und Beschützer des jungen Mannes nur dieser Anab ist.«

»Stimmt«, pflichtete Wenis ihm bei. Währenddessen arrangierten die beiden Männer unten auf dem Podium nach Ben-Hadads erstaunlich schnellem ersten Sieg das Spielbrett für eine weitere Partie. »Anab, sagst du. Erzähl mir etwas über ihn. Ein übler Genosse, was?«

»Richtig, Herr. Das Schicksal hat es nicht gerade gut mit ihm gemeint. Er ist ein uneheliches Kind, ein Findelkind. Diebe haben ihn aufgezogen und ihn schon als kleines Kind dazu benutzt, an den Außenwänden der Häuser der Reichen hochzuklettern und ins Innere der Häuser zu schlüpfen. Danach musste er das Tor öffnen und die anderen einlassen. Die stahlen dann, was nicht niet- und nagelfest war. Was sein Gesicht angeht, nun ja, er war bestimmt kein hübsches Kind. Aber bei einem der Raubzüge lief er einem Diener über den Weg, den die Hauseigentümer zurückgelassen hatten. Es kam zu einem Handgemenge. Der Diener hatte ein Messer und zerschnitt dem Jungen das Gesicht. Seither ist seine eine Gesichtshälfte unbeweglich. Sein Gesicht hat etwas Dämonisches. Nicht einmal die miesesten Huren im Basar rühren ihn an. Sie glauben, er bringt ihnen Unglück. Er ist verbittert, das könnt Ihr Euch vorstellen. Er duldete niemanden in seiner Nähe, außer den jungen Ben-Hadad. Anfangs hängte er sich wie eine Klette an Ben-Hadad; jetzt ist er sein Schatten und lässt keinen an den jungen Mann heran. Es ist jedoch so, dass …«

Wenis' Interesse war allmählich erwacht. »Nun, was wolltest du sagen? Los, spuck es aus!«

Hedschri war nachdenklich geworden. »Ich hatte einen Bruder mit einer Hasenscharte, Herr. Er war genauso hässlich wie dieser Anab. Er war verbittert, grob und übellaunig. Er ließ niemanden an sich heran, nur mich. Ich war klein und war keine Bedrohung für ihn. Vermutlich wusste ich als Einziger in unserer Stadt, dass sich mein hässlicher, jähzorniger Bruder abends in den Schlaf weinte, manchmal stundenlang. Er hatte natürlich keine Ahnung, dass ich wach war und ihn hörte, und ich habe mich nie verraten.«

Hedschri sah seinen Herrn erwartungsvoll an, musste aber feststellen, dass Wenis ihm nicht zugehört hatte. Der Kaufmann beugte sich bereits wieder über den Rand des Daches und verfolgte fasziniert das zweite Spiel. »Jetzt schau dir das nur an! Er ist bereits wieder in einer ausweglosen Situation! Und das bereits nach sechs Zügen! Es ist erstaunlich, einfach erstaunlich! Schau nur, Hedschri! Du musst für mich ein Treffen mit dem jungen Mann arrangieren! Ich bitte dich darum. Ein privates Treffen in meiner Villa, ohne den hässlichen Kerl. Der darf nichts davon erfahren! Ich möchte ihn so bald wie möglich sehen, aber sei diskret. Sei hübsch verschwiegen, ja?«

Hedschri wurde wieder förmlich und verbeugte sich. »Euer Wort sei mir Befehl, Herr«, versicherte er höflich.

Das Ende kam rasch und war überzeugend. Als es so weit war, konnte niemand mit Sicherheit sagen, ob es durch Ben-Hadads Geschicklichkeit, sein Glück oder das Pech seines Gegners herbeigeführt worden war. Doch das spielte nicht die geringste Rolle. Den Zuschauern blieb vor Staunen der Mund offen, als Ben-Hadad, der noch zwei Figuren im Spiel hatte, im Gegensatz zu Khensus einer, von hinten kommend den Sieg herbeiführte.

Khensu hatte ein gutes Mittelspiel gespielt, und sein Endspiel war viel versprechend gewesen. Doch zwei äußerst ungünstige Würfe seiner Stäbe zerstörten seine Aussichten. Sein letzter Tänzer stand auf dem günstigen Feld sechsundzwanzig, dem Haus der Schönheit, und Ben-Hadads zwei verbliebene Steine waren auf den Feldern achtundzwanzig, dem Haus der doppelten Wahrheit, und neunundzwanzig, dem Haus von Re-Atum platziert. Als Khensu die vier Stäbe das erste Mal warf, landeten drei der fingerförmigen Stäbe mit der verzierten Seite nach oben und der vierte mit der blanken.

Ein Raunen ging durch die Menge. Nach diesem Wurf rückte Khensu um ein Haus weiter; er landete auf Feld siebenundzwanzig, dem unglücksträchtigen Haus der Wasser. Sein Tänzer konnte hier ertrinken; damit wäre das Spiel beendet gewesen. Aber dieser Wurf verschaffte Khensu auch die Gelegenheit zu einem zusätzlichen Wurf. Der Spieler musste seine Figur erst nach dem zweiten Wurf setzen. Diejenigen, die auf Khensu gewettet hatten, schickten glühende Gebete zum Himmel.

Khensu hielt die Stäbe vor sich und sah seinen Gegner an, der ihm ruhig und entspannt gegenübersaß. Khensu schloss die Augen und ging in sich.

Dann warf er die Stäbe.

Zwei Häuser: Damit war sein Spiel zu Ende.

Khensu fluchte zornig. »Ich bin blockiert!«, tobte er. »Blockiert!« Ben-Hadad lächelte nur. Mit einer zornigen Handbewegung fegte Khensu alle Figuren vom Brett und gab sich damit sofort geschlagen. Er stand auf und bedachte den Sieger mit einem wütenden Blick. »Ich weiß nicht, wie du das angestellt hast, du fremdländischer Abschaum. Das riecht nach Zauberei! Das spür ich, seit ich von dir gehört habe. Ich werde es schon noch herausfinden, und wenn es das Letzte ist, was ich tue.« Er zeigte anschuldigend mit dem Finger auf Ben-Hadad, und seine Hand zitterte, so zornig war er. »Nimm dich in Acht! Man wird dich pfählen, darauf kannst du dich verlassen!«

Ben-Hadad schwieg. Die Zuschauer stießen ein Protestgeheul aus. In Basaren schätzte man es nicht, wenn einer nicht verlieren konnte. Begleitet von Buhrufen und Pfiffen bahnte sich der wütende Khensu einen Weg durch die Menge. Anabs Augen leuchteten. Ein grimmiges Lächeln entstellte seine bewegliche Gesichtshälfte, als er sich nach dem Stab mit den Kupferringen bückte, die die Wettlustigen im Vertrauen auf Khensus Glück und Geschick verloren hatten. »Freunde!«, rief Anab und versuchte mit seiner dünnen Stimme den Lärm zu übertönen. »Das war es für heute. Aber für den nächsten Markttag versprechen wir euch ein Spiel gegen den besten Spieler aus dem Fünften Nome. Ganz recht, gegen Wenamon aus Sais.«

»Wartet!«, meldete Ben-Hadad sich plötzlich zu Wort. Er hatte sich erhoben und gebot der Menge mit einer Handbewegung Ruhe. »Wartet, Freunde! Ich möchte um eure Aufmerksamkeit bitten!«

Anab wandte sich stirnrunzelnd um. Der Senet-Spieler blickte vom Podium aus auf die Menge hinunter. Seine breite Brust und die ausladenden Schultern waren mit Schweiß bedeckt, und die braune Haut schimmerte in der Sonne. Er lächelte unbekümmert, und aus seinen Augen sprach seine Zuneigung zu der Menge rund um das Podium. – »Freunde!«, rief Ben-Hadad nochmals.

Einige Antwortrufe wurden laut. Ein Mann fragte: »Was willst du jetzt? Du hast bereits einen Wochenlohn von mir bekommen.«

Ben-Hadad zuckte zusammen. »Darüber wollte ich mit euch sprechen. Wie viel haben wir heute verdient, Anab? Wie hoch ist mein Anteil?«

Anab schaute ihn finster an. Er antwortete nicht, sondern

hielt den Stab mit den Kupferringen hoch und deutete auf die Hälfte der Ringe. Ben-Hadad warf einen abschätzenden Blick auf den Stab und zählte im Geist. Ihr Götter im Himmel! Lasst nicht zu, dass er denkt, was ich glaube!, flehte Anab im Stillen.

Aber Ben-Hadad ließ Anabs schlimmste Befürchtungen wahr werden. »Wirt!«, rief Ben-Hadad. »Holt bitte jemand den Wirt für mich?«

»Um Himmels willen! Tu das nicht, du Narr!«, flüsterte Anab. Aber seine Worte gingen im Lärm unter – und es hätte nicht den geringsten Unterschied gemacht, hätte Ben-Hadad ihn gehört. Schon war das gerötete Gesicht des Wirts über den Köpfen der begeisterten Menge zu sehen.

»Hier bin ich, Ben-Hadad. Was wollt Ihr?«, fragte der Wirt.

»Es mögen an die hundert Leute hier sein, und ich wette, sie sind alle genauso hungrig wie ich. Kannst du für uns alle zu essen bringen? Brot, Wurst, Käse und Wein, würde ich sagen. Sagen wir für ...«, er überlegte kurz. »Für fünfzig Kupferringe?«

»Ja, doch, natürlich. Aber ...«

»In die Küche mit dir, mein Freund. Heute ist ein wunderbarer Tag und ich habe soeben großes Glück gehabt, das ich mit meinen Freunden hier teilen möchte!« Er lachte über den Wirt, dem vor Staunen der Mund offen stand. »Los! Verschwende keine Zeit! Bring das Beste, was dein Haus zu bieten hat!«

Anab stöhnte, aber sein Widerspruch ging in den lauten Hochrufen unter.

Tuia hatte eine Schale frisches Wasser aus dem Brunnen geschöpft. Vorsichtig, um nichts zu verschütten, balancierte sie die Schale und bahnte sich mit gespreizten Ellbogen einen Weg durch die dichte Menschenmenge. Vor dem Podium drehte sie sich um. »Ich habe dir Wasser gebracht, Ben-Hadad!«

Im selben Augenblick nahm Ben-Hadad vom Bedienten des Wirts eine Schale mit Palmwein entgegen und hob sie an den Mund. »Vielen Dank!«, sagte er, aber nicht zu Tuia. Und während sie Ben-Hadad zusah, stieß jemand an ihren Arm und schüttete dabei das kostbare Nass über ihr Gewand. Tuia trat einen Schritt zurück und stotterte: »Du ungeschickter ...« Aber wer immer sie gestoßen hatte, war bereits wieder verschwunden, ohne sie bemerkt zu haben, wie auch Ben-Hadad sie nicht bemerkte.

Wütend stieß Tuia einen leisen Fluch aus. Da endlich bemerkte Ben-Hadad sie. »Tuia!«, rief er. »Wieso bist du an einem heißen Tag wie heute patschnass?«

»Ich wollte dir ...«, begann Tuia, konnte aber nicht fortfahren. Mit finsterem Gesicht stellte sie die leere Schale auf die Tribüne.

»Kommt!«, rief Ben-Hadad. »Es gibt genug zu essen und zu trinken für alle! Bedient euch!« Als er dann einen Spätankömmling begrüßte, schenkte er ihm das gleiche Lächeln wie zuvor Tuia. »Herr! Ich lade alle zum Essen und Trinken ein. Bedient Euch!«

Tuia wollte gehen, drehte sich aber noch einmal nach ihm um. Das sieht ihm ähnlich!, dachte sie. Er verschwendet alles an andere, sein Geld, seine Freundschaft, seine Liebe!

Sie seufzte entrüstet, aber auch voll Sehnsucht. So war Ben-Hadad eben. Liebte sie ihn nicht gerade auch deshalb, weil er sich so unbefangen um andere sorgte? Er hatte ein so gutes Herz und war so selbstlos!

Verdrossen setzte sie sich auf einen Mauervorsprung der Schenke. Einen Wunsch hätte ich, dachte sie. Er könnte damit aufhören, seine großherzige Liebe und seine Großzügigkeit an die halbe Welt zu verschenken und mir dafür etwas mehr zukommen lassen.

Seufzend ließ sie die Schultern hängen. Wenn er doch nur sehen würde, was für eine warmherzige, liebende Frau sie war. Eine Frau, Ben-Hadad, kein Kind!

Aber so lagen die Dinge eben. An ihrem zehnten Geburtstag war ihr Onkel von den Soldaten der Nomadenkönige gefangen genommen worden. Seither war sie nicht nur ohne Eltern, sondern auch ohne Beschützer in den Basaren aufgewachsen. Vor aller Augen war sie groß geworden, aber immer noch hielten sie alle für ein Kind, ein Straßenkind, das davon lebte, was es von den Obsthändlern und Bäckern stehlen konnte, wenn diese gerade nicht hinsahen. Dabei war sie in jeder Hinsicht eine Frau, außer in einer. Bis jetzt hatte sie ihre Jungfräulichkeit stolz gegen alle verteidigt. Blitzschnell und wendig hatte sie ihr gefährliches Messer mit der langen Klinge zur Hand und wusste es geschickt zu gebrauchen. Damit hielt sie sich die aufdringlichen männlichen Geschöpfe in den Vierteln der einfachen Leute auf Distanz. Von diesem Gesindel sollte sie sich berühren lassen? Niemals!

Sie wusste genau, wer der Mann ihrer Träume war, der sie als Erster in sein Bett tragen würde, der an ihrer Seite liegen und sie lieben würde. Ben-Hadad, natürlich. Das hatte sie vom ersten Augenblick an gewusst. An ihm maß sie alle Männer, und kein anderer Mann war ihm noch gerecht geworden.

Am Rand der Menge sitzend, entdeckte Tuia plötzlich Anab. Aus ihm wurde sie einfach nicht klug. Er nahm gerade einen fremden Mann am Arm, zog ihn beiseite und verschwand mit ihm in einer schmalen Seitengasse. Geprägt durch das Leben in den Basaren, erwachte ihre Neugierde. Was führte Anab im Schilde?

Sofort verfolgte sie die beiden Männer, aber die waren verschwunden. Wohin mochten sie gegangen sein? Schließlich entschloss sie sich zu handeln. Mit Fingern und bloßen Zehen suchte sie in der Lehmmauer des Hauses an der Ecke der Gasse Halt und kletterte rasch auf das Dach. Oben angekommen bewegte sie sich geschickt weiter, wobei sie dem leisen Klang der Stimmen folgte. Gleich darauf spähte sie vom staubigen Dach eines Hauses hinunter auf die Köpfe der beiden Männer, denen sie gefolgt war. Sie neigte den Kopf und lauschte gespannt dem Gespräch.

Bald hatte sie heraus, dass es sich bei dem anderen Mann um Renefres aus Bast handelte. Er war ein Spekulant aus einem anderen Stadtviertel, einer jener wohlhabenden Opportunisten, die nach Avaris gekommen waren, sobald Salitis den Bau der Stadt beschlossen hatte. Renefres war nicht die Art von Mensch, die sich die eigenen feinen Hände freiwillig schmutzig machten. Er würde immer andere für sich arbeiten – oder stehlen – lassen. Von ihrem Standort aus war es Tuia nicht möglich, ihn zu sehen, aber sie konnte sich ihn gut vorstellen: Ein ausdrucksloses Gesicht mit seltsam leeren Augen, dafür Hände, die ständig in Bewegung waren.

Was sagten sie da unten?

»Du weißt natürlich, was du mit einem kleinen Kapital beginnen könntest. Warum sollst du dich mit unwichtigen Spielen, wie es die hier sind, zufrieden geben? Du spielst in den Basaren um Olivenkerne, könntest aber …«

»… ich verstehe nicht, was Ihr Euch vorstellt. Was ist für Euch drin? Denn falls ich Euch einen Anteil an den Einnahmen verkaufe, einen bestimmten Anteil von seinen Gewinnen, dann …«

»Ach komm, vergiss es! Mir geht es zur Abwechslung einmal um das Vergnügen. Ich habe genügend Geld. Es geht mir um die Spannung; darin liegt für mich der Reiz. Manchmal habe ich den Eindruck, dass du die Fähigkeit des jungen Mannes, sein Talent, wie immer du es nennen willst, unbedingt zur Bereicherung nutzen willst, um dich aus dem Schweinekoben, in dem du hier lebst, herauszuarbeiten.«

»Seid vorsichtig, was Ihr sagt!«

»Entschuldige, es tut mir Leid. Ich nehme es zurück. Aber ich bin dennoch der Meinung, dass dir etwas an dem aufregenden Geschehen entgeht. Der junge Mann, um den es hier geht, besitzt eine Gabe, die unbedingt genutzt werden sollte. Und du tust nichts dazu. Wenn ich nur daran denke, wie man diese kleinen Senet-Spiele, die du da inszenierst, aufziehen könnte! Wie man sie ankündigen könnte und wie sie ablaufen würden!«

»Meiner Meinung nach mache ich es nicht schlecht!«, verteidigte sich Anab.

»Nein, bestimmt nicht. Vor allem wenn man bedenkt, dass du keine Erfahrung auf diesem Gebiet hast. Aber stell dir Folgendes vor: Wenn du mir die Hälfte der Anteile verkaufst, die du an Ben-Hadad hast, würdest du die Wetten auf ihn nicht mit Dieben und armen Leuten abschließen, sondern mit Generälen! Mit Kaufleuten und den Nomadenherrschern!«

»Ich weiß nicht recht. Es klingt gut, aber …«

»Lass dir nicht zu viel Zeit, sonst verliere ich womöglich das Interesse.« Der Spekulant drehte sich um und stolzierte hochmütig durch die kleine Gasse davon. Dabei schwang er die feisten Hüften wie eine Tänzerin.

»Wartet!«, rief Anab. »Geht noch nicht! Überstürzt jetzt nichts!«

Als der Fremde gegangen war und Anab die neuen Ringe auf seinem Stab zählte – die Ringe waren jetzt aus Gold, nicht mehr aus Kupfer –, ließ Tuia sich von dem niedrigen Dach fallen und landete direkt neben ihm. Anab erschrak, wich zurück und tastete mit der freien Hand nach dem Messer unter seinem Gewand. »Tuia!«, rief er. »Wo in aller Welt kommst du her? Du sollst mich nicht so erschrecken!«

»Du sollst dich schämen, Anab! Du hast die Hälfte deiner Anteile an Ben-Hadad an diesen reichen Kerl verkauft, ohne Ben-Hadad zu fragen.«

»Wie kommst du auf so eine verrückte Idee!«, verteidigte sich Anab. »Es ging um eine Wette, das war alles.«

»Eine Wette? Seit wann hast du so viel Geld, dass du dich auf eine solche Wette einlassen kannst?« Sie deutete mit dem Kopf auf den Stab mit den Goldringen. »Das müssen an die zwanzig Goldringe sein! Ist das der Preis, um den man diese Woche seine Freunde verkauft, Anab? So weit ist es also gekommen?«

»Das geht dich überhaupt nichts an!« Anab wollte fort und versuchte den Stab mit den kostbaren Ringen zu verbergen. »Erzähle ja niemandem, dass ich so viel Geld bei mir habe. Ich muss ohnehin von Glück reden, wenn ich es lebend bis zum Geldwechsler schaffe, bei dem ich Gold hinterlegen möchte. Willst du, dass mir einer die Kehle durchschneidet?« Damit wollte er sich rückwärts gehend davonmachen.

Tuia folgte ihm und tastete dabei nach ihrem Messer. Anab blieb verärgert stehen und ließ ihre Hand nicht aus den Augen. Jeder im Viertel wusste ein Lied davon zu singen, wie schnell und geschickt sie mit ihrer Waffe umzugehen wusste; er hatte nicht die Absicht, sich vom Wahrheitsgehalt dieser Geschichten zu überzeugen.

»Hör mir zu«, redete Tuia weiter. »Viele Leute schätzen dich falsch ein. Sie halten dich für einen kleinen, schäbigen Betrüger, und so behandeln sie dich auch. Ich glaube jedoch, dass ein guter Kern in dir steckt. Bis jetzt hast du wahrscheinlich noch nie etwas wirklich Schlechtes getan. Du hast vielleicht mit dem Gedanken gespielt, aber bis jetzt war noch nichts. Wenn du das jetzt tust, Anab, dann …«

»Lass mich in Ruhe, Tuia! Erzähl mir nichts von gut und

böse! Ich will nichts davon hören. Ich muss zusehen, wie ich mich durchs Leben schlage.«

Der jämmerliche Ton, mit dem er sich verteidigte, ärgerte Tuia. Zornig packte sie ihn an den Haaren, zog das lange Messer unter dem Hemd hervor und legte ihm die scharfe Klinge an den Hals. Ihre dunklen Augen funkelten drohend. »Ich habe versucht, es dir freundlich klarzumachen«, presste sie durch die zusammengebissenen Zähne hervor. »Jetzt rede ich, wie ich gleich hätte reden sollen. Hör zu und vergiss ja nicht, was ich sage, Anab! Verstanden?«

»Was willst du?«, keuchte Anab tonlos und schielte nach der Klinge an seinem Hals.

»Noch ist es nicht zu spät. Du kannst diesem bemalten Knaben-Liebhaber das Geld zurückgeben und aus dem Handel aussteigen. Nach dem Gesetz ist ein Handel ohne Zeugen nicht gültig, aber du musst das Geld, das er dir gegeben hat, zurückgeben! Wenn du das machst, lasse ich dich in Ruhe. Aber niemand verkauft einen Anteil an Ben-Hadads Leben ohne sein Wissen und ohne seine Zustimmung. Hast du mich verstanden? Niemand! Du nicht und ein anderer auch nicht!«

»Bitte! Du tust mir weh!«, jammerte Anab. »Du hast mich geschnitten und ich blute.«

»Nein, tust du nicht. Aber wenn ich morgen höre, dass du den Handel mit dem Laffen nicht rückgängig gemacht hast, dann wird Blut fließen. Und gib ihm ja sein Geld zurück, hast du mich gehört!«

Anab schluckte und nickte. »Das mache ich, Tuia!«

Nachdem sie gegangen war, tastete Anab nach seinem Hals und wunderte sich sehr, dass seine Hand nicht blutig war. Seine Knie zitterten und sein Herz klopfte immer noch wild.

Das Geld zurückgeben? Wie konnte er das tun, ohne sein Gesicht zu verlieren, ohne ...

Er schüttelte den Kopf und stieß einen zornigen Fluch aus. Die Sache war nur die, dass sie Recht hatte. Er würde es büßen, wenn er nicht tat, was sie ihn geheißen hatte. Wenn er den Handel nicht rückgängig machte und den Beweis für seinen Verrat an Ben-Hadad los wurde, würde er eine schlaflose Nacht verbringen, gequält von Krämpfen und Blähungen, gegen die nichts half. In kalten Schweiß gebadet würde er das Morgengrauen erwarten. Er würde sich hassen und den Augenblick verfluchen, in dem er der Versuchung nachgegeben und auf die rastlose Stimme in seinem Inneren gehört hatte. Diese Stimme redete ihm ein, dass seit seiner Geburt alle seine Feinde waren und er das Recht hatte, sich an ihnen für die Ablehnung, das Gelächter und die Beleidigungen zu rächen.

Sie! Immer sie, die anderen. Wer waren die Menschen, die sein Leben unerträglich machten, die ihn allein ließen und unglücklich machten und zuließen, dass er sich als der hässlichste, einsamste Mensch auf der Welt vorkam?

Alle gehörten dazu. Alle, die je in sein verunstaltetes Gesicht geblickt und die Straßenseite gewechselt hatten, sobald sie ihn kommen sahen, um nicht zu nahe an ihm vorbeigehen zu müssen. Alle Frauen, die ihn angewidert zurückgewiesen hatten. Alle, die gelacht hatten. Alle, die mit Steinen nach ihm geworfen hatten, um ihn fern zu halten. Die ihm die Freundschaft verweigert und seine Liebe zurückgewiesen hatten. Die zwischen ihm und dem Rest der Menschheit einen unüberwindbaren Graben geschaffen hatten, dessen anderes Ufer er zwar sehen, aber nie erreichen konnte.

Anab verbarg das verunstaltete Gesicht in den Händen, um das Bild auszulöschen, aber vergeblich.

Er sah ihnen zu, beobachtete, wie sie Partner, Geliebte und Freunde fanden. Sie fanden sich zu Paaren zusammen, liebten sich, hatten Kinder. Alle, außer ihm, Anab. Wie er sie hasste! Wie er sie beneidete! Wie er sich an allen rächen wollte!

Doch da war eine Stimme in seinem Inneren, die fragte: An allen? Auch an Ben-Hadad? Er vertraut dir. Er hat dir noch nie etwas Böses getan. Er schaut dir in die Augen, ohne vor deiner Hässlichkeit zurückzuschrecken. Gehört er auch zu den anderen?

In dem Augenblick bekam er einen Magenkrampf. Er krümmte sich vor Schmerzen, und es dauerte eine Weile, bis er sich wieder aufrichten konnte. Er wankte zu einem Torbogen und erbrach sein spärliches Mittagessen.

Als er später mit zitternden Knien zurück auf den kleinen

Platz schlich, hatte sich die Menge verlaufen. Der Wirt kehrte den Unrat vor seiner Schenke auf und summte eine fröhliche Melodie.

Anab fragte mit heiserer Stimme leise nach Ben-Hadad.

»Der ist schon vor geraumer Weile gegangen«, antwortete der Wirt.

III

Avaris war die noch unfertige junge Hauptstadt der Nomadenkönige. Die Stadt war schlecht und unregelmäßig angelegt und galt als neu und unkultiviert. Das umliegende Land war seit vielen Jahrhunderten besiedelt. Die Villa eines reichen Mannes wie Wenis, der einer mächtigen alten Familie entstammte, war nach den alten Regeln der Baukunst errichtet. Formale Symmetrie, ein großzügiges, aber nicht aufdringliches Erscheinungsbild und anmutige Eleganz galten als erstrebenswert.

Ben-Hadad hatte in seinem ganzen Leben noch nie ein solches Haus gesehen. In Sile, der einzigen ägyptischen Stadt, die er bisher kannte, waren die Häuser der Reichen längst von den herrschenden Nomaden bewohnt. Gewöhnliche Leute von der Straße, so wie er, kamen nicht einmal nahe genug heran, um einen Blick auf die mit Bäumen gesäumten Mauern zu erhaschen.

Der Diener Hedschri geleitete Ben-Hadad durch das unbewachte äußere Tor des riesigen Besitzes, den Wenis von seinem Vater, einem adeligen Händler, geerbt hatte. Der junge Besucher bewunderte staunend die mit viel gärtnerischem Können gepflegten Anlagen.

Der Weg führte durch einen kunstvoll angelegten Garten. Blühende Sträucher – Oleander, Jasmin und Flieder – säumten einen klaren Teich. In seinem klaren Wasser spiegelten sich die mit grellbunten Lotusknospen bemalten Säulen der imposanten Fassade des Haupthauses. Hinter den niedrigen Sträuchern wuchsen hohe Maulbeerfeigenbäume. Noch ein Stück weiter oben bogen sich hohe Dattelpalmen im sanften Wind.

»Mein Herr bat mich, Euch in die Eingangshalle zu begleiten«, erklärte Hedschri. »Er lässt sich dafür entschuldigen, dass er Euch nicht vom Basar nach Hause begleitet hat. Er hatte hier dringende Angelegenheiten zu erledigen und musste sofort nach Eurem Sieg gehen.«

»Ich danke ihm für das Wohlwollen, das er mir entgegenbringt.« Sie stiegen die Stufen zur überdachten Veranda des großen Hauses empor. »Ich bin es gar nicht wert, dass ein großer Mann, wie der ehrenwerte Wenis es ist, von mir Notiz nimmt.«

Hedschri lächelte. Erstaunlich, wie gut der junge Fremde Sprache und Umgangsformen des Landes beherrschte. Kaum zu glauben, dass er erst seit zwei Jahren in Ägypten war. »Wie es auch gekommen sein mochte, Herr, Ihr habt seine Aufmerksamkeit erregt. Er hat sich schon lange nicht so begeistert von jemandem gezeigt.«

Ben-Hadad folgte dem Diener in die Empfangshalle. »Großartig!«, staunte Ben-Hadad anerkennend, fuhr dann aber sofort förmlich fort: »Ich bin dankbar, dass mich dein Herr mit seiner Aufmerksamkeit beehrt, aber ich verstehe nicht ganz, warum. Was kann ein reicher, mächtiger Mann wie der ehrenwerte Wenis Interessantes an mir finden? Ich bin nichts Besonderes, nur ein …«

»Nichts Besonderes!«, ließ sich jetzt eine Stimme von rechts vernehmen. »Hör dir den jungen Mann nur an, Hedschri!«

Ben-Hadad drehte sich rasch um. Ein gutmütiges Lächeln lag auf den edlen Zügen des vornehmen Ägypters in den kostbaren Gewändern, der soeben hereingekommen war.

»Ihr seid zu bescheiden, junger Herr«, fuhr der Ägypter fort. »Ihr seid doch der Richtige, oder etwa nicht? Ihr seid doch der außerordentlich begabte junge Mann, der heute auf dem Marktplatz diese erstaunliche Vorstellung geboten hat?«

»Ganz recht, Herr«, antwortete Hedschri. »Der Senet-Spieler Ben-Hadad aus Kanaan. Mein Herr, der ehrenwerte Wenis.« Hedschri verbeugte sich vor jedem der beiden, als er sie formell bekannt machte. Ben-Hadad verbeugte sich ebenfalls und wartete, dass der Kaufmann das Wort ergriff.

»Komm, junger Freund!«, forderte Wenis ihn auf und führte ihn durch eine Tür in das Innere des angrenzenden Hauses. In der Mitte des Raums standen niedrige Tische, auf denen Feigen, Käse und Wein appetitlich angerichtet waren. Rund um die Tische gruppierten sich reich verzierte Liegen. Wenis wies mit einer einladenden Handbewegung auf die dargebotenen Köstlichkeiten, doch Ben-Hadad lehnte höflich ab. »Du hast sicher Recht«, nickte Wenis. »Ich lasse mich viel zu leicht von den Tafelfreuden verführen. Ich sollte es deiner Bescheidenheit gleichtun. Erinnere mich daran, Hedschri!«

»Wie Ihr befehlt, Herr.« Der Diener hatte den Ton seines Herrn richtig gedeutet und entfernte sich ohne ein weiteres Wort.

Wenis wandte sich seinem Gast zu. »Nimm bitte mir gegenüber Platz!« Die beiden Männer setzten sich an den langen Tisch. »Du wirst dich fragen, warum ich dich hergebeten habe. Ich komme sofort darauf zu sprechen.«

»Ich bitte darum, Herr.«

»Nun gut, junger Mann. Ich höre jetzt schon seit geraumer Zeit von dir. Du hast dir in den Basaren einen gewissen Namen gemacht. In jedem Basar westlich und südlich von Sile sitzt ein Vertreter des Hauses Wenis.«

»Ich weiß, Herr«, bemerkte Ben-Hadad respektvoll.

»Mir gehen von überall Berichte von deinem überragendem Können zu. Dazu verstehst du mit Großmut zu siegen und mit Gleichmut zu verlieren. Doch soviel ich gehört habe, wurdest du noch nicht oft geschlagen. Ich musste mich auf alle Fälle einmal selbst davon überzeugen, und das habe ich heute getan. Du stehst in der Gunst der Götter, junger Mann. Meine Freunde haben wahr gesprochen. Aber es liegt auf der Hand, dass du diese Gunst wohl verdienst. Ich sah auch, wie großzügig du Speisen und Getränke für die anderen kommen ließest. Eine noble Geste. Ich meine das vollkommen aufrichtig, denn in unseren rückständigen, barbarischen Zeiten sind derart edle Handlungen äußerst selten.«

»Ihr erweist mir eine große Ehre, Herr.«

»Unsinn! Ich geize mit Komplimenten, davon weiß man in den Basaren ein Lied zu singen. Wenn ich dich lobe, dann hast du es mehr als verdient. Aber darf ich dich bitten, mir etwas von dir zu erzählen? Du bist fremd hier, richtig?«

»Ganz recht, Herr. Ich bin erst den zweiten Sommer in Ägypten. Es ist eine lange Geschichte, Herr.«

»Ich bin auch für meine Ungeduld bekannt, junger Freund. Aber heute werde ich mich ausnahmsweise in Geduld üben. Erzähle!«

»Gern, Herr. Ich danke Euch. Ich wurde in Kanaan geboren. Aber meine Eltern stammten aus Haran im Zweistromland. Doch meine Urgroßmutter Schepset stammte aus Ägypten, aus Sile. Mein Vater starb bei der Belagerung von Haran durch die Nomadenkönige und meine Mutter floh im Schutz eines Herrschers aus diesem Land nach Kanaan. Sein Name war Jakob. Er war schon in Haran ein guter Freund meines Vaters.«

»Ich glaube, ich habe von Jakob gehört.«

»Ich verdanke Jakob mein Leben. Joseph, sein Lieblingssohn, ist mein Blutsbruder. Wir wurden am gleichen Tag, am gleichen Ort geboren. Beinahe zur gleichen Stunde. Vor zwei Sommern wurde er entführt und von ismaelitischen Händlern als Sklave nach Ägypten gebracht. Jakob hat noch viele andere Söhne, aber über den Verlust von Joseph grämt er sich sehr. Mittlerweile ist er auch schon recht alt. Ich habe mich aufgemacht und bin, um Joseph zu suchen, nach Ägypten gekommen, habe ihn aber noch nicht gefunden. Nicht einmal seine Spur habe ich bisher entdeckt.«

Ben-Hadad ließ betrübt den Kopf hängen. Wenis wartete eine Weile, schließlich räusperte er sich ungeduldig.

Ben-Hadad sah verlegen hoch und fuhr rasch mit seiner Geschichte fort. »Kurzzeitig fand ich Arbeit als Gehilfe bei einem Schmied. Dank Jakobs Großzügigkeit lernte ich dieses Handwerk in Kanaan. Dann kam der Erlass des Großen Salitis, und Fremde durften von da an nicht mehr ohne Erlaubnis in Handwerksbetrieben arbeiten. Ich erhielt keine Erlaubnis von Salitis' Leuten und wurde in Sile auf die Straße gesetzt. Ich war vollkommen mittellos.«

»War es damals, dass du die ägyptischen Spiele gelernt und deine Begabung dafür entdeckt hast?«

»Ganz recht, Herr. Es war eine wunderbare Entdeckung. Ohne diese Gabe wäre ich verhungert. Trotzdem wäre es mir ohne meinen Freund, meinen Partner Anab, nicht besonders gut gegangen. Er kümmert sich um mich.«

»Ich habe davon gehört und wollte mich mit ihm unterhalten.

Soviel ich weiß, trifft er alle Vereinbarungen. Er setzt die Spiele an und verwaltet deine Einnahmen.«

»So ist es. Ich habe keinen Sinn für Geld. Ohne Anab wäre ich ...«

Zum ersten Mal unterbrach ihn Wenis. »Schon gut, ich weiß. Ich wollte mit dir über gewisse ... Nun, ich wollte dir einen Vorschlag machen. Deine Ziele sind nicht hoch genug gesteckt. Du solltest das ändern, und ich glaube, dass ich dir dabei behilflich sein kann. Ist Senet das einzige Spiel, das du spielst?«

»Nein, Herr. Ich begann mit dem Palm-Spiel. Aber Anab hat mich auf Senet gebracht. Seiner Meinung nach ist in den Basaren das Interesse an Senet größer.«

»Er hat Recht. Das ist nicht nur in den Basaren so, sondern auch bei den Nomaden. Die Kreise, in denen Geld und Macht zu Hause sind, interessieren sich ebenfalls sehr dafür. Speziell jetzt, da Avedis, Salitis, meine ich natürlich, sich zum Gott-König gemacht hat und hier mit pharaonischem Pomp Hof hält.«

»Salitis, Herr? Ihr meint, er will so tun, als wäre er der Pharao Dedmose und das hier wäre Memphis?«

»Er möchte eines Tages auch in Memphis regieren, mein junger Freund. Und was Dedmose angeht«, – Wenis' Unwillen war nicht zu überhören –, »er wird ihn bestimmt nicht daran hindern. Auf alle Fälle wird Avaris der wichtigste Stützpunkt für die Nomaden bleiben, solange der Krieg dauert. Du bist neu in der Stadt und kannst daher nicht wissen, welch außerordentlichen Einfluss die Kunst des Spiels am ägyptischen Hof immer gehabt hat.«

»Da habt Ihr Recht, Herr.«

»Dann erlaube mir die Frage, bevor wir fortfahren: Hast du dich schon einmal beim Spiel auf den Zwanzig Feldern versucht?«

»Zwanzig? Nein, Herr. Dreißig. Senet hat dreißig, aber ...«

»Die beiden haben nichts miteinander zu tun, glaub mir, absolut nichts. Es wundert mich auch nicht besonders, dass du noch nie davon gehört hast. Die Leute in den Basaren lehnen Salitis und sein Volk immer noch ab. Für das Volk sind die Nomaden barbarische Eindringlinge, die die rechtmäßige Macht der ägyptischen Könige an sich gerissen haben. Diese Narren! Der kluge Mann streitet nicht über Macht. Er lernt, sie zu seinem eigenen Vorteil zu nutzen. Wo war ich stehen geblieben?«

»Beim Spiel auf den Zwanzig Feldern.«

»Ganz recht. Salitis' Leute spielen dieses Spiel. Sie haben es aus ihrer alten Heimat in den Bergen jenseits des Van-Sees, nördlich von Assyrien, mitgebracht. Unsere Freunde, die Nomaden, haben alle eine große Leidenschaft, abgesehen von ihrer Liebe zum Krieg, und das ist das Spiel auf den Zwanzig Feldern. Das war auch dann noch so, als die Hirtenkönige mit ihren Herden in das Zweistromland vorrückten. Genau wie unsere Generäle, so fanden auch sie mitten in einem Feldzug Zeit für ein abendliches Spiel. Jetzt, da die Zeit ihres Nomadentums anscheinend vorüber ist, sind sie ganz besessen von dem Spiel.«

»Wie geht das Spiel, Herr?«

»Das Glück spielt dabei eine geringere Rolle als beim Senet-Spiel. Versteh mich nicht falsch, junger Freund. Ich möchte deine bemerkenswerte Fähigkeiten im Senet-Spiel nicht herabsetzen. Wie du weißt, kann ein kluger Spieler sein Glück zum Großteil selbst beeinflussen, aber ein Teil davon liegt bei den Göttern.«

»Das stimmt; aus irgendeinem Grund scheine ich in ihrer Gunst zu stehen. Wobei ich ...«

»Genau das meine ich.« Wenis beugte sich begeistert vor. »Du verfügst über einen scharfen Verstand und kannst eine Konstellation auf dem Spielbrett sowohl von der taktischen als auch von der strategischen Seite aus betrachten und blitzschnell reagieren, wie es die Situation gerade verlangt. Ich stelle mir vor, dass du ein hervorragender Spieler beim Spiel auf den Zwanzig Feldern wärest.«

»Vielleicht.«

»Bitte, lass mich ausreden. Ich bin dabei, dir zu erklären, warum ich heute mit dir sprechen wollte. Du hast eine Zukunft. Mit etwas Hilfe hast du sogar eine viel größere Zukunft vor dir, als du ahnst, Ben-Hadad. Ich will dabei ganz offen sein. Ich habe ehrgeizige Pläne. Pläne, die den Hof hier in Avaris betreffen, aber auch den neuen Hof, der auf diesen hier folgen wird, sobald Salitis sich mit seinen Leuten in Memphis an die Spitze der neuen ägyptischen Regierung gestellt hat.«

»Demnach ist es gewiss, dass die Nomadenkönige gewinnen werden und die Ägypter ...?«

»Meiner Ansicht nach gibt es darüber keinen Zweifel. Es ist

eine abgemachte Sache, nur eine Frage der Zeit. Die Herrschaften in Memphis sind schließlich nicht nur von jeglichem Handel nach außen abgeschnitten, da wir, ich meine die Nomaden, das gesamte Delta besetzen, also beide Arme des Nils, sondern ebenso von den landwirtschaftlich wichtigen eigenen Gebieten. Das Fajum ist fruchtbar, aber nicht mehr als eine überbewertete Oase, und muss derzeit die gesamte Bevölkerung ernähren. Das kann nicht lange gut gehen.«

»Ich verstehe. Das habe ich nicht gewusst. Ich dachte, es gäbe immer noch eine gewisse Hoffnung.«

»Hoffnung? Stellst du dich auf die Seite der Verlierer? Das wird sich ändern. Du bist zu klug, um nicht zu merken, von welcher Seite der Wind früher oder später wehen wird; danach wirst du dein Tun und Handeln ausrichten. Aber wir kommen vom Thema ab. Ich wollte dir Folgendes vorschlagen, Ben-Hadad: Was hältst du davon, für mich zu arbeiten? Hier in meiner Villa. Lerne das Spiel auf den Zwanzig Feldern, Schritt für Schritt, auf meine Kosten. Ich würde mehrere frühere Meister des Spiels anstellen, die dich unterrichten sollen. Während deiner Ausbildung soll es dir an nichts fehlen, du wirst im Überfluss leben. Du verfügst über eigene Gemächer hier in der Villa und dazu noch über eine gesonderte Unterkunft im besten Viertel von Avaris. Du wirst deine eigenen Diener haben, damit du dich nicht mit den alltäglichen Dingen des Lebens belasten musst. Wenn du dann so weit bist, dass du für mich am Hof spielen und meine Interessen repräsentieren kannst, dann tust du das nicht als mein Angestellter, den ich entlohne, sondern als mein Partner in einem groß angelegten Geschäft. Ich wage zu sagen, dass diesem Geschäft praktisch keine Grenzen gesetzt sind.«

»Ich soll das tun, Herr?«

»Sei nicht voreilig. Überdenke es und entscheide dich in aller Ruhe. Aber vergiss nicht, es ist deine Zukunft ebenso wie meine, die wir dabei im Auge haben. Wenn ich aufsteige, dann steigst du mit mir auf. Ich bin davon überzeugt, dass mir durch deine Begabung Zutritt zu Kreisen an Salitis' Hof ermöglicht wird, die nur Angehörigen des Volkes der Nomaden vorbehalten sind. Und wohin ich gehe, dorthin gehst auch du.«

»Ich muss Euch etwas erzählen, Herr. Mein Vater wurde von

den Nomadenkönigen getötet, ermordet. Ich bin zwar kein Adeliger, aber ich gehöre einem stolzen alten Geschlecht an und die Nomaden sind schuld daran, dass es beinahe ausgestorben ist. Ich kann das Handwerk nicht ausüben, zu dem ich geboren wurde und das meine Vorfahren seit Generationen ausübten. Das Senet-Spiel ist nicht mein Beruf. Ich bin Waffenschmied, ein Kind des Löwen. Auch wenn ich meine Lehrzeit noch nicht abgeschlossen habe.«

»Verzeih mir! Ein Kind …?«

»Ein Kind des Löwen. Während ich spielte, muss Euch das rote Muttermal am unteren Teil meines Rückens aufgefallen sein. Es hat die Form einer Löwenpranke. Dieses Mal vererbt sich bereits seit Jahrhunderten in der männlichen Linie der Familie. In der Familie meines Vaters erzählt man sich eine alte Geschichte über die zwei Söhne des ersten Menschen. Kain, der ältere, tötete im Zorn seinen Bruder Abel. Dafür zeichnete ihn der Eine Gott mit dem roten Mal. Es war ein Gemisch aus Segen und Fluch. Wir, die Nachfahren Kains, erbten eine große Begabung für die Bearbeitung von Metall zur Waffenerzeugung. Das Mal dient als Erkennungszeichen und ermöglicht uns, alle Grenzen zu überschreiten und unser Handwerk ungestraft überall auszuüben. Der Waffenschmied ist immer unterwegs. Er hat kein Zuhause, sondern bleibt sein Leben lang ein Wanderer. Das ist der Fluch, der auf uns lastet.«

»Wünschst du dir denn ein solches Leben?«

»Es geht nicht darum, was ich mir wünsche, Herr. Wir sind dazu geboren, die Tradition aufrechtzuerhalten; es liegt uns im Blut. Ich habe jahrelang weder gewusst, wer mein Vater war, Herr, noch wer meine Vorfahren waren. Meine Mutter wollte nicht, dass ich in die Fußstapfen meiner väterlichen Ahnen trete. Ich fand heraus, dass mein Vater ein großartiger Mann gewesen war, ein Held. Er war klein und ein Krüppel, dennoch begab er sich ganz allein in das Lager der Hirtenkönige in den Bergen oberhalb von Haran. Seiner Schlauheit verdankte seine Heimatstadt ihre Rettung, die er mit seinem Leben bezahlte. Er rettete auch seinen Bruder Schobai. Ihr Vater und mein Großvater hieß Kirta. Er war der erste Mann südlich des Hethiter-Reiches, der das schwarze Metall bearbeiten konnte. Sie nennen es Eisen.

Vermutlich nahm er das Geheimnis mit in den Tod. Er war ein großartiger Mann, wie auch mein Vater auf seine Weise großartig war. Der Vater meines Großvaters war Ahuni, der beste Bronzeschmied seiner Zeit. Er war einst der persönliche Waffenschmied von Sesostris von Ägypten. Und Ahunis Vater war Belsunu von Babylon, der größte Künstler unter den Schmieden seit Anbeginn der Welt. Aus diesem Grund werden Senet und die anderen Spiele für mich nie mehr sein als Spiele, bestenfalls eine Möglichkeit, mir den Lebensunterhalt zu verdienen, solange mich äußere Umstände daran hindern, meine Lehre zu beenden und mein Gewerbe auszuüben. Ihr müsst wissen, dass ich, im Unterschied zu meinem blinden Onkel Schobai, der einzige männliche Nachkomme mit dem Löwenmal bin.«

Ben-Hadad hatte seine Rede beendet und entschuldigte sich errötend lächelnd für seine langen Ausführungen. Wenis beobachtete ihn eine Weile schweigend, dann holte er tief Luft und sagte: »Also gut. Was würdest du sagen, wenn ich zusätzlich für die Beendigung deiner Lehre aufkommen würde?«

Ben-Hadad war verwirrt. »Aber was ist mit der Erlaubnis von den Nomaden, Herr?«

»Überlass das mir. Ich habe bereits ein paar Freunde bei Hof, wenn auch nicht in so hoher Stellung wie die, die ich durch deine Hilfe zu treffen hoffe. Aber vergiss nicht, du sollst dich nicht zu rasch entscheiden! Denk darüber nach, was es bedeuten würde, wenn du deine Lehre vielleicht doch beenden könntest, und zwar beim besten Waffenschmied, den es in Ägypten gibt.«

»Ich werde es mir überlegen, Herr. Ihr habt ›vielleicht‹ gesagt, und ich …«

Ben-Hadad stockte und blickte starr an seinem Gastgeber vorbei. Wenis wandte sich um und bemerkte die junge Frau hinter ihm, die sichtlich Ben-Hadads Bewunderung erregte. Wenis lächelte.

Sie sieht wirklich hübsch aus, dachte er. Es hat mich auch ein kleines Vermögen gekostet, ihr diese Schönheit zu bewahren. Er betrachtete sie abschätzend. Im Licht der Sonne hätte ihr einfaches Hausgewand genauso gut durchsichtig sein können. Jedes kleinste Detail ihres jungen Körpers zeichnete sich darunter ab, wie sie dastand und ihr Gegenüber unerschrocken ansah. Sie trug weder auf der Stirn noch um den Hals Schmuck, nur Hand- und Fußspangen. Das Gold funkelte in der Sonne heller als die prunkvollen Steine, die die Spangen zierten: Amethyste, Türkise, Karneole und Lapislazuli.

»Meine Tochter«, erklärte Wenis mit sanfter Stimme. Etwas lauter fuhr er fort: »Komm her, mein Kind! Ich möchte, dass du jemanden kennen lernst.«

IV

»Was soll das heißen, du hast das Geld nicht zurückgegeben?«, fragte Tuia ungläubig und funkelte ihn zornig an. »Ich habe dich gewarnt, hast du das vergessen?«

Anab saß über eine Schale mit Wein gebeugt im Hinterzimmer der Schenke. »Ich habe es versucht, Tuia, das musst du mir glauben. Ich finde die Sache auch schrecklich, genau wie du. Es ist, als würde ich ein Familienmitglied verkaufen, falls ich eine Familie hätte. Nein, es ist noch schlimmer. Familie bedeutet mir ebenso wenig wie dir.« Er rang die Hände und ließ niedergeschlagen die schmalen Schultern hängen. »Ich habe den einzigen Freund betrogen, den ich je hatte. Niemand hat mich je so gut behandelt wie Ben-Hadad.«

Tuia betrachtete lange das entstellte Gesicht und versuchte aus der Grimasse klug zu werden. »Wie konntest du es dann tun? Wie konntest du ihn verkaufen?«

»Ich habe ihn nicht verkauft! Ich habe nur einen Teil von meinem Anteil an seinen Einnahmen verkauft. Ich wollte den Handel wieder rückgängig machen, aber Renefres nahm das Geld nicht. Der Handel ist perfekt, auch wenn ihn niemand bezeugen kann, hat er gesagt.«

»Das ist eine Lüge!«

»Ich weiß. Aber er hat einen seiner Freunde auf mich gehetzt, einen riesigen Kerl mit Armen so dick wie der Schenkel eines Ochsen und einer Faust so hart wie Stein. Der hat mich gepackt und geschüttelt, als wäre ich eine kleine Katze. Er hat gedroht, mir Arme und Beine zu brechen, langsam und einzeln, wenn ich nicht den Mund halte.«

Tuia fluchte leise. Die ordinären Schimpfworte passten nicht zu ihrer wohlklingenden Stimme. »Ich kenne den Kerl, erinnere mich aber nicht an seinen Namen. Er bringt dich kalt lächelnd um, wenn man es ihm befiehlt. Verdammt, Anab! Warum hast du dich in diese missliche Lage gebracht? Siehst du jetzt ein, dass Ben-Hadad diesen Leuten ausgeliefert ist? Er hat keine Ahnung von dem Handel, diesen Leuten aber gehört ein Viertel seiner Einkünfte, und außerdem können sie bestimmen, gegen wen er wo zu spielen hat und wie hoch der Einsatz ist.«

»Ich weiß«, gestand Anab unglücklich. »Aber mir fällt kein Ausweg aus dieser Situation ein.«

Der Wirt trat an ihren Tisch. Sein langes Pferdegesicht blieb unbewegt, während er emsig Trinkschalen trocknete. »Für gewöhnlich mische ich mich nicht ein, Anab, wenn ich nicht gefragt bin«, begann er. »Aber Ben-Hadad hat mir heute mit seinem improvisierten Fest einen großen Gefallen erwiesen. Das Fest war zwar seine Idee, aber indirekt schulde ich dir auch etwas. Schließlich hast du das Spiel in meinem Hof angesetzt und nicht irgendwo anders.«

»Was willst du? Wenn du schlechte Nachrichten für uns hast, dann heraus damit!«, forderte Tuia ihn ungeduldig auf.

Der Wirt sah sie böse an. »Ich weiß nicht, was du mit der ganzen Sache zu tun hast«, brummte er. »Ich spreche mit Anab.« Zu Anab gewandt fuhr er fort: »Vorhin wurde ich zufällig Zeuge eines Gesprächs. Kurz nach dem Spiel stieg ich auf das Dach, um Tischtücher zum Trocknen auszubreiten. Kennt einer von euch einen Kaufmann namens Wenis?«

»Wenis? Aus dem Haus Wenis? Ihr Götter im Himmel!«, stöhnte Anab. »Natürlich kenne ich ihn. Was ist mit ihm?«

»Er und sein Diener haben vom Dach aus dem Spiel zugeschaut. ›Höchst erstaunlich!‹, hat er gesagt. ›Geh hinunter und rede mit diesem Ben-Hadad. Sag ihm, dass ich mich mit ihm unterhalten will, nur er und ich. Was der Kerl mit dem verunstalteten Gesicht nicht weiß, tut ihm nicht weh.‹« Der Wirt sah Anab entschuldigend an. »Sei bitte nicht böse. Ich habe nur wiederholt, was dieser Wenis zu seinem Diener gesagt hat.«

»Was haben sie besprochen?« Anab beugte sich angespannt vor.

»Ich habe nicht das ganze Gespräch verstanden«, fuhr der Wirt fort. »Aber ich glaube, es ging darum, dass Wenis den jungen Mann unter Vertrag nehmen will. Er will sich um seine Angelegenheiten kümmern, du verstehst schon. In diese Richtung ging es.«

»Er möchte sich um seine Angelegenheiten kümmern?«, fragte Anab entsetzt. Er und Tuia tauschten ängstliche Blicke.

»Das klingt nicht gut, Anab!« Tuia schüttelte den Kopf.

»Nein, wirklich nicht. Wenis ist mächtig. Wenn ich ihm im Weg bin, zertritt er mich wie einen Käfer. Angenommen, ich wehre mich nicht gegen ihn. Ich habe doch bereits ein Viertel des Gewinns verkauft und kann ihn nicht zurückkaufen. Wenn Wenis Ben-Hadad jetzt übernimmt und Renefres ausbootet, dann hetzt mir Renefres diesen Ochsen von Mann auf den Hals. In jedem Fall bin ich erledigt.«

»Es sei denn, Ben-Hadad lehnt ab«, überlegte Tuia. »Das ist deine einzige Chance. Wenn er zu Wenis nein sagt, bist du zumindest zur Hälfte aus dem Wasser. Mit Renefres werden wir schon fertig. Ich habe Freunde im Basar im Viertel der Diebe, und manche von ihnen sind doppelt so stark wie der Kerl, den Renefres mit sich herumschleppt. Einige schulden mir einen Gefallen.« Plötzlich wich ihre Entschlossenheit: »Lässt sich Ben-Hadad von Wenis zu einer Partnerschaft überreden, dann steht es schlimm. Wenis ist zu mächtig; mit ihm können wir uns nicht anlegen. Er hat überall eine Menge Einfluss, sogar bei den Nomaden.«

Anab starrte finster vor sich hin. »Ich weiß, der betrügerische falsche Hund!«

»Nur mit der Ruhe. Ich gebe dir Recht, aber jetzt ist keine Zeit, die Leute zu beschimpfen. Wir kommen besser rasch zu einem Entschluss! Verdammt! Wenn ich nur wüsste, wie Ben-Hadad sich entschieden hat!« Plötzlich schlug sie mit der Faust auf den Tisch. »Du bleibst hier, Anab! Ich gehe los und suche Ben-Hadad. Ich bin gleich wieder zurück.«

»Gib auf dich Acht!«, mahnte der Wirt. »Es ist beinahe dunkel. Für eine Frau wie dich ist es nach Einbruch der Dunkelheit nicht sicher auf den Straßen.«

»Keine Sorge«, beruhigte ihn Tuia. »Ich bin so klein, dass

mich die Leute für gewöhnlich nicht einmal bemerken. Außerdem habe ich etwas, was die Männer rasch zur Einsicht kommen lässt, dass sie mich besser zufrieden lassen.« Sie tätschelte den Dolch, dessen Griff unter ihrem Gewand hervorlugte. Einen Augenblick später war sie verschwunden.

Anab rutschte unglücklich hin und her und warf dem Wirt einen Hilfe suchenden Blick zu. »Ich kann nicht hier bleiben.« Er griff nach dem langen Stab mit den Kupfer- und Goldringen. »Ich muss das hier in Sicherheit bringen. Ich muss mir etwas überlegen.«

»Aber sie hat dir doch gesagt, du sollst hier auf sie warten. Sie kommt gleich wieder zurück.«

»Das ist mir egal.« Anab erhob sich und steckte den Stab in den Lendenschurz unter seinem kurzen Gewand. »Ich kann nicht einfach hier herumsitzen; ich werde verrückt. Ach, warum kann ich nicht ein ganz gewöhnliches Leben führen wie andere Menschen auch?« Er schüttelte den Kopf und sah den Wirt gequält an. Dann trat er in die Nacht hinaus und entfernte sich mit hastigen, fahrigen Schritten, ganz anders als Tuia, die sich mit behänder Anmut bewegte.

Der Wirt blickte ihm eine Weile nach. »Armer Kerl! So ein hässlicher Wicht!«, murmelte er halblaut. Das Leben war nicht gerecht. Der eine war geboren zu einem Leben in Reichtum und Wohlstand, der andere zu einem Dasein in Unglück, Armut und Einsamkeit. Das Schicksal dieses armen Kerls musste von einem üblen Dämon bestimmt sein, der ihm kein Glück gönnte. Den Wirt schauderte, und er schlug das Zeichen zur Abwehr wider das Böse. Wenn einer unter einem so schlechten Stern stand, hielt man sich besser von ihm fern. Wer weiß, vielleicht war Unglück ansteckend?

Anabs Hände zitterten, als er durch dämmrige Gassen und Hinterhöfe zu dem Schuppen eilte, in dem er wohnte. Ängstlich blickte er hierhin und dorthin und glaubte in jeder dunklen Ecke und hinter jedem Baum Räuber und Mörder zu sehen. Er hätte früher nach Hause gehen sollen. Jetzt würde er eine Talgkerze anzünden müssen, um das kleine Versteck zu finden, wo er sein Geld aufbewahrte. Nicht auszudenken, wenn womöglich jemand den Kerzenschimmer sah oder ihn dabei beobachtete, wie er die Ringe vom Stab zog und Spuren am Versteck in der Wand sorgfältig beseitigte.

Zitternd lief Anab im Schatten der Hausmauern weiter. Der Mond stand bereits am Himmel und die Sonne war untergegangen. Nur im Westen schimmerte noch ein schmaler Lichtstreifen. In diesem Stadtteil lag der Fackelträger vermutlich betrunken in einer Ecke und wartete, dass ihn jemand weckte und durch die nächtlichen Straßen schickte. Kein Licht würde ihn auf seinem Weg durch die finsteren Gassen und das Gewirr von Hinterhöfen begleiten. Noch dazu trug er einen halben Jahreslohn in Kupfer und Gold unter seinem Gewand.

Anab hörte Stimmen und blieb wie angewurzelt stehen. Gegen die Hausmauer gedrückt, lauschte er; sein Herz klopfte zum Zerspringen.

»... er hat ihm den Bauch aufgeschlitzt und ihn anschließend kaltblütig liegen gelassen.«

»... er hatte sogar den Nerv, vor den Huren, die die ganze Zeit über zusahen, seinen Namen zu nennen. ›Es war der Phönix‹, hat er angeberisch gesagt. ›Du kannst ihnen sagen, dass es der Phönix war!‹«

Anab hielt den Atem an. Die Männer unterhielten sich in der Sprache der Nomaden. Jetzt konnte er im Dunkeln auch ihre Umrisse ausmachen. Sie standen dort, wo die kleine Gasse in die Hauptstraße einmündete. Es waren zwei Nomaden der Hirten, die nicht im Dienst und offensichtlich etwas betrunken waren.

»Phönix? Wer soll denn das wieder sein? Von dem habe ich noch nie etwas gehört.«

»So eine Art Widerstandsbewegung. Versprengte Reste von den Truppen, die wir drüben im westlichen Delta geschlagen haben. Verdammte Narren, die glauben, sie können uns vertreiben.«

Anab lauschte so angestrengt dem Gespräch, von dem er oft nur Fetzen verstand, dass ihm ein dritter Soldat entging, der hinter ihm durch die schmale Gasse kam. Plötzlich spürte Anab eine schwere Hand auf der Schulter, und jemand sprach ganz nahe laut in sein Ohr. »He, du! Wen haben wir denn da?« Der Atem des Soldaten roch unangenehm nach Palmwein.

Anab wollte sich befreien, aber der andere ließ seine Schulter nicht los. »Hör auf! Du tust mir weh!«, protestierte Anab.

Jetzt drehten sich die Männer am Ende der Gasse um. »Wer ist da? Bist du es, Garabed?« Schritte kamen näher, und im nächsten Augenblick zerrten ihn die Soldaten hinaus auf die Straße, wo das bleiche Mondlicht sein verängstigtes Gesicht beleuchtete. »He, du!«, rief einer grob. »Wer bist du? Was schleichst du hier herum wie eine Ratte? Sag etwas!«

»Ich habe mich verirrt«, stammelte Anab. »Ich bin auf dem Weg nach Hause.«

Die Männer taten, als hätte er gar nichts gesagt. »Der ist vielleicht hässlich!«, grölte einer. Dabei schüttelten sie ihn ständig an den Schultern.

Und wie es das Unglück schon wollte, begannen die Ringe auf dem Stab zu klimpern. Sie klimperten und klimperten wie die Glocken auf einer ägyptischen Staatskarosse.

»Ja, was ist denn das? Das klingelt ganz schön für so eine magere Flussratte, wie du es bist! Lass einmal sehen!«

»Nein! Bitte nicht!« Anab drückte verzweifelt die Hände auf den Bauch. Aber die Soldaten hielten ihn fest und tasteten seine Kleider ab, bis sie den wertvollen Stab mit seiner unersetzlichen Last fanden. »Nein! Bitte nicht!«

»Da schau einmal einer an!«, staunte der erste Soldat. »Was habe ich denn da gefunden! Geld!« Er hielt den Stab hoch. Im blassen Licht des Mondes erkannten die Soldaten zuerst die Kupferringe und dann die gleißenden Goldringe. »Das ist ja Gold! Wirkliches Gold!«

»Ich flehe euch an, es gehört nicht mir. Ich habe es für … für den ehrenwerten Wenis in Verwahrung. Er ist ein Kaufmann, ein Freund vom Kommandanten eurer Einheit. Er ist ein wichtiger Mann.«

Aber die improvisierte Ausrede, mochte sie gut sein oder nicht, sie klang nicht echt. Die Nomaden lachten laut. »Wenis? Eine unwahrscheinliche Geschichte. Was sollte einer wie er mit einem schmutzigen Straßenjungen, wie du einer bist, wollen? Du glaubst wohl, ich bin ein betrunkener Narr, was?« Wieder lachte er. »Mag sein, dass ich ein betrunkener Narr bin, aber so betrunken bin ich nicht, dass ich Gold nicht erkenne, wenn ich es sehe.

Und so ein Narr bin ich auch nicht, dass ich einen stinkenden kleinen Dieb nicht erkenne, wenn ich einen erwische. Ich sag dir etwas, kleiner Mann, wir nehmen dir das hier ab. Du aber lauf und sieh zu, dass du etwas anderes erbeutest.«

»Nein! Ich flehe euch an!«

Der Soldat packte Anab am Gewand und riss es ihm vom Leib. Anab stand im Lendenschurz und mit den billigen Sandalen aus Papyrus auf der Straße. »Geh mir aus den Augen, du hässlicher kleiner Bastard!«

Ein zweiter Soldat trat näher und holte weit aus. Der Schlag traf Anab ins Gesicht, und er ging in die Knie. »Hast du gehört, was er gesagt hat?«, brüllte der Soldat. »Verschwinde. Wir wollen uns nicht an einer Kröte, wie du es bist, die Hände schmutzig machen.« Mit einem Fluch trat er nach Anab, dass dieser zuerst mit dem Kopf gegen die Hausmauer schlug und danach benommen mit dem Gesicht nach unten auf der Straße landete. Für einen oder zwei Augenblicke schwand ihm das Bewusstsein, und er hörte nur das belustigte Grölen der betrunkenen Soldaten, als sie durch die dunkle Straße davontaumelten. Dabei klimperten sie mit seinen Münzen, die seine einzige Chance darstellten, Renefres sein Geld zurückzuzahlen und vom Handel mit ihm zurückzutreten.

Anab richtete sich mühsam auf die Knie auf. Ihm war übel, er krümmte sich vor Schmerz zusammen und musste sich übergeben. Er hatte wieder verloren. Ganz gleich, was er unternahm, um sich gegen Hunger und Not ein wenig abzusichern, es gelang ihm nie. Wozu versuchte er immer wieder, sich gegen das Schicksal aufzulehnen? Er blieb der Verlierer.

Tuia traf Ben-Hadad am Stadttor. Sie hatte bereits eine Weile auf ihn gewartet, und als er auftauchte und sie sein hübsches junges Gesicht sah, klopfte ihr das Herz bis zum Hals. Als Ben-Hadad sie erkannte und ihr freundlich zulächelte, blieb ihr beinahe der Atem weg.

»Tuia! Was machst du abends noch hier? Komm, ich bringe dich nach Hause. Du machst dir ja keine Vorstellung, was einer Frau allein auf den Straßen nach Einbruch der Dunkelheit alles zustoßen kann.«

Er nahm sie am Arm, als wäre sie eine große Dame, und führte sie durch die nächtlichen Straßen der Stadt. Tuia war außer sich vor Freude.

»Du hast keine Ahnung, Tuia, woher ich komme!«, begann Ben-Hadad. »Ein so prächtiges Haus hast du noch nie gesehen. Eine großartige Villa mit einem herrlichen Garten. Ein Haus mit so vielen Zimmern habe ich in meinem ganzen Leben noch nie gesehen. Wenn alles läuft wie geplant, werde ich vielleicht bald dort wohnen. Dieser reiche Mann hat Pläne für meine Zukunft. Er will, dass ich in seinem Haus wohne. Ich soll bei den besten Meisterspielern lernen, den besten, die es gibt. Sie sollen mir das Spiel der Zwanzig Felder beibringen. Aber das ist noch nicht alles.«

Ein lähmender Schreck durchfuhr sie, und sie betete still zu allen Göttern im ägyptischen Himmel: Ich flehe euch an, lasst ihn nicht sagen, was ich fürchte, das er gleich sagen wird.

»Ich habe diese Frau getroffen. Sie ist schöner als die Sonne und der Mond und alle Sterne, und ich glaube, dass ich ihr gefalle. Zumindest hat ihr Vater das gesagt, nachdem er uns bekannt gemacht hat.«

Kapitel 2

I

Memphis war die älteste und größte Stadt der bekannten Welt. Der Palast des Pharaos, des Herrschers beider Reiche von Ober- und Unterägypten, war von imponierender Größe; von ebenso imponierender Pracht waren die Tempel, die von den legendären Königen früherer Zeiten für die verschiedenen Götter errichtet worden waren. Doch der erste Eindruck, den man von Memphis gewann, waren die vielen weißen Mauern. Mauern umgaben die Heimstätten der Götter, trennten den Stadtteil mit den eleganten Häusern und Gärten der Reichen und Mächtigen von der übrigen Stadt, und Mauern umschlossen den gewaltigen Palast, in dem der König lebte und die Geschäfte des Hofs abwickelte, und riegelten ihn vom Volk ab.

Schwer bewaffnete Wachen standen an den Toren der Mauern, die einen Stadtteil vom anderen trennten. Nur wer einen triftigen Grund nachweisen konnte, durfte in die abgeschlossenen Wohnbezirke der obersten Schichten passieren. Trotzdem schwirrten Tratsch und Gerüchte ungehindert über die Mauern hinweg, so wie die unzähligen Vögel, die die große Stadt beherbergte. Memphis war bekannt für seine Intrigen; das war so seit der Gründung der Stadt, in den längst vergangenen Tagen des großen Menes. Pharao Menes hatte den ersten Damm errichtet. Er wollte damit seine neu gegründete Siedlung vor den jahreszeitlich bedingten Überflutungen des Nils schützen, auf dass sein Sohn Athothis die Planung der ersten richtigen Stadt vollenden konnte.

Auch jetzt verbreiteten sich die Gerüchte mit ungewöhnlicher Schnelligkeit, obwohl seit Jahren Krieg herrschte zwischen Ägypten, das in die Roten Lande zurückgedrängt worden war, und den verhassten Eindringlingen, den Nomaden, die die fruchtbaren Schwarzen Provinzen besetzt hatten. Die Gerüchte nahmen in den abgeschirmten Räumen des königlichen Palastes ihren Ausgang und verbreiteten sich von dort in alle Stadtteile.

Dedmose, der große König, war angeblich eine Marionette von Madir, seinem allmächtigen Wesir. Madirs Untergebene waren – so hieß es – zersplittert und bildeten wahre Intrigennester. Die einzelnen Gruppen trachteten danach, einander zu entmachten und Madirs Gunst zu erringen.

Einige Intriganten waren ausgesprochen rücksichtslos und schmiedeten ihre Ränke ohne Gewissensbisse. Manche von denen, gegen die sich diese Ränke richteten, standen praktisch bereits mit einem Fuß im Grab. Mehrere missglückte Mordkomplotte waren in den vergangenen Monaten aufgedeckt worden; die erfolglosen Attentäter landeten in Madirs Gefängnissen und erwarteten dort ihr weiteres Schicksal. Uni, der Vorsteher des königlichen Gefängnisses, entschied darüber nach eigenem Gutdünken. Er zählte zu den am meisten gefürchteten Männern in Memphis. Die Gefangenen galten für ihre Freunde und ihre Familie praktisch als tot, so berüchtigt war Uni für seine erbarmungslose Verschlagenheit. Wenn Uni einmal mit den Angeklagten fertig war, so bettelten diese um einen schnellen Tod durch das Beil des Henkers. Die zweite Möglichkeit war, gepfählt zu werden.

Auch die erwiesene Unschuld bewahrte einen Verdächtigten nicht vor Leid. Er war dann zwar frei, aber schon der bloße Schatten eines Verdachts war ein Makel, der, hatte er den Namen einmal befleckt, ein Leben lang haften blieb. So lagen die Dinge in Memphis. Daher hielten sich die gewöhnlichen Ägypter von allem fern, was mit den höheren Kasten, den Kreisen der Mächtigen, zu tun hatte. Aus diesem Grund blieb auch die Zahl der Bittsteller begrenzt, wenn Madir als oberster Richter Rat hielt, Streitigkeiten beilegte, Auszeichnungen verlieh und Vergehen bestrafte.

Die Wachgardisten am Südtor zum Palast waren daher ziemlich überrascht, als eine Frau Zutritt zu Madirs Audienz verlangte. Vollkommen gelassen begegnete sie dem strengen Blick der Soldaten. Ihre Haltung war von beinahe königlicher Anmut und ihr Gesicht, so weit es unter der Kopfbedeckung zu sehen war, von ungewöhnlicher Schönheit. »Was können wir für Euch tun?«, fragte der befehlhabende Gardist vorsichtig mit gewisser Ehrerbietung. Die Frau schien aus einer einflussreichen Familie zu kommen, auch wenn keine der Wachen sie kannte.

»Ich bin Meret, die Frau von Schobai, dem Waffenschmied«, antwortete die Frau würdevoll. »Indi, der frühere Stadtschreiber und Magistrat im Fünften Nome von Unterägypten, war mein Vater. Später hat mich Schaschank von Sile adoptiert.«

Die Wachen zeigten Respekt. Das waren schließlich alles Namen von einst mächtigen Männern. Indi war in der Zeit zwischen der Thronbesteigung von Sebeknefrure und der Ankunft der Nomadenkönige der Berater von drei Königen gewesen. Die Königin Sebeknefrure hatte einen Bürgerlichen geheiratet und dadurch in der ägyptischen Thronfolge große Verwirrung gestiftet. Auch der Name Schaschank war bei Hof wohl bekannt, und Schobai, den blinden Waffenschmied, kannte man in der ganzen Stadt. Mit unverhohlenem Respekt fragte der Wachsoldat weiter: »Und was führt Euch her?«

»Ich muss mit Madir sprechen. Ich habe darum gebeten, meinen Mann für eine Woche zu beurlauben, damit er sich nach Fajum begeben kann. Man hat mir gesagt, dass ich dafür Madirs Genehmigung benötige.«

Sie lächelte die Palastgardisten freundlich an. »Mein Mann hat seit einem Jahr keine freie Zeit mehr gehabt. Er hat für die ganze Stadt und einen Gutteil der Soldaten neue Waffen hergestellt. Ich wette, dass auch eure Waffen von ihm stammen.« Die Männer ließen sie nicht aus den Augen, und sie sprach weiter. »Seht nur, der Stempel am Griff ist sein Zeichen. Und euer Schwert trägt den gleichen Stempel. Ich bin sicher, dass ihr beide meinen Mann kennt. Er gibt es nicht zu, wenn er müde oder überarbeitet ist. Ich sehe nur eine Möglichkeit, dass er sich frei nimmt: Es muss ein Auftrag sein. Aber dazu ist Madirs Erlaubnis und sein Siegel notwendig. Vermutlich muss ich nicht einmal zu Madir persönlich, sondern bekomme das Dokument von seinem Schreiber bestätigt. Es dauert bestimmt nicht lange.«

Die Wachsoldaten tauschten Blicke. »Ihr solltet eine Erlaubnis für den Zutritt besitzen. Aber im Hinblick auf Eure Herkunft können wir darauf verzichten. Geht weiter!«

Der zweite Gardist wollte etwas sagen, wurde aber aufgefordert zu schweigen. Beide Männer sahen der jungen Frau nach, wie sie würdevoll mit sanft schwingenden Hüften davonschritt.

»Wie schade, dass ihr blinder Mann nichts von dem Anblick hat!«, murmelte der eine.

»Halt doch den Mund!«, wies ihn der Anführer zurecht. »Siehst du denn nicht, dass sie eine wirkliche Dame ist!«

Schobai trat hinaus auf den Marktplatz und hob den Kopf. Begierig schnupperte er die vertrauten exotischen Düfte, die ihm vom Markt entgegenströmten: der intensiv salzige Geruch des Fischhändlers, der scharfe Geruch der frisch geschnittenen Zwiebel des Gemüsehändlers, der verlockende Geruch von gebratenem Lamm, das sich über der Glut am Spieß drehte. Rund um Schobai herrschte das lautstarke Treiben eines Markttages; Händler warben um die Aufmerksamkeit von Käufern und Passanten.

»Fächer! Fächer und Blasebälge zum Kochen!«

»Sandalen! Die besten Sandalen aus weichem Leder!«

»Düfte! Exotische Düfte aus allen Himmelsrichtungen. Salben für die zarteste Haut! Alles zum Probieren!«

Schobai hielt inne. Bisher war seine Hand leicht auf Horis Unterarm gelegen, jetzt verstärkte er den Druck. Hori blieb stehen. »Was möchtet Ihr, Schobai?«, fragte er und sah zu Schobai hoch, der gut einen Kopf größer war als er. »Wollt Ihr stehen bleiben?«

Der Blinde nickte. »Ja. Der Duftverkäufer interessiert mich. Führe mich doch bitte zurück zu seinem Stand.« Als Hori seinen blinden Begleiter durch die Menge geleitete, sahen sie aus wie ein zahmer Bär mit seinem Dompteur.

Schobai konnte es zwar nicht sehen, aber der Händler begrüßte ihn trotzdem mit einer kleinen Verbeugung. »Schobai!«, rief er. »Welche Freude! Was kann ich heute für Euch tun? Salben aus dem fernen Kreta vielleicht, für Eure liebreizende Frau?«

Der blinde Mann lächelte mit nachsichtiger Skepsis. »Aus Kreta, sagst du, ehrlicher Ibu? Dabei weißt du genauso gut wie ich, dass die Nomaden das Delta seit mehr als zwei Jahren besetzt haben und seither kein Schiff aus Kreta den Fluss bis zu uns heraufgekommen ist.« Schobai sprach mit gutmütigem Spott, aber das störte den Händler nicht.

»Aber Schobai!«, verteidigte sich Ibu. »Ihr wisst, ich bin ein armer Händler, der auch die knickerigsten Kunden an seinen Stand locken möchte. Unter günstigen Umständen würde ich das mit wortreichen Ausführungen tun, die ebenso viel Wahrheit wie poetische Übertreibung enthalten. Aber wir leben in schwierigen Zeiten, wie Ihr wohl wisst.« Verschwörerisch fuhr er fort: »Wenn Ihr es unbedingt wissen wollt: Das hier kommt aus Dilmun, und die assyrischen Düfte kommen aus Punt. Meine Karawanen kommen vom Meer und durchqueren damit die Wüste. Die Zusammensetzung wurde von meinen Lieferanten genau kopiert. Nur der Herkunftsname lässt zu wünschen übrig. Seid versichert, alles, was Ihr in meinem Laden für Eure erhabene Herrin kauft, damit es ihrer Schönheit dient und sie erfreut, wird sie ebenso zufrieden stellen wie alles, was direkt aus ...«

»Ist schon gut.« Schobai lachte leise. »Ich kenne die Qualität deiner Waren, mein Freund. Aber ich gebe zu, dass ich keine Gelegenheit ungenützt lassen kann, ich muss dich einfach ein wenig necken, sei es nur, um deine bekannte Beredtheit herauszufordern, mit der du deine Ware verteidigst.« Der Kaufmann wollte widersprechen, aber Schobai unterbrach ihn mit einer Handbewegung. »Zwei Töpfe mit der angeblich kretischen Salbe, bitte. Außerdem würde ich gern den Duft aus Punt, ich meine natürlich, aus Assyrien probieren.«

Der Kaufmann seufzte, tauschte einen Blick mit Hori und hielt Schobai mit gequältem Lächeln eine Phiole unter die Nase, die er für einen winzigen Augenblick entkorkte. »Riecht! Habe ich nicht Recht gehabt? Zart und trotzdem kräftig.«

»Schon gut«, beruhigte ihn Schobai. Er griff nach dem unter seinem Gewand verborgenen Geldbeutel und reichte ihn Hori. »Sei so gut, mein Freund, und zähle den entsprechenden Betrag für mich ab.«

Die Stimmen des Kaufmanns und Horis gingen in den vielfältigen Geräuschen des Basars unter. Schobai stand mit hoch erhobenem Haupt, die versengten Lider über den leeren Augenhöhlen geschlossen, und entfernte sich ein wenig vom Stand, um die köstlichen Gerüche des kleinen Marktes noch besser genießen zu können.

Plötzlich griff eine unbekannte Hand nach seinem Arm und

hielt ihn fest. Schobai erschrak und trat zurück. »Wer ist hier?«, fragte er und befreite seinen Arm. »Schobai?«, fragte jemand neben ihm. »Schobai aus Haran?«

»Richtig«, antwortete der Blinde. »Aber wer seid Ihr?«

Niemand antwortete. Stattdessen spürte Schobai, wie ihm etwas in die offene Hand gedrückt wurde und jemand seine Finger darum schloss. »Was soll das?«, fragte Schobai. Aber im selben Augenblick spürte er, dass der Unbekannte verschwunden war.

Er tastete den Gegenstand in seiner Hand ab, berührte ihn mit der anderen Hand und drehte ihn auf der Handfläche hin und her. Eine getrocknete Tontafel; soviel er spürte, war sie beschrieben. Er tastete mit den Fingern über die regelmäßigen Einkerbungen. War die Inschrift tatsächlich in Keilschrift geschrieben? In der Schrift aus seiner Heimat im fernen Norden?

»Was ist los, Schobai?«, fragte Hori neben ihm und hielt den geleerten Geldbeutel in der Hand. »Ich habe alles, was Ihr gekauft habt. Wenn Ihr wollt, trage ich es. Ist etwas geschehen? Ihr seht besorgt aus.«

Schobai schloss die Hand um die Tontafel. Er konnte es nicht begründen, aber instinktiv zog er nicht in Erwägung, das Erlebte mit dem jungen Soldaten zu teilen. »Es ist nichts. Ich möchte jetzt bitte nach Hause gehen. Ich würde meine Frau gern überraschen.«

Beim Haus angekommen, verabschiedete sich Hori respektvoll von Schobai und entfernte sich. Sobald seine Schritte in der schmalen Gasse verklungen waren, drehte Schobai sich um und hatte schon die Hand am Türgriff, um einzutreten. Dann hielt er noch einmal inne und tastete vorsichtig über die kleine Tontafel unter seinem Gewand. Verwundert schüttelte er den Kopf.

Heket, die Dienerin von Meret, begrüßte ihn an der Tür. »Seid willkommen, Herr. Eure Frau ist ausgegangen. Sie sollte jedoch schon seit geraumer Zeit wieder zu Hause sein.«

»Vielleicht hatte sie Einkäufe zu erledigen. Sind die Kinder wach?«

»Nein, Herr. Sie schlafen in ihrem Zimmer. Darf ich Euch etwas zu trinken bereiten?«

»Nein, danke«, antwortete der Blinde und tastete dabei nach

seinem Lieblingshocker. Dankbar ließ er sich auf das tuchbezogene Sitzmöbel fallen. »Heket!«

»Ja, bitte, Herr!«

»Ich glaube, im Basar *Zum trockenen Brunnen* gibt es einen Schreiber, der die Sprachen aus dem Norden beherrscht. Wenn er noch da ist, würdest du ihn bitte zu mir schicken? Biete ihm die übliche Bezahlung an und ein zusätzliches Kupferstück für seine Mühe. Wärst du so freundlich?«

»Selbstverständlich, Herr. Ich nehme zuvor nur noch das Abendessen vom Feuer.« Damit stapfte sie davon.

Schobai blieb nachdenklich sitzen, bis die hohen Stimmen aus dem Nebenraum an sein Ohr drangen. Lächelnd stand er auf und ging zur Tür. »Kinder!«, rief er. »Seid ihr wach?«

Als Antwort begrüßten sie ihn mit fröhlichem Gelächter. »Vater!«, riefen die zweijährigen Zwillinge, liefen ihm entgegen und umarmten seine Knie. Strahlend hob der blinde Mann sie hoch, als wären sie so leicht wie zwei Stoffpuppen, drückte sie an die Brust und küsste beide auf die Stirn.

»Teti! Ketan!«, begrüßte er zuerst das Mädchen, dann den Knaben. »Ich bin froh, wieder bei euch zu Hause zu sein. Freut ihr euch auch, mich zu sehen?«

Sie antworteten mit ihrem hohen Gezwitscher und eines wollte das andere übertönen. Schobai drückte sie glücklich noch einmal an sich, setzte sich wieder auf seinen Hocker und jedes Kind auf ein Knie. »Jetzt erzählt mir einmal, was ihr beide heute gemacht habt!«

»Sie haben den ganzen Tag gestritten«, antwortete Heket an der Tür, noch ehe die Kinder ein Wort sagen konnten.

»Gestritten? Aber worüber denn?«

Heket gebot den Kindern mit einem strengen Blick zu schweigen und antwortete an ihrer Stelle. »Über ihre Muttermale. Teti deutet es so, und Ketan deutet es anders. Jedes besteht auf seiner Deutung. Ich habe ihnen gesagt, sie sollten warten, bis Ihr zu Hause seid, Herr. Ihr würdet es ihnen erklären. Aber es half nichts. Die Katze hört mehr auf mich als die beiden.« Sie seufzte und wandte sich zum Gehen. Sie war wirklich wütend geworden.

Schobai küsste jeden Zwilling noch einmal und wollte sie

noch für ihren Ungehorsam schelten. Doch ehe er etwas sagen konnte, unterbrach ihn Teti mit ihrer lautstarken Behauptung, dass ihr Muttermal bedeute, dass sie eines Tages die Braut eines Löwen sein werde. Ketan kicherte und meinte, noch nie zuvor so etwas Dummes gehört zu haben. Ihr Vater griff ein, bevor aus dem gutmütigen Geplänkel Ernst wurde.

»Jetzt hört mir einmal zu, ihr beiden«, sagte er. »Ich werde euch noch einmal genau wiederholen, was mein Vater vor langer Zeit mir und meinem Bruder Hadad gesagt hatte. Ich will, dass ihr es euch endgültig merkt, habt ihr verstanden?«

»Ja, Vater«, antworteten die beiden und warteten ernst auf die bekannte Geschichte.

»In unserer Familie gibt es eine alte Legende. Sie handelt von unseren altehrwürdigen Vorfahren, den Stammeltern aller Menschen auf Erden. Der erste Mann und die erste Frau, wie sie genannt wurden, hatten zwei Söhne. Der ältere war ein Bauer, der nebenbei gern mit Metall arbeitete. Der jüngere Sohn hütete die Herden.«

Die Kinder schmiegten sich eng an die breite Brust des Vaters und lauschten gespannt.

»Der ältere Sohn hieß Kain. Er war eifersüchtig auf seinen jüngeren Bruder Abel, weil er das Gefühl hatte, dass Gott Abel bevorzugte. Eines Tages wurde Kain so zornig, dass er seinen Bruder schlug und tötete. Das war eine schreckliche Tat. Zur Strafe verurteilte ihr Gott Kain dazu, für immer als Waffenschmied zwischen den Völkern der Erde hin und her zu wandern und Waffen zum Töten anzufertigen. Auch seine Nachkommen sollten geschickte Waffenschmiede werden. Das Kainsmal auf ihren Rücken, ein Muttermal in Form einer Löwenpranke, sollte sie für alle Menschen auf Erden kenntlich machen.«

Plötzlich fiel Schobai auf, dass die Zwillinge seltsam still geworden waren. Er strich ihnen über die Köpfe, und die beiden atmeten gleichmäßig weiter.

»Könnten sie doch immer so friedlich sein«, seufzte Schobai.

Die Kinder schlummerten immer noch auf Schobais Schoß, als es an der Tür klopfte; Schobai schreckte aus seinen Tagträumen auf. Die Tür wurde geöffnet und Heket verkündete ihm, dass sie ihren Auftrag erledigt hatte. »Der Schreiber Sahu ist hier, Schobai, wie Ihr es gewünscht habt.«

Schobai schickte Heket mit den Zwillingen in das Zimmer der Kinder. Dann wandte er sich in die Richtung, in der er den Schreiber vermutete. »Ich habe gehört, dass du die Sprachen beherrschst, die im Norden gesprochen werden. Kannst du das hier lesen?« Er streckte die Hand mit der kleinen Tontafel aus.

Der Schreiber griff nach der Tafel und schwieg einen Augenblick. Dann sagte er verwundert: »Sicher kann ich es lesen, Herr. Aber es ergibt keinen Sinn.«

»Kümmere dich nicht darum. Sag mir, was auf der Tafel steht. Es ist in der Sprache von Haran geschrieben, nicht wahr?«

»Richtig, Herr. Aber es war nicht die Sprache des Verfassers. Wer immer das hier geschrieben hat, hat sich große Mühe gegeben, die Schrift zu erlernen, um seine Botschaft niederzuschreiben. Er hat eine fürchterliche Handschrift. Ich nehme an, dass Ihr die Sprache kennt, Herr. Vielleicht könnt Ihr Euch einen Reim darauf machen.« Er las die Silben der in Keilschrift geschriebenen Botschaft. »Versteht Ihr jetzt, Herr, was ich gemeint habe?«

Der Schreiber sah Schobai an, und der Gesichtsausdruck des Blinden erschreckte ihn. »Stimmt etwas nicht, Herr?«

Schobai nahm sich zusammen. »Nein, nein. Du hast gute Arbeit geleistet. Meine Dienerin soll dir deinen Lohn ausbezahlen. Sag ihr, dass du den Bonus verdient hast, den ich für gute Arbeit versprochen habe.«

»Aber ...«

»Du kannst jetzt gehen. Ich danke dir.« Mit der kleinen Tafel in den Händen blieb Schobai mit unbeweglichem Gesicht sitzen. Die Botschaft war einfach, aber geheimnisvoll. »Das dumme Kaninchen schlief im Bau des abwesenden Leoparden. Nach seiner Rückkehr hatte der Leopard Kaninchenfleisch zum Abendessen.«

Schobai öffnete die Hand, und die Tafel fiel zu Boden.

»Dann ist es also wahr«, flüsterte er. »Er lebt. Baka lebt.« Schobai kniete nieder und tastete aufgeregt über den Boden. Seine Bewegungen waren ruckartig und ungelenk. Als er die Tafel gefunden hatte, drückte er sie mit zitternden Händen an die Brust.

Tief im Innersten wusste er, dass der Schreiber die Botschaft nicht falsch gelesen hatte. Bereits zwei Sommer zuvor war das Gerücht umgegangen, dass Baka, der berühmte Kommandant der Ägypter in der Grenzgarnison von Athribis, nach seiner Gefangennahme durch die Nomaden im Gefängnis der Feinde nicht ums Leben gekommen war, sondern irgendwo lebte und gesund war. Aber General Unas, Bakas früherer Kamerad und jetziger Freund von Schobai, hatte diese Gerüchte als Kriegsgeschichten bezeichnet und nicht für voll genommen. Unas beharrte auf seiner Meinung, dass Baka ein gefürchteter Gegner gewesen sei, den man nicht schonte. Der Offizier der Nomaden, der Baka überwältigt hatte, war außerdem nicht der Mensch, der Gefangene machte.

Schobai spielte unruhig mit der Tontafel. Wäre er nicht von Bakas Tod überzeugt gewesen, so hätte er Bakas Witwe nie zur Frau genommen, auch wenn er sie noch so sehr liebte. Er war Baka nie begegnet, aber er hatte von Meret und Unas so viel über ihn gehört, dass er das Gefühl hatte, ihn zu kennen. Und eines war sicher: Baka hatte Meret wild und leidenschaftlich geliebt.

Und wenn es stimmte? Wenn er noch am Leben war?

Schobai hielt die Tontafel krampfhaft in seiner rechten Hand.

Die Tafel enthielt sein Todesurteil. Sie unterrichtete ihn davon, dass ihm der Tod drohte, dass irgendwo da draußen in der Dunkelheit der Tod auf ihn lauerte und ihn jederzeit überraschen konnte. Ihm, Schobai, war es bestimmt, durch Bakas Hand zu sterben.

II

Die Wachen hielten den jungen Mann rechts und links an den Armen fest. Sie wirkten ungeduldig. Doch Potiphar, der oberste Koch am Hof von Dedmose, dem Herrn beider Reiche, zögerte immer noch, sie gehen zu lassen und den jungen Mann fortzubringen. Potiphar hatte sogar Tränen in den Augen. Das war ihm schon mehrmals an diesem Tag passiert, noch ehe die Wachen gekommen waren. Mit unsicherer Stimme fragte er: »Ist das alles? Es tut dir nicht Leid, was du mir angetan hast? Du bereust es nicht, mein Vertrauen missbraucht zu haben?«

Das Gesicht des jungen Mannes blieb ernst; eine eigenartige Heiterkeit lag auf seinen Zügen. Seine Augen sprachen vom Schmerz und seiner großen Zuneigung zu seinem Herrn. »Ich habe nichts getan, Herr. Ich habe Euer Vertrauen nicht missbraucht. Eines Tages werdet Ihr das begreifen. Ich habe Euch treu gedient, so gut ich konnte, mit Liebe und Achtung.«

»Treu?«, fragte Potiphar. »Nennst du das treu gedient, wenn du versuchst, meine Frau zu verführen, da ich sie mit dir allein gelassen habe? Ihr lüsterne Aufmerksamkeit zu schenken, während ich fort bin?«

»Ich wiederhole, Herr«, beteuerte der Diener. »Meine Herrin wird ihre eigenen Gründe für derartige Anschuldigungen haben. Ich kenne sie nicht und will sie nicht kennen. Ich wünsche ihr nur Gutes. Aber ich wiederhole, was ich bereits gesagt habe: Ich habe mich ihr nie auf die von ihr behauptete Art genähert. Meine Achtung vor ihr sowie meine Achtung und Liebe zu Euch, Herr, hätten das nie zugelassen.«

»Meine Frau behauptet, du hättest es getan!«, widersprach der Koch; er konnte seinen Zorn und seine Verwirrung kaum verbergen. »Meine Frau lügt nicht!« Doch seine Augen straften ihn Lügen.

»Eure ehrenwerte Gemahlin ist in letzter Zeit verwirrt. Es steht einem Diener nicht zu, zu sagen, warum. Ein Mensch, der tief in Gedanken ist oder Angst hat, läuft Gefahr, dass ihm seine Vorstellung einen Streich spielt, Herr. Ich bin überzeugt, dass sie glaubt, ihre Behauptungen seien wahr. Ich bedauere nur zutiefst, dass ich der Gegenstand ihrer Gedanken war. Ich will sie nicht beschuldigen ...«

»Beschuldigen?«, fuhr der Koch auf. »Du wagst es, mir von Beschuldigungen zu reden? Zum Henker mit dir! Du hast meinen guten Glauben missbraucht! Ich werde nie mehr jemandem vertrauen!«

Der junge Mann neigte ehrerbietig das Haupt. »Entweder man vertraut den Menschen, oder man tut es nicht, Herr. Ihr habt ein gutes Herz, Herr, großzügig, weise und offen. Wenn ich Euch in irgendeiner Weise enttäuscht habe, möchte ich mich dafür entschuldigen. Aber ich bleibe dabei: Ich habe nichts Unrechtes getan.« Sein Akzent, der ihn als Kanaaniter verriet, war nur mehr sehr schwach, und seine schmeichelnden Worte kamen gewandt, wie aus dem Mund eines Höflings. Das schürte Potiphars Ärger.

»Genug jetzt! Bringt ihn fort!«, befahl er heiser.

Die Wachen führten den jungen Mann fort, und Potiphar starrte ihnen lange händeringend nach. Ein Gedanke wollte ihm einfach nicht aus dem Sinn gehen: Was ist, wenn sie lügt? Was ist, wenn er die ganze Zeit über die Wahrheit gesagt hat?

»Ach, Joseph! Joseph!«, jammerte er laut.

Er hatte nie einen besseren Diener gehabt, in seinem ganzen verwöhnten Leben nicht. Schon bevor er an den Hof gekommen war, hatten ihm immer gehorsame Diener alle Mühen abgenommen. Bei Hof gab es überhaupt zwanzigmal mehr Diener als Herren. Joseph war als Sklave nach Ägypten gekommen; ismaelitische Händler hatten ihn gekauft. Erstaunlich schnell hatte er die Sprache meisterlich erlernt. Er besaß die Gabe, jeden Befehl förmlich vorauszuahnen. Jeden Wunsch seines Herrn schien er zu kennen, auch wenn ihn dieser nicht aussprach. Die anderen Diener hielten ihn für so etwas wie einen Hellseher. Ganz gleich warum, er wurde Potiphars rechte Hand, wurde unverzichtbar und war absolut verlässlich.

Das Problem ist nur, dass er so verdammt hübsch ist. Und meine Frau hat eine Schwäche für gut aussehende Männer, dachte Potiphar.

Seine Frau näherte sich allmählich dem Alter, in dem Frauen beginnen an ihrer Anziehungskraft zu zweifeln. Sie betrachten sich lange im Spiegel, suchen besorgt nach Falten, verschwenden ein kleines Vermögen für Salben und Cremes für ihre alternde Haut. Sie wollen ihre Anziehungskraft erneut erproben und kokettieren mehr oder weniger ernsthaft mit jedem gut aussehenden Mann, der ihnen über den Weg läuft.

Potiphar schüttelte unwillig den Kopf. Er wollte ihr einfach nicht glauben. Lieber wollte er dem jungen Mann Glauben schenken, der behauptete, unschuldig zu sein, und die Anschuldigungen seiner Herrin in den Bereich ihrer eigenen Wunschvorstellungen verwies.

Er bezwang sich und schlüpfte in die kostbaren Ledersandalen, die er immer bei Hof trug. Von seinen Räumen führte ein Flur in den großen Saal, in dem Madir, der Wesir des Herrschers beider Reiche, an diesem Vormittag Audienz hielt. Potiphar durchmaß den Flur mit geschäftigen Schritten, aber innerlich quälten ihn noch die gleichen widersprüchlichen Gedanken und Gefühle.

Der große Vorraum war eine offene atriumähnliche Halle, die an beiden Seiten von Zwergpalmen begrenzt wurde. Hier begegnete Potiphar Ebne, einem Höfling aus dem von den Nomaden besetzten Delta, der hier im Exil weilte, und dem Priester Hapu. »Ich grüße euch!«, grüßte Potiphar höflich, aber zerstreut. »Madir ist doch hoffentlich hier?«

»Ja«, antwortete Ebne. »Heute behandelt er nur zivile Fälle. Er sollte mit den augenblicklich abgehandelten Prozessen fertig sein, sobald die Sonne etwa hier steht.« Dabei deutete er mit dem Fuß auf eine Stelle auf den Fliesen, die jetzt noch in tiefem Schatten lag. »Was bringt dich heute her, edler Potiphar?« Ebne sah den Priester verständnislos an, dann wandte er sich lächelnd an den obersten Koch. »Vielleicht können wir etwas für dich tun, während du auf den ehrenwerten Madir wartest?«

»Nein, vielen Dank. Es handelt sich nur um eine Routineangelegenheit, eine Ladung verdorbener Oliven aus Fajum.«

Ebne trat näher, fasste Potiphar am Arm und führte ihn in eine Ecke des Vorraums zu einer der Zwergpalmen. »Ich wollte schon seit geraumer Zeit mit dir sprechen, mein Freund. Wir haben einen gemeinsamen Bekannten, den ehrenwerten General Harmin. Er hat sich wohlwollend über dich geäußert, hält dich für einen klugen Mann von Format, dem man trauen kann und der Vertrauen zu würdigen weiß.«

Der Priester Hapu beobachtete die beiden mit rätselhaftem Lächeln. Potiphar sah es und hob abwehrend die Hand. »Mir gehen heute gewichtige Dinge durch den Kopf, Ebne«, wandte er ein. »Ich wäre Euch jetzt keine große Hilfe. Ich muss mich mit ein paar Problemen auseinander setzen, mit denen ich Euch aber nicht langweilen möchte.« Er schüttelte den Kopf; was es auch war, das Ebne mit ihm besprechen wollte, Potiphar lehnte ab. »Später vielleicht, sobald ich wieder klar denken kann.«

»Natürlich, mein Freund. Ich wollte nur ...«

»Nein, bitte nicht. Seid mir nicht böse. Wenn es wirklich etwas Wichtiges ist, worüber Ihr mit mir reden wollt, dann kommt nächste Woche zu mir zum Essen. Dann können wir uns unterhalten.«

»Du bist zu großzügig mit deiner Zeit. Können wir uns vielleicht besser auf ein privates Treffen in meinen Gemächern einigen? Wenn du einmal nicht beschäftigt bist?«

»Ja, das passt mir. Wenn Ihr mich jetzt bitte entschuldigt. Ich werde morgen wiederkommen. Ihr habt gesagt, Madir behandelt heute nur zivile Rechtsstreitigkeiten. Ich empfehle mich, mein Freund, edler Hapu!« Er machte eine kleine Verbeugung und ging davon; die Sorge war ihm immer noch anzusehen.

Hapu trat näher; sein kahl geschorener Kopf glänzte in der Sonne. »Er ist unbedeutend«, bemerkte er. »Meiner Meinung nach ist er die Mühe nicht wert.«

»Sei nicht voreilig«, widersprach Ebne. »Ein oberster Koch, dem wir vertrauen können, kann uns eine wertvolle Quelle für alle möglichen Neuigkeiten sein. Die Menschen vergessen leicht die Anwesenheit des Kochs und reden in seiner Gegenwart über die erstaunlichsten Dinge. Man dürfte ihm natürlich nicht zu viel erzählen.«

»Vielleicht hast du Recht«, pflichtete ihm der Priester bei. Er sah sich um und vergewisserte sich, dass ihnen niemand zuhörte. »Was ist gestern Abend bei der Versammlung vorgefallen?«

Ebne lächelte verschwörerisch. »Wir haben bezüglich Unas einen Entschluss gefasst.« Er machte mit der Hand eine Geste quer über den Hals.

»Das kann doch nicht wahr sein!«, staunte der Priester. »Und Harmin, sein eigener General, war auch anwesend?«

»Harmin hat den Vorschlag gemacht. Ist Unas einmal aus dem Weg geräumt, ist in Harmins Kommando in den höheren Rängen so gut wie niemand übrig, der sich unserem Rückzug nach Theben widersetzen würde. Dort können wir uns besser verteidigen. Du verstehst, warum ich strahle.«

»Du hast guten Grund dazu. Du und Harmin, ihr habt große Besitzungen in Theben. Wenn wir uns dorthin zurückziehen, zählt die halbe Bevölkerung von Oberägypten zu euren Mietern.

Leute mit genügend Geld oder einem Besitz von Wert, die Memphis oder Fajum verlassen und sich in Theben ansiedeln wollen ...«

»... müssen dafür den von uns geforderten Preis bezahlen. Aber mach dir keine Sorgen. Du bist Priester und ...«

»Ich verstehe.« Hapu lächelte kühl. »Wie wollen wir Unas loswerden? Was hat Harmin vorgeschlagen? Immerhin reden wir über den Helden der Schlacht von Sais! Er steht nicht nur bei Hof in der Gunst, sondern auch beim Volk. Wir können ihn nicht offen ermorden.«

»Keine Sorge. Es gibt immer eine Möglichkeit. Er kann in der Schlacht durch einen verirrten Pfeil aus den eigenen Reihen umkommen. Oder er kann auf dem Rückzug erschlagen und zurückgelassen werden, sodass ihn die Nomaden finden müssen. Stell dir vor, was sie mit Unas anstellen, nachdem er sie bei Sais derart gedemütigt hat!«

Der Priester lächelte. »Ich sehe, die Sache liegt in guten Händen. Und wie hat sich der Rat bezüglich des großen schwarzen Mannes entschieden? Wie heißt er doch gleich? Du weißt schon, der den Oberlauf bereist, um Söldner anzuwerben, die mit uns gegen die Nomaden kämpfen sollen.«

»Akilleus. Auch um ihn wird man sich kümmern. Aber erst nachdem er sich für uns nützlich gemacht hat, nicht davor. Er darf zuerst in Nubien wegen Erz verhandeln, denn er kann dort Ergebnisse erzielen, die ein Mann mit hellerer Hautfarbe nie zustande brächte. Die Nubier erinnern sich an den kriegerischen Sesostris und die Befestigungen, die er am Nil errichten ließ, um die Schwarzen aus seinen Gebieten fern zu halten. Dieser Akilleus oder wie er heißt ...«

»Der Name klingt griechisch.«

»Angeblich gaben sie ihm diesen Namen auf den Inseln, als er dort Sklave war. Aber er wurde in Nubien geboren oder sogar südlich von Nubien, niemand scheint das genau zu wissen. Er wurde als Kind von Sklavenhändlern entführt. Aber offensichtlich ist er schwarz genug, um das Misstrauen der Nubier zu entkräften. Das Gleiche gilt für seine Frau. Sie ist Nubierin. Sie ist in Nubien geboren, dort aufgewachsen und spricht die Sprachen, die man in den Wüstengegenden oberhalb des Vierten Katarakts spricht. Vermutlich wird sie die Verhandlungen führen. Sie ist die Witwe eines hohen nubischen Soldaten aus Sile und weiß, wie man Verhandlungen führt und Verträge aushandelt.«

»Sie dürfen also im Süden Truppen anwerben?«

»Ganz richtig, aber mach dir keine Sorgen! Er entgeht uns nicht. Wenn er alle Abschlüsse getätigt und herausgeholt hat, was möglich war, ist er dran.«

»Ein gedungener Mörder?«, fragte der Priester ungerührt.

»Der Beste«, erwiderte Ebne zufrieden. »Ruhig, tüchtig und verlässlich, vor allem so gut wie nicht zu entdecken. Er begleitet den Trupp als Übersetzer. Niemand weiß, wer er ist. Tritt der ehrenwerte Akilleus dann an der Spitze seines Söldnerheers den Rückzug an, hat sich unser Mann schon in sein Vertrauen eingeschlichen. Wenn es niemand erwartet, schlägt er zu.« Ebne fuhr sich mit der Hand quer über die Kehle und begleitete die Geste mit einem kehligen Laut. »Er übernimmt dann Akilleus' Stelle und führt die Söldner zurück. Er soll auch die Frau beseitigen und jeden, den er in der ursprünglichen Truppe für unzuverlässig hält.«

»Hervorragend. Der ganze Plan stammt von dir, habe ich Recht?«

»Es ehrt mich und beruhigt mich, dass du darin meine Handschrift erkennst. Aber sei versichert, dass auch deine Interessen gewahrt werden.«

Der Priester blickte Ebne kurz an, und ein flüchtiges Lächeln huschte über sein Gesicht; aber seine Augen blieben ernst. »Wir sitzen alle im selben Boot, vergiss das nicht. Jeder von uns weiß genügend über die anderen und kann ein wahres Blutbad auslösen, wenn er gegenüber Madir oder dem Herrscher beider Reiche etwas verlauten lässt.«

»Ich sehe, wir verstehen einander.« Ebne nickte zustimmend und trat noch einen Schritt näher, bevor er beinahe unhörbar flüsterte. »Jetzt können wir nur hoffen, dass unser Freund Jusni schon bald Gelegenheit findet, seinen besonderen Leckerbissen für Madir zu backen, wie er es versprochen hat. Die Köstlichkeit wird dem empfindlichen Magen des Wesirs nicht gut bekommen. Dann sind wir endlich alle Probleme los.« Er schlug dem Freund auf die Schulter. »Komm, wir wollen einen Becher Palmwein auf unseren Erfolg und auf Madirs Ableben trinken! Ich lade dich ein.« Arm in Arm gingen der Priester und der Höfling davon, und ihre Schritte verhallten in dem großen Vorraum.

Lange blieb es still; nichts regte sich. Dann wagte sich Meret in das helle Sonnenlicht in der Mitte des Raums. Angst und blankes Entsetzen standen ihr ins Gesicht geschrieben. Mit einem hastigen Blick nach rechts und links vergewisserte sie sich, dass sie die Einzige gewesen war, die dieses erstaunliche Gespräch mit angehört hatte. Sie schob den Schal vom Kopf und steckte ihre schwarzen Haare hinter die Ohren. Aufgeregt fuhr sie sich mit der Hand über die schweißnasse Stirn. Sie fühlte sich äußerst unbehaglich.

Kaum konnte sie das soeben Gehörte glauben!

Verrat?

Eine Verschwörung zum Mord? Zu zwei oder mehr Morden? Sie war sich nicht sicher. Die letzten Sätze waren so leise gesprochen worden, dass sie nicht alles verstanden hatte. Das Schlimmste daran war, dass es sich bei den Opfern um gute alte Freunde von ihr und Schobai handelte.

Wie konnte jemand Unas umbringen wollen, wo er doch zu den fähigsten Offizieren in der ägyptischen Armee zählte? Was muss das für ein Mensch sein, der Akilleus töten will? Der schwarze Riese war der warmherzigste, großzügigste Mensch, den man sich vorstellen konnte. Sie hätte geschworen, dass er keine Feinde hatte. Sicher, seine übertriebenen Prahlereien hatten ihn im Laufe der Jahre in ein paar Zweikämpfe verwickelt, wenn er Männer beleidigt hatte, die sich nicht von seiner Körpermasse abschrecken ließen. Aber meistens waren diese Kämpfe nach einem kurzen Schlagabtausch zu Ende, und beide Kämpfer zogen Arm in Arm in die nächste Schenke, um die noch verbliebenen Unstimmigkeiten im Wein zu ertränken; das ging immer auf Kosten des schwarzen Riesen.

Und Ebana, seine nubische Frau? Warum wollten diese Menschen sie töten? Meret hatte noch nie einen gütigeren, klügeren Menschen und eine treuere Freundin erlebt. Warum wollte jemand Ebana ermorden?

Meret setzte sich auf eine steinerne Bank und versuchte, zur

Ruhe zu kommen und nachzudenken. Die Verschwörer wollten die Aufgabe von Memphis erzwingen. Und nicht nur von Memphis, auch Fajum sollte aufgegeben werden. Seit der Besetzung des Deltas war man ausschließlich auf die Ernteerträge aus der Oase Fajum angewiesen, um die oberägyptischen Streitkräfte verlässlich mit Nahrungsmitteln versorgen zu können.

Die Verschwörung spielte sich in den höchsten Kreisen ab. Nur Madir und die Familie des Königs standen noch über den Verschwörern. Man musste sich vorstellen: Harmin, der General, und Hapu, der Hohepriester!

Was konnte sie dagegen unternehmen? Sollte sie Madir benachrichtigen? Er würde ihr nie glauben. Die Verschwörer würden erfahren, dass sie geplaudert hatte, und früher oder später, in einer dunklen Nacht, wenn niemand außer dem blinden Schobai zu ihrer Verteidigung zugegen war, würden sie einen ihrer gedungenen Mörder nach ihr ausschicken, so wie sie einen auf Akilleus und Ebana angesetzt hatten. Sie würde ihn erst erkennen, wenn es zu spät war.

Was konnte sie tun?

Sollte sie Schobai davon erzählen? Sofort verwarf sie den Gedanken wieder. Sie wollte seine Sorgen auf keinen Fall noch vermehren. Was könnte er außerdem tun? Bei Hof würde man zweifellos eher auf sie hören, die Tochter eines Adeligen und ehemaligen Magistrats, als auf Schobai, einen Fremden, einen blinden Mann.

Meret versuchte krampfhaft, das Zittern ihrer Hand zu kontrollieren. An wen konnte sie sich wenden? Wem konnte sie trauen?

III

Uni, der Oberaufseher des königlichen Gefängnisses in Memphis, untersuchte kopfschüttelnd den jungen Gefangenen. Er war kaum dem Knabenalter entwachsen. Aufrecht stand er vor dem Aufseher, ohne den schuldbewussten Ausdruck eines Übeltäters. Er benahm sich zurückhaltend und respektvoll. Er war groß, hatte rötliche Haare und entsprach keineswegs dem üblichen Bild eines Sklaven. Er wirkte eher wie ein … ja, wie was? Wie ein Königssohn. Tatsächlich glich er mehr einem Königssohn als so mancher, der sich in jenen gefährlichen Zeiten des augenblicklichen Interregnums als solcher ausgab.

Uni sah finster vor sich hin. Ja, sie hatten ein Interregnum. Dem derzeitigen Beherrscher beider Reiche, Dedmose, war es trotz seiner Machtdemonstration nicht geglückt, Kontrolle über mehr als die Roten Lande zu behalten. Die viel fruchtbareren, wertvolleren Schwarzen Lande des Deltas lagen in den Händen der verhassten Nomaden-Eindringlinge. Dedmose hatte sein Amt erst seit ein paar Jahren inne, doch seine Abstammung konnte sich nicht mit jener der Gottkönige messen, die in den großen Tagen Ägyptens Pharaonen waren. Verglich man diesen Dedmose mit dem sagenhaften Sesostris – ganz gleich mit welchem der drei Könige dieses Namens – oder mit einem der Amenemhets, so verblich er zur Unkenntlichkeit.

Dieser junge Mann hier hingegen glich einer der Gestalten auf den königlichen Friesen, auch wenn kein Tropfen ägyptischen Bluts in seinen Adern rann. »Junger Freund, dreh dich doch bitte um, ja?«, bat Uni schließlich.

Der junge Mann war nackt, bis auf ein schmales Lendentuch, wie es Hausdiener trugen. Er bewegte sich mit Würde, aber nicht überheblich, und wartete geduldig auf weitere Befehle.

»Du wurdest nicht geschlagen, wie ich sehe.«

»Nein, Herr«, antwortete der Jüngling. »Ich habe auch nichts getan, was Schläge oder meine Anwesenheit hier verdient hätte.«

Uni blickte seinen Gefangenen scharf an. Der junge Mann hatte mehr zu sagen, behielt es aber klugerweise für sich und wartete, bis er gefragt wurde. Das zeugte von Scharfsinn; er verstand sich offenbar auf die Spielregeln. »Ich weiß«, nickte Uni. »Alle, die hierher kommen, erzählen die gleiche Geschichte. Ihr seid alle unschuldig, jeder Einzelne.« Er hielt inne und wartete darauf, dass der Gefangene sich rechtfertigte. Doch auch jetzt blieben Beteuerungen aus. Der Jüngling wartete geduldig. Ein gutes Zeichen. Etwas im Betragen des jungen Mannes sagte Uni, dass er nicht deshalb schwieg, weil er etwas zu verbergen hatte.

Uni verschränkte die Arme vor der Brust. »Lass mich deine Hände sehen, Junge!« Gehorsam streckte der Gefangene die Hände aus, die Handflächen nach oben. Uni untersuchte sie. »Du hast keine nennenswerten Schwielen. Wie lange bist du schon Sklave? Ich wette darauf, dass du nicht als Sklave geboren wurdest.« Er wartete auf Antwort – immer noch auf die übliche Geschichte gefasst: Noch als Kind den Armen der Mutter entrissen. Ich bin edler Herkunft, Herr. Verleiht mir doch wieder meinen früheren Stand! »Nun?«, forderte er den Jüngling nach einer Weile abermals auf zu sprechen. »Das ist dein Stichwort, auf das du mir deine traurige Geschichte erzählen sollst.«

»Das ist nicht meine Absicht, Herr«, antwortete der junge Mann. »Es sei denn, Ihr fragt mich danach. Ich möchte Euch nicht mit Geschichten überfallen, die Euch bestimmt jedes Mal langweilen, wenn Ihr sie hört.«

Uni lachte leise. »Gut gemacht, junger Freund! Aber ich frage dich: Wer bist du? Wie bist du nach Ägypten gekommen? Du bist doch nicht in Ägypten geboren, das weiß ich. Du kommst von irgendwo aus dem Norden, habe ich Recht?«

»So ist es, Herr«, begann der Gefangene jetzt ruhig. »Ich heiße Joseph. Ich bin der elfte Sohn meines Vaters Jakob, der ein König in Kanaan ist.« Er dachte kurz nach, dann fügte er hinzu. »Wo ich herkomme, bedeutet König etwas anderes als hier. Ihr würdet meinen Vater vermutlich als einen wohlhabenden Hirten bezeichnen, der gleichzeitig das Richteramt ausübt und ein Priester des Gottes meines Volkes ist.«

»Ein gut beobachteter Unterschied«, gab Uni anerkennend zu. »Erzähle weiter! Wie bist du hergekommen?«

»Ich bin der erste Sohn der zweiten Frau meines Vaters«, erklärte Joseph. »Mein Vater liebte seine zweite Frau mehr als die erste, und das war meinen Halbbrüdern nicht entgangen. Sie lehnten mich vor allem deshalb ab, weil mein Vater mich ihnen vorzog, obwohl er der Sitte nach sie mir hätte vorziehen müssen.«

»Ich verstehe. Das Recht der Erstgeborenen wurde übergangen. Deine Brüder wollten dich also loswerden?«

»Genau das haben sie gemacht, Herr. Dabei glaube ich, dass sie im Zorn und ohne nachzudenken gehandelt haben und es jetzt bereuen. Ismaelitische Händler in der Gegend machten mich zum Sklaven und verkauften mich. Mein erster Herr verkaufte mich weiter, und jedes Mal stieg der Preis.«

»Das könnte auch im Missverhältnis zu unserem Geld liegen«, warf Uni dazwischen. »Andererseits scheinst du mir ziemlich nützlich zu sein. Ich kann mir vorstellen, dass man mit dir auf dem derzeitigen Markt einen guten Preis erzielt, falls ich dich verkaufen wollte.« Er bemerkte, wie der junge Mann bei diesen Worten die Stirn kraus zog. »Aber keine Sorge, ich habe nicht die Absicht, dich zu verkaufen. Außerdem wäre das ungesetzlich, wie du vermutlich weißt. Der gegen dich erhobene Vorwurf ist nicht schwerwiegend genug.« Joseph entspannte sich wieder, und Uni fuhr fort. »Erzähle mir genau, was geschehen ist, dass dich der edle Potiphar hierher geschickt hat.«

Joseph räusperte sich. »Die Gemahlin meines Herrn« – er verzog verlegen das Gesicht zu einer angewiderten Grimasse – »die Gemahlin meines Herrn hat sich in mich verliebt. Als ich ihre Gefühle nicht erwiderte, behauptete sie, ich habe sie mit Gewalt nehmen wollen.« Er hatte Mühe, die Worte auszusprechen. »Bei meinem Herrn konnte ich mich nicht verteidigen, ohne alles zu erzählen. Das aber hätte das Ende des letzten bisschen Friedens bedeutet, den mein gnädiger Herr mit seiner Frau noch hat. Ich hatte die Wahl, zu schweigen und hier zu landen oder zu sprechen und den Frieden meines Herrn zu verspielen. Ihr seht, wie ich mich entschieden habe.«

»Wie edel von dir! Und du erwartest vermutlich, für deine edle Tat belohnt zu werden. Soll ich dir jetzt deine Selbstlosigkeit vergelten?«

»Es steht mir nicht an, Euch zu sagen, was Ihr tun sollt, Herr«, antwortete der Jüngling und betonte dabei das Wort *sollt* etwas stärker.

Uni entging das nicht. »Du verstehst es also auch, dich sehr vorsichtig auszudrücken! Was habe ich noch alles über dich gehört? Bist du jener Diener des Potiphar, der über die Gabe des Hellsehens verfügt? Kannst du in die Zukunft schauen?«

»Manchmal, wenn es der Gott meiner Väter will, Herr. Er hilft mir dabei, Dinge zu verstehen. Manchmal verhelfen mir meine eigenen Träume dazu, manchmal die Träume eines anderen.« Joseph schüttelte traurig den Kopf. »Manchmal kann ich die Träume anderer deuten, meine eigenen aber nicht. Es liegt immer in den Händen meines Gottes.«

Uni ging gedankenverloren auf und ab. Lächelnd fuhr er schließlich fort: »Kannst du mir also sagen, falls dein Gott dir die Einsicht gewährt, was ich als Oberaufseher des königlichen Gefängnisses mit dir tun soll?«

Uni glaubte, ein winziges Zwinkern in Josephs Augen zu bemerken, als dieser antwortete: »Das ist jetzt keine Weissagung, Herr; der Geist Gottes ist nicht bei mir. Aber mein gesunder Menschenverstand, den er mir gegeben hat, lässt mich sagen, dass Ihr mich höchstwahrscheinlich gerecht behandeln werdet.«

»Werde ich das? Sprich weiter!«

»Wenn ich Euer Amt richtig sehe, so könnt Ihr mich ohne Anordnung von oben nicht freilassen. Aber Ihr habt große persönliche Vollmacht darüber, wie ich im Gefängnis behandelt werde. Ihr habt bereits festgestellt, Herr, dass ich für schwere körperliche Arbeit nicht geeignet bin. Dort wäre ich vollkommen fehl am Platz, und Ihr hättet bald einen Sklaven weniger.«

»Bis jetzt liegst du richtig, mein hellseherischer Freund. Fahre fort!«

»Andererseits ließen mich meine früheren Herrn in den unterschiedlichsten Fertigkeiten unterweisen, die im Haus gebraucht werden. Ich kann schreiben, kann Buch führen, Briefe entwerfen. Vor dem Tod meines ersten Herrn war ich Verwalter in einem Haushalt mit dreißig Sklaven und sechzehn Leibeigenen. Mir oblag es, die Arbeiten zuzuweisen, und ich musste über mein Amt genau Rechnung legen.«

»Wie lange warst du bei deinem ersten Herrn?«

»Einen Winter, einen Sommer und einen Mond, Herr. Dann starb er. Die Erben teilten den Besitz unter sich und ich wurde verkauft.«

»Einen Winter, einen Sommer und einen Mond? In dieser Zeit hast du es so weit gebracht? Ich bin beeindruckt. Du lernst rasch.«

»Das sagte auch mein erster Herr.«

Uni dachte nach. »Du gehörst ganz offensichtlich nicht unter die Verbrecher. Jeder Narr kann sehen, dass du klug bist. Vielleicht kann ich dich gebrauchen. Du bist ein guter Menschenkenner.« Er sah Joseph herausfordernd an. »Das stimmt doch? Du bist besser als gut?«

»Ja, Herr. Wie es der Gott meines Volkes will. Ich habe mich doch auch in Euch nicht getäuscht, Herr?«

Uni grinste. »Nein, hast du nicht, mein junger Freund. Bei mir kannst du auf Gerechtigkeit zählen. Wenn du mir in einer besonders heiklen Sache hilfst, kannst du nicht nur mit Gerechtigkeit, sondern mit bevorzugter Behandlung rechnen. Das bedeutet bessere Unterbringung, besseres Essen und Arbeit, die Verantwortung verlangt.«

»Ich stehe zu Euren Diensten, Herr.«

»Nun gut. Jetzt setz dich, Junge. Setz dich hier neben mich.« Die beiden nahmen auf einer langen Bank Platz. »Bei Hof gibt es gewisse unangenehme Vorkommnisse. Es hat den Anschein, dass man auf das Leben keines Geringeren als des Herrschers beider Reiche einen Anschlag verübte.«

Joseph zog die Brauen hoch. »Und niemand hat davon etwas gehört?«

»Wir taten, was wir konnten, um es zu vertuschen. Aber es gibt zwei Verdächtige. Ameni, der Mundschenk des Königs, und Jusni, der oberste Bäcker. Man fand Spuren von Gift in den Speisen. Der Vorkoster ist einen schrecklichen Tod gestorben. Das hätte dem König geblüht, hätte er nicht entgegen seiner sonstigen Gewohnheit darauf bestanden, dass der Vorkoster die Speisen an diesem Tag zuerst probierte.« Uni senkte die Stimme. »Madir nahm ebenfalls an diesem Essen teil. Ich habe guten Grund zur Annahme, dass die vergifteten Speisen eigentlich für ihn bestimmt waren, nicht für den König. Doch Madir gibt es nicht zu.« Uni zuckte die Achseln, als wäre diese Einzelheit unwichtig. »Die Zahl der Verdächtigen wurde auf den Bäcker und den Mundschenk eingeengt. Ganz gleich, wer das Opfer hätte sein sollen, beide kommen für die Tat in Frage und keiner kann beweisen, wo er zur fraglichen Zeit war. Beide landeten im Gefängnis, um kein Risiko einzugehen. Doch beide behaupten steif und fest, nichts von einem Mordversuch zu wissen. Ich kann mir vorstellen, dass ich unter der Folter ein Geständnis erzwingen könnte, aber Madir ist dagegen. Die beiden Männer sind entfernte Verwandte seiner Frau, und er will keine Schwierigkeiten mit seinen Verwandten riskieren.«

»Ihr wollt mich demnach zu den beiden stecken. Ich soll versuchen, den Schuldigen herauszufinden.«

Uni lächelte. »Auch wenn du es abstreitest, junger Mann, du hast etwas von einem Hellseher an dir. Oder du bist der gescheiteste Fremde, der mir je untergekommen ist. Denn genau das beabsichtige ich. Wie du vorgehst, bleibt dir überlassen. Aber wenn du uns weiterhilfst, hast du das beste Leben hier im Gefängnis. Mehr kann ich dir nicht versprechen.«

Joseph schwieg eine Weile. Dann antwortete er mit größter Höflichkeit. »Ich wiederhole, Herr, ich stehe Euch zu Diensten, jetzt und in Zukunft. Ich werde tun, was Ihr verlangt, und Gott gebe mir die Kraft und die Einsicht dazu.«

Es war Nacht, aber Meret konnte nicht schlafen. Gegen die nächtliche Kühle in eine warme Decke gehüllt, saß sie auf einem Stuhl neben dem Bett und hing ihren Gedanken nach. Angst und Sorgen quälten sie. Schobai hatte sich in ihrem Bett ausgebreitet, doch sein Schlaf war unruhig, von wilden Träumen gequält. Er schlug um sich, warf sich hin und her und stöhnte, als hätte er schreckliche Schmerzen. Der Mond warf sein helles Licht durch das geöffnete Fenster auf das Bett; auf Schobais Gesicht glänzte kalter Schweiß.

Meret zitterte und hüllte sich noch fester in die Decke. Sie zog die Beine auf den Stuhl, sodass nur die bloßen Zehen hervorlugten. Dann sah sie Schobai an, und ihr wurde erneut bewusst, wie sehr sie ihn liebte.

Sie hatte gehofft, dass die quälenden Anfälle endgültig vorüber seien. Seit mehr als einem Jahr hatte er keinen Albtraum gehabt. Oft und oft hatte er beteuert, wie glücklich sein Leben nun mit ihr geworden war, wie die Kinder und ihre Liebe ihm etwas schenkten, das er nie gekannt hatte.

Sie sah den Unterschied selbst. Anfangs war Schobai ungemein verkrampft gewesen und konnte sich nur selten entspannen. Sie hatte ihn umsorgt und beruhigt, hatte ihm wieder und wieder versichert, dass die Zeit der Angst und der Sorge vorüber sei. Ganz allmählich wuchs sein Vertrauen zu ihr, und er begegnete ihr mit tiefer Achtung. Sie spürte, wie er sich mit jedem Tag mehr öffnete, wie seine Liebe wuchs und erstarkte.

Und jetzt? Die Ängste, die Schlaflosigkeit und die Alpträume waren genauso schlimm wie früher. Sogar bei Tag, wenn ihn die Träume nicht quälen konnten, war seine Anspannung nicht zu übersehen. Seine Muskeln waren hart und verkrampft, und wenn er sie streichelte, tat er es steif und geistesabwesend. Immer schien er in Gedanken versunken, und seine Antworten auf ihre Fragen kamen kurz und bündig.

Mehr denn je zuvor empfand sie das Bedürfnis, ihm ihre Sorgen und Ängste anzuvertrauen, aber sie konnte sich nicht überwinden, ihm ihr Herz auszuschütten. Um nichts in der Welt!

Wie denn auch? Er hatte seine eigenen Sorgen. Wie sollte sie ihm da die ihren auch noch aufbürden!

Ihr geheimes Wissen wurde allmählich unerträglich. Je länger sie es bewahrte, desto größer wurde die Gefahr für die ganze Stadt – und die Gefahr für Unas, ihren alten Freund, der nach der Schlacht von Sais mit ihnen hierher gekommen war. Unas hatte auch Baka gekannt, der einer der tapfersten Verteidiger der fruchtbaren Schwarzen Lande gegen die verhassten Eindringlinge gewesen war. Und jetzt befand sich Unas in Lebensgefahr!

Auch Akilleus' Leben war bedroht.

Die Verschwörung gegen ihn und Ebana musste unter allen Umständen unterbunden werden, ehe es zu spät war. Musuri, der alte Moabiter Söldner, befehligte den militärischen Begleittrupp; konnte er einen geschickten Mörder davon abhalten, seinen Auftrag auszuführen?

Schobai hatte ihr von seinem alten Moabiter Freund erzählt und ihr versichert, dass Akilleus und Ebana bei ihm bestens aufgehoben seien. Musuri ist ein kampferprobter Soldat, hat viel Erfahrung, ist umsichtig und besitzt einen guten Instinkt zur Beurteilung von Menschen, hatte Schobai ihr beteuert.

»Nein! Nein, bitte nicht! Aufhören!«

Meret richtete sich in ihrem Stuhl auf; ihre Augen weiteten sich vor Entsetzen. Schobai wand sich im Bett, schlug mit den Armen wild um sich, als wollte er etwas von sich fern halten. Plötzlich setzte er sich kerzengerade auf.

»Nein! Nicht!«

Meret trat ans Bett, ließ die Decke zu Boden fallen und legte sich zu ihm. Beruhigend schmiegte sie sich an seinen fieberheißen, schweißnassen Körper. »Schobai, mein Liebling! Es ist nur ein Traum. Ich bin hier bei dir ... Es ist nichts. Alles ist in Ordnung, Liebster.«

Schobai wurde ruhiger und entspannte sich allmählich in ihren Armen, aber Meret wusste, dass ihre Versicherungen Lügen waren. Nichts war in Ordnung, gar nichts. Ihr Leben lief in eine unbekannte Richtung, ihr Glück schwand, und sie hatte keine Ahnung, was sie dagegen unternehmen könnte.

Kapitel 3

I

Musuri der Moabiter nahm den Helm ab und trocknete die schweißnasse Stirn; dabei war der Tag nicht einmal besonders heiß. Eine angenehme Brise linderte die Hitze. Aber seit sich die Truppe den fernen Bergen und den Quellen des Nils näherte, hatte das Marschtempo zugenommen. Musuri war zwar ein erfahrener Soldat, aber allmählich machte ihm das Alter zu schaffen.

Wie hielten Akilleus und Ebana das Tag für Tag aus? Akilleus war auch nicht mehr jung. Und Ebana war eine Frau! Das hatte Musuri noch nie erlebt, dass eine Frau einen Berufssoldaten wie ihn an Ausdauer übertraf, noch dazu in den Bergen.

Nach dem Zusammenfluss der beiden Nilarme hatten sie sich nach Westen gewandt und waren durch eine mit Buschwerk bewachsene Halbwüste gezogen. Seither war mit Akilleus und Ebana eine Veränderung vorgegangen. Anstatt müder zu werden, wurden sie immer kräftiger. Noch etwas war seltsam: Akilleus schien genau zu wissen, wohin er ging, obwohl sie die letzten eingeborenen Führer am Nil entlassen hatten. Mit seinen langen Schritten bestimmte er das Tempo der Karawane. Ebana, die die erste Wegstrecke durch die Wüste in einer Sänfte gesessen hatte, ging jetzt selbstsicher neben ihrem Gefährten, auch wenn sie für jeden seiner Schritte zwei machen musste. Die beiden marschierten, als wären sie in diesem Land zu Hause. Musuri wusste aber nur zu gut, dass Ebana nie zuvor südlich von Kerma, der Hauptstadt von Kusch, gewesen war. Vor einigen Monaten hatten sie und Akilleus in Kerma mit Ebanas nubischen Landsleuten Frieden geschlossen. Musuri trug seinen Helm immer noch in der linken Hand und kratzte sich mit der rechten den kahlen Kopf. Die Sache war höchst rätselhaft.

Der Friedensvertrag in Kerma war ein brillanter Streich gewesen. Akilleus und Ebana hatten die Verhandlungen gemeinsam geführt. Von Anfang an hatten sie begriffen, dass es sowohl seines Scharfsinns als auch Ebanas Kenntnis der nubischen Sitten bedurfte, um die zögernden Stammesfürsten dazu zu bringen, mit den verhassten Ägyptern Frieden zu schließen.

In den schrecklichen Kriegen während der Regierungszeit der zwölften Dynastie hatte die ägyptische Armee die Nubier immer weiter nach Süden gedrängt. Vor allem Sesostris III. hatte an beiden Nilufern Befestigungen errichten lassen, um zu verhindern, dass die Nubier nach Ägypten vordringen konnten, weder zu Wasser noch auf dem Landweg. Diese Befestigungen waren vorzugsweise auf steilen Klippen errichtet worden, die so gut wie unbezwingbar waren. Die aus sonnengetrockneten Ziegeln errichteten Mauern der rechtwinkeligen Anlagen waren mehrere Armspannen dick. Von diesen Befestigungsanlagen aus verhinderten die Soldaten seit hundert Sommern das Vordringen der Schwarzen entlang dem Fluss nach Norden. Der Hammelkopf zierte die Standarte des Regiments von Amon, das in Schlachten und kleineren Geplänkeln die nubischen Eindringlinge in Schach hielt.

Die drei Pharaonen, die den Namen Sesostris trugen, hatten die nubischen Stammesfürsten auf nie da gewesene Weise grausam geschlagen. Doch Akilleus und Ebana hatten mit einem Schlag Frieden gestiftet. Akilleus veranlasste auch Friedensbündnisse zwischen den einzelnen nubischen Stämmen, die bis dahin untereinander ständig Krieg geführt hatten. Dank ihm konnten die Handelswege entlang des Flusses wieder benutzt werden; damit war sowohl der ungehinderte Transport von Gold aus Kusch für die Schatztruhen des Königs gesichert als auch der von Kupfer und anderen Erzen für Schobais Schmieden. Die Nubier versprachen sogar, Zinn für Schobais Schmelzöfen zu liefern. Es ging auch das Gerücht um, dass man oberhalb des Fünften Katarakts, dort wo der Fluss Atbara in den Nil mündet, neue Vorkommen des schwarzen Metalls entdeckt hatte, das Eisen genannt wurde.

Akilleus und seine Frau waren zwar jeder für sich zeitweise ziemlich unerträglich – er prahlte gern, und sie hatte eine scharfe Zunge –, doch sie waren unentbehrlich. Auf dieser Reise hatten sie für das geschwächte Ägypten bereits Dinge erreicht, die niemand sonst hätte erreichen können. Allmählich glaubte sogar Musuri daran, dass das ägyptische Reich doch noch eine

Überlebenschance hatte. Das war nur diesen beiden zu verdanken.

Akilleus hatte einen untrüglichen Instinkt für Orientierung. Ohne zu zögern, hatte er eine gefährliche Route nach Süden gewählt. Statt dem gewundenen Lauf des Nils zu folgen, schlug er den geraden Weg in die Wüste ein. Sehr bald verließen sich die Männer auf Akilleus' untrüglichen Instinkt dafür, wo sie mitten im trockenen, wasserlosen Land auf eine Oase oder einen Brunnen stoßen würden. Sie folgten einer langen halbkreisförmigen Route von einer blühenden Oase zur nächsten. Als er schließlich befahl, wieder nach Osten zu marschieren, standen sie genau dort, wo der Schwarze es vorausgesagt hatte: oberhalb des Dritten Katarakts, einen halben Tagesmarsch von Kerma entfernt.

Nachdem das Friedensabkommen in Kerma perfekt war, schlug Akilleus vor, die Expedition zu den Quellen des Nils fortzusetzen. Musuri ließ sich leicht dazu überreden. Akilleus hatte bisher großartige Erfolge erzielt. Warum sollte er nicht auch jetzt seinen Willen durchsetzen, selbst wenn das Ziel verrückt schien?

Musuri taten die Beine weh, und sein Oberkörper war tropfnass von Schweiß. Unschlüssig blickte er auf den Helm in seiner Hand und überlegte, ob er ihn wieder aufsetzen sollte. Die Truppe bestand zum größten Teil aus angeworbenen Nubiern und ein paar Übersetzern aus der Gegend des oberen Niltals, die man in Memphis angeworben hatte; der Sinn militärischer Disziplin erschien ihm unter diesen Umständen fraglich.

Akilleus drehte sich an der Spitze des Zugs um, und als er den alten Freund sah, wartete er zusammen mit Ebana auf den Schluss der Kolonne. »Du trägst deinen Helm in der Hand anstatt auf dem Kopf«, begann er das Gespräch mit Musuri. »Du stellst offensichtlich seine Zweckmäßigkeit in Frage.«

»Stimmt«, antwortete Musuri. »Dieser Helm und die Rüstung! Ich schwitze wie ein Schwein.«

»Dann wirf den Helm fort«, forderte Akilleus ihn auf.

Musuri überlegte kurz, zuckte mit den Achseln und tat es.

Akilleus grinste. »Berufssoldaten glauben immer, dass sie sich an die gleichen Standards wie in ihren Kasernen halten müssen. Aber wenn man weit fort von zu Hause ist, muss man sich eine andere Denkweise angewöhnen, alter Freund, und das würde ich dir raten, richte dich nach dem jeweiligen Landesbrauch. Für gewöhnlich fährt man mit den ortsüblichen Bräuchen besser.«

»Und nach welchen Bräuchen soll ich mich deiner Meinung nach hier richten?«, fragte Musuri. »Keiner von uns ist je in diesem Land gewesen, wie soll ich dann den Landesbrauch kennen? Ich habe noch keinen einzigen Bewohner aus dieser Gegend zu Gesicht bekommen.«

»Dann hast du sie also nicht gesehen?«, fragte Ebana und lächelte ihn mit gutmütigem Spott an. »Der alte Soldat hat sie nicht gesehen? Ich kann mich nur wundern über dich, Musuri. Sie beobachten uns beinahe schon den ganzen Nachmittag. Ich glaube, ich habe schon fünfzig gesehen, immer einen nach dem anderen.«

Musuri sah finster vor sich hin. »Ich habe dir doch gesagt, ich werde alt. Ich hätte mich schon längst zur Ruhe setzen sollen. Ich sollte es mir in einem kleinen Garten irgendwo in Fajum gut gehen lassen, wo mir im Schatten einer Dattelpalme ein oder zwei Sklavinnen zu essen und zu trinken reichen. Stattdessen lasse ich mich mit euch zwei Narren auf dieses verrückte Abenteuer ein. Du sagst, dass du sie gesehen hast? Wie sehen sie aus?«

Akilleus passte sich aus Rücksicht auf den alten Soldaten Musuris' Tempo an, auch wenn die Karawane dadurch langsamer vorwärts kam. »Nun, diese Leute sind offensichtlich so vernünftig, in diesem Klima auf Kleidung so gut wie ganz zu verzichten. Ich kann es nicht genau sagen, aber mir kommt diese Gegend bekannt vor. Vielleicht haben die Sklavenhändler damals diese Route genommen, als sie mich flussabwärts in die Gefangenschaft brachten. Das Land und auch die Leute, die ich in der Ferne sehe, scheinen mir irgendwie vertraut.«

»Bist du sicher, dass du nicht von hier stammst?«, fragte Ebana. »Die Menschen hier sind auch so groß wie du. Unter ihnen würdest du nicht auffallen.«

Akilleus schüttelte den ergrauten Kopf. »Nein. Zuvor haben wir ein paar ziemlich aus der Nähe gesehen. Dir sind bestimmt die Narben im Gesicht der Männer aufgefallen. Die Jungen bekommen diese Initiationsnarben, wenn sie das Mannesalter erreichen. Ich kann mich an nichts Derartiges erinnern.«

»Du hast keine solchen Narben«, gab Mursuri ihm Recht.

»Ich weiß es, denn ich habe dir vom Schiff aus beim Baden im Meer zugesehen. Trotzdem, du hast doch gesagt, dass du von zu Hause fort bist, noch ehe du zum Mann wurdest?«

»Da hast du Recht«, pflichtete Akilleus ihm bei und blickte verdrießlich auf sein verschwitztes Gewand. »Warum trage ich eigentlich dieses klitschnasse Zeug am Leib? Pass dich den örtlichen Sitten an! Sie sind auf alle Fälle bequemer.« Er hob eine Hand und signalisierte der Kolonne, die sich über die buschbewachsenen Vorberge bewegte, anzuhalten. Mit einem verächtlichen Lächeln fasste er nach seinem schweißgetränkten Gewand, riss es zuerst an der Brust auseinander und dann der Länge nach entzwei; die Fetzen schleuderte er von sich. Splitternackt stand er da, sein mächtiger Körper war hier und dort schon ein wenig schlaff, aber immer noch kraftvoll. Er breitete die Arme aus, streckte sich und sog genüsslich die frische Luft der Vorberge tief in seine Lungen. »So fühle ich mich viel besser«, stellte Akilleus zufrieden fest. »Außerdem ist es viel passender. Jeder hat sich über meine Eitelkeit lustig gemacht, weil ich ein kleines Vermögen für Kleider und Schmuck ausgegeben habe. Es stimmt, mein Volk ist eitel. Aussehen bedeutet unseren Leuten viel, aber es bedeutet ihnen nicht alles. Sie zeigen sich gern in schönen Gewändern, aber sie können genauso gut ohne auskommen. Ich habe zehn lange Jahre die Ruderbank einer Galeere mit meinem nackten Hinterteil poliert; damals besaß ich nichts. Nicht einen Ohrring. Später habe ich so viel Geld für Kleider ausgegeben, dass ein ganzes Dorf ein Jahr lang davon hätte leben können. Es hat keine Bedeutung. Es ist nicht wichtig.« Er zuckte die Achseln. »Wenn ihr wollt, macht es wie ich.«

Musuri dachte kurz nach, dann entledigte er sich seiner Kleidungsstücke bis auf ein schmales weißes Lendentuch. Er behielt den Schwertgurt, alles andere legte er ab. »Ich habe andere Sitten als du«, erklärte er. »Ich muss mit lebenslangen Gewohnheiten brechen. Aber ich bin der gleichen Meinung.« Er deutete auf Akilleus. Die Männer der Truppe grinsten; bald waren die meisten Träger und Übersetzer ebenfalls nackt.

Musuri drehte sich wieder zu seinen Freunden um und war erstaunt, als Ebana vollkommen nackt neben ihrem Mann stand. Ihre hohe, aufrechte Gestalt mit den vollen Brüsten und langen

Beinen glänzte in der Sonne. Die beiden erinnerten Musuri an zwei Götterstatuen oder an einen König und seine Königin.

Unwillkürlich neigte Musuri leicht den Kopf, wie man es vor königlichen Häuptern zu tun pflegt. Ebana begriff und erwiderte seine Verbeugung mit königlicher Anmut. Auf ihre Weise sind sie König und Königin, dachte Musuri. Das unpassende Gewand hatte es nur verdeckt.

Er musste lächeln und befahl der Kolonne den Weitermarsch. Jetzt bemerkte er auch die Eingeborenen. Immer wieder trat einer aus dem Gebüsch und beobachtete sie. Die Leute waren alle nackt. Hoch gewachsen und schlank wie Kraniche, mit gut entwickelten Muskeln, strotzend vor Gesundheit. Mit unbewegtem Gesicht begegnete Musuri dem Blick eines dieser Männer und setzte den Weg unbekümmert fort, ohne sich zu beeilen.

Der Weg führte sie in die Berge; über sanfte Hänge stiegen sie allmählich höher. Weiter oben türmten sich rote und graue Granitfelsen, in den Tälern darunter lagen Felder, bepflanzt mit etwas, das wie Hirse aussah. Akilleus rief einen der beiden Übersetzer aus Memphis. Beide hatten behauptet, aus dem Land südlich des Sudd zu kommen, aber keiner schien den anderen zu kennen.

Nun gesellten sich die beiden zu Akilleus an die Spitze. Obwano, der Größere, war beinahe ebenso groß wie Akilleus. Wie er und Ebana so war auch Obwano nackt; mit seinen langen Gliedmaßen hatte er die Statur eines Läufers. Sein Gefährte Uranga trug einen Lendenschurz; er war einen halben Kopf kleiner und sah aus wie ein halb zahmer Bär, mit dickem Hals und breiten Schultern.

»Wo sind wir?«, wollte Akilleus wissen. »Sobald wir die Berge einmal hinter uns haben, dürfte der Sudd nach meiner Meinung nicht mehr als einen Tagesmarsch entfernt sein. Nach weiteren zwei Tagen müssten wir dann das Sumpfland erreichen.«

»Ich weiß es nicht«, gestand Obwana. »Ich folgte dem Nil auf meinem Weg nach Norden. Vielleicht weiß Uranga Bescheid.«

Uranga wartete eine Weile, bis er schließlich sagte: »Ihr habt Recht. Einen Tag auf oder ab. Aber wieso erinnert Ihr Euch an so vieles? Ihr habt doch gesagt, Ihr seid noch ein Kind gewesen, als Ihr hier durchkamt.«

Akilleus lächelte schlau. Danach führte er sie ein Stück abseits vom Weg durch einen schmalen Durchlass zwischen zwei Granitblöcken. Von ihrem Standpunkt blickten sie in ein Tal hinunter, durch das ein Bach floss. In der Talsohle lag ein Dorf mit eigenartigen Häusern, die wie kleine Festungen wirkten. Jedes Haus bestand aus fünf im Kreis angeordneten turmförmigen Gebäuden mit konischen Grasdächern. Die Häuser wirkten solide, waren exakt symmetrisch angelegt, hatten Steinfundamente und keine Fenster.

»Das ist wirklich erstaunlich«, stellte Akilleus fest. »Es ist, wie du gesagt hast: Ich war noch ein kleines Kind. Aber vielleicht bewahren wir uns eine Art von Erinnerung, auch wenn wir glauben, alles vergessen zu haben. Meistens kennen wir diese Art der Erinnerung nur aus unseren Träumen.«

Kindliches Staunen lag auf seinem Gesicht. »Ich weiß zum Beispiel, dass ich in solchen Häusern gewesen bin. Fünf Einheiten sind rund um den Hof angeordnet, in dem alle kochen. In der Nähe des Ofens ist ein Badeplatz.«

Urangas Gesichtsausdruck blieb unverändert. »Was wisst Ihr noch?«, fragte er unberührt von Akilleus' offensichtlich hellseherischer Fähigkeit.

»Die Räume haben nur eine Tür in den Hof; untereinander haben sie keine Verbindung. Daran erinnere ich mich. Jedes Haus hat für eine Familie eine ganz bestimmte Funktion. In einem Haus wird das Getreide aufbewahrt, im anderen Bier und Wasser. Es gibt einen Platz, wo die Erwachsenen schlafen.« Er lächelte wieder. »Ich war ein Kind. Die Kinder schliefen in einem Raum mit den Tieren. Kinder und Hunde, vielleicht auch eine Ziege.«

»Schaut nur!« Obwano deutete auf das Dorf. »Jemand kommt uns entgegen.« Akilleus schaute angestrengt in die angegebene Richtung. »So wie er aussieht und wegen seiner vielen Begleiter würde ich sagen, es muss der Häuptling sein. Jetzt wird sich gleich herausstellen, ob ich mich an die richtigen Umgangsformen für ein solches Treffen erinnere. Uranga, bleib neben mir und hilf mir, wenn ich nicht weiterweiß. Mein Erinnerungsvermögen ist noch sehr lückenhaft.«

Akilleus wurde als gleichgestellter Häuptling willkommen geheißen. Es gab ein Festmahl, und der Häuptling, mit dem Namen Allepo, schickte einen Boten in die Nachbardörfer, um die Stämme zu einem Sanda einzuladen. Ein Sanda war ein Fest, zu dem sich die Stämme trafen, um gemeinsam zu essen, zu tanzen und zu singen und sich im Lieblingssport der Stämme der nubischen Berge zu messen, im Ringen. Die Frauen des Dorfes machten sich daran, Unmengen von Marissa zu brauen, ein Bier, das aus Hirse, der wichtigsten Getreidepflanze der Bergvölker, gebraut wurde.

Akilleus' Leute ließen sich unbekümmert nieder und freuten sich auf das Fest. Zum großen Vergnügen aller gesellten sich zwei junge unverheiratete Frauen, beide splitternackt, zum alten Musuri und folgten ihm auf Schritt und Tritt, gaben ihm zu essen und scharwenzelten um ihn herum. Ihre schlanken, hochbrüstigen Körper waren mit Narben bedeckt. Dem Stammesbrauch folgend, erhielten die jungen Frauen diese Narben um der Schönheit willen von ihren Altersgenossinnen. Die beiden Frauen waren Zwillinge – Kosse-Gogo und Rumbe-Gogo. Musuri versuchte sie loszuwerden, sie wie zwei lästige Fliegen abzustreifen, aber sie wichen ihm nicht von der Seite. So ertrug er sie geduldig unter dem gutmütigen Spott seiner Männer. Am Ende des Abends befahl Allepo – als *Mek* des Stammes – den beiden Frauen, Musuri in sein Bett zu begleiten. Akilleus erklärte dem sich sträubenden Musuri, dass es einer Beleidigung gleichkäme, würde er ablehnen. So fand sich Musuri zögernd darein. Von der Hütte, in der die beiden Frauen mit Musuri verschwanden, hörte man noch lange fröhliches Gelächter.

Mitten in der Nacht wachte der gedungene Mörder auf. Leise stand er auf und genoss die kühle Nachtluft auf seinem bloßen Körper. Das Dorf lag reglos in der Dunkelheit. Aus den Bergen über dem Dorf ertönten die hohen Schreie eines Tiers.

Er sah hinüber zu dem Haus, in dem Akilleus heute schlief. Ich könnte es jetzt tun, dachte er. Ich könnte mich hinschleichen und ihm und der Frau die Kehle durchschneiden. Ich könnte einem anderen die Tat anlasten und gegen ihn aussagen ... Aber ich werde es doch besser so tun, wie Ebne es angeordnet hat. Ich lasse ihn gehen, wohin er will, lasse ihn Verträge aushandeln und Krieger anwerben. Als sein Übersetzer werde ich nicht von seiner Seite weichen. Erst wenn er zur Rückkehr nach Ägypten aufbricht, schlage ich zu. Dann übernehme ich die Führung der Expedition und kehre an der Spitze einer großen Streitmacht nach Memphis zurück.

Ja, ich werde warten. Noch ist die Zeit nicht gekommen.

Aber bald, bald werde ich zuschlagen, und es wird rasch und ohne Bedauern geschehen.

II

Als Musuri am Morgen erwachte, fielen durch die Tür, die in den Innenhof führte, bereits die Sonnenstrahlen auf den gestampften Lehmboden. Zum ersten Mal seit Jahren hatte er verschlafen.

Er setzte sich auf; sein ganzer Körper schmerzte. Aber es waren nicht die üblichen Schmerzen; diesmal rührten die Schmerzen vielmehr von der vergnüglichen Betätigung während der vergangenen Nacht her. Musuri sah sich um. Die Frauen waren verschwunden. Die Jugend!, dachte er bei sich. Ein erfahrener Mann konnte vielleicht noch ohne Probleme mit ihnen mithalten, aber sie erholten sich ein bisschen schneller, das musste man zugeben. Das Alter machte sich erst danach bemerkbar.

Musuri stand auf, gähnte und streckte sich. Er fröstelte ein wenig in der prickelnden Morgenluft, denn schließlich waren sie in den Bergen. Er trat in das Licht der Sonne, das durch die offene Tür hereinfiel, und empfand die warmen Sonnenstrahlen angenehm auf der Haut. Das tut gut!, dachte er und streckte sich noch einmal genüsslich. Vielleicht hatten die Menschen hier tatsächlich die richtige Einstellung zur Bekleidung. Sie wussten, was sich in einer Gegend, wo das ganze Jahr über die Sonne schien, am besten bewährte. Obwano sagte, dass es keinen merkbaren Winter gebe; die Menschen konnten das ganze Jahr über so gehen.

Draußen im Hof trafen bereits die ersten Gäste für das versprochene Fest ein. Manche der Neuankömmlinge waren bekleidet. Aber sie hatten sich bekleidet, um sich mit ihren Kleidern zu schmücken, nicht um ihre Körper zu bedecken. Der eine Mann zum Beispiel: Er trug einen Hut, für den er vermutlich keinen Aufwand gescheut hatte. Musuri schüttelte lächelnd den Kopf.

Er trat an seine Liegestatt und bückte sich nach dem Lendentuch. Dann zögerte er. Ein Lendentuch? Hier? Er würde nur dumm aussehen. Oder? Wahrscheinlich würde sich niemand darum kümmern. Musuri dachte eine Weile darüber nach und kam schließlich zu einem Schluss: Wenn niemand sich darum kümmerte, was man trug oder nicht trug, dann galt es nur einem Menschen zu gefallen, und das war man selbst. Er zuckte die Achseln und legte das Lendentuch und den Schwertgürtel an, nicht mehr. Ein Mann seines Alters hat tief verwurzelte Gewohnheiten, und Musuri fühlte sich auf diese Weise wohler.

Er trat hinaus in den Sonnenschein. Lachen und Hurrarufe seiner vor der Hütte versammelten Männer begrüßten ihn. Einige Dorfbewohner stimmten in das Lachen ein. »Hier kommt er, der Löwe von Moab!«, rief ein Träger. »Zwei Frauen in einer Nacht genügen ihm nicht. Morgen werden sie ihm drei geben!«

Akilleus und Allepo saßen unter einem Baobab-Baum und besprachen die örtlichen Verhältnisse und die politische Lage. Uranga saß zwischen den beiden Anführern und übersetzte. Ebana schlenderte durch das Dorf und befriedigte ihre Neugierde. Sie hatte bereits das eine oder andere Wort aufgegriffen oder einen kleinen Satz, der immer wieder vorkam, wenn sie einem Gespräch oder dem Geschrei der Kinder zuhörte.

Sie genoss die Sonne und die frische Luft auf der nackten Haut und war froh über ihren raschen Entschluss vom Vortag, es Akilleus gleichzutun und die Bekleidungssitten des Landes anzunehmen. Es war nicht nur eine angenehme Erfahrung, nackt zwischen anderen nackten Menschen zu sein, sondern es brachte sie auch dem Stamm näher, davon war sie überzeugt. Fast gehörte sie zu ihnen.

Außerdem war da noch etwas.

In der vergangenen Nacht hatte sie mit Akilleus über seinen Entschluss gesprochen. Er hatte sich nicht nur einer für das Land unpassenden Bekleidung entledigt, sondern es war mehr gewesen; er verglich es mit dem Ablegen einer Lebensart.

»Es ist sehr eigenartig, Ebana«, hatte er gesagt. »In mir geht etwas vor, das ich mir nicht erklären kann. Je weiter wir nach Süden kommen, desto mehr spüre ich, wie sich etwas in mir verändert. So als hätte ich mich als Raupe in einen Kokon eingesponnen, ohne zu wissen, was ich sein würde, wenn ich ihn wieder verlasse. Ich habe das Gefühl, bisher das Leben eines anderen gelebt zu haben. Erst jetzt eröffnet sich mir eine vage Vorstellung von dem, was im Grunde meine Bestimmung war. Ich spüre, dass ich schon einmal hier war. Vielleicht nicht in diesem Dorf, aber in einem ähnlichen, irgendwo hier in den Bergen. Meine Erinnerungen sind sehr lückenhaft und kommen nur Stück für Stück zurück.«

»So wie du dich daran erinnert hast, wie diese Häuser hier angelegt sind?«, fragte Ebana.

»Genau. Vielleicht haben die Sklavenhändler auf ihrem Weg zum Markt im Norden hier in den Nuba-Bergen übernachtet. Aber es ist nicht nur diese Erinnerung. Vergangene Nacht hatte ich einen Traum, Ebana. Ich träumte, dass ich auf einem schmalen Pfad durch einen dunklen, gefährlichen Wald ging. Hinter jedem Baum lauerten unbekannte Schrecken. Am Ende des langen Pfades schimmerte einladend ein warmes, helles Licht. Ich wusste, dass ich bei diesem Licht ein wunderbares Geheimnis erfahren werde, das Geheimnis über Leben und Tod oder das Geheimnis der Weisheit. Je näher ich dem Licht kam, desto näher rückten auch die unbekannten Gräuel des Waldes. Unsichtbare Hände versuchten, mich zu packen und aufzuhalten. Gleichzeitig wuchs meine Kraft, meine Zuversicht und meine Weisheit, je näher ich dem Licht kam.«

Seine Augen leuchteten, als er Ebana seinen Traum erzählte. Ebana hatte tatsächlich eine Veränderung bemerkt, seitdem sie das Nuba-Land betreten hatten. Die Jahre waren von ihm abgefallen, er wirkte jünger und kraftvoller. Akilleus hatte auf dem weiten Weg auch an Gewicht verloren und war jetzt kaum schwerer als Allepo. Die Kraft, die von diesem geheimnisvollen Land ausging, strömte auf Akilleus über und verlieh ihm eine Würde, die er nie zuvor besessen hatte. Auch damals nicht, als sie ihn kennen gelernt hatte und er der märchenhaft reiche Händler Akilleus gewesen war, der ganze Städte kaufen und verkaufen konnte.

Er hatte Recht: Mit seinen Kleidern hatte er auch sein altes Leben abgestreift – die vielen Leben, die er in den Jahren gelebt hatte, seit er die Mitte Afrikas verlassen hatte. Das Leben des namenlosen Sklaven; das Leben des in Ketten gelegten Galeerenruderers, den griechische Seeleute und Piraten Akilleus nannten, nach einem berühmten Helden aus ihrer Sagenwelt; das Leben eines Piraten; das Leben eines Händlers und schließlich das Leben eines noblen Kaufmanns. Gleichzeitig hatte er auch sein possenreißerisches Betragen abgestreift, mit dem er sich über sich und seine Absichten lustig machte. Es ging ein Ernst von ihm aus, der Ebana mit ehrfürchtiger Scheu erfüllte und sie auf unvorhergesehene Art befriedigte.

Seine Bemerkung über die Raupe und den Kokon weckte in ihr die Frage, wie der wirkliche Akilleus wohl sein würde, sobald er das Gespinst seines früheren Lebens einmal verlassen hatte. Einmal hatte er zu ihr gesagt: »Mein Name, Ebana? Wie ist mein wirklicher Name? Es ist nicht Akilleus, das weiß ich mit Sicherheit. Mehr weiß ich nicht. Eines Tages werde ich es bestimmt herausfinden. Sobald ich meinen wirklichen Namen kenne, werde ich auch wissen, wer ich bin. Namen besitzen einen Zauber, Ebana. Es liegt ein Zauber darin, wie man Dinge, Menschen oder Tiere benennt. Vielleicht war es das, was ich in meinem Traum gesehen habe. Das Licht am Ende des Weges durch den dunklen Wald sollte mir meinen Namen enthüllen, das Geheimnis meiner Existenz lüften, mir sagen, wer ich bin, was ich auf dieser Welt tun soll und was ich sein soll.«

Das Frühstück bestand aus einem dampfend heißen Brei aus Hirsemehl und Wasser aus einer Bergquelle, gewürzt mit einer herben Sauce aus sauren Früchten. Dazu gab es scharfe Paprika, die mit dem allseits vorhandenen Marissa hinuntergespült wurden. Musuri war überrascht, wie sehr ihm die Zusammenstellung schmeckte. Die Mahlzeit weckte seine Sinne und ließ ihn wieder klar denken.

Wie Ebana, so wanderte auch er durch das Dorf und interessierte sich für die verschiedenartigen Beschäftigungen der Dorfbewohner. Ein Mann fertigte mit seinen geschickten Händen eine Tonflöte an, die er beim Fest verkaufen wollte; ein anderer schnitzte aus einem Stück Leder Sohlen für Sandalen, wie Musuri es bei ägyptischen Schustern gesehen hatte, viele Tagesmärsche weiter nördlich. Eine Frau fertigte aus einer Mischung aus weißem Lehm und Kuhdung eine leichte, aber solide Schale. Es missfiel ihm ein wenig, da er vor einer Stunde aus einer ebensolchen Schale gegessen hatte.

Von einer kleinen Erhebung blickte er hinunter in eine große Arena, in der sich die Ringer für den abendlichen Wettkampf vorbereiteten. Mehrere Frauen sahen dem Spektakel zu. In dieser Gegenüberstellung wirkten die beiden Geschlechter so verschieden, dass sie nicht einmal derselben Spezies anzugehören schienen. Die Frauen und Mädchen standen Schulter an Schulter rund um den Ringplatz. Sie waren festlich mit Perlen und Gürteln geschmückt und hatten die nackten Körper mit Sesamöl eingerieben, sodass sie glänzten. Dagegen hatten die Männer ihre bloßen Körper mit weißer Asche beschmiert, damit die Ringer einander während der rituellen Kämpfe besser packen konnten.

Abgesehen von der Aschenschicht und einem geflochtenen Ledergürtel, der mit einem Kuhschwanz verziert war, waren die Männer nackt. Viele trugen seitlich noch Kalebassen aus Ton. Anfangs rätselte Musuri über die Bedeutung dieser kürbisähnlichen Kugeln, bis ihm im Zuge der spielerischen Kämpfe ihre Aufgabe klar wurde: Ein Mann, der am Ende des Tages immer noch eine ganze Kalebasse trug, konnte beweisen, dass er nicht zu Boden gegangen war.

Noch während Musuri zusah, begannen die ersten Kämpfe. Die ersten beiden Kämpfer umkreisten einander aufmerksam, ließen sich nicht aus den Augen, zischten und züngelten wie Schlangen. Plötzlich stürzte sich einer auf seinen Gegner, und die beiden Männer hielten einander umklammert. Musuri begriff die Regeln sehr schnell. Der erste Kämpfer, der den Boden mit irgendeinem Körperteil außer den Füßen berührte, war der Verlierer. Mit der Zeit wurden die Kämpfer mutiger und die Kämpfe spannender. Die Menge drängte näher und versammelte sich unter den jeweiligen Stammesfahnen, die auf langen Stangen steckten. Die Aufseher des Kampfes schwangen Lederpaddel an langen Griffen, mit denen sie die Menge zurückdrängten.

Musuri schob sich etwas näher. Der Kampf wirkte wie ein bizarrer orientalischer Tanz. Die Kontrahenten drehten sich blitzschnell herum, schüttelten Arme und Beine, machten Scheinausfälle und zogen sich wieder zurück. Schließlich packten sie einander und drehten sich herum, wobei jeder versuchte, seinen Gegner auf den Boden zu werfen. Im Hintergrund übten Musikanten auf ihren Trommeln, andere stimmten ihre Benembenes, die fünfsaitige Gitarre der Eingeborenen. Heute Abend würden die Menschen tanzen und feiern, und danach würden die Stämme, die nicht hier aus der Gegend waren, im Schein des vollen Mondes langsam nach Hause ziehen.

Alles schien so ... nein, primitiv war nicht das richtige Wort. Es war einfach. Ein einfaches Leben in den Bergen, unter den Sternen, bei einem Wetter, das mit ziemlicher Sicherheit das ganze Jahr über nicht viel anders war, nur vom Frühlingsregen unterbrochen. Es war so friedlich, ein Leben in Harmonie mit dem Geist des Landes.

Warum hatte er dann ein so eigenartiges Vorgefühl?

Warum juckte ihn sein kahler Hinterkopf, wie es immer der Fall war, wenn Gefahr drohte?

Musuri kratzte sich den Kopf, gab sich aber schließlich der allgemeinen Festtagsstimmung hin und schob seine Bedenken beiseite. Du bist ein misstrauischer alter Brummbär, schalt er sich. Entspann dich! Sei nicht so argwöhnisch! Worüber machst du dir hier Sorgen?

»Jede Menge Gründe«, murmelte er gereizt. »Noch nie war eine ägyptische Expedition so weit von zu Hause fort wie wir, seit fünfzig Generationen nicht. Wir sind umringt von Menschen, von denen wir rein gar nichts wissen, und weit und breit ist keiner, den wir zu Hilfe rufen können, wenn wir Schwierigkeiten bekommen.« Unwillig beobachtete er zwei seiner Männer, die Arm in Arm mit zwei nackten Dorfschönen vorbeischlenderten. »Ihr zwei!«, brüllte Musuri sie zornig an. »Legt eure Schwertgürtel an! Aber fix! Jetzt sofort!«

Mit den beiden Frauen im Schlepptau eilten sie verlegen davon. Es war nicht nur die sorglose Art der Männer, die Musuri ärgerte. Wem willst du etwas vormachen?, fragte er sich im Stillen. Er wusste, wovor er Angst hatte. Es war nicht die Gefahr von außen. Gegen die konnte man sich schützen: Man zog die

Gruppe zu einem Knäuel zusammen, die Speere nach außen gerichtet, sodass sie sich verteidigen konnte wie ein Stachelschwein. Es war die Gefahr von innen, die er fürchtete. Etwas stimmt nicht. Etwas ist seit Tagen faul. Dein sechster Sinn versucht seit Tagen, dich zu warnen.

Er schüttelte den Kopf. Was konnte er tun? Instinkt war Instinkt. Und dieser Instinkt, dieser sechste Sinn, hatte ihn in seiner langen Laufbahn als Söldner schon oft gerettet. Jedes Mal, wenn er ihn missachtet hatte, musste er dafür büßen.

»He! Du!«, rief Musuri einem vorbeigehenden Krieger seiner Truppe zu, der – wie er zu seiner Befriedigung feststellte – nichts trug außer einem ägyptischen Schwert, das an seinem guten ägyptischen Ledergürtel hing. »Hol mir die Männer zusammen! Ich möchte Wachposten aufstellen. Wir müssen wieder etwas mehr militärische Verhältnisse schaffen, ganz gleich ob mit nackten Hintern oder nicht. Sie sollen sofort antreten. Ich warte.«

Kapitel 4

1

»O nein! Das machst du nicht!«, rief Akaba, die Frau des Olivenverkäufers, erbost. Mit ihren kräftigen Fingern packte sie die kleine braune Hand, die hinter dem Rücken eines Kunden aufgetaucht war und sich drei prächtige Oliven geschnappt hatte.

Mit einem festen Ruck zwang Akaba eine zierlich gebaute junge Frau, fast noch ein Kind, vorzutreten. Die Frau trug ein zerschlissenes Gewand und sah Akaba mit weit aufgerissenen Augen an. »Tuia!«, rief Akaba erstaunt. »Ich hätte es mir denken können! Die Hand kam mir gleich bekannt vor. Glaubst du vielleicht, dass ich mittlerweile deine Hand nicht bis in jede Einzelheit kenne?« Die Olivenhändlerin drückte das schmale Handgelenk so lange und so fest, bis Tuia die Faust öffnete und die halb zerquetschten Oliven in das Fass kullerten.

»Sie sind nicht mehr gut«, stellte Tuia fest. »Die kannst du jetzt nicht mehr verkaufen. Ich mache dir einen Vorschlag.« Ihre ruhige, selbstsichere Art ärgerte Akaba erst recht. »Wir machen einen Tausch. Ich erzähle dir dafür eine Neuigkeit.«

»Du kannst doch nicht mit mir handeln. Ich habe dich auf frischer Tat ertappt. Die Wachen stehen in der Nähe; ich brauche nur zu rufen.«

»Die Wachen?« Tuia grinste. »Das war die Neuigkeit, die ich dir für die Oliven erzählen wollte. Wenn du die Wachen holst, dann wird es zu spät sein. Meine Neuigkeit wird dir nichts mehr nützen, wenn die Soldaten einmal da sind.« Versonnen blickte sie auf die reifen Oliven im Fass. »Du hast die besten Oliven in der Stadt, Akaba. Es wäre schade um einen solchen Stand oder um die Olivenhaine, in denen solche Früchte wachsen.«

Tuia ließ offen, was sie damit meinte, und Akaba fragte drohend, ohne ihre Hand loszulassen: »Was soll das heißen, es wäre schade darum? Was willst du damit sagen, du kleine Teufelin?«

»Machen wir einen Tausch?« Tuia lächelte immer noch. »Ich

werde immer hungriger. Gib noch ein paar von denen in der Ecke drauf; die sind ohnehin schon einen Tag alt. Dann erzähle ich dir, was ich weiß, noch ehe die Gerichtsdiener kommen.«

»Die Gerichtsdiener?«, fragte die Marktfrau erschrocken und zog Tuia näher. »Rede ein wenig leiser! Es stehen so viele Leute da, die brauchen nicht alles zu hören.«

»Du bist also einverstanden?«, fragte Tuia. »Du tust mir weh!«

Akaba ließ Tuias Hand los, und Tuia rieb sich das Handgelenk.

»Ach, Akaba! Wie soll ich je einen anständigen Mann finden, wenn ich überall blaue Flecken habe wie eine angeschlagene Melone!«

»Ich bin mit deinem Vorschlag einverstanden«, fauchte die Marktfrau zornig. »Nimm dir die Oliven! Aber jetzt rede und sag, was du weißt! Was hat es mit den Gerichtsdienern auf sich?«

Tuia zählte sorgfältig die Oliven. Jede dritte Olive schob sie in den Mund, ohne sie beim Zählen zu berücksichtigen. »Erinnerst du dich an das Stück Land, das du dem General der Nomaden verkauft hast? Etwa eine Stunde Fußmarsch außerhalb der Stadt.« Sie machte eine Pause, kaute und schluckte. »Mmmh, wirklich sehr gut.«

»Ja! Ich weiß, was du meinst. Was ist damit?«

»Es gab offensichtlich Schwierigkeiten mit den Eigentumsrechten. Der General sagt, wenn die Sache nicht zu seiner Zufriedenheit geregelt wird ...«

»Schwierigkeiten mit den Eigentumsrechten?« Akaba riss erschrocken die Augen auf. »Oh! Dieser Mann! Mein Mann hat vergessen, die Steuern zu zahlen!«

»Ganz recht. Die Steuern für die letzte Periode wurden nicht entrichtet. In diesem Fall kann das Land an den Staat fallen. Und falls das eintritt, steht dem General die Schwindel erregende Summe zu, die er dir für das unfruchtbare, wasserlose Stück Land bezahlt hat.«

»Dieser gedankenlose Narr! Ich habe es gewusst! Ich habe gewusst, dass er uns eines Tages noch in Schwierigkeiten bringen wird!«

»Mmmhh! Ganz köstlich! Hör zu, Akaba: Ich kann nicht zulassen, dass solche Olivenhaine in die Hände der Nomaden fallen. Ich kann nicht riskieren, dass du und dein Mann womöglich gepfählt werden.«

»Ach, du liebe Zeit! Was hat er da nur wieder angerichtet! Tuia!« Akaba fasste flehentlich nach Tuias Arm. »Was kann ich unternehmen? Du hast gesagt, es ist noch Zeit und ich kann etwas dagegen tun. Es muss doch einen Ausweg geben!«

»Den gibt es auch«, antwortete Tuia. »Ihr Marktleute solltet jeden Monat sammeln und mich dafür bezahlen, dass ich meine Ohren und Augen offen halte. Für gewöhnlich weiß ich über eure Angelegenheiten besser Bescheid als ihr.«

»Also, was kann ich tun! Bitte rede! Sag es mir, bevor es zu spät ist!«

Tuia sah die Marktfrau versonnen an. Die abgezählten Oliven lagen vor ihr ausgebreitet: fünfzehn Stück, nicht gerechnet die vielen, die sie im Mund hatte verschwinden lassen. Mit größter Selbstverständlichkeit griff sie jetzt in ein Fass, das bis jetzt noch unberührt geblieben war, und suchte sich die drei schönsten Früchte aus. »Nun«, begann sie ohne Eile. »Es kann sich alles noch als harmloser Fehler herausstellen. Der Schreiber, der mit der Übertragung der Eigentumsrechte beauftragt ist, könnte plötzlich entdecken, dass die Steuern doch rechtzeitig bezahlt worden sind und er die Aufzeichnungen darüber verlegt hat. Das Verlegte ist plötzlich wieder aufgetaucht. Der Besitz wäre wieder unbelastet, der General bekäme sein Eigentum rechtmäßig zugesprochen und jeder wäre glücklich.« Sie machte eine Pause und schob sich erneut genüsslich eine saftige Olive in den Mund. »Natürlich müssen die Steuern bezahlt werden. Der Schreiber würde zudem plötzlich entdecken, dass er ein Hundertstel vom Ertrag eines Olivenhains unten am Fluss geschenkt bekommen hat.« Tuia lächelte die Marktfrau unschuldig an. »Bedenke, Akaba: Du hast acht Olivenhaine. Ein Hundertteil ist nicht viel. Zwei Hundertteile wären auch nicht zu viel, wenn du die andere Möglichkeit bedenkst. Die könnte ja so aussehen, dass du auf dem Müllplatz vor der Stadt auf einen spitzen Pfahl gespießt wirst und den hungrigen Krähen des ganzen Deltas eine Woche lang als Futter dienst.«

Akaba starrte Tuia entgeistert an. »Tuia! Wie kann man so

unschuldig aussehen wie du und solche Worte in den Mund nehmen!«

»Unschuldig?«, fragte Tuia, plötzlich ernst geworden. »Sicher, wenn es darum geht, dass noch kein Mann Hand an mich gelegt hat. Aber du und deinesgleichen seid in der Geborgenheit einer wohlhabenden Familie aufgewachsen, Akaba. Ihr besitzt Land und Häuser, wo ihr vor der Kälte sicher seid. Ich bin auf der Straße aufgewachsen und musste von dem leben, was ich gestohlen oder gefunden habe. Keiner von euch ist je auf den Gedanken gekommen, es mir leichter zu machen! Weder mir noch einem der anderen Straßenkinder.«

Akaba wäre von sich aus nie auf einen solchen Gedanken gekommen, das war ihr deutlich anzumerken. »So hat noch nie jemand mit mir gesprochen!«, sagte sie ein wenig beleidigt.

»Das kann ich mir denken«, antwortete Tuia. »Aber schau dich einmal um! Nur weil diese Kinder dir noch nicht bis zur Mitte reichen, nimmst du sie gar nicht wahr. Es sind alles hungernde Kinder ohne Eltern. Die meisten sterben, noch ehe sie sechzehn Sommer alt sind. Entweder jemand schneidet ihnen die Kehle durch oder sie verhungern oder erfrieren im Winter. Leuten wie dir fällt dazu nichts anderes ein, als uns die Wachen auf den Hals zu hetzen, wenn wir uns ein oder zwei Oliven stehlen. Schau dort drüben! Siehst du den armen kleinen Kerl mit dem verkrüppelten Arm? Er hat soeben eine Hand voll getrockneter Datteln gestohlen. Für gewöhnlich würdest du die Wachen rufen, wenn du ihn dabei erwischst. Kriegen sie ihn zu fassen, ist es aus mit ihm. Wenn er ein wenig hübscher wäre, würden sie ihn den Knabenliebhabern in ihren Reihen zukommen lassen. Die würden sich vielleicht eine Woche mit ihm vergnügen, dann hätten sie genug von ihm und würden ihn über die Mauern werfen. Das wäre sein Tod. Der Kleine dort ist aber nicht hübsch. Er würde höchstens eine Stunde überleben.«

»Tuia! Bitte!«

»Ich hingegen, ich bin ziemlich klug für ein Straßenkind. Nur deshalb habe ich so lange unversehrt überlebt, weil ich stets auf der Hut bin. Ich halte Augen und Ohren offen, weiß meinen Dolch zu gebrauchen und bin nicht auf den Mund gefallen, wenn es darum geht, Leute wie dich umzustimmen, wenn sie mich töten lassen wollen. Aber der arme Kerl dort drüben, der mit dem verkrüppelten Arm, er kann nur eine Hand gebrauchen. Mit der hält er nicht nur sich selbst über Wasser, sondern sorgt auch noch für drei Kleinere. Alles Findelkinder, wertloser Abfall. Die sorglosen jüngeren Söhne deiner Schicht setzen sie ins Leben und geben sie danach dem Tod preis.«

»Wenn ich das nur gewusst hätte, Tuia!«

»Dann hättest du auch nichts unternommen. Sei zur Abwechslung einmal ehrlich mit dir, Akaba.« Tuia sah der Händlerin in die Augen, nicht anmaßend, sondern offen von Frau zu Frau, und dabei griff sie in das Fass und nahm sich eine Olive. »Ich hin dir dabei behilflich, dein Gewissen zu erleichtern, Akaba, während du in die Wohnung des Schreibers läufst und ihm seine Bestechung bringst. Ich nehme mir noch von deinen Oliven und verstecke sie unter meinem Gewand. In einem Schuppen neben der Abfallhalde werde ich sie mit diesen Kindern teilen. Damit werden diese kleinen, mageren Geschöpfe einen Tag länger am Leben bleiben. Während sie essen, schauen diese Kinder den Wachen zu, wie sie Verbrecher exekutieren. Verbrecher, Akaba, die zum Beispiel versucht haben, Nomadengeneräle zu beschwindeln. Es ist natürlich kein schöner Anblick, wenn Menschen gepfählt werden, aber die Kleinen sind daran gewöhnt. Reiche Leute würde ein solcher Anblick beim Essen vielleicht unangenehm berühren, aber diese Kinder haben einen guten Magen und vertragen viel. Das müssen sie auch, bedenkt man die Scheußlichkeiten, mit denen sie fertig werden müssen, noch ehe sie sechs Jahre alt sind, falls sie so lange leben.«

Tuia grinste, schob eine Olive in den Mund, kaute, schluckte und spuckte den Kern aus. »Es war nett, mit dir zu reden, Akaba. Ich an deiner Stelle würde nach Hause gehen und Geld holen, um den Schreiber zu bezahlen. Geh ruhig, ich gebe in der Zwischenzeit auf deinen Stand Acht.«

Nachdem die Marktfrau gegangen war, betrachtete Tuia achselzuckend Akabas beträchtlich reduzierte Vorräte. Sie war satt geworden, und es war das beste Mittagessen seit Tagen gewesen. Jetzt sah sie sich nach dem Jungen mit dem verkrüppelten Arm um, und als sie ihn erblickte, rief sie leise: »He, du! Komm her!«

Trotz des Stimmengewirrs, das auf dem Marktplatz herrschte, war ihre Stimme gut zu hören.

Der Junge wollte zuerst in der Menge untertauchen. Doch als er Tuia erkannte, zögerte er. »Du sollst herkommen, habe ich gesagt!«, wiederholte sie. Der Kleine, ein wahrhaft jämmerliches Gerippe, sah Tuia mit großen Augen misstrauisch an. »Komm her!«, rief Tuia wieder. »Ich habe etwas für dich.«

Zögernd kam der Junge näher. »Wo ist die Frau, der der Stand gehört?«, wollte er wissen.

»Ich habe sie weggescheucht. Heute feiern wir! Niemand außer uns darf daran teilhaben. Ich werde den Stand schließen und die Fässer zudecken. Aber zuerst habe ich etwas für dich und die anderen. Du musst mir nur versprechen, dass du alles mit ihnen teilst. Wenn du es nicht versprichst, bekommst du gar nichts.«

Der Junge versprach es. Tuia hatte noch nie so große Augen gesehen. Ein zaghaftes Lächeln überzog das Gesicht des Kleinen, aber seine Augen blieben ungläubig ernst.

Als sie wieder allein war, deckte Tuia den Stand mit einem groben Tuch ab und ging langsam durch den kleinen Basar davon. Das Gedränge auf dem Markt lichtete sich allmählich; andere Händler würden ihre Stände ebenfalls bald schließen. Zwei unterdrückten ein müdes Gähnen.

Eine eigenartige Schwermut überkam Tuia. Dabei sollte sie doch zufrieden mit sich sein, jetzt, da sie ihr Vorhaben ausgeführt hatte. Sie hatte sich eine Tagesmahlzeit beschafft und vermutlich auch eine für ein halbes Dutzend bedürftiger Kinder. Und das alles war ihr mit einem schnellen Gespräch geglückt. Was betrübte sie? Hatte sie nicht soeben ihre Unabhängigkeit bewiesen, ihre Fähigkeit, sich ohne Hilfe durchzuschlagen? Sie brauchte niemanden, der sich um sie kümmerte, keine Familie, keine Freunde.

Dabei fühlte sie sich so einsam und verlassen, dass es ihr beinahe den Atem nahm. Sie blieb stehen und lehnte sich an eine Mauer, so schwach fühlte sie sich plötzlich.

Ich will aber nicht unabhängig sein!, dachte sie.

Ben-Hadad! Warum nur? Warum die verwöhnte Tochter eines reichen Mannes und nicht ich?

Sie schloss die Augen und unterdrückte die Tränen. Der reiche Wenis hatte Ben-Hadad von den Basaren fortgeholt, fort von ihr und Anab, fort von den vielen Freunden, die sich Ben-Hadad mit seiner großzügigen, ehrlichen Art gemacht hatte. Seither hatte Tuia ihn nicht öfter als zweimal gesehen. Sicher, er hatte sie herzlich begrüßt, aber nicht herzlicher als alle anderen, denen er auf seinem Weg durch die Straßen begegnet war. Sie bedeutete ihm nicht mehr als jeder andere, nicht mehr als ein Bettler, den er zweimal traf, oder ein Obstverkäufer, dem er auf dem Marktplatz half, nicht mehr als eine beinahe Fremde.

Neuerdings erzählte man sich in der Stadt von dem prächtigen Besitz, auf dem Wenis ihn untergebracht hatte. Angeblich hatte Ben-Hadad – geleitet von wahren Experten im Spiel – mittlerweile die bekanntesten Senet-Spieler der Schwarzen Lande besiegt. Darunter befanden sich auch Männer von hohem Ansehen, die nie in den Basaren gegen ihn gespielt hätten, wie Khensu es getan hatte, der damals das Geld brauchte.

Was erzählte man sich noch? Ben-Hadad wurde jetzt angeblich heimlich von Experten aus dem Palast in den komplexen Zügen des Lieblingsspiels der Nomadenkönige unterrichtet: im Spiel auf den Zwanzig Feldern. Wenis war ehrgeizig und begnügte sich offenbar nicht mit dem Spiel allein. Das Reich der Nomaden war in Veränderung begriffen. Im neuen Avaris konnte man bestimmt viel erreichen, war es einem einmal gelungen, in den innersten Machtkreis der Nomaden vorzudringen.

Das war nie leicht gewesen, auch jetzt nicht. Die Nomaden waren Orientalen, für die Blut und Stammeszugehörigkeit über alles gingen. Wollte sich ein Fremder die Gunst des Hofes erwerben, musste er über ganz besondere Vorzüge verfügen. Doch auch die einmal erworbene Gunst war eine fragwürdige Angelegenheit. Brauchten sie einen nicht mehr, ließen die Nomaden einen schnell wieder fallen, weil man doch nicht »dazugehörte«.

Tuia dachte darüber nach, während sie durch die Straßen wanderte, die allmählich menschenleer wurden. Ben-Hadads reicher Wohltäter hatte anscheinend alles geplant, und, wenn sie es richtig sah, nicht einmal schlecht geplant. Über die Dienerschaft der Nomaden sickerte durch, dass sie dem Spiel auf den Zwanzig Feldern vollkommen verfallen waren. Auch als das Hirtenvolk noch sein nomadisches Leben führte und seine Armeen auf dem Weg zum Nildelta durch das Zweistromland marschierten, war ihre Spielleidenschaft bereits bekannt gewesen. Als sie dann sesshaft wurden und weniger zu tun hatten, wurden sie zu wahren Besessenen ihrer Spielsucht.

Ben-Hadad wurde jetzt aufgebaut; er sollte Wenis Zugang zu den innersten Kreisen der Nomadengesellschaft verschaffen. Wenis war zu dem Schluss gekommen, dass der sicherste Weg zum Herzen der Hirten über das Spielbrett führte. Man behauptete, dass es zur Zeit der früheren Dynastien in der ägyptischen Thronfolge das Gleiche mit Senet gewesen war. Wenis sorgte für Ben-Hadads Schulung und band ihn damit sehr rasch in eine Partnerschaft auf allen Ebenen; er würde ihn in seinem Ruhm begleiten.

Eine neue Welle der Traurigkeit überkam Tuia. Partnerschaft auf allen Ebenen. Deshalb benutzte Wenis seine hübsche, verwöhnte Tochter, um seinen Günstling bei jeder Gelegenheit mit ihr zu ködern. Eine passende Heirat würden Gönner und Schützling noch enger aneinander binden. Andernfalls würde Ben-Hadad womöglich vergessen, wie ihm der Aufstieg geglückt war, sobald er durch das Spiel auf den Zwanzig Feldern seinen festen Platz am Hof der Nomaden erobert hatte. Waren die beiden Partner durch eine Ehe Vater und Sohn geworden, veränderte das die Lage beträchtlich.

Tuia blieb so unvermittelt stehen, dass eine Frau, die hinter ihr gegangen war, nicht mehr rechtzeitig reagieren konnte und sie rammte. Tuia stolperte; ihre Augen waren tränenverhangen. Wenn das wirklich zutraf und alles so geschah, wie sie es befürchtete, dann hatte sie verloren. Für immer verloren!

II

Tuia wischte sich die Tränen aus den Augen. Plötzlich entdeckte sie Anab, der langsam und schwerfällig in eine kleine Seitengasse einbog. Er wirkte niedergeschlagen und ließ die schmalen Schultern hängen. »Hallo! Anab! Warte auf mich! Wohin gehst du?«, rief Tuia laut.

Anab reagierte nicht, und Tuia schob ein paar Leute zur Seite und lief Anab nach. »So warte doch, Anab! Ich bin es, Tuia!«

Endlich blieb Anab stehen und drehte sich um. Die bewegliche Hälfte seines verunstalteten Gesichts drückte solche Niedergeschlagenheit aus, dass Tuia ihre eigenen Sorgen sofort vergaß.

»Ach, du bist es, Tuia. Ein andermal bitte!«

»Ein andermal?« Tuia trat neben ihn und hielt ihn an den dünnen Armen fest. »Was ist los, Anab? Du siehst fürchterlich aus.«

Er versuchte sich loszumachen, aber ihre kräftigen Finger bohrten sich in seine Arme. Er wich ihrem Blick aus. »Ich habe jetzt zu tun«, erklärte er. »Aber ich kann jetzt nicht darüber reden.«

»Was soll der Unsinn?«, schalt Tuia. »Ich kenne diesen Blick. Mich kannst du nicht täuschen. Ich bin Tuia, vergiss das nicht! Auch deine unbewegliche Gesichtshälfte kann mir nichts verbergen.« Sie zog ihn näher zu sich. Anab bot ihr wenig Widerstand, schlaff und kraftlos, wie er war. »Wohin bist du verschwunden, Anab? Damals an dem Abend, an dem ich dich in der Schenke hätte treffen sollen? Ich habe dich überall gesucht.«

Anab versuchte sich loszumachen, aber sie hielt ihn fest und sah sich dabei vorsichtig um. Im zweiten Geschoss des Hauses standen die Fensterläden offen, und sie hielt es für klüger, mit Anab in einem dunklen Hof zu verschwinden. Vor den Lehmmauern eines ausgebrannten Hauses blieben sie stehen. »Hier kann uns niemand hören. Jetzt rede endlich, Anab! Du kannst mir vertrauen!«, forderte Tuia ihn auf.

»Das ist ja gerade das Problem. Ich kann niemandem vertrauen. Gerade jetzt nicht.«

Sie ließ ihn los und trat zurück. »Warte! Habe ich dich nicht gestern in der Schenke gesehen? Ich war mir nicht sicher, aber wenn ich dich jetzt so anschaue?« Sie runzelte die Stirn. »Du warst es! Du warst mit Zosar zusammen. Onuris, der zweite Mörder, war auch dabei. Was um alles in der Welt hast du mit zwei solchen Strolchen zu tun?«

Plötzlich fielen ihr die Gerüchte ein, die ihr in jüngster Zeit über Zosar zu Ohren gekommen waren. Gefährliche Gerüchte. Seit ihrem Zusammenstoß damals in dem dunklen Hinterhof hatte sie ihn nicht mehr in den Basaren gesehen, erst gestern Abend wieder.

»Es ist eine Verschwörung im Gange, habe ich Recht? Diese beiden sind in eine politische Verschwörung verwickelt. Schau mich an, Anab!« Sie stieß einen zornigen Seufzer aus. »Sei kein Narr! Politik ist nichts für Leute wie dich und mich. Für diese Leute sind wir Dreck! Sie behandeln uns wie Tiere, die man benutzt und danach fortwirft. Ich weiß nicht, wie weit du schon in die Sache verstrickt bist, Anab.«

»Zu weit«, gestand Anab unglücklich. »Zu weit, Tuia. Bitte, lass mich in Ruhe. Es ist schon schwer genug für mich.«

»Was haben sie vor? In was haben sie dich da mit hineingezogen?«

»Ich kann es dir nicht sagen.« Er hatte Tränen in den Augen. Verzweifelt blickte er Tuia an, seine Unterlippe zitterte und eine Träne lief ihm über die Wange. »Du verstehst das nicht«, stammelte er. »Du darfst das nicht wissen.«

»Ich bin deine Freundin.« Tuia blieb beharrlich. »Ich verrate dich nicht. Du hast mein Wort darauf, und ich gebe nur sehr selten mein Wort.«

Anab schloss die Hände krampfhaft zu Fäusten und öffnete sie wieder. »Ich habe gestern Abend einen Mann umgebracht, Tuia«, gestand Anab schließlich mit brüchiger Stimme. »Seither habe ich kein Auge zugetan. Ich bin durch die Straßen gegangen und habe nachgedacht.« Er streckte eine schmutzige Hand aus. »Mit dieser Hand habe ich es getan, Tuia. Ich habe ihn einfach mit dem Dolch durchbohrt. Er hat nur einmal geschrien.«

Übelkeit übermannte ihn. Tuia stützte ihn, als er in eine Ecke des Hofes stolperte und die Reste des Abendessens des vergangenen Tages von sich gab.

Satz für Satz quetschte Tuia aus ihm heraus. Anab war verbittert und verängstigt, denn er fühlte sich von Ben-Hadad im Stich gelassen. In seiner Verzweiflung stolperte er von einer zweifelhaften Beschäftigung in die andere. Als er beinahe mittellos war, bewahrte ihn nur eine unerwartete Zuwendung von Ben-Hadad davor, auf den Straßen regelrecht betteln zu müssen. Noch dazu befürchtete er ständig, von einem von Renefres' Schlägern erwischt zu werden. Daher war er für die Leute von der Widerstandsbewegung leicht ansprechbar, zumal er sich einen gewissen Schutz von ihnen versprach. Sie hatten ihn mit ihrem Anliegen nicht überfallen, sondern waren vorsichtig zu Werk gegangen, tasteten sich langsam an ihn heran und umwarben ihn förmlich. Eines Nachts saßen sie schließlich bis in die Morgenstunden mit ihm zusammen und unterhielten sich mit ihm. Sie erzählten ihm von einer neuen Gruppierung im Volk, deren Ziel es war, die Nomaden zu schikanieren und ihre Anführer einen nach dem anderen zu ermorden. Mit den ägyptischen Verrätern und Sympathisanten, die ihr Vaterland und ihre Nachbarn im Stich gelassen hatten und zu den Nomaden übergewechselt waren, wollten sie ebenso verfahren. Voll Bitterkeit hatte Anab an Wenis und Ben-Hadad gedacht und hatte zugestimmt. Ja, er wollte diesen Benu treffen, diesen Phönix.

Aber das war nicht so einfach gewesen. Man konnte den Phönix nicht so leicht treffen. Zuvor musste man sich verpflichten, mit Blut verpflichten, wie sie es nannten. Erst dann durfte man dem geheimnisvollen Banditen zum ersten Mal vor die Augen treten. Anab stand dieses Zusammentreffen noch bevor. Es sollte dem Vorfall des Vorabends folgen.

»Wer war es also?«, wollte Tuia wissen. »Ein ranghoher Nomade?«

»Nein. Ein ... ein Verräter. Ein Marketender, der für die Soldaten der Nomaden ein Bordell eröffnet hat. Unschuldige ägyptische Frauen mussten dort mit den verhassten Nomaden schlafen. So ähnlich haben es mir die Männer erklärt, obwohl es mir etwas eigenartig vorkam. Wenn ich ehrlich bin, würde ich selbst ein Bordell aufmachen, wenn ich genügend Geld hätte. Und wenn die Soldaten der Nomaden besser zahlen als die Einheimischen, so sollte mir das auch recht sein. Ich würde mir die Getränke auf Lager legen, die die Nomaden gern trinken, und mich erkundigen, welche Frauen ihnen am liebsten sind. Aber diese Leute sahen das anders. Besonders Zosar. Er ist ein Hitzkopf und kommandiert gern herum. Er hat mir gedroht, dass entweder der Bordellwirt zu sterben habe, oder er würde mich eigenhändig beseitigen. Sie hatten mich über die Ziele der Organisation eingeweiht, und von dem Zeitpunkt an habe ich mich der Sache verschworen und sei einer der ihren geworden, behauptete Zosar.«

»Du gehörst also jetzt zu ihnen?«

»Ja. Ich fürchte, es bleibt mir nichts anderes übrig, Tuia. Sie behaupten, dass es in der Stadt nur so von Leuten wimmelt, die auf ihrer Seite stehen. Hinter den vordersten Linien sind die Nomaden schwach. Sollte ein Feind sie derzeit von außen angreifen, entweder auf dem Landweg bei Sile oder über die Hafenstädte an der Flussmündung, wäre ihre gesamte Besatzungsmacht ernsthaft gefährdet. Sie haben beinahe ihre ganze Armee rund um Memphis konzentriert, dort wo die Schwarzen Provinzen enden und die Roten beginnen. Sie wollen Memphis; sie wollen die Stadt unbedingt. Letzten Monat hat ein Wahrsager Salitis prophezeit, dass er Memphis zwar einnehmen, aber nie erobern werde, was das auch bedeuten mag. Salitis ließ den Mann auf der Stelle köpfen. Angeblich ist in ihren Lagern auch eine Krankheit ausgebrochen, und das ist noch nicht alles. Nördlich des Zweistromlands sollen die Assyrer angeblich einen neuen Anführer haben. Er hat das Heer nach Norden geführt, bis in die angestammte Heimat der Nomaden. Im Delta berichten Reisende von zerstörten Städten, die früher einmal von den Nomaden beherrscht worden waren. Die Assyrer haben, wie man hört, die Steppen angezündet und damit das kostbare Weideland der Nomaden verbrannt. Außerdem sollen sich einige der von den Hirten besetzten Städte gegen ihre Besatzungsmacht erhoben und diese überwältigt haben. In Mari war es so und auch in Charchemisch, das die Hirten selbst wieder aufgebaut und befestigt hatten.«

»Die Leute haben dich also davon überzeugt, dass sie gewinnen können?«

»So ist es, Tuia. Aber gestern Abend ...« Anab schluckte. Mit heiserer Stimme fuhr er fort. »Gestern Abend musste ich mich bewähren und diesen Mann töten. Ich stach einfach zu.«

Tuia schüttelte den Kopf. »Armer Anab«, sagte sie, halb mitleidig, halb ironisch. »Armer Mann, den Anab töten musste. Er hatte sicher auch eine Familie. In was für einer schrecklichen Zeit leben wir!« Sie klopfte ihm beruhigend auf die Schulter und spürte, wie verkrampft er immer noch war. »Wie geht es jetzt weiter, Anab? Ich nehme an, dass du jetzt nicht mehr zurückkannst, da du dich durch Blutvergießen verpflichtet hast. Falls du es dennoch versuchst, schneiden sie dir die Kehle durch, stimmt es?«

Er nickte unglücklich.

»Das habe ich mir gedacht. Was kommt als Nächstes? Diese Leute von der Widerstandsbewegung sind vermutlich für die Überfälle auf die Garnisonen verantwortlich. Da wurde doch unlängst in einem Bordell ein Nomadenhauptmann ermordet. Wo war das nur gleich?« Sie riss die Augen auf. »Das war hier! Onuris und Zosar waren auch dabei! Ich hatte doch meinen Zusammenstoß mit Zosar!«

»So ist es«, pflichtete Anab ihr bei. »Das war die Gruppe. Sie suchen sich ihre Opfer scheinbar willkürlich aus. In Wirklichkeit läuft alles nach einem vorausgeplanten Muster ab, das der Phönix entworfen hat. Anschläge gegen das Militär wechseln mit Anschlägen gegen Verräter aus dem Volk ab. Das nächste Mal ...« Er sah sie beschwörend an, wollte etwas sagen, zögerte und schwieg schließlich.

»Ja? Was wolltest du sagen? Sprich weiter!«

»Ich weiß nicht, was ich jetzt tun soll, Tuia. Gegen einen Verräter vorzugehen lasse ich mir noch einreden, auch wenn es schwer ist, wirklich schwer, das kann ich dir sagen. Ich fühlte mich nachher richtig beschmutzt. Von oben bis unten besudelt. Aber das! ...«

»Was? Wer soll der Nächste sein? Sag es mir, Anab!«

Rasch, beinahe unhörbar, fuhr er fort: »Der nächste Anschlag ist gegen Wenis und seinen Haushalt gerichtet. Einer der Leute, bei deren Ermordung ich mithelfen soll, ist Ben-Hadad.«

Tuia blickte in sein gequältes Gesicht und sah den Schmerz und das Entsetzen in seinen Augen. Erst allmählich begriff sie die Tragweite des Gehörten.

Lange blieb es still. Ihre Gedanken rasten, dann sagte sie: »Ich muss mit dir gehen. Nur so kann ich ihm helfen.«

»Sie werden es nicht zulassen.«

»Du wirst schon sehen! In Zeiten wie diesen können sie jede zusätzliche Hand gebrauchen.«

»Es gibt keine Frauen in der Gruppe, Tuia.«

»Von jetzt an gibt es eine. Außerdem kennt mich Zosar und weiß, dass er einmal den Kürzeren zog, als ich ihn mit dem Dolch bedrohte. Er weiß, dass ich schneller bin als er.«

Ein Fremder kam durch die schmale Gasse, ging vorüber und verschwand in einem kleinen Hof. Sie warteten, bis seine Schritte verklungen waren, dann fuhr Anab fort: »Ich weiß, dass du sehr schnell bist, Tuia. Aber kannst du auch wirklich zustechen? Kannst du jemanden töten?«

Sie drehte sich kurz um, dann sah sie ihn offen an, zog ihn näher zu sich heran und flüsterte: »Was ich dir jetzt sagen werde, Anab, darfst du nie jemandem erzählen, sonst bist du ein toter Mann. Ich spaße nicht.«

»Ich werde schweigen.«

»Ich habe bereits einen Mann getötet, Anab.«

»Du hast was gemacht?«

»Ich habe einen Mann umgebracht, falls du die Nomaden als Männer bezeichnest. Als was ich den bezeichnen würde, von dem ich rede, weiß ich nicht. Ich kann mir genau vorstellen, wie es dir geht, Anab. Ich habe das Gleiche durchgemacht.« Sie seufzte und fuhr fort: »Er war ein Soldat der Nomaden und gehörte zu einer berittenen Abteilung. Er wollte mich vergewaltigen. Wenn ich ihm nicht ein Messer zwischen die Rippen gestoßen hätte, wäre es ihm auch gelungen. Danach hätte er mich in einem Hinterhof in eine Ecke geworfen und keinen weiteren Gedanken an mich verschwendet. Er hätte nicht die leisesten Gewissensbisse gehabt. Für sie sind wir keine Menschen, nur Tiere einer minderen Art. Ich weiß es. Später habe ich herausgefunden, dass derselbe Mann bereits etliche Frauen aus meiner Gegend vergewaltigt hatte. Eine davon hat er umgebracht, als sie ihm drohte, sich bei seinen Vorgesetzten zu beklagen. Mach dir keine Sorgen, Anab, ich habe mein schlechtes Gewissen überwunden.«

Anab starrte sie mit offenem Mund an. »Das habe ich nicht gewusst, Tuia.«

»Niemand wusste es, zum Glück. Sonst wäre ich bereits Krähenfutter geworden. Jetzt hast du mich in der Hand. Wenn du mich je verrätst, dann ...«

Anab schüttelte heftig den Kopf und beteuerte mit großem

Ernst: »Nie! Ich werde dich nie verraten. Aber sie werden dich trotzdem nicht mitmachen lassen.«

»Sie werden aber müssen. Ich platze einfach herein und sorge dafür, dass sie mich akzeptieren. Gib nur Acht! Ich kann sehr überzeugend sein, wenn ich will.«

Wie sie mit gespreizten Beinen dastand, die Hände auf die schmalen Hüften gestützt, wirkte sie in der Tat sehr überzeugend. »Ich werde ein Mitglied von Phönix' Bande, ob sie es wollen oder nicht.«

Während sie sprach, spürte sie, dass sie nicht mehr allein waren. Etwas berührte sie am Bein. Tuia sah zu Boden und entdeckte den kleinen Hund, den Ben-Hadad aus Kanaan mitgebracht hatte. Er war mit ihm den ganzen Weg aus dem Norden durch die Wüste gekommen. »Löwe!«, rief sie, bückte sich erfreut und streichelte den struppigen Kopf des Tiers. Der Hund sprang aufgeregt um sie herum, und seine Zuneigung zu ihr war deutlich zu sehen. Tuia lächelte. Von Anfang an hatte sie die Freundschaft zu dem Hund gepflegt, in der Hoffnung, so auch seinem Herrn näher zu kommen. »Was machst denn du auf der Straße, Löwe? Du weißt doch, was die Nomaden von Straßenkötern halten?«

»Ben-Hadad ließ den Hund bei seiner Vermieterin zurück«, erklärte Anab. »Sonst wäre er ihm zu Wenis gefolgt. Ben-Hadad gab der Frau Geld, damit sie ihn füttert, aber sobald Ben-Hadad fort war, warf sie den Hund hinaus.« Anab fuhr dem Hund durch das Fell. »Er folgt Menschen, die er mag. Anscheinend hat er dich jetzt auserkoren.« Löwe wich Anabs Liebkosung aus, aber er bellte nicht. Er blieb nur außerhalb seiner Reichweite.

»Ganz schön widerlich von ihr!« Tuia schüttelte den Kopf. »Ich kenne sie. Sie ist hässlich und alt. Na warte! Könnte sein, dass ihr ein kleiner Unfall bevorsteht. Wie wäre es, wenn sie in ihrem Festgewand durch die Straßen stolziert und sich ein Eimer mit Spülwasser über ihren Kopf ergießt?«

»Ach, vergiss sie! Jetzt kannst ja du dich um den Hund kümmern.«

»Das kann ich.« Sie hockte sich neben dem Tier nieder. »Obwohl ich glaube, dass Löwe so ähnlich ist wie ich. Er braucht niemanden, der sich um ihn kümmert. Aber es gefällt ihm doch, wenn man ihm Aufmerksamkeit schenkt. Habe ich Recht,

Löwe?« Der Hund wedelte mit dem Schwanz. »Er hat den weiten Weg durch die Wüste von Kanaan bis Sile geschafft. Das ist die schlimmste Gegend auf der ganzen Welt, haben die Soldaten in der Festung immer gesagt. Tagelang keine Oasen. Löwe musste so lange wie ein Kamel ohne Wasser und ohne Fressen auskommen. Stimmt's, mein Kleiner?« Wie eine Katze stupste der Hund sie mit der Nase an und tanzte dann begeistert hin und her.

Tuia lächelte Anab zuversichtlich an. »Also gut, Anab. Bringe mich zu deinen Freunden. Dabei kannst du gleich lernen, wie man jemanden überzeugt.«

III

»Es gefällt mir trotzdem nicht.« Zosar drehte sich unwillig um, während er neben Onuris durch die Hauptstraße zum Treffen der Widerstandsgruppe ging. »Wir hatten noch nie zuvor eine Frau bei unseren Anschlägen dabei. Bisher sind wir damit gut gefahren; alles hat immer wunderbar geklappt.«

Onuris redete beruhigend auf ihn ein. »Es wird alles gut gehen. Wir können jede Hilfe gebrauchen. Außerdem ist Tuia nicht wie andere Frauen. Kannst du dich noch daran erinnern, wie sie uns damals gestellt hat? Auch du hast sie ernst genommen, als sie mit gezogener Klinge vor uns stand. Sie weiß damit umzugehen, das war nicht zu übersehen. Ich sage nicht, dass du dich gedrückt hast, versteh mich nicht falsch. Aber du hast begriffen, dass man besser Vorsicht walten lässt.«

»Das mag schon stimmen«, gab Zosar gereizt zu. »Aber was ist, wenn man sie erwischt?«

»Anab behauptet, dass sie nie reden würde, auch nicht, wenn man sie unter Druck setzt, genau wie Benu. Ich habe mit ein paar anderen gesprochen und sie haben es mir bestätigt.«

»Ach verdammt! Es gefällt mir trotzdem nicht.«

»Da kann man nichts machen. Ich kann es so einrichten, dass du nicht mit ihr arbeiten musst.«

Zosar drehte sich noch einmal um. »Und was ist mit dem blöden Hund?«, knurrte er. »Warum muss der verdammte Hund mitlaufen?«

»Der Hund gehört Ben-Hadad. Mit seiner Hilfe will sie Ben-Hadad finden.«

»Er wird bellen und alle alarmieren.«

»Das ist ein Kanaaniter Hund, eine gute Rasse, falls man Hunde mag. Sie bellen sehr selten und ziehen daher keine Aufmerksamkeit auf sich.«

»Wenn ich mir vorstelle, was Benu sagen wird, wenn er erfährt, was wir alles mitbringen!«

»Wenn dieser Anschlag glückt, wird er vermutlich damit einverstanden sein. Für ihn zählen in erster Linie Tatsachen, das weißt du.«

Die Angreifer marschierten nicht in einer Gruppe, sondern hatten sich in kleine Grüppchen aufgeteilt, als kämen sie vom Markt zurück. Anab ging mit Tuia und dem Hund Löwe weiter hinten. »Bist du sicher, dass du wirklich mitmachen willst?«, fragte Anab mittlerweile zum dritten Mal seit ihrem Aufbruch.

Tuia seufzte aufgebracht: »Begreife doch! Ich weiß zu viel. Ich kann jetzt nicht mehr zurück, Anab. Benu würde mich umbringen, um zu verhindern, dass ich rede. Außerdem will ich es.«

Anab schüttelte den Kopf. »Du musst Ben-Hadad sehr gern haben, Tuia. Vielleicht liebst du ihn sogar zu sehr.«

»Wie meinst du das?«

»Denk einmal nach, Tuia! Er hat deine Zuneigung nie erwidert. Er hat sich davongemacht, ohne einen Gedanken an uns zu verschwenden. Soviel man hört, ist er Wenis' schöner Tochter Tamschas so gut wie versprochen. Wenn er sie wirklich heiratet, dann ...«

»Genug davon. Du musst es nicht noch betonen. Wenn du je verliebt gewesen wärst, wüsstest du, dass man so gut wie hilflos ist. Ich kann wirklich nichts dagegen tun, Anab. Ich habe versucht, vernünftig zu sein, und mir eingeredet, dass ich keine Chance habe. Ich habe sogar versucht, ihn zu hassen. Dabei wusste ich die ganze Zeit, dass er mich nur rufen muss, und schon käme ich angelaufen, so schnell ich kann.« Sie seufzte. »Ich muss wenigstens zu mir selbst ehrlich sein.«

»Wie du meinst. Schau, dort vorne ist unser Treffpunkt. Gehört der Hain dort nicht auch Akaba?«

»Ich bin sicher. Glaubst du, dass wir diesen Phönix heute Abend noch treffen?«

»Ziemlich unwahrscheinlich. Der Phönix wird seine Zeit nicht auf ein so unwichtiges Unternehmen verschwenden, das sich nur gegen Überläufer richtet; das hat Zosar zumindest gesagt.«

»Unwichtig? Für dich vielleicht, für mich ist das nicht unwichtig.« Tuia lächelte. Schon dass man sie an dem Überfall teilnehmen ließ, hatte ihr geholfen, ihre Einsamkeit und die innere Leere zu überwinden. Sie fühlte sich stark und selbstsicher und hatte ihr Leben wieder im Griff.

Die Sonne näherte sich bereits dem Horizont, und der Himmel war voller Farben. Ein zarter Duft lag in der Luft; das fruchtbare Land im Delta bereitete sich auf die Nacht vor. Kleine Vögel sausten durch die Luft, auf der Jagd nach Insekten, die sich nur in der Dämmerung herauswagten. Die Luft war angenehm kühl; bald würden Nebelschwaden über den Hügeln und Kuppen liegen.

Spät am Abend studierte Ben-Hadad beim Licht von zwei Talgkerzen ein Spielproblem. Mit gekreuzten Beinen saß er vor einem niedrigen Tisch mit dem Spielbrett, auf dem die Lehrer die Steine aufgestellt hatten.

Ben-Hadad hob die Hand und ließ sie zögernd wieder fallen. »Nein«, sagte er und betrachtete nochmals die Astragale, die immer noch dort lagen, wo er sie hingeworfen hatte. Interessant, wie sich sein Glück immer zum Positiven wendete, wenn er statt der vier hölzernen Wurfstäbchen die Fingerknöchelchen verwendete. Kam es daher, dass sie einmal einem lebenden Tier gehört hatten? Er hatte keine Erklärung dafür. Er hatte auch mehr Glück, wenn er die »Finger« aus Elfenbein benutzte anstatt der aus Holz.

Wieder überdachte er den nächsten Zug. Er hatte die Stäbe bereits zweimal geworfen. Der erste Wurf brachte ihm ein Haus und einen zusätzlichen Wurf ein, der zweite hatte zwei Häuser und keinen weiteren Wurf gebracht. Die Spielregeln wollten es, dass er seine Züge beliebig setzen konnte. So konnte er zum Beispiel einen seiner Spielsteine um drei Häuser versetzen. Oder er versetzte einen Stein um zwei Plätze und einen anderen um einen Platz. Ben-Hadad studierte das Spielbrett sorgfältig. Seine Lehrer hatten ihm eine schwierige Schlussaufgabe gestellt. Sie behaupteten, dass man mit dieser Konstellation mit Glück und Geschick einen Gegner, der bereits haushoch im Vorteil war, in nicht mehr als vier Würfen besiegen konnte. Dann hatten sie wissend gelächelt und behauptet, dass er sich genauso auch in eine Falle setzen konnte, aus der es kein Entkommen mehr gab. Ein einziger falscher Zug konnte das Spiel zugunsten seines Gegners beenden.

Plötzlich streckte Ben-Hadad die Hand aus und ergriff die führende Figur im Haus der Treidelleine. Bevor er den Zug ausführte, überlegte er blitzschnell, mit welchen Zügen sein Gegner darauf reagieren würde.

Dann hielt er wieder inne, stellte die Figur auf den vorigen Platz zurück und konzentrierte sich auf den zweiten Tänzer, der im Haus des Ba stand. Nachdenklich kratzte sich Ben-Hadad den Kopf. Wenn dieser zweite Tänzer nur ein Feld vorwärts zog in das Spuck-Haus und der Tänzer dahinter, der auf dem Feld des Lebenshauses stand, zwei Felder vorrückte zum Haus des Mut …

Ben-Hadad seufzte. Es war spät. Seine zwei Kerzen waren vermutlich die letzten Lichter, die in den Schlafräumen der großen Villa noch brannten. Wenis' Worte fielen ihm ein: »Gehe nicht zu spät zu Bett! Du brauchst deinen Schlaf!« Wenis hatte Recht: Er war müde, sehr müde.

Andererseits wusste er, dass manchmal, wenn man so müde war, der Punkt der Erschöpfung überschritten war und der Verstand sich nicht mehr in den üblichen Bahnen bewegte, eine Kraft zu wirken begann, auf die man im üblichen Verlauf eines Arbeitstages nicht zurückgreifen konnte. Unter diesen Bedingungen bekamen seine Züge eine Brillanz, die er unter anderen Umständen nie erreicht hätte. So ähnlich musste es seinem alten Freund Joseph früher in Kanaan ergangen sein. Der hatte manchmal Träume gehabt, die ihm mit großer Genauigkeit zukünftige Ereignisse vorhersagten.

Was ist mit dir geschehen, Joseph?, dachte Ben-Hadad. Werde ich dich je wiedersehen? Wirst du je wieder in deine Heimat zu deinem Vater zurückkehren, der dich so sehr liebt?

Ben-Hadad seufzte bedauernd. Das liegt nicht in meiner Hand. Was war ich für ein Narr! Ich habe Jakob und mich enttäuscht. Es war vermessen zu glauben, dass ich dich hier finden und nach Hause zurückbringen kann! Ich habe doch in diesem fremden Land keinen einzigen Freund, nur meinen Hund Löwe.

Seine Gedanken schweiften ab. Löwe! Lieber alter Löwe! Seit Tagen hatte er nicht an den Hund gedacht, weil er sich so intensiv auf das Spiel konzentriert hatte. Man gab ihm zwischen den einzelnen Spielen und den theoretischen Erläuterungen kaum Zeit zum Essen und Schlafen; er kam gar nicht dazu, an seine Freunde zu denken.

Ein schmerzliches Gefühl überkam ihn. Er vermisste seine vielen Freunde. Anab, Tuia und ... Doch nein, in erster Linie vermisste er diese beiden, sie und seinen lieben Hund Löwe. Ob sie an ihn dachten, wie er in diesem kalten, halb leeren Palast saß und für nicht's anderes Zeit fand, als ein Spielproblem nach dem anderen zu lösen und gegen Leute zu spielen, die man extra zu diesem Zweck herbrachte?

Ob sie ihm verziehen hatten? Anab schien die Nachricht verletzt zu haben, dass Ben-Hadad von jetzt an in Wenis' Haus leben würde, um das Senet-Spiel zu üben. Ben-Hadad konnte ihm nicht einmal erzählen, dass er jetzt das Spiel auf den Zwanzig Feldern erlernte. Von Zeit zu Zeit schickte Ben-Hadad Anab Geld, um auf diese Weise den Schlag etwas zu lindern. Das war fair, denn Anab hatte mit Ben-Hadad sein Einkommen verloren. Doch Ben-Hadad hätte den Freund gern wieder getroffen und sich mit ihm unterhalten.

Man begegnete im Leben nur sehr selten wirklichen Freunden. Er selbst hatte kaum je einen echten Freund gehabt, ehe Löwe gekommen war. Joseph natürlich, aber wen sonst? Nur Anab und Tuia. Und jetzt? In diesem Haus gab es keine Freunde. Wenis versicherte ihm zwar immer seine Freundschaft, aber er war eher ein Partner als ein Freund, ein Partner, der kühl die Fäden zog.

Und Tamschas? Ben-Hadad schüttelte enttäuscht den Kopf. Sie hätten vielleicht Freunde werden können, hätten sie nicht beide gespürt, welche Pläne ihr Vater für sie beide hatte. Tamschas war nicht übel; im Laufe der Jahre würde sie vermutlich eine wunderbare Gefährtin abgeben. Sie würde nicht nur ihre auffallende Schönheit mit in die Ehe bringen, ihre üppige Mitgift und die Macht und den Einfluss ihrer Familie im Königreich, sondern als Tochter ihres Vaters hatte sie auch Sinn für Geschäfte und für das gesellschaftliche Protokoll und verstand sich auf die kleinen Intrigen, ohne die es in diesen Kreisen nicht ging. Sie war eine gute Menschenkennerin und konnte einem Mann dabei behilflich sein, seinen Weg durch das listenreiche Leben bei Hof zu finden, ohne einen tödlichen Fehler zu begehen.

Ben-Hadad grübelte. Warum dachte er überhaupt an sie, als wäre sie ein wertvolles Rennpferd, das er kaufen wollte? Oder noch besser, ein Rennpferd, das Wenis für ihn erwerben wollte, ohne Rücksicht darauf, ob er reiten konnte, Pferde mochte oder sich zum jetzigen Zeitpunkt ein eigenes zulegen wollte. Wenn Tamschas wirklich die Traumfrau war, warum wurde er dann das Gefühl nicht los, dass man ihn mit allen Mitteln in eine Heirat drängen wollte? Warum bedauerte er die ganze Angelegenheit bereits ein wenig?

Alles war so schnell gegangen. Wenis hatte ihm die Idee kurz und prägnant auseinander gesetzt, und Ben-Hadad hatte kaum Zeit gehabt, ja oder nein zu sagen. Abgesehen davon fiel es ihm immer schwer, Leuten etwas abzuschlagen. Er machte also, was Wenis wollte: Er spielte Partien, die Wenis für ihn ansetzte, anstatt jener, die Anab für ihn organisiert hätte. Er war wirklich ein sehr angenehmer Zeitgenosse gewesen, der sich problemlos lenken ließ. Was war aus jenem Ben-Hadad geworden, der unbedingt seinen Freund Joseph finden wollte und deshalb eine viel versprechende Lehre abgebrochen hatte, um nach Ägypten zu reisen?

Geistesabwesend spielte er mit den Figuren auf dem Spielbrett. Er hatte große Sehnsucht nach den alten Tagen, nach dem alten Ben-Hadad und seinen alten Freunden. War Tuia nicht sein Glücksbringer? Warum konnte er sie nicht hierher mitnehmen? Wenis hätte ihm diesbezüglich wirklich nachgeben können! Ihm fehlten die Straßen und die Basare, wo ihn die Leute freundlich grüßten, weil sie ihn kannten und ihn mochten. Er vermisste seinen lieben Hund! Wie viele Tage waren schon vergangen, ohne dass Löwe ihn am Morgen geweckt und ihm das Gesicht geleckt hatte?

Ben-Hadad hob den Kopf, blinzelte und starrte auf die offene Tür; er traute seinen Augen nicht.

»Ich muss träumen! Löwe? Bist du es, Löwe?«

Der kleine Hund stand in der Tür und wedelte wild mit dem Schwanz. Zögernd machte er ein paar Schritte vorwärts. Er war wirklich immer klug und vorsichtig!

Ben-Hadad öffnete die Arme, und der Hund lief auf ihn zu. »Löwe!« Ben-Hadad drückte den Hund fest an sich. »Wie bist du nur hergekommen? Bist du meiner alten Hausfrau ausgerissen? Hat sie dich nicht gut behandelt? Bist du so weit gelaufen, nur um mich zu sehen?«

Dann bemerkte er, dass jemand in der Tür stand. »Tuia!«, rief er erstaunt. Doch sie legte den Finger auf den Mund und hieß ihn leise sein.

»Leise!«, riet sie, betrat das Zimmer und zog rasch die Tür hinter sich zu. »Bitte sei leise! Du bist in großer Gefahr!«

»Gefahr?«, fragte er laut. »Wieso?«

»Bitte!« Wieder legte sie beschwichtigend den Finger auf den Mund. »Sei leise! Es darf uns niemand hören. Auch nicht die Leute, mit denen ich gekommen bin.«

»Mit wem bist du hergekommen? Ich verstehe überhaupt nichts, Tuia. Was machst du hier?«

»So hör mir doch zu, Ben-Hadad! Die Leute, mit denen ich gekommen bin, wollen dich töten. Dich, Wenis und seine Tochter. Alle außer den Sklaven sollen sterben. Ich habe davon erfahren, und der einzige Weg, dich zu retten, war, mit ihnen zu gehen.«

»Warum sollte mich jemand töten wollen, Tuia?«

»Begreifst du denn gar nichts, Ben-Hadad? Manchmal glaube ich, dein Kopf sitzt verkehrt. Hast du noch nie von einem Mann namens Benu gehört? Benu, der Phönix?«

»Ich kenne den Namen. Das ist doch der Kerl, der die militärischen Außenposten der Nomaden überfällt und ihre Hauptmänner in der Stadt tötet. Aber was hat das mit mir zu tun?«

Tuia erwiderte ungeduldig: »Er ist auch hinter Leuten her, die seiner Ansicht nach ihr Land verraten haben, weil sie die Seiten gewechselt haben und zu den Nomaden übergelaufen sind. Leute, die mit der neuen Regierung zusammenarbeiten und sich in die Gunst des Nomadenkönigs, dieses neuen Pharao und seiner Berater einschleichen. Verstehst du? Es handelt sich um Leute wie Wenis. Wenis soll heute Nacht getötet werden. Das Haus wird niedergebrannt. Wenis, Tamschas und du, Ben-Hadad, ihr werdet morgen alle tot sein, wenn ich dich nicht vorher von hier fortbringe.«

»Aber warum?«

»Still! Sag jetzt nichts, sondern hör mir zu! Ich habe nicht viel Zeit. Ich habe durch Anab davon erfahren. Er hat sich mit ein paar Leuten eingelassen und konnte nicht mehr zurück, als er erfuhr, dass sie hierher kommen und dich töten wollen. Sobald ich davon Wind bekam, schloss ich mich ihm an. Ich sah keine andere Möglichkeit, dich zu retten. Löwe habe ich mitgebracht, damit er dich findet. Ich habe gewusst, dass er mich zu dir führen wird. Jetzt müssen wir noch eine Möglichkeit finden, wie wir dich hinausschmuggeln können, ehe dir jemand ein Messer zwischen die Rippen rammt.«

»Aber was ist mit deinen Freunden? Was werden sie tun, wenn sie herausfinden, dass du mich gewarnt hast?«

»Darüber denke ich später nach«, entgegnete Tuia munter. »Hast du ein Schwert? Ein Messer oder eine andere Waffe?«

»Ich habe ein Schwert, das ich noch seinerzeit in Kanaan gemacht habe. Warum?«

»Kannst du damit umgehen?«

»Ich denke schon.«

»Dann hole es! Vergiss alles andere. Wir haben keine Zeit.«

Durch das offene Fenster erklang ein Schrei, gleich darauf noch einer. Aus der Vorhalle kam der Lärm eines Handgemenges. Jemand schrie: »He! Du dort! Was machst du da?« Metall klirrte gegen Metall. Plötzlich hing ein neuer Geruch in der Luft: Rauch!

»Komm jetzt!«, flüsterte Tuia. »Verschwinden wir von hier!«

In der Vorhalle wurde gekämpft. Hinter der Tür zum großen Saal am Ende der Halle züngelten Flammen hoch. Der Schatten eines großen Mannes wurde im Schein des Feuers sichtbar. Es war Wenis' Sklave, der den Eingang zum Patio bewachte und gegen zwei von Benus Leuten kämpfte. »Komm! Wir gehen in diese Richtung!« Tuia schlug die andere Richtung ein, und der kleine Löwe folgte ihr dicht auf den Fersen.

Ben-Hadad ging hinter ihnen. Mit dem Schwert in der Hand kam er sich wie ein Narr vor. Er war ein Waffenschmied, kein Kämpfer. Waffenschmiede fertigen Schwerter an, aber sie gebrauchen sie nicht. Er befand sich in einer zwiespältigen Lage. Sollte er nicht gegen jene Leute kämpfen, die Wenis' Haus überfallen haben, anstatt zu fliehen?

»Komm endlich!«, rief Tuia von weiter vorn. »Bleib nicht zurück! Sie bringen dich sonst um!«

Ben-Hadad folgte ihr zögernd. Was tue ich? Ich laufe um mein Leben! Was wird Wenis sagen, wenn er davon erfährt?

Doch Tuia hatte ihn noch nie belogen. Das Haus stand jetzt tatsächlich in Flammen, wie sie es vorausgesagt hatte. Und der Kampf unten in der Vorhalle hatte sehr ernst ausgesehen. Ben-Hadad war nur mit dem Lendenschurz bekleidet, den er bei Tuias Auftauchen getragen hatte, aber er folgte ihr.

An der Ecke verschwand Tuia. Löwe blieb stehen, dann kam er zu ihm zurückgelaufen, als wolle er sagen: »Komm, Herr! Worauf wartest du?« Ben-Hadad beschleunigte seinen Schritt, ohne zu wissen, wohin er wollte.

An der Ecke der großen Eingangshalle an der Vorderfront des Hauses sah er zu seinem Entsetzen, wie zwei von Wenis' Dienern Tuia festhielten. Sie sträubte sich aus Leibeskräften. Den einen Mann kannte Ben-Hadad: Er bediente die Weinpresse im Haus, ein fetter Riese, beinahe ebenso breit wie hoch. Er hielt Tuias Arm fest. Ihren anderen Arm hatte ein Feldsklave gepackt. »Lauf!«, kreischte sie und trat dabei wild mit den Beinen um sich. »Sie dürfen dich nicht auch noch kriegen! Lauf!«

Ben-Hadad war erschrocken stehen geblieben, ehe ihn der Zorn übermannte. »Lasst sie los!«, befahl er. Der Winzersklave grinste nur. Er war einer der Diener, die Ben-Hadad, den Neuling, von Anfang an abgelehnt hatten.

Ben-Hadad fasste sein Schwert fester und stürzte auf die Gruppe zu. Im selben Augenblick packte Löwe den Feldsklaven am Unterschenkel und grub ihm seine kleinen spitzen Zähne tief ins Fleisch. Der Mann brüllte vor Schmerz, krümmte sich zusammen und ließ Tuia los. Löwe wich kurz aus, stürzte sich aber sogleich wieder auf das Bein des Sklaven, diesmal auf seinen Knöchel.

Jetzt hatte Tuia einen Arm frei und bearbeitete ihren mächtigen Peiniger mit ihrer kleinen Faust. Den Dolch an ihrer Hüfte konnte sie nicht erreichen, da der Mann sie gegen die Wand drückte und die Klinge eingeklemmt war.

Ben-Hadad stürzte sich mit dem Schwert auf den Sklaven. Er verwundete ihn zwar an der Seite, aber die Wunde war nicht besonders tief. Ben-Hadad bereitete sich auf den nächsten Stoß vor, doch der Dicke war für einen Mann seines Umfangs erstaunlich schnell. Er packte Ben-Hadads Schwert an der Klinge. Ben-Hadad zog es zurück und entriss ihm die blutbeschmierte Klinge. Im nächsten Augenblick hatte der Dicke Tuia den Dolch aus dem Gürtel gezogen. Mit seinem mächtigen Körper drückte er Tuia immer noch gegen die Wand. Die blutende Hand an die Seite gepresst, brüllte er: »Wirf die Waffe fort, sonst ist sie tot! Ich schneide ihr die Kehle durch!«

Ben-Hadad zögerte und sah ängstlich von einem zum anderen. Hinter dem Dicken hatte sich der Feldsklave wieder von seinem Schrecken erholt und lief, so schnell ihn seine dünnen Beine trugen, davon.

»Tu es nicht!«, rief Tuia. Sie wollte noch etwas sagen, aber im selben Augenblick drückte ihr der Dicke die Klinge ihres Dolchs an die Kehle, wo unter der zarten Haut die Adern schimmerten. »Lauf, Ben-Hadad!«

Der Jüngling trat zurück. Er hielt den Knauf des Schwerts so fest umklammert, dass es schmerzte. »Ich kann nicht zulassen, dass er dir etwas tut, Tuia!« Langsam hob er das Schwert mit beiden Händen. Das Blut des Dicken klebte noch an der Klinge.

Vollkommen unerwartet sprang Löwe hoch und stürzte sich auf das Gesicht des Weinsklaven. Als der kleine Hund wieder auf dem Boden landete, klaffte eine große, offene Wunde in der Wange des dicken Sklaven.

Tuia gelang es, sich zu befreien; sie ließ sich auf den Boden fallen. Im selben Augenblick stürzte sich Ben-Hadad mit dem Schwert auf den Sklaven. Der parierte Ben-Hadads Hieb geschickt mit Tuias Messer und ging damit sofort auf Ben-Hadads nackten Bauch los. Ben-Hadad drehte sich geschickt blitzschnell um, und die scharfe Klinge erwischte ihn nur leicht am Rücken: Über dem roten Muttermal verlief eine dünne rote Linie.

Der bullige Sklave griff gleich wieder an, aber Löwe stürzte sich auf seinen Schwertarm, verbiss sich am Handgelenk und hing wie ein lebendes Anhängsel vom fleischigen Arm des Sklaven. Mittlerweile war Tuia wieder auf die Beine gekommen. In einer Nische hatte sie eine Tonstatue entdeckt. Die hob sie jetzt hoch und schleuderte sie mit aller Kraft gegen den Sklaven. Die Statue zerbarst an seiner breiten Brust, ohne ihn zu verletzen, doch der Zwischenfall lenkte ihn zumindest so weit ab, dass er den Blick kurz abwandte. Im gleichen Moment ließ Löwe den Arm des Mannes los, ließ sich zu Boden fallen, nur um sofort wieder hochzuspringen.

Ben-Hadad nahm seine ganze Kraft zusammen, sprang vor und stieß die breite Klinge mit aller Wucht, deren er fähig war, dem Gegner in den Bauch.

Nie würde Ben-Hadad diesen Augenblick vergessen. Der Sklave riss die Augen auf und wollte etwas sagen. Er hob das Messer, als wollte er zustoßen, doch die Bewegung war nur noch ein Reflex gewesen. Das Messer fiel zu Boden, und die Lebensgeister des Dicken wichen. Seine Augen standen noch offen, aber das Leben war bereits aus seinem Blick geschwunden, als der mächtige Körper zu Boden sackte.

Ben-Hadad ließ das Schwert im Bauch des Sklaven stecken und trat einen Schritt zurück. »Das wollte ich nicht«, stammelte er.

»Komm weiter!« Tuia hatte sich rasch erholt. »Dafür ist jetzt keine Zeit.«

Im Schein des Feuers entdeckte Tuia Wenis' Tochter Tamschas. Sie stand mit weit aufgerissenen Augen da und presste nur entsetzt die Hand auf den Mund. Sie trug ein Nachtgewand; ihre Haare waren zerwühlt, und sie war barfuß. Trotzdem wirkte sie so perfekt wie das Bild einer Göttin im Tempel.

»Ben-Hadad?«, flüsterte Tamschas ungläubig. »Was machst du hier? Wo ist mein Vater?«

»Es ist keine Zeit für Erklärungen«, antwortete Ben-Hadad.

Tuia trat dazwischen. »Wir wollen dir nichts tun, Tamschas. Geh in dein Zimmer und leg dich nieder. Ich werde niemandem erzählen, dass ich dich gesehen habe.«

»Ben-Hadad! Du hast ihn umgebracht!«, rief Tamschas schrill. »Du bist einer von ihnen! Vater! Vater!«

Durch die Halle näherten sich Schritte.

Ben-Hadad wollte zu Tamschas treten und sie beschwichtigen. »Nein, nein! Das ist ein Irrtum.«

»Du hast ihn umgebracht!«, kreischte Tamschas. »Rühr mich nicht an!« Rückwärts gehend wich sie vor Ben-Hadad zurück und schrie dabei aus Leibeskräften. Da traten zwei Wachen um die Ecke.

»Du blöde Gans!«, schimpfte Tuia, packte Ben-Hadad am Arm und zog ihn fort. Ben-Hadad hatte sich von seinem Schrecken erholt und lief mit Tuia durch die lange Halle. Die Schritte der Wachen hinter ihnen kamen näher. Ben-Hadad blieb kurz stehen, packte eine der hohen Vasen, die in der Halle standen, und warf sie um, sodass sie den Verfolgern vor die Füße rollte. Einer der Männer fiel um wie ein gefällter Baum, und Ben-Hadad lief, so schnell er konnte, weiter.

Draußen im Hof angekommen, hagelte es Pfeile aus der Dunkelheit, und die beiden Flüchtenden mussten unter den Büschen entlang dem Teich Schutz suchen. »Ihr Dummköpfe! Nicht schießen!«, rief Tuia. »Sie sind dicht hinter mir!« Dann führte sie Ben-Hadad am Arm aus dem Lichtkreis der brennenden Villa fort in die Dunkelheit. Hinter einem großen Ziergebüsch kauerten sie sich nieder. Löwe wich ihnen nicht von der Seite, und gemeinsam beobachteten sie, was sich vor ihnen abspielte.

Die Villa brannte lichterloh, und niemand war zu sehen, der das Feuer bekämpfte. In dem einen Flügel sprangen die Flammen von Fenster zu Fenster. Ankhu, Wenis' Aufseher, der bei den Sklaven wegen seiner Brutalität verhasst war, sprang mit brennenden Kleidern schreiend aus einem Fenster. Die Wachen, die sie verfolgt hatten, tauchten am Tor auf und wurden von einem Pfeilhagel begrüßt. Diesmal zielten die unsichtbaren Bogenschützen besser. Einer der Wachmänner wurde von vier Pfeilen in die Brust getroffen. Er taumelte bei jedem Treffer. Der andere zog sich schwer verletzt in das brennende Haus zurück.

Von der anderen Seite des Hauses tauchte Anab auf. Er lief, so schnell ihn seine dünnen Beine tragen konnten, verfolgt von zwei Männern, von denen einer mit einem Speer bewaffnet war.

Tuia und Ben-Hadad mussten voll Entsetzen mit ansehen, wie der Mann stehen blieb, den Speer hob und auf den Rücken des Flüchtlings zielte.

»Anab!«, schrie Ben-Hadad. »Zu Boden! Schnell!«

Anab zögerte; Angst und Verwirrung waren ihm anzusehen. Dann warf er sich zur Seite. Im selben Moment sauste der Speer durch die Luft, genau dort, wo Anab zuvor gestanden hatte. Der Speerwerfer stand still und beobachtete seinen Wurf, da wurde er von einem Pfeil getroffen. Er fasste mit den Händen nach seinem Hals und zerrte am Schaft des Pfeils.

»Hierher, Anab! Komm her!« Ben-Hadad sprang auf, fasste den Freund bei der Hand und zog ihn hinter das sichere Gebüsch. »Kommt!« Ben-Hadad zog die beiden anderen mit sich fort, tiefer in die Dunkelheit hinein. Er überlegte kurz. »Das Tor müsste dort drüben sein. Besetzen eure Leute das Tor, Tuia?« Anab und Tuia sahen einander fragend an, aber keiner wusste es. »Wir werden ja sehen. Wo ist Löwe?«

»Keine Sorge. Er ist hier. Dort drüben steht die Torwache, Ben-Hadad. Er ist einer von uns. Kommt mit mir!«

Der kleine, gedrungene Mann inspizierte die drei. Als er Ben-Hadad erblickte, wurde er misstrauisch und zog das Schwert. »Wer bist du? Dein Gesicht kenne ich nicht. Was wird hier gespielt?«

»Er ist ein Gef…«, begann Anab.

Tuia unterbrach ihn. »Er gehört jetzt zu uns. Er hat vorhin einen Mord begangen und dadurch mein Leben gerettet. Außerdem hat er sein Leben aufs Spiel gesetzt, um Anab zu retten.« Tuia ließ sich nicht beirren. »Er hat sich unserer Sache verschrieben und kann nicht mehr zurück. Sie haben ihn gesehen und wissen, wer er ist. Er kann nicht einmal nach Avaris zurück. Wenis' Tochter hat beobachtet, wie er eine Wache ihres Vaters getötet hat; danach ist sie entkommen. Sie kann gegen ihn aussagen. Wenn ihn die Nomaden erwischen, ist er ein toter Mann. Ist dir das Sicherheit genug? Lass uns jetzt durch.«

Der Mann am Tor war immer noch misstrauisch. »Wo bringt ihr ihn hin? Wenn er nicht nach Avaris kann, wohin geht er dann?«

»Ich kann mich auch nicht mehr in Avaris blicken lassen. Sie haben auch mein Gesicht gesehen. Solange Wenis' Tochter am Leben ist, habe ich in der Stadt kein Zuhause.« Sie zuckte die Achseln. »Uns bleibt nur eine Möglichkeit: das Lager. Anab wird uns hinbringen, nicht wahr, Anab?«

Anab stammelte verwirrt: »Ja, ja, natürlich, Tuia.«

»Du hast gehört, was er gesagt hat«, fuhr Tuia in bestimmtem Ton fort. »Falls es bezüglich unserer Loyalität noch Zweifel gibt, muss Benu darüber entscheiden. Habe ich Recht?«

Der Mann sah sie unfreundlich an. Er überlegte. Aus dem brennenden Haus klangen die Schreie der Sterbenden. »Also gut. Geht! Aber sagt niemandem, wer euch durchgelassen hat.«

»Abgemacht«, versprach Tuia. »Wir haben dich nie gesehen.« Und zu ihren Freunden: »Kommt jetzt, ihr zwei. Verschwinden wir!«

Während des Überfalls auf Wenis' Haus hatten Wolken den Mond verhüllt. Jetzt verzogen sie sich, und das Mondlicht fiel auf das offene Land und die Landstraße, auf der sie marschierten. Lange Zeit sprach keiner ein Wort. Löwe war am Beginn des nächtlichen Marsches noch übermütig herumgesprungen, aber jetzt hatte er sich der ernsten Stimmung angepasst und lief ruhig neben seinem jungen Herrn her. Ab und zu schob sich noch eine Wolke vor den Mond, und es wurde dunkel. Aber meistens war die Straße gut zu erkennen, und sie kamen gut voran.

Tuia ging als Letzte und ließ Ben-Hadads nackten Rücken nicht aus den Augen. Die kleine Schnittverletzung oberhalb des prankenförmigen Muttermals hatte sich geschlossen. Sonst war er bei dem Abenteuer unverletzt geblieben. Das habe ich ihm zumindest erspart, wenn schon sonst nichts, dachte Tuia.

Aber sie hatte noch mehr getan. Sie hatte ihm schließlich das Leben gerettet. Sein guter Name, sein Ruf und sein Zuhause in Avaris hatten zwar darunter gelitten, aber sein Leben musste ihm das doch wert sein, oder? Auch wenn die Ereignisse dieser Nacht seinem Leben eine völlig neue Richtung geben würden.

Sie wurde traurig, und ihre Niedergeschlagenheit wuchs mit jedem Augenblick. Sie hätte alles anders machen sollen; alles wäre besser gewesen als das, was sie tatsächlich getan hatte. Wäre sie nicht mitgegangen, hätte er den Angriff vielleicht trotzdem überlebt. Offensichtlich hatte es einige Überlebende gegeben. Die schöne Tamschas war höchstwahrscheinlich eine von ihnen, und sie würde berichten, was sie über Ben-Hadad wusste. Damit wurde er zum gesuchten Flüchtling, und das unmittelbar vor dem größten Erfolg, den er sich je erträumt hatte.

Tuia dachte an Wenis' Tochter, an die weichen Locken, die ihr schönes Gesicht umrahmten. Sie war wirklich atemberaubend schön. Die großen, schräg gestellten Augen, die gerade Nase, die weichen Lippen, wie geschaffen zum Küssen, der lange, schlanke Hals, wie der einer Göttin. Ihre Gestalt war von beneidenswerter Schönheit, die hohen, wohlgeformten Brüste, die sich durch das durchsichtige Gewand abzeichneten, das sie im Bett getragen hatte, die schmale Taille und die wohlgerundeten Hüften! Dazu die langen Beine, die zierlichen Hände und Füße. Die Hände zart und weich, geschaffen zum zärtlichen Streicheln, nicht wie ihre eigenen Hände und Füße, voll von Schwielen und im Augenblick beklagenswert staubig.

Tamschas hatte auch eine wohltönende Stimme, zumindest bevor sie zu schreien begonnen hatte. Kein Wunder, dass die Töchter der Reichen so hoch im Kurs standen. Welcher Mann konnte ihnen schon widerstehen, hübsch und gepflegt, wie sie nun einmal waren! Sogar ohne die reiche Mitgift, die sie in eine Ehe brachten, waren sie begehrenswert.

Was hatte sie dagegen zu bieten? Sie war klein und mager, und ihr Haar war unfrisiert. Alle paar Wochen wurde es mit einem scharfen Messer geschnitten, sonst wuchs es ungehindert. Ihre Brüste waren klein, ihre Hüften schmal und unweiblich und ihre Beine kurz. Das einzig Akzeptable an ihr war das Gesicht. Ihr Gesicht ging gerade noch an, zum Beispiel für die Frau eines zweitklassigen Schankwirts, aber das Herz eines Mannes, der Frauen wie Tamschas schätzte, konnte sie damit nicht gewinnen.

Nein. Sie war kein guter Fang, auf keinen Fall für Ben-Hadad, der mehr vom Leben erwarten durfte. Sie hätte besser daran getan, ihn in Frieden zu lassen. Außerdem hatte sie heute Abend auch ihr eigenes Leben ruiniert. Sie hatte zusammen mit gesuchten Verbrechern an einem Überfall teilgenommen. Diese Männer galten im Nomadenstaat als Feinde. Sie war dabei wahrscheinlich von jemandem gesehen worden, der sie später wieder erkennen würde. Auch sie konnte nicht mehr nach Avaris zurück. Für sie drei kam nur mehr das Leben im Lager der Rebellen in Frage, wo immer das sein mochte. Ihr bisheriges Leben war vorbei. Vor ihr lagen die Reste dessen, was nach dem Anfall von starrköpfiger Dummheit noch zu retten war.

Mit Mühe bezwang sie die Tränen. Was die Zukunft auch bringen mochte, sie musste das Beste daraus machen. Auch wenn – wie sie fürchtete – das Schlimmste eintrat: Wenn Ben-Hadad sie für ihren Anteil an den Vorfällen des heutigen Abends hasste.

IV

Nach einem längeren Marsch bogen sie scharf nach Westen ab, überquerten ein Feld, umgingen einen Olivenhain und befanden sich in einer brachliegenden Halbwüste. Tuia wünschte sich, sie hätte bei dem Überfall Sandalen getragen. Der Boden war hart, trocken und uneben, ihre Fußsohlen schmerzten.

Zwischen zwei hohen Palmen blieb sie unvermittelt stehen und wäre beinahe mit Ben-Hadad und Anab zusammengestoßen. Sie sahen sich sechs Männern gegenüber, die in einem Halbkreis standen und mit gespannten Bogen ihre Pfeile auf sie richteten. Tuia zog sich unwillkürlich zurück. Im schwachen Licht kam es ihr vor, als zielte jeder der sechs Pfeile direkt auf ihr Herz. »Wartet!«, stammelte sie. »Wir sind Freunde.«

»Lass mich das machen!« Anab trat vor. »Erkennt mich einer von euch?«, fragte er und drehte ihnen seine entstellte Gesichtshälfte zu, sodass sie im Mondlicht gut zu erkennen war. Die Männer ließen die Bogen sinken. »Das Passwort lautet: ›Geißel der Herden‹. Zufrieden?«

Die Bogenschützen zogen sich in die Dunkelheit zurück. Nur einer blieb. »Dich kenne ich, Anab. Aber wer sind die anderen beiden?«

»Die Frau heißt Tuia. Sie gehört zu uns. Zumindest ein Nomade starb mittlerweile durch ihre Hand.« Tuia nickte zustimmend zu der geschickt formulierten Halbwahrheit. Anab hatte nicht gesagt, wann sie ihren Nomaden getötet hatte, aber er hatte auch nicht gelogen. »Der andere ist Ben-Hadad. Er wechselte im Zuge des Überfalls die Seiten. Er hat einen Wachsoldaten der Nomaden getötet und wurde dabei beobachtet. Er hat sich unserer Sache fest verschworen. Selbst wenn er zurückwollte, er könnte es nicht.«

Der andere schien sich mit Anabs Erklärung zufrieden zu geben, aber als Anab gehen wollte, packte er ihn am Ellbogen. »Erzähl mir von dem Überfall! Ich bin wütend, weil ich nicht dabei sein konnte. Meine Familie hat die Peitsche von Wenis' Aufseher zu spüren bekommen. Ich bin ihm zumindest einen Mord schuldig.«

»Wenis ist tot«, antwortete Anab. »Ich habe es gesehen. Man muss zugeben, er kämpfte wie ein Mann und starb mit dem Schwert in der Hand.«

»Wenis ist tot?«, fiel Ben-Hadad ihm ins Wort. Es war ihm bisher nicht in den Sinn gekommen, dass Wenis bei dem Überfall ums Leben gekommen sein könnte.

»Später!« Tuia schnitt ihm hastig das Wort ab und fuhr an den Bogenschützen gewandt fort: »Möglich, dass seine Tochter entkommen ist. Sie hat Ben-Hadad gesehen, wie er den Kellermeister getötet hat.«

»Du hast das fette Schwein umgebracht?«, fragte der Bogenschütze. »Meinen Glückwunsch! Er hat einen Vetter von mir ausgepeitscht, bis er nicht mehr stehen konnte. Er war bei vielen verhasst. Das hast du gut gemacht!«

Ben-Hadad wusste nicht, was er sagen sollte. »Ich muss erst mit der Tatsache fertig werden, dass ich jemanden getötet habe«, antwortete er schließlich leise.

»Du wirst dich bald daran gewöhnen. Sei willkommen bei uns! Habt ihr das Landhaus niedergebrannt?«, fragte er dann Anab.

»Ein Flügel stand in Flammen, als wir aufbrachen«, antwortete Anab. »Der Aufseher, den du erwähnt hast, stürzte mit brennenden Kleidern aus dem Fenster. Das habe ich gesehen. Wenn ihn der Sturz nicht getötet hat, dann waren es die Flammen. Sollte er es dennoch überlebt haben, ist er ein Krüppel und taugt nicht einmal mehr zum Bettler auf der Straße.«

»Gut. Das wird Benu interessieren. Geht zu den Zelten und wartet auf ihn. Ich lasse ihn benachrichtigen.«

Der barsche Ton des Befehls schien Anab zu kränken. »Unser großer Anführer ist zu so früher Stunde vermutlich zu beschäftigt, um vom erfolgreichen Überfall sofort zu erfahren.«

»Sei vorsichtig, was du sagst, Halbgesicht!«, fuhr der Wachposten ihn an. »Gestern Nachmittag gab es einen Überfall auf einen Außenposten der Nomaden. Viele unserer Männer wurden dabei verletzt. Benu kümmert sich um sie, seit man sie ins Lager gebracht hat. Ich möchte dich nur daran erinnern, mein spitzzüngiger Freund, dass er das Gleiche auch für dich getan hätte, wenn du schwer verwundet zurückgekehrt wärst.«

Anab senkte reuig den Kopf. »Ich entschuldige mich für meine unbedachten Worte«, murmelte er. »Manchmal finde ich es noch schwer, an die ehrliche Aufrichtigkeit anderer zu glauben.«

»Es gibt vielleicht nur wenige Menschen, denen du vertrauen kannst«, versicherte ihm der Posten. »Aber Benu ist so einer. Wenn du ihm treu ergeben bist, wirst du keinen zuverlässigeren Freund finden als ihn. Jetzt geht weiter, und wenn ihr wollt, schaut beim Küchenzelt vorbei. Für Leute, die an einem Überfall teilgenommen haben, gibt es immer zu essen und zu trinken, ganz gleich, ob sie Erfolg hatten oder nicht. Dem Koch könnt ihr auch von euren Heldentaten erzählen, so viel ihr wollt. Das macht jeder.«

Im Vorbeigehen klopfte der Mann Anab auf die Schulter. »Gute Arbeit. Jeder erfolgreiche Überfall bringt uns einen Schritt näher zur Freiheit.«

Wie vorausgesagt, erwartete sie im Küchenzelt Speise und Trank: Wurst, Feigen, Datteln und Fladenbrot und auch Wein. Es war zwar nur ein herber Rotwein, weit entfernt von den köstlichen Jahrgängen, die man Ben-Hadad in Wenis' Haus kredenzt hatte, aber der Trunk beruhigte und es gab genug davon.

Anab hatte jetzt mächtigen Hunger, und er verschlang zwei ganze Würste, noch ehe er trank. Danach griff er sich ein Stück Fladenbrot und aß es mit einer dritten Wurst. Die ganze Zeit über starrte er gespannt ins Gebüsch. Tuia fragte sich, was ihn wohl so fesseln mochte, fand es aber bald heraus. Anab legte warnend einen Finger auf den Mund und gab ihr zu verstehen, still zu sein. Er wartete, bis keiner der Arbeiter im Küchenzelt hersah, dann warf er den Rest seiner dritten Wurst in das Gebüsch am Rand des vom Feuer erhellten Zeltplatzes. Alle drei warteten gespannt. Schließlich tauchte Löwes kleine graue Schnauze auf. Der Hund schnappte sich die Wurst und verschwand in der Dunkelheit.

»Löwe fürchtet sich vor den vielen fremden Menschen. Aber lasst es den Koch besser nicht merken, dass ihr ihn füttert«, flüsterte Anab.

Alle lachten. Anab lehnte sich auf die Ellbogen gestützt zurück, während Tuia für Ben-Hadad etwas zu essen richtete und selbst zugriff.

»Kümmert sich Benu wirklich um seine Leute, Anab?«, fragte sie.

»Ja. Aber er sorgt nicht nur dafür, dass alle zu essen haben. Einmal geriet einer der Männer bei einem Überfall in Gefangenschaft. Benu wollte freiwillig den Platz mit dem Gefangenen tauschen, doch seine Männer ließen das natürlich nicht zu. Schließlich führte Benu einen Trupp zur Befreiung des Mannes an und brachte sich selbst dabei in große Gefahr. Noch etwas ist seltsam: Die Männer im Lager brüsten sich alle gern, aber in einem sind sie sich einig: Auf Benus Tapferkeit lassen sie nichts kommen. In der Schlacht zieht er sich nicht hinter die Linien zurück und sagt den anderen, was zu tun ist, wie es ein General der Nomaden tun würde. Er führt seine Männer an!« Anab schob ein Stück Brot in den Mund, kaute eine Weile und verzog dabei sein schiefes Gesicht. »Er ist der erste Mann, der in die Schlacht zieht, und der letzte, der sich zurückzieht. Wenn einer von unseren Männern fällt, ist es meistens Benu, der den armen Kerl auf seinem Rücken in Sicherheit bringt.«

»Kein Wunder, dass ihn alle lieben«, meinte Tuia. »Was hat er für eine Art? Bist du ihm schon einmal begegnet?«

Anab trank einen Schluck Wein. »Bis jetzt noch nicht. Aber soviel ich gehört habe, ist er kühl und berechnend. Das muss man vermutlich auch sein, wenn man gegen die Nomaden kämpft und siegen will.«

»Weiß jemand, wo er herkommt?«, wollte Tuia weiter wissen.

»Falls es jemand weiß, redet er nicht darüber. Ich nehme an, dass er Soldat war. Er weiß genau, was er tut. Für gewöhnlich plant er alle Aktionen, aber er kann auch sehr gut beurteilen, wenn ein anderer eine gute Idee hat und es klüger ist, den Mund zu halten und zuzuhören. Wenn der andere Vorschlag besser ist als sein eigener, stimmt er zu, und führt er zum Erfolg, dann schmückt nicht er sich damit, sondern lässt den Erfolg dem, der die Idee hatte. Man sagt, dass er vollkommen ehrlich ist.«

Tuia bemerkte, dass Ben-Hadad nicht zuhörte. Was mochte jetzt in ihm vorgehen, nachdem er zum ersten Mal einen Mann getötet hatte? Sie musste daran denken, wie elend ihr an jenem Abend zumute gewesen war, nachdem sie den Nomaden getötet hatte, der sie vergewaltigen wollte. Sie konnte nicht schlafen, und nichts konnte sie trösten.

Leise berührte sie Ben-Hadad am Arm. »Geht es dir gut, Ben-Hadad? Kann ich etwas für dich tun?«

»Ich muss an Tamschas denken. Wie es ihr jetzt wohl geht? Ihr Vater ist tot, und alles rundherum ist in Trümmer gegangen. Was muss sie von mir denken, nachdem sie gesehen hat, wie ich einen ihrer Leute umgebracht habe!«

Eine der Wachen trat zu ihnen. »He, du!«, sagte er zu Anab, »Benu will dich und deine Freunde jetzt sehen.«

Anab trank seinen Wein aus und stand auf. Die anderen folgten seinem Beispiel. Der Wachmann führte sie durch das dunkle Lager zu einem Zelt, das von einem kleinen Feuer in einer flachen Kohlenpfanne erhellt wurde. Benu saß hinter dem Feuer. Die züngelnden Flammen warfen ein eigenartiges Licht auf sein mageres Gesicht und seine überschlanke Gestalt.

Ben-Hadad verglich ihn unwillkürlich mit Wenis; die beiden Männer hatten wenig Ähnlichkeit miteinander. Benu war schlank, ohne die geringste Spur von Fett, und er war in guter körperlicher Verfassung. Er hatte tief liegende Augen und einen harten Mund. Er wirkte äußerst gespannt, ständig darauf gefasst, entweder belogen oder betrogen oder von einem Mörder überfallen zu werden.

Benu begann die Unterredung unvermittelt in scharfem Ton: »Ich habe gehört, dass euer Unternehmen als Erfolg zu werten war. Und du bist zu uns übergelaufen?«, fragte er Ben-Hadad. »Warum?«

Ben-Hadad wollte antworten, aber plötzlich stotterte er wie seinerzeit als Kind und brachte kein Wort heraus.

Tuia kam ihm zu Hilfe. »Er hat einen von Wenis' Leuten getötet, der mich festgehalten hat. Ben-Hadad hat ihn mit dem Schwert erstochen. Der Mann war doppelt so groß wie wir; er war der Kellermeister von Wenis.«

»Ich kenne ihn«, unterbrach Benu sie streng. »Er war bekannt dafür, dass er mit dem Schwert ebenso schnell bei der Hand war wie mit der Peitsche. Er war kein Feigling. Aber danach habe ich nicht gefragt. Ich fragte, warum?«

»Er bedrohte Tuia ... hielt ihr den Dolch an die Kehle«, antwortete Ben-Hadad stockend. »Sie und ich, wir sind Freunde. Sie kam, um mich ...«

Wieder kam ihm Tuia zu Hilfe. Sie ließ sich von Benu nicht einschüchtern. »Ich habe ihn gewarnt. Er gehörte nicht wirklich zu ihnen. Wenis hat ihn aufgenommen und wollte seine Fähigkeiten benutzen, um sich bei den Nomaden einzuschmeicheln.«

Jetzt zeigte Benu endlich eine Reaktion. »Dann musst du der Senet-Spieler sein! Du sollst ziemlich gut sein, junger Mann! Du stehst in der Gunst der Götter. Das hört man zumindest auf dem Markt. Ich habe früher auch Senet gespielt, damals, als noch Zeit für solche Sachen war. Ich habe gelernt, was du vermutlich auch gelernt hast, dass die Götter denjenigen begünstigen, der sich etwas intensiver damit beschäftigt, in die Geheimnisse des Spiels einzudringen. Habe ich Recht?«

Ben-Hadad war immer noch verwirrt. »Ihr habt Recht. Aber nicht viele Menschen verstehen das. Seid Ihr ein guter Spieler gewesen, Herr?«

»So gut, wie es mir die Zeit erlaubte, zu werden.« Einen Augenblick lang gab Benu seine kühle Zurückhaltung auf. »Früher habe ich das Spielbrett mit auf einen Feldzug genommen und am Vorabend der Schlacht mit meinen Offizieren gespielt. Das erleichterte mir das Warten. Die Schlachten haben mir nie etwas ausgemacht, nur das Warten.«

»Dann seid Ihr Soldat, Herr?«, fragte Ben-Hadad.

Die offen gestellte Frage mahnte Benu wieder zur Vorsicht. Dementsprechend kühl und abweisend fiel seine Antwort aus: »Wir sind alle Soldaten im Krieg gegen die Nomaden. Hier haben wir keine Zeit für Senet. Nicht, wenn unser Volk leidet. Hast du noch andere Talente? Du hast in deinem jungen Leben bestimmt noch etwas anderes gelernt, als ein dummes Spiel zu spielen.« Noch ehe Ben-Hadad antworten konnte, hatte Benu sich erhoben und trat hinter der Kohlenpfanne hervor. »Nein, sag nichts! Ich werde es selbst beurteilen.« Er nahm Ben-Hadads Hände, hielt sie mit den Handflächen nach oben und studierte eingehend Handflächen und Fingerkuppen. Danach zog er Ben-Hadads Unterarme zum Licht und betrachtete sie interessiert.

»Deinen kräftigen Unterarmen nach zu schließen, hätte ich es mir gleich denken können«, sagte Benu schließlich. »Du bist kein Senet-Spieler von Beruf, nicht mit Handgelenken wie den deinen. Nicht mit diesen Brandnarben und Schwielen, die so hart sind, dass sie auch einem scharfen Messer Widerstand leisten.«

»Ihr habt Recht, Herr. Ich komme aus einem Land weit im Norden. Dort habe ich das Handwerk eines Schmiedes erlernt. Aber die Nomaden verboten es mir, mein Gewerbe auszuüben. Ich hungerte und lebte auf der Straße, als ich durch Zufall meine natürliche Begabung für das Senet-Spiel entdeckte. Anab zeigte mir, wie ich mir mit diesem Spiel meinen Lebensunterhalt verdienen konnte.«

»Das mag schon sein«, unterbrach ihn Benu. »Ein Schmied bist du, sagst du? Vielleicht kannst du uns doch nützlich sein. In einem Heerlager kann man jemanden, der sich auf dieses Handwerk versteht, immer gebrauchen. Ich nehme an, du kannst Waffen reparieren?«

»Ich kann sie machen, Herr«, gab Ben-Hadad zu verstehen. »Ich hätte Euch das Schwert zeigen können, das ich gemacht habe, aber ich ließ es im Bauch jenes Mannes stecken.« Seine Begeisterung verschwand, als er daran dachte, und er senkte betrübt den Blick.

In einer plötzlichen Anwandlung von Mitgefühl schlug Benu Ben-Hadad rau auf die Schulter. Seine Hand war hart und schwielig wie die eines Schmieds. »Du wirst darüber hinwegkommen, mein Sohn. Eine Weile wird es dich noch quälen. Das ist gut so, sonst wärst du nicht besser als die Nomaden. Ich habe schon viele Feinde getötet, aber manchmal belastet es mich sogar jetzt noch.«

»Ich verstehe, Herr. Es ist schwer …«

»Ich weiß. Du sagst also, du kannst Waffen herstellen? Du kannst sie nicht nur reparieren?«

»Er kann es, Herr!«, mischte Tuia sich jetzt stolz ein. »Seine Waffen zählen zu den besten! Ihr solltet sehen …«

Benu beachtete sie nicht. »Du kannst sie machen, wie ich sie dir beschreibe? Wenn ich dir das entsprechende Material besorge und dir Gehilfen zur Verfügung stelle, die das Schmiedefeuer in Gang halten?«

»Das kann ich, Herr. Ich kann, so glaube ich zumindest, alles nacharbeiten, was Ihr mir als Muster vorgebt.«

»Alles? Du weißt, wir haben gegen die Nomaden gekämpft, und ich weiß, dass ihre Waffen besser sind als die unseren. Diese Schwerter, die sie verwenden! Mögen die Götter den Mann verfluchen, der sie geschmiedet hat! Sie sind unseren in jeder Hinsicht überlegen. Das ist auch der Grund, warum unsere Männer den Befehl haben, nach jedem Überfall alle Waffen der Nomaden mitzubringen, die sie erbeuten können. Aber das reicht nicht, denn wir werden von Tag zu Tag mehr. Überzeuge dich einmal selbst.« Benu zog sein Schwert, das von den Nomaden stammte, und reichte es Ben-Hadad mit dem Griff voran. »Was hältst du davon?«

Ben-Hadad wog es nachdenklich in der Hand. »Ich würde sagen, Herr«, begann er.

»Vergiss endlich die höflichen Floskeln. Sag mir offen, was du denkst.«

Ben-Hadad warf einen kurzen Blick auf seine Freunde. Anab wirkte aufgeregt, Tuia strahlte vor Stolz. »Es ist nicht schlecht, aber im Norden habe ich bessere gesehen. Mein Urgroßvater machte Schwerter. Seine Schwerter waren … Es ist eine Frage der Balance.«

»Balance, das ist es!« Benu war begeistert. »Jeder Soldat würde dir sofort zustimmen. Das ist die Arbeit eines Handwerkers, mag sein. Aber ein Schwert, das von einem wirklich guten Schmied gefertigt wurde, erkennst du daran, wie es in der Hand liegt. Dieses gehört nicht zu den wirklich guten, das weiß ich, auch wenn es viel besser ist als die stümperhaften Waffen, die unsere Leute machen.« Er nahm sein Schwert zurück. »Bringst du etwas Besseres zustande, wenn ich dir das entsprechende Material liefere?«

»Bestimmt. Ehrlich gesagt, ich bin mehr als froh, wieder an die Schmiede zurückzukehren. Das Senet-Spiel ist meiner Meinung nach nicht die richtige Beschäftigung für einen Mann. Ich hätte das Spiel nie gelernt, hätten die Nomaden mir nicht die Gelegenheit genommen, meinen erlernten Beruf auszuüben.«

»Das sieht den blöden Schweinen doch ähnlich!« Benu schob sein Schwert wieder in die Scheide. Zum ersten Mal lächelte er Ben-Hadad zu; es war ein kühles, hartes Lächeln. »Darum werden wir auch auf lange Sicht gesehen siegen, mein junger Freund, auch wenn sie uns zahlenmäßig überlegen sind. Wenn Salitis gescheit wäre, hätte er dich verpflichtet, für ihn Waffen herzustellen, mit denen er uns tötet. Stattdessen verbietet er dir zu arbeiten und zwingt dich praktisch, zu uns überzulaufen. Wir weisen dich nicht ab. Sei willkommen in unserem Lager. Ich freue mich, wenn du dich unserer Sache verpflichtest. Aber entschuldige, ich weiß nicht einmal, wie du heißt. Auch die Namen deiner Freunde kenne ich nicht, obwohl ich annehme, dass sie bereits zu unserer ständig wachsenden Gruppe gehören.«

Ben-Hadad verneigte sich höflich. »Das ist mein lieber Freund Anab. Er ist klug, schlau und erfinderisch. Das ist Tuia, sie ist meine Glücksbringerin. Aber vermutlich ist sie viel mehr noch als das, denn ich verdanke ihr heute mein Leben. Und ich bin Ben-Hadad. Wir sind alle stolz darauf, den großen Benu kennen zu lernen.«

»Benu könnt ihr vergessen. Diesen Namen habe ich wegen unserer Nomadenfreunde angenommen. Im Lager könnt ihr drei mich bei meinem wirklichen Namen nennen, nämlich Baka.«

Kapitel 5

I

»Das ist interessant!« Uni lehnte sich zurück, ohne den jungen Mann aus den Augen zu lassen. »Der Bäcker, sagst du?«

Joseph gab durch ein bescheidenes Neigen des Kopfes seine Zustimmung zu verstehen. Er war ein Vorbild, was Takt und höfisches Zeremoniell anging. Von sich aus gab er keine Einzelheiten weiter, sondern wartete darauf, dass er gefragt wurde.

Uni beobachtete ihn und dachte bei sich: Er lernt rasch. Beinah zu rasch. Er ist viel zu klug für einen Sklaven. Lässt man ihn frei und gibt ihm Bewegungsfreiheit im Palast, ist es ohne weiteres möglich, dass er sich beängstigend rasch hocharbeitet. Uni überlegte, wie er sich diese Tatsache am besten zunutze machen konnte. Im Stillen dankte er seinen Sternen, dass er auf sein Vorgefühl gehört und den jungen Mann von Anfang an gut behandelt hatte. Andernfalls hätte Uni womöglich einen bösen Feind in ihm gehabt, sollte Joseph wirklich wieder freikommen. Die Götter mögen seinen Brüdern gnädig sein, die ihn in die Sklaverei verkauft hatten.

Uni stellte fest, dass die bessere Gefängniskost Joseph gut bekommen war und er seit seiner ersten Unterredung mit Uni stattlicher geworden war. »Fahre fort, junger Freund!«, forderte Uni ihn jetzt auf. »Ich möchte die ganze Geschichte erfahren.«

»Es gibt nicht viel zu erzählen, Herr«, begann Joseph. »Jusni ist Mitglied einer Verschwörung mit dem Ziel, die höchsten Gefolgsmänner des Königs zu ermorden. Das Gift war nicht für den Pharao bestimmt. Seine Hoheit war selbst schuld, weil er ein Gericht essen wollte, das für Madir zubereitet worden war. Sie wollten Madir töten.«

»Kannst du das beweisen?«

»Nein, Herr. Ich kenne auch keine Namen. Ich habe Euch alles erzählt, was ich weiß. Alles Übrige muss ich Euch überlassen. Die Wachen meinen, Ihr habt Erfahrung darin, Menschen zum Reden zu bringen, sobald Ihr einmal wisst, was Ihr von ihnen hören wollt.«

Uni lachte leise. Man kannte bei Hof seine geschickte Hand bei der Folter nur zu gut. »Du hast dich auch jetzt sehr schmeichelhaft ausgedrückt, wie immer«, nickte er zufrieden. »Was ist mit dem Mundschenk? Hat er keine Schuld an der Sache?«

»Nicht die geringste, soweit ich es beurteilen kann, Herr. Er scheint vollkommen unschuldig zu sein. Ich halte ihn sogar für einen bewundernswerten Mann, aufrecht und ehrlich. Er leidet sehr hier im Gefängnis. Ich würde ihn freilassen, ihm seine frühere Position wieder einräumen und sein Gehalt erhöhen. Was ich dem Gerede der Leute hier entnehme, war er ein hoch geschätzter, tüchtiger Mann.«

»Wie man sich einen guten königlichen Mundschenk wünscht! Jusni war natürlich auch ein guter Bäcker. Aber es gibt viele gute Bäcker auf dieser Welt. Das ist übrigens eine gute Gelegenheit für mich. Ich werde mich auf dem Markt nach einem guten Bäcker umsehen, den ich dann Madir vorschlagen kann, sobald er einen Ersatz braucht.« Uni rieb sich die Hände; seine Freude war unverkennbar. »Dabei werde ich mich vergewissern, dass mir der Mann, den ich Madir empfehlen werde, mit Leib und Seele ergeben ist.«

»Was habt Ihr mit Jusni vor?«

»Überlass ihn mir. In wenigen Tagen kräht kein Hahn mehr nach ihm. Zuvor entlocke ich ihm noch, was ich wissen will.«

Nachdem Joseph gegangen war, kam die Wache aus dem Vorraum herein, grüßte und meldete: »Der edle Potiphar, Herr!«

»Bitte ihn herein!«, forderte Uni ihn auf, setzte sich aufrecht hin und nahm eine strenge Haltung ein. Als der untersetzte Beamte eintrat, erhob er sich und verbeugte sich mit ausgesuchter Höflichkeit. »Euer Besuch ehrt mich, Herr«, grüßte Uni salbungsvoll.

»Ach, nur keine Schmeicheleien!«, antwortete Potiphar. »Ich bin wegen Joseph hier. Ich habe nachgedacht.« Potiphar zögerte.

»Er ist ein vorbildlicher Gefangener, wie Gefangene eben sind«, bestätigte Uni.

»Hört zu, Uni. Meine Frau war in letzter Zeit etwas zerstreut. Vielleicht war sie ein wenig voreilig. Sie hat das vielleicht nicht wirklich beabsichtigt.«

Uni musste sich sehr beherrschen, um sein Lächeln zu verbergen. Sie hat es nicht beabsichtigt? Wahrscheinlich hatte sie versucht, den jungen Mann zu vergewaltigen. Als er sich von ihr losmachte, geriet sie in Panik und tat das Erstbeste, was ihr einfiel, um ihre Torheit zu vertuschen. Sie sorgte dafür, dass er ins Gefängnis kam. »Denkt Ihr daran, Herr, die Anklage zu ändern oder sie vielleicht fallen zu lassen? Ihr müsst Euch aber klar darüber sein, in welche Lage das Euch bringt?«

»In welche Lage? Was meint Ihr damit?«, fragte Potiphar verwirrt.

»Nun, die falsche Anschuldigung hat einerseits zur Folge, dass Ihr für die Kosten für Verpflegung und Unterkunft des Gefangenen herangezogen werdet. Abgesehen davon müsst Ihr bedenken, wie Ihr dann dasteht, Herr. Verzeiht mir, wenn ich das so sage, aber Ihr habt leichtfertige Beschuldigungen vorgebracht und sie dann ohne Erklärung wieder zurückgezogen. Anders wäre es natürlich, wenn Ihr beschwört, dass Ihr den Worten Eurer Frau keinen Glauben schenkt. Dann können die Leute natürlich glauben, dass Ihr …«

»Nein, nein!«, unterbrach ihn Potiphar. »Das geht nicht an. Ach, ich bin in einer schrecklichen Situation. Was soll ich denn jetzt machen, Uni?«

Das ist schon besser, überlegte Uni. Er kommt zu mir um Hilfe! Es kommt mir sehr gelegen, wenn er in meiner Schuld steht. »Der junge Mann ist mir eine große Hilfe, Herr. Er erledigt ein gut Teil der Verwaltungsarbeit für mein Gefängnis, wenn ich ehrlich bin. Außerdem hat seine Anwesenheit noch einen anderen Vorteil. Dank seiner Hilfe bin ich nahe daran, ein Nest von Umstürzlern auszuheben.«

»Das macht natürlich einen Unterschied! Wenn es einen guten Grund dafür gibt, dass er hier ist, meine ich.«

»Den gibt es, Herr. Ich würde sagen, Ihr überlasst die Dinge mir. Zum richtigen Zeitpunkt können wir ihn dann still und leise mit irgendeiner beiläufigen Begründung aus dem Gefängnis entlassen.«

»Ja! Das klingt viel besser. Aber Ihr habt etwas von Umsturz gesagt. Meint Ihr bei Hof? Und er ist dabei behilflich, die Sache zu klären?«

Uni nickte ernst. »Aber das wollen wir für uns behalten, Herr. Ich habe noch mit niemandem darüber gesprochen und würde es begrüßen, wenn es vorerst noch nicht bekannt würde. So lange, bis die Betreffenden verhaftet wurden.«

»Selbstverständlich.« Potiphar machte sich bereit zum Gehen. »Ich danke Euch, Uni. Ihr habt mir sehr geholfen. Euer Rat ist sehr vernünftig. Ich überlasse die ganze Sache Euch.«

Während Potiphar über die vielen Stufen nach oben ans Licht stieg, überlegte er: Eine Verschwörung? Eine Verschwörung gegen den König? Aber wer waren die Verschwörer? Kurz erinnerte er sich an den Tag, an dem Joseph abgeführt worden war. Damals hatten Hapu und Ebne sich mit einem Vorschlag an ihn gewandt. Sie hatten irgendeine geheimnisvolle Sache vor, denn die beiden taten sehr verschwörerisch. Waren sie womöglich darin verstrickt?

Nein! Das war verrückt. So etwas würden sie nie tun.

Er war froh, dass Uni die leidige Sache mit Joseph so klug geregelt hatte; damit schob er die Sache für den Augenblick beiseite. Dieses Memphis! Die Stadt war voll von Verschwörungen, Intrigen und Gegenverschwörungen. Ständig heckten die Leute gegeneinander Pläne aus. Sogar ihn hatten sie mit ihren Geschichten belästigt. Unlängst war diese junge Frau zu ihm gekommen, Meret, die Frau des blinden Waffenschmieds. Sie hatte ihm eine verrückte Geschichte erzählt von einem Gespräch zwischen hohen Beamten bei Hof, das sie unfreiwillig belauscht hatte. Die Männer hätten sich angeblich über Hochverrat unterhalten. Meret hatte versucht, ihn in ihre Geschichte zu verstricken. Sie hatte zwar einmal zu den Freunden der Familie gezählt, trotzdem erteilte er ihr jetzt eine rasche Abfuhr. Darüber hinaus gab er Anweisung, ihn bei ihr zu verleugnen, falls sie noch einmal vorsprechen sollte. Damit war die Sache für ihn erledigt gewesen, genau wie seine augenblicklichen Probleme. Selbst wenn an ihrer Geschichte etwas dran gewesen wäre, selbst wenn sein eigener Verdacht und Unis Gerede über Verschwörung und Umsturz auf Wahrheit beruhten, es war nicht klug, sich in so etwas hineinziehen zu lassen. Besser, man hörte gar nicht hin.

Joseph hatte den Großteil seiner täglichen Pflichten erledigt. Durch ein Fenster hoch über ihm fiel die späte Nachmittagssonne, und Joseph saß auf dem kleinen Sonnenfleckchen und ging die Bücher der Gefängnisverwaltung durch. Die Sonne machte ihn benommen, und er ertappte sich dabei, wie er einnickte. Er schüttelte den Schlaf ab und richtete sich auf, da erblickte er Ameni, den Mundschenk des Herrschers beider Reiche. Ameni schaute Joseph ernst an. »Ich möchte dich nicht belästigen, Joseph, aber du hast mir versprochen …«

»… über deinen Traum nachzudenken«, ergänzte Joseph lächelnd den Satz. »Das habe ich getan, und ich glaube, ich kenne seine Bedeutung. Wenn ich nicht irre, wenn der Gott meiner Väter mich in der Stunde, da ich seiner bedurfte, nicht verlassen hat, dann habe ich eine Antwort.«

»Ist es ein gutes Omen?«

»Du hast einen Weinstock mit drei Trieben gesehen, sagst du? Der Stock begann auszutreiben und zu blühen. Stimmt das?«

»Ganz recht! Schon bald darauf trug der Stock reife Trauben. Ich hielt den Weinbecher des Herrschers beider Reiche in der Hand, griff nach den Trauben, drückte sie in den Becher aus und machte Wein. Ich reichte ihm den Becher und er nahm ihn.«

Joseph hörte aufmerksam zu und bemerkte dabei, wie Jusni, der Bäcker, näher gekommen war und ebenfalls lauschte.

Joseph sagte laut und deutlich, sodass Jusni es ebenfalls hörte: »Ich habe viel über deinen Traum nachgedacht. Meiner Meinung nach bedeutet er, dass …«

»Ja? Was denn?«

»Beruhige dich. Wenn ich Recht habe, weiß ich dir eine gute Nachricht zu überbringen. In drei Tagen wirst du das Gefängnis verlassen können …«

»Oh! Wenn das nur wahr wäre!«

»Und du wirst deine frühere Stellung wieder erhalten, dazu eine Belohnung für treue, gute Dienste, und das immer währende Wohlwollen deines Herrn, des Königs, wird dir gewiss sein.«

Joseph lehnte sich zurück. »Was meinst du?«, fragte er mit ungerührtem Gesicht.

»Wenn du nur Recht hättest, Joseph! Vielen Dank! Ich sage dir aus tiefstem Herzen Dank! Wie kann ich mich je erkenntlich zeigen?«

»Ich könnte dir einen Vorschlag machen«, antwortete Joseph ruhig. »Wenn du wieder in deiner alten Stellung bist und alle Vorwürfe zurückgenommen wurden, wirst du ein angesehener Mann sein.«

»Ja, und?«

»Es wäre nicht übel, wenn du dich dann an mich erinnerst. Vielleicht kannst du ein gutes Wort für mich einlegen? Ich bin fremd hier und weit fort vom Land meiner Geburt, ohne Freunde und allein, ohne Familie. Ich wurde grundlos ins Gefängnis geworfen. Ein Wort von dir könnte meine Freilassung bewirken.«

»Aber ja! Du kannst darauf zählen!«, antwortete der Mundschenk, verbeugte sich dankbar und ging davon.

Joseph drehte sich zu Jusni um. »Er wird es wieder vergessen«, meinte er traurig und ein wenig verbittert. »Sie vergessen alle.«

»Ich nicht, Joseph«, beteuerte Jusni. »Du hast Amenis Traum gedeutet, was ist mit meinem?«

»Dein Traum?« Joseph runzelte die Stirn. »Ich erinnere mich nicht mehr. Hilf meinem Gedächtnis nach, Jusni! Ich war mit den Gedanken woanders.«

Der Bäcker hockte sich vor Joseph hin. »Ich träumte, dass ich drei Körbe mit Gebäck auf dem Kopf trug. Im obersten Korb war Gebäck, das der Herrscher beider Reicher besonders liebte. Aber die Vögel kamen und aßen alles auf.«

Joseph seufzte. »Ich bin müde, Jusni. Ich möchte heute keine Träume mehr deuten.«

»Bitte!«, beharrte der Bäcker. »Du hast Amenis' Traum gedeutet, Joseph, ich habe es gehört. Wenn mein Traum etwas Ähnliches bedeutet wie seiner, dann werde ich dich nicht vergessen, sobald ich meine alte Stelle wieder habe. Ich werde mich bestimmt an dich erinnern und mehr für dich tun als nur ein gutes Wort einlegen!«

Joseph verbarg das Gesicht in den Händen und rieb sich die müden Augen. »Das Licht hier ist so schlecht«, sagte er. »Wie können sie erwarten, dass jemand hier arbeitet. Ich kann nicht einmal meine eigene Schrift lesen.«

»Joseph! Bitte!«

Joseph blickte den Bäcker bedauernd an und sprach mit tonloser Stimme: »Bist du sicher, dass du es hören willst, Jusni? Ich bin todmüde und könnte mich irren. Vielleicht rede ich Unsinn. Du würdest mir doch daraus keinen Vorwurf machen, oder?«

»Nein, natürlich nicht. Aber der Traum ...«

Müde fuhr Joseph fort: »In drei Tagen wirst du das Gefängnis verlassen, Jusni ...«

»Dann wird es so sein wie ...«

»... man wird dich vor das Gerichtsgebäude führen ...« Er hielt inne und blickte Jusni aus schmalen Augen an; er wirkte abgezehrt, wie ein alter Mann. »Sie werden dir den Kopf abhacken, Jusni.«

»Nein!«

»Und dich pfählen.«

»Nein! Nein!«

»Die Krähen werden dich auffressen. Alles, was du je besessen hast, wird an den König fallen. Deine Frau und deine Kinder werden als Sklaven verkauft werden. In deinem Haus werden Soldaten wohnen. In deinem Garten werden sie Trauben pflanzen und daraus Wein für die Saufgelage machen. Unter der Laube, wo du deine Kräuter pflanzt, werden die Schweine wühlen. Deine jüngste Tochter wird man als Prostituierte nach Theben verkaufen. Deine Frau werden sie nackt an den Richtblock binden. In dem Augenblick, in dem man sie an den Höchstbietenden versteigern will, wird sie an gebrochenem Herzen sterben. Aus Zorn darüber werden die Händler sie den Hunden vorwerfen. Die Erinnerung an deinen und ihren Namen wird noch in diesem Jahr aus den Köpfen der Menschen verschwunden sein. Die Wasser des Lebens werden dich verschlingen, Jusni, und es wird sein, als wärst du nie geboren worden. Drei Tage, Jusni, drei Tage.«

Von der darüber liegenden Terrasse hörte Uni, hinter einem Wandschirm verborgen, zu. Kalter Schweiß lief ihm über die Stirn. Seine Hände zitterten. So etwas hatte er noch nie gehört. Noch nie!

Wie konnte er das tun? Wie konnte er in aller Ruhe solche Sachen sagen? Wie konnte dieses Kindergesicht solche Worte hervorbringen?

Er passt ja zu den Folterknechten, die ihre Opfer verhöhnen, während sie sie mit glühenden Zangen und Klingen quälen!

Oder doch nicht? Er hat nicht schadenfroh geklungen. Den Folterknechten hingegen merkt man die Freude an, noch ehe sie den Mund aufmachen. Man hört, welches Vergnügen es ihnen bereitet, wenn sie einem Mann hämisch von den Freuden eines Lebens vorschwärmen, das für ihn gleich zu Ende sein wird.

Das hier war anders.

Joseph hatte sich nichts ausgedacht. Er hatte die Geschichte nicht erfunden. Es hatte sich angehört, als lese er mit ausdrucksloser Stimme von einer Schriftrolle Ereignisse ab, die bereits geschehen waren.

Ereignisse, die bereits geschehen waren …

Uni riss die Augen auf. Er musste sich gegen die Wand lehnen, als ihm mit einem Mal die Bedeutung des Vorfalls bewusst wurde.

Der junge Mann aus Kanaan war tatsächlich ein Hellseher. Was man über ihn erzählte, stimmte.

Bisher hatte Uni die Erzählungen der Leute für leeres Geschwätz gehalten. Geschichten, dass er die Zukunft vorhersagen konnte, Geschichten von verlorenen Gegenständen, die wieder gefunden wurden …

Er hatte es dem überragenden Verstand des jungen Mannes zugeschrieben. Zuerst verwirrte er die Menschen, dann beeinflusste er sie nach seinem Gutdünken und drehte es so, dass sie ihm noch dankbar dafür waren, dass er sie benutzt hatte. Das war ein nicht unübliches Vorgehen. Menschen mit solchen Fähigkeiten waren gar nicht selten, und manche verstanden es sehr gut, ihr Talent erstaunlich zu verfeinern.

Doch Joseph hatte regelrechte Prophezeiungen gemacht. Er hatte in die Zukunft geblickt und Dinge gesehen …

Oder etwa nicht? Unis Herz klopfte zum Zerspringen, und er schöpfte tief Luft, um sich zu sammeln. Jeder Narr konnte sehen, dass man den Mann köpfen und pfählen würde; danach würden die Krähen rasch für den Rest sorgen. Aber die Prophezeiungen, die seine Frau und sein Kind betrafen ... Uni nahm sich vor, die Sache nach Jusnis Tod unbedingt weiterzuverfolgen. Die Vorhersagen waren so präzise gewesen, dass es ihm leicht fallen würde, sich von ihrer Richtigkeit zu überzeugen.

Ein Entschluss stand fest: Er musste Joseph im Auge behalten, wenn aus keinem anderen Grund, so doch im Hinblick auf seine eigene Sicherheit.

II

Es war sieben Tage später. Ebne kam von einem Besuch im Palast, als er auf der Straße dem Hohen Priester Hapu begegnete. »Es ist schön, dich zu sehen, mein Freund«, begrüßte er ihn. »Hast du ein wenig Zeit?«

Hapu sah sich vorsichtig um. Die Straßen waren sehr belebt; viele Menschen eilten geschäftig an ihnen vorbei, aber niemand beachtete sie. »Natürlich«, antwortete Hapu. »Aber gehen wir irgendwohin, wo es ruhiger ist. Nicht weit von hier kenne ich eine Schenke mit einer Weinlaube wie auf den griechischen Inseln. Sie ist besonders beliebt bei weit gereisten Leuten, aber um diese Tageszeit ist es dort ziemlich still. Da können wir offen reden.«

Gemeinsam gingen die beiden Verschwörer weiter. »Du siehst besorgt aus«, begann Hapu. »Hoffentlich ist es nichts Ernstes.«

»Ich war in Theben«, erzählte Ebne. »Erst gestern kam ich zurück und habe von Jusni gehört.«

»Ach!« Der Priester hielt den Blick auf den Weg gerichtet, um nicht in Pfützen oder in den Kot der streunenden Hunde zu treten. Sein Widerwillen war ihm anzumerken. »Wenn es dich interessiert, so findest du alles, was von ihm übrig ist, auf dem Abfallplatz der Stadt. Sein Kopf steckt natürlich noch als warnende Erinnerung auf dem Pfahl.« Er machte einen Schritt zur Seite, um nicht in den Unrat zu treten. »Jemand hat ihn mir gezeigt, aber ich weiß nicht mehr, welcher es war. Mittlerweile ist er vermutlich unkenntlich geworden.«

»Schon gut. Aber bevor er starb …«

»Du willst wissen, ob er geredet hat? Soweit mir berichtet wurde, nicht. Mein Spitzel hat behauptet, Jusni habe nicht einmal mehr die Axt gespürt. Die Enthauptung war eher nur eine Formsache. Angeblich starb er bereits in der Folterkammer.«

»Er hat nicht geredet? Sag mir, dass er nicht geredet hat!«

»Halte den Mund! Man kann uns hören. Soviel ich weiß, hat er nicht geredet. Ich muss meinem Spitzel glauben, ich habe keine andere Wahl. Er behauptet, man habe aus Jusni nur herausgequetscht, dass es eine Verschwörung gab, aber noch ehe er Namen nennen konnte, versagte sein Herz.« Ein leises Lächeln umspielte Hapus Mund. »Uni war wütend, soviel ich gehört habe. Er ließ den Folterknecht auspeitschen, bis er nicht mehr aufrecht stehen konnte.«

Die kleine Gasse mündete in einen Hof, der einmal in der Woche als Marktplatz diente. Die schlechte Lage zwischen Verwaltungsgebäuden und Lagerhäusern der Regierung rechtfertigte keinen zweiten Markttag. An einer Ecke befand sich die Schenke, von der Hapu gesprochen hatte. Sie mussten den Wirt wecken, damit er ihnen einen Krug Wein und zwei Becher an den Tisch unter der Laube brachte. Danach gaben sie ihm Geld, damit er sie allein ließ.

»Deine Mitteilung hat mich sehr erleichtert«, gestand Ebne nach einiger Zeit. »In meiner Vorstellung sah ich bereits unseren Kreis verraten und träumte, dass einer nach dem anderen nachts von den Wachen aus dem Haus geholt wurde.«

»Sei kein Narr!«, beruhigte ihn Hapu. »Nichts dergleichen wird geschehen.« Er trank einen Schluck Wein. »Trotzdem wäre es gut, wenn wir uns eine Zeit lang still verhielten, bis die Sache vergessen ist. Ich habe etwas Merkwürdiges erfahren.« Er runzelte nachdenklich die Stirn. »Vielleicht zwei Merkwürdigkeiten. Uni hat so etwas wie einen Wahrsager in seinem Gefängnis. Einen jungen Fremden. Er nimmt bei Uni eine Sonderstellung ein. Anscheinend ist er nicht nur Seher, sondern trägt Uni auch allerlei Wissenswertes zu. Ein äußerst nützlicher Gefangener, muss ich sagen.« Er lächelte kühl.

»Ein Seher? Meinst du, wie ein Astrologe? Wie kann er in einem unterirdischen Gefängnis in den Sternen lesen?«

»Nein, so ist das nicht. Der junge Mann ist so etwas wie ein Priester einer fremden heidnischen Gottheit aus dem Norden. Ein Knaben-Priester, der behauptet, sein Gott eröffne ihm die Zukunft.« Hapu lachte. »Mir steht ein ganzer Götterhimmel zur Verfügung, und keiner von denen da oben teilt seine Gedanken mit mir.«

Ebne gestattete sich ein verstecktes Lächeln. Im Palast machte man sich über Hapus Zynismus über seine Religion lustig, aber in aller Öffentlichkeit, wo leicht etwas an die falschen Ohren geraten konnte, wagte man kein Wort darüber zu verlieren. Ebne trank vom Wein. »Uni hält den Propheten demnach geheim, nur für sich?«

»Ja. Die Frage ist nur, wie lange er ihn vor Madir verstecken kann. Du weißt, wie misstrauisch Madir ist.«

»Uni ist ehrgeizig. Er hat vermutlich seine eigenen Pläne mit dem jungen Mann.« Ebne leerte seinen Becher und fuhr sich mit der Zunge über die Lippen. »Du wolltest zwei Dinge erwähnen.«

»Ja. Eine Frau behauptet, dass sie ein Gespräch über eine Verschwörung mitgehört hat.«

Ebne saß mit einem Mal kerzengerade. »Eine Frau? Wer?«

»Ich weiß es nicht. Du erinnerst dich, ich war von der Idee, mit Potiphar zu reden, nicht so begeistert wie du.«

»Nein. Ich habe den Vorschlag gemacht, aber ...«

»Ich traue dem Mann nicht. Ich habe ihm damals nicht getraut und traue ihm jetzt nicht. In meinen Augen ist er ein Schwächling, auf den man sich nicht verlassen kann. Jemand, der sich von einer eitlen, liederlichen Frau wie der seinen befehlen lässt ...«

»Ich weiß. Du hattest Recht. Ich habe darüber nachgedacht und bin zum gleichen Schluss gekommen.«

»Damals hast du aber anders gedacht. Ich erlaubte mir daher, einen seiner Diener für mich zu gewinnen. Der hat dann auch gehört, wie die Frau mit Potiphar sprach.«

»Ich verstehe. Weiß der Diener, wie sie heißt? Was hat sie gesagt?«

»Sie ist nicht viel zum Reden gekommen. Potiphar wollte

nichts hören. Er war immer noch gereizt, weil er sich über einen Sklaven ärgerte, von dem seine Frau behauptete ...« Er hielt überrascht inne. »Seltsam! Dieser Sklave ist auch in Unis Gefängnis. Das kann doch nicht der sein, der ...?« Er verwarf den Gedanken wieder. »Verzeih, ich habe laut gedacht. Vergiss es. Potiphar wollte die Frau nicht anhören. Sie gab auf und ging.«

»Aber was sagte sie, ehe sie ging?«

»Das war das Sonderbare daran. Sie behauptete, in Madirs Atrium hinter einer Palme gestanden und gehört zu haben, wie zwei Hofbeamte, wie sie sie bezeichnete, eine Verschwörung besprachen. Sie nannte keine Einzelheiten. Aber was der Mann mir berichtete, ließ mich vermuten, dass sie uns beide gemeint hat, mein Freund.« Er beobachtete Ebnes Gesichtsausdruck und wartete, bis die Wirkung seiner Worte abgeklungen war. »Sie nannte den Tag und die Zeit. Es war an jenem Tag, an dem du Potiphar überreden wolltest und er uns abblitzen ließ. Sie muss alles gehört haben.«

»Ihr Götter! Wir haben doch über ...«

»Wir haben mehr geredet, als man an einem solchen Ort reden dürfte. Und jemand hat uns belauscht. Jetzt lebt irgendwo in der Stadt eine Frau, die genügend über uns weiß, um uns beide zu Fall zu bringen. Das kann uns den Kopf kosten, mein Freund. Wir wissen aber nicht, wer sie ist. Je mehr ich darüber nachdenke, desto bedrohlicher scheint mir die Sache.« Er trank rasch einen Schluck Wein. »Ich halte es für das Beste, wenn wir beide für eine Weile verschwinden und die Stadt für ein oder zwei Monate verlassen.«

»Aber können wir sie nicht zuerst ausfindig machen? Wir müssen verhindern, dass sie jemand anderem erzählt, was sie Potiphar zu erzählen versuchte.«

»Ich glaube, wir sollten keine Zeit verlieren und Memphis noch heute Abend verlassen. Wir müssen das Risiko eingehen und können nur hoffen, dass niemand ihre Geschichten glaubt.« Er zuckte die Achseln. »Potiphar hat ihr nicht geglaubt. Schließlich ist sie nur eine Frau.«

Ebne war immer noch nicht überzeugt.

»Vertrau mir!« Hapu raffte seine üppigen Gewänder zusammen und erhob sich. »Ich weiß, was für uns am besten ist. Ich bin ein Priester, vergiss das nicht.«

Ebne blieb ernst. »Ich werde meine Sachen packen«, sagte er.

Mehrere Stunden Fußmarsch nördlich von Memphis, unweit der vordersten ägyptischen Linien, befand sich Schobais Schmiede. Hori eilte an den Essen vorbei und ließ sich weder durch Hitze noch durch Rauch und Lärm aufhalten.

»Schobai!«, rief er über das Getöse von Hämmern und Blasbälgen hinweg. »Da seid Ihr ja! Ihr habt Euch beklagt, dass Ihr in letzter Zeit nichts als schlechte Nachrichten zu hören bekommt. Heute bringe ich gute Neuigkeiten: General Unas ist angekommen und möchte Euch sprechen.«

Schobai hob seinen mächtigen Kopf und drehte sich in die Richtung, aus der er angesprochen wurde. Er sah aus wie ein Tier, das Witterung aufnimmt. »Unas!«, sagte er, und ein Lächeln huschte über sein ernstes Gesicht. Er legte die Werkzeuge beiseite. »Bring mir Wasser, damit ich mich waschen kann, Hori. Ich bin voll Ruß; so kann ich meinen Freund nicht umarmen.«

Doch noch ehe Hori der Bitte nachkommen konnte, hatte Unas bereits Schobais Unterarme ergriffen. »Schobai!«, rief er fröhlich. »So weit ist es noch nicht, dass ein Feldsoldat sich vor Schmutz ekelt. Wie geht es dir?« Sie umarmten einander herzlich. Unas machte einen Schritt zurück und sah Schobai ernst an. »Du siehst nicht gut aus, mein Freund. Du isst nicht genug und hast abgenommen. Ist etwas nicht in Ordnung?«

Schobai brüllte den Schmieden an der Esse einige Befehle zu. Dann widmete er sich wieder seinem Freund. »Es ist alles in Ordnung. Das kommt vermutlich von den Sorgen. Wir haben viel zu wenig Erz für die Schmiede, und was wir haben, lässt sich nicht mit der Qualität vergleichen, die wir seinerzeit aus Timna auf der Halbinsel Sinai bezogen haben. Derzeit sind Kundschafter unterwegs, um einen guten Landweg vom Roten Meer her ausfindig zu machen. Der Weg müsste für die mit Kupfererz beladenen Packtiere begehbar sein. Wenn wir das Erz nicht auf Schiffen herbringen können, dann eben über Land.«

»Dann ist also das Erz aus den neuen Minen noch nicht hier eingetroffen?«

»Du meinst vom Oberlauf des Flusses? Das ist hoffentlich nur eine Frage der Zeit. Dort oben gibt es jede Menge Erz, auch Zinn. Gerade Zinn brauchen wir dringend, um eine Bronze zu herzustellen, die dem Metall der Nomaden gleichkommt. Ich habe aber gehört, dass die Nomaden ebenfalls Schwierigkeiten haben. Sowohl der Nachschub aus ihrer Heimat ist unterbrochen als auch der Weg zu den Zinnminen in den Bergen nördlich des Assyrerreichs. Du hast bestimmt gehört, dass es im Zweistromland einen neuen König gibt. Er dürfte ein tatkräftiger Anführer sein, wenn es stimmt, was man so hört. Er möchte das gesamte Gebiet unter einer Herrschaft und einem Gesetz vereinen. Er blockiert die Nachschubwege der Nomaden.«

»Ich weiß. Ich glaube, er heißt Hammurabi. Aber was ist mit unseren eigenen Erzvorkommen, Schobai?«

Schobai runzelte die Stirn. »Du musst entschuldigen, ich bin in letzter Zeit etwas zerstreut. Boten sind mit Neuigkeiten von Akilleus eingetroffen. Er hat in Kerma mit nubischen Stammesfürsten und Häuptlingen verhandelt, und angeblich ist alles gut gelaufen. Ebana stammt aus dieser Gegend. Wir haben bereits ein paar Fachleute flussaufwärts geschickt, damit sie sich um den groß angelegten Abbau des Erzes kümmern. Aber es wird viele Monde dauern, bis wir diese Quellen nützen können. Die Leute müssen erst geschult werden.«

»Mach dir keine Sorgen«, beruhigte ihn Unas. »Ich kann die Stellungen so lange halten, obwohl es nicht leicht ist, wenn dir der eigene Kommandant jede Olive und jede Feige neidet, die er dir schickt.«

»Meinst du Harmin?«

Unas seufzte; er ärgerte sich, wenn er nur den Namen hörte. »Du darfst ihm nicht trauen, Schobai! Manchmal habe ich vor ihm mehr Angst als vor Vahan und den Nomaden.«

Schobai nickte. »Mir ist alles Mögliche über Harmin zu Ohren gekommen, und ich verstehe dich nur zu gut. Trotzdem würde ich an deiner Stelle Vahan nicht unterschätzen.«

»Ich vergesse immer, dass du früher einmal für ihn gearbeitet hast. Ich verspreche dir, dass ich ihn nicht unterschätzen werde.« Er klopfte Schobai freundschaftlich auf die Schulter und musste dabei ziemlich nach oben greifen, weil Schobai so viel größer war. »Du arbeitest hier weiter und wir kümmern uns um unsere Pflichten. Mach dir keine Sorgen, wir werden immer noch hier sein, wenn dein Freund Akilleus zurückkommt, selbst wenn wir dann gegen beide kämpfen müssen, gegen Harmin und Vahan.«

»Gut. Das war die beste Neuigkeit seit einiger Zeit.« Schobai nickte. Gleich darauf umwölkte sich seine Stirn wieder. »Ich wollte, ich hätte keine anderen Sorgen, Unas.«

»Gibt es noch etwas?«

»Ich hatte nicht die Absicht, darüber zu sprechen, aber abgesehen von Musuri und Akilleus bist du mein ältester, treuer Freund. Die beiden sind nicht da, und Tros sehe ich nur sehr selten. Er ist Hofarzt des Pharaos.«

»Das wusste ich nicht. Was für ein Glück für ihn. Aber du wolltest etwas sagen.«

»Ich glaube, Unas, dass Baka noch am Leben ist.«

Unas riss die Augen auf, und Zorn schwang in seiner Stimme, als er sagte: »Das ist unmöglich, Schobai. Ich kannte Baka, und ich habe mit Männern gesprochen, die noch unmittelbar vor seiner Gefangennahme durch die Nomaden unter ihm gedient haben. Sie sagten ...«

»Es ist mir gleichgültig, was sie sagten. Er lebt. Ich habe eine Todesdrohung von ihm erhalten.«

Schobai wirkte so gequält, dass Unas ihm beruhigend die Hand auf den Arm legte. »Es gibt immer irgendwelche Gerüchte, das weißt du doch. Wenn du Todesdrohungen bekommen hast, vergiss sie. Ich lasse die Schmiede von jetzt an doppelt bewachen. Dein Haus wird Tag und Nacht beaufsichtigt werden. Jetzt erzähl mir einmal, wer behauptet, Baka zu sein.«

Tros von Ilios stand nachdenklich am Fenster seines kleinen, aufgeräumten Arbeitszimmers und blickte hinaus. Lange hatte er so gestanden. Auf den staubigen Regalen und Tischen in dem muffigen Raum standen Reihen von Gläsern, Beuteln und Behältern, gefüllt mit verschiedenen Tränken, Gebräuen, Salben, Puder und Cremes.

Mitten in dieser Unordnung stand Meret und wartete geduldig. Sie wollte sich setzen, aber auf allen Stühlen standen Dosen oder lagen halb geöffnete Schriftrollen.

Schließlich drehte Tros sich um. Seinem geübten Auge als Arzt entging es nicht, wie angespannt und besorgt sie aussah. »Das ist eine sehr ungewöhnliche Geschichte, Meret. Käme sie nicht von dir, dann …«

»Ich wollte, es wäre anders. Anfangs versuchte ich, die Sache zu vergessen, aber ich konnte es nicht. Ich habe nachgegrübelt, wem ich sie erzählen könnte. Schobai kam nicht in Frage, das weißt du selbst am besten. Er hat mit seinen eigenen Erinnerungen genug zu tun und käme sich nur hilflos vor.«

Der alte Arzt schüttelte nachdenklich den Kopf. »Aus diesem Grund wolltest du vermutlich auch nichts zu Unas sagen, denn von ihm würde es dein Ehemann wahrscheinlich erfahren.«

Meret nickte. »Ich wusste, du würdest mich verstehen. Schaschank, der mich nach dem Tod meines Vaters großzog, war mit dem Vater des Potiphar gut befreundet, du weißt schon, mit dem ersten Koch bei Hof. Ich ging also zu Potiphar, weil mir niemand anderer einfiel. Ich zögerte noch, dich damit zu belästigen, weil du ohnehin sehr beschäftigt bist.«

»Das stimmt, es tut mir Leid. Von jetzt an sag bitte meinem Sekretär, wer du bist. Ich werde Bescheid geben, dass ich für dich immer da bin, ganz gleich, mit wem ich gerade beschäftigt bin. Einzige Ausnahme ist die königliche Familie oder Madir. Alle anderen Verabredungen sage ich sofort ab.«

»Danke. Potiphar wollte mich nicht anhören. Er habe seine eigenen Probleme, sagte er.«

»Das stimmt. Seine Frau treibt ihn noch zum Wahnsinn. Sie beschuldigt jeden Mann, dass er versucht habe, sie zu verführen, sogar mich. Und das in meinem Alter! Zum Glück glaubte ihr Potiphar nicht. Aber einen Sklaven ließ er wegen ihrer dummen Beschuldigungen ins Gefängnis werfen. Er war ein treu ergebener, tüchtiger junger Mann, der seinen gesamten Haushalt organisierte.«

»Er ist im Gefängnis? Aber die Strafe für Sklaven ist doch …«

»Richtig. Würde es sich um ernst zu nehmende Beschuldigungen handeln, wäre er bereits tot. Aber Potiphar hat die Anschuldigungen seiner Frau selbst nicht geglaubt, und der junge Mann ist noch am Leben. Aber jetzt zurück zu deiner Geschichte. Wie viel hast du ihm erzählt?«

»Nicht viel. Er gab mir keine Gelegenheit dazu. Ich nannte auch keine Namen, denn wie ich dir gesagt habe, war ich mir diesbezüglich nicht ganz sicher. Eines weiß ich bestimmt: General Harmin plant, Unas ermorden zu lassen.«

»Was für eine Geschichte!« Der Arzt schüttelte den Kopf. »Die Angelegenheit ist ernst. Ich muss darüber nachdenken, meine Liebe. Wir werden sehen, was mir einfällt. Wie du weißt, bewegen wir uns da auf sehr gefährlichem Boden. Wenn ich die falsche Person davon in Kenntnis setze ...«

»Ich weiß. Ehrlich gesagt, ich wollte dich nicht mit hineinziehen. Das war mit ein Grund, warum ich so lange nichts gesagt habe. Vergib mir.« Sie wollte gehen.

»Du brauchst dich nicht zu entschuldigen«, sagte Tros und folgte ihr zur Tür. »Außerdem ist es meine Pflicht, etwas dagegen zu unternehmen. Die Angelegenheit erschüttert die Grundmauern des Staates, von dem ich schließlich abhänge. Ich sollte dir dankbar sein, dass du es mir erzählt hast, meine Liebe.«

Meret lächelte schwach.

»Wie geht es meinem alten Freund Schobai?«, fragte er herzlich.

»Er ist gesund, aber er arbeitet zu viel. Er macht sich Sorgen über den Krieg, und ich bin ihm keine Stütze.«

»Und die Kinder?«

»Denen geht es gut.«

»Dann mach dir also keine Sorgen. Vergiss die Sache. Ich werde sehen, was ich tun kann. Ich verbiete dir, darüber noch nachzudenken. Es liegt jetzt in meiner Hand.«

Kapitel 6

I

Am Vorabend war ein Außenposten der Nomaden überfallen worden. Jetzt lag die Beute auf dem Boden ausgebreitet, und Tuia betrachtete interessiert die erbeuteten Waffen: Bogen und Pfeile, lange Schwerter, kurze Schwerter, ein paar schön verzierte Krummsäbel sowie mehrere Gegenstände, deren Zweck unklar war. »Was ist das, Ben-Hadad?« Tuia zeigte auf eine Waffe, die aussah wie ein Beil. »Und die Klinge daneben?«

»Das ist ein Schlachtbeil der Nomaden«, erklärte ihr der junge Schmied. »Für den Nahkampf beim massierten Angriff der Fußtruppen. Siehst du das Blut an der Klinge? Ein armer Kerl hat damit vermutlich eine schreckliche Wunde abgekriegt.«

»Und die Klinge?«

»Das ist die Klinge einer größeren, breiten Axt. Unsere Männer fanden es nicht der Mühe wert, den Griff mitzubringen. Er ist zu lang und zu schwer, und wir können ihn ohne weiteres ersetzen. Aber es würde mich viel Zeit kosten, eine Klinge wie diese anzufertigen. Siehst du die drei Löcher? Sie dienen zum Einsetzen eines neuen Griffs. Die Griffe brechen leicht ab. Das hängt mit der Art der Handhabung zusammen. Schau her, ich zeige es dir.« Er machte einen Schritt zurück, spreizte die Beine und tat, als hielte er mit beiden Händen eine Waffe in Armeslänge vor sich. Dann begann er, das unsichtbare Ding in einem weiten Kreis um seinen Körper zu schwingen. »Der Griff ist ungefähr so lang, wie ein Mann groß ist. Mit dieser Waffe schaffe ich mir rundherum einen Freiraum von insgesamt neun Schritten. Alles innerhalb dieses Kreises wird niedergemäht.«

Tuia hörte ihm interessiert zu. »Ein blutrünstiges Volk, diese Nomaden«, stellte sie fest. In diesem Augenblick führten zwei Männer zwei prächtige Pferde ins Lager. Dahinter zog ein anderer einen leichten zweirädrigen Kriegswagen. »Dreh dich um, Ben-Hadad! Sind die nicht schön?«

»Da hast du Recht«, pflichtete Baka ihr bei, der zu ihnen getreten war. »So ein Fang glückt uns selten. Der letzte, der uns in die Hände fiel, hatte eine gebrochene Achse. Damals hatten wir weder einen Schmied noch einen Wagenbauer in unseren Reihen und konnten die Achse weder reparieren noch ersetzen. Vielleicht haben wir diesmal mehr Glück.« Seine Worte waren an Ben-Hadad gerichtet. »Was glaubst du, Schmied? Könntest du so etwas machen?«

Ben-Hadad sah sich den Wagen bewundernd an und pfiff anerkennend durch die Zähne. »Ihr meint, den ganzen Wagen nachbauen? Das dürfte nicht einfach werden. Ihr müsstet das Material dafür stehlen; das wäre der schwierigste Teil daran. Außerdem brauchten wir einen guten Wagenbauer. Aber es ist ein wunderschönes Gefährt! Früher in Kanaan gab es so etwas nicht. Die wenigen Kriegswagen, die wir hatten, waren schwere Gefährte, die von Eseln gezogen wurden. Sie kamen dem hier in keiner Weise gleich, weder was die Geschwindigkeit noch was die Wendigkeit anging. Mit einem guten Gespann kann man diesen Wagen praktisch überall wenden.«

»So ist es. Sehr praktisch zum Töten der Ägypter.« Baka sagte das mit solchem Hass, dass Ben-Hadad und Tuia unwillkürlich zurückschraken. »Wirklich gut entwickelt. Ich kannte den Mann, der ihn gebaut hat, als er im Dienst der Nomaden stand. Ein außerordentlich kluger Mann. Eines Tages werde ich den Kerl finden und ihm seine Kehle durchschneiden!«

Ben-Hadad und Tuia waren entsetzt. Keiner von ihnen hatte bisher erlebt, dass Baka derart die Beherrschung verlor und seinem Zorn und seiner Gehässigkeit freien Lauf ließ. Für gewöhnlich war er kühl und verschlossen. Doch Baka hatte sich gleich wieder gefasst. Nachdenklich geworden, schweiften seine Gedanken in eine andere Richtung. Mehr zu sich als zu seinen jungen Zuhörern sagte er: »... wie man sich für so etwas hergeben kann, ist mir unbegreiflich. Sich an den Abschaum der Menschheit zu verkaufen!«

»Komm!« Tuia zog Ben-Hadad am Ärmel und flüsterte: »Lass ihn in Ruhe ...«

»Nein!« Ben-Hadad schüttelte den Kopf. Er beobachtete Baka interessiert. »Entschuldigt, Herr! Dieser Mann, von dem Ihr gesprochen habt? Er hat für die Nomaden gearbeitet?«

»Ja. Das war im Norden. Jenseits des Landes, aus dem du kommst. Er war Waffenschmied wie du, ein guter noch dazu. Er hatte einen guten Namen. Mir sind Schwerter in die Hände gefallen, die er gemacht hat. Ich habe damit gekämpft, und sie waren die besten, die mir je untergekommen sind.«

»Komm, Ben-Hadad!« Tuia versuchte immer noch, Ben-Hadad fortzuziehen. Doch der junge Mann schüttelte sie ab.

»... zum Glück hat er zuerst Charchemisch für König Hagirum bewaffnet«, fuhr Baka fort. »Wäre das nicht gewesen, hätten die Streitkräfte der Stadt nie so lange aushalten können. Nachdem er die Nomaden verließ, half er mit, Ebla aufzurüsten. Aber denen hat es nicht viel gebracht.«

»Wenn er versuchte, die Nomaden in ihrem Vormarsch aufzuhalten, kann er doch nicht wirklich schlecht gewesen sein?«

»Schlecht?«, fragte Baka mit unüberhörbarer Bitterkeit. »Das haben sich die Leute damals sicher auch gefragt. Selbst wird er sich die Frage bestimmt auch gestellt haben. Vermutlich war es leicht für ihn, seine Fehler einzusehen; als blinder Mann hatte er jede Menge Zeit zum Nachdenken.«

»Blind?«, fragte Ben-Hadad unsicher. »Habt Ihr blind gesagt? Wie hieß der Mann?«

»Sein Name?«, fragte Baka gereizt. Er bückte sich, hob eines der erbeuteten Schwerter auf und fuhr mit den Fingern prüfend über die Klinge. »Den Namen des Mannes, den ich umbringen werde?« Sein Blick ging nachdenklich in die Ferne und er murmelte etwas Unverständliches.

»Wie bitte, Herr?«, fragte Ben-Hadad. Die Angst in seiner Stimme war nicht zu überhören. »Ich habe den Namen nicht verstanden.«

»Der Name? Schobai, natürlich. Schobai aus Haran. Schobai, der Verräter.«

Je weiter sie in das Viertel von Avaris vordrangen, in dem die reichen Ägypter und die regierenden Nomaden wohnten, desto unbehaglicher fühlte sich Anab. Es war heller Tag, und er sah sich unruhig um. »Ich fühle mich hier nicht wohl, Zosar. Ich gehe wieder zurück.«

Zosar packte Anab so fest an seinem dünnen Oberarm, dass es

ihn schmerzte. »Nein, das tust du nicht! Jetzt sind wir so weit gekommen, und ich kehre nicht um! Und du auch nicht! Du warst einverstanden, mit mir zu kommen und mit meinem Freund zu reden. Ich nehme dich beim Wort. Sei nur ja kein Feigling!«

Die Straße mündete auf einen großen Platz, auf dem ein neuer Tempel errichtet wurde. Anab ließ sich zögernd auf die Baustelle führen, wo Steinmetze große Steinquader bearbeiteten und ihnen ihre endgültige Form gaben. Anab sah den Männern bei der Arbeit zu und vergaß für eine Weile seine Angst. Noch nie zuvor hatte man ihn so nahe an einem Bauvorhaben geduldet.

Auf dem Platz ging es zu wie in einem Bienenstock. Links von ihm überprüften zwei Arbeiter, ob die Flächen eines riesigen Steinblocks auch tatsächlich plan waren; für die waagrechten Seiten verwendeten sie einen geraden Stab, für die senkrechten Flächen eine Holzleiste mit einer beschwerten Schnur. Ein Arbeiter fand eine fehlerhafte Stelle auf einer horizontalen Fläche und besserte sie gekonnt mit einem härteren dunklen Stein aus. Danach holte er seinen Vorgesetzten, der den ausgebesserten Block noch einmal überprüfte.

Zosar ging auf einen Arbeiter zu. »Wir suchen den Priester Aschau. Hast du ihn gesehen?«

Der Arbeiter erwiderte ungerührt: »Was willst du von ihm?«

Wenn Zosar bluffte, gab er sich immer besonders dreist, das hatte Anab mittlerweile schon gelernt. »Wenn Aschau erfährt, dass du mich daran gehindert hast, ihn zu finden, mein Freund, dann wirst du etwas zu hören bekommen. Zumindest mit diesem heiligen Bauwerk hast du dann nichts mehr zu tun. Ich frage dich also noch einmal: Wo ist er?«

Der Arbeiter wurde kleinlaut. »Er ist beim südlichen Tempel. Entschuldigt, Herr. Ich hatte keine Ahnung ...«

»Komm!« Ohne die Entschuldigungen des Mannes abzuwarten, zog Zosar Anab weiter. Als sie außer Hörweite waren, klärte er seinen Gefährten auf: »Du musst dir die richtige Taktik angewöhnen. Diese Kerle haben immer Angst vor Höhergestellten. Du musst dich stets vergewissern, dass sie vor dir ebenso viel Angst haben wie vor ...« Ein Seitenblick auf Anabs missgestaltetes Gesicht ließ ihn innehalten. »Das überlässt du vielleicht doch besser mir.«

Die beiden setzten ihren Weg zwischen den Steinquadern fort; jeder Block wurde von zwei Männern bearbeitet. »Hier haben die Männer doppelt so viel Angst wie anderswo«, erklärte Zosar im Weitergehen. »Arbeiter sind für gewöhnlich von ihren Auftraggebern und den Nomaden abhängig. Diese armen Kerle haben es auch noch mit den Priestern zu tun. Sie sind besonders arm dran und daher kann man sie herumkommandieren, so viel man will.«

Anab nickte schüchtern. »Das mag schon sein. Aber ich weiß immer noch nicht, was wir hier wollen. Wir sind ziemlich tief in feindliches Gebiet vorgedrungen. Ich fühle mich nicht sicher.«

Zosar packte ihn am Arm. »Halt den Mund, verstanden! Du hast mir doch gesagt, dass es dir nicht gefällt, wie die Dinge im Lager laufen, und dass du darüber sauer bist, wie Ben-Hadad dich ausgebootet hat. Zu deinem früheren Leben auf der Straße kannst du auch nicht mehr zurück. Du sitzt sozusagen in der Falle. Du kannst schauen, wohin du willst, es bietet sich dir keine Gelegenheit, deine Lage zu verbessern. Es wird nicht leicht für dich, dir deinen Lebensunterhalt zu verdienen.«

»Das schon, aber …«

»Hör mich einmal an. Ich biete dir eine Gelegenheit, etwas aus dir zu machen. Natürlich ist ein Risiko dabei. Aber ohne Risiko geht nichts, mein Freund. Selbst wenn du nur dasitzt und die Welt an dir vorüberziehen lässt, gehst du ein Risiko ein, hast aber keinen Gewinn in Aussicht. Ich hingegen biete dir zumindest die Möglichkeit, etwas für dich herauszuholen. Es ist viel drin für dich!«

»Meinst du?«

»Wer gibt sich mit der Stellung als Mitläufer zufrieden, wenn er ein Anführer sein könnte? Beantworte mir die Frage, Anab! Ich wollte das nicht, das kann ich dir sagen. Ich wurde nicht dazu geboren, Befehle entgegenzunehmen, ich wurde geboren, um Befehle zu erteilen. Und du bist gescheit, das sehe ich. Gescheiter als viele andere. Gescheiter als Onuris oder sonst einer im Lager, ausgenommen Baka. Baka aber ist verrückt. Er ist besessen von dem Gedanken, den Mann zu töten, der ihm die Frau ausgespannt hat. Er trägt seine Hörner wie eine ihm auferlegte Buße. Ich sehe das anders. Wenn dir eine Frau untreu ist, dann vergiss sie! Warum die Zeit mit Herumsitzen und Trübsalblasen verschwenden und eitle Rachepläne schmieden? Der Blinde ist schließlich weit fort, irgendwo im Süden. Hier gibt es inzwischen genug zu tun. Und die Frauen sind billig. Die Straßen sind voll von ihnen. Jeder Narr findet eine, die genauso gut ist wie die, die man einmal zu Hause zurückgelassen hat.«

Anab schloss die Augen vor Scham. Er war verbittert und wollte Zosars Worte nicht mehr hören. So redeten sie alle. Sie taten so, als wäre die Liebe eine einfache Sache. Man muss nur auf die Straße gehen und sich umsehen. Für die anderen war es vielleicht wirklich leicht. Sie hatten keine Ahnung, was es bedeutete, wenn sich die Frauen schaudernd abwandten und angewiderte Grimassen schnitten, sobald sie sein Gesicht sahen. Keiner kam je auf den Gedanken, einer silbrig polierten Oberfläche auszuweichen, aus Angst, das eigene Spiegelbild darin zu erblicken, oder beim Trinken aus dem Eimer am Brunnen auf dem Marktplatz die Augen zu schließen. Keiner hatte eine Ahnung, wie das war; sie würden es nie verstehen.

Schließlich stießen die beiden auf den Mann, der ihnen die Nachricht überbringen sollte: Aschau erwartete sie bei Mondaufgang in der Mitte des von einer Steinmauer eingefassten Platzes im Zentrum des geplanten Tempels. Zosar war über die Wahl des Treffpunkts sehr zufrieden. Für ein heikles Gespräch gab es keinen besseren Platz. Anab und Zosar aßen zu Abend und begaben sich schließlich um die Dämmerstunde zu ihrem Treffpunkt. Sie warteten, bis die letzten Sonnenstrahlen im Westen verblasst waren. Als es dunkel war, spürten sie, dass sie nicht mehr allein waren. »Zosar?«, fragte jemand leise hinter ihnen. Sie drehten sich blitzschnell um. Vor ihnen stand der Priester mit dem kahlen Kopf. Er war in ein weißes Gewand gehüllt und hielt einen gekerbten Stab in der Hand. »Ich bin froh, dass ihr gekommen seid. Aber wir müssen arbeiten, während wir reden. Schnell, einer von euch stellt sich an die Mauer dort drüben. Ich werde euch sagen, was zu tun ist.«

Anab tat, wie ihm geheißen. Der Priester steckte den gekerbten Stock in ein kleines Loch in der Mitte des Kreises und blickte durch die Kerbe. Er befahl Anab, ein paar Schritte zur Seite zu treten. »Jetzt nimm die Kreide neben deinen Füßen und mache einen Strich etwa eine Handbreit neben deiner linken Schulter. So, das ist gut. Jetzt komm her, junger Mann!« Er ließ den Stab stehen und trat zu Zosar. Anab gesellte sich zu ihnen.

»Gut gemacht«, lobte Aschau noch einmal, erschrak jedoch sichtlich, als das Mondlicht zum ersten Mal auf Anabs entstelltes Gesicht fiel. »Entschuldige, Zosar, ich kenne diesen Mann nicht. Machst du uns bitte bekannt!«

Zosar kam der Aufforderung verwirrt nach. »Was habt Ihr da mit der Kreide gemacht?«, fragte er schließlich. »Das habe ich nicht verstanden.«

»Das kannst du auch nicht verstehen«, antwortete der Priester. »Die Ausrichtung des Tempels, ich meine die Nord-Süd-Ausrichtung, muss genau berechnet werden. Sie ist von religiöser Bedeutung, aber es würde zu lange dauern, wollte ich es dir jetzt erklären. Ich stehe hier in der Mitte des Kreises, und dein Freund markiert auf der kreisförmigen Mauer genau den Punkt, wo der Mond aufgeht. Wir unterhalten uns eine Weile, bis sich die Mondbahn dem Punkt nähert, wo der Mond hinter dem anderen Teil der Mauer verschwindet. Ich werde dann deinen jungen Freund bitten, dort, wo der Mond aus meinem Gesichtsfeld verschwindet, einen zweiten Punkt mit der Kreide zu setzen. Am Morgen werden die Arbeiter die Entfernung zwischen den beiden Punkten auf der Mauer messen. Die genaue Mitte zwischen den Punkten wird berechnet und eine Linie von dem Stab hier zur Mitte zwischen den markierten Kreidepunkten gezogen. Das ergibt die exakte Nord-Süd-Ausrichtung. Erstaunlich einfach, wirklich! Wir verdanken diese Methode dem großen Baumeister Imhotep, der die Stufenpyramide in Memphis für deinen erlauchten Namensvetter baute, den König Zosar aus der Dritten Dynastie.« Der Priester lächelte überlegen; sein Wissen verlieh ihm Sicherheit.

»Das ist alles sehr interessant«, meinte Zosar. »Aber Ihr habt uns aus einem anderen Grund hergerufen, nicht weil Ihr uns die Gesetze des Himmels erklären wolltet.«

»Ja, natürlich!« Aschau blickte auf und versuchte zu errechnen, wie lange der Mond für seine sichtbare Bahn über den Himmel brauchen würde. »Wie du weißt, haben wir, ich meine die

Priesterschaft, die Möglichkeit erwogen, uns eurem Kampf gegen die Nomaden anzuschließen.«

Anab blieb der Mund offen vor Staunen. Zosar mahnte ihn mit einem warnenden Blick, still zu sein. An den Priester gewandt bemerkte er: »Soweit ich mich erinnere, galt es nur noch einen Stolperstein zu überwinden.«

»Sehr richtig. Ich habe bei meinen Mitpriestern beachtliche Unterstützung für euer Unternehmen gefunden. Nur noch ein Hindernis, ein Stolperstein, wie du es nennst, steht unserer vollen, obgleich heimlichen Unterstützung im Wege. Du musst verstehen, dass wir euch nicht offen unterstützen können. Wir können aber viel für eure Sache tun, solange wir das volle Vertrauen von Salitis und seinem Hof genießen. Wenn wir uns hingegen offen zu euch bekennen ...«

»Ich verstehe«, fiel Zosar ihm ins Wort. »Andererseits seid Ihr Euch doch sicher darüber im Klaren, dass die Beseitigung des bereits erwähnten Hindernisses für uns sehr gefährlich ist. Unsere Organisation verliert mit einem Schlag die zentrale Schlüsselperson, um die sie sich gruppiert. Dazu kommt, dass viele Männer in wichtigen Positionen nur deshalb bei uns sind, weil sie dem Problem, das wir beseitigen wollen, blind ergeben sind.«

»Das ist nicht zu vermeiden«, meinte der Priester unbekümmert. »Die Leute, für die ich hier spreche, sind diesbezüglich unnachgiebig. Sie tolerieren so gut wie jedes Fehlverhalten im Namen einer guten Sache, aber sie verwehren sich gegen schamlose Gotteslästerung, gegen die offene Respektlosigkeit gegenüber ihrem heiligen Beruf. Ich sage dir hier und jetzt, wenn ihr uns in diesem Punkt enttäuscht, wird es nichts mit dem Handel. Ja schlimmer als das: Einige in unseren Reihen drohen mit offener Feindschaft, wenn ihr auch in Zukunft eine derart abfällige Haltung gegen alle heiligen Dinge einnehmt.«

Zosar wich erschrocken zurück. »Wollt Ihr damit sagen, sie würden mich an die Nomaden ausliefern?«

»Ob sie so weit gehen würden, weiß ich nicht«, meinte der Priester gelassen. »Aber ich sehe es so: Es muss euch gelingen, alle unzufriedenen, subversiven, gegen die Nomaden gerichteten Strömungen im Volk unter einem Anführer zu vereinen; mit unserer Hilfe wird das durchaus möglich sein. Andernfalls werden andere ähnliche Bewegungen entstehen und mit euch konkurrieren. Meine Priesterbrüder, die mit eurer Gruppe unzufrieden sind, könnten dann diesen anderen Gruppierungen zur Macht verhelfen. Welches Unheil daraus entstehen könnte, lässt sich im Voraus nicht sagen! Du und dein Freund, Zosar, ihr wärt dann mit Sicherheit auf der Verliererseite.«

»Niemals!«, rief Zosar entschlossen. »Wir tun, was getan werden muss, ohne Rücksicht auf die Folgen.«

»Gut«, nickte der Priester. »Wenn du nun …«

»Entschuldige«, meldete sich Anab schüchtern zu Wort. Er fürchtete die Antwort auf seine Frage. »Ich verstehe nicht. Womit erklärst du dich einverstanden?«

»Womit?«, wiederholte Zosar gereizt. »Hast du denn überhaupt nicht Acht gegeben, Anab? Wir reden über Baka. Verstehst du? Baka ist das Hindernis, das aus dem Weg geräumt werden muss.« Er machte die allgemein verständliche Geste quer über die Kehle. »Schau mich nicht so an! Es ist unvermeidlich. Sonst erreichen wir nicht das Geringste!«

II

Ben-Hadad legte den letzten Stein an seinen Platz und trat zurück, um sein Werk zu betrachten. Er war schmutzig und völlig verschwitzt. Der kleine Schmelzofen, den er gebaut hatte, sah vielleicht nicht besonders beeindruckend aus, aber man konnte darin Kupfer schmelzen. Über dem Boden war nur die oberste Lage der Steine zu sehen. Im Boden befand sich die halbkugelförmige Grube aus mit Lehm verschmierten Steinen. Der Abfluss in drei Viertel der Höhe war mit einem Steinstöpsel zu verschließen. Der Abfluss mündete in eine runde Vertiefung mit einem Sandhügel in der Mitte. An der Seite gegenüber dem Abfluss konnte man mit ein paar Blasebälgen durch ein Rohr Luft in den Schmelzofen blasen.

Tuia hockte in ihrem zerrissenen Gewand auf dem Boden und betrachtete eingehend Ben-Hadads Arbeit. »Es sieht kompliziert aus«, stellte sie fest. »Wofür ist es gut?«

Bebe, der Weber, war ein nörglerischer Mensch und bekannt für seine Vorliebe für Knaben. Er trat hinter Tuia und blickte ihr über die Schulter. »Es sieht aus wie eine neue Art von Abort«, sagte er, rümpfte die Nase und schnupperte.

»Ich habe nicht mit dir gesprochen, Weber«, gab Tuia ihm zu verstehen, ohne sich von dem kleinen Schmelzofen ablenken zu lassen. »Im Ernst, Ben-Hadad, wie funktioniert es?«

Ben-Hadad fuhr sich mit dem Arm über die nasse Stirn. »In die Grube hier kommen die Holzkohlen und das Erz. Das Feuer muss natürlich heiß genug sein, damit sich das Kupfer aus dem Gestein herauslöst. Dazu brauchen wir die Blasebälge. Sie werden mit den Füßen betätigt und sollen Luft in das Feuer blasen, um die Hitze zu vergrößern.«

»Kann ich das machen?«, unterbrach ihn Tuia. »Ich würde dir so gern helfen!«

»Das ist keine Arbeit für eine Frau«, antwortete Ben-Hadad, ohne nachzudenken. »Wenn nun die Temperatur hoch genug ist, setzt sich das geschmolzene Kupfer unten ab, und zwar unterhalb des Abflussrohres. Jetzt wird der Stöpsel herausgezogen und die Schlacke, also alles, was wir nicht brauchen, fließt ab. Zurück bleibt das Kupfer. Wenn es erstarrt, hebe ich es mit diesem Stab aus der Schmelzgrube. Mit dem Haken hier entferne ich die Schlacke, sobald sie erkaltet ist. Es ist wirklich sehr einfach. In Timna wendet man diese Methode schon seit Jahrhunderten an.«

Bebe, der Weber, machte ein verdrießliches Gesicht. »Es ist eine Beschäftigung für Schwachsinnige. Du kannst sie ruhig die Arbeit machen lassen.« Mit gelehrter Überheblichkeit zitierte er eine satirische Arbeit von Dua-Khety, einem Weisen aus der Zeit des Sesostris, in der er sich über alle anderen Beschäftigungen lustig machte. Bebe ersetzte dabei die männlichen Formen des Originals durch die weiblichen: »›Die Finger der Heizerin sind schmutzig und riechen wie Leichen. Ihre Augen sind rot vom dicken Rauch. Auch wenn sie Stunden im Teich verbringt, kann sie den Schmutz nicht abwaschen. Kleider sind ihr ein Gräuel.‹«

»Verschwinde von hier!« Tuia wurde sich der Lumpen, die sie trug, schmerzlich bewusst. »Wenn du nicht lernst, deinen Mund zu halten, wird gleich ein Stein auf deinem Kopf landen.«

Ben-Hadad lachte. »Im Grunde hat er Recht. Er beschreibt die Arbeit ziemlich genau. Du hast vermutlich noch nie einen Schmiedelehrling bei der Arbeit gesehen, Tuia. Für gewöhnlich arbeiten sie nackt. Es ist vernünftiger, als in Kleidern zu arbeiten. Wenn ein Stück Glut aus dem Feuer springt und die bloße Haut trifft, gibt das eine kleine Blase, die nach einem Tag wieder verschwunden ist. Trifft die Glut aber auf Stoff, beginnt der Stoff zu brennen, und das hinterlässt Verbrennungen, die erst nach Monaten verheilen. In der Zwischenzeit steht die Schmiede still. Das allein ist schon Grund genug, warum das kein Gewerbe für Frauen ist.«

»Das stimmt nicht«, entgegnete Tuia hitzig. »Ich habe nichts dagegen einzuwenden, nackt zu gehen. Von meinem Gewand hier ist ohnehin nicht mehr viel übrig.« Sie warf einen ärgerlichen Blick auf die Lumpen.

»Du brauchst ein neues«, stellte Ben-Hadad fest. »Weber! Wie viel verlangst du von mir, wenn du ihr ein schönes Kleid machst?«

Der Weber machte ein geringschätziges Gesicht.

»Ach komm!« Ben-Hadad ließ nicht locker. »Wir ziehen alle am gleichen Strang. Mach mir einen guten Preis!«

»Sagen wir, eine Kupfermünze.«

»So viel? Kannst du es nicht günstiger machen? Sonst zitiere ich, was Dua-Khety über die Weber gesagt hat. Das war so ziemlich das Erste, was ich nach meiner Ankunft in Ägypten gelernt habe. Ich weiß es auswendig.«

»Um nichts weniger!«

»Sag ja nicht, ich hätte dich nicht gewarnt!« Ben-Hadad grinste. »›Der Weber ist noch erbärmlicher als eine Frau in Wehen. Er sitzt mit den Knien bis an den Bauch gezogen. Er kann die Luft in seinem Weberhaus nicht atmen. Wenn er einen Tag Arbeit versäumt, bekommt er fünfzig Peitschenhiebe. Er muss den Türsteher mit Speisen bestechen, damit er ihn den Kopf aus der Tür stecken lässt, um wenigstens ab und zu die Sonne sehen zu können …‹«

Nun zitierte Bebe seinerseits: »›Ich habe den Kupferschmied bei der Arbeit an der Tür seines Schmelzofens gesehen. Seine Finger waren schwarz wie die Klauen eines Krokodils, und sein Körper stank schlimmer als die Exkremente eines Fisches.‹ Da hast du es jetzt!« Ben-Hadad und Tuia lachten, und der Weber stolzierte davon.

»Das wäre erledigt«, lachte Ben-Hadad. »Aber allen Ernstes, Tuia, das ist keine Arbeit für eine Frau. Es würde dir bestimmt nicht gefallen. Du kannst doch sicher beim Kochen helfen.«

»Ich kann Kochen nicht ausstehen«, entgegnete sie. Das war eine Lüge, aber sie wusste keinen besseren Grund, um diese Möglichkeit auszuschließen. Sie fand nämlich die Idee ungewöhnlich aufregend, Seite an Seite mit ihm zu arbeiten, beide nackt, nebeneinander, manchmal einander berührend …

»Ich würde lieber mit dir arbeiten«, beharrte sie. »Außerdem muss jeder im Lager seinen Teil beitragen. Und wenn Frauen an der Seite von Männern kämpfen können, mit ihnen an Überfällen teilnehmen, wie ich es getan habe …«

»Also gut, du hast gewonnen. Aber sag nicht, ich hätte dich nicht gewarnt! Es ist eine schwere, schmutzige Arbeit. Wenn dir ein Stück heiße Glut auf den Rücken fällt und dich verbrennt, wirst du vielleicht sehr bald deine Meinung ändern. Für die Glut macht es keinen Unterschied, wo sie landet.«

»Mach dir keine Sorgen um mich«, beruhigte ihn Tuia. »Du machst deine Arbeit und sagst mir, was ich zu tun habe.«

»Wie du meinst.« Er lächelte gutmütig. »Ich habe eine Karrenladung mit gestohlenem Erz; das muss zuerst ausgeladen werden. Während ich das mache, füllst du bitte den Krug mit Wasser. Uns wird heiß werden und wir werden durstig sein. Du wirst sehen, wie viel du trinken wirst! Eigentlich kannst du gleich zwei Krüge bringen. Wenn du damit fertig bist, werde ich auch fertig sein.«

»Zwei Krüge mit Wasser! Wird gemacht!« Sie griff nach den Tonkrügen und ging davon. Zum ersten Mal an diesem Tag störten sie weder ihre Lumpen, noch fehlte ihr das geschäftige Leben in den Straßen der Stadt. Alle Erniedrigungen, die sie hier im Lager erdulden musste, waren vergessen, weil er damit einverstanden war, dass sie mit ihm arbeitete.

Es kümmerte sie nicht, wie schwer die Arbeit sein würde. Es war ihr gleichgültig, dass es lange Tage schweißtreibender, schmutziger Arbeit sein würden, verbunden mit Ruß und Brandwunden. Dafür durfte sie mit ihm arbeiten und den ganzen Tag mit ihm zusammen sein, und das freute sie.

Beim Brunnen traf sie Bebe. Der Weber grinste sie von oben herab an. »Tuia, meine Liebe«, flötete er. »Bettelst du ihn immer noch darum, ob du für ihn Botengänge machen darfst? Oder bist du zur Vernunft gekommen und hast begriffen, dass er dich gar nicht zur Kenntnis nimmt?«

Tuia stellte die Krüge vorsichtig ab, packte ihn mit ihren kräftigen, kleinen Händen am Gewand und zog sein Gesicht nahe an ihres. »Jetzt hör mir zu!« Sie war wirklich böse geworden. »Es reicht mir allmählich, du Lästermaul. Noch ein Wort von dir in der Art, und ich schneide dir den Schwanz ab. Glaube nur ja nicht, dass ich einen Augenblick zögern würde!«

»Lass los, Tuia! Ich habe es nicht so gemeint!« Bebe versuchte, sie abzuschütteln. Tuia ließ ihn los, aber sie sah ihn so böse an, als würde das nächste falsche Wort aus seinem Mund auch sein letztes sein. »Sieh doch nur, wie du mein Gewand verknittert hast! Jetzt sieh es doch einmal so, Tuia: Hast du denn keinen Stolz? Du läufst ihm richtig nach! Das sieht jeder, der Augen im Kopf hat.«

»Das geht dich nichts an. Was kümmert es dich, Bebe? Hat er dich vielleicht zurückgewiesen? Es mag vielleicht stimmen, dass er mich nicht wie ein liebestoller Verehrer verfolgt, aber an Leuten wie dir ist er bestimmt nicht interessiert.«

»Sag, was du willst, aber du machst dich zum Narren.«

»Vielleicht. Aber ich habe ein Ziel, auch wenn ich ein Narr bin. Ich weiß, was ich will, und gebe es ohne Scheu zu. Betrachte dich doch selbst. Du hast dich doch auch für etwas entschieden. Laufen dir nicht auch Leute über den Weg, die dich nicht verstehen und die sich über dich lustig machen, weil du so bist, wie du bist?«

»Das schon. Ich habe aber nicht erwartet, dass du meinen Standpunkt verstehst. Ich möchte mich bei dir entschuldigen, Tuia. Ich hätte dir mein Mitgefühl ausdrücken sollen, statt wie eine eifersüchtige Dirne auf dich loszugehen.« Bebe hatte feuchte Augen bekommen. Mitfühlend nahm er ihre Hand. »Es tut mir Leid. Ich war schrecklich. Ich verstehe dich wirklich. Erst vor einem Monat war ich fürchterlich verliebt in einen hübschen jungen Bogenschützen, der bei einem Überfall getötet wurde, kurz bevor du zu uns gestoßen bist. Ich habe ihn regelrecht angebetet, und er nahm keine Notiz von mir. Er hat mich behandelt, wie man ein paar billige Papyrussandalen behandelt, die man ein- oder zweimal benutzt und sie dann fortwirft. Ich habe schrecklich gelitten.« Der Weber drückte ihre Hände, und Tränen liefen ihm über die Wangen. »Ich war sehr hässlich zu dir, Tuia. Kannst du mir verzeihen?«

»Sicher. Aber ich habe einen schweren Stand. Hilf mir, wenn du kannst. Mach mir die Dinge nicht schwerer, als sie ohnehin schon sind.«

»Versprochen, meine Liebe. Alles, was du willst! Du brauchst nur ein Wort zu sagen.«

»Also gut«, beendete sie das Gespräch und wandte sich wieder praktischen Dingen zu. »Ich werde nackt mit ihm arbeiten, wie er gesagt hat, und von oben bis unten schmutzig werden. Ich weiß schon, dass ich nicht aussehe wie eine Tempeltänzerin, mit meinem kleinen Busen und den schmalen Hüften. Man kann mich kaum von einem Mann unterscheiden. Ich werde bestimmt keinen eleganten Anblick bieten, wenn ich verschwitzt wie ein Schwein an der Esse arbeite. Dafür möchte ich zumindest an Festtagen die Möglichkeit haben, mich hübsch zu machen, und ihm beweisen, wie ich aussehen kann. Du weißt schon, was ich meine. Könntest du mir ... könntest du mir etwas Hübsches zum Anziehen machen? Etwas, worin ich mich zeigen kann? Als Überraschung für ihn? Wir machen einen Tauschhandel: Ich koche eine Woche lang jeden Abend für dich eine köstliche Mahlzeit.«

Bebe klatschte begeistert in die Hände.

»Natürlich, meine Liebe! Als Erstes zeige ich dir, was du mit deinen Haaren tun müsstest. Ich kann sie dir schneiden. Das wird sehr hübsch aussehen, und es wird dich bei der Arbeit nicht stören. Als ich die Stadt verließ, um mich Baka anzuschließen und für seine kleine Armee Kleider zu machen, ist es mir sogar geglückt, meine Truhe mitzunehmen. Ich kann darin nachsehen. Ich hatte einmal eine höchst kleidsame Perücke, mit der ich seinerzeit wie eine Königstochter ausgesehen habe, wenn ich das von mir behaupten darf. Sie würde dir hinreißend stehen!«

»Einverstanden! Dann sind wir also Freunde? Wirkliche Freunde? Und keine hinterhältigen Angriffe mehr?«

»Darauf kannst du dich verlassen!«

Während sie die Krüge füllte, entdeckte Tuia zwischen den Zelten unter den Dattelpalmen Anab. »Anab!«, rief sie. »Komm her und hilf mir!«

Er wollte so tun, als hätte er sie nicht gesehen, aber es war bereits zu spät. Zögernd trat er zu ihr.

»Ich kann nur einen vollen Krug auf die Schulter heben. Kannst du den anderen für mich tragen?«

Anab hob den Krug auf die Schulter und ging neben Tuia her. Der Krug war schwer, aber Anab war dankbar, sich nützlich machen zu können. Gern hätte er den ganzen Tag schwer gearbeitet, hätte er dafür vergessen können, was er am Vorabend erfahren hatte. Seit er mit Zosar gesprochen und sich bereit erklärt hatte, ihn nach Avaris zu begleiten, hatte sich sein Leben verwandelt, und er wollte nicht an diesen Alptraum denken.

Tuia plapperte fröhlich, und Anab hörte ihr willig zu, in der Hoffnung, Ablenkung zu finden.

»Ich werde lernen, wie ich ihm helfen kann, und er wird schon sehen, dass er mich braucht. Das sage ich dir, Anab! Er muss einfach Notiz von mir nehmen! Er wird gar nicht anders können. Ich werde mich so nützlich machen, dass er nicht begreifen wird, wie er je ohne mich ausgekommen ist.«

Anab hörte sich ihr fröhliches Geplapper eine Weile an, dann unterbrach er sie. »Bitte, Tuia! Ich bekomme noch Kopfschmerzen. Spring ins Bett mit dem armen Kerl, aber hör auf, darüber zu reden.« Es tat ihm sofort Leid, dass er das gesagt hatte. Schließlich hatte er Ablenkung gesucht, und jetzt verzichtete er freiwillig darauf. Aber er litt, wenn andere über die Liebe sprachen und ihre Chancen, der Liebe zu begegnen, wesentlich größer waren als seine. »Es tut mir Leid, Tuia«, entschuldigte er sich. »Aber ich fühle mich nicht gut.«

Tuia schwankte unter dem Gewicht des vollen Kruges. »Das habe ich nicht gewusst. Sonst hätte ich dich nicht gebeten, mir zu helfen. Stell den Krug ab! Ich komme zurück und hole ihn. Es war nett von dir, ihn bis hierher zu tragen.«

»Nein, nein, ich trage ihn schon weiter«, beharrte Anab zerknirscht. »Wir sind ohnehin beinahe da.«

Sein Verhalten erstaunte Tuia und sie sah ihn verwundert an. »Du sagst, ich solle ihn einfach verführen und es hinter mich bringen. Aber verstehst du nicht, dass es um etwas anderes geht? Wenn ich meine Jungfräulichkeit aufgeben wollte, gäbe es genügend Männer, mit denen ich schlafen könnte. Das hier ist etwas anderes. Ich möchte, dass er mich ...«

»Bitte, Tuia!«, unterbrach er sie. »Ich arbeite gern, aber das Geplapper macht mich verrückt.« Er machte größere Schritte und überholte sie. Schließlich stellte er den Krug ungestüm neben Ben-Hadad nieder, und wie durch ein Wunder verschüttete er trotzdem nicht einen Tropfen. »Hier hast du!«, keuchte er. »Tuia bat mich, ihr zu helfen. Ich gehe jetzt.«

»Aber Anab ...«, rief der junge Schmied ihm nach.

Anab drehte sich nicht um. Ihm war elend zumute. Warum nur hatte er sich mit Zosars Vorschlägen einverstanden erklärt? Warum hatte er ihn angehört? Jetzt hatte er sich verpflichtet, an diesem schrecklichen Unternehmen teilzunehmen. Es war wirklich eine durch und durch erbärmliche, hässliche Sache. Sie hatten es vorgeschlagen, und er hatte einfach dagestanden, ohne etwas dagegen einzuwenden. Ein einziges Mal hatte er Mut bewiesen. Er hatte sie ersucht, Baka nicht zu töten, sondern ihn nur gefangen zu nehmen und irgendwohin zu bringen, wo er ihren Plänen nicht im Weg stand. Es war ihm außerordentlich schwer gefallen, das zu sagen. Zu seinem großen Erstaunen hatten Zosar und Aschau einen Blick gewechselt, ernsthaft genickt und seinem Vorschlag schließlich zugestimmt. Aber er war nicht stolz darauf. Er ärgerte sich, weil er ihnen nicht widersprochen und sich nicht vehement dagegen gewehrt hatte.

Doch vielleicht ist es noch nicht zu spät, dachte er plötzlich. Ich kann Baka alles erzählen. Ich kann ihn warnen. Vielleicht kann ich alles wieder gutmachen?

Das war es! Das wollte er tun! Er blieb mitten zwischen den Zeltreihen stehen und dachte darüber nach. Wenn es ihm gelang, die Gefahr abzuwenden, an deren Entstehung er beteiligt gewesen war, dann würden ihn die Menschen vielleicht endlich nicht mehr herumstoßen, ihn nicht mehr einschüchtern und ihm ihren

Willen aufzwingen. Vielleicht würde er dann sein Schicksal selbst in die Hand nehmen können.

So wie die kleine Tuia! Sie war natürlich nicht so hässlich wie er, im Gegenteil. Sie war ziemlich hübsch, oder könnte hübsch sein, wenn sie sich einmal herrichten und wie eine Frau benehmen würde. Sie war in jemanden verliebt, der sie als Frau bisher noch kaum zur Kenntnis genommen hatte. Aber hatte sie aufgegeben? Hartnäckig und zäh verfolgte sie ihr Ziel, und allmählich begann Anab an ihren Erfolg zu glauben. Eines Tages würde Ben-Hadad ernsthaft von ihr Notiz nehmen.

Plötzlich bog Baka hinter einem Zelt um die Ecke und kam direkt auf Anab zu. Anab blieb beinahe das Herz stehen.

Seine Knie zitterten, und es verschlug ihm die Sprache. Wenn er seinen ganzen Mut aufbot und ... Er überlegte, was er sagen wollte. Baka! Hört mir zu! Euer Leben ist in Gefahr! Sie wollen Euch gefangen nehmen. Bewaffnet Euch! Umgebt Euch mit Wachen! Rasch! Es gilt, keine Zeit zu verlieren! Anab war wie gelähmt. Sein Herz raste. Baka ging direkt auf ihn zu.

»Guten Tag, Anab!«, grüßte Baka, lächelte und war vorüber.

Anab stand wie angewurzelt da. Kein Wort hatte er herausgebracht! Seine Hände zitterten. Er machte den Mund auf, war aber immer noch unfähig zu reden.

Baka war fort. Anab verachtete sich, weil er eine einmalige Gelegenheit ein für alle Mal ungenützt hatte vergehen lassen.

III

Vier Tage vergingen. Vier Tage, in denen Tuia so schwer arbeitete wie noch nie in ihrem Leben. Sie hätte sich nie träumen lassen, dass die Arbeit eines Schmieds so schwer ist. Aber so anstrengend die ihr übertragenen Arbeiten auch waren, Ben-Hadad arbeitete noch viel härter. Seite an Seite schafften sie Holzkohle, Erz und Tonformen heran, und Ben-Hadad übertraf sie stets mühelos. Wenn sie den Blasbalg trat oder durch ein Schilfrohr blies und die Glut unter dem Schmelztiegel anfachte, ruhte sie sich ein wenig aus; Ben-Hadad aber arbeitete weiter, als kenne er überhaupt keine Müdigkeit.

Doch sie gab nicht nach. Sie redete sich ein, dass ihre Ausdauer mit der Zeit wachsen und ihre Kraft zunehmen würde. Nach ein paar Tagen spürte sie auf wunderbare Weise tatsächlich eine neue Kraft und bekam mehr Luft. Tuia dankte den Göttern im Himmel dafür und verdoppelte ihre Anstrengungen.

Zu ihrem eigenen Erstaunen störte es keinen von ihnen besonders, dass sie beide nackt waren. Bei der harten Arbeit nahmen sie es kaum zur Kenntnis. Dazu war es tatsächlich viel sicherer, so zu arbeiten, denn immer wieder sprang ein Stück Glut aus dem Feuer, was äußerst schmerzhaft war. Von Zeit zu Zeit fuhr andererseits auch hin und wieder eine leichte Brise durch die Bäume, und die kühle Luft, die dann zart über ihre nackte Haut strich, fühlte sich köstlich an. Am Ende eines jeden Tages schleppte sie sich hinunter zum Fluss, wusch sich, zog ihre Lumpen wieder an und ging zurück zum Kochzelt, wo sie Bebe, dem Weber, die versprochene Abendmahlzeit bereitete.

Bisher hatte Bebe sie nicht einen einzigen Blick auf das Gewand werfen lassen, das er für sie machte. Aber sie wusste, dass der Augenblick kommen würde, da sie es anprobieren durfte, damit es passte. Sie freute sich unbändig darauf, aber vorerst war es besser, nicht daran zu denken. Hatte sie fertig gekocht, aß sie ein wenig und fiel danach erschöpft auf ihr schmales Bett, wo sie sofort tief und fest einschlief.

In den ersten Tagen hatte sie noch den Spott von Männern ertragen müssen, die sich im Vorbeigehen höhnische und oft auch zweideutige Bemerkungen über Tuias knabenhafte Gestalt nicht verkneifen konnten. Aber als Ben-Hadad bemerkte, wie sehr sie darunter litt, machte er dem ein Ende. Ein Blick auf Ben-Hadads breite Schultern und muskelbepackte Arme reichte aus, und die Spötter gingen achselzuckend davon.

Der Nachmittag ging in den Abend über. Schwarz vom Ruß, betätigte Tuia die beiden Blasebälge aus Schweineblasen. Mit den Armen stützte sie sich auf einem Pfosten ab, den Ben-Hadad zu diesem Zweck für sie aufgestellt hatte. Ihre Beine waren taub vor Müdigkeit, und die Hitze, die vom Feuer ausging, machte ihr schmerzhaft zu schaffen. Wenn ein Fuß auf den Blasebalg stieg, ließ der andere ihn los. Zur gleichen Zeit zog sie eines der beiden Taue in ihrer Hand und ließ die Luft in die leere Blase strömen. Dann verlagerte sie das Gewicht auf das andere Bein, die Zehen krallten sich in den Blasebalg und gleichzeitig zog sie am Seil in ihrer anderen Hand.

So ging das gut tausendmal; allmählich ließ ihre Aufmerksamkeit nach. Sie sah Ben-Hadad zu, wie er sich über das Feuer beugte, betrachtete das Spiel seiner Rückenmuskeln und seine muskulösen Gesäßbacken. Sie gefielen ihr. Während sie weiterpumpte, fuhr ein Windstoß angenehm kühl über ihren nackten Körper; zum ersten Mal an diesem Tag fühlte sie sich nackt. Ein Prickeln lief über ihren Körper und sie zitterte erregt.

Just in diesem Augenblick drehte Ben-Hadad sich um, wischte sich den Schweiß von der nassen Stirn und sah zu ihr hinüber. Lächelnd beobachtete er, wie sie mit ihren dünnen Beinen die Blasebälge trat. Während er ihr zusah, glaubte sie plötzlich, in seinen Augen etwas Neues zu entdecken.

Sie kam aus dem Takt, und ihr gleichmäßig wiegender Tritt auf den Blasebälgen stockte. Sie verspürte das jähe Bedürfnis, ihre Blößen zu bedecken, wagte aber nicht, die Seile loszulassen, die die Bälge öffneten.

»Zu dumm! Jetzt bin ich aus dem Takt gekommen«, sagte sie verlegen. »Warte, ich fange neu an.« Doch als sich ihre Zehen von neuem in den Blasebälgen verkrallten, durchfuhr sie abermals ein glühend heißer Schauer. Ein erstaunliches, nie gekanntes Gefühl saß in ihren Lenden.

»Jetzt geht es wieder!«, stellte Ben-Hadad fest, als ihre Füße endlich den Takt wieder fanden. »Tuia, du hast Gewicht verloren. Du hast in den letzten Tagen zu schwer gearbeitet.«

»Nein, das ist nicht wahr. Ich komme schon zurecht. Ich mache jede Arbeit, die du mir gibst.« Ihre Beine fühlten sich schwach an, aber sie trat ohne Unterbrechung weiter.

»Das glaube ich dir«, beruhigte Ben-Hadad sie. »Aber du weißt vermutlich nicht, wie viel Kraft du dabei verbrauchst. Du solltest mehr essen, wenn du so schwer arbeitest. Von jetzt an wirst du mit mir essen. Ich werde mich darum kümmern, dass du genug isst. Dann wirst du dich viel besser fühlen, das verspreche ich dir.«

Sein Blick glitt von ihren Füßen höher. War das jetzt ein unpersönlicher Blick oder doch nicht? Sie konnte es nicht sagen und ihre Wangen liefen rot an.

»Ich mit dir essen?«, stammelte sie. »Ich habe noch für zwei Tage andere Verpflichtungen, aber danach gern. Du sagst mir, was ich essen soll, das heißt, was wir beide essen sollen, und ich werde es zubereiten.«

»Das ist nicht notwendig. Ich koche meine Mahlzeiten selbst. Ich werde einfach etwas mehr machen und das wirst du essen.«

»Nein! Auf keinen Fall!« Sie richtete sich entschlossen auf, sodass sie mit verstärkter Kraft weiterpumpte. »Ich werde das machen. Du brauchst es mir nur zu sagen.«

»Wie du willst.« Ben-Hadad lächelte sie freundlich an. Dann wandte er sich wieder der Esse zu. »Das ist gut. Die Kohlen sind gerade richtig. Wenn du jetzt noch eine kleine Weile so weiter machen kannst, wäre das prächtig!«

Tuias Beine zitterten, aber sie biss die Zähne zusammen und zwang sich, fester zu treten. Doch innerlich fühlte sie sich leicht und wohl. Ben-Hadad hatte sie bemerkt! Trotz seines Entschlusses, ihre Beziehung auf unpersönlicher Basis fortzusetzen, hatte er sie bemerkt, wenn auch unfreiwillig. Er saß auf seinen Fersen vor dem Feuer, ebenso nackt wie sie, und sein Blick war ebenso rege gewesen wie der ihre. Tuia grinste über das ganze Gesicht. Sie hatte gesehen, dass es ihn nicht ungerührt gelassen hatte, als er sie ansah. Seine Reaktion war zwar nur kurz gewesen, aber dafür unmissverständlich – und sie hatte ihr gegolten! Ihr, Tuia! Nicht der aufgeblasenen Tochter eines reichen Mannes.

Am Ende des Tages säuberten sie die Esse, legten die Werkzeuge sorgfältig beiseite und verabschiedeten sich voneinander. Ben-Hadads Lächeln war wärmer als sonst, und Tuia dachte immer noch an dieses Lächeln, als sie hinunter zum Flussufer ging, um sich in den Wassern des Nils den Staub und den Schweiß von der Arbeit abzuwaschen und ihre müden Glieder zu kühlen und zu erfrischen

»Aber wo ist Bebe?«, fragte Tuia, als sie nach dem Bad zu den Zelten des Lagers zurückgekehrt war. »Ich sollte für ihn kochen.«

Baka lächelte. »Ich weiß. Er hat es mir erzählt, besser gesagt, ich zwang ihn, mir von eurem kleinen Handel zu erzählen. Ich habe ihm gesagt, dass der Handel nicht ganz fair sei, und er gab mir Recht. Er erlässt dir die letzten drei Tage. Du arbeitest wirklich schwer genug während des Tages. Er webt dir trotzdem ein Gewand. Die Abenddämmerung ist so schön, komm und geh ein wenig mit mir spazieren!«

Verwirrt begleitete sie ihn. Bis jetzt hatte Baka sie nie beachtet, obwohl er öfters in die Schmiede gekommen war und gesehen hatte, wie sie und Ben-Hadad, voller Ruß, verschwitzt und nackt, wie die Geister der Unterwelt an der Esse arbeiteten. Sie sah ihn misstrauisch von der Seite an, da sie Annäherungsversuche fürchtete und nicht wusste, wie sie sich gegebenenfalls verhalten sollte. Sein Benehmen dämpfte jedoch ihre Befürchtungen und sie ließ sich zu einer Bucht führen, von wo man den Sonnenuntergang beobachten konnte.

Baka schwieg, während das Licht der Sonne noch einmal aufflammte und dann allmählich hinter dem Horizont verglühte. Dann sah er Tuia an und sagte: »Ich denke in letzter Zeit oft an Ben-Hadad.«

Tuia wusste nichts darauf zu sagen.

»Du auch, glaube ich. Ich sehe es dir an. Du bist verliebt in ihn, stimmt es?« Er sah ihr ins Gesicht, und Tuia konnte ihn nicht anlügen, sie konnte seiner Frage nicht einmal ausweichen. Die Trauer in ihren Augen entging ihm nicht, als sie nickte. »Ich habe es mir gedacht. Und er nimmt keine Notiz von dir? Früher oder später wird sich das ändern. In dieser Hinsicht sind wir Männer richtig dumm, und Ben-Hadad ist vermutlich keine Ausnahme. Ich war nicht anders. Ich hatte die beste Frau, die sich ein Mann wünschen konnte.« Er schloss bewegt die Augen. »Ich habe sie vernachlässigt. Ich trieb sie förmlich ins Bett eines anderen Mannes. Aber es war nicht ihr Fehler. Es war mein Fehler.« Er lächelte Tuia ernst an. »Vielleicht kann ich dir helfen. Vielleicht hört er auf mich.«

»Da habt Ihr Recht. Er hält große Stücke auf Euch. Aber etwas macht ihm Angst an Euch, oder er macht sich zumindest Sorgen. Ich weiß nicht, was es ist. Ich werde versuchen herauszufinden, was es ist, wenn Ihr wollt.« Tuia schüttelte nachdenklich den Kopf. »Anfangs hatte auch ich Angst vor Euch. Ich bin überrascht, wie einfach es ist, mit Euch zu sprechen.«

»Weil wir Freunde sind«, antwortete Baka. »Zerbrich dir

nicht den Kopf darüber. Ihr seid für mich alle wie meine Kinder. Aber du erinnerst mich an jemanden, der mir sehr wichtig war, als ich noch jünger war. Ich würde dir gern etwas von dem Kummer ersparen, den ich ihr verursacht hatte, wenn du mich lässt. Ich werde für dich und Ben-Hadad tun, was ich kann.«

Es raschelte im Gebüsch hinter ihnen. Baka griff nach seinem Schwert und drehte sich um. Die Keule traf ihn seitlich am Kopf, und er fiel wie ein Baum zu Boden. Er landete auf dem Gesicht und stand nicht wieder auf. Tuia zog sich zurück und suchte unter ihren Lumpen nach ihrem Messer, doch es war nicht da. Jemand packte sie von hinten und hielt sie fest, so sehr sie sich auch wehrte. Mehrere Männer hoben Baka hoch, und jemand hob auch sie hoch, sodass ihre Füße den Boden nicht erreichten und sie hilflos zappelte, als man sie forttrug. Als der erste Schock vorüber war, schrie sie gellend, doch man brachte sie rasch zum Schweigen. Jemand presste ihr seine harte Hand auf den Mund. Sie wehrte sich, so gut sie konnte, doch vergebens. Plötzlich wurde es dunkel um sie.

IV

Mit Nadel und Zwirn in der Hand trat Bebe aus dem Zelt und wurde beinahe umgeworfen. Die zwei, die den reglosen Baka trugen, stießen ihn beiseite, sodass Bebe in den nächsten Baum stolperte und seine Nadel fallen ließ. »Was ist los!«, rief er mit seiner hohen Stimme. »Ihr könnt doch nicht einfach ... was macht ihr eigentlich? Was macht ihr mit Baka? Wachen! Hilfe! Hilfe!«

Einer der Männer wollte ihn zu Boden stoßen. Doch Bebe wusste sich gegen Angriffe dieser Art zu wehren: Er ließ sich einfach fallen und rollte sich fort. In sicherer Entfernung blieb er liegen. Im schwachen Licht erblickte er Tuia, die sich heftig gegen einen großen Mann zur Wehr setzte, den er nicht kannte. Bebe verschwand geduckt hinter dem Zelt und hastete davon. Aber davor hatte er ein bekanntes Gesicht erblickt. Den Kerl kannte er nur zu gut!

Jetzt galt es, rasch zu fliehen. Das Licht war schwach, und die

Kerle hatten beim Kommen im Gebüsch ziemlich viel Lärm gemacht. Man konnte nicht wissen, wie viele es waren. Wer weiß, vielleicht suchte schon im nächsten Augenblick einer hinter dem Zelt nach ihm, Bebe. Nein, ganz bestimmt war es das Beste, sich in Sicherheit zu bringen, bis sie vorüber waren. Danach würde Zeit genug sein, seinen Freunden zu helfen, wenn er konnte.

Der offene Eingang seines Zeltes winkte verlockend, aber Bebe beschloss, der Verlockung zu widerstehen. Im Zelt würden sie zuerst suchen. Er kroch in ein dichtes Gebüsch in der Nähe der Zelte.

Von seinem Versteck aus hatte er einen guten Überblick. Im schwachen Licht konnte er erkennen, wie Männer gegeneinander kämpften, dann flammte ein Feuer auf. Jemand hatte eine Fackel entzündet oder vielleicht einen brennenden Holzpflock aus dem Feuer gezogen und das erste Zelt in Brand gesteckt. Danach lief der Mann mit der Fackel die Reihe der Zelte entlang und steckte ein Zelt nach dem anderen in Brand.

Wie durch ein Wunder verzichtete der Mann ohne offensichtlichen Grund darauf, Bebes Zelt anzuzünden. Doch die Flammen kamen dem Gebüsch, in dem er sich versteckte, zu nahe, und Bebe kroch an den Rand des Lagers, wo ein paar Bäume wuchsen. Dort stand er auf und wollte sein Heil in der Flucht suchen, als ihn jemand an den Armen festhielt.

»Nein! Bitte nicht!«, flehte er ängstlich.

»Schon gut«, kam die geflüsterte Antwort. »Ich bin es, Ben-Hadad. Was ist hier passiert? Es ist ein Überfall, nicht wahr?«

»Ja. Lass los! Mein Arm tut weh!«, jammerte Bebe.

»Tut mir Leid.« Ben-Hadad ließ ihn los. »Wie viele sind es? Was hast du gesehen?«

»Ich weiß nicht, wie viele es sind. Auf alle Fälle mehr als zehn. Sie konnten uns leicht überrumpeln, weil die meisten Männer auf Spähtrupp sind.«

»Wie sind sie an den äußeren Wachen vorbeigekommen?«, fragte Ben-Hadad.

»Zosar muss sie eingeschleust haben. Er ist dabei. Ich habe ihn erkannt. Vermutlich hat er die Wachen angelogen.«

»Zosar ist einer von ihnen?«

»Ja. Sie haben Baka, Ben-Hadad. Vielleicht ist er sogar tot.

Sie haben ihn an den Füßen gepackt und fortgeschleppt. Er hat sich nicht gerührt. Und Tuia haben sie auch.«

»Sie haben Tuia? Ist ihr etwas geschehen?«

»Ich glaube nicht. Sie hat sich tüchtig gewehrt, als sie sie fortgeschleppt haben. Sie hat auf alle Fälle gelebt.«

Ben-Hadad fluchte leise. »Wenn sie ihr etwas antun, dann können sie etwas erleben, das schwöre ich!« Er klopfte Bebe auf die Schulter. »Komm, Bebe! Wir müssen den beiden helfen. Komm mit mir.«

»Ich? Ich kann nicht kämpfen. Ich habe Angst.«

»Ich auch. Aber sie haben unsere Freunde gefangen genommen, und die sind jetzt in großer Gefahr. Komm jetzt! Mir nach!«

»Aber ...«

Sie schlichen entlang der Palmen außen um das Lager herum. Überall loderten die Feuer, und im Schein der Flammen sah man reglose Körper auf dem Boden liegen. Wer dort lag, war nicht zu sagen.

»Hier!«, schrie jemand. »Bringt die Pferde her! Es muss so aussehen, als wäre ein berittener Trupp der Nomaden durchgekommen und hätte alles zerstört.« Daraufhin galoppierten fünf Reiter in das Lager. Rot schimmernde Staubwolken wirbelten unter den Hufen der Pferde vom Boden auf. »Los! Weiter!«, schrie jemand. »Tötet alle! Keine Überlebenden! Ihr wisst, was wir abgemacht haben!«

»›Keine Überlebenden!‹«, wiederholte Ben-Hadad entsetzt. »Hast du das gehört, Bebe? Sie werden Tuia und Baka töten!«

»Nein!«, flüsterte der Schneider verängstigt mit seiner hohen Stimme, die jetzt beinahe wie die eines Kindes klang. »Ich sehe sie. Sie laden die beiden dort drüben auf einen Karren. Sie binden Tuia die Hände zusammen.«

Ben-Hadad schickte ein stilles Dankgebet zu den Göttern, während er zusah, was drüben vor sich ging. »Also gut. Der Karren fährt davon, und die anderen folgen anscheinend nicht nach, zumindest jetzt noch nicht. Das ist die Gelegenheit für uns. Komm mit mir!«

Bebe war unfähig, sich zu widersetzen, und folgte ihm. Das Herz klopfte ihm bis zum Hals, und er war halb gelähmt vor

Angst. Doch seine Beine gehorchten unwillkürlich; er konnte es selbst kaum glauben.

Hinter dem unbewachten Lagertor verlangsamte Ben-Hadad das Tempo. Es war jetzt ziemlich dunkel, und Hadads Gesten waren kaum zu sehen, aber Bebe verstand, was er meinte: Ben-Hadad wollte den Karren überfallen, wenn er an ihnen vorbeikam. Er gab Bebe zu verstehen, dass Bebe die Zügel am Trensenzaum des vorderen Pferdes packen sollte. Das sollte nicht allzu schwierig werden, es sei denn, die Pferde gingen durch. Er musste sich nur darauf verlassen, dass Ben-Hadad mit dem Mann auf dem Bock und dem zweiten Mann im Wagen fertig wurde; groß und stark genug war er. Bebe biss die Zähne zusammen und machte sich bereit.

»Jetzt!«, flüsterte Ben-Hadad, als der Karren an dem Gebüsch vorüberrumpelte, hinter dem sie sich verbargen. Ohne nachzudenken, stürzte sich Bebe auf das Gefährt und tastete im Dunkeln nach den Zügeln. Er griff zu und schloss die Fäuste. Bebe spürte mehr, als er es sah, wie links von ihm Ben-Hadad über den Wachposten herfiel, ihn vom Bock zerrte und mit einem mächtigen Faustschlag ins Gesicht zum Schweigen brachte. Der Karren schwankte, als Ben-Hadad auf den frei gewordenen Sitz kletterte und mit dem Wagenlenker rang. Die Pferde scheuten und wollten sich aufbäumen, doch Bebe hielt eisern das Zaumzeug des vordersten Pferdes fest und ließ nicht los, auch als er den Boden unter den Füßen verlor und in der Luft baumelte. Das Pferd schüttelte den Kopf, um seinen Bändiger loszuwerden. Doch Bebe hielt fest, als ginge es um sein Leben.

Hinter ihnen griffen die Flammen vom brennenden Lager auf die umstehenden Bäume über; das Feuer loderte hoch auf. Bebe drehte sich um und sah Ben-Hadad mit dem Wagenlenker kämpfen. Mit seinen starken Händen umklammerte Ben-Hadad den Hals des anderen, der Wagenlenker tastete nach seinem Messer im Gürtel und bekam es schließlich zu fassen.

»Ben-Hadad! Er hat ein Messer!«, brüllte Bebe.

Entsetzt musste er zusehen, wie der Wagenlenker zustach. Ben-Hadad löste die Hand vom Hals seines Gegners, und der zog den Arm zurück.

»Nein!«, kreischte Bebe ins Ohr des Pferdes und ließ im selben Moment die Zügel los. Das Pferd bäumte sich auf und riss den Karren mit einem Ruck zur Seite. Der Wagenlenker fiel von seinem Sitz auf den Boden, und der Karren setzte sich langsam in Bewegung. Ben-Hadad hatte ebenfalls das Gleichgewicht oben auf dem Bock verloren und drohte zu fallen.

»Halt dich fest!«, rief Bebe und lief zurück zum Wagen. Der Wagenlenker hatte sich auf seine Knie erhoben und wollte Bebe den Weg abschneiden. Doch in seiner Wut stieß Bebe ihn zurück und der Wagen überrollte ihn. Sein gellender Schrei ging in leises Wimmern über. Bebe aber sprang auf das Trittbrett des Karrens und zog sich hoch.

Ben-Hadad ließ sich gegen die Rückenlehne fallen; er litt sichtlich Schmerzen. »Die Pferde, Bebe!«, stöhnte er und versuchte, sich aufzusetzen.

Der kleine Weber drückte ihn sanft zurück. »Geh nach hinten und versuche, Tuia zu befreien. Sie kann deine Wunde verbinden. Wir müssen schauen, ob Baka lebt.« Noch während er sprach, hatte er die Zügel ergriffen. Der Wagen schwankte von einer Seite des Weges auf die andere, bis er endlich geradeaus fuhr. »Schon gut, schon gut!«, redete Bebe beruhigend auf die Tiere ein. »Jetzt müssen wir uns nur aus dem Staub machen, ehe sie bemerken, wer den Wagen lenkt.« Er schwenkte die Zügel ein wenig und munterte die Pferde auf, rascher zu laufen.

Plötzlich traf ihn etwas im Rücken, und er kippte nach vorn. Es war, als hätte ihn ein Keulenschlag getroffen. Doch als Bebe sich umdrehte, spürte er einen stechenden Schmerz im Rücken. Er schwankte und fühlte sich so matt, dass er fürchtete, im nächsten Augenblick umzukippen.

»Nein, ich lasse es nicht zu!«, sagte er sich entschlossen, biss die Zähne zusammen und gab sich Mühe, aufrecht sitzen zu bleiben und den stechenden Schmerz zu vermeiden, der bei jeder Bewegung drohte. Zu seiner eigenen Überraschung hielt er die Zügel immer noch fest in den Händen.

»Halte sie auf!«, rief jemand hinten.

»Ich habe einen von ihnen getroffen!«, kam eine zweite Stimme. Seine Worte verklangen, und Bebe spürte einen Lufthauch knapp an seiner Wange. Ein Pfeil sauste vorbei.

»Los! Vorwärts!«, trieb er jetzt die Pferde an. Es waren behäbige, langsame Zugpferde, die ihm nicht schnell genug folgten. »Los! Schneller!«, schrie er; seine Stimme war ihm selbst fremd. »Vorwärts! Schneller!« Bebe hörte Schritte auf der Straße hinter ihnen, und die Schritte kamen näher.

Hinten im Wagen kämpfte Ben-Hadad mit Tuias Fesseln. Seine Finger wollten ihm nicht gehorchen und seine Gedanken rasten. Die Wunde verursachte einen dumpfen Schmerz, der aber noch erträglich war. Ben-Hadad wusste nicht, was das zu bedeuten hatte. Er mühte sich mit den Knoten ab.

»Mmmmmfff«, ließ Tuia sich im Dunkeln vernehmen.

»Verzeih mir!« Ben-Hadad tastete nach ihrem Gesicht, fand den Knebel und entfernte ihn.

»Ben-Hadad! Sie haben Baka!«

»Ich weiß. Er liegt hier neben uns. Er ist bewusstlos. Ich wollte dich zuerst befreien und weiß noch nicht, ob er lebt.«

»Nein!«, entgegnete sie. »Das ist nicht Baka. Sie trennten uns gleich zu Anfang.« Ben-Hadad öffnete den letzten Knoten und sie rieb sich die Hände. »Ich weiß nicht, wer das ist. Aber Baka ist noch in ihrer Gewalt.« Sie zerrte verzweifelt an ihren Fußfesseln. »Wer fährt den Wagen?«

»Bebe. Er ist mit mir gekommen. Ich glaube, der Wagenlenker hat mich mit dem Messer erwischt. Bebe übernahm die Zügel, als ich den Wagenlenker vom Bock stieß.«

»Bebe? Das ist nicht dein Ernst!«, wunderte sich Tuia. Sie befreite ihre schmerzenden Füße von den Fesseln und rieb sich die wund gescheuerten Knöchel. In dem Augenblick stieß der Wagen hart gegen einen Stein, schwankte bedrohlich auf eine Seite und fuhr schließlich mit erhöhtem Tempo weiter. »Bebe!«, schrie Tuia. »Sind wir jetzt außer Reichweite?«

Von vorn kam keine Antwort. Der Wagen schaukelte unkontrolliert hin und her. »Etwas stimmt nicht«, stellte Tuia fest. »Ich werde nach vorn klettern und schauen, was geschehen ist.«

Sie stand auf, damit sie über die Wagenwand blicken konnte. Bebe war zusammengesackt, und in seinem Rücken steckte ein langer Pfeil. »Bebe! Du bist verletzt!«, schrie Tuia erschrocken.

Aber Bebe war mehr als verletzt. Sie berührte seine Schulter, und das Gewicht ihrer Hand reichte aus, den leblosen Körper aus dem Gleichgewicht zu bringen. »Nein!« Tuia klopfte das

Herz bis zum Hals. Sie sprang auf den Sitz neben den toten Bebe und übernahm die Zügel aus seinen reglosen Händen.

Nach geraumer Zeit gelang es ihr, den Karren an die Seite der Straße zu lenken, die Tiere zu beruhigen und sie allmählich zum Stehen zu bringen. Erst jetzt ließ sie den Zug an den Zügeln nach. Sie griff nach Bebes dünnem Handgelenk. Es war kalt, und sie spürte keinen Puls.

Matt stand sie auf und drehte sich um. Auch Ben-Hadad versuchte sich zu erheben. Er presste eine Hand auf die Brust und suchte mit der anderen vergeblich Halt an der Seitenplanke des Wagens. »Leg dich hin und rühr dich bitte nicht«, bat Tuia. »Ich versuche, ein Versteck für uns zu finden. Leg dich bitte hin! Du bist verletzt, vielleicht sogar schwer verletzt. Ich weiß es nicht. Ich tue, was ich kann, für dich, aber zuerst muss ich uns in Sicherheit bringen.«

Ben-Hadads Gesicht war schmerzverzerrt. »Der Tote neben mir ist einer von ihnen, glaube ich. Einer von Zosars alten Freunden. Als der Mond kurz hinter den Wolken hervorkam, habe ich sein Gesicht gesehen. Ich glaube, er hieß Onuris.«

»Kümmere dich nicht um ihn!« Ihre Sachlichkeit überraschte Tuia selbst noch mehr als Ben-Hadad. »Leg dich nieder und gib Acht, wenn du dich bewegst. Ich weiß im Augenblick nicht, wo wir sind, aber wir müssen fort von der Straße und irgendwohin, wo sie uns nicht suchen.«

»Verzeih, du hast Recht.« Ben-Hadads Stimme klang schwach. Er ließ sich auf den Boden des Wagens sinken, auf dem das Stroh jetzt von Blut getränkt war. Aber sobald Tuia ihre Aufmerksamkeit wieder den Pferden schenkte, hob Ben-Hadad noch einmal den Kopf. »Was ist mit dir? Bist du verletzt?«

»Mach dir um mich keine Sorgen«, antwortete sie ruhig. »Leg du dich nieder und ruhe dich aus.« Sie schnalzte mit den Zügeln und trieb die Pferde mit der Stimme an, wie sie es seinerzeit von den Kutschern in Sile gehört hatte. Das schien so lange her zu sein, dass sie kaum glauben konnte, dass sie es wirklich selbst erlebt hatte. Die Pferde setzten sich langsam in Bewegung. Sie kamen durch einen kleinen Hain und bogen schließlich von der gewundenen Straße ab und in einen Weg ein, der an einem der vielen Nebenarme des großen Flusses entlangführte. Auf der dunklen Wasseroberfläche spiegelte sich blass der Mond.

Nach einiger Zeit brachte Tuia die Tiere unvermittelt unter einem Baum am erhöhten Ufer zum Stehen. Der Mond war beinahe voll und schien klar vom jetzt wolkenlosen Himmel. Tuia konnte bis an das andere Ufer sehen. Angestrengt blickte sie in die Nacht, sprang plötzlich vom Wagen und lief hinunter zum Wasser. Jetzt wusste sie, wo sie sich befanden: ein wenig unterhalb der Stelle, an der sie während der letzten Tage jeden Abend gebadet hatte. Sie entdeckte auch die kleine Insel, zu der sie vor zwei Tagen geschwommen war. Niemand außer ihr schien sie zu kennen. Dort gab es genügend natürliche Verstecke, wo sie Unterschlupf finden konnten. Unter den Sträuchern und Bäumen wollte sie einen behelfsmäßigen Unterstand machen und ihn mit Papyrusschilf abdecken. Morgen konnte sie dann zum ausgebrannten Lager schwimmen und retten, was es zu retten gab. Vielleicht fand sie etwas zu essen, getrocknete Bohnen oder Fleisch, das dem Feuer entgangen war. Vielleicht entdeckte sie auch die eine oder andere Waffe zum Jagen und Fischen. Sie würden auf der Insel so lange in Sicherheit sein, bis Ben-Hadads Wunden geheilt waren.

Ihr fiel sogar ein, dass irgendwo flussabwärts ein Schilfboot am Ufer lag, das noch brauchbar sein könnte, um Ben-Hadad darin über den Fluss zu bringen. Falls sie ihn ins Boot brachte! Und falls sie das Boot fand!

Sie überlegte. Der Wagen und die Pferde mussten fort. Bebe würde sie mit den Zügeln in der Hand auf dem Bock sitzen lassen, damit es aussah, als sei er mit dem Gespann und dem Toten hinten im Wagen fortgefahren und schließlich gestorben. Vielleicht hatten die anderen in der Zwischenzeit vergessen, dass auch sie, Tuia, in diesem Wagen gelegen hatte.

Bebe saß immer noch zusammengesunken auf dem Bock. Tuia wusste, wie ängstlich und leicht erregbar er gewesen war. Er hatte sehr viel Mut bewiesen, als er gemeinsam mit Ben-Hadad versuchte, sie und Baka zu befreien. Tuia bedauerte es ehrlich, dass sie ihn sitzen lassen musste, für die Krähen. Aber sie sah keine andere Möglichkeit, nicht, wenn sie Ben-Hadad und sich retten wollte.

Seufzend kletterte sie hinten auf den Wagen. Um die hintere Wand zu öffnen, entfernte sie ein waagrechtes Brett nach dem anderen und warf es auf den Toten, der in einer Ecke des Wagens lag.

»Was tust du?«, stammelte Ben-Hadad und wollte aufstehen.

»Bleib liegen!«, flüsterte Tuia. »Spare deine Kräfte auf, du wirst sie brauchen. Ich werde versuchen, ein Boot zu finden. Wenn du es ins Boot schaffst, bringe ich dich auf eine Insel im Fluss. Dort sind wir sicher. Ich werde ins Lager zurückkehren und schauen, ob noch brauchbare Dinge zu finden sind.«

Ben-Hadad winkte sie näher. »Tuia!«, flüsterte er.

»Jetzt ist keine Zeit zum Reden. Du bleibst, wo du bist. Ich suche das Boot. Ich glaube, ich weiß, wo es liegt.«

Ben-Hadad war zwar schwach, dennoch hielt er sie am Handgelenk fest. »Tuia«, flüsterte er heiser. Er ließ sie los und streichelte ihr sanft über die Wange. Eine zärtliche Geste! Tuia zitterte am ganzen Körper und stieß einen leisen Seufzer aus, der fast wie ein Schluchzen klang. Sie hätte diese Hand gern festgehalten, zwang sich aber, es nicht zu tun. Es gab jetzt Wichtigeres zu tun.

Kurz darauf half sie Ben-Hadad in das kleine, halb mit Wasser voll gesogene Boot, das sie im Uferschilf gefunden hatte. Dann stieß sie schwimmend das Boot vor sich her über den Fluss. Am flachen Ufer der Insel half sie ihm aus dem Boot und stützte ihn beim Gehen über die schlüpfrige Uferböschung; ihre Augen hatten sich bereits recht gut an die Dunkelheit gewöhnt. Einmal stolperte Ben-Hadad und schrie auf vor Schmerz. »Hier, mein Liebling«, sagte sie sanft, als sie das geschützte Unterholz erreichten. »Setz dich nieder.« Mit den bloßen Füßen tastete sie über Sand und trockenes Schilf nach einem weichen Platz für Ben-Hadad. Erst als er auf dem Rücken lag und sich ausruhte, lief sie leise davon, um frische Zweige zu suchen, die sie über sich und Ben-Hadad breiten konnte. Ben-Hadads Wunde hatte zwar aufgehört zu bluten, aber er zitterte am ganzen Körper; sie musste ihn warm halten.

Tuia breitete ihr Gewand über sie beide, und darauf legte sie die Zweige. Zitternd schlüpfte sie neben ihn und spürte, wie er langsam und regelmäßig atmete. Schmerz und Erschöpfung hatten ihn überwältigt und er war eingeschlafen. Sie drückte sich an ihn, wärmte sich an seinem Körper und freute sich, seine nackte Haut zu spüren. Eine ganze Weile lag sie so und merkte nicht, dass auch sie allmählich einschlief.

Während der Nacht bewegte er sich, zuerst langsam, dann schob er entschlossen ein paar Zweige zur Seite. Tuia schmiegte sich an ihn; ihre Brust und ihr Bauch drückten sich sanft an die Rundung seines Rückens. Ben-Hadad drehte sich um und stöhnte leise, als sich seine Wunde schmerzhaft bemerkbar machte. Ohne den Schmerz weiter zu beachten, zog er Tuia fest an sich.

Sie holte tief Luft, und Ben-Hadad bemerkte es. »Du bist wach?«, fragte er.

»Bewege dich nicht«, bat sie mit zitternder Stimme. »Du wirst dir wehtun!«

»Nein, tue ich nicht. Und wenn, macht es nichts.« Sein Gesicht war dem ihren ganz nahe, und er drückte ihr einen Kuss auf Haare und Stirn. »Mach dir keine Sorgen um mich, Tuia. Das Messer ist an meiner Rippe abgeprallt, glaube ich. Die Wunde blutet nicht mehr. Es wird alles gut.« Er streichelte mit zarten Fingern über ihren nackten Rücken. Tuia fieberte ihm entgegen. Als Ben-Hadad zärtlich über ihre Gesäßbacken fuhr und sie festhielt, zitterte sie am ganzen Körper. Sie wagte nicht zu sprechen und sich nicht zu bewegen, aus Angst, etwas falsch zu machen.

»Du meine Liebe«, flüsterte Ben-Hadad und küsste sie, zuerst sanft und dann voll inbrünstiger Leidenschaft. Tuia wurde von neuen, nie gekannten Empfindungen überwältigt. Ihr Leib schien zu glühen, und sie erwiderte seinen Kuss mit ungewohnter Heftigkeit. »Ich liebe dich, Tuia. Ich glaube, ich habe dich immer schon geliebt, auch wenn ich es bisher nicht gewusst habe.«

Tuia brachte nicht mehr heraus als ein leises Stöhnen. »Du wirst dir wehtun«, flüsterte sie noch.

Mit einem zufriedenen Seufzer schob Ben-Hadad die junge Frau zärtlich zurecht. Tuia holte erschrocken Luft, aber schon bald wurde sie von neuen, unbekannten Empfindungen überwältigt. Ihr Herz klopfte zum Zerspringen, ihr Gesicht glühte und ihr ganzer Körper prickelte. Der Wind strich zart über sie hinweg. Sie beugte sich über den Geliebten und bedeckte sein Gesicht mit Küssen. Wie von selbst fiel ihr Körper in rhythmische Bewegungen. Sie stieß leise, gutturale Laute aus, und Ben-Hadad liebkoste ihre Brüste. Die Zweige über ihnen bewegten sich sanft im Wind, und Tuia glaubte zu fliegen.

Die Leidenschaft überwältigte Tuia wie ein Wirbelsturm, riss sie willenlos mit sich fort und ließ sie am Ende erschöpft fallen. Kalter Schweiß ließ sie frösteln. Ben-Hadad hielt sie immer noch fest in den Armen und flüsterte ihr unverständliche Dinge ins Ohr. Aber es bedurfte keiner Worte, um zu verstehen, was er meinte. Tuia hatte sich noch nie in ihrem Leben so leer gefühlt, und nie zuvor war ihr Herz so voll gewesen.

Kapitel 7

I

Von der Treppe her kam Lärm, und Joseph sah von der Arbeit auf. Vor ihm auf einem Brett lag der Papyrus. Den Pinsel hielt er noch über dem Gefäß mit der Tinte und schaute dabei erwartungsvoll zur schweren Holztür mit dem vergitterten Fenster, aber niemand war zu sehen. Neugierig geworden, legte Joseph die Schreibutensilien beiseite, stand auf und trat neben die Tür, von wo er hören konnte, was draußen vorging. »... Ihr versteht nicht! Ich bin kein Verbrecher. Ich bin ein Heilkundiger. Ich bin der persönliche Arzt des Herrn Madir, des Wesirs des Herrschers beider Reiche.« Die Stimme klang ziemlich verzweifelt. »Ihr wisst bestimmt, wen ich meine! Wenn es inzwischen keine Palastrevolution gegeben hat, ist er Euer Vorgesetzter!«

Uni, der oberste Aufseher des Gefängnisses, antwortete gelassen: »Auch der edle Harmin, der General des Heeres, ist unser Vorgesetzter, und er hat angeordnet, Euch zu verhaften und einzusperren. Ich bin überzeugt, dass der edle Harmin nichts tun würde, ohne sich zuvor mit Madir und seinen Beratern abzusprechen.«

»Aber das will ich Euch doch die ganze Zeit erklären«, verteidigte sich der Heilkundige. »Er kann es nicht getan haben, ich wiederhole, in diesem Fall muss ein Irrtum vorliegen. Ich soll Madir heute zur Ader lassen. Das muss jeden Mond einmal geschehen, weil sein Blut zu dick ist. Wenn ich nicht komme, so ...«

»Ich bin überzeugt, Eure Helfer können das auch tun, Herr«, versicherte ihm Uni. »Oder der ehrenwerte Madir hat einen neuen Arzt eingestellt.«

»Einen neuen Arzt? Wo will er einen anderen Arzt, der genauso kundig ist wie ich, finden? Die Nilmündung ist schon seit längerer Zeit durch die Nomaden blockiert. Will er einen Medizinmann aus Nubien einstellen?«

»Ich weiß es nicht, Herr. Ich kenne nur meine Befehle. Die

Verschwörung, in die Ihr Euch eingelassen habt, wird sehr ernst genommen.«

»Was für eine Verschwörung? Ich bin in keine Verschwörung verwickelt. Ich habe nur das, was ich über eine Verschwörung weiß, weitergegeben. Falls man das, was mir zu Ohren gekommen ist, ernst nimmt, könnte es dem Pharao das Leben retten.«

Der Gefangene schwieg einen Augenblick und fuhr schließlich ernüchtert fort: »Jetzt verstehe ich! Die Leute, mit denen ich gesprochen habe, gehören selbst zu den Verschwörern. Natürlich! Welche bessere Möglichkeit gibt es, mich zum Schweigen zu bringen? Das ist doch der sicherste Weg …« Jetzt schien ihm noch etwas klar zu werden, und als er weitersprach, klang Angst aus seiner Stimme: »Nein! Das darf nicht sein! Ich muss sie warnen! Ich muss sie unbedingt benachrichtigen!«

»Tut mir Leid!« Uni blieb hart. »Ihr dürft niemanden benachrichtigen. Zumindest nicht in der nächsten Zeit. Wenn Ihr jetzt bitte so freundlich seid und hier eintretet!«

Joseph eilte rasch zurück zu seiner Schreibtafel und saß bereits mit überkreuzten Beinen auf dem Boden, als der Bolzen zurückgeschoben wurde und die Tür knarrend aufschwang.

Er blickte auf, wie aus tiefer Konzentration gerissen, als der Gefangene – seiner Haartracht nach zu schließen ein älterer Grieche – zur Tür hereinstolperte. Die Wachen zogen sich sofort wieder zurück. Krachend fiel die Tür zu.

Der Gefangene blinzelte in das ungewohnte Dämmerlicht und fragte schließlich Joseph, der neben der Arbeitslampe saß: »Ihr seid also der Verwalter hier, habe ich Recht?«

»Ich bin für alles verantwortlich, was sich hinter diesen Türen abspielt«, antwortete Joseph traurig und legte den Pinsel beiseite. »Ich heiße Joseph. Mein Volk im Norden nennt mich Joseph Ben Jakob. Wir sind eine bunt zusammengewürfelte Gesellschaft hier im Gefängnis, und darunter gibt es viele Angehörige fremder Völker.« Joseph betrachtete den Neuankömmling interessiert: Er war gut gekleidet und seine Haare waren gepflegt. »Ihr kommt vermutlich von den Inseln, richtig?«

»Nein«, antwortete der Fremde. »Ich komme aus Ilios, einer Kolonie auf dem Festland. Ich heiße Tros und bin Arzt. Ich wurde festgenommen, weil ich …« Er seufzte und fand es nicht der

Mühe wert, den Satz zu vollenden. »Aber Ihr habt es vermutlich bereits durch die Tür gehört.«

»Jeder hier ist unschuldig, Herr.« Joseph blieb völlig gelassen. »Seid versichert, dass ich Euch glaube. Nur leider kann ich nichts für Euch tun. Ich bin auch nur ein Gefangener, und die wenige Macht, die ich besitze, endet dort an der von außen versperrten Tür.« Er zuckte lächelnd die Schultern – eine Gebärde, die man überall im Osten verstand: Man müsse sich eben dem höheren Willen fügen. »Ich bin übrigens auch unschuldig. Eine falsche Anklage, genau wie bei Euch.«

Tros von Ilios ließ sich auf eine Bank an der Wand fallen. »Ich verstehe. Das ist der Lauf der Welt. Aber so etwas ist mir nicht neu. Ich war schon einmal im Gefängnis, vor vielen Jahren. Die Anklage war damals ähnlich erfunden. Vermutlich werde ich wieder einen Ausweg von hier finden. Aber die Tatsache, dass ich im Gefängnis sitze, bringt alte Freunde meiner Familie in große Gefahr. Die Frau, vielleicht auch ihren Mann und ihre Kinder.«

»Es ist der Wille Gottes«, wandte Joseph ein. »Gott weiß alles und sieht alles, und wenn er es für gut hält, dass das geschieht, so …«

»Was?«, fragte der Arzt gereizt. »Wieder so eine Ein-Gott-Geschichte. Ich bin schon früher einmal Leuten begegnet, die so dahergeredet haben wie Ihr. Das war an der Küste Kanaans. Wie habt Ihr gesagt, dass Ihr heißt? Ben Jakob? Stammt Ihr von … wie hieß er nur gleich? Abra?«

»Abraham!« Joseph freute sich sichtlich. »Er war mein Urgroßvater. Ihr habt von ihm gehört?«

»Das habe ich. Ich bin schon ziemlich weit herumgekommen. Bei Ärzten ist das keine Seltenheit. Vor allem wenn sie sich für die medizinischen Errungenschaften interessieren, die es in den verschiedenen Teilen der Welt gibt. Ich war sogar in Mesopotamien, auch in der Stadt, aus der Euer Urgroßvater ursprünglich kam. Dort hat es ein Arzt nicht leicht, das kann ich Euch sagen. Wenn ein Patient stirbt, stirbt auch der Arzt. Wenn eine Augenoperation misslingt, werden dem Arzt die Hände abgehackt. Ihr stammt also von Abraham ab. Was macht Ihr dann hier?«

»Das ist eine lange Geschichte. Ich werde sie Euch irgendwann erzählen. Ich fürchte, wir werden noch viel Zeit haben, um Geschichten auszutauschen.«

Der Bolzen an der schweren Tür wurde zurückgeschoben. Mit überraschender Behändigkeit sprang der Arzt auf. Die Tür wurde geöffnet, und eine Wache trat ein, einen kurzen Speer in der Hand. »Ein Bote vom ehrenwerten Herrn Madir«, verkündete der Soldat. »Er möchte ...«

Der Arzt klatschte erfreut in die Hände. »Ich habe schon gedacht, ich bin für immer hier vergessen. Junger Mann, ich wünsche Euch alles Gute und ...«

»Er wünscht mit dem Sklaven Joseph zu sprechen«, fuhr der Wachsoldat unbeteiligt fort. »Jetzt sogleich!« Mit der freien Hand vollführte er eine auffordernde Geste. »Du setzt dich besser in Bewegung, Sklave, bevor er seine Meinung ändert.«

Joseph legte die Schreibsachen beiseite und stand auf. »Es tut mir Leid, Herr. Vielleicht lässt er Euch bald rufen.«

Der Arzt fasste nach Josephs Hand. »Bitte sagt ihm, dass ich hier bin. Vielleicht weiß er es nicht. Ich muss sehr bald mit ihm reden. Das Leben eines unschuldigen Menschen ist in großer Gefahr.«

Joseph machte sich frei. »Ich habe keine Ahnung, ob ich Gelegenheit bekommen werde, etwas zu sagen. Ein Sklave spricht, wenn man ihn fragt, und soll sich nicht von sich aus äußern. Vor allem nicht in der Gegenwart einer so hoch stehenden Persönlichkeit wie Madir. Aber ich werde tun, was ich kann.«

Harmin, der General der Armee des Herrschers beider Reiche, hatte im Augenblick nichts von einem Soldaten an sich. Seine Haare waren zu einem kunstvollen Gebilde arrangiert und seine bequemen Gewänder elegant drapiert. Unas maß ihn zornig von oben bis unten. Es entging ihm nicht, dass der General frisch manikürte Hände und sorgfältig pedikürte Füße hatte. Pedikürte Füße! Ein kampferprobter General! Aber Harmin hatte eigentlich nie viel Zeit im Kampf verbracht.

»Schön, dich zu sehen, Unas«, grüßte der General. »Was kann ich heute für dich tun? Ich nehme an, an der Front läuft alles zufriedenstellend?«

»Zufriedenstellend? Im Namen aller Geister und Dämonen,

was meint Ihr damit? Meine Männer sind am Verhungern. Sie haben nicht genügend Waffen, um sich zu verteidigen. Sie stehlen Schwerter und Speere von den Toten. Im Lager läuft sogar ein gedungener Mörder herum, der es auf mich abgesehen hat!«

Als Unas den Mörder erwähnte, erschrak Harmin unmerklich, schob die Angelegenheit aber mit einer Handbewegung beiseite. »Diese Dinge passieren. Sogar Madir ist nicht vor solchen Gefahren gefeit.« Er lächelte unschuldig. »Vermutlich gab es einige Missverständnisse, das ist alles.«

»So nennt Ihr das also?«, fragte Unas verwirrt. »Wenn Eure betrügerischen Marketender mehr als die Hälfte der für die Armee bestimmten Lieferungen stehlen und in den Dörfern hinter den Frontlinien verkaufen, nennt Ihr das Missverständnisse? Wenn alle Lebensmittel, die wir erhalten, verdorben sind, im Fleisch die Maden kriechen und im Mehl die Getreidekäfer, nennt Ihr das Missverständnisse?«

»Das sind schwer wiegende Beschuldigungen.« Harmin schüttelte den Kopf. »Wirklich gewichtig. Ich nehme an, du hast Beweise für deine Vorwürfe.«

»Ihr wisst nur zu gut, dass ich das nicht habe. Ich habe die Beweise mit einem bewaffneten Boten geschickt, bis Memphis. Ich habe den Weg des Boten bis zu diesen Räumen hier verfolgt. Die Beweise sind verschwunden, hier an Ort und Stelle wie vom Erdboden verschluckt.« Unas vergaß seinen Rang und seine untergeordnete Stellung. Seine Stimme wurde immer lauter, und jede militärische Höflichkeit war verschwunden. »Wie könnt Ihr uns das antun? Dabei sind es wir, die die Nomaden davon abhalten, bis an Eure Türschwellen vorzudringen.«

»Was ich euch antue? Weißt du denn, was du damit sagst?«, fragte Harmin in schneidendem Ton.

Unas überhörte die Warnung. »Meine Männer haben einen Boten hinter den Linien der Nomaden erwischt, der mit einer Nachricht von Vahan zu den vordersten Linien unterwegs war. Vahan hat sogar Verstärkung aus Sile angeordnet. Er zieht aus den Garnisonen im Delta Soldaten ab und versammelt sie hier an unserer Front zur schlagkräftigsten Streitmacht, über die er je verfügt hat. Er beabsichtigt offensichtlich, zur Sonnenwende unter allen Umständen in Memphis zu sein.«

Harmin lächelte hochmütig und bot Unas aus einer Schale Feigen an. »Köstlich«, meinte er anerkennend und biss in eine Frucht. »Frisch aus Fajum. Ich werde mich demnächst vom Pharao beurlauben lassen und mich dorthin begeben, um Erholung zu finden. Soll ich dir einen Sack von diesen Feigen mitbringen? Meine Obstgärten sind die besten, die du dir vorstellen kannst.«

»Beurlaubung? Was meint Ihr mit Beurlaubung? Ihr könnt doch jetzt nicht einfach einen Erholungsurlaub machen! Ich habe Euch doch gesagt, dass Vahan die Absicht hat, nach Memphis zu kommen, um es zu erobern, und er wird es tun, wenn wir nicht bald etwas unternehmen.«

»Ach was! So schlagkräftig sind die Nomaden nicht. Du und deine Männer können ihnen sicher wieder einen Denkzettel verpassen. Es ist euch doch früher auch schon geglückt. Du siehst, wie viel Vertrauen ich in dich setze.«

Unas ließ die Faust lautstark auf den Tisch zwischen ihnen niedersausen. »Vertrauen! Wie geschmeichelt ich mich fühle! Ihr könnt Euer Vertrauen behalten!« Er ballte die Hände zu Fäusten und öffnete sie wieder. »Behaltet Euer Vertrauen. Schickt uns Waffen! Schickt uns Bekleidung und schickt uns zu essen. Wenn Ihr die Lebensmittel nicht entbehren könnt«, dabei warf er einen verächtlichen Blick auf die Schale mit den Feigen, »dann schickt zumindest Waffen. Es muss irgendwo Waffen geben, das weiß ich. Ich war in Schobais Schmiede. Er behauptet, seine Leute arbeiten Tag und Nacht und haben in den vergangenen zwei Monaten so viele Schwerter, Schilde und Lanzenspitzen hergestellt, dass er ein Heer damit ausrüsten könnte, das doppelt so groß ist wie meines. Dabei hat er viel zu wenig Erz, und das macht ihm jeden Tag mehr zu schaffen. Aber wir bekommen diese Waffen nie zu sehen. Was geschieht damit, Harmin? Könnt Ihr mir das sagen?«

Der General lächelte unfreundlich. »Sie wurden an die Palastgarde verteilt. Es gibt Gerüchte über eine Verschwörung. Wir haben die Stadtwachen verdoppelt und die jungen Männer aus den weiter entfernten Bezirken eingezogen.«

»Dort sind also die neuen Rekruten zu suchen!«, schrie Unas aufgebracht. »Meine Linien sind so spärlich besetzt wie noch nie zuvor! Zwei Nomaden kommen auf einen Mann von uns.«

»Es gilt in erster Linie, die heilige Person unseres Gott-Königs zu beschützen, auch wenn das bedeutet, dass deshalb weniger junge Rekruten für die vorderste Front übrig bleiben.«

»Ihr seid ein Narr! Ein Weichling, ein törichter Narr! Zur Sonnenwende wird der Herrscher beider Reiche, zusammen mit dem Hof und dem Rest von Euren Leuten, flussaufwärts bis nach Theben zurückgedrängt sein, oder er kämpft sich bereits durch die Pfade der Unterwelt. Wir werden uns dann alle in der Welt der Geister wieder sehen. Ganz gleich, wie es kommt, Ägypten, auch der Boden, auf dem Ihr jetzt steht, wird sich in den Händen der Nomaden befinden.«

»Du verlierst die Beherrschung, Unas«, mahnte der General und spuckte eine Feigenhaut in seine Hand. »Ein Offizier, der die Beherrschung verliert, verliert den Respekt seiner Männer. Beherzige diesen Gedanken! Du wirst aber deine Verstärkung bekommen und auch Waffen, sobald die Bewaffnung der Palastgarde in Memphis abgeschlossen ist. Aber keinen Tag eher. Ich empfehle dir, weniger aufgeregt zu sein. Die Dinge stehen vielleicht nicht ganz so schlimm, wie du denkst.«

Unas brachte vor Wut kein Wort heraus. Er würde weder mehr Männer bekommen noch neue Waffen, ja nicht einmal ausreichende Verpflegung, ehe Harmin nicht sein eigenes warmes Nest in der Hauptstadt ausgestattet hatte. Er hatte nichts erreicht. In der Zwischenzeit wurde das Nomadenheer immer schlagkräftiger, die Zahl ihrer Soldaten wuchs, die Männer waren besser bewaffnet, ausgeruhter, sie hielten regelmäßig Übungen ab und wurden besser angeleitet. Und das alles war die Schuld dieser widerwärtigen Kröte hier. »Wenn Ihr glaubt …« Unas versagte die Stimme.

»Unser Gespräch ist beendet«, stellte Harmin fest und drehte Unas den Rücken zu. »Du darfst dich entfernen.«

Madir hatte den Ort, an dem er Besucher empfing, sorgfältig ausgewählt und so gestaltet, dass die Umgebung freundlich und beruhigend wirkte. Er erwartete seine Gäste nicht in den offiziellen Empfangsräumen, in denen sich immer wichtigtuerische, lärmende Höflinge tummelten, sondern in einem ruhigen, schattigen Hof, inmitten eines kleinen Haines mit seltenen Blumen aus fernen Ländern und zwergwüchsigen Bäumen. Der künstlerisch gestaltete Garten war liebevoll gepflegt und schuf eine friedliche Stimmung. Madir saß einfach gekleidet auf einer Plattform und stutzte die kostbaren Pflanzen zurecht. Als die Wachen den Gefangenen vorführten und strammstehend auf Befehle warteten, blickte Madir sie zornig an, als wäre er über die Störung bei der Arbeit verärgert. Mit einer unwilligen Geste seiner schmalen Hand gab er den Wachen zu verstehen, sich zu entfernen.

»Du bist also sozusagen Unis Liebling und sein Wahrsager«, stellte er daraufhin zu Joseph gewandt fest. »Streite es nur ja nicht ab. Meine Späher sitzen überall, im Gefängnis genauso wie überall sonst auch. Ich kann dir sagen, was du gestern zum Frühstück hattest und was du unberührt auf deinem Teller liegen ließest.« Madir klang gelangweilt, als hätte er diese Rede schon oft und oft gehalten.

»Mein Herr weiß alles.« Joseph verneigte sich ehrerbietig. »Was mehr könnte ich ihm erzählen?«

»Das gefällt mir besser.« Madir schob die Blumen, mit denen er sich beschäftigt hatte, beiseite. »Hör zu. Ich bin nicht abergläubisch wie so viele andere. Aber ich bin auch kein Narr. Wenn mir ein Wahrsager etwas mitzuteilen hat, dann höre ich ihm zumindest zu. Wenn er sich irrt, ich meine, schwerwiegend irrt, dann reicht ein Wort von mir, um seine Prophezeiungen für immer zu beenden. Aber wenn er Recht hat ...« Madir zuckte die Achseln. »Das ist jetzt deine Prüfung, junger Mann. Was bringt die Zukunft? Was hält sie für mich und für Memphis bereit? Sagen wir einmal, für Memphis, das ist allgemeiner! Außerdem kann man es in ein oder zwei Wochen von heute an leicht überprüfen.« Er beobachtete, wie Joseph auf diese Worte reagierte. »Das ist aber interessant! Du unterhältst mich jetzt schon!« Der Wesir schüttelte erstaunt den Kopf.

»Wie darf ich das verstehen, mein Gebieter?«

»Weil du keine Angst vor mir hast. Vielleicht ist dir nicht klar, über welche Macht ich hier verfüge. Vielleicht bist du dumm. Oder du kannst vielleicht wirklich in die Zukunft schauen.« Unwillig wandte sich der Wesir wieder seinen Blumen zu. Langes Schweigen folgte. Madir sah Joseph zornig an. »Worauf wartest du? Memphis und seine unmittelbare Zukunft! Rasch jetzt! Keine billigen Phrasen, keine Ausflüchte.«

Joseph blieb vollkommen ruhig. »Sehr wohl, Herr. Wie Ihr wünscht.« Er schloss die Augen und dachte nach. Madir wollte ihn unterbrechen, aber etwas am Verhalten des jungen Mannes beeindruckte ihn, und er schwieg.

»Vahan rüstet auf und wirbt Söldner an. Eure eigene Armee ist durch Verrat geschwächt.« Madir zog die Augenbrauen hoch, blieb jedoch stumm. Joseph fuhr fort. »Die Nomaden greifen an. Memphis fällt. Ihr und der Hof seid in Sicherheit. Ihr habt Euch hinter eine vorbereitete Verteidigungslinie flussaufwärts zurückgezogen, nach ...«

»Nach Theben?«, fragte Madir. Er neigte sich vor und las Joseph jedes Wort von den Lippen ab.

Josephs Augen blieben geschlossen. Seine Stimme klang eigenartig, wie die Stimme eines Mannes, der laut träumte. »Nicht so weit flussaufwärts. Oberhalb von Lischt, wo die Zwölfte Dynastie regierte. Dort beendet die Armee ihren Rückzug und stellt sich dem Angriff. Die Nomaden sind siegessicher und greifen an. Es kommt zu einer großen Schlacht. Ich ...« Josephs Stimme war immer leiser geworden. Er schüttelte den Kopf und öffnete die Augen. »Es tut mir Leid. Meine visionäre Kraft hat mich verlassen. Der Gott meiner Väter hat aufgehört, zu mir zu sprechen.«

Madir klatschte in die Hände. Die Wachen traten ein und stellten sich rechts und links von Joseph auf, in Erwartung weiterer Befehle. »Das reicht für heute, junger Mann. Ich kann das bisher Gesagte gut gebrauchen.«

»Dann kann ich gehen, Herr?«

»Ja.« Ein harter Glanz lag in seinen Augen. »Bringt ihn vorerst zurück in das Gefängnis. Aber behaltet ihn im Auge. Seht zu, dass ihm nichts widerfährt, und schickt Uni sofort zu mir!«

Kurz darauf erschien Uni. Ein Lächeln überzog Madirs schmales, vornehmes Gesicht, als der Gefängnisaufseher sich korrekt vor ihm verbeugte und ihn mit honigsüßen Worten begrüßte. Ein Ehrgeizling, dachte Madir.

Es war ein gutes Zeichen. Ehrgeiz verpflichtete einen Untergebenen mehr als jede andere Eigenschaft – vorausgesetzt, dass dieser Ehrgeiz in die richtigen Bahnen gelenkt wurde. Sonst wurde er gefährlich, besonders in Unis Fall. Madir sah auf seinen Besucher hinunter. »Ich habe mit deinem jungen Mann Joseph Ben Jakob gesprochen. Er wirkt tatsächlich so beeindruckend, wie du es gesagt hast.«

»Ich hielt es für das Beste, Eure Aufmerksamkeit auf ihn zu lenken, Herr«, sagte Uni. Ihre Blicke trafen sich; beide Männer wussten, wie die Geschichte gelaufen war. Uni hatte ursprünglich nicht die Absicht gehabt, etwas Derartiges zu tun. Der einzige Grund, warum Madir von Joseph erfahren hatte, war, weil Madirs Spion – wer es auch gewesen sein mochte – seinem Herrn von Joseph berichtet hatte und Uni sich daher gezwungen sah, sein Geheimnis zu lüften. Wie dem auch sei, Madir machte es Uni jetzt leicht, das Gesicht zu wahren, und beide Männer wussten das.

»Das war gut von dir«, lobte Madir. »Es hätte meinen Zorn erregt, hätte ich diese wunderbare Entdeckung selbst machen müssen, anstatt von dir, mein ergebenster Untertan, darüber unterrichtet zu werden.«

Uni schluckte und schalt sich innerlich, weil er sein Unbehagen nicht verbergen konnte.

»Du hast mir unverzüglich Bericht erstattet. Ich begrüße dein Vorgehen und es soll nicht unbelohnt bleiben.« Auf Madirs Wink trat einer der zwei bewaffneten Wachen an der Tür vor und übergab Uni einen kleinen Geldbeutel.

»Mein Herr ist großzügig!« Uni verneigte sich.

»Dein Herr ist klug«, verbesserte ihn Madir. »Wenn es hier am Hof bekannt würde, dass ich mir das Gewäsch eines ausländischen Wahrsagers anhöre, der noch dazu so jung und unschuldig aussieht wie dieser Joseph, so würde man mich hinter meinem Rücken bald als Madir den Leichtgläubigen bezeichnen. Aber du und ich, wir wissen beide, dass der junge Mann äußerst begabt ist. Ganz gleich, welcher Zaubermittel er sich bedient, um zu seinen Prophezeiungen zu gelangen, sie erfüllen ihren Zweck, nicht wahr?« Ohne auf eine Entgegnung zu warten, fuhr er fort: »Nimm die Sache mit dem Bäcker und dem Mundschenk. Hättest du einen anderen damit beauftragt, seine Mitgefangenen auszuspionieren, so hätte jeder kluge Bursche in seiner Position den Schuldigen unschwer herausgefunden. Aber der Rest der Prophezeiungen, die Geschichte über seine Frau und sein Kind, ist eine andere Sache. Wie du weißt, hat sich alles so ereignet, wie er es vorausgesehen hatte, bis in jede Einzelheit, ohne dass du oder ich auch nur einen Finger rührten. Nein, hier haben wir es mit einem echten Hellseher zu tun.«

»Es ist, wie Ihr sagt, Herr.« Uni fühlte sich unbehaglich; er hatte nicht die geringste Ahnung, wieso Madir davon wusste. Wer war in der Nähe, während wir uns unterhielten?, überlegte er. Mit einem Mal war es ihm klar: Er hat einen Spion in meinem Gefängnis, und das schon seit einiger Zeit. Dieser Spion berichtet ihm alles, was ich tue, jedes Wort, das ich sage! Uni überlegte kurz, wer der Spion sein mochte, aber er konnte nichts dagegen unternehmen. Nicht, wenn der Spion jedes Wort, das er hörte, und alles, was er sah, an Madir weitergab. Wenn er den Spion erwischte und mit ihm verfuhr, wie er üblicherweise mit solchen Leuten verfuhr, käme es Madir sofort zu Ohren. Uni kam sich vor wie eine Maus in der Falle.

»Ich habe diesen Joseph auf die Probe gestellt«, fuhr Madir fort. »Ich bat ihn, vorherzusagen, was mit Memphis und dem Hof in unmittelbarer Zukunft geschehen würde. Das war für mich leicht zu überprüfen, da ich bisher mit niemandem über die Pläne der derzeitigen Regierung bezüglich der Verlegung des Hofs gesprochen habe. Du bist der Erste, dem ich davon erzähle, Uni.« Uni brach der Schweiß aus allen Poren. Sowohl er als auch Madir wussten, was geschehen würde, falls jemand von diesen Plänen erfuhr, ehe Madir damit in die Öffentlichkeit trat. Es würde Uni den Kopf kosten.

»Ich bin dankbar, dass Ihr solches Vertrauen in mich setzt, Herr.« Unis Unbehagen wuchs.

»Eine angemessene Belohnung für deine treue Ergebenheit.« Madir lächelte. »Was Joseph mir erzählte, war mir nichts Neues. Er sagte, die Armee sei mit Verrätern durchsetzt, und Vahan, der klügste aller Nomadengeneräle, plane einen Angriff auf unsere geschwächten Verteidigungslinien. Sie werden unsere vordersten Linien zerschlagen und uns auf die vorbereiteten Positionen südlich von Memphis zurückdrängen.« Er machte eine Pause und wartete die Wirkung seiner Worte ab.

»Südlich von Memphis?«, fragte Uni. »Ihr meint, wir müssen Memphis den Nomaden überlassen? Wir werden die Stadt aufgeben?«

»Ja. Derzeit ist es mir unmöglich, die Verräter zu entlarven. Sie haben Freunde in der königlichen Familie. Ich habe guten Grund zur Annahme, dass sie die Stadt verlassen haben. Auf alle Fälle muss ich den Verrat beweisen. Wenn mir das gelingt, kann ich sie unschädlich machen. Aber zuerst muss ihr Verrat Früchte tragen. Es muss etwas wirklich Schlimmes geschehen, etwas, das das Reich in seinem Innersten trifft. Nur so kann ich den Herrscher beider Reiche davon überzeugen, dass die Verschwörung tatsächlich existiert.« Ein leises Lächeln umspielte seinen Mund. »Die Antwort darauf lautet? Wir müssen Memphis aufgeben, vorläufig jedenfalls.«

»Memphis aufgeben?« Uni war wie vom Donner gerührt.

»Memphis ist schwer zu verteidigen. Ich habe bereits uneinnehmbare Stellungen flussaufwärts in der Nähe von Lischt eingerichtet. Wenn wir uns dorthin zurückziehen, werden wir den Krieg schlimmstenfalls um ein oder zwei Jahre verlängern. Wir haben immer noch Fajum, und ohne Fajum würden wir in zwei Wochen fallen.«

»Aber der Hof, Herr? Das Volk? Die Menschen und ihr ganzer Besitz?«

»Wie Joseph es richtig vorausgesagt hatte, werde ich den Hof sofort nach Lischt verlegen. Was die Menschen angeht, nun, sie müssen sich selbst helfen. Ich bedauere es, aber so ist es nun einmal. Wenn die Menschen sehen, dass unsere erste Verteidigungslinie fällt, werden sie es wohl begreifen, meinst du nicht? Sie werden ihre Häuser verlassen und sich zurückziehen. Wir werden dafür sorgen, dass die Wachen eine ungeordnete Massenflucht aus der unglücklichen Stadt verhindern. Mach dir keine Sorgen um die Menschen, Uni. Sie machen sich auch keine Sorgen um dich. Ich würde nicht solches Vertrauen in dich setzen, müsste ich annehmen, dass du von so gewöhnlichen Bedenken beeinflusst wirst.«

»O nein, keineswegs, Herr. Ich dachte nur ...«

»Dann ist es gut.«

Madir stieg von seiner erhöhten Plattform herunter und begann auf und ab zu gehen. Hier und dort blieb er stehen, strich zärtlich über eine seltene Blüte oder roch daran. Dann fuhr er in seinen Ausführungen fort, ohne Uni anzusehen. »Sobald der Hof in Lischt ist, kann sich die Armee geordnet in die vorbereiteten Stellungen zurückziehen. Wenn ich die Nomaden richtig einschätze, wird nicht einmal Vahan sie davon abhalten können, kostbare Zeit mit Plündern, Vergewaltigen und Morden zu vergeuden, anstatt uns zu verfolgen.«

Uni schlug das Herz bis zum Hals. Madir meinte es ernst mit dem, was er sagte. Er wollte die Menschen nicht warnen. Er wollte sie ihrem Schicksal überlassen, obwohl er wusste, dass viele die Stadt entweder nicht verlassen wollten oder nicht konnten. Die Kranken, die Alten und Lahmen würden zurückbleiben. Die Nomaden würden sie abschlachten, und das würde sie lange genug beschäftigen. In der Zwischenzeit konnte sich die ägyptische Armee zurückziehen und den weiteren Vormarsch der Nomaden von einer gestärkten Stellung aus erwarten. Memphis würde preisgeben, die Bewohner opferte man den brutalen Eindringlingen. Uni fröstelte bei dem Gedanken, kalter Schweiß stand ihm auf der Stirn.

Madir ging immer noch auf und ab. »Wenn dann der Herrscher beider Reiche begreift, dass Memphis, die Stadt, in der seine Väter zur Welt gekommen waren, in den Händen der Feinde liegt, wird es leichter sein, meine Anklage wegen Hochverrats gegen jene vorzubringen, die unsere Verteidigungslinien von Anfang an geschwächt haben. Man muss bedenken, Hochverrat ist nur eine Beschuldigung. Ich bin absolut nicht derselben Meinung wie manche Leute bei Hof, was die Wahl des neuen Standorts für den Hof betrifft. Manche Idioten wollen ihn unbedingt in Theben haben, was bedeuten würde, dass wir Fajum aufgeben. Das hieße aber auch, dass wir die Macht mit den Nubiern in Kerma teilen müssten. Meine eigene Macht wäre dadurch zu sehr beschränkt. Ich bin nicht sehr glücklich darüber, dass wir diesen Akilleus zum Rekrutieren von schwarzen Söldnern losschickten, die ihm vermutlich mehr ergeben sein werden als mir. Aber damit beschäftige ich mich, sobald es so weit ist. Im Augenblick ist es wichtig, dass die Theben-Partei nicht die Oberhand gewinnt. Und das gelingt am besten, wenn ich den Verrat beweisen kann.«

Madir blieb vor Uni stehen. »Dazu brauche ich Hilfe. Die Hilfe von jemandem, der treu ergeben ist. Aus diesem Grund ließ ich dich rufen, Uni.«

»Mein Herr ist zu gütig.«

»Ich bin nie zu gütig, Uni. Das ist das Geheimnis meines Erfolges. Aber ich bin meinen ergebenen Freunden gegenüber großzügig, äußerst großzügig. Ich nehme an, dass ich auf deine Ergebenheit zählen kann, Uni. Habe ich Recht?«

»Natürlich, Herr.«

»Vorzüglich. Jetzt zu Joseph.«

»Was ist mit ihm, Herr?«

»Die verrückte Frau des Potiphar hat eine erfundene Beschuldigung gegen ihn vorgebracht; deshalb sitzt er jetzt im Gefängnis, richtig?«

»Ja, Herr.«

»Du und ich, wir wissen, dass die Frau eine Hure ist und dass der junge Mann sich eher mit einem Krokodil einließe. Aber die Tatsache bleibt bestehen, dass der Bursche im Gefängnis sitzt. Du hast die Lage richtig erkannt und gesehen, dass er in Zukunft sowohl für dich als auch für mich sehr nützlich sein kann; du behandelst ihn richtig. Aber du würdest ihn doch jetzt nie freilassen, habe ich Recht?«

»Nein, Herr. Es sei denn, Ihr wünscht es.«

»Gut. Ich werde sehr bald die Anordnung treffen, den Hof, die Regierung und die Familien aller betroffenen Beamten nach Lischt zu übersiedeln. Ich schlage vor, du nützt die Zeit bis dahin, um dein Haus und andere Besitztümer an irgendeinen armen Narren zu verkaufen, der nicht das Glück hat, im Voraus von den zu erwartenden Ereignissen zu wissen. Verkaufe gegen bares Geld oder gegen vergleichbaren Grundbesitz in einer sichereren Gegend, die nach dem Fall von Memphis eine Wertsteigerung deines Besitzes garantiert. Ich rate dir, wenn möglich ein Stück Land in Fajum zu kaufen. Schon in wenigen Monaten werden Nahrungsmittel teuer werden, Uni. Der Verkauf von Nahrungsmitteln ist ein viel versprechendes Geschäft.«

»Ich verstehe, was Ihr meint, Herr.«

»Gut. Wenn wir von hier fortziehen, besteht keine Notwendigkeit, alle Insassen des Gefängnisses mitzunehmen. Warum sollen wir verurteilte Verbrecher auf Staatskosten übersiedeln? Habe ich nicht Recht?«

»Ihr habt vollkommen Recht, Herr.«

»Ich bin froh, dass du es auch so siehst. Aber dieser Joseph, der ist etwas anderes. Er ist nicht irgendein Gefangener. Ich würde mir etwas ausdenken, wie man ihn nach Lischt bringen könnte. Natürlich irgendwohin, wo man ihn im Auge behalten kann. Gib gut Acht auf den jungen Mann, Uni! Er wird für uns sein Gewicht in Gold wert sein, nicht nur für mich, sondern auch für dich, Uni. Wenn ich deine Fähigkeiten und Loyalität richtig eingeschätzt habe, und ich glaube, dass ich das tue ...«

»Natürlich, Herr! Ihr könnt auf mich zählen.«

»Das tue ich. Ich kann mir vorstellen, dass du mich auf der Leiter des Erfolges begleiten wirst. Wenn meine Macht mit den Maßnahmen, die ich einleite, zunimmt, dann werde ich einen starken Verbündeten bei Hof brauchen, der mir wohlgesinnt ist. Einen Verbündeten wie dich, der die Augen offen hält und schweigt, ausgenommen mir gegenüber natürlich.«

Uni nickte.

»Im Laufe der Zeit wird sich eine Aufgabe für den Sklaven Joseph finden. Er ist zu nützlich, um längere Zeit Sklave zu bleiben. Wie du bereits selbst gesehen hast, ist er ein tüchtiger Verwalter. Stell dir vor: Bevor sein erster Herr verstarb, war er bereits für die Verwaltung eines ganzen Haushalts verantwortlich. Dabei war er damals noch kaum der Sprache mächtig. Wie hatte er es ausgedrückt? ›Dreißig Sklaven und sechzehn Leibeigene, mit voller Verantwortung für die Zuteilung der Arbeit und für die Abrechnung.‹ Das ist ziemlich beeindruckend.«

»Ganz recht, Herr.« Uni hatte ganz weiche Knie bekommen. Wie konnte Madir den genauen Wortlaut wiederholen, den der junge Mann damals gebraucht hatte? Man nannte den Wesir bei Hof nicht ohne Grund Madir mit den tausend Ohren.

»Ich habe die Absicht, ihn nicht nur zum freien Mann zu machen, als der er mir zutiefst ergeben und dankbar sein wird. Er soll vielmehr in der neuen Hauptstadt eine Stellung an meiner Seite bekleiden. Ich werde ihn zu meinem ersten Verwalter ernennen.«

Unter Madirs bohrendem Blick wurde Uni unbehaglich zumute.

»Auch wenn ein paar Köpfe rollen müssen, um für ihn Platz zu schaffen.«

»Erster Verwalter, Herr?«, fragte Uni. »Da müssen aber viele Köpfe rollen!«

Madir zuckte die Achseln. »Ich brauche noch einen Mann in meiner unmittelbaren Nähe, Uni, einen, der diese Köpfe abschlägt. Jeder Widerstand muss ausgeschaltet und alle anders lautenden Meinungen müssen im Keim erstickt werden. Dazu brauche ich jemanden, der geschickt ist im Intrigieren und daran gewöhnt ist zu morden.«

»Meint Ihr mich, Herr?«, fragte Uni heiser.

»Sehr scharfsinnig. Du und Joseph, beide gleichgestellt und nur mir Rede und Antwort schuldig. Nur mir zur Treue verpflichtet.« Madir lächelte, was Uni an eine Kobra denken ließ, die ihr Opfer hypnotisierte, bereit zuzubeißen. »Mit dieser Aussicht vor Augen wirst du es vermutlich für günstig halten, mit dem jungen Mann sofort in eine andere Beziehung zu treten. Du behandelst ihn gut, das weiß ich. Aber denke an die Zukunft. Er wird mit dir gleichgestellt sein, Uni. Um wie viel leichter wird sich die Zusammenarbeit mit ihm gestalten, wenn er dich bereits als Freund kennen gelernt hat.«

»Ich verstehe, was Ihr meint, Herr. Er weiß noch nichts von Euren Plänen?«

»Er weiß nichts. Ich habe es bereits erwähnt: Du bist der erste, dem ich mein Vertrauen schenke. Da wäre noch etwas, Uni!« Der geänderte Tonfall gab Uni zu verstehen, dass das Gespräch beendet war.

»Das wäre, Herr?«

»Du hast einen alten Griechen in deinem Gefängnis. Er ist mein Freund, mein Leibarzt.«

»Euer Leibarzt? Ich bin sicher, das muss ein Irrtum sein.«

»Kein Irrtum. Der Mann hat sich mit Gerede über eine Verschwörung wichtig gemacht, nämlich genau die Verschwörung, die ein paar Leute mit dem Tod bezahlen werden. Aber ich will nicht, dass jetzt schon etwas dagegen unternommen wird. Ich möchte Beweise sammeln, die ich zur Vernichtung meiner Feinde verwenden kann. Vielleicht siehst du eine Möglichkeit, den Arzt gehen zu lassen. Gib ihm aber zu verstehen, dass er den Mund halten muss oder andernfalls dazu gezwungen wird.«

»Betrachtet es als erledigt, Herr.«

»Vorzüglich. Was er weiß, weiß er aus zweiter Hand. Er weiß es von einer Frau. Ich habe keine Ahnung, wer sie ist. Mache dich sogleich daran, das herauszufinden. Ich will nicht, dass sie weiter plaudert.«

»Ich sorge dafür, Herr. Sie wird schweigen, für immer.«

Madir runzelte die Stirn. »Nichts Drastisches, bitte. Benutze unauffällige Mittel. Ich will meine Freunde nicht brüskieren.«

»Unauffällig?«

»Lass sie unauffällig verhaften. Tilge alle Spuren, die zu ihr führen. Ich möchte, dass sie verschwindet und in Vergessenheit gerät. Lass sie in der tiefsten Zelle verschmachten, wo nie ein Lichtstrahl hinkommt. Dann lässt du sie mit dem anderen Abschaum für die Nomaden in deinem Gefängnis zurück. Ihnen soll gehören, was die Ratten übrig lassen.«

II

Hori saß auf einem flachen Stein in der Sonne und wartete darauf, dass Schobai an der Esse fertig wurde. Er räkelte sich faul und blinzelte. General Unas, flankiert von fünf oder sechs Begleitern, stand vor ihm. »Herr!« Hori sprang auf und stand stramm.

Das darauf folgende Schweigen ließ Horis Knie vor Angst weich werden, aber er zwang sich, die stramme Haltung beizubehalten. Unas sah ihn finster an. Hori blickte unverwandt auf den weißen Schurz des Generals und erwartete den unvermeidlichen Tadel. Doch nichts geschah.

»Steh bequem!«, sagte Unas schließlich. »Du weißt nicht zufällig, wo Schobai ist?«

»An der Esse Nummer drei, Herr«, antwortete Hori. »Ich hole ihn, wenn Ihr befehlt, Herr.« Seine bequeme Haltung war nur unmerklich weniger steif als seine stramme.

»Mach dir nicht die Mühe. Ich schicke einen meiner Leute. Während wir warten, möchte ich mit dir reden.« Einer der Begleiter des Generals trat vor, ohne auf eine Aufforderung zu warten, und Unas schickte ihn fort. »Bemüh dich nicht zu sehr um ihn«, schrie Unas dem Mann nach. »Er ist blind, aber nicht hilflos.« Zu Hori sagte er dann. »Ich habe schlechte Neuigkeiten für euch beide.«

»Was meint Ihr, Herr?«

»Stell dich nicht so dumm! Du kennst doch das Gerede, das die vergangene Woche die Runde gemacht hat. Die Straßenkinder von Memphis wissen es bereits. Ich habe dich extra für Schobai ausgewählt, weil du stets das Gras wachsen hörst.«

»Dann stimmt es also? Vahan bereitet einen Großangriff vor?«

Unas knurrte. »Er wird über uns herfallen, mit allem, was ihm zur Verfügung steht, und das ist eine Menge, mein junger Freund. Er hat seine Außenposten im Norden abgezogen und zusätzlich Söldner angeworben.« Unas schüttelte angewidert den Kopf. »Sogar ein paar von unseren eigenen Leuten sind zu ihm übergelaufen.«

»Was für eine Schande, Herr!«

Unas überging die Bemerkung und redete einfach weiter. »Wir sind so schwach wie seit langem nicht. Seit sehr langem! Und weißt du, warum? Weil wir keine Waffen an der Front haben!«

»Keine Waffen? Aber Schobai arbeitet ...«

»Harmin hat sie für die königlichen Wachen abgezweigt. Sie sind nicht bis zu uns gelangt.« Unas zuckte hilflos die Achseln. »Mein einziger Trost ist, dass die königlichen Wachen diese schönen glänzenden Schwerter genauso verwenden werden müssen wie wir anderen auch. Unsere Front wird nicht halten. Ich schätze, dass uns die zweite Angriffswelle nach Memphis zurückdrängen wird. Dann kann ich die königlichen Wachen heranziehen, damit sie den Palast retten.«

»Aber, Herr! Ihr könnt doch nicht ...«

Unas' Aufmerksamkeit kehrte in die Gegenwart zurück. »Ich kann nicht? Was willst du damit sagen? Bei unmittelbarer Gefahr habe ich die Vollmacht, alle zur Verteidigung heranzuziehen, auch Männer von adeliger Abstammung.«

»Aber nicht, wenn sie nicht da sind, Herr.«

»Nicht da sind? Natürlich werden sie da sein. Was redest du überhaupt?«

»Heute am späten Vormittag kam mir das Gerücht zu Ohren, Herr. Madir hat den Rückzug angeordnet. Um die Sicherheit des Herrschers beider Reiche und des Hofes zu gewährleisten.«

»Rückzug?« Unas blieb vor Staunen der Mund offen.

»Ganz richtig, Herr. Der Hof verlässt die Stadt, und die königlichen Wachen ziehen mit dem Hof. Nach Lischt, glaube ich, oder irgendwohin in die Nähe.«

»Ich weiß schon, was du meinst.« Unas hatte sich etwas gefangen, aber er war immer noch verwirrt. »Ich war bei der Errichtung der Befestigungen dabei. Ein guter Platz für einen Rückzug. Eine zweite starke Verteidigungslinie. Aber es war als Rückzugslinie nach einem Angriff gedacht, nicht davor.«

»Wir sollen uns auch nicht zurückziehen, Herr. Die Armee bleibt hier und soll Memphis verteidigen. Memphis und seine Bewohner, denn die Bewohner der Stadt bleiben hier. Nur der Hof zieht sich zurück. Das habe ich zumindest gehört. Der Bote vom Hof sucht Euch vermutlich noch.«

»Ist das wahr, was du mir da erzählst, Hori? Denn wenn du lügst ...«

»Ich schwöre bei meiner Stellung als Hauptmann, Herr.«

»Ihr Götter!« Unas stöhnte. »Wenn sie unsere Linien stürmen, wird die Stadt ohne Verteidigung sein. Es wird ein Blutbad geben, und wir werden es nicht verhindern können, weil wir zu beschäftigt sein werden, uns neu zu formieren.«

»Hier kommt Schobai, Herr!«, unterbrach ihn Hori.

Unas' Begleiter führte Schobai vor den General. »Schobai«, rief Hori ihm entgegen. »General Unas ist gekommen.«

»Ich weiß«, antwortete der Blinde. Er breitete für Unas die Arme aus, und die beiden Männer umarmten einander lächelnd. Sie hielten einander kurz fest, bevor Schobai begann: »Du hast es also gehört?«

»Ja«, antwortete der General. Er nickte seinen Begleitern zu und entließ sie damit. Hori trat zur Seite. »Ich kann es nicht glauben. Am Ende werde ich es aber müssen. Das ist typisch für Harmin. Bei allem, was dir heilig ist, Schobai, bring deine Frau und die Kinder von hier fort, und das schnell. Dir stehen besondere Vergünstigungen zu. Ich lasse sofort den Befehl ausstellen und unterzeichne ihn mit meinem Siegel. Schicke sie nach Lischt.

Noch besser, nach Fajum. Ich kann mir vorstellen, dass ich die Männer nach dem ersten Ansturm nach Süden neu formieren und eine neue Gefechtsordnung aufstellen kann, sodass wir die Nomaden an der zweiten Verteidigungslinie aufhalten können.«

»In Ordnung. Ich nehme deinen Rat an. Aber ich bleibe natürlich.«

»Sei doch kein Narr! Du kannst hier nichts machen. Harmin stiehlt alle deine Waffen und gibt sie der Palastgarde.«

»Ich weiß. Ich habe es erst gestern erfahren. Ich habe diese Schwerter gemacht, damit sie die Nacken der Nomadensoldaten durchtrennen, und nicht, damit sich ein fetter Höfling aus Angst die eigene Kehle durchschneidet. Aber ist denn die Lage an den Frontlinien wirklich so schlimm, wie behauptet wird?«

Unas packte Schobai am Arm. »Du bist mein Freund, und ich rede jetzt vollkommen offen mit dir: Die Lage ist noch schlimmer. Wir sind schwach, wir haben zu wenige Waffen und zu wenige Männer, und Vahan wird mit jedem Tag stärker. Er wirbt Söldner aus dem Norden und sogar unsere eigenen Deserteure an.« Angewidert spuckte er in den Sand. »Manchmal frage ich mich, Schobai, was eigentlich meine Pflicht ist. Warum schicke ich Soldaten in die Schlacht, wenn ihre eigenen Leute sie verraten?«

»So wie Baka verraten wurde, oder ist das nur ein Gerücht?« Schobai tätschelte dem Freund beruhigend die Hand. »Werde nicht böse. Ich habe jetzt wirklich keine Zeit, um mir wegen Gerüchten über Baka Sorgen zu machen. Aber was deine Pflicht angeht, unsere Pflicht, so kennst du die Antwort ebenso gut wie ich. Du hast mir einmal selbst gesagt: Ein Mann erfüllt die ihm übertragene Aufgabe ohne Rücksicht darauf, was der Feigling zu seiner Linken tut oder der Verräter und Nichtsnutz zu seiner Rechten.« Schobai seufzte. »Es scheint so einfach, aber ich habe es auf die harte Art gelernt. Ein Krüppel hat es mir bewiesen, der nur halb so groß war wie ich und der in seinem ganzen Leben nie die Hand im Zorn gegen jemanden erhoben hat. Er hat sein Leben geopfert, für mich, für seine Stadt und für seine Nachbarn.« Schobai versagte die Stimme. Er drehte sich um, als schämte er sich.

»Schobai?«, fragte Unas unsicher.

Der Schmied kehrte ihm das Gesicht wieder zu. »Er hieß Hadad, Hadad von Haran. Er war mein Bruder. Du hast vielleicht von ihm gehört.«

Unas legte dem Blinden die schwielige Hand auf die Schulter. »Es tut mir Leid, Schobai. Ich weiß, freiwillig würdest du uns hier an der vordersten Front nicht im Stich lassen. Aber wenn wir uns zurückziehen, Schobai, brauchen wir dich vielleicht mehr denn je. Wir brauchen dich dann gesund und unversehrt. Wenn es sein muss, erteile ich dir selbst den Befehl dazu.«

»Du hast Recht. Ich werde aufbrechen«, stimmte der Blinde mit vor Erregung heiserer Stimme zu. »Außerdem würde ich den Rückzug nur unnötig verlangsamen, wenn ich bliebe. Nur, solange hier noch etwas für mich zu tun ist ...«

»Hier ist nichts mehr zu tun. Ich wünsche mir, alle auf unserer Seite würden nur einen Bruchteil deiner Standhaftigkeit besitzen. Wie die Dinge liegen, muss ich unseren eigenen Rückzug vorbereiten.«

»Rückzug? Du deckst nicht ihre ...?«

»Ich werde sie decken, obwohl ich weiß, dass ich eine Menge guter Männer dabei verlieren werde. Aber ich wäre verdammt blöde, würde ich untätig warten, bis sie das Todesurteil für meine ganze Armee unterschrieben haben. Das werde ich nicht tun. Ich werde dafür sorgen, dass unser Rückzug geordnet verläuft, sobald wir dazu gezwungen sind, und dass wir so wenige Männer wie möglich verlieren. Wir werden ihnen die Stadt nicht kampflos überlassen. Sie werden für jede Straße, für jeden Basar bezahlen.« Er neigte nachdenklich den Kopf, und seine nächsten Worte waren nur geflüstert. »All die armen Menschen, die zurückbleiben. Kranke und Alte, Frauen und Sklaven.«

»Wie in Melid«, erinnerte sich Schobai.

»Was hast du gesagt?«

»Melid. Ich habe mit angesehen, wie die Nomaden über Melid herfielen. Es war eine friedliche Stadt im Norden des Zweistromlandes. Damals konnte ich natürlich noch sehen, obwohl es besser gewesen wäre, blind zu sein. Nach Melid gab ich meine parteilose Haltung auf. Von da an war ich gegen die Nomaden, ganz gleich, wer gegen sie kämpfte. Ich zog nach Süden und half meinem Vater, Ebla aufzurüsten. Ebla fiel, danach Arwad. Später fielen auch Städte am Meer. Ich konnte gerade noch mein Leben retten.«

»Seit wann kämpfst du jetzt schon? Ebla fiel schon vor vielen Sommern.«

»Manchmal glaube ich, dass ich mein ganzes Leben lang gegen die Hirten gekämpft habe. Vielleicht ist es nicht mehr als mein halbes Leben. Nach dem Fall von Ebla zogen die Hirten durch Kanaan und Sinai nach Ägypten; damals kämpfte ich nicht mehr. Ich lernte Harfe spielen und Lieder in vielen, vielen Sprachen singen. Auf Handelsschiffen zog ich von Stadt zu Stadt. Das Glück und Akilleus' Schiffe brachten mich nach Ägypten. Hier traf ich Meret. Von da an begann der Krieg für mich aufs Neue.«

»Aber du kannst doch sicher deinen Abschied nehmen, wenn du möchtest. Du bist doch Waffenschmied.«

»Vielleicht werden meine Kinder den Luxus der Unabhängigkeit eines Waffenschmieds genießen, nicht an einen Herrn gebunden zu sein und sich nicht einer Sache verpflichtet zu fühlen. Für mich ist das leider anders. Mein Schicksal ist es, alle zu bewaffnen, die gegen die Nomaden kämpfen, wer es auch sein mag und wo es sein mag. So wird es bleiben, solange ich lebe.«

Ein Schatten fiel über sein ausdrucksvolles Gesicht. »Vielleicht wird es nicht für immer so sein, aber solange ich atme …«

»Ich verstehe dich. Ich könnte auch das Land verlassen. Mein Vertrag mit dem Herrscher beider Reiche ist vor langer Zeit abgelaufen. Aber du hast Recht. Es ist Schicksal, nicht wahr?« Er schlug Schobai auf den Oberarm. »Schließlich sind wir noch nicht geschlagen. Vielleicht siegen wir am Ende noch. Es gibt ja auch noch Akilleus. Ein paar Einheiten nubischer Söldner, und alles sieht anders aus!«

»Du hast Recht.« Schobai machte Anstalten, sich zu setzen, und Hori geleitete ihn eilfertig zu einem flachen Stein. Schobai wirkte müde. »In letzter Zeit denke ich oft an Akilleus.« Er spürte, dass neben ihm noch Platz war, und rückte ein wenig zur Seite. »Setz dich zu mir!« Unas folgte der Aufforderung. »Aber in meiner Vorstellung hat er sich verändert; er ist nicht mehr derselbe Akilleus, der fröhliche Prahler und Angeber. Er dünkt mich größer.« Schobai lächelte traurig. »Ich habe ihn nie wirklich gesehen. Nikos hat ihn mir ein- oder zweimal beschrieben. In meiner Vorstellung ist er ein großer, würdevoller Mann geworden. Vielleicht spielt mir die Erinnerung einen Streich.«

»Das ist leicht möglich. Vielleicht ist das, was du dir vorstellst, ein gutes Vorzeichen.«

Schobai schüttelte zweifelnd den Kopf. »Ich hoffe es. Denn ich habe Angst um ihn, Unas. Ich fürchte, dass er nie mehr zurückkommen wird. Er ist schon viel zu lange fort.«

»Ich würde mir keine Sorgen machen.« Unas klopfte Schobai beruhigend das Knie. »Er wird zurückkommen, gesund und wohlbehalten. Ich kenne ihn. Er wird der alte Akilleus sein, so wie in unserer Vorstellung. Er wird mit seinen Abenteuern und seinen Siegen prahlen.«

»Nein«, widersprach Schobai. »Er wird nicht der Alte sein. Davon bin ich überzeugt.« Er schüttelte den Kopf. »Wir werden uns alle verändern; diejenigen von uns, die noch am Leben geblieben sind. Frage mich nicht, wieso ich es weiß, ich weiß es einfach. Nichts wird mehr so sein wie früher.«

III

Meret zog ihr bestes Leinengewand an, als ginge sie zu einem königlichen Empfang. Ihr Gesicht verriet nichts von ihrer Erregung, als sie ein dünnes Ebenholzstäbchen in eine Schale aus Obsidian tauchte und ihre Augen schminkte. Doch der Blick ihrer dunklen Augen verriet ihren Kummer. Sie hob den goldenen Spiegel, den Schobai ihr geschenkt hatte, und betrachtete sich von allen Seiten. Schließlich strich sie die glatten schwarzen Haare zurück, die ihr bis auf die nackten braunen Schultern fielen, und stieß einen tiefen Seufzer aus. Vorsichtig legte sie den Spiegel auf einen niedrigen Tisch und sah Heket an.

»Du weißt, was zu tun ist?«, fragte Meret die Dienerin. »Bist du sicher, dass du nichts vergessen hast?«

»Ja, Herrin«, antwortete die Dienerin. »Ich werde die Kinder auf Euren Landsitz nach Fajum bringen.«

»Wenn du dort bist, schickst du eine Nachricht an meinen Mann. Schreibe an Hori, den jungen Hauptmann, der jeden

Abend mit ihm nach Hause geht. Sie sind unzertrennlich. Hori wird ihn immer finden. Wenn Hori etwas zustößt, wende dich bitte an Unas.«

»Unas? An den General, Herrin? Vor ihm habe ich zu viel Angst.«

»Nein, du wirst keine Angst haben. Du wirst den Mut haben und zu ihm gehen. Du wirst tun, was ich dir sage. Ich halte große Stücke auf dich, und du hast mehr Mut, als du zugibst. Deshalb vertraue ich dir die Kinder an. Ich weiß, dass du bei ihnen bleiben und für sie sorgen wirst, ganz gleich, was geschieht.« Meret versagte die Stimme, und sie unterdrückte ein Schluchzen. »Ganz gleich, was geschieht«, wiederholte sie noch einmal.

»Ihr könnt Euch auf mich verlassen, Herrin. Aber was wird geschehen?«

»Vielleicht gehe ich eine Zeit lang fort. Vielleicht für lange Zeit. Man wird mich verhaften.« Sie sprach so leise, dass Heket sie kaum verstand. »Frage mich nicht, warum. Ich habe es heute Morgen erfahren. Ein Bote vom Wesir war hier. Die Wachen haben unser Haus den ganzen Tag bewacht.«

»Aber, Herrin!«

Meret hatte Tränen in den Augen. Sie betrachtete die Kinder, die unbekümmert zu ihren Füßen spielten. »Meine Lieblinge! Wie soll ich euch verlassen!« Mit einer unbeschreiblich zärtlichen Geste fuhr sie Ketan durch die Haare. »Aber manchmal sind die Dinge nicht so, wie man sie gern hätte.«

»Ich werde für sie sorgen, als wären sie meine eigenen.«

»Ich weiß, dass du das tun wirst. Und noch etwas, Heket: Kümmere dich um Schobai.«

»Was meint Ihr, Herrin?«

»Ich weiß, dass du ihn liebst. Ich weiß, dass du ihn begehrst. Wenn ich fort bin, wird er verzweifelt sein, verzweifelter als die Kinder. Geh zu ihm. Liebe ihn. Schlafe mit ihm. Tröste ihn. Lass ihn in seinem Kummer nicht allein. Er hat so viel Schmerz erfahren in seinem Leben und so viel gelitten.«

»Das kann ich nicht, Herrin!«

»Bitte! Denke, was du willst, von mir, weil ich so zu dir spreche! Ich weiß ja selbst nicht, was ich von meinen Worten halten soll, aber ich ertrage den Gedanken nicht, dass er allein ist. Bitte!«

Es klopfte an der Tür, laut und gebieterisch.

»Einen Augenblick!«, antwortete Meret mit gebrochener Stimme. Die beiden Frauen sahen einander an und umarmten sich zum ersten Mal. Meret hob die Kinder der Reihe nach hoch, drückte jedes fest an sich und setzte es wieder auf den Boden. »Ihr meine Lieblinge! Versucht, mich nicht zu vergessen! Versucht es! Vielleicht, eines Tages ...«

Wieder klopfte es. Diesmal noch lauter.

Meret erschrak. Mit einer plötzlichen Willensanstrengung richtete sie sich kerzengerade auf und ballte die Hände zu Fäusten. Stolz und mit hoch erhobenem Kopf öffnete sie die Tür.

Sechs königliche Wachsoldaten, bis an die Zähne bewaffnet, standen auf der Straße. Ihr Anführer trat vor. »Herrin, wir suchen ...«

»Ich bin es, die ihr sucht«, entgegnete sie. »Wir können gehen, wenn ihr so weit seid.«

Kapitel 8

I

Es war der zweite Tag nach dem Überfall auf Bakas Lager. Der Abend dämmerte bereits und Tuia war ins Lager zurückgekehrt, um in den verkohlten Resten der Zelte nach Brauchbarem zu suchen. Aber nach dem Überfall hatten gierige Schakale das Ihre getan und nichts übrig gelassen. Im rasch schwindenden Tageslicht schlich sich Tuia durch den Wald, immer von einem Baum zum nächsten huschend, bis sie den hinteren Eingang von Akabas Haus erreichte. Dort angekommen, hob sie eine Hand voll Erde auf und warf den Klumpen gegen die hölzerne Hintertür. Der Erdbrocken zerbrach, aber der Lärm, den er beim Aufprall machte, reichte aus.

Akaba, die Olivenhändlerin, zeigte sich am Fenster. »Wer war das? Verschwinde! Ich werde es deinem Vater sagen!«

»Pst!« Tuia trat hinter einem Baum hervor. »Leise, Akaba! Ich bin es, Tuia.«

»Du! Was unterstehst du dich, nach meinem Haus zu werfen! Was machst du überhaupt hier? Die Wachen suchen dich.«

»Sei leise und komm zu mir heraus!« Tuia zeigte keine Angst. Sie hatte nur vor den zwei Männern Angst gehabt, die den Hain bewachten und an denen sie vorbeimusste. »Ich brauche etwas zu essen, Akaba! Oliven, Brot und Käse.«

»Zu essen?« Die Frau trat ins Freie. »Du getraust dich, mich um etwas zu bitten, nachdem du mir so viele Oliven gestohlen hast?«

»Ach, fang nicht wieder damit an! Die Oliven damals waren bereits überreif und es wäre Betrug gewesen, hättest du sie verkauft. Aber ich habe jetzt keine Zeit, darüber zu streiten. Ich brauche Brot, Käse und Oliven.«

»Du brauchst eine Tracht Prügel! Wenn mein Mann hier wäre, dann ...«

»Ich kenne deinen Mann, Akaba. Wenn er wie durch ein Wunder jetzt in diesem Augenblick hier eintreffen würde, dann hätte er trüb verschlafene Augen, wäre splitternackt und stockbetrunken und würde sich nicht genug darüber wundern, was ihn aus dem mit Flöhen verseuchten Bett seiner Lieblingshure vertrieben hat. Reden wir vernünftig, Akaba. Gib mir zu essen. Wir sind zu zweit, die essen müssen, und ich kann nicht in die Stadt gehen.«

»Das kannst du wirklich nicht. Die Wachen suchen dich. Wenn ich dich verhaften ließe, dann …«

»Dann würdest du entdecken, dass es dein eigener Schaden war. Ich wäre gezwungen, von deiner unbezahlten Steuer zu erzählen, von der Bestechung, die du dem Schreiber bezahlt hast, und von den verschiedenen anderen Vertuschungen. Dann ginge es nicht nur um meinen Kopf, sondern um viele andere auch, Akaba. Du weißt, wie die Nomaden über Bestechung denken, vor allem wenn es nicht sie waren, die bestochen wurden.«

»Die Götter mögen mich davor bewahren!«, seufzte die Frau. »Ich wäre wesentlich glücklicher und vermutlich auch wesentlich wohlhabender, wenn du mir nie über den Weg gelaufen wärst.«

»Ich wusste, du würdest am Ende nachgeben. Hast du einen Sack? Irgendetwas, worin ich die Oliven tragen kann?«

»Einen Sack? Als Nächstes wirst du einen Sklaven von mir verlangen, damit er dir beim Tragen hilft.«

»Gute Idee! Normalerweise würde ich dein großzügiges Angebot annehmen.« Tuia grinste frech, als sie Akabas aufgebrachtes Gesicht sah. »Nur bin ich im Augenblick nicht besonders darauf versessen, dass jemand erfährt, wo ich mich aufhalte. Das Brot, bitte! Hast du auch Käse?«

Akaba verschwand. Als sie wieder auftauchte, trug sie ein Viertel von einem Käselaib und ein Dutzend Fladenbrote. »Reicht das, Hoheit?«, fragte sie zynisch.

Tuia hatte durch die offene Tür einen Korb mit Oliven entdeckt, der im Haus auf einem Tisch stand. Sie hatte sich bereits selbst bedient, schob eine Frucht in den Mund, kaute und spuckte den Kern aus. »Sehr gut!«, lobte sie. »Hast du einen Sack?«

»Habe ich nicht. Du musst dir anders zu helfen wissen. Wenn jemand herausfindet, dass du hier gewesen warst, ohne dass ich es gemeldet habe, dann …«

»Hör doch auf, dir Sorgen zu machen!«, mahnte Tuia, zog ihr zerrissenes Gewand aus und stopfte es mit Oliven voll. Es störte sie nicht im Mindesten, dass sie vollkommen nackt war. »Ich bin gleich wieder fort von hier.«

»Schamlose Dirne!«, schalt Akaba entrüstet. »Du getraust dich, so herumzulaufen!«

»Ich brauche mich für meinen Körper nicht zu schämen«, brauste Tuia auf. »Nicht wie gewisse andere Frauen, die sich gehen ließen. Jetzt warten sie, bis die anderen Frauen fort sind, ehe sie sich getrauen, im Fluss zu baden.«

Akaba sah zu, wie Tuia Käse und Brot einpackte und ihr Bündel über die Schulter warf. »Du musst reden!«, spottete Akaba. »Du hast weder nennenswerte Hüften noch Brüste. Man kann kaum erkennen, dass du eine Frau bist!«

»Du kannst mich mit deinen Worten nicht mehr verletzen«, antwortete Tuia. »Ich habe einen Mann, Akaba, einen richtigen Mann, der mich begehrt, so wie ich bin. Große Brüste sind nicht das Einzige, was eine Frau zu bieten hat.«

»Du? Einen Mann? Erzähl mir doch keine Geschichten!«

»Einen besseren als du, so viel ist gewiss. Er ist groß, gut gebaut, sieht gut aus und ist klug. Dazu noch tapfer, liebevoll und zärtlich. Ich wollte um nichts mit dir tauschen!« Sie hielt inne, und ihr Gesichtsausdruck wurde ganz sanft. »Wir stehen da und streiten wie zwei gewöhnliche Fischweiber um nichts und wieder nichts. Ich danke dir für das Essen, Akaba. Wenn sich je die Gelegenheit ergibt, werde ich mich erkenntlich zeigen.«

Akaba sah Tuia wütend an; sie wirkte plötzlich älter und verletzlicher. »Verschwinde! Nimm den schmalen Weg auf der anderen Seite. Wir haben Wachen aufgestellt, aber dort schauen sie für gewöhnlich nicht.«

»Vielen Dank«, rief Tuia und verschwand, tief gebeugt unter der schweren Last, hinter einem Gebüsch.

Es war dunkel, als sie die Straße wieder erreichte. Der Mond war aufgegangen, und in seinem fahlen Licht erreichte sie ungehindert die Gabelung, wo sie rastete und ihre Last abstellte. Der leichte Wind, der den Schweiß auf ihrem nackten Körper trocknete, war sehr angenehm. Doch schließlich begann sie zu frösteln und wollte ihr Bündel wieder aufnehmen, hielt aber noch einmal inne, um den Zauber des Augenblicks auszukosten.

Sie schloss die Augen; es war still. Ein zarter Blütenduft lag in der Luft. Vom Fluss unten kam das Summen der Mücken, und die Wellen schlugen leise an das Ufer. Der sanfte Wind flüsterte durch die Nacht und umspielte ihren Körper. Die Nacht war voll Leben, und sie war verliebt.

War es das, was man gemeinhin Glück nannte? Nicht nur von irgendeinem Mann geliebt zu werden, sondern vom besten Mann, dem man je begegnet war, der hundertmal besser war, als man es sich je erträumt hatte?

Tuia blickte zum Mond hoch und lächelte glücklich.

»Tuia! Höre!«

Sie drehte sich blitzschnell um, kauerte sich verteidigungsbereit nieder und tastete auf dem Boden nach einem Stein, den sie werfen konnte. »Wer ist da?«, fragte sie und hatte bereits einen spitzen Stein in der Hand.

»Hier bin ich«, antwortete die leise Stimme. »Ich bin es, Anab.«

Tuia richtete sich auf, behielt aber den Stein in der Hand. »Zeige dich, damit ich dich sehen kann! Bist du allein?«, fragte sie abweisend; sie versuchte gar nicht, ihre feindselige Haltung zu verbergen.

»Ja.« Anab kroch hinter dem Gebüsch neben der Straße hervor. Er wirkte verängstigt und war bereit, sich sofort wieder zu verstecken. »Tuia, wirf den Stein fort, bitte! Ich will dir nichts Böses. Ich bin auf deiner Seite, wirklich. Auch wenn ich …«

Anab zögerte, aber etwas in seinem Ton hatte Tuia misstrauisch gemacht. »Was wolltest du sagen, Anab? Etwas stimmt nicht.« Sie umklammerte den Stein immer noch. »Ich habe geglaubt, Ben-Hadad und ich waren die Einzigen, die den Überfall überlebten. Wo warst du während des Überfalls?«

Plötzlich wurde ihr alles klar. »Anab! Du hast davon gewusst. Du warst nicht hier, stimmt das?« Sie hob die Hand mit dem Stein hoch und hätte ihm nötigenfalls den Schädel damit zertrümmert. »Anab! Du hast uns hintergangen! Du hast Baka verraten!«

»Nein! Es war ein Irrtum. Zosar hat mich gezwungen. Ich

habe nicht gewusst, worauf ich mich einließ. Als ich es dann erfuhr, war es zu spät, um noch auszusteigen. Ich musste schwören, nichts zu sagen. Er drohte, mich umzubringen.«

»Er hätte dich umbringen sollen. Du feiger, hinterhältiger Lügner!« Tuia suchte vergeblich nach einem passenden Wort. »Wenn ich mir vorstelle, dass ich dich verteidigt habe, wenn dich die Leute beschimpften! Baka hat dir vertraut, und Ben-Hadad hat dir auch vertraut wie einem Bruder!«

»Ich habe es wirklich nicht gewollt, Tuia!«

»Ich sollte dich töten! Auf der Stelle sollte ich dich umbringen und die Welt von dir befreien, du mieser, kleiner Verräter!«

»Tuia, bitte! Ich weiß, wo Baka ist. Wir müssen ihn retten.«

Tuia hatte bereits die Hand mit dem Stein erhoben, um auf Anab einzuschlagen, bei seinen letzten Worten hielt sie jedoch inne. »Du weißt, wo er ist?«, fragte sie in geändertem Ton. »Dann haben sie ihn also noch nicht den Nomaden ausgeliefert? Denn eines ist gewiss: Wenn die ihn in die Hände bekommen, ist er ein toter Mann.«

»Da hast du Recht. Zosar ist der Meinung, dass Baka ihm seine Spione im Lager der Nomaden verrät, wenn er ihn nur lange genug festhält und, wenn es sein muss, auch foltert.«

»Spione?«, fragte Tuia. »Ich habe noch nie von Spionen gehört.«

»Ich auch nicht. Aber es ist verständlich, dass die Leute nicht darüber reden. Zosar hingegen ist von allem Anfang an mit Baka zusammen. Seit dem Tag, an dem Baka aus dem Gefängnis entlassen wurde. Avedis machte sich damals zum König der Könige und nannte sich fortan Salitis. Er ließ die Gefängnisse öffnen, um seine Milde unter Beweis zu stellen. Zosar wusste von den Spionen, aber er wusste nicht, wer sie waren. Jetzt glaubt er, dass er eine bessere Verhandlungsposition hat, wenn er ihre Namen kennt.«

»Verhandlungsposition?« Tuia brachte das Wort kaum heraus. »Er will mit den Nomaden verhandeln?«

»Mit den Nomaden? Nein, nein! Mit den Priestern. Er plant einen Handel mit den Priestern. Ich habe einen von ihnen getroffen. Sie beabsichtigen ...«

»Ich verstehe! Das hätte ich mir denken können. Sie sind immer die Wurzel unserer Probleme. Sie mit ihrem fortwährenden Politisieren und Intrigieren. Zosar hat ihn also an die Priester verkauft, und die wieder wollen ...«

»Nein! Zosar hat ihn noch. Er wird ihn auch behalten, zumindest so lange, bis er weiß, was er wissen will. Er fürchtet, dass ihn die Priester nicht mehr brauchen, sobald er Baka ausgeliefert hat. Aber wenn er einmal weiß, was er für so wichtig hält, dann müssen sie mit ihm verhandeln.«

»Ich verstehe, ich glaube zumindest, dass ich verstehe. Wie gut wird Baka bewacht?«

»Du und ich allein können ihn nicht befreien. Aber wenn wir Hilfe haben, vielleicht.«

»Ben-Hadad ist bei mir.«

»Er lebt? Ich hatte solche Angst um ihn!«

»Mit gutem Grund. Er ist verletzt. Er hat eine oberflächliche Stichwunde abbekommen und viel Blut verloren. Aber ich habe ihn versorgt, und in ein oder zwei Tagen wird er wieder voll einsatzfähig sein und uns beistehen. Er zählt für zwei Männer, auch wenn er verletzt ist.« Sie lächelte, denn sie musste an die letzte Nacht denken. Er konnte nicht sehr schwer verletzt sein.

»Wir müssen uns beeilen, Tuia. Ich habe ein furchtbar schlechtes Gewissen, aber die Sache wuchs mir einfach über den Kopf, wie immer. Am Ende wusste ich mir keinen Ausweg mehr.«

»Viele Menschen sind deinetwegen gestorben.«

»Ich weiß. Du kannst dir gar nicht vorstellen, wie elend ich mich fühle.«

»Erinnerst du dich an Bebe, den Weber?«

»Ja. Er war immer nett zu mir. Er hat nie über mich gelacht wie die anderen. Was ist mit Bebe?«

»Er ist tot. Er starb, als er uns half zu fliehen.«

Anab traten Tränen in die Augen. »Es tut mir wirklich Leid. Ich konnte es nicht ahnen, Tuia. Ehrlich, ich wusste nicht, was bevorstand. Ich habe nicht damit gerechnet, dass jemand umgebracht wird. Dort, wo ich aufgewachsen bin, denkt jeder nur an sich. Was anderes gab es nicht. Ich versuche, die Dinge so zu sehen, wie du, Ben-Hadad und Baka sie sehen. Aber das ist nicht leicht. Für mich ist das unnatürlich.«

»Ich verstehe.« Tuia legte ihm die Hand auf den Arm. »Vergessen wir es. Wichtig ist, dass wir Ben-Hadad das Essen bringen und ihm von Baka berichten. Dann werden wir weitersehen.«

»Ich danke dir. Ich suche keine Ausreden für mein Verhalten, Tuia. Was ich gemacht habe, war von Anfang an falsch, das weiß ich. Ich habe es die ganze Zeit gespürt.«

»Wenn das stimmt, Anab, dann besteht noch Hoffnung für dich. Wenn du wirklich ein schlechter Mensch wärst, dann hättest du keine Schuldgefühle.«

»Ich glaube, ich weiß, was du meinst. Komm, du kannst das nicht alles tragen. Lass mich dir helfen.«

Anab schlüpfte aus seinem Obergewand und lud die Hälfte ihrer Last in sein Gewand. Nur mit einem Lendentuch bekleidet sah er mager und richtig hilflos aus.

Sie fanden das Schilfboot und beluden es mit den Nahrungsmitteln. Im Hinblick auf den schlechten Zustand des Bootes schwammen sie beide neben dem Boot und schoben es jeder mit einer Hand ans andere Ufer. Dort verbargen sie das Boot im Schilf und trugen ihre Last durch das Gebüsch auf eine kleine Lichtung in der Mitte der Insel.

Das Feuer war noch nicht ganz verloschen, und Tuia warf ein Stück trockenes Holz in die ersterbende Glut. Allmählich spürte sie die Wärme auf ihrem nackten Körper. Anab wrang sein nasses Lendentuch aus; er zitterte in der abendlichen Kühle. Tuia warf einen Blick hinter das Buschwerk, das Ben-Hadad verbarg. »Er schläft, glaube ich«, flüsterte sie. »Du würdest gut daran tun, auch zu schlafen. Du siehst schlecht aus«, bemerkte sie mit einem Blick auf seine hervorstehenden Rippen. »Du isst nicht genügend.«

»Ich kann kein Essen behalten, seit Zosar ...«

»Ich verstehe. Glaubst du, dass du von den Sachen essen kannst, die wir hergebracht haben? Du solltest es versuchen.«

»Nein, ich will nichts. Ich werde versuchen zu schlafen.«

»Ein wenig Käse und Brot, komm!«

»Nein. Vielleicht kann ich wieder essen, sobald wir Baka gerettet haben.«

»Wie du meinst. Aber wenn du nichts isst, wirst du es nicht erleben, dass wir Baka retten. Bestrafe dich nicht selbst, Anab. Das hilft nichts.«

Sie klopfte ihm auf die Schulter, sagte ihm gute Nacht und verschwand hinter dem Gebüsch, wo sie sich neben Ben-Hadad auf die Schlafstätte legte, die sie bereitet hatte. Sie wollte sich umdrehen und versuchen zu schlafen, als sie spürte, wie er sich bewegte und sie berührte.

»Tuia!«, flüsterte er heiser.

»Ich habe etwas zu essen gebracht und bin Anab begegnet. Er weiß, wo Baka ist. Wir werden ihn finden und retten. Jetzt schlaf, mein Liebster!«

»Schlafen? Vergiss es! Komm zu mir.« Seine Verwundung störte ihn nicht. Er zog sie an sich, und seine Umarmung war kraftvoll und zärtlich. Tuia hatte nicht die Absicht, ihm zu widerstehen, und ließ sich willig in seine Arme gleiten.

II

Kühl und feucht dämmerte der Morgen, und in den Niederungen lag der Nebel. Anab saß mit hoch gezogenen Knien vor dem ersterbenden Feuer und stocherte mit einem verkohlten Stock in der Glut. Er zitterte am ganzen Körper, rückte näher und versuchte, mit ein paar trockenen Zweigen die Flammen neu anzufachen.

Was soll ich mit mir anfangen, dachte er.

Natürlich wusste er, was zuallererst zu tun war. Zuerst musste er Baka befreien. Es musste ihm gelingen, ganz gleich, wie. Er musste zumindest etwas von dem Schaden wieder gutmachen, den er durch seine Torheit angerichtet hatte. Was das andere anging, nun, dafür war es jetzt zu spät. Bebe war tot. Bebe, der niemandem etwas zuleide getan hatte, der immer gut zu ihm gewesen war und zu allen anderen auch. Ben-Hadad war verletzt.

Anab biss sich auf die Lippen. Er durfte nicht an die anderen denken. Jetzt konnte er nichts für sie tun. Für Baka war es noch nicht zu spät, und darauf musste er sich konzentrieren. Wenn es ihm nur gelänge, Baka zu retten!

Aber der Gedanke an die unschuldigen Toten ließ ihm keine Ruhe. Es war deine Schuld!, schalt er sich. Nur weil du Angst hattest, zu Zosar nein zu sagen! Weil du nicht den Mut hattest, dich zurückzuziehen, solange es noch möglich war. Bis zuletzt hättest du Baka vor der Verschwörung warnen können!

Statt Zosar und dessen verhasste Mitverschwörer zu verraten, hatte Anab seine Freunde verraten.

Verzweifelt stocherte er in der Glut.

Bin ich ein schlechter Mensch?, fragte er sich. In meiner Umgebung gibt es viele Menschen, die in meinen Augen schlecht sind. Sie verletzen andere und scheinen sich darüber zu freuen. Bin ich vielleicht auch so?

Oder war er einfach schwach? War er ein Mensch, der sich leicht beeinflussen und herumstoßen ließ? War er der geborene Handlanger für andere?

Anab seufzte und stocherte zornig in der Glut. Dann warf er den verkohlten Stock hinterher und vergrub das Gesicht in den Händen.

Anab saß immer noch in der gleichen Stellung da. Er zitterte am ganzen Körper, als Ben-Hadad und Tuia aus dem Gebüsch auftauchten. Tuia blieb stehen und wollte dann instinktiv auf Anab zugehen, doch Ben-Hadad legte ihr die Hand auf die Schulter und hielt sie zurück. Er zuckte zusammen, denn die Bewegung verursachte ihm Schmerzen – das Messer hatte eine Rippe gebrochen, war aber nicht tiefer eingedrungen. Langsam näherte er sich dem Freund, der auf dem Boden kauerte und weinte.

Als er Anab beruhigend die Hand auf die Schulter legte, erschrak Anab heftig und hob blitzschnell die Hand, als wollte er einen Schlag abwehren. »Nicht!«, rief er.

Ben-Hadad fasste den Freund am Arm und zwang ihn mit sanftem Nachdruck aufzustehen. Trotz der Schmerzen schloss er ihn in die Arme. Jetzt begann Anab erst richtig zu weinen. Die Tränen rannen ihm über die Wange und sein schmächtiger Körper wurde von Schluchzen geschüttelt. Ben-Hadad hielt ihn fest und klopfte ihm beruhigend auf den Rücken, ohne auf den stechenden Schmerz in seiner Brust zu achten.

»Schon gut, Anab. Wir sind ja da, und wir sind immer noch deine Freunde. Tuia hat mir alles erzählt. Es ist wirklich nicht deine Schuld.«

Aber Anab löste sich aus Ben-Hadads Armen und kehrte den Freunden den Rücken zu. Er rieb sich die Augen. »Ich danke dir für deine Sorge. Aber für meine Fehler bin ich selbst verantwortlich. Ich muss sie wieder gutmachen.«

»Ich weiß«, gab Ben-Hadad ihm Recht. »Aber wir können dir helfen, vor allem bei der Rettung von Baka. Außerdem habe ich noch einen anderen Plan, für den ich deine Hilfe brauche.«

Anab wandte sich um und sah die Freunde an. »Du brauchst mich? Wirklich? Wofür?«

»Das gefällt mir schon besser!«, freute sich Ben-Hadad. »Setz dich hier zu mir ans Feuer und ich erkläre dir alles.« Als er sich setzte, verzog er das Gesicht vor Schmerzen.

Tuia und Anab setzten sich neben ihn, und Ben-Hadad begann mit seinen Ausführungen. »Ich wollte es euch beiden erst später erzählen, aber der Zeitpunkt spielt keine Rolle. Wisst ihr, warum ich ursprünglich nach Ägypten gekommen bin?«

Anab und Tuia sahen einander erstaunt an und schüttelten die Köpfe.

»Das dachte ich mir. Ich komme aus dem Norden, aus Kanaan, das wisst ihr. Dort habe ich mit meiner Mutter gelebt. Ursprünglich hatte sie meinen Vater in Haran kennen gelernt; das war, noch ehe die Nomaden kamen. Mein Vater hatte einen Freund, einen Mann namens Jakob, der, wie sich später herausstellte, aus Kanaan stammte und so etwas wie ein König im Exil war. Jakob wurde meiner Familie ein zweiter Vater, denn er hatte versprochen, für meine Mutter zu sorgen, falls meinem Vater etwas zustieß.

Das alles geschah vor meiner Geburt. Mein Onkel Schobai war ein berühmter Waffenschmied. Er arbeitete weit im Norden für die Nomadenkönige. Für einen Waffenschmied bedeutet es nichts Ungewöhnliches, für jeden zu arbeiten, der ihn für seine Arbeit bezahlt. Vielleicht wusste Schobai auch gar nicht, wie die Nomaden wirklich waren. Nach einiger Zeit erkannte er ihre wahre Natur, lehnte sich gegen sie auf und wollte fort. Sie ließen ihn nicht gehen, schlugen ihn bis zur Bewusstlosigkeit und ketteten ihn an einen metallenen Pfahl im Boden. Trotzdem weigerte er sich, für sie zu arbeiten.« Ben-Hadad lächelte. »Die Dickköpfigkeit liegt anscheinend in der Familie.«

»Du bist nicht dickköpfig«, widersprach Tuia.

»Vielleicht doch. Mein Vater war es auf alle Fälle. Er erfuhr, dass die Nomaden seinen Bruder gefangen hielten. Zu dieser Zeit wurde der Plan der Nomaden, gegen Haran zu ziehen, zur Gewissheit. Vater beschloss, Schobai und Haran zu retten, und das, obwohl er schwer behindert und nie im Leben Soldat war.« Er sah Anab an. »Er war kleiner als ich. Vielleicht etwa so groß wie du bist, Anab.«

Anab riss die Augen auf, aber er sagte kein Wort.

Ben-Hadad fuhr fort. »Meine Mutter war erschüttert über die Nachricht, dass er nach Norden gegangen war, um meinen Onkel zu retten. Sie war allein und mit mir schwanger. Zu jener Zeit musste man außerdem annehmen, dass die Nomaden unsere Linien durchbrechen und Haran zerstören würden. Meine Mutter fürchtete sich zu Tode.«

»Sie hatte allen Grund dazu«, warf Tuia dazwischen.

»Sehr richtig. Doch mein Vater hatte vorgesorgt. Um diese Zeit verließ sein Freund Jakob Haran und zog in seine Heimat im Süden. Er nahm meine Mutter mit und behandelte sie wie seine eigene Tochter. Kurz nachdem Jakobs Karawane die Grenze zu Kanaan überschritten hatte, war die Stunde für meine Mutter und Jakobs Frau Rahel gekommen. Jakobs Lieblingssohn Joseph und ich wurden am selben Tag geboren.«

»Was für eine Geschichte!«, staunte Tuia. »Aber was geschah mit deinem Vater?«

»Es muss ihm gelungen sein, sich ins Lager der Nomaden zu schleichen. Als verrückter buckliger Hanswurst verkleidet versuchte er, meinen Onkel zu retten, wurde aber dabei erwischt. Er machte den Nomaden weis, dass er die Pest habe, was insofern glaubwürdig war, da die Pest in Haran nichts Ungewöhnliches war und er die Anzeichen der Krankheit geschickt vorgetäuscht hatte. Die Nomaden brachen das Lager ab und verließen die Gegend fluchtartig.

Mein Vater fand meinen Onkel, der in einem Käfig gefangen zurückgeblieben war. Doch mein Onkel war blind. Der Mann, der ihm das Augenlicht geraubt hatte, war ein Verräter aus Haran namens Reschef.«

»Den Namen kenne ich!«, rief Anab. »Hier nennen sie ihn die Schlange.«

»Genau! Das ist der Mann. Dieser Reschef hat meinem Onkel die Augen ausgebrannt. Sie hatten früher einmal eine Auseinandersetzung gehabt, und das war Reschefs Rache gewesen. Vater versuchte Schobai zu befreien, indem er Reschef für eine Weile aufhielt. Das gelang ihm auch. Reschef war ein Meister im Schwertkampf, und mein Vater hatte sein ganzes Leben nie gekämpft. Auf alle Fälle focht er mit Reschef lange genug, dass Schobai sicher entkommen konnte. Aber Reschef tötete meinen Vater kaltblütig.«

»Wie schrecklich!«, entsetzte sich Tuia. »Der arme Mann.«

Ben-Hadad seufzte. »Ich hätte ihn gerne gekannt. Er muss ein warmherziger, großzügiger Mann gewesen sein.

Jakob hat die Geschichte Jahre später herausgefunden. Mutter und ich waren für kurze Zeit von ihm fortgezogen, da meine Mutter sich wieder verheiratete, aber schlecht verheiratete. Noch ehe mein Stiefvater starb, zogen wir wieder zu Jakob und lebten bei ihm. Joseph wurde mein bester Freund und Blutsbruder. Er war ein erstaunlicher Junge, sehr gescheit und ein Seher, was ihm seine Brüder neideten. Eines Tages spielten sie ihm einen grausamen Streich: Sie verkauften ihn an Sklavenhändler, die unterwegs nach Ägypten waren.«

»Wie konnten sie so etwas nur tun!«, wunderte sich Anab.

»Aus diesem Grund verließ ich Kanaan«, fuhr Ben-Hadad fort. »Ich wollte Joseph unbedingt finden und zurückbringen.« Enttäuscht schüttelte er den Kopf. »Der Gedanke war vielleicht verrückt, aber wir schuldeten Jakob alles. Vermutlich gleiche ich in dieser Hinsicht auch meinem Vater. Ich hatte die Vorstellung, ein zweiter Hadad zu werden.«

Tuia legte ihm begütigend die Hand auf das Knie.

Ben-Hadad legte seine große Hand auf ihre kleine. »Wie du siehst, habe ich ihn nicht gefunden. Aber jetzt suche ich ihn, glaube ich, auf der falschen Seite. Als ich nach Ägypten kam, erkundigte ich mich bei allen eintreffenden Karawanen. Keine Karawane, die in der entsprechenden Zeit durch Sile kam, führte einen Sklaven mit, auf den Josephs Beschreibung passte. Wahrscheinlich ist er weiter im Süden, südlich der von den Nomaden besetzten Gebiete. Falls er noch am Leben ist, ist er vermutlich ein Sklave in Memphis.«

»Du möchtest deine Suche fortsetzen?«, fragte Anab nachdenklich; er hatte seine eigenen Sorgen beinahe vergessen.

»Ja. Es gibt dafür noch einen Grund. Mein Onkel Schobai lebt noch. Er ist zwar blind, arbeitet aber angeblich in Memphis als Waffenschmied für die Ägypter.«

»Aber ...«, fielen ihm Anab und Tuia beinahe gleichzeitig ins Wort.

Ben-Hadad tat ihren Einwand mit einer Handbewegung ab. »Ich weiß, dass es unmöglich scheint, kann mir jedoch gut vorstellen, dass man auch als Blinder Lehrlinge und Gesellen unterweisen kann.

Jetzt aber wird es schwierig. Schobai kam ursprünglich westlich von hier bei Sais nach Ägypten. Dort lernte er eine Frau kennen, die Frau eines ägyptischen Generals, der als verschollen galt und vermutlich tot war. Schobai und die Frau verliebten sich ineinander und heirateten. Als die ägyptische Armee das Delta aufgab, zogen Schobai und seine Frau wie viele andere auch nach Memphis.«

»Jetzt verstehe ich allmählich«, staunte Anab. »Ist dieser General später aus dem Gefängnis wieder aufgetaucht?«

»So ist es. Und jetzt schwört er Rache. Er will sich nicht nur an den Nomaden rächen, sondern auch an dem blinden Mann, der ihm die Frau gestohlen hat, während er sich in der Gefangenschaft der Nomaden befand. Er schwört, Schobai zu töten. Er hat bereits einen Boten mit einer Todesdrohung geschickt. Das hat mir der General selbst erzählt. Sein glühender Hass gegen meinen Onkel macht mir Angst.«

»Baka!«, rief Tuia. »Du sprichst von Baka!«

»Richtig. Von ihm habe ich das Ende der Geschichte meines Onkels erfahren. Die einfachste Art, Schobai zu retten, wäre natürlich, Baka seinen Feinden zu überlassen; sie würden ihn töten. Aber das kann ich nicht tun. Baka ist unser Freund. Wir müssen ihn retten. Es muss mir gelingen, seinen Zorn zu besänftigen, ich habe aber noch keine Ahnung, wie.«

Ben-Hadad schüttelte hoffnungslos den Kopf. »Dabei ist das erst der Anfang. Zuerst muss ich Schobai finden. Mein Vater hätte es so gewollt. Ich muss Schobai beweisen, dass sich nach all den Jahren alles zum Guten gewendet hat.«

Ben-Hadad sah seine Freunde abwechselnd an. »Ich habe eine gewaltige Aufgabe vor mir. Versteht ihr jetzt, warum ich euch beide brauche? Allein schaffe ich es nicht. Ich brauche Freunde, die besten, die ich finden kann.«

Anab hatte Tränen in den Augen. Nach einiger Zeit brach Tuia das Schweigen. »Du bist wahrhaftig Hadads Sohn.«

III

Ben-Hadad gab das Tempo vor und schritt auf der staubigen Straße kräftig aus. Tuia ging eine Zeit lang neben ihm, als sie bemerkte, dass Anab zurückblieb, fiel auch sie zurück, um sich mit ihm zu unterhalten.

»Du machst dir immer noch Gedanken, Anab?«, fragte sie.

»Nein, nein«, antwortete er hastig. »Ich habe euch zwei beobachtet und dabei fiel mir ein, wie es dich früher gekränkt hat, weil er dich nicht bemerkt hat. Damals im Basar, wo wir uns alle kennen lernten.«

»War das wirklich so offensichtlich?«, fragte Tuia. »Ich muss euch wie eine dumme Närrin vorgekommen sein, die nur eines im Kopf hat.«

»Nein, das nicht, nur leicht reizbar warst du. Das habe ich verstanden. Wer wie du auf den Straßen groß geworden ist, musste ständig auf der Hut sein.«

»Das stimmt«, gab Tuia ihm Recht. »Du meinst also, dass ich jetzt anders bin?«

»Ja, du hast dich verändert. Ich habe es sofort bemerkt. Wie ist es Tuia?«

»Wie ist was?«

»Wenn man verliebt ist und geliebt wird.« Anab wollte noch etwas sagen, überlegte es sich aber dann. »Du weißt schon, was ich meine.«

Tuia wurde rot und heftete den Blick auf die Straße. »Am

schönsten ist, dass ich ihn lieben kann, so viel ich will, ohne Angst zu haben. Ich brauche nicht mehr zu fürchten, dass er mich übersieht oder ablehnt oder mich auf irgendeine Art verletzt. Es ist ein wunderbares Gefühl.« Sie bemerkte, dass sie zu schwärmen begonnen hatte, und hielt verlegen inne. »Es ist eine völlig neue Erfahrung für mich. Wäre ich eine abgebrühte Frau, die schon viele Geliebte gehabt hat, dann könnte ich es dir vielleicht besser erklären.«

Sie bemerkte Anabs sehnsüchtigen Gesichtsausdruck und griff impulsiv nach seiner Hand. »Ich bin eine Närrin! Ich plappere vor mich hin, wie glücklich ich bin und wie geborgen ich mich fühle. So etwas erzählt man nicht einem Menschen, der einsam ist!« Anab wollte ihr seine Hand entziehen, aber sie ließ ihn nicht los. »Du bist doch einsam, habe ich nicht Recht? Du hältst dich für den einsamsten Menschen auf der Welt.«

Anab riss sich von ihr los und schwieg. Zornig schritt er rascher aus.

Tuia hielt mit ihm mit und dachte über die Sache eine Weile nach. Vor ihnen verschwand die Sonne hinter ein paar Dattelpalmen. Der Himmel schimmerte in unglaublichen Farben. Die Abendluft war mild, und ein sanfter Wind fuhr durch die Palmen.

»Wenn du den Menschen auf halbem Weg entgegenkommst, Anab, würden sie für dich vielleicht das Gleiche tun«, begann Tuia schließlich wieder das Gespräch. »Vielleicht nicht beim ersten Mal, vielleicht musst du es oft und oft versuchen. Aber du darfst eines nicht vergessen: Wir sind deine Freunde. Wärst du wirklich so abscheulich, wie du glaubst, hättest du dann überhaupt Freunde? Freunde, die dir aufhelfen, wenn du gefallen bist, die darüber hinwegsehen, wenn du einen Fehler gemacht hast, solange du ein gutes Herz hast?«

Anab wollte etwas sagen, räusperte sich und versuchte es noch einmal. »Warum? Ich hätte dir nicht verziehen, wenn du versucht hättest, mich zu betrügen. Das glaube ich zumindest.«

»Natürlich hättest du es getan«, versicherte ihm Tuia. »Solange wir dir mit Rücksicht begegnen und nicht mit Verachtung. Nur selbst vergibt man sich nicht. Was verzeihst du dir eigentlich nicht? Dass du ein Mensch mit Fehlern bist?« Leise, beinahe schüchtern, fuhr sie fort: »Dass du nicht gut aussiehst? Nicht reich bist? Aus keiner guten Familie kommst?« Sie wartete auf seine Antwort. Sie sah ihn nicht an, sondern starrte vor sich hin, auf die Straße und Ben-Hadads langen Schatten vor ihr. Ruhig fuhr sie schließlich fort.

»Schau mich an, Anab. Ich bin nichts Besonderes. Ich bin weder hässlich noch hübsch. Niemand dreht sich nach mir um, wenn ich vorübergehe. Du hast mich nackt gesehen und weißt, dass ich keine Palasttänzerin bin. Was kann ich einem Mann bieten, außer einem treuen Herzen? Auf das kommt es doch schließlich an, dass wir dem anderen unser liebendes Herz schenken, das beständig ist, allen Versuchungen und Rückschlägen zum Trotz. Ich kann mein Glück immer noch nicht fassen, Anab. Ich war bisher noch nie wirklich glücklich. Wenn das, was ich jetzt empfinde, Glück ist, dann war ich bisher weit davon entfernt. Aber es ist nicht alles nur ein glücklicher Zufall, das weißt du auch, Anab.«

Anabs Gesicht blieb vollkommen ausdruckslos. Er versuchte etwas zu sagen, aber es gelang ihm nicht. Sein Blick wanderte in die Ferne, wo die Sonne gerade hinter dem westlichen Horizont versank. Tuia wusste nicht, was hinter seinen ausdruckslosen Zügen vorging, vielleicht gar nichts.

Zosars Kumpel Tumbos war ein ehemaliger Fleischer, der unlängst einen Offizier der Nomaden ermordet hatte, um eine offene Schuld zu begleichen. Er schwitzte, schüttelte den grauen Kopf und stierte besorgt vor sich hin.

»Er wird es dir nie sagen, Zosar! Sei doch vernünftig. Seit drei Tagen hast du alles Mögliche versucht. Du warst knapp daran, ihn umzubringen, aber du hast nichts von ihm erfahren, was du nicht vorher schon gewusst hast. Warum machst du nicht ein Ende?«

»Geh mir aus dem Weg!«, fuhr Zosar ihn grob an. Er war am Ende seiner Geduld angelangt. »Glaubst du, ich gebe mich mit dem Almosen zufrieden, das die Priester mir angeboten haben, wenn ich ihn tot oder lebendig ausliefere? Ich habe Kopf und Kragen nicht allein für Geld aufs Spiel gesetzt. Für was für einen Narren hältst du mich? Das Geld ist rasch ausgegeben, und was hast du dann? Mit der Macht ist es etwas anderes. Macht verhilft dir zu Geld. Mit Macht kannst du dir Geld verschaffen, so viel du brauchst. Wenn ich nur die Namen seiner Spione herauskriege, ehe die Priester ihn in ihre Hände bekommen!« Zosar spuckte ins Feuer.

Tumbos warf einen Blick auf Baka, der nackt und aus vielen Wunden blutend auf einem Tisch lag. Die Seile an den Hand- und Fußgelenken seiner ausgestreckten Gliedmaßen waren unter dem Tisch festgezurrt. Seine Hände waren dunkelrot und beinahe unbeweglich. Er hielt die Augen geschlossen. »Ich habe mitgemacht«, sprach Tumbos weiter, »weil ich die Nomaden hasse und du mich gut bezahlt hast. Aber das hier, Zosar«, er deutete mit dem Kopf auf den Gefangenen, »das ist krank.« Tumbos schüttelte angewidert den Kopf, und Zosar stieß ihn zur Seite.

»Ach! Du hast einen schwachen Magen! Ich bin von Feiglingen umgeben!«

Tumbos bemerkte Zosars Stoß nicht einmal, sondern starrte Baka unverwandt an. »Das hier gefällt mir nicht, Zosar. Folter ist etwas für den Abschaum, wie die Nomaden. Ich bin dafür, dass wir ihn entweder freilassen oder ...«

»Ihn freilassen! Du bist ein toter Mann, wenn du das tust. Weißt du, wie viele Freunde er überall im Land hat? Ein Teil der Leute war bei unserem Angriff nicht im Lager. Wenn sie die Wahrheit herausfinden, sind sie hinter uns her. Wir können uns verdammt glücklich preisen, dass Baka der Einzige ist, der uns kennt.«

»Ich glaube nicht, dass das stimmt«, entgegnete Tumbos beunruhigt. »Zwei sind womöglich entkommen. Vielleicht sogar drei. Das habe ich heute erst entdeckt. Einer von ihnen könnte der Schmied sein, du weißt schon, der junge Mann, der in den Basaren Senet gespielt hat.«

Zosar runzelte die Stirn. »Verdammt! Ich habe geglaubt, wir haben sie alle umgebracht.«

»Er war schwer verletzt. Vielleicht ist er mittlerweile gestorben. Außerdem war noch die Frau da, die ihm in der Schmiede geholfen hat.«

»Tuia! Der hätte ich selbst ein Messer zwischen die Rippen

stoßen sollen. Sie hat damals beim Überfall auf Wenis' Haus den Schmied gerettet. Bist du sicher, dass sie auch fehlt?«

»Ich habe es gehört. Und was ist mit deinem kleinen Freund, dem mit dem Gesicht?«

»Das war mein Fehler. Es war dumm von mir, ihm zu vertrauen. Wo mag er sein? Ist es möglich, dass er zu den Nomaden übergewechselt ist? Oder zu den Priestern? Wenn die Priester herausfinden, dass ich Baka habe!«

»Das fehlt uns noch!«, stöhnte Tumbos. »Aber ich mache mir mehr Sorgen wegen des Schmieds. Ich habe gehört, dass er sehr gut mit Baka stand. Wenn er wirklich noch lebt, können wir uns auf etwas gefasst machen!« Er fluchte leise. »Die Frau ist auch nicht ohne. In den Basaren hatte sie den Ruf, blitzschnell mit dem Dolch zur Hand zu sein. Im Viertel der Diebe gibt es einen Einbrecher, dessen Arm nutzlos wie ein Stock baumelt. Er hat einmal nach ihr gefasst, und schon hatte sie ihre Klinge zur Hand! Mit einem einzigen Schnitt waren die Sehnen durch.«

»Ich weiß! Hör auf mit dem Blödsinn!« Zosars rot angelaufenes Gesicht und seine schweißnasse Stirn verrieten seine Besorgnis. »Ein Grund mehr, dass ich mich beeile, aus Baka herauszukriegen, was ich hören will, ob er will oder nicht. Wenn es dir nicht passt, kannst du ja gehen, aber misch dich nicht ein.«

»Nenn mich einen Schwächling, wenn du willst, aber ich schaue nicht zu, wie ein Mensch wie ein Stück Vieh abgeschlachtet wird. Ich warte draußen, bis du fertig bist.«

»Wie du meinst.« Zosar blickte ihm zornig nach. Dann griff er nach dem schwarzen Feuerhaken, der auf dem Fenstersims lag, und ging auf den Tisch mit dem reglosen Körper zu.

Zosar beobachtete Baka eine Weile. Die Augen in dem abgezehrten Gesicht waren geschlossen, die Brust des Gefangenen hob und senkte sich unter den regelmäßigen Atemzügen eines bewusstlosen Mannes. Plötzlich schlug Zosar Baka die Hand ins Gesicht. »Aufwachen, Baka!«, schrie er ungeduldig. »Wach auf, du Schwein!«

Baka öffnete die Augen und versuchte sich aufzurichten. Er hob den Kopf und ließ ihn wieder zurückfallen. »Ich habe geträumt, ich sei in der anderen Welt, umgeben von nie gesehener Schönheit, an Händen und Füßen von nackten Tänzerinnen verwöhnt, die schöner waren als der volle Mond. Und jetzt muss ich aufwachen und erblicke dein hässliches Gaunergesicht, Zosar!«

»Nur so weiter!«, entgegnete Zosar. »Aber warte nur! Gleich wirst du anders reden.« Schweigend schürte er das Feuer und hielt schließlich den Feuerhaken in die Glut, bis er rot leuchtete.

Der Gefangene sprach weiter, ohne den Kopf zu bewegen. »Bisher habe ich nichts gesagt, und du hast deinen Vorrat an Kunststücken bereits zweimal durchgespielt. Nein, Zosar, du wirst mich nie zum Reden bringen. Den Nomaden ist es nicht geglückt. Warum glaubst du, dass du etwas schaffst, was ihnen nicht gelungen ist?«

»Hüte deine Zunge!«

»Seltsam! Das Gleiche hat mir vor zwei Jahren ein Nomade gesagt. Ich habe ihm empfohlen, sie mir herauszuschneiden und auf den Tisch zu legen, damit ich sie hüten kann. Er war so dumm, dass er es beinahe getan hätte, bevor er begriff, dass ich dann nicht sprechen könnte, falls ich wollte.«

»Du wirst reden«, warnte Zosar. »Jetzt brauche ich aber jemanden, der deinen Kopf hält, während ich mich mit dir beschäftige. Komm her, Tumbos!«

Keine Antwort. Zosar warf den Feuerhaken wütend in die Glut und ging hinaus. »Tumbos! Wo bist du?«

Einer der Wachmänner lag vor der Tür; der Hals des Mannes hatte einen unnatürlichen Knick. Tumbos lag ebenfalls auf dem Boden; auf seinem Hals prangte ein schrecklicher roter Klecks. »Was ist los?« Zosar griff angstvoll nach dem Dolch in seinem Gürtel.

Aber Anab war geschickter und schneller gewesen als er und hatte den Dolch bereits aus seiner Scheide gezogen. Zosar drehte sich um und wich zurück. »Anab!«, rief er. »Gib ihn mir sofort wieder zurück, du kleine Ratte!«

Anab stürzte sich auf ihn. Im selben Augenblick legte jemand seinen mächtigen Unterarm um Zosars Hals und drückte zu. Zosar krallte sich an dem beklemmenden Arm fest; im selben Moment stieß ihm Anab den Dolch kraftvoll zwischen die Rippen. Zosar ging sofort in die Knie. Er spürte kaum noch den Schmerz, so rasch wich das Leben aus ihm.

Vorsichtig befreiten sie Baka von seinen Fesseln. Noch ehe sie ihm dabei helfen konnten, hatte er sich schon aufgesetzt und rieb sich die Handgelenke, ohne auf seine Wunden zu achten. Anab hatte in der Zwischenzeit Zosar das Gewand ausgezogen und brachte es Baka. »Es ist zwar auch blutbefleckt, aber nicht so arg wie die anderen. Es tut mir Leid, dass ich so schlampig gearbeitet habe.« Vorsichtig half er Baka beim Ankleiden, stets darauf bedacht, frische Wunden nicht zu berühren.

Baka grinste. »Und ich habe dich immer für einen Schwächling gehalten, Anab. Aber es ist nicht das erste Mal, dass ich mich irre, und es wird auch nicht das letzte Mal sein. Über euch weiß ich jetzt Bescheid, so viel ist gewiss.«

»Still jetzt!«, flüsterte Tuia. »Wir müssen zusehen, dass wir von hier verschwinden, bevor die anderen zurückkommen. Wie viele sind es?«

»Fünf oder sechs«, antwortete Baka. »Sie sind in der Stadt und verhandeln mit den Priestern.«

»Ein Grund mehr für uns, zu verschwinden«, mahnte Ben-Hadad. »Draußen steht ein Wagen, Anab, und zwei Esel stehen auch angebunden. Kannst du sie anspannen? An der Wand lehnt ein Geschirr, das habe ich beim Hereinkommen gesehen.«

»Wird gemacht!« Anab verschwand im Laufschritt.

Baka ließ sich von den anderen vorsichtig auf die Beine helfen. Beim ersten Mal gaben seine Knie nach. Danach gewann er mit Mühe allmählich Kontrolle über seine Gliedmaßen. »Dieser Anab!«, begann er. »Ich hatte meine Zweifel wegen ihm. Aber wie sich herausstellt, ist auf ihn Verlass. Mehr Verlass als auf die anderen, denen ich vertraute. Ich danke euch, Freunde.«

Er bemerkte nicht, wie Ben-Hadad und Tuia hinter seinem Rücken Blicke wechselten, und hörte auch nicht, wie Ben-Hadad lautlos die Worte formte: Sag ihm nichts!

Mit dem langsamen Karren brauchten sie eine Weile, bis sie am Fluss anlangten. Dort angekommen, legten sie Baka in das kleine Boot, das sie im Schilf versteckt hatten, während Anab den Karren ins Gebüsch schob und die Tiere stehen ließ. Baka sagte kein Wort, als sie das Boot schwimmend zur Insel beförderten, nur als sie ihm dort an Land halfen, stieß er ein paar schmerzliche Flüche aus.

Anab setzte sich zu ihnen ans Feuer. Der Mond war halb voll und ab und zu von ziehenden Wolken verdeckt. Tuia hatte aus verschiedenen gestohlenen Dingen eine Suppe gekocht, die sie Baka einflößten. Nach dem Essen blieb es eine Weile still. Baka brach das Schweigen als Erster.

»Ich habe alles getan, was es hier zu tun gab. Sobald ich wieder auf den Beinen bin, werde ich die Front wechseln und mit den Ägyptern gegen die Nomaden kämpfen.«

»Was?«, fragte Tuia erstaunt. »Ihr wollt den Kampf hier aufgeben?«

»Die Nomaden planen einen gewaltigen Vorstoß auf Memphis«, erklärte Baka. »Diesmal wird Vahan der Durchbruch gelingen. Gut möglich, dass er sogar Memphis einnimmt. Die ägyptischen Streitkräfte sind schwach und ausgepumpt. Sie können jeden Mann brauchen, umso mehr jemanden mit Kriegserfahrung.« Er lächelte den beiden Männern zu. »Wie wäre es mit euch beiden? Wollt ihr euch nicht anschließen?«

»Euch anschließen?«, fragte Anab. »Aber wie? Wie kommen wir durch die Linien der Nomaden auf die Seite der Ägypter?«

»Wir lassen uns Bärte wachsen und verkleiden uns. Wir treten in Vahans Söldnerheer ein. Im richtigen Augenblick wechseln wir dann auf die andere Seite.« Vor Begeisterung bekam sein Gesicht wieder etwas Farbe. »Ich habe den Kampf aus dem Hinterhalt satt und sehne mich danach, wieder ein Schwert zu führen. Außerdem möchte ich noch etwas erledigen, bevor ich sterbe, und das kann ich nur, wenn ich auf der anderen Seite der Front bin.« Die letzten Worte klangen drohend. »Auf dieses Zusammentreffen warte ich schon lange.« Ein irres Funkeln stand in seinen Augen.

In dieser Nacht lag Ben-Hadad lange wach und dachte nach, während Tuia friedlich neben ihm schlief.

Nach einiger Zeit deckte er sie mit den wenigen Lumpen, die sie besaßen, zu, verließ ihr Schilflager und ging am Ufer der kleinen Insel ruhelos auf und ab.

Je länger er darüber nachdachte, desto klarer sah er seinen

Weg vor sich. Er musste mit Baka gehen. Andernfalls sah er keine Möglichkeit, zu verhindern, dass Baka Memphis erreichte und Schobai tötete. Es sei denn, er – Ben-Hadad – tötete Baka zuerst, und das war undenkbar.

Schon vor dem Überfall hatte er bereits versucht, mit Baka zu sprechen, und sich vorsichtig bemüht, ihn von seinem Vorhaben abzubringen. Doch er brauchte nur das Thema zu erwähnen, und ein Wutausbruch war die Folge. Baka war fest entschlossen.

Ben-Hadad blieb keine andere Wahl. Er musste mit Baka ziehen und zusehen, wie er dessen Plan vereiteln konnte. Was sollte in der Zwischenzeit aus Tuia werden? Wie sollte er für sie sorgen und sich um ihre Sicherheit kümmern? Wer würde bis zu seiner Rückkehr auf sie Acht geben?

Als er seinen Blick über den Fluss wandern ließ, entdeckte er etwas Helles am anderen Ufer. Der helle Fleck verließ das schützende Gebüsch und näherte sich dem Wasser. Ben-Hadad wartete im Halbdunkel, bis der Mond wieder hinter den Wolken hervorkam. Vermutlich war es ein kleines Tier, das ans Wasser zum Trinken kam.

Doch nein! Was immer es war, das Tier trank nicht. Die Vorderbeine fest auf den Boden aufgepflanzt, den Kopf hoch erhoben, schaute das Geschöpf aufmerksam zu ihm herüber.

»Löwe!«, flüsterte Ben-Hadad. Er hatte den Hund an seiner Haltung erkannt und sah jetzt auch den wedelnden Schwanz. Die Nacht war warm, und Ben-Hadad hatte seine Schlafstelle nackt verlassen. Begeistert sprang er ins Wasser und schwamm mit kräftigen Stößen an das andere Ufer. Im nächsten Augenblick schon umarmte er den kleinen Hund und drückte ihn fest an sich.

»Löwe! Du kannst dir ja gar nicht vorstellen, wie glücklich ich bin, dass ich dich wiederhabe.« Ben-Hadad streichelte das raue Fell auf dem Kopf des Tiers und kraulte den Hund hinter den Ohren. »Du lässt mich nie im Stich! Auf dich kann ich zählen. Das war immer so und wird auch in Zukunft so bleiben. Du wirst auf sie Acht geben, ja? Du und Anab. Du wirst aufpassen, dass ihr niemand ein Leid zufügt, während ich fort bin. Ich lasse sie bei dir. Wenn ich zurückkomme und alle meine Pflichten erledigt habe, suchen wir uns einen Platz im Delta, an dem man uns in Ruhe lässt; dort werden wir uns niederlassen. Dort werden wir beide gemeinsam alt werden, stimmt's, mein Junge?«

Glücklich ließ er es über sich ergehen, dass der Hund ihm das Gesicht leckte. Die quälenden Sorgen der Nacht waren verschwunden, und er sprang vergnügt ins Wasser. »Komm, Löwe! Wer ist zuerst auf der Insel?«

Kapitel 9

I

Einen ganzen Tag lang folgten sie dem ausgetretenen Pfad an den Hängen des Flusslaufes. Unten tobte der Fluss, vor ihnen erhoben sich niedrige Hügel und weit im Südwesten waren in der klaren Luft die Vorberge eines gewaltigen Massivs zu erkennen. Die Luft war kühl, aber die Sonne schien warm auf die nackten Körper von Akilleus' Männern, und die Schwerter und bronzenen Speerspitzen funkelten im gleißenden Licht. Erst die abendliche Kühle würde die Männer zwingen, die wärmenden Tierfelle zu tragen, die die Jäger vor einigen Tagen von einem Jagdausflug gebracht hatten: Felle von Leoparden, Zebras und Antilopen.

Mittlerweile hatte sogar der alte Kämpfer Musuri seinen Lendenschurz abgelegt. Sein stämmiger Körper war von der Sonne gebräunt, sodass seine Haut nur wenig heller war als sein Schwertgürtel und aussah wie altes Leder. Einen Monat zuvor war er noch kurzatmig gewesen, aber jetzt, da die Truppe bergwärts wanderte, den Quellen des großen Flusses entgegen, spürte er neue Kraft in seinen Beinen. Musuri lächelte stolz und entblößte dabei seine abgebrochenen Zähne. Er ging schneller und überholte die Träger, um Akilleus an der Spitze der Kolonne einzuholen.

Als er den Anführer der Expedition vor sich gehen sah, konnte Musuri nicht umhin, sich erneut darüber zu wundern, wie viel Fett Akilleus auf dem langen Marsch verloren hatte. Er war nicht so groß und mager wie die eingeborenen Träger, die sie im Sudd angeworben hatten, aber auch nicht das fettleibige Ungeheuer, das er am Beginn ihrer Reise gewesen war. Mit seinem breiten Rücken und den kräftigen Schultern aus seiner Zeit als Ruderer auf den Galeeren erinnerte er an die muskulösen Krieger aus den Ländern am Großen Meer, nur dass er anderthalbmal größer war als sie. Selbst Ebana war größer als Musuri; als sie jetzt neben Akilleus ging, sahen die beiden stattlichen Gestalten wie zwei glänzende Statuen aus Ebenholz aus. Ich habe ja doch Recht, dachte Musuri. Sie sind zwei Götter, die auf die Erde gekommen sind.

Akilleus drehte sich um. »Ah! Musuri! Komm, geh mit uns!« Er verlangsamte das Tempo, bis der Soldat sie eingeholt hatte, und nützte die Gelegenheit, den alten Krieger anerkennend zu mustern. »Ich glaube, das Hochland bekommt dir. Es ist viele Jahre her, dass wir uns in Tyros kennen gelernt hatten, aber nie hast du so gut ausgesehen wie jetzt.«

»Das kommt vielleicht von dieser Kletterei«, stimmte Musuri zu. »Die Berge verleihen einem Kraft. Ich habe es beinahe vergessen, da ich den größten Teil meines Lebens im Flachland gelebt und gekämpft habe. Doch ich bin in den Bergen von Moab zur Welt gekommen, und in gewisser Hinsicht ist das auch für mich wie eine Rückkehr in eine Art Heimat.« Jetzt erinnerte er sich wieder, warum er gekommen war, und wechselte das Thema. »Ich wollte etwas fragen. Ich habe mit Lule gesprochen, dem Führer, den wir gestern angeworben haben. Er wollte wissen, warum du an der letzten Abzweigung den linken Arm genommen hast. Er führt nirgendwohin, meint er. Nur in felsiges Gelände. Er empfiehlt, dass wir umkehren und das andere Tal wählen. Dort kommen wir besser voran, meint er.«

»Sag ihm, er möge sich keine Sorgen machen«, antwortete Akilleus. »Es hat den Anschein, als erinnerten sich meine Knochen besser an diesen Weg als mein Kopf. Ich habe mich aus einem bestimmten Grund für diesen Weg entschieden, auch wenn wir später wieder zurückgehen müssen. Für mich ist das eine Reise in die Vergangenheit, die ich mit euch allen teilen will.« Er konzentrierte sich wieder auf den Weg, der jetzt steiler wurde und sich zu einem mit Felsblöcken übersäten Hohlweg verengte. Aus den felsigen Bergen über ihnen war stetiges Grollen, beinahe ein Brüllen zu vernehmen.

Musuri staunte. »Wie du meinst. Du bist der Anführer. Aber was ist das für ein Geräusch? Ist das ein Wasserfall?«

»Der Fluss lässt seine Kräfte spielen«, antwortete Akilleus. »Er wird uns gleich zeigen, was er kann. Ich wollte, dass ihr es seht. Wir sind ungezählte Tagesmärsche vom Delta entfernt, und der Nil ist hier ebenso mächtig und majestätisch wie an seiner

Mündung, wo seine Fluten die Inseln unter Wasser setzen. Er ist die Quelle des Lebens und aller Kraft in diesen südlichen Landen.«

»Wenn du es sagst«, antwortete Musuri. Zuerst ging er neben Akilleus, bis seine Neugierde schließlich die Oberhand gewann und er die Spitze des Zuges übernahm. »Du hast mir schon so viele wunderbare Dinge gezeigt, die ich mir nie habe träumen lassen.«

Musuri blieb der Mund offen stehen: Hinter einem zu Boden gestürzten Felsblock trat er in einen leichten Sprühregen und erblickte den Katarakt, den Akilleus ihnen zeigen wollte.

Hoch über ihnen tobten die mächtigen Wasser des Nils durch eine enge Schlucht, kaum breiter, als drei Männer groß sind, und stürzten brüllend durch eine Kluft im schwarzen Fels. Auf halber Höhe traf das Wasser mit Wucht auf eine Felsplatte und prallte von den steilen Wänden der Schlucht ab; Wasserstaub wirbelte hoch in die Luft. Von der Felsplatte stürzte das Wasser weiter in das tief unten verlaufende Flussbett. Wolken von Wasserstaub stoben auf, und die Strahlen der einfallenden Sonne zauberten einen bunten Regenbogen in die Schlucht. Das atemberaubende Schauspiel demonstrierte unglaubliche Kraft und Schönheit.

Akilleus trat schweigend neben Musuri. Gänsehaut überzog seine schwarze Haut. Die Erde unter ihren Füßen bebte. »Der Nil«, sagte Akilleus, und seine dröhnende Stimme war beim Gebrüll der stürzenden Wasser kaum zu hören. »Er ist unser Vater und unsere Mutter. Von ihm stammen wir ab, und zu ihm kehren wir zurück.«

Das Schauspiel raubte Musuri die Sprache. Es war, wie Akilleus gesagt hatte: Er spürte die Nähe eines Gottes, des Gottes aller Götter, von dem sie alle abstammten. Angesichts solcher Kraft hatte nichts Bestand. »Akilleus, wo führst du uns hin? Was ist das für ein Ort?«, flüsterte Musuri.

Akilleus legte dem Freund die schwielige Hand auf die Schulter, bückte sich und flüsterte ihm ins Ohr. »Hab keine Angst, Musuri. Du blickst nicht in dic Pforte des Todes, sondern in das Tor des Lebens. Ich bin zu Hause, Musuri, beinahe zumindest. Hinter diesen Wasserfällen liegt das Land, in dem ich geboren wurde. Ich weiß es. Ich war schon einmal hier. Mein Vater hat mich hergebracht. Mein Vater, Ma…« Er richtete sich auf. Musuri sah Akilleus verwundert an. Seine Lippen bewegten sich, wollten Silben zu einem Wort formen, zu einem Namen. »Magi…«

Der Sprühnebel verdichtete sich für einen Augenblick, sodass das Gesicht des Schwarzen beinahe darin verschwand. Als sich die Gischt wieder verzog, war Akilleus' Gesicht triefnass. Er runzelte angestrengt die Stirn und bewegte lautlos die Lippen.

Schließlich schloss er die Augen und flüsterte. »Ich habe mich beinahe daran erinnert. Fast wäre es mir eingefallen. Ich glaube, ich bin nach den vielen Irrjahren nahe daran herauszufinden, wer ich wirklich bin.«

Sie kehrten um und gingen den Weg zurück, um die andere Abzweigung zu nehmen. Sie verließen das Flussbett und stiegen über einen etwas weniger steilen Pfad höher. Oben auf der Höhe angekommen, überblickten sie ein weites Tafelland mit sanften Hügeln. In der Ferne war ein großer See zu erkennen. »Ist das der See, von dem du mir erzählt hast, Akilleus?«, fragte Ebana. »Er sieht gar nicht so groß aus. Du hast mir gesagt, du konntest das andere Ufer nicht sehen.«

»Dann kann er es nicht sein, meinst du nicht?«, antwortete Akilleus mit sanftem Lächeln. »Nein. Wir sind jetzt in einem Land von Seen. Wir werden noch an anderen Seen vorüberkommen, ehe wir den einen erreichen, von dem ich dir erzählt habe. Im Vergleich mit ihm wird alles andere winzig aussehen. Hier ist alles größer, als du es gewohnt bist. Im Südwesten liegen die Feuerberge. Sie speien Flammen und Rauch und schleudern Felsblöcke so groß wie zwanzig Häuser in die Luft. Flüssiges Metall und Gestein rinnen an den Hängen zu Tal und begraben ganze Siedlungen und Wälder. Es würde Wochen dauern, wollte man diese Berge, wenn sie still und ruhig sind, überqueren.«

»Dann müssen es die Berge jenseits der Wolkenbank dort drüben sein«, überlegte Musuri. »Vermutlich ist es dort kühl und feucht, und die Hänge sind immer nebelverhangen.«

»Du hast Recht«, pflichtete Akilleus ihm bei. »An diesen kühlen Hängen leben Affen, Musuri. Sie sind größer als Menschen und wiegen zweimal so viel wie ich. Es sind sanftmütige Geschöpfe, die sich nur von Blättern und Früchten ernähren. Aber wenn du über ihre Schlafstätten stolperst, dann kämpfen sie wie Dämonen. Sie können einen Menschen mit einem Schlag zermalmen.«

»Ihr Götter!«, staunte Musuri. »Das klingt wie eine andere Welt.«

»So ist es. Es ist meine Welt. Sieh dich um, und du wirst verstehen, warum ich mir immer wie ein Fremder vorgekommen bin, wie ein Fisch ohne Wasser. In den vergangenen Tagen habe ich die Welt mit anderen Augen sehen gelernt. Jetzt scheint mir die Welt, die wir verlassen haben, sonderbar fern. Jene Welt ist mir fremd, das hier ist meine Welt.«

Sie gingen wieder bergab. Plötzlich sahen sie sich umringt von etwa zwanzig Schwarzen, die lautlos aus dem dichten Buschwerk getreten waren. Die Gesichter der Männer wirkten angespannt. Die Krieger trugen Speere mit Steinspitzen und schienen bereit zum Angriff zu sein.

Musuri griff nach seinem Schwert, aber Akilleus gebot ihm mit einer Handbewegung Einhalt. Er selbst trat vor und begann laut, wenn auch ein wenig zögernd, in einer Sprache zu sprechen, die keiner außer dem zuletzt angeworbenen Träger verstand. Dieser, Lule mit Namen, lief an die Spitze des Zuges und stellte sich mit weit aufgerissenen Augen neben Akilleus.

Ein großer, beeindruckender Krieger löste sich aus der Gruppe der anderen und trat auf Akilleus zu. Er schüttelte wild seinen Speer und sagte etwas in hochmütig akzentuiertem Ton.

Musuri stellte sich neben Ebana. »Was sagen sie?«, fragte er. »Versteht Ihr etwas?«

»Kein Wort. Ich weiß nur eines: Vergangene Nacht hat Akilleus im Schlaf etwas Unverständliches geredet. Für mich zumindest war es unverständlich. Als er aufwachte, sagte er, er habe im Traum herausgefunden, wer er sei, könne sich aber nicht mehr daran erinnern.«

»Wer er auch sein mag, ich hoffe nur, dass er diese Kerle dazu bewegen kann, ihre Speere nicht auf uns zu richten.«

»Musuri! Komm bitte zu mir!«, rief Akilleus.

Musuri kam dem Befehl eilig nach. »Was ist los?«

»Gib mir dein Schwert!«, bat Akilleus.

Musuri tat, wie ihm geheißen, und Akilleus reichte das Schwert dem jungen Krieger, der es sorgfältig untersuchte und sogar in die Klinge biss.

»Rufe einen Träger und sag ihm, er soll ein Stück Kupfererz bringen«, befahl Akilleus. Musuri gab den Befehl weiter, und kurz darauf stand der Träger mit einem Sack Kupfererz neben ihm. Akilleus zeigte es dem Krieger, der das Schwert wild hin und her schwang. Jetzt schob sich der Schwarze das Schwert unter den Arm, öffnete den Sack und holte einen grünlichen Stein heraus, den er aufmerksam betrachtete. In einer Hand den Stein, in der anderen das Schwert haltend, sagte er etwas, offensichtlich eine Frage. Akilleus antwortete mit einem einzigen Wort. Danach fragte er etwas Unverständliches. Der Krieger wandte sich ab und beriet sich mit seinen Gefährten.

Akilleus nützte die Gelegenheit seinerseits für Erklärungen. »Er heißt Kimala und ist eine Art Anführer unter Ramogi. Dieser Ramogi befehligt alle Soldaten der Gegend hier und ist der Sohn des großen Königs Bukango.

Kimala interessiert sich für unsere Metallwaffen. Er kennt keine Waffen aus Metall und ist sehr beeindruckt. Ich fragte ihn nach Männern, nach tapferen Männern, die gern kämpfen und reich werden möchten. Vielleicht wollen sie sogar lernen, wie man Waffen wie die unseren macht, um sie dann gegen ihre Feinde einzusetzen.«

»Sie zu machen?«

»Warum nicht? Schobai kann es jedem zeigen, der es lernen will. Man kann nie genügend Waffenschmiede und genügend Krieger haben. Wenn ich mich nicht irre, wird mir der junge Kimala gleich eine Menge Neuigkeiten berichten, die er von seinen Freunden erfahren hat, die ich aber bereits kenne.«

»Und zwar?«

»Dass die Feuerberge, von denen ich dir erzählt habe, zum Bersten voll mit Erz wie diesem hier sind. Steine, die Kupfer enthalten, liegen dort praktisch auf dem Weg. Vermutlich befinden sich dort die reichsten Kupfervorkommen überhaupt.«

Musuri riss erstaunt die Augen auf. »Wenn du daran gehst, Hilfe zu suchen, dann machst du Ernst, was?«

Akilleus schüttelte belustigt den Kopf. »Weißt du, dass ich

mehr als die Hälfte von dem, was er sagt, verstehe? Unser Aufenthalt hier wird bestimmt interessant. Wir werden auf der Hut sein müssen, aber es wird interessant.«

»Auf der Hut sein? Du glaubst, dass uns diese Menschen feindlich gesonnen sind?« Musuri fuhr mit der Hand an die leere Schwertscheide. »Ich hätte jetzt gern mein Schwert zurück.«

»Kann sein, dass du es bald genug brauchen wirst«, sagte Akilleus nachdenklich. »Dieser Bukango ist offensichtlich alt und krank. Sein Sohn bereitet sich darauf vor, die Herrschaft zu übernehmen, sobald der alte Mann tot ist.«

»Und? Wieso sind wir dann in Gefahr?«

»Zeiten des Machtwechsels sind immer gefährlich. Jetzt besonders, und vor allem für uns. Mir ist nämlich soeben der Name meines Vaters und auch mein eigener eingefallen.« Akilleus schüttelte den Kopf. »Die Wege der Götter sind unerklärlich, Musuri. Dass wir gerade jetzt hierher gekommen sind!«

»Was willst du damit sagen?«, fragte Musuri.

»Ich heiße Mtebi«, flüsterte Akilleus. »Verwende den Namen nicht laut, auch den meines Vaters nicht. Er hieß Magimbi. Dieser Bukango, der jetzige König, ist mein Onkel, der jüngere Bruder meines Vaters.« Musuri starrte Akilleus mit offenem Mund an. »Sprich mit niemandem darüber, außer mit Ebana. Mein Vater starb, nachdem man mich fortgebracht hatte. Ob Bukango etwas mit meiner Entführung zu tun hatte oder nicht, kann ich noch nicht sagen. Er wurde auf alle Fälle der Nachfolger meines Vaters, was nicht der Fall gewesen wäre, wäre ich da gewesen. Jetzt liegt er im Sterben, und ich bin hier. Mein Anspruch auf die Nachfolge ist größer als seiner oder der seines Sohnes.«

»Was ist mit seinem Sohn?«

»Sein Sohn Ramogi hat das Kommando über alle Streitkräfte von den Mufumbiro-Bergen, das sind jene Feuerberge bis zu den hohen Gipfeln des Karamojong im Osten. Wir sind von diesen Streitkräften umzingelt, mein Freund, sogar jetzt.«

Kimala trat wieder zu Akilleus, ohne das Erz noch einmal zu erwähnen. Er reichte ihm Musuris Schwert und blickte ihm dabei prüfend in die Augen.

Akilleus lächelte, wandte sich ab und warf Musuri das

Schwert zu. »Hervorragend«, stellte er dabei fest. »Der Mann hat das Zeug zum Anführer. Er sagt nichts und legt sich nicht fest. Sehr klug. Ich würde es an seiner Stelle genauso machen.« Dann sagte er etwas zu Kimala in dessen Sprache. Sogar hier in den Bergen, wo die Weite jedes Wort förmlich verschluckte, dröhnte seine tiefe Stimme.

Ebana stellte sich neben Musuri. »Was geht hier vor?«, fragte sie. »Versperren uns diese Leute den Weg?« Hinter ihr standen Träger und Soldaten in Hörweite, weil sie ebenfalls wissen wollten, was los war. Auch Obwano und Uranga waren näher getreten. Uranga marschierte jetzt auch nackt, so wie alle anderen, und sein athletisch gebauter Körper glänzte schweißnass nach dem Anstieg.

»Könnte sein, dass es Schwierigkeiten gibt, aber Akilleus kann sich vermutlich herausreden«, erklärte Musuri, während er sein Schwert in die Scheide schob. »Er erinnert sich ziemlich gut an die Sprache. Du hast es dir wahrscheinlich schon gedacht, dass diese Männer hier zu seinem Volk gehören. Aber sie erkennen ihn nicht.«

»Ich habe mich schon gewundert«, meinte Ebana nachdenklich. »Im Unterschied zu den Stämmen, denen wir bisher begegnet sind, tragen sie keine Narben. Das erklärt auch, warum er keine Initiationsnarben hat.«

»Vielleicht, vielleicht war er auch noch zu jung dafür, als er den Stamm verließ«, überlegte Musuri. »Er hat mich gebeten, nichts verlauten zu lassen, aber er erinnert sich, wer er ist. Wenn die Krieger das herausfinden, haben wir wirklich ein Problem.«

»Meinst du?«, fragte Ebana ungläubig. »Wer ist er? Warum soll das für die Leute hier eine Rolle spielen?«

Musuri wollte etwas sagen, doch dann bemerkte er, wie Obwano und Uranga mit unverblümter Neugierde die Hälse reckten. Das eigenartige Vorgefühl, das ihn während der ganzen Reise beunruhigt hatte, meldete sich wieder. »Ihr beide!«, wandte er sich an die zwei Neugierigen. »Sagt es allen weiter: Keiner unternimmt etwas, ohne direkte Anordnung von Akilleus oder mir. Vor allem nichts, was als Drohung oder kriegerische Handlung gedeutet werden könnte. Los! Bringt die Nachricht unter die Leute! Ohne Verzug!«

Während die beiden dem Befehl nachkamen, drehte sich Akilleus um und sagte zu Ebana und Musuri: »Wir werden in dem Tal vor uns das Lager aufschlagen. Sie werden uns überwachen. Wir sollen nichts unternehmen, bis Kimala Nachricht von Ramogi hat. Die Boten sind bereits unterwegs. Ramogis Lager befindet sich in den Vorbergen weit im Süden, von wo auch das Volk meines Vaters stammt. Die Boten werden unterwegs von anderen abgelöst werden und Ramogis Lager in ein oder zwei Tagen erreichen. Dieser Ramogi hat seine Armee anscheinend gut vorbereitet und bestens organisiert. Es würde Lokosa gefallen.«

Musuri beobachtete genau, wie Kimala seinen Leuten Befehle erteilte. »Ich bin auch beeindruckt«, gab er zu. »Aber wer ist dieser Lokosa, von dem du gesprochen hast?«

»Mein Großvater«, antwortete Akilleus leise. »Er war König, als ich noch ein Kind war. Er hat als Erster alle Stämme unter einer Herrschaft vereint. Jetzt ist sein Name wie eine Zauberformel. Er hat beinahe die Stellung eines Gottes hier in der Gegend. Leider muss ich so tun, als hätte ich den Namen noch nie gehört. Das Gleiche gilt für Bukango.«

»Lokosa? Bukango?«, fragte Ebana. »Sprich nicht so unverständlich, Akilleus! Ich bin keine von deinen hinterwäldlerischen Bräuten, die sich damit begnügen, still dazusitzen und alles den Männern zu überlassen. Wer sind diese Menschen? Was bedeuten diese Namen?«

Akilleus lächelte. »Das wäre mir eine Königin! Unter anderen Umständen wäre sie vielleicht eine geworden, und ich wäre der König des ganzen Landes hier.« Sehnsüchtig wanderte sein Blick über die grünen Hügel. »Es wäre kein schlechtes Los gewesen. Das Land ist reich und fruchtbar. Wenn ich mich hier umsehe, werden in mir Erinnerungen wach, die ich für immer verloren glaubte.« Er schloss die Augen und seufzte.

»Lokosa hatte zwei Söhne«, fuhr er fort. »Der jüngere war Bukango, der jetzt schon seit mehr als fünfzig Sommern regiert. Der ältere war mein Vater.«

»Dann wärst du der rechtmäßige Erbe?«, staunte Ebana.

»Ja. Ich weiß noch nicht, wie mein Vater starb. Aber nachdem er bei seinem Ableben keinen Sohn hatte, trat sein Bruder die Nachfolge an. Denn ich war natürlich bereits früher verschwunden. Die Frage ist, ob das geplant war, um die Nachfolge zu garantieren. Früher oder später werden wir das herausfinden, falls wir so lange leben! Bis jetzt habe ich ihnen nur gesagt, dass ich ein Reisender aus fernen Landen sei. Dieser Kimala ist kein gewöhnlicher Soldat. Sein Blick ist scharf wie der eines Habichts. Ich habe das Gefühl, dass er bereits einen Verdacht bezüglich meiner Herkunft hegt. Lass dich nur nicht täuschen von Steinwaffen! Bloß weil diese Menschen noch kein Metall bearbeiten können, sind sie nicht dumm oder primitiv. Es wäre ein Fehler, das zu glauben. Sie mussten die Metallbearbeitung noch nicht lernen. Ihre Steinklingen sind scharf genug, um deinen Bart abzurasieren, Musuri. Kimala hat mit seiner Klinge einen Löwen getötet, das hat er mir erzählt. Aber keinen zahmen, wie wir sie vom Hof in Ägypten kennen; sie erwischen ja nur die kranken und lahmen. Der Löwe, den Kimala töten musste, um sich als Mann zu bewähren, war ein gesunder, erwachsener Löwe, der noch dazu Hunger hatte.«

Musuri warf einen verstohlenen Blick auf Kimala. »Und du meinst, er hegt einen Verdacht gegen dich?«

»Leicht möglich. Er weiß, dass etwas nicht stimmt. Wenn ich aus einem fernen Land komme, wieso spreche ich dann seine Sprache? Warum trage ich keine Stammesnarben, wo doch sein Stamm unter allen bekannten Stämmen der einzige ohne Initiationsnarben ist? Wieso bin ich so groß wie er, wo doch nur wenige so groß sind? Das Nächste ist nur eine Vermutung von mir: Was an meinem Gesicht erinnert ihn an jemand anderen?«

»Hier kommt er«, sagte Ebana besorgt.

Kimala trat zu ihnen. Akilleus bemerkte etwas wie ein Lächeln in seinem Gesicht und ein eigenartiges Funkeln in seinen Augen. War er belustigt?

»Ihr werdet unten am Fluss lagern!«, verkündete Kimala und machte mit einer Kopfbewegung deutlich, dass er Musuri, Ebana, die Träger und Wachen meinte. »Du, Akillu, du wirst mit mir essen.« Er tat sein Bestes, den für ihn ungewöhnlichen Namen auszusprechen. »Du wirst mir von den Ländern am Großen Fluss erzählen, von den Ländern jenseits der Seen. Ob die Stämme dort gerüstet und verteidigungsbereit sind. Du wirst mir auch von deinem eigenen Land erzählen.«

Akilleus musste unwillkürlich lächeln. »Denkst du daran, die Grenzen des Reiches deines Königs bis jenseits der Berge auszudehnen?«

»Davon rede ich nicht«, antwortete der junge Krieger. »Je mehr ich weiß, desto besser bin ich als Soldat.« Er betrachtete den mächtigen Körper seines Gegenübers, und sein Blick blieb am Schwertgurt hängen. »Vielleicht erzählst du mir auch, wie man aus den Steinen des Mufumbiro solche Waffen macht.«

Der letzte Satz war Kimala versehentlich herausgerutscht, und der junge Krieger erkannte seinen Fehler sofort.

Akilleus versuchte seine Belustigung zu verbergen. »In den Bergen gegen Sonnenuntergang gibt es also Erz?«, fragte er.

Kimala runzelte die Stirn. »Du kennst den Namen des Berglandes gegen Sonnenuntergang?« Er hatte sich nach seinem Versehen wieder gefangen und ging nun seinerseits zum Angriff über. »Ich glaube, wir haben wirklich eine Menge zu besprechen.«

II

Unter den wachsamen Blicken von mehr als fünfzig Furcht erregend bewaffneten Kriegern schlug die ägyptische Karawane ihr Lager auf. Der Platz war ganz bewusst gewählt worden: Er war im ganzen Tal am schlechtesten zu verteidigen. Die fremden Krieger zählten mehr als fünfmal so viel wie Akilleus' Männer. Sollte die Stimmung der Gastgeber plötzlich umschlagen und einen feindseligen Charakter annehmen, befänden sich die Ägypter in einer äußerst verletzlichen Position. Musuri erkannte das, und es gefiel ihm ganz und gar nicht. Er sicherte das Lager außen, so gut es ging, ab und ging zu Akilleus. »Unser aller Leben liegt in deiner Hand. Du wirst nichts sagen, was ihren Zorn erregen könnte, ja?«

»Ich werde mich bemühen.« Akilleus lächelte. »Ich vermute außerdem, dass uns Kimala nur angreifen würde, wenn er den ausdrücklichen Befehl dazu erhält. Er hat viel zu gewinnen, wenn er uns am Leben lässt. Wir bedeuten für ihn Wissen, das er vielleicht eines Tages wird brauchen können. Er ist klug, möglicherweise auch ehrgeizig. In welchem Ausmaß, kann ich nicht sagen. Nach unserem Gespräch werde ich mehr wissen.«

»Ehrgeizig? Wieso glaubst du das?«

»Es ist nur ein Gefühl. Ich traue ihm alles zu. Er ist äußerst tüchtig. Vermutlich würde er einen guten König abgeben.«

»Aber er stammt nicht von der königlichen Familie ab?«

»Mein Großvater, der große Lokosa war ebenfalls kein Thronerbe. Er hat einen schlechten, bestechlichen König gestürzt. Das ist schon oft vorgekommen. Ich kann mich täuschen, aber ich habe das Gefühl, dass sein Ton sehr formell wird, wenn er von meinem Vetter Ramogi spricht. Die beiden scheinen nichts füreinander übrig zu haben.«

»Du glaubst also, dass er zu gegebener Zeit Ramogi nur das über uns erzählt, was er für notwendig hält. Die wirklich wichtigen Dinge behält er für sich.«

»Das glaube ich. Meiner Meinung nach stehen uns allen turbulente Zeiten bevor, auch Kimala. In Zeiten eines Machtwechsels sind die Menschen sehr misstrauisch, das weißt du. Dann ist alles möglich. Ein Stamm kann, genau wie ein Heereskommandant, beschließen, dass sich seine Ergebenheit gegenüber dem alten König nicht auf dessen Nachfolger erstreckt. Wer Bukango nach dessen Tod nachfolgt, wird es schwer haben. Wie es aussieht, dürfte dieser Ramogi Feinde haben. Kimala ist einer von ihnen, wenn mich meine Menschenkenntnis nicht täuscht.«

Musuri runzelte besorgt die Stirn. »Da haben wir ja einen guten Zeitpunkt gewählt! Ich komme mir vor wie eine Ente im Sumpf, wenn die Treiber kommen. Das Warten auf den Kochtopf.«

»Ein Grund mehr, vorsichtig zu sein.« Akilleus klopfte dem alten Soldaten freundschaftlich auf die Schulter und ging davon.

Musuri sah ihm kopfschüttelnd nach. Der alte Akilleus mit seinem grauen Bart schien wieder jung geworden zu sein. Ein König?, dachte Musuri. Ein König, der nach vielen Jahren des Exils in der Fremde sich darauf vorbereitet ... was zu tun?

III

Die Jäger waren den ganzen Tag unterwegs gewesen und mit vier prächtigen Gazellen zurückgekommen. Die Krieger brieten das Wild über dem Feuer und schnitten die besten Stücke für Kimalas Gast herunter. Akilleus nahm die Speisen mit königlicher Selbstverständlichkeit an und dankte würdevoll den Männern. Kimala beobachtete ihn schweigend, aber mit Interesse. Schließlich begann er die Unterhaltung. »Du bist also ein großer Mann in deinem Land? In diesem fernen Land, von dem du mir erzählst.«

»Mein Land?« Akilleus lachte herzlich. »Ich lebe schon so lange und bin durch so viele Länder gereist, dass ich wirklich nicht weiß, was ich als ›mein Land‹ bezeichnen soll. Viele Jahre hindurch war ich ein Sklave. Mein Zuhause war damals ein Brett auf einer Galeere. Das ist ein großes Kriegsschiff, das von vielen Männern auf einem großen Wasser gerudert wird. Nach meiner Befreiung wurde ich Kapitän auf einem Piratenschiff und überfiel die Schiffe mächtiger Kaufleute. Danach wurde ich selbst ein Kaufmann von Rang und Stand und wurde sehr reich.« Wieder lachte Akilleus. »Vielleicht bin ich immer noch reich, wenn meine Haushofmeister sich während meiner Abwesenheit ordentlich um meine Angelegenheiten kümmern.«

»Aber du weißt es nicht? Du kannst nichts darüber in Erfahrung bringen? Trotzdem kannst du einen Erkundungstrupp ausrüsten und so weit vordringen? Das erfordert doch ungeheure Mittel?«

»Das Land, in das ich zuletzt kam, das Land am Großen Strom, wurde von Nomaden eingenommen, von wilden Kriegern, deren Zahl unüberschaubar war. Sie ritten auf Tieren, so flink wie Gazellen, und kämpften mit schrecklichen Waffen aus Metall, wie das Schwert, das ich dir zeigte. Ich konnte nicht mehr zurück zu meinen Schiffen, weil die Eindringlinge mir den Weg versperrten. Ich gewann die Menschen am Großen Fluss lieb. Das Land heißt Ägypten. Ich blieb und kämpfte mit ihnen. Später brach ich nach Süden auf. Ich suche Erz, aus dem wir Waffen machen können, und nach Kriegern, die uns in unserem Kampf unterstützen.«

»Du glaubst, dass du das alles bei uns findest?«

»Das hoffe ich.« Akilleus hob lächelnd die Schale mit Bier hoch. »Komm mit mir!«, forderte er Kimala auf. »Ich könnte einen tüchtigen Anführer wie dich gebrauchen.«

Kimala schien überrascht. »Du sprichst von neuen Waffen

und einer neuen Art zu kämpfen. Deine Worte klingen verlockend für einen Krieger, der mehr von diesen Dingen erfahren möchte. Aber ich bin noch nicht fertig mit dem, was ich hier im Land meiner Geburt zu tun habe.«

Akilleus hielt immer noch die Schale mit dem Bier in der Hand und stellte sie schließlich wieder ab, ohne getrunken zu haben. »Du hast Pläne, nicht wahr? Und diese Pläne sind für dich ebenso verlockend wie der Gedanke, in fremden Ländern zu kämpfen? Oder wie die Vorstellung, ein Schwert aus Metall anzufertigen.«

Auch Kimala stellte jetzt seine Schale ab, und es dauerte eine ganze Weile, bis er wieder das Wort ergriff. »Ich möchte wissen, wer mich bittet, mit ihm zu kämpfen«, sagte er ruhig. »Du gibst auf viele Fragen keine Antwort. Du tauchst gerade jetzt auf, da Bukango im Sterben liegt und die Stämme in den Dörfern voll Unruhe sind.«

»Demnach ist Bukangos Nachfolge noch zweifelhaft?«, fragte Akilleus erstaunt. »Ist er nicht der rechtmäßige Herrscher oder ist es Ramogi, dein Kommandant, den die Menschen fürchten?«

»Deine Neugierde ist grenzenlos«, stellte Kimala fest.

»Wie du selbst gesagt hast: Je mehr man weiß, desto ...«

Kimala sah Akilleus lange forschend an, als wollte er in seinen Zügen lesen. Schließlich kam er zu einem Entschluss. »Bukango war der zweitgeborene Sohn. Sein älterer Bruder, Magimbi, hatte einen Sohn, aber der Junge verschwand eines Tages und man fand ihn nie mehr. Magimbi herrschte fünf Jahre, und er war ein guter und gerechter Herrscher, das behaupten zumindest die alten Leute. Ich selbst kann nichts dazu sagen, denn das war noch vor meiner Geburt. Kurz nachdem sein Sohn verschwunden war, starb Magimbi ganz plötzlich an einer Krankheit; eine rätselhafte Krankheit, wie manche sagen. Bukango wurde zum Nachfolger ernannt, und die Häuptlinge der östlichen Stämme lehnten sich dagegen auf. Es waren die Stämme, die in den Bergen leben, die du heute gesehen hast.«

»Die Karamojong-Berge.«

»Ja. Wieso kennst du ihren Namen? Ich habe ihn noch nicht erwähnt. Aber vergiss das jetzt. Ich werde zuerst meine Geschichte beenden. Bukango gelang es, mithilfe von Magimbis

Feinden den Aufstand niederzuschlagen. Viele Krieger, ihre Frauen und Kinder wurden getötet. Das machte böses Blut, das heute noch zu spüren ist. Immer wieder kam es seither zu kleinen Aufständen. Ramogi stellte sich an die Spitze der Soldaten seines Vaters und schlug diese Aufstände gnadenlos nieder. Viele starben dabei. Viele.«

»Dann ist dieser Ramogi bereits ein reifer Mann? Wenn Bukango seit mehr als fünfzig Jahren an der Macht ist, so ...«

»Bukango hatte viele Frauen. Die meisten hatten überhaupt keine Kinder. Manche von ihnen haben Töchter. Einige haben Söhne zur Welt gebracht, die jung starben. Ramogis Mutter war die Einzige, deren Sohn das Erwachsenenalter erreichte. Sie selbst wurde im Alter Bukangos Hauptfrau. Erst vor einigen Sommern ernannte Bukango Ramogi zu seinem Erben. Ramogi ist noch keine dreißig Sommer alt. Er ist jung, und die Jugend neigt zur Ungeduld.«

Akilleus vermeinte, ein zorniges Funkeln in den Augen seines Gastgebers zu erkennen. »Bukango siecht also langsam an Altersschwäche dahin?«

Kimala nickte.

»Manchen dauert das zu lange, habe ich Recht?«

Kimala entgegnete ernst: »Das hast du gesagt, nicht ich. Aber es spielt keine Rolle. Ramogi hat graue Haare in seinem Bart entdeckt, und der König ist immer noch am Leben.«

»Sein Sohn und vielleicht auch die Stämme erinnern sich noch daran, wie Bukango an die Macht kam.« Es war eine Frage, keine Feststellung.

Kimala schwieg lange, ohne Akilleus aus den Augen zu lassen. Schließlich hob er die Schale mit dem Bier und sagte: »Wir wollen trinken. Möge dein Besuch bei uns erfolgreich und sicher verlaufen.«

Kapitel 10

I

Die Streitmacht der Nomadenkönige wuchs seit vielen Monden immer weiter. In den Ländern des fruchtbaren Halbmonds wurden Söldner angeworben, die sich von der versprochenen Bezahlung und der Aussicht verlocken ließen, einen leichten Sieg zu erringen und das einst größte Königreich der Erde zu plündern.

Junge und alte Männer aus den von den Nomaden beherrschten Stadtstaaten an der Küste Kanaans schlossen sich als Erste den Nomaden an. Danach kamen Abenteurer aus dem Hethiter-Reich, Seefahrer aus Kreta, von den griechischen Inseln und aus Anatolien. Danach andere mit seltsam fremden Gesichtern und unaussprechlichen Namen, die aus Gegenden stammten, die nicht einmal die Händler regelmäßig bereisten. Aus noch entlegeneren Gegenden kamen die Elamiter, Assyrer, Luvier, Phrygier und Skythen. Unter ihnen befanden sich alte Soldaten, ebenso wie Bauern und Händler, denen man beigebracht hatte, wie man ein Schwert richtig hält.

Die Werber der Nomaden fragten nicht viel; sie nahmen alle, die einen tüchtigen Eindruck machten. Auch bei den Ägyptern machten sie keinen Unterschied, wenn sie sich – der Verachtung und dem Hass ihrer Nachbarn zum Trotz – den Nomaden anschließen und gegen ihre eigenen Landsleute kämpfen wollten. Vahans Befehle waren eindeutig. Alle gesunden Männer, die sich bewarben, sollten aufgenommen werden, ohne Ausnahme. Er zählte darauf, dass die zahlenmäßige Überlegenheit Unas' Verteidigungslinien überwältigen und den endgültigen Durchbruch ermöglichen würde. Vahan hatte sein Hauptquartier in Athribis aufgeschlagen, wo einst auch der ägyptische General Baka sein Hauptquartier gehabt hatte. Von hier aus beobachtete er die Entwicklung und verteilte die Neuankömmlinge so, dass rein thrakische oder rein hethitische Einheiten vermieden wurden. Solche Einheiten könnten womöglich einmal eine Sonderstellung oder gar Selbständigkeit verlangen.

Entlang der breiten Frontlinien gab es jede Nacht kleinere Scharmützel, um die Verteidiger nicht zur Ruhe kommen zu lassen. Der Frontverlauf war seit mehr als sechs Monden unverändert, und Vahans Männern war es bisher nicht geglückt, weiter vorzurücken.

Sobald die neu eingetroffenen Einheiten Aufstellung genommen hatten, würde Vahan zum Angriff rufen. Kaum jemand auf beiden Seiten der Front hatte Zweifel über den Ausgang des bevorstehenden Angriffs. Selbst die abgebrühtesten unter den alten Kriegern sahen dem Ende mit Entsetzen entgegen, zumal die Nachricht durchgesickert war, dass der Hof Memphis verlassen und nur die Ärmsten der Armen in der Stadt ohne Truppen zurückgeblieben waren. Diese Bedauernswerten konnten es sich nicht leisten, sich einer Karawane anzuschließen, mit der die Bessergestellten nach Süden zogen und mitnahmen, was sie an Besitztümern retten konnten.

Athribis war einst ein einfach befestigtes Militärlager mit einer Mauer und einem Graben gewesen. Die Nomaden hatten nun das alte Lager zu einer schwer bewaffneten Stadt ausgebaut, die dreimal so groß war wie früher. Kriegsgefangene wurden dazu nackt, mit Ketten gefesselt und hungernd zur Arbeit gezwungen. Sie errichteten uneinnehmbare Mauern, die in der erprobten Bauweise der Nomaden schräg nach außen abfielen.

Baka und Ben-Hadad bestaunten diese Mauern. Beide hatten lange Haare und trugen Bärte. Die heiße Sonne des Deltas hatte ihre Haut braun gebrannt. Sie waren nackt, bis auf ein Lendentuch. Baka schüttelte angewidert den Kopf. »Jetzt gehört alles ihnen«, sagte er verächtlich. »Vermutlich schläft Vahan in meinem alten Quartier. Soll er, für jetzt zumindest. Das hier ist ein gefährlicher Posten. In der alten ägyptischen Armee war eine Stationierung in Athribis nur wenig besser als der Dienst in Sile am Rand der großen Wüste.« Er spuckte aus und drehte sich um. »Komm, wir gehen!«

»Wollen wir uns nicht hier anwerben lassen?«, fragte Ben-Hadad.

»Nein. So nahe dem Hauptquartier könnte mich leicht jemand erkennen. Ich habe jetzt zwar einen Bart, aber ansonsten habe ich mich nicht stark verändert. Nein, wir werden wieder über den Fluss schwimmen und uns drüben im Zweiten Gau melden, in der Nähe von Khem.«

»Du musst es wissen. Warum an der westlichen Verteidigungslinie?«

»Ach komm, mein Freund!« Baka grinste humorlos. »Wo ist dein Sinn für Abenteuer geblieben? Deine Neugierde? Wenn wir in diese Richtung gehen, müssen wir durch das Tal der Könige. Wolltest du denn nie die Pyramiden sehen? Die Grabstätten der großen Könige aus längst vergangenen Zeiten? Sie zählen zu den Wundern dieser Welt.«

»Ja, das schon, aber ...«

»Ich habe noch einen anderen Grund dafür«, fuhr Baka mit schneidender Härte fort. »Wenn wir später die Seiten wechseln, wird es für uns einfacher sein, wenn wir in die Wüste gehen und ihre Flanken umrunden. Außerdem habe ich von meinen Spionen erfahren, dass sich das Lager der Waffenschmiede auf der anderen Seite des Flusses befindet. Vielleicht kann ich Schobai einen Besuch abstatten.«

Ben-Hadad wollte etwas sagen, ließ es aber bleiben. Es war aussichtslos; Baka war von diesem Gedanken nicht abzubringen. Ben-Hadad blieb nichts übrig, als mitzumachen. Vielleicht konnte er entweder Baka ablenken oder Schobai zu gegebener Zeit warnen. »Dann brechen wir auf.« Ben-Hadad unterdrückte einen enttäuschten Seufzer. »Geh voran! Du kennst dich aus.«

»Das ist das Wort! Also los! Wir müssen zweimal ziemlich weit schwimmen, und dazwischen stehen uns ein paar tüchtige Fußmärsche bevor. Auf dieser Seite können wir nicht flussaufwärts. Es gibt Wachposten an den Straßen. Wir müssen hinüber auf die Insel schwimmen. Der Posten dort ist nicht mehr besetzt, seit Vahan auch die kleineren Stellungen überfällt, von denen er dann Männer rekrutiert. Danach durchschwimmen wir den anderen Flussarm. Wir werden also den Zehnten Gau durchqueren.«

Ben-Hadad bezwang seine Angst. Er nickte lahm und sie machten sich auf zum Fluss.

Als sie auf die große Insel hinüberschwimmen wollten, die den Fluss in zwei Arme teilte, machte sich der Fährmann, ein alter Freund von Baka aus der Zeit vor dem Einfall der Nomaden, erbötig, sie überzusetzen. Er verlangte nicht einmal Geld von ihnen. Während der Überfahrt plauderten Baka und der Fährmann über alte Zeiten, und Ben-Hadad blieb sich selbst überlassen.

Er setzte sich im Bug des Boots nieder, ließ die Hand über den Bootsrand baumeln und plätscherte mit den Fingern im kühlen Wasser. Müde von der warmen Sonne schloss er die Augen und genoss den Wind, der über seine nackte Brust strich und ihn an Tuias liebkosende Hände erinnerte. Für eine Weile vergaß er Schobai und verlor sich in den Gedanken an seine Geliebte. Tuia!

Ben-Hadad schloss die Augen und sah sie vor sich: zart und zerbrechlich, doch aufrecht und mutig und stets mit einem strahlenden Lächeln. Er spürte ihre Arme, die ihn umschlangen, und spürte ihren warmen Mund auf seinem ...

Was tat er hier bei diesem verrückten Unternehmen? Er hatte bereits so viel Zeit mit der vergeblichen Suche nach seinem Freund Joseph verschwendet ... Wer hatte ihn zu Schobais Retter erkoren und ihn dazu gebracht, Baka in die blutige Schlacht zu folgen? Warum war er nicht bei Tuia geblieben und hatte diese lästigen Pflichten anderen überlassen? Anab hätte Baka vielleicht bereitwillig begleitet.

Was aber hatte er getan? Er hatte sie in der Obhut von Anab und Löwe zurückgelassen! Er vertraute darauf, dass Anab getreu zu ihr hielt und sie bis zu seiner Rückkehr beschützte. Er war einfach davongegangen und hatte sie verlassen.

Doch was brachten diese Selbstbeschuldigungen?, sagte er sich. Du hast eine Pflicht auf dich genommen und versprochen, sie zu Ende zu bringen. Tu, was du tun musst, und danach kehrst du zu ihr zurück.

Das war keine flüchtige Liebesgeschichte, leichtfertig begonnen und leichtfertig beendet. Ganz im Gegenteil, das war eine Liebe, die das ganze Leben dauerte, bis er alt und grau sein würde, und wenn es stimmte, was die Priester und andere sagten, dann könnten sie beide sogar für alle Ewigkeit vereint bleiben, auch im Reich der Toten.

Und was erwartete ihn bei seiner Rückkehr? Wohin würden sie danach gehen? Vielleicht gab es in diesem vom Krieg gepeinigten Reich noch einen friedlichen Ort, eine Stadt, in der er seiner Arbeit nachgehen konnte. Sie könnten sich niederlassen, er würde ein Kind zeugen, vielleicht viele Kinder, und mit ihnen und Tuia in Liebe vereint ein ehrwürdiges Alter erreichen.

Ben-Hadad seufzte. Wie konnte sich ein Waffenschmied an einem Ort niederlassen und alt werden?

Bestimmt wanderten nicht alle Waffenschmiede von einem Land ins andere. Mutter und Jakob hatten ihm von seinen Ahnen erzählt, von der Familie großer Schmiede, aus der sein Vater stammte. Bestimmt waren sie nicht alle ständig auf Wanderschaft; sie hatten doch Familie, oder nicht?

Sein Vater hatte Haran nie verlassen, bevor er zu dem gewagten Unternehmen in das Lager der Nomaden aufgebrochen war. Ben-Hadad schüttelte den Kopf. Sein Vater war nie wirklich ein Waffenschmied gewesen. Vielleicht wäre er einer geworden. Hadads Vater Kirta hatte seine Frau und seine Söhne verlassen und war nach Kreta, auf die »Insel der Göttin« gegangen, wo er viele Jahre lebte und das Geheimnis der Eisenschmelze zu ergründen suchte. Kirta hätte in Haran bleiben und dort arbeiten können, wie es nach ihm sein Sohn Schobai getan hatte.

Ben-Hadad versuchte sich daran zu erinnern, was er über Kirtas Lebensziel gehört hatte. Stimmte es wirklich, was Jakob gesagt hatte, dass Kirta in den Jahren in der Fremde gelernt hatte, wie das schwarze Metall zu schmelzen war? Jakob hatte erzählt, dass Kirta während der Belagerung von Ebla durch die Nomadenkönige Schobai das Verfahren gezeigt hatte. Das war vor dem Durchbruch der Nomaden gewesen, der die beiden zu jener Flucht zwang, die sie endgültig voneinander trennen sollte. Nur durch Zufall war Kirta mit verwirrtem Verstand kurz vor seinem Tod in Jakobs Land aufgetaucht. Das Geheimnis des schwarzen Metalls hatte er mit in sein Grab genommen. Es sei denn, er hatte es Schobai mitgeteilt, wie Jakob behauptete.

Ben-Hadad bezweifelte das. Es hätte sich bestimmt herumgesprochen, wenn jemand auf der Seite der Ägypter Waffen aus Eisen anfertigen konnte. Schwerter aus Eisen konnten Bronzeschwerter mühelos zerschlagen. Wenn in den Kämpfen gegen die Nomaden Waffen aus Eisen zum Einsatz gekommen wären, dann hätte man von ägyptischen Siegen gehört.

Das war aber nicht der Fall. War das der Beweis, dass Schobai die Kunst nicht beherrschte, die sein Vater ihn gelehrt hatte?

Oder gab es eine andere Erklärung?

Natürlich! Vielleicht lag es daran, dass das richtige Erz nicht zur Verfügung stand. Vielleicht hatte Schobai keine eisernen Schwerter gemacht, weil es in Ägypten kein Eisenerz gab? Schließlich war das Delta Ägyptens einziger Zugang zum Meer, und der befand sich in den Händen der Nomaden.

Doch falls Eisen verfügbar war, könnte der blinde Schobai davon Gebrauch machen? Könnte er Arbeiter anleiten, es zu schmelzen? Ben-Hadad dachte angestrengt darüber nach. Warum sollte ein Blinder diese Arbeit nicht beaufsichtigen können, falls ihm tüchtige und willige Gehilfen zur Seite stünden?

Gehilfen, wie ich einer wäre!

Ben-Hadad bekam vor Aufregung Herzklopfen. Vielleicht könnte er Schobai überreden, den letzten Teil seiner nicht abgeschlossenen Lehre zu übernehmen und ihm zu zeigen, wie man Kupfer, Bronze und sogar Eisen richtig bearbeitete!

Einwände fielen ihm ein, aber in seiner Begeisterung schob Ben-Hadad sie rasch beiseite. Ja, das wollte er tun! Er würde Schobai nicht nur vor Baka retten, sondern er wollte auch bei ihm lernen! Er wollte in das Geheimnis eingeweiht werden, das Kirta aus Kreta mitgebracht hatte. Schobai musste es ihm beibringen!

Dann würde sich eine Möglichkeit finden, Tuia nachkommen zu lassen!

II

In Khem ließen sie sich anwerben, zusammen mit einer Schar bunt zusammengewürfelter Söldner. Als die Reihe an ihnen war und der Schreiber, der sie vereidigte, ihre angenommenen Namen nannte, blickte er nicht einmal auf, sondern übergab jedem eine einfache kupferne Marke, wies Baka, Ben-Hadad und ungefähr zwanzig ihrer Gefährten mit einer Handbewegung in eine Richtung und brüllte: »Dreißigste Einheit, Fußtruppe.«

Sie stellten sich noch einmal an, diesmal um Verpflegung und Waffen. Baka stand hinter Ben-Hadad. Ihm fiel sofort auf, dass die Nomaden an die Söldner weder Schilde noch Brustpanzer ausgaben, die ihre eigenen Krieger sehr wohl besaßen. »Deine Haut musst du selbst retten, mein Freund«, stellte Baka fest. »Die Nomaden kümmern sich nicht darum. Für sie sind wir leicht ersetzbar. Stell dir vor, du siehst dich einem Speer oder Schwert eines Ägypters ungeschützt gegenüber. Noch ehe du deinen Gegner berühren kannst, bist du schon erledigt.«

Ben-Hadad betrachtete seine neuen Waffen: eine seltsam geformte Streitaxt und ein verhältnismäßig solide gefertigter Dolch. Ein wenig abseits wartete er auf Baka. »Es hätte schlimmer kommen können«, stellte er fest, sobald Baka sich zu ihm gesellte. »Die Waffen sind gar nicht so übel.«

Baka prüfte ebenfalls seine Waffen, wog die Axt und nahm sie von einer Hand in die andere. »Die hat keiner ihrer eigenen Waffenschmiede gemacht«, stellte er fest. »Das sind ägyptische Beutestücke, die sie unseren toten Kriegern abgenommen haben. Ich hoffe zumindest, dass es so ist und sie nicht von einem Feigling stammen, der sie auf dem Schlachtfeld fortgeworfen hat und um sein Leben rannte.«

»Meine stammt von keinem Feigling.« Ben-Hadad zeigte ihm seine Axt. »Schau, hier sind noch Blutspuren zu sehen.«

»Du hast Recht. Die Schneide meiner Axt ist an der Ecke ganz stumpf. Vermutlich prallte sie an der Rüstung eines Nomaden ab.« Er zuckte die Achseln. »Bei unserer alten Einheit sagten wir immer, es kommt nicht auf die Waffe an, sondern auf den entschlossenen Geist, der dahinter steht.«

Ben-Hadad schwang die Axt probeweise. »Ausgezeichnete Arbeit, so viel kann ich jetzt schon sagen. Eine solche Axt habe ich noch nie gesehen. Die Klinge ist länger und dünner als gewöhnlich; das verbessert natürlich ihre Schlagkraft. Und wie ausgewogen sie in der Hand liegt! Jeder Waffenschmied würde stolz auf eine solche Arbeit sein.«

Ben-Hadad hielt verdutzt inne. »Aber wenn die Axt von einem Ägypter stammt, dann ...«

Baka antwortete ungerührt: »Richtig, der blinde Bastard versteht sich auf sein Handwerk. Obwohl diese Äxte vermutlich von einem Gehilfen stammen, der unter seiner Anleitung arbeitet. Der Kerl ist gut, das muss man ihm lassen. Auch wenn ihm das nichts helfen wird, sobald seine Stunde schlägt. Und das wird bald sein! Vorhin habe ich drüben beim Küchenzelt mit einem Anführer der neu angeheuerten Männer gesprochen. Er hat behauptet, dass die Nomaden die ägyptischen Stellungen am anderen Nil-Ufer überrannt und die Verteidiger zurückgedrängt haben. Sie stehen jetzt nur drei Stunden Fußmarsch von der Hauptstadt entfernt. Verstärkung ist unterwegs, und sobald diese eintrifft, werden die Nomaden angreifen.«

»Glaubst du wirklich?«

»Du brauchst dir keine Sorgen zu machen. Der Pharao und der Hof werden bereits nach Süden geflohen sein. Die Nomaden und ihre Söldnertruppen werden in Memphis nur noch die Armen vorfinden.« Baka spuckte auf die Klinge seiner Axt und polierte sie, bis sie glänzte. »So, das muss reichen, ob jetzt Scharten in der Klinge sind oder nicht. Komm! Jemand hat zur Aufstellung gerufen. Wir werden uns wie gehorsame Nomadensoldaten benehmen.«

Die Truppen hatten auf dem freien Feld unter der heißen Sonne Aufstellung genommen. Kopf an Kopf reihten sich die Männer, so weit das Auge reichte. Ein Anführer befehligte jeweils eine Einheit von zweihundertfünfzig Mann, denen ein Standartenträger voranging. Der Anführer von Bakas und Ben-Hadads Einheit gab seinen Männern brüllend den Befehl zu schweigen und strammzustehen. Dann drehte er sich um.

»Was soll das?«, flüsterte Ben-Hadad.

»Gleich wird ein großes Tier auftauchen und uns inspizieren oder eine Rede halten, was wahrscheinlicher ist«, antwortete Baka ebenfalls im Flüsterton.

Er wollte noch etwas sagen, ließ es jedoch sein, als er des Mannes ansichtig wurde, dem sie gleich gegenüberstehen würden. »Bei allen Göttern! Es ist Vahan höchstpersönlich! Der alte Fuchs!«

Ben-Hadad schielte zur Seite, ohne den Kopf zu bewegen, und

erspähte endlich den Mann mit den breiten Schultern und dem grauen Bart, der ungeduldig die Truppen abging. Er hinkte stark. Eine Schar von Beratern und Untergebenen folgte ihm.

»Das schlechte Bein verdankt Vahan einem meiner Bogenschützen. Er war damals so dumm und führte einen Überfall auf Athribis selbst an.« Baka lachte hämisch. »Ich bin froh, dass ihm eine Erinnerung an meine Einheit geblieben ist.«

»Ruhe da hinten!«, brüllte der Anführer drohend.

Vahan näherte sich und blieb vor ihrer Einheit stehen. »Das ist die Dreißigste?«, fragte er.

»Ja, Herr!«, antwortete der Anführer stolz. »Alle vollzählig angetreten, Herr!«

»Gut. Erzähl ihnen über die ruhmreiche Vergangenheit der Einheit. Es war ein Speerkämpfer der Dreißigsten Einheit, ein Söldner aus Kissuwatna, soweit ich mich erinnere, der den großen Krieger Oschijahu vor den Mauern von Charchemisch tötete. Zuvor hatte Oschijahu in einem Kampf Mann gegen Mann den obersten Nomadenkönig Karakin getötet, den viele für unbezwingbar gehalten hatten. Die meisten Söldnereinheiten haben einen zweifelhaften Ruf, aber diese ist eine Ausnahme. Ihr sorgt dafür, dass es so bleibt, Kommandant!«

»Ja, Herr!«

Vahan wandte seine Aufmerksamkeit den Männern zu. Sein scharfer Blick wanderte von einem zum anderen und es hatte den Anschein, als verweilte er bei Baka länger, als diesem angenehm war. Unter Vahans scharfem Blick brach Baka der Schweiß aus den Poren. Doch alles ging gut und Vahan wandte sich den anderen zu. Schließlich fuhr er in weniger strengem Ton fort.

»Männer! Der Feind hat sich auf eine Verteidigungslinie zurückgezogen, die von den nördlichsten Gräbern der Vierten Dynastie bis zum Fluss reicht. Die Front, die sie dort aufgebaut haben, ist zwar schlagkräftig, aber nicht tief. Ich erwarte, dass wir mit der dritten Angriffswelle entweder einen Durchbruch erzielen oder sie den Rückzug antreten.«

Damit drehte er sich um und schritt zur nächsten Einheit, sprach aber dabei unvermindert weiter: »Ihr General erwartet das, davon bin ich überzeugt. Er wird mehrere Stellungen für den Rückzug vorbereitet haben. Aber wenn wir sie schnell genug verfolgen und sie nicht zur Ruhe kommen lassen, wird es zu keinem geordneten Rückzug kommen. Kurz gesagt, bis morgen sollten wir in Memphis sein.«

»Habt ihr das gehört, Männer?«, rief der Kommandant der nächsten Einheit. »Memphis! Das heißt Frauen und Beute!«

Ben-Hadad erwartete, dass sich Vahan mit einer unwilligen Rüge an den Kommandanten wandte, der das gesagt hatte. Doch Vahan lächelte. »So ist es, Männer! Und dieses Memphis wird nicht verteidigt werden, außer von Soldaten, die sich auf der Flucht befinden. Der Hof hat die Stadt bereits verlassen und die furchtlosen Palastwachen mit ihm.« Lächelnd schritt er weiter. Seine Worte verklangen in der Weite der Halbwüste.

»Er hat alles gut vorbereitet«, flüsterte Baka. »Sobald wir mit unseren Einheiten Memphis erreichen, wird vom anderen Flussufer der Angriff der Flanken erfolgen. Er ist ein guter Stratege.« Mehrere leichte, wendige Streitwagen tauchten am Horizont auf und fuhren Vahan nach. Sie hielten, und der alte Kommandant nahm in einem Wagen Platz. Dann sausten alle weiter. »Mach dich auf einen langen, staubigen Marsch gefasst«, sagte Baka. »Diese Seite des Soldatenlebens gefällt niemandem, nicht einmal den Kommandanten. Aber wir haben keine andere Wahl, dorthin zu gelangen, wohin wir wollen.« Er spuckte in den Staub. »Hast du diese Streitwagen gesehen? Mein Freund Schobai hat sie entwickelt, als er für die Nomaden gearbeitet hat.«

In Bakas Worten lag eine solche Gehässigkeit, dass Ben-Hadad ein eisiger Schauer überlief, trotz der brennenden Sonne; der Hass im Herzen des Freundes war grenzenlos.

Holpernd und polternd sausten die Streitwagen über den steinigen, unebenen Boden. Vahan stand neben seinem Fahrer in dem etwas größeren Wagen, der ihm vorbehalten war, und hielt sich krampfhaft am seitlichen Geländer fest, während der Fahrer wie festgeklebt auf der kleinen Plattform stand und die Pferde mit der Peitsche antrieb.

Sie passierten die dritte und auch die zweite Linie der in Stellung stehenden Truppen. Von einer kleinen Anhöhe aus wurden die unverkennbaren dreieckigen Umrisse der drei größten königlichen Grabmäler auf ihrem hohen Plateau sichtbar. Wie schon unzählige Male zuvor, so bewunderte Vahan auch jetzt wieder die Erfindungsgabe und das geniale technische Wissen der früheren Herrscher sowie die Fähigkeit, die umfangreiche Arbeit zu organisieren. Viele Hunderte von Jahren mussten vergangen sein, seit sie diese ungeheuerlichen Denkmäler errichten ließen. Vahan dankte den Göttern im Himmel, dass es die schwächlichen Nachkommen jener Menschen waren, die es jetzt zu besiegen galt, und nicht jene Giganten, die diese Pyramidengräber errichtet hatten.

Von der Anhöhe war die Schlachtordnung des Feindes deutlich zu erkennen. Vahan verwünschte im Stillen Unas' Klugheit, mit der er den zu verteidigenden Stützpunkt gewählt hatte. Unas' Männer – was eben noch übrig war von ihnen – hatten sich auf den Hängen der Hügel gegenüber von Vahans Männern verteilt. Zwischen den beiden Heeren lag ein tiefes Wadi. Vahans Männer würden das trockene Flussbett vor den Augen der feindlichen Bogenschützen durchqueren müssen und dabei ständig ihren Angriffen ausgesetzt sein. Danach mussten sie sich den Weg über die Hänge nach oben erkämpfen – ein schwerer Nachteil unter den auf sie niederhagelnden Pfeilen. Waren sie dann oben, würden seine Krieger auf neue Truppen stoßen, die von weiter hinten kommend nachstießen, denn Unas würde seine Bemühungen, die Angreifer zurückzuschlagen, zweifellos verdoppeln.

Vahan blickte angestrengt in Richtung der mächtigen Pyramide des Cheops, bis er schließlich tatsächlich Unas' Späher entdeckte, die von dort oben das Schlachtfeld beobachteten. In exakten Abständen verteilten sie sich so über die Seite des gewaltigen Bauwerks, dass sie in Rufweite zueinander blieben. Auf diese Weise konnten sie Fragen bis zum obersten Beobachtungsposten weitergeben und sie auf demselben Weg abwärts beantworten.

Der Streitwagen verlangsamte das Tempo, sobald sie sich dem Punkt näherten, an dem der Hang in das Wadi abfiel. Jenseits der Pyramide von Cheops erkannte Vahan gegen Sonnenuntergang die beinahe ebenso große Pyramide von Cheops' Sohn Chephren. Hinter diesen beiden erhob sich eine dritte Pyramide, nur weniger als halb so hoch, aber trotzdem noch von beeindruckender Größe. Rund um diese drei Grabmäler gruppierten sich weniger bedeutende Pyramiden, die Ruhestätten von Ehefrauen, Wesiren und längst vergessenen Würdenträgern. Dazwischen erkannte Vahan mehrere Tempel und die große Statue eines bärtigen Königs, dem die Erbauer den Körper eines Löwen gegeben hatten.

Der Wagen hielt, der Fahrer sprang zu Boden und bot Vahan die Hand. Doch Vahan blieb auf der schmalen Plattform des Wagens stehen. Von hier überblickte er das Wadi und die Stellungen am anderen Ufer, die seine Männer stürmen mussten. Im Geiste ging Vahan noch einmal den Verlauf der Schlacht durch, so wie er ihn plante.

Der Angriff würde knapp hinter Unas' vorderster Linie erfolgen. Mit ein wenig Glück könnten sie Unas überraschen.

Und was dann? Was würde auf den Rückzug von Unas' schäbiger Armee nach Memphis und auf die Eroberung der Stadt folgen? Wie würde Vahans Leben weitergehen, nachdem dieser Krieg einmal gewonnen und der letzte Widerstand der Ägypter gebrochen war? Dann befand sich das ganze Niltal in den Händen der Hai, also seinem, Vahans Volk. Avedis – oder Salitis, wie er sich jetzt nennt – war unangefochtener Herrscher in Ägypten. Weder er noch seine Erben hatten mit den nomadischen Hirtenkönigen von einst noch etwas gemein. Was für eine Zukunft gab es für einen Mann wie Vahan, der sein ganzes Leben und Streben dem Krieg verschrieben hatte?

Die heikle Frage quälte Vahan mehr und mehr, zumal das Ende des Krieges nahe schien und der baldige Zusammenbruch des ägyptischen Widerstands vorauszusehen war. Wenn das Nil-Tal endgültig den siegreichen Hai unterstand, welcher Platz blieb in dieser neuen Welt, die Salitis geschaffen und abgesichert hatte, für ihn, Vahan?

Natürlich konnte er sich zur Ruhe setzen, doch der Gedanke bereitete ihm Unbehagen. Er konnte sich nicht als General im Ruhestand vorstellen, der seine Tage in einem Landhaus beschloss, ägyptische Diener herumkommandierte, Blumen pflanzte und einmal im Monat in die Hauptstadt reiste, um sich mit anderen alten Soldaten zu treffen und im Geist alte Schlachten durchzukämpfen. In seiner Vorstellung sah er sich als altersschwachen Zittergreis, der mit jedem Jahr lächerlicher und wirklichkeitsfremder wurde. Nein, das war kein Schicksal für ihn, Vahan.

Welche andere Möglichkeiten gab es, vom Ruhestand abgesehen? Konnte er zu Avedis gehen – zu Salitis, natürlich, das musste er sich endlich merken – und ihn um einen Posten als Berater bei Hof bitten? Damit wäre er auf Lebenszeit versorgt und beschäftigt.

Verächtlich schob er den Gedanken beiseite. Auf einem Posten, der eigens für ihn geschaffen worden war, würde er sich ganz schön dumm vorkommen. Er hörte förmlich die jüngeren Männer reden und spürte die Verachtung in ihren Worten: »Wir müssen vermutlich so tun, als wollten wir Vahan um Rat fragen, der Form halber. Was für eine Zeitverschwendung! Schade, dass manche von den Alten den Wink der Natur nicht verstehen. Sie sehen schlecht, sie hören schlecht und ihre Eingeweide funktionieren auch nicht mehr richtig, aber sie können die Zeichen nicht deuten und ziehen sich nicht rechtzeitig zurück, solange sie es noch in Ehren tun können.«

Nein, besser, er wählte einen Abgang, der einem Krieger angemessen war. Er wollte sich aus freien Stücken beim letzten Angriff in das dichteste Schlachtengetümmel stürzen und wie ein ehrenhafter Soldat im Kampf sterben. Er konnte damit seinen eigenen Tod im Augenblick eines großen Sieges arrangieren. Wenn dann zukünftige Generationen einmal über diese letzte große Schlacht sprachen, in der die Armee der Ägypter vernichtend geschlagen wurde, so würden sie diese Schlacht immer mit seinem eigenen Tod in Zusammenhang bringen; genauso wie die Menschen den Fall von Charchemisch immer mit dem Tod von Oschijahu und Karakin verbinden.

Plötzlich kam ihm ein anderer Gedanke. Irgendwo da draußen, nicht weit hinter den Stellungen, befand sich Schobai.

Schobai war jetzt blind, aber er bewaffnete die Ägypter gegen ihn. Schobai und er hatten einander gut gekannt und waren so etwas wie Freunde gewesen, bevor Reschef, die Schlange, Schobai das Augenlicht geraubt hatte. Schobai war von Haran aus nach Norden gegangen, in das große Lager der Hai, und hatte ihnen seine Dienste als Waffenschmied angeboten. Wie es bei

Waffenschmieden üblich war, hatten ihn die Folgen seiner Arbeit nicht interessiert. Als Vahan ihm den Fall der friedlichen Stadt Melid vor Augen geführt und Schobai selbst gesehen hatte, wie Karakins Truppen mit der ihnen eigenen Brutalität die Stadt plünderten, erfasste ihn tiefes Entsetzen. Von diesem Augenblick an hatte er sich geweigert, für die Hai weiterzuarbeiten. Selbst als man ihn als Sklaven brandmarkte und ihn mit vorgehaltenem Schwert mit dem Tod bedrohte, weigerte er sich.

Schobai hatte seine Wahl getroffen. Es war eine schwere Entscheidung gewesen, aber er blieb trotz aller Drohungen bei seinem Entschluss, auch nachdem er sein Augenlicht verloren hatte und sein Bruder in seiner Gegenwart ermordet worden war. Er hatte einen Lebensgrundsatz gefunden und hielt mutig daran fest, damals, während der Belagerung von Ebla, und jetzt hier, viele Jahre später.

Vahan wäre Schobai gerne noch einmal begegnet, um sich mit ihm in alter Freundschaft zu unterhalten. Vor allem aber wollte er ihm eine Frage stellen, die ihn quälte: »Wer von uns beiden ist der Narr, Schobai, und wer der Weise?«

Vahan wischte sich den Schweiß von der Stirn. »Ruf die Kommandanten!«, rief er plötzlich streng. Als die Anführer der Einheiten angetreten waren, verkündete Vahan ihnen den Schlachtplan, wobei er die Dreißigste Einheit der Fußtruppen zum Flankenangriff abkommandierte, der über den Hang bei den Pyramiden erfolgen sollte. (Wer ist der Soldat mit den stechenden Augen? Woher kenne ich ihn? Es spielt im Grunde keine Rolle. Am besten, er geht mit den anderen in der ersten Welle des Angriffs in einen schnellen Tod.) Damit ließ er sowohl den Gedanken an Schobai als auch den an die Zukunft fallen. »Bereitet die Truppen vor! Bei Tagesanbruch greifen wir an!«

Kapitel 11

I

Unas ging im Schatten der Pyramiden ungeduldig auf und ab. »Hast du es ihm wirklich gesagt?«, fragte er aufgeregt. »Hast du ihm gesagt, dass es ein militärischer Befehl war?«

»Ja, Herr«, beteuerte Hori. »Aber Schobai will so lange bleiben, solange einer seiner Männer an einer Esse steht.«

»Ach! Bei allen Göttern! Dieser sture Ochse. Er hat sich schon vor Wochen damit einverstanden erklärt, sich flussaufwärts in Sicherheit zu bringen. Damals hat er gelogen, aber jetzt missachtet er meinen Befehl. Sag es ihm noch einmal. Und sag ihm, dass der Befehl für seine Gehilfen genauso gilt. Sie müssen sich alle zurückziehen. Jetzt ist es zu spät, neue Waffen anzufertigen; wir müssen sie den toten Nomaden wegnehmen. Und sag ihm noch ...« Unas schob zornig das Kinn vor, denn er wusste, dass Schobai diesen neuen Befehl genauso missachten würde wie den vorigen. »Komm mit mir!«, sagte er stattdessen. »Ich werde es ihm selbst sagen.« Er brüllte noch ein paar Befehle und eilte entschlossen davon. »Hauptmann! Du übernimmst! Alles geht nach Plan! Du weißt, was zu tun ist?«, fragte er bereits im Gehen.

»Ja, Herr! In Wellen zurückziehen. Wir lassen sie für jeden Schritt, den sie vorwärts tun, teuer bezahlen.«

»Gut!« Bereits ein Stück weiter drehte Unas sich noch einmal um.

»Komm jetzt, Hori! Wir haben keine Zeit zu verlieren!« Damit kletterten sie auf Unas' Streitwagen und standen beide auf der Plattform, die kaum breit genug war für einen. Unas trieb das Doppelgespann vorwärts. Die gut trainierten Pferde galoppierten an und Unas lenkte den leichten Wagen geschickt um ein Loch im Boden herum.

Keine zwei Fußstunden weit entfernt stand Schobai an seiner Esse und inspizierte ein Schwert, das sein Gehilfe eben fertig gestellt hatte. Zuerst prüfte er die Klinge mit der Hand, danach packte er das Schwert am Griff, wie es ein Soldat tun würde. »Geh bitte zurück«, bat er und wartete, bis der Gehilfe Platz gemacht hatte. Danach holte er mit der Waffe aus, schwang sie nach rechts, stach zu, parierte einen imaginären Stoß, stach wieder zu, machte einen Schritt zurück und vollführte einen weit ausholenden Schlag. »Nicht schlecht«, lobte er. »Wirklich nicht schlecht, mein Freund. Belohnt den Mann, der das Schwert hier gemacht hat, aber wartet damit, bis wir aufhören zu arbeiten.«

»In Ordnung, Herr«, antwortete der Gehilfe und fuhr ängstlich fort: »Wann wird das sein? Bereits gestern kam der Befehl zum Rückzug.«

Schobai hielt immer noch die Waffe in beiden Händen; wie bei allen Blinden war sein Gesichtsausdruck nicht zu deuten.

»Tatsächlich? Dann hätte ich dem Befehl wohl folgen sollen. Unas wird wütend sein. Aber vorläufig werden wir hier gebraucht.«

»Herr!«, rief der Geselle. »Unas ist da! Er kommt allein, nur Hori begleitet ihn. Es stimmt, was Ihr gesagt habt: Er ist wütend.«

Schobai lauschte. Der Streitwagen fuhr vor und Unas sprang vom Wagen, kaum dass das Gefährt zum Stillstand gekommen war. »Schobai!«, brüllte Unas. »Was um alles in der Welt fällt dir ein! Wieso ist die Schmiede noch nicht geschlossen? Hast du meinen Befehl zum Rückzug nicht bekommen?«

»Doch«, antwortete Schobai, »aber ...«

»Kein Aber! Hori! Du siehst zu, dass alles auf Wagen verladen wird. Du bist verantwortlich. Danach kommt alles auf ein Boot und wird damit flussaufwärts in unsere neue Verteidigungsstellung gebracht.« Wieder zu Schobai gewandt fuhr er fort: »Dort baust du die Essen wieder auf. Wir werden mit unseren Truppen nachkommen, sobald die Nomaden hier einen Teil ihrer Schlagkraft eingebüßt haben.«

Schobai nickte. »In Ordnung. Die Stellung dort ist vermutlich leichter zu verteidigen?«

»So ist es. Aber zuerst sollen die besten Einheiten der Nomaden die Hänge des Wadis vor den Pyramiden erstürmen und sich daran die Zähne ausbeißen. Danach fallen wir auf unsere nächsten Stellungen zurück. Sobald sie sich neu gruppiert haben, fallen wir wieder zurück. Sie müssen uns verfolgen und sich erneut umgruppieren. Damit wollen wir sie verärgern und ermüden. Haben wir das erreicht und sind sie vollständig verwirrt, gehen wir zum Gegenangriff über.«

»Gut.« Schobai stellte sich die Strategie bildlich vor. »Ein guter Plan«, meinte Schobai. »Und ich halte dich von deiner Pflicht ab!«

Unas klopfte ihm auf die Schulter. »Deine Tapferkeit ist gut gemeint, auch wenn sie fehl am Platz ist. Aber es ist wirklich höchste Zeit zum Aufbruch.« Er bemerkte Schobais besorgten Gesichtsausdruck und fragte: »Was ist los? Hast du etwas gehört, wo sie sein könnte?«

»Nein. Heket behauptet, die Männer, die sie abgeführt haben, trugen Uniformen der ägyptischen Armee. Und ich helfe hier, diese Truppen ...«

»Das waren keine Soldaten der Kampftruppen«, unterbrach ihn Unas. »Sie gehörten zu Harmins Palastgarde. Ich habe mich bei meinen Einheiten umgehört.« Er legte Schobai die Hände auf die Schultern und fuhr todernst fort: »Ich glaube zu wissen, was du durchmachst. Aber solange wir mit den Nomaden nicht fertig sind, haben wir keine Zeit, mehr herauszufinden. Wenn ich das hier überlebe, Schobai, dann verspreche ich dir, dass Harmin zur Rechenschaft gezogen wird und du deine Frau zurückbekommst.«

»Ich begreife nicht, warum sie Meret festhalten. Sie hat niemandem etwas getan.«

»Bei Hof gehen sehr undurchsichtige Dinge vor. Eine allgemeine Säuberung tut Not, und vermutlich werden einige Köpfe rollen. Doch das muss warten, bis wir mit den Nomaden fertig sind. Falls sie gewinnen, bleibt die Säuberung ihnen überlassen. Ich wollte, ich könnte mehr für dich tun. Sobald die Rückzugslinie gefestigt ist und die Armee die neuen Stellungen in Lischt bezogen hat, werde ich alle meine Möglichkeiten ausschöpfen. Darauf gebe ich dir mein Ehrenwort als Soldat. Aber jetzt ...« Er brach ab. »Horch!«, rief er. »Hast du das gehört, Hori?«

»Die Hörner, Herr? Das klang wie ...«

»Richtig, die Hörner der Nomaden. Schobai, ich muss zurück zu den Soldaten. Ich habe das Gefühl, dass sie bei Tagesanbruch angreifen werden. Ziemlich sicher sogar. Was ist, wenn sie uns reinlegen und bereits heute Nachmittag angreifen? Hori! Ich vertraue ihn dir an. Bringe ihn in Sicherheit. Die Götter mögen dir gnädig sein, wenn ihm etwas zustößt.«

»Zu Befehl, Herr!« Er wollte noch etwas sagen, aber sein General hatte ihm bereits den Rücken zugekehrt.

»Wo sind wir?«, fragte Schobai. »Ich höre Stimmen.«

Die Füße fest auf den Boden gestemmt, klammerte er sich am Sitz des von Ochsen gezogenen Karrens fest.

»Vor mir sehe ich bereits Memphis«, antwortete Hori.

»Je eher wir da sind, desto besser.«

Der Wagen machte einen heftigen Ruck zur Seite, sodass Schobai beinahe vom Sitz gerutscht wäre. Einer seiner Helfer, der hinten saß, fiel tatsächlich zu Boden, kletterte aber gleich wieder auf den Wagen und bürstete den Staub ab.

»Haltet Euch fest!«, mahnte Hori Schobai. »Wir durchqueren ein trockenes Flussbett. Wenn der Nil Hochwasser führt, teilt er sich hier. Das Wadi schneidet dann Memphis vom Tal der Könige ab. Der Boden ist sehr steinig.«

»Umso besser«, meinte Schobai und stemmte sich gegen den schwankenden Wagen. »Schon in ein paar Tagen werden sich die Nomaden hier durchkämpfen müssen. Verglichen damit sind unsere Beschwerden unbedeutend.«

»Da habt Ihr Recht«, pflichtete Hori ihm bei. »Jetzt kommt noch ein großer Buckel, dann sind wir auf der Hauptstraße. Vorsicht jetzt!« Der Karren schwankte bedrohlich, doch dann waren sie wieder auf festem Boden. »Geschafft! Ich…« Hori brach ab. Mit völlig veränderter Stimme fuhr er fort: »Ich hatte beinahe vergessen, dass sie Memphis verlassen haben. Im ersten Augenblick wusste ich nicht, was nicht stimmt.«

»Willst du damit sagen, dass an den Stadttoren keine Wachen stehen?«, fragte Schobai.

Hori brummte etwas zur Antwort.

»Es hätte mich überrascht, wäre es anders gewesen«, meinte Schobai. »Aber sobald wir die Tore passieren, wirst du sehen, dass nur der Hof und die ganz Reichen die Stadt verlassen haben. Alle anderen werden wie jeden Tag ihren Geschäften nachgehen, im Vertrauen darauf, dass unsere arme, schäbige Armee die Nomaden aufhält.«

»Schlimmer als das«, sagte einer der Gehilfen von hinten.

»Einige arme Narren freuen sich sogar auf die Ankunft der Nomaden. Manche Leute in der Stadt glauben tatsächlich, dass die Geschäfte unter den Nomaden besser gehen werden als unter Harmin und Madir.«

»Ich kenne das alles«, sagte Schobai betrübt. »Ich habe nicht das geringste Verlangen, es noch einmal zu erleben. Als ich mein Augenlicht verlor, tröstete ich mich mit dem Gedanken, dass mir ein derartiger Anblick in Zukunft zumindest erspart bleiben wird. Das Gleiche hoffe ich für euch.«

II

Uni blieb mitten auf der Straße stehen. Der Gefängnisaufseher konnte kaum glauben, was er vor sich sah.

Die Ziegelmacher standen barfuß in einem breiigen Gemisch aus Lehm, Sand, Wasser und kurzem Stroh. Sie stampften die Masse nieder und glätteten die Oberfläche. Andere Arbeiter fassten mit den Händen einen Klumpen des Breis heraus und pressten ihn in rechteckige Formen. Die Formen wurden vorsichtig auf den Boden gestürzt, wo der Inhalt in der Sonne trocknete.

Daneben stand der halb fertige Bau, für den die Ziegel bestimmt waren: ein runder Getreidespeicher, bis jetzt nicht mehr als hüfthoch. Unis Blick wanderte fassungslos zwischen den Arbeitern und dem begonnenen Speicher hin und her. »Was macht ihr da?«

Der Vorarbeiter blickte auf und grüßte demütig. »Wir bauen einen Speicher für Getreide, Herr.«

»Ihr baut einen Speicher? Jetzt, wo die Nomaden weniger als einen Tagesmarsch entfernt sind und die Stadtmauern nicht verteidigt werden! Sei doch kein Narr, Mann!«

Der Vorarbeiter verbeugte sich wieder. »Ich habe meine Befehle, Herr. Wenn der Tod mir bestimmt ist, wird er mich hier ereilen, wo ich immer gearbeitet habe seit der Zeit, da ich ein Junge und halb so groß war wie Ihr, Herr. Und mit Verlaub, Herr, was für mich gilt, gilt auch für die Meinen. Wir werden tun, wie man uns geheißen hat, Herr. So gehört es sich.«

Uni schüttelte verwundert den Kopf. »Erstaunlich«, sagte er verächtlich und ging ohne ein weiteres Wort davon. Das musste man sich vorstellen! Sie bauten einen Speicher!

Er beschleunigte seine Schritte, bog um eine Ecke und stieß einen zerbrechlichen alten Mann nieder. Unter anderen Umständen hätte er sich über die Stellung des Mannes vergewissert, ihm aufgeholfen und sich entschuldigt, falls es sich als zweckdienlich erwiesen hätte. Jetzt aber machte er sich nicht die Mühe, sich umzusehen; rasch und unbeirrt ging er weiter. Alle Einwohner von Rang und Namen hatten die Stadt bereits vor einiger Zeit verlassen. In diesen Tagen mussten in der halb verlassenen Stadt Memphis nur noch Personen, die Uniform trugen und bewaffnet waren, rücksichtsvoll behandelt werden. Ehre, Pflicht, gute Sitten! Leere Worte waren das. Solchen Unsinn konnte man sich nur in guten Zeiten leisten, wenn das Leben leicht war.

Nein! Er musste sich um sich selbst kümmern, seinen eigenen Hals retten und, wenn möglich, Vorsorge für die Zukunft treffen. Madirs Hinweise hatten sich als sehr nützlich erwiesen; da er frühzeitig Bescheid gewusst hatte, konnte er einige günstige Geschäfte mit Grundstücken in Fajum abschließen. An seine Nachbarn konnte man erst denken, sobald man das eigene Schäfchen ins Trockene gebracht hatte.

Jetzt war es an der Zeit, nach Süden aufzubrechen. Das wenige, das er in der Stadt noch besaß, würde er zurücklassen und sich in Sicherheit bringen. Der eine noch verbliebene Wachsoldat aus dem Gefängnis musste ihn nach Süden begleiten, um seine eigene Sicherheit zu gewährleisten. Den Sklaven Joseph würde Uni natürlich mitnehmen; die anderen werden zurückbleiben. Sie können verhungern und sich gegen die Ratten wehren.

Da hatte Uni plötzlich einen wunderbaren Einfall. Er blieb sogar mitten auf der Straße stehen, um darüber nachzudenken. Die Frau! Die Frau Meret!

Was sie anging, waren Madirs Befehle eindeutig gewesen. Sie sollte sterben oder die Nomaden sollten sie finden, falls sie sich die Mühe machten, in die tiefsten Verliese hinunterzusteigen, bevor sie das ganze stinkende Gebäude anzündeten. Wenn möglich, sollte es so aussehen, als hätte man Meret unglücklicherweise vergessen. Uni sollte sie nicht töten, das war klar. Falls jemand aus dem Umfeld des Hofes die Frau tötete – und wenn es der niedrigste Wachsoldat war –, so bestand immerhin die Gefahr, dass ihre Familie irgendwann davon erfuhr; die aber hatte angeblich gute Verbindungen zum Hof. Kam Meret auf andere Art und Weise ums Leben, konnte man hingegen alles, die Verhaftung, die Gefängnisstrafe und sogar ihren Tod, als eine unglückliche Reihe von Zufällen hinstellen. Madir und seine Untertanen – und Uni war einer von ihnen – würde keine Schuld treffen. Sie hatten nur ihre Pflicht als Beamte getan und konnten die Umstände nicht beeinflussen.

Aber sterben musste Meret unbedingt; etwas sollte damit vertuscht werden.

Was wusste sie? Was wusste die Frau über Madir, dass er sie auf so umständliche Art zum Schweigen bringen wollte?

Uni grinste schlau.

Wenn er sich nach Lischt zurückzog, Joseph mitnahm und die anderen Gefangenen einem schrecklichen Tod überließ, beging er einen kriminellen Akt, der ihm große Unannehmlichkeiten bereiten könnte. Selbst die Tatsache, dass er auf Madirs Befehl gehandelt hatte, wäre keine Entschuldigung; Madir könnte außerdem den Befehl leugnen.

Damit hätte Madir eine tödliche Waffe in der Hand, von der er jederzeit unvermutet Gebrauch machen konnte, wenn er seines Untertans müde war und keine Verwendung mehr für ihn hatte. Ich muss mich schützen, dachte Uni. Ich muss meinerseits etwas gegen Madir in der Hand haben, das ihn ebenfalls in Schwierigkeiten bringen kann.

Womit konnte er Madir Angst machen? Uni war sich darüber noch nicht im Klaren. Aber es hatte etwas mit Meret zu tun. Sie wusste etwas, das gegen Madir und seinen Kreis verwendet werden konnte und das für Madir gefährlich war.

Die Frau durfte nicht sterben. Ich darf sie nicht aus den Augen lassen, schwor sich Uni.

Ein Geräusch auf der Straße hinter ihm riss ihn aus seinen Gedanken; er drehte sich um. Dort, wo die lange Gerade in einen kleinen Platz mündete, waren ein paar Randalierer aus dem Viertel der Diebe zu erkennen. Sie fielen über Marktbuden her, rissen Abdeckungen herunter und zertrümmerten Truhen.

Uni verschwand rasch in eine Nebenstraße. Er musste sich beeilen; bald würden sie auch hier ihr Unwesen treiben, und er hatte nur einen einzigen Wachsoldaten zu seinem Schutz.

Er begann zu laufen, rang aber bei der ungewohnten Anstrengung bald nach Luft. Er bog um eine Ecke in einen Hinterhof, wo er einen Nebeneingang zum Gefängnis wusste. Den benutzte er, schob von innen den Riegel vor und stieg die Treppen hinunter, ein Geschoss und noch ein zweites.

»Halt!«, rief eine bekannte Stimme. »Wer ist da?«

»Ich bin es, Uni«, antwortete er und gab sich zu erkennen.

»Komm, wir müssen zwei Gefangene freilassen. Dann machen wir uns auf den Weg nach Süden, du und ich.«

»Nur zwei, Herr?«, fragte der Wachsoldat.

»Nur Joseph und ...« Uni zögerte. Dann holte er tief Luft und wagte den Vorstoß. »Und die Frau. Die im tiefsten Gelass unten. Ich sage dir etwas, mein Freund, du holst Joseph und ich hole die Frau.«

»In Ordnung, Herr. Aber was sage ich den anderen?«

»Sag ihnen, dass wir Joseph nach oben bringen, weil er Fragen zu seiner Buchführung beantworten muss. Joseph sagst du auch nicht mehr. Je weniger er weiß, desto besser. Mach schnell!« Während der letzten Worte lief Uni bereits die Treppe hinunter. Ganz unten nahm er die Schlüssel von der Wand. »He! Meret!«, rief er. »Komm her! Ich bin es, Uni, der Aufseher. Ich habe Befehl, dich freizulassen.«

Während er sich am Schloss zu schaffen machte, sah er sie durch die Gitterstäbe. Sie war nackt und schmutzig und zitterte. »Den Göttern sei Dank!«, rief sie. »Ich habe gewusst, dass sie mich hier nicht festhalten können, wo ich doch nichts getan habe.«

Uni hatte die Tür geöffnet, nahm sie bei der Hand und zog sie über die Treppe nach oben. »Erkläre mir das später. Wir müssen fort, wir müssen nach Lischt; dort sind wir in Sicherheit. Die Nomaden sind drauf und dran, unsere Verteidigungslinien zu durchbrechen. Unsere Truppen sind auf dem Rückzug. Lischt ist besser zu verteidigen.«

Einmal fiel Meret nieder, und eine Wunde auf ihrem Knie begann erneut zu bluten. Uni half ihr auf; es entging ihm nicht, dass sie einen immer noch jungen Körper mit feinen Gliedmaßen und schönen Brüsten hatte. Eine Treppe höher sagte er zu ihr. »Hier, mach dich ein wenig sauber! Du willst doch kein Aufsehen erregen. Dort drüben liegt ein Umhang. Für etwas Hübscheres ist leider keine Zeit. Wir befinden uns in großer Gefahr.«

»Aber was ist mit meinem Mann und meinen Kindern?«

»Sie befinden sich in Sicherheit«, behauptete Uni. »Wir werden sie treffen. Es ist jetzt keine Zeit für Erklärungen.« Er bemerkte den Wachposten mit Joseph. »Gut gemacht!«, lobte Uni. »Wir nehmen den hinteren Ausgang. Die Plünderer werden mittlerweile am vorderen Tor sein.«

Joseph sah zu, wie Meret versuchte, sich den viel zu großen Umhang überzuwerfen, den Uni ihr gegeben hatte. Neugierig geworden fragte er Uni: »Verzeiht, Herr, aber wohin gehen wir?«

»Wohin wir gehen? Ich bin im Begriff, dir das Leben zu retten. Wir brechen nach Süden auf, wo sich der Hof des Pharao bereits befindet. Die Nomaden stehen unmittelbar vor dem Angriff, und ich vermute, dass die Armee die Stadt nicht lange halten kann.«

»Ich verstehe, Herr, aber was ist mit den anderen?«

»Du sollst dein Glück nicht hinterfragen, junger Freund. Ich kann vielleicht für deine Sicherheit und die der Frau dort drüben sorgen, aber das ist auch schon alles. Verstehst du? Die Wachen sind fort. Auch sie sind im Süden. Auf der Straße ist der Pöbel außer Kontrolle geraten. Ich kann euch beide ohne Zwischenfälle zum Fluss bringen, das ist alles.«

»Aber wenn Ihr die Türen offen ließet, könnten sich die anderen vielleicht befreien.«

»Die anderen würden uns wahrscheinlich umbringen«, gab Uni gereizt zu bedenken. »Jetzt kommt! Folgt mir alle!« Damit führte er sie über eine weitere Treppe in einen unterirdischen Korridor. »Die mittlere Tür sollte es sein, wenn ich mich richtig erinnere.« Er öffnete die Tür, die in ein enges Treppenhaus hinausführte. Am oberen Ende der Treppe war wieder eine Tür. Uni schob den Riegel zurück und öffnete sie. Das helle Sonnenlicht ließ ihn einen Augenblick zögern. »Diese Tür sollte der hintere Ausgang in ... Ja! Wir sind richtig. Kommt schnell!« Sie liefen durch die lange Nebenstraße und hörten von jenseits der Mauer zu ihrer Linken die zornigen Stimmen und den Lärm des Pöbels; zwischendurch herrschte unheilvolle Stille.

Plötzlich tauchte oben auf der Mauer ein Kopf auf und eine schrille Stimme rief: »Hierher! Hier ist jemand! Ein Wachposten ist auch dabei. He, ihr da unten! Bleibt stehen! Wo lauft ihr hin?«

»Kümmert euch nicht um ihn!« Uni beschleunigte seine Schritte. »Kommt hierher!« Er führte sie um eine Ecke in eine kleine Quergasse, durch einen niedrigen Torbogen und in eine Sackgasse. Am Ende des engen Hofs blieb er stehen und versuchte eine Tür zu öffnen. »So komm doch, zum Henker noch einmal! Endlich!« Die Tür flog so plötzlich auf, dass Uni beinahe umgefallen wäre. Er hielt sie für seine Begleiter offen, trat schließlich als Letzter durch und schloss sie hinter sich.

Die Gruppe befand sich jetzt außerhalb der Stadtmauern. Vor ihnen lag ein großer, freier Platz, der an einen breiten Kanal grenzte. Vor langer Zeit hatte ein König den Bau dieses Kanals angeordnet, um die Wasser des Nils bis an den Rand der Stadt zu bringen. Jenseits des Kanals befand sich die durch den Kanalbau entstandene Insel und dahinter der Nil.

Am Ufer lag ein kleines, aber intaktes Boot. Zu Unis Freude und Überraschung war es nicht eines der üblichen Papyrusflöße, sondern ein Boot aus Holz, für das kleine Holzstücke mit peinlicher Genauigkeit zusammengefügt und verklebt worden waren. Es lag umgedreht mit dem kiellosen Boden nach oben am Ufer. Uni langte als Erster beim Boot an und versuchte mit aller Kraft, es ins Wasser zu schieben. Die anderen halfen mit, und bald glitt das Boot langsam über das steinige Ufer. »Vorsicht!«, mahnte Uni. »Wir wollen doch, dass es das Wasser in einem Stück erreicht.«

Hinter ihnen waren aufgeregte Stimmen zu hören. Alle drehten sich um. Die Menschen von jenseits der Mauer hatten sie entdeckt und eilten ihnen nach!

»Schiebt!«, rief Uni. »Wenn die uns erwischen, sind wir verloren.«

Just in diesem Augenblick blieb das Boot an einer Bodenwelle hängen. »Schnell! Hebt es hoch und hinüber damit!« Der Lärm der vielen Füße kam immer näher, und die zornigen Stimmen wurden immer lauter. Die vier strengten sich mächtig an und bekamen das Boot endlich wieder flott. Sie schoben es an das Ende der Uferstraße und ließen es ins Wasser gleiten. Uni hielt es fest und drehte es in die träge Strömung. »Ins Boot mit euch! Gebt Acht, wohin ihr steigt!« Er duckte sich und wich einem Stein aus, der knapp an seinem Kopf vorüberflog.

Meret stolperte als Erste ins Boot, setzte sich ins Heck und griff nach dem Steuerruder. »Junge, du nimmst die Stange! Sieh zu, dass wir rasch flussabwärts Fahrt gewinnen!«

»Flussabwärts?«, fragte der Wachsoldat und setzte sich, ohne die rasch näher kommende Menge aus den Augen zu lassen.

»Tu, was sie sagt!«, befahl Uni und sprang als Letzter ins Boot. Er ließ sich unbeholfen auf die Sitzbank fallen und wehrte dabei mit einer raschen Armbewegung abermals ein Wurfgeschoss ab. Das Boot schwankte gefährlich. Joseph manövrierte das Boot mit der Stange vom Ufer fort, bis die Strömung es erfasste und flussabwärts trieb.

Meret steuerte das Schiffchen geschickt auf das andere Ufer des Kanals zu, wo sie sich außerhalb der Reichweite ihrer Verfolger befanden.

Uni drehte sich um. Die Menge stand am Ufer und schimpfte lautstark. »Das war knapp!«, stöhnte er erleichtert. »Sieh jetzt zu, dass wir auf dieser Seite des Kanals bleiben, bitte. Wir wollen den Fluss erreichen, ihn aber erst ein gutes Stück weiter unten kreuzen. Dort ist er etwas schmaler.«

»Den Nil in diesem Boot überqueren?«, fragte der Wachsoldat. »Bedenke die Strömung!«

»Nein, nein. Wir nehmen ein anderes Boot. Ich habe angeordnet, dass uns an der Flussenge ein großes Boot erwartet, eine Galeere mit einem Dutzend Ruderern. Die werden wir brauchen, da wir flussaufwärts gegen die Strömung kämpfen müssen.«

Von der Spitze der Insel, wo sich der Fluss und der Kanal vereinigten, sahen sie bereits das Schiff mit dem hohen Steuerruder. Das Deck war leer und die Segel waren eingerollt.

»Wo sind denn alle?«, ärgerte sich Uni. »Ich sehe niemanden. Das gibt es doch nicht!«

»Ich habe gesehen, wie sich ein Ruder bewegt«, sagte Joseph. »Es dürfte jemand an Bord sein.«

Meret steuerte das Boot näher ans Ufer. »Seid Ihr auch wirklich sicher, Uni, dass wir hier richtig sind? Sonst steuere ich das Ufer nicht an.«

»Es ist schon in Ordnung.« Uni klang ein wenig besorgt. »Was für eine Wahl haben wir? Wenn wir nicht landen, treibt uns die Strömung nach Norden in das von den Nomaden besetzte Gebiet. Steuere an Land! Es muss jemand an Bord sein.«

Meret gehorchte. Joseph legte den Staken ins Boot, kletterte an Land und zog das Boot ans Ufer. Uni stieg ebenfalls aus, und der Soldat folgte ihm. Erst jetzt ließ Meret die Ruderstange los und sprang ans Ufer.

»Der Mann, der hier auf uns warten soll, heißt Narmer«, erklärte Uni, während sie auf das große Boot zugingen. »Ich habe ihm eine Menge Geld bezahlt, damit er uns stromaufwärts bringt, und ihm eine ebenso große Summe bei unserer sicheren Ankunft versprochen. In Zeiten wie diesen kann man sich nicht genug absichern. Sobald ich erfahren habe, dass die Stadt aufgegeben wird, habe ich nicht einen, sondern zwei Fluchtwege vorbereitet. Einen über Land. Der Mann dort wartet vermutlich südlich der Stadt mit seiner Karawane immer noch auf mich. Aber ehrlich gesagt, mir ist der Wasserweg lieber. Zwischen Memphis und Lischt ist das Gelände ziemlich steinig, und auch in einem guten Wagen ist das Reisen sehr unbequem.«

Sie standen neben dem Schiff, dessen hohe Bordwände vor ihnen aufragten. »Seltsam«, wunderte sich Uni. »Sie sollten hier sein. Du hast gesehen, wie sich ein Ruder bewegte?«

Joseph nickte.

Der Soldat griff beunruhigt nach seinem Schwert.

»Vielleicht hast du dir das nur eingebildet«, vermutete der Soldat. »Soviel ich sehe, ist niemand an Bord.«

»Das macht nichts«, ergriff Meret das Wort. »Wir brauchen die Ruderer nicht. Ich kann uns flussaufwärts segeln, wenn ihr drei die Rolle der Besatzung übernehmt. Ich habe schon als kleines Mädchen segeln gelernt.« Uni sah sie überrascht an. »Kommt! Wir wollen an Bord«, forderte sie die anderen auf. Ohne zu zögern, betrat sie die gekerbte Planke, die zum Schiff hochführte, und stand wenig später an Deck des Schiffes. »Worauf wartet ihr?« Uni folgte ihr kopfschüttelnd. »Wohin der

Wind uns treibt«, meinte er. »Noch nie habe ich gehört, dass vier Leute die Besatzung von einem so großen Schiff bilden. Aber wie es aussieht, haben wir keine Wahl.«

Meret wartete, bis Joseph als Letzter an Deck war. Mit seiner Hilfe zog sie die Planke, die als Landungsbrücke diente, an Deck. »Ablegen, Soldat! Ihr zwei nehmt die Seile dort drüben, die zur Rah hinaufführen. Wenn ich es sage, dann löst ihr sie.« Das Boot bewegte sich langsam vom Ufer fort und wurde allmählich von der Strömung erfasst. Meret trat ans Steuerruder und legte ihre Schulter an den langen Ruderschaft. »Jetzt löst die Leinen und gebt langsam nach.« Während sie den Befehl gab und ihr Blick über den Bug schweifte, bemerkte sie ein anderes Boot unter vollen Segeln, dass gegen die Strömung flussaufwärts segelte. An Deck stand eine große Gestalt mit hoch erhobenem Kopf. Die Augen des Mannes waren mit einem schmalen weißen Tuch verbunden. Vor Schreck und Überraschung ließ Meret beinahe das Steuerruder fahren. Doch sogleich fasste sie es fester, drehte das Schiff hinaus in die Strömung und schrie: »Schobai!«

Im selben Augenblick waren Schritte auf der hölzernen Leiter zu hören, die von unten auf das Deck führte. Plötzlich standen schwer bewaffnete Soldaten an Deck. Sie trugen Uniformen, aber nicht die der ägyptischen Soldaten.

Nomadenkrieger! Die Bogen der Schützen waren gespannt, die gefiederten Pfeile auf sie und ihre Begleiter gerichtet. Ein Anführer der Nomaden trat aus dem Deckhaus. Seine Rüstung glänzte im hellen Sonnenlicht. Er lächelte Meret an, die hoch oben im Heck stand, und winkte zwei seiner Männer näher. »Bringt sie nach unten!«

III

Schobai hatte den Schrei gehört und lauschte angespannt, ob er sich wiederholte. Aber nichts mehr; nur der Wind pfiff in der Takelage, und die Wellen schlugen gegen den Rumpf des Schiffs. »Hori!«, rief Schobai. »Jemand rief meinen Namen. Hori! Wo bist du?«

Hori kam gelaufen. »Was ist Schobai? Was habt Ihr gehört?« Hori spähte über das Wasser. »Vor uns ist ein Schiff mit Nomadensoldaten an Bord. So weit flussaufwärts haben die doch nichts zu suchen! Kapitän! Hallo, Kapitän!«

Der Kapitän kam gelaufen. »Ich sehe sie, Ihr habt Recht. Eine ganze Einheit Bogenschützen steht dort drüben an Bord! Verdammt! Es ist ein Jammer, wenn man in Zeiten wie diesen ohne einen einzigen Bogenschützen an Bord flussaufwärts unterwegs ist! Steuermann! Halte dich ganz rechts!«

»Jemand hat meinen Namen gerufen. Es war eine Frau. Ich glaube, es war meine Frau!« Er hielt Horis Arm so fest umklammert, dass Hori sich ihm entziehen wollte. »Siehst du sie, Hori?«

»Nein. Oder doch! Warte! Ich sehe eine Frau am Steuerruder. Jetzt wird sie von Soldaten gepackt und sie führen sie fort. Ich kann ihr Gesicht nicht erkennen. Sie wehrt sich.« Hori befreite sich aus Schobais Umklammerung und trat an das Geländer, von wo er besser sehen konnte. »Sie bringen sie unter Deck. Sie hat sich widersetzt. Ich bin mir nicht sicher, Schobai. Ich habe sie nicht genau gesehen.«

»Sie ist es!«, schrie der Blinde. »Sie muss es sein! Meret ist eine tüchtige Seglerin! Wer sonst soll es gewesen sein! Meret!«, brüllte Schobai verzweifelt.

Tränen flossen über das Gesicht des blinden Mannes, der nicht aufhörte, den Namen seiner Frau zu rufen.

»Bring ihn fort vom Geländer«, rief der Kapitän. »Schnell, geht alle in Deckung! Die Bogenschützen zielen auf uns.«

»Komm, Schobai!« Hori zerrte Schobai am Arm. »Ihr könnt ihr jetzt nicht helfen, wer immer die Frau sein mag. Wenn Ihr hier stehen bleibt, werdet Ihr selbst getötet!«

»Meret!«, rief Schobai. Der erste Schwall von Pfeilen kam geflogen, und drei Pfeile bohrten sich zu Füßen der Männer ins Deck.

Inzwischen hatte der Steuermann das Heck des Schiffs dem Feind zugedreht, sodass sie fürs Erste außer Gefahr waren; Hori und dem Kapitän gelang es, Schobai vom Geländer fortzuzerren.

IV

Als das erste Rot am Horizont zu sehen war, wollte der Wachposten Unas wecken. Doch der General war bereits damit beschäftigt, die Klinge seines Schwerts zu polieren. »Ihr habt mich gebeten, Euch beim ersten Morgengrauen zu wecken, General«, sagte der Soldat leise.

Unas steckte das Schwert wieder in die abgenützte Scheide, erhob sich und streckte sich. »Ich danke dir«, entgegnete er gähnend. »Ich habe mein Schwert geputzt. Kann sein, dass wir heute alle dem Tod entgegengehen. In diesem Fall möchte ich den bestmöglichen Eindruck machen.«

Die Worte des Generals verwirrten den Soldaten. »Ihr haltet die Lage wirklich für so schlimm, Herr?«

»Vermutlich nicht schlimmer als schon oft zuvor. Ich befand mich bereits oft in einer äußerst misslichen Lage und habe überlebt.« Er gähnte wieder mit Hingabe. »Ich habe sogar schon Schlachten gewonnen, in denen ich eindeutig auf der Verliererseite gestanden habe. Aber heute habe ich ein seltsames Gefühl. Ich spüre, dass das ein besonderer Tag in meinem Leben wird. Es kann mein größter Tag werden, aber auch mein schlimmster. Es kann auch der Tag werden, an dem ich sterbe. Ich habe keine Ahnung. Ich weiß nur, dass mir, noch ehe die Sonne untergeht, etwas Besonderes widerfahren wird.«

»Hoffen wir, dass es den Sieg bedeutet, Herr.«

»Das bezweifle ich, zumindest wenn du damit meinst, dass wir die Nomaden vertreiben oder zurückdrängen könnten. Ich bin nicht einmal darauf vorbereitet, Vahan zu verfolgen, falls er die Flucht ergreift. Ich weiß gar nicht, was wir in diesem Fall täten. Aber wir könnten zu unserer eigenen Überraschung die Stellung halten. Oder wir könnten einen geordneten Rückzug auf unsere nächste Rückzugslinie antreten, uns dort behaupten und verhindern, dass Vahan in die Stadt einfällt.«

»Hoffen wir, dass eines davon eintritt, Herr. Wollt Ihr jetzt gehen?« Als aufmerksamer Adjutant reichte er Unas seinen Helm, noch ehe dieser am Zelteingang war.

Auf der gegenüberliegenden Anhöhe beobachtete Vahan die ägyptischen Linien. Sein Adjutant stand unmittelbar neben ihm. »Seid Ihr bereit, Herr?«, fragte er.

»Nein«, antwortete Vahan. »Sie sollen warten. Sie sollen unsicher werden. Das wird sie unruhig machen. Außerdem habe ich Unas noch nicht gesehen. Ich will ihn sehen. Ich will ihn persönlich sehen.«

»Ich verstehe, Herr. Glaubt Ihr tatsächlich, dass er selbst am Kampf teilnimmt?«, fragte der Soldat zweifelnd.

»Das wird er tun, wenn ich es tue. Und ich glaube, ich werde es tun. Er ist nicht wie Harmin. Es wird zur Abwechslung auch für mich eine Herausforderung sein. Ich habe mich schon lange genug im Hintergrund gehalten und von dort Befehle erteilt. Ich verliere meine Selbstachtung.« Er lockerte sein Schwert in der Scheide. »Vielleicht habe ich Glück und begegne Unas. Wenn das geschieht, dann wehe dem Soldaten der Hai, der Unas tötet! Unas bleibt mir vorbehalten.«

Der Adjutant räusperte sich. »Aber bedenkt, Herr, was ist, wenn Ihr verletzt werdet, oder noch schlimmer, wenn Ihr ...«

»Wenn ich sterbe, wird ein anderer meinen Platz einnehmen. Niemand ist unersetzlich. Karakin war es auch nicht. Manuk war es nicht. Auch Avedis ist es nicht, der sich jetzt Salitis nennt und nach ägyptischer Manier behauptet, ein Gott zu sein. Auch Vahan ist nicht unersetzlich.«

»Aber dann würde das Kommando von ...«

»Von Sahag übernommen. Er ist der Nächste. Obwohl ich mir oft wünsche, dass es nicht so wäre. Sahag ist ein tüchtiger Soldat und ein guter Taktiker. Aber er denkt nur an heute, so wie Karakin. Trotz unserer zahlenmäßigen Überlegenheit wären wir nie so weit gekommen, wenn Karakin allein geherrscht hätte, ohne Manuk, der mit seinem überlegenen Verstand die Fäden zog.«

»Ich weiß, Herr. Aber Sahag hätte doch bestimmt tüchtige Berater an seiner Seite?«

»Das schon.« Vahan beobachtete immer noch die feindlichen Linien. »Nur dass Sahag nicht auf sie hören wird.« Er zuckte die Achseln. »Aber das sind rein theoretische Überlegungen, nicht wahr? Für mich zumindest. Denn schließlich wird das nur eintreten, wenn ich tot bin.«

»Das mögen die Götter verhindern«, seufzte der Adjutant und verwahrte sich mit einer Geste gegen die bösen Geister.

»Es gibt noch einen weiteren Grund, warum ich lieber einen anderen an Sahags Stelle wüsste«, fuhr Vahan nachdenklich fort. »Ein guter Anführer kann seine Erregung im Zaum halten. Kannst du ein Geheimnis für dich behalten?«

»Was meint Ihr, Herr?«

»Natürlich kannst du das, das weiß ich. Sahag ist ein Tier. Eine wilde Bestie. Ein Kommandant, der ein solches Tier unter seinen Männern hat, braucht nur auf ein Problem zu zeigen und zu sagen: ›Beseitige es!‹ Das Tier wird sich mit Zähnen und Klauen auf das Problem stürzen, je wilder und rücksichtsloser, desto besser. Sahag wütete fürchterlich in Charchemisch und Schechem. Genauso bei der Belagerung von Sile, wo wir nichts anderes zu tun hatten, als einen Feind zu Staub zu zermalmen und achtlos über seine Asche hinweg weiterzuziehen. Damals war Rücksichtslosigkeit am Platze.«

»Und jetzt, Herr?«

»Jetzt ist es nicht länger unser alleiniges Ziel, zu töten. Wir wollen erobern. Danach müssen wir die Menschen regieren, die wir erobert haben. Du begreifst den Unterschied?«

»Das tue ich, Herr. Ein Eroberer muss Gnade und Gerechtigkeit ausüben können. Und Sahag ...«

»Sahag kann das nicht«, fiel Vahan ihm ins Wort. »Wenn man einen Feind, den man einmal besiegt hat, mit fester Hand regiert, aber Gnade und Gerechtigkeit walten lässt, dann vergisst der Besiegte schnell. Eine Generation später herrscht wieder Friede. Aber dem unnachgiebigen Eroberer, der nicht verzeihen kann, wird auch nicht verziehen. Wenn jemand wie Sahag an der Macht ist, werden unsere Kindeskinder erneut in Schlachten verwickelt werden. Dann werden sie sich einer Armee gegenübersehen, die nicht aus untauglichen Männern besteht, wie Unas sie jetzt gegen uns ins Feld führt, weil er nichts Besseres hat. Sie werden gegen harte, zähe Männer kämpfen müssen, die uns und dem, wofür wir stehen, nichts als Hass entgegenbringen.«

Vahans Adjutant blieb skeptisch. »Ist es möglich, Herr, dass die Söhne von Sklaven die Söhne der Eroberer besiegen?«

Vahan lächelte gelassen. »Du glaubst, dass nur ein schwaches

Volk erobert wird, dessen Schicksal es von Anfang war, beherrscht zu werden. Die Vorfahren dieser Ägypter dachten auch einmal so. Sie beherrschten ein Reich, dass größer war als das, das wir heute kontrollieren. Aber sie wurden schwach, wie auch wir Hai einmal schwach sein werden.« Der ungläubige Gesichtsausdruck seines Adjutanten amüsierte Vahan. »Du glaubst, ich scherze mit dir. Seit wir in diesem fruchtbaren, grünen Land sind, befinden wir uns auf dem besten Weg dazu, behäbig, weich und schwach zu werden. Lass eine Generation heranwachsen, und wir werden verwundbar sein. Die Ägypter aber werden bis dahin ihre Stärke wiedergewonnen haben. Ihr Hass gegen uns wird ihrer Stärke Nahrung gegeben haben. Deine Söhne, mein Freund, werden es nicht leicht haben. Aber das ist nicht meine Sache. Dieses Ungemach wirst du ohne meinen Rat ausstehen müssen.« Damit wandte Vahan seine Aufmerksamkeit wieder dem Feind zu. »Wir haben lange genug gewartet.«

Beinahe müde hob er den Arm mit dem Schwert. Ungezählte Blicke waren auf ihn gerichtet. Und als er das Schwert senkte, ertönte aus Tausenden Kehlen ein Schrei, der sich über den Hügel und durch das ganze Tal fortpflanzte, das die feindlichen Linien voneinander trennte.

Auf die Soldaten am anderen Berghang wirkte die Szene anfangs ziemlich eigenartig, wie ein Traum. Ein paar Streitwagen fuhren vorüber, und die Bogenschützen in den Wagen schossen ihre Pfeile auf die Ägypter ab. Sie hofften, die Ägypter würden auf den Angriff reagieren, damit sie die Reichweite der ägyptischen Bogen abschätzen konnten. Aber die Ägypter hielten sich zurück. Ein einziger von den Nomaden abgeschossener Pfeil traf; die Szene wirkte wie eine gut eingespielte Übung. Ein Soldat in Unas vorderster Reihe fiel; ein Pfeil steckte in seiner Schulter. Er wurde rasch durch einen Mann aus der nächsten Reihe ersetzt. Als die Fußtruppen die Mitte der Talsohle erreicht hatten und sich allmählich den Hang hinaufbewegten, traten Unas' Bogenschützen in Aktion; sie verfehlte ihre Wirkung nicht.

Jeweils einer von sechs Nomaden wurde getroffen. Die Hälfte der Treffer war harmlos, da die metallenen Speerspitzen wirkungslos an den Rüstungen abprallten. Aber die anderen Treffer saßen. Die Männer fielen zu Boden oder taumelten zurück. Die vorstürmenden Soldaten packten ihre Speere und Schwerter fester; ihre Spannung wuchs. Die verfeindeten Truppen rückten einander immer näher. Wieder hagelte es Pfeile, diesmal war die Wirkung noch verheerender.

Aber hinter der ersten Reihe der sich vorwärts kämpfenden Nomaden kamen andere. Bald füllten sie das Tal, eine Welle folgte der nächsten. Die Bogenschützen der Ägypter schossen, ohne zu zielen, und nicht mehr in einheitlichen Salven. Unas brüllte sie wütend an, aber im ohrenbetäubenden Lärm der Schlachtrufe der Nomaden gingen seine Flüche unter.

Noch während er seinen Männern Mut zurief, streifte Unas mit den Blicken das Tal und den jenseitigen Hügel, von wo die Nomaden kamen, Reihe um Reihe, und sein eigener Mut sank. Wie viele Männer mochte Vahan haben?, dachte er verzweifelt. Er packte seinen Stellvertreter an der Rüstung und zog ihn zur Seite, als sich die Männer bereits für den nächsten Angriff wappneten. »Benachrichtige die Anführer aller Einheiten, dass sie sich auf den Rückzug vorbereiten«, flüsterte er. »Die nächsten zwei Wellen können wir noch aufhalten, aber sie sind uns zahlenmäßig überlegen und schaffen den Durchbruch.«

»Aber, Herr …«

»Kein Aber. Besser, wir fallen rechtzeitig auf die vorbereitete Rückzugslinie zurück, wenn sie sich gerade in der Hoffnung wiegen, unsere Linie zu durchbrechen. Sie sollen uns ruhig verfolgen, das ist immer noch besser, als sie durchbrechen unsere Front.«

»Zu Befehl, Herr!«

Vahan beschattete die Augen und blickte angestrengt über das umkämpfte Tal. »Warte!«, sagte er zu niemandem Bestimmten. »Sie tauschen die Männer in der vordersten Reihe aus. Die vorne gestanden haben, ziehen sich zurück und werden von ausgeruhten Männern ersetzt. Was führt er im Schilde?«

»Ich bin mir nicht sicher, Herr«, überlegte sein Adjutant. »Ich würde sagen, er bereitet den Rückzug vor. Obwohl, warum soll er das gerade jetzt tun?«

»Verdammt! Du hast Recht!«, rief Vahan. »Hervorragend. Ich an seiner Stelle hätte das Gleiche getan. Er weiß, wie dicht jede unserer Positionen besetzt ist. Er weiß genau, dass wir ihn durch unsere zahlenmäßige Überlegenheit einfach überrennen, wenn er die Stellung hält. Dazu ist er aber viel zu schlau.«

»Ich verstehe Euch nicht, Herr.«

»Ach, du!« Vahan verfolgte gespannt die Schlacht, die vor ihm im Gange war. »Wenn du nicht der Sohn meiner Schwester wärst ...«

»Was wollt Ihr, das ich tue, Herr?«, fragte der Adjutant gekränkt.

»Was du tun sollst?« Vahan war wütend. »Ich brauche mein Pferd, aber blitzartig! Und einen Boten, einen berittenen! Wo bleibt der Angriff auf die Flanken? Wo ist die Dreißigste Einheit überhaupt? Sie hätten schon längst Unas' linke Flanke angreifen sollen. Unfähige Feiglinge sind das, sonst nichts! Kann denn keiner von euch etwas richtig machen? Wenn er sich zurückzieht und damit erreicht, dass wir ihn im geeigneten Moment verfolgen ... dann dreht er sich um und erwartet uns in einer für ihn günstigen Position, noch dazu mit ausgeruhten Männern ...« Vahan schloss die Augen und konzentrierte sich im Geist auf das Terrain neben den Pyramiden. »Ja! Jetzt weiß ich genau, wo er Stellung beziehen und gegen uns kämpfen wird. Er ist ein Krieger nach meinem Geschmack. Kein Zweifel! Ihn muss ich selbst töten! Mein Pferd! Wo bleibt denn mein Pferd?«

V

Unterstützt von einem Hagel von Pfeilen ihrer Bogenschützen kämpften sich die Nomaden den Hang hinauf und verwirrten damit Unas' Truppen. Seitlich hielt Vahan seine berittenen Einheiten zurück, bis die Soldaten zu Fuß oben am Hügel angekommen waren und die Verteidiger in einen blutigen Mann-zu-Mann-Kampf verwickelt hatten. Dann befahl er den Angriff auf Unas' rechte Flanke, und er brüllte seinen Befehl mit einer wilden Entschlossenheit, die sein Alter vergessen ließ. Mit angelegten Speeren stürmten die Reiter den Berg hinauf. Vahan führte sie an, das Schwert gezogen und den Schild bereit zur Abwehr. Er schlug auf die Köpfe der Ägypter ein und achtete nicht auf eine Beinwunde, die ihm jemand unmittelbar nach Beginn des Angriffs zugefügt hatte.

In der Mitte konnten Unas' Männer dem Angriff standhalten, aber rechts gaben sie nach, noch vor dem Angriff von Vahans Reitern. Vahan durchritt die feindliche Front und wendete sein sich bäumendes Pferd. »Unas!«, brüllte er. »Unas! Vahan fordert dich zum Zweikampf auf!«

Aber der Kommandant der Ägypter war im Augenblick an der linken Flanke beschäftigt, wo er mit Schwert und Schild zwei mächtige Nomadenkrieger abwehrte. Zuerst parierte er den Schwertstoß des einen und beendete die Bewegung mit einem kraftvollen Schlag, der dem Angreifer den Lederhelm vom Kopf und die linke Gesichtshälfte blutig schlug. Im selben Moment setzte der zweite Angreifer einen Hieb auf Unas' ungeschützten Bauch an. Unas vollführte eine gewandte Wendung und der Stoß landete harmlos zwischen Arm und Brust. Danach deutete er einen Hieb ins Gesicht an, stach aber tatsächlich so zu, dass er den Nomaden unterhalb des Rippenbogens traf.

Unas sah sich um. »Haltet euch tapfer, Männer!«, brüllte er. »Lasst euch nicht zurückdrängen! Haltet sie auf!«

Doch dann blickte er zufällig nach links hinüber zur großen Pyramide, auf der seine Späher heftig die Arme schwenkten. Unas drehte sich blitzartig um; sein Adjutant war nirgends zu sehen. Was wollten ihm die Späher dort oben mit ihren Signalen sagen? Wütend schimpfte er vor sich hin, weil sie so weit entfernt waren und er sie im Lärm der Schlacht unmöglich verstand, obwohl sie aus Leibeskräften zu schreien schienen. Doch er verstand nichts.

Dann begriff er, was sie meinten: Sie deuteten auf seine eigenen hintersten Linien. Auf die linke Flanke seiner zweiten Verteidigungslinie, auf der die Männer, die sich von vorn zurückgezogen hatten, ihre neuen Positionen bezogen. Unas bemerkte im dichten Gewirr der Kämpfenden eine Lücke und eilte auf den Gipfel des Hügels hinter seine vordersten Linien.

»Ihr Götter!«, rief er. »Eine Flankenattacke! Sie greifen unsere Rückzugslinie an der Flanke an!« Er verfluchte seine eigene Dummheit, weil er das nicht vorhergesehen hatte. Er hätte es wissen müssen! Hätte es einplanen sollen!

Er hatte die Standarte der dreißigsten Einheit der Fußtruppen der Nomaden erkannt. Diese Einheit stand unter dem Kommando von Sahag, dem wildesten von Vahans Generälen.

Wo waren seine Offiziere? Wo nur?

Unas warf einen Blick auf seine vordersten Linien und sah mit Stolz, dass sich die Männer tapfer schlugen. Mit neuem Mut packte er sein Schwert.

An der rechten Flanke hatten die Reiter der Hirten die Reihen der Ägypter durchbrochen. Unas bemerkte es und eilte in die Richtung. Ein großer, untersetzter Krieger auf einem stämmigen Pferd ließ einen kraftvollen Hieb auf den Schild eines Ägypters niedersausen. Das Schwert durchschlug das Leder des Schildes. Der Reiter drehte sich um und holte noch einmal aus.

Vahan!, durchfuhr es Unas. Er umklammerte den Griff seines Schwerts und spürte die heftige Erregung des Augenblicks. Vahan! Endlich! Wenn nur kein anderer ihm jetzt zuvorkam!

Just in diesem Augenblick machte Vahans Pferd einen Schritt zurück und wurde von einem Pfeil aus den eigenen Reihen am Hinterbein getroffen. Das Pferd erschrak und stolperte. Vahan reagierte rasch und geschickt wie immer. Er glitt rechtzeitig aus dem Sattel, ehe das Tier unter ängstlichem Wiehern zu Boden stürzte.

Erst jetzt, als er auf dem Boden stand, spürte Vahan, dass mit dem einen Bein etwas nicht stimmte. Unas lief ihm entgegen und bemerkte die Wunde im Oberschenkel des Nomadenanführers. Vahan schimpfte verärgert, als er humpelnd näher kam.

»Vahan!«, schrie Unas. »Vahan! Ich fordere dich zum Zweikampf! Ich bin es, Unas!«

Der Anführer der Nomaden sah sich verzweifelt um, von wo die Stimme gekommen war. Als er Unas entdeckte, machte sich ein fürchterliches Grinsen auf seinem wettergegerbten Gesicht breit. »Unas!« Damit packte er sein Schwert mit beiden Händen und schlug sich den Weg durch die Reihen der Ägypter zu seinem Opfer frei.

In kleinen Gruppen zu zweien und dreien waren sie über den Hang mit den Mastabas geschlichen, jenen länglichen Gräbern mit den abgeschrägten Seitenwänden in der unmittelbaren Umgebung der Pyramiden. Jetzt hatten die feindlichen Späher sie jedoch entdeckt. Die noch verbliebene Entfernung musste auf einmal zurückgelegt werden. Danach müssten sie über die zweite Linie der ägyptischen Verteidiger herfallen und wie die Wilden kämpfen. Sie warteten daher am Rand der freien Fläche darauf, dass Sahag das Signal gab.

Baka beobachtete Sahag genau; was er sah, gefiel ihm nicht. »Bisher bin ich dem Kerl gefolgt, aber ich müsste ein verdammter Narr sein, wenn ich den ersten Schlag für ihn führe«, flüsterte er.

Ben-Hadad drückte sich gegen die Mauer eines Grabes und starrte angestrengt über die freie Fläche hinüber zu den ägyptischen Linien. »Wir können doch nicht gegen unsere eigenen Leute kämpfen!«, sagte er.

»Nein. Es ist an der Zeit, dass wir die Seiten wechseln. Wenn wir die Nomaden dadurch verwirren, umso besser.« Sahag befand sich keine dreißig Schritte von Baka entfernt und erteilte gerade seine Befehle an die Nächststehenden. »Ich glaube, er hat sich entschlossen, nicht auf die Streitwagen zu warten«, überlegte Baka. »Das heißt, er wird zu Fuß sein. Ich könnte ihn leicht beseitigen.« Er zuckte die Achseln. »Es ist verlockend. Aber besser, wir riskieren nichts, obwohl mich die Hand richtig juckt, das gebe ich zu.« Er spuckte aus. »Gib Acht! Gleich kommt sein Signal. Er hebt die Hand. Jetzt! Lauf!«

Als Sahag den Arm hob, stürmten alle vorwärts und stießen ihr typisches Kampfgeschrei aus, ein unirdisches Wehgeheul, das tief begann und im Vorwärtsstürmen zu immer höheren Tönen anschwoll. Jenseits der freien Fläche reagierten die Bogenschützen der Ägypter auf einen für die Nomaden unhörbaren Befehl, legten die Pfeile an, zielten und schossen. Ein Schwall von Pfeilen flog durch die Luft; alle bohrten sich in den Boden. Schon im nächsten Augenblick spannten die Schützen ihre Bogen aufs Neue und zielten.

Baka wurde langsamer und fiel zurück, bis er neben Ben-Hadad war. »Ich kann die Gelegenheit nicht verstreichen lassen. Ich werde ihn erledigen. Wenn du mit mir kommst, nimm dir den Mann links von ihm vor.«

»Wen?«, schrie Ben-Hadad im Laufen. Aber Baka war bereits

wieder vor ihm und hörte ihn nicht. Mit gezogenem Schwert verfolgte er Sahag über Stock und Stein, ohne auf die durch die Luft schwirrenden Pfeile zu achten.

Mit ein paar schnellen Schritten holte Baka den Nomaden ein. Blitzartig hob er das Schwert und stach zu. Wo der Brustpanzer eine ungeschützte Stelle frei ließ, durchbohrte Baka Sahags Rücken mit dem Schwert. Sahag taumelte und fiel nach vorn. Im selben Augenblick stolperte Ben-Hadad und wäre beinahe gefallen. Doch er fing sich und nahm sich Sahags Stellvertreter vor, einen Söldner aus Lydien. Der Lydier wollte Sahag zu Hilfe kommen und blieb stehen. Ben-Hadad konnte nicht mehr anhalten, stieß mit dem Lydier zusammen, rannte ihn um und fiel hinter ihm Kopf voran zu Boden. Gerade als er auf ein Knie hochkam, war der Lydier mit gezogenem Schwert über ihm und wollte zustechen.

Ben-Hadad sprang zur Seite, warf sich zu Boden und rollte fort. Als er sich wieder aufrichtete, stand der Lydier gebückt über ihm. Sein Schwert war verschwunden, stattdessen umklammerte er einen Pfeilschaft, der aus seiner Brust ragte. Ben-Hadad wartete nicht, bis der Mann fiel. Er wich einem Pfeil aus und sah gerade noch, wie Baka weit ausholte und Sahag beinahe den Kopf abschlug.

Ihre früheren Kameraden hatten mittlerweile die Linie der Ägypter erreicht und kämpften gegen sie. »Hilf ihnen! Hilf den Ägyptern!«, brüllte Baka Ben-Hadad zu.

»Ich bin auf eurer Seite«, rief Ben-Hadad einigen umstehenden Ägyptern zu und wich einem Nomaden aus, der von links gelaufen kam. Er drehte sich um die eigene Achse, streckte den Arm mit dem Schwert aus, um nicht das Gleichgewicht zu verlieren, und stieß dabei die Klinge mehr aus Zufall einem feindlichen Soldaten in die Schulter.

»Gib Acht!«, rief Baka hinter ihm. Ben-Hadad drehte sich um, gerade als Baka einen gegen Ben-Hadads ungeschützten Rücken gerichteten Angriff parierte. Mit einer Serie geschickter Hiebe und Stöße trieb Baka den Angreifer zurück, bis sich schließlich ein ägyptischer Speerkämpfer auf den Nomaden stürzte und ihn tötete. Während sich der ägyptische Speerkämpfer bemühte, seinen Speer aus der Wunde zu ziehen, sah er den unerwarteten Verbündeten fassungslos an.

»Ihr seid es! Aber Ihr seid doch tot!«

»Noch nicht!«, rief Baka, stürzte sich erneut in den Kampf und erhob sein Schwert gegen einen riesenhaften Söldner.

Der Speerkämpfer blieb wie erstarrt vor Ben-Hadad stehen, während sich seine Kameraden allmählich im Kampf entfernten. »Ihr zwei seid von der anderen Seite gekommen! Und das ist Baka! Aber Baka ist tot!«

»Nein, ist er nicht!«, entgegnete Ben-Hadad nach Atem ringend.

»Baka lebt! Er ist zurückgekommen.«

Der Kampflärm war etwas verebbt und Ben-Hadads Worte verbreiteten sich rasch unter den Soldaten. Baka! Baka ist hier! Plötzlich geriet der tückische Flankenangriff der Nomaden ins Stocken. Zuerst fiel einer zurück, dann noch einer, zuletzt waren es viele. Als sich der Rückzug in wilde Flucht verwandelte, gingen die ägyptischen Bogenschützen methodisch zu Werk. Sie zielten, und ihre Pfeile trafen.

Die Ägypter brüllten ihren Jubel lauthals hinaus. Es war das Siegesgeschrei von Männern, die eine harte Probe bestanden hatten. Gleichzeitig gaben sie ihrer Freude Ausdruck, als sie ihren alten Anführer und Kameraden erkannten und ihn willkommen hießen. »Baka! Baka!«, klang es von überall her.

Langsam und argwöhnisch umkreisten sich die beiden Krieger auf dem großen freien Platz, der sich hinter den ägyptischen Linien gebildet hatte. Vahans Männer hatten sich zurückgezogen, und der Anführer der Nomaden saß zwischen den feindlichen Linien in der Falle. Aber kein Krieger unter ägyptischem Feldzeichen wagte es, sich in den Zweikampf zwischen Unas und dem Nomadengeneral einzumischen. Es war eigenartig still geworden, nur der schwer gehende Atem der beiden alten Soldaten und ihr angestrengtes Ächzen waren zu hören.

Aus dem ersten Schlagabtausch war Vahan als der Stärkere hervorgegangen, Unas als der Schnellere. Nachdem der Kampf schon eine Weile gedauert hatte, ohne dass sich ein Ergebnis abgezeichnet hätte, ermüdeten beide. Vahan stieß weniger kraftvoll zu, und Unas parierte weniger behände und nicht mehr so sicher. Unas hatte eine Schwertwunde am Arm, und Vahan hinkte mehr denn je. Die Verhöhnungen und Beleidigungen hatten sie bereits hinter sich. Keiner der Kämpfer hatte das Bedürfnis, sich abfällig zu äußern, denn mittlerweile respektierten sie einander. Jeder gestand sich ein, dass er, sollte er den Kampf gewinnen, die Leiche des gefallenen Feindes keinesfalls entehren würde.

Unas hatte allmählich genug. Doch er musste Vahan töten, wenn er den Kampf beenden wollte. Der General der Nomaden würde sich nie ergeben. Der Kampf würde erst ein Ende haben, wenn Vahan tot oder tödlich verwundet war. Innerlich bedauerte Unas diese Aussicht. Er hielt es für eine Verschwendung! Sie beide könnten doch einen Waffenstillstand schließen und ein Gespräch von Mann zu Mann führen. Wie viel Weisheit mochte Vahan mitzuteilen haben? Welche Geschichten hatte er zu erzählen, nachdem er seine Nomadenarmeen von den Gebirgen jenseits des Van-Sees bis nach Ägypten geführt hatte. Er war mit seinen Soldaten weiter marschiert, als je eine Armee marschiert war. Sie könnten beim verglimmenden Schein des Lagerfeuers sitzen, milden Wein trinken und herrliche Gespräche führen.

Vahan griff erneut an. Der Nomade musste über verborgene Kräfte verfügen. Er stürmte vor, hieb und stach um sich und trieb Unas zurück. Unas parierte, wich zurück, stach zu, und beinahe hätte ihm Vahan das Schwert aus der Hand geschlagen, weil er Unas' Angriff so kraftvoll abwehrte. Doch Unas fing sich wieder und holte zum Scheinangriff aus. Jetzt ging alles so schnell, dass Unas später selbst nicht mehr wusste, wie es gekommen war. Vahan griff an und zielte auf Unas' Gesicht, doch dieser wich nicht von der Stelle, sondern duckte sich und griff seinerseits an. Er entdeckte eine ungeschützte Stelle in Vahans Brustpanzer und stieß zu. Vahans mächtiger Körper wurde von Unas' Schwert buchstäblich durchbohrt.

Sein Schwert fiel zu Boden. Einen Augenblick lang lehnte sich der Nomade gegen Unas und ließ seine Hände auf den Schultern des Gegners ruhen. Seine Augen wurden trübe, er sah Unas noch einmal an, dann gaben seine Beine nach. Schon glaubte Unas, Vahan wolle noch etwas sagen, denn ein Lächeln umspielte seinen Mund. Doch dann sank Vahan langsam zu Boden, obwohl Unas versuchte, ihn zu halten. Vahan, der Eroberer, der größte unter den Generälen der Armeen der Nomadenkönige, Vahan war gefallen.

Unas blieb schwankend vor dem Mann stehen, den er getötet hatte. Müde bückte er sich und zog sein Schwert zurück. Er wischte sich mit dem Handrücken über die Stirn und bemerkte, dass sein Gesicht voll Blut war. Aber er konnte nicht feststellen, ob das Blut von seinem Arm stammte oder von einer Wunde am Kopf. Die Männer rund um ihn sahen ihn ehrfürchtig an. »Was steht ihr hier herum?«, fragte er, und seine eigene Stimme schien ihm von weit her zu kommen. »Geht zurück zu euren Stellungen. Sie werden den Gegenangriff vorbereiten, noch ehe ...«

Er konnte den Satz nicht zu Ende sprechen. Aus dem Tal erreichte sie das schrille Geheul aus tausend Kehlen, als die Fußtruppen der Nomaden erneut angriffen. Die berittenen Einheiten der Angreifer stürmten noch einmal die rechte Flanke der Ägypter, und in der Mitte wälzte sich Welle über Welle gegen die ägyptischen Linien. Unas hatte seine Geistesgegenwart wieder gefunden; er fluchte über sein eigenes Pech, die Unverwüstlichkeit der Streitmacht der Nomaden und ihre zahlenmäßige Übermacht. Es würde keinen geordneten Rückzug geben, wie er ihn geplant hatte. Vahan hatte gewonnen. Durch seinen Kampf gegen Unas hatte er den Rückzug verzögert. Er hatte den Zweikampf so lange ausgedehnt, bis seine eigenen Männer sich wieder gesammelt hatten und die ägyptischen Linien neuerlich angreifen konnten.

Unas fiel. Die Bronzespitze eines Speers durchbohrte seinen Körper knapp unterhalb des Brustbeins. Die Männer seiner vordersten Linien sahen ihn sterben, verfielen in Panik, warfen ihre Waffen fort und stürzten unter den auf sie niederprasselnden Pfeilen der Nomaden in wilder Flucht davon. Die Nomaden rückten gegen die nachfolgenden Einheiten der Ägypter vor, bis sie nichts mehr von den ungeschützten Mauern von Memphis trennte.

Kapitel 12

I

Die Stärke und zahlenmäßige Überlegenheit der Streitmacht der Nomaden zeigte sich erst richtig, als ein nicht enden wollender Strom von Soldaten ins Land nachrückte. In allen Dörfern wurden Schiffe und Boote beschlagnahmt und mussten als Fähren fungieren, um Truppen über den Nil in die neuen Stellungen zu bringen. Die Speicher und Lagerhäuser in den Siedlungen wurden gestürmt, damit die neu angekommenen Soldaten versorgt werden konnten. Grundbesitzer, die von ihren Pächtern die Abgaben einfordern wollten, fanden ihre Olivenbäume und Dattelpalmen leer gepflückt. Sie fluchten und wünschten den Nomaden den Zorn des gesamten ägyptischen Götterhimmels, aber sie taten es leise, damit die Inspektoren der Nomaden es nicht hörten. Der Reichtum von gestern war heute in nichts zerflossen; diese Erkenntnis wurde für viele, die im Überfluss der reichen, fruchtbaren Schwarzen Provinzen des Nildeltas groß geworden waren, zur bitteren Realität.

Noch schlimmer erging es den Ärmsten der Armen, denen das Wenige, das sie besessen hatten, auch noch genommen worden war. Sie hatten kein Zuhause mehr und keine Hoffnung auf Unterkunft oder Nahrung. Aus dieser verzweifelten Lage heraus flohen viele Menschen. Auf der Suche nach Unterkunft und Nahrung zogen sie ohne Ziel umher.

Einige suchten in den dünn besiedelten Gauen im Westen Zuflucht, wo die Hand der Nomaden nur schwach zu spüren war, da die ägyptischen Streitkräfte die Gegend bereits vor zwei Jahren verlassen hatten. Andere, die geschickt waren, bauten aus den Papyrusschilfen in den Sümpfen Boote und trieben damit zusammen mit ihren Familien flussabwärts, in der Hoffnung, nahe der Mündung des Großen Flusses bessere Bedingungen vorzufinden.

Die vielleicht größte Gruppe folgte der Armee der Nomaden. Wie Aasfresser zogen sie hinter den Soldaten her, durchsuchten den zurückgelassenen Müll in den verlassenen Lagern der Nomaden und in den Außenposten der Ägypter und lebten von dem, was sie fanden.

Dann gab es noch eine bunt zusammengewürfelte Schar von Hoffnungslosen: Witwen, Krüppel, Bettler, kleine Gauner, Straßenkinder. Sie hatten keine Freunde und keine Familien und zogen allein umher. Auch untereinander hatten sie wenig Kontakt. Diese Menschen waren nur von einem einzigen Gedanken beherrscht: Sie wollten das Notwendige finden, um einen weiteren Tag überleben zu können; in der Wahl ihrer Mittel waren sie dabei nicht kleinlich.

Zuletzt waren da noch die Müllsammler, die anderen Müllsammlern auflauerten. Mit Messern und Stöcken bewaffnet, stahlen sie unter Androhung von Gewalt, was sie finden konnten. Kaltblütig und gnadenlos wie die Schakale nährten sie sich von den Toten und den Sterbenden.

»Dort drüben ist einer«, rief Nub. »Siehst du ihn, Sakar? Ich glaube, er hat etwas gefunden.« Nub war einen Kopf kleiner als sein breitschultriger Partner und musste den Kopf in den Nacken legen, wenn er mit ihm sprach. Wenn er sich mit Sakar unterhielt, so war sein Ton unterwürfig, fast ein wenig ängstlich, denn Sakar war in der Vergangenheit rasch mit einer handgreiflichen Rüge zur Hand gewesen. Die eine Hand ließ Nub reglos hängen, die andere hielt er schützend vor das Gesicht, zur Abwehr gegen einen eventuellen Schlag.

Sakar war mit den Gedanken woanders gewesen. »Was?«, fragte er jetzt. »Wo? Du meinst drüben bei der Palme? Dann geh und schau, was er hat. Sitz nicht einfach da wie eine Kröte auf dem Stein.«

»Schon gut! Ich gehe.« Nub lief auf die zusammengekauerte Gestalt zu, die seine Aufmerksamkeit erregt hatte. Unmittelbar vor seinem Opfer blieb er stehen und griff nach dem Kurzschwert, das er von einem Nomaden gestohlen hatte. »He! Du dort! Was hast du? Dreh dich um, du Gauner!«, rief er.

Der Angesprochene drehte sich langsam um. Es war ein alter, weißhaariger Mann. Er hob die Arme hoch und zeigte seine leeren Hände. »Ich bitte Euch, Herr, ich habe nichts gefunden«, flehte er mit zittriger Stimme. »Ich habe geglaubt, dass da etwas ist, weil da einmal ein Zelt gestanden hat. Seht Ihr?« Er deutete auf eine kreisförmige Stelle auf dem Boden, wo das Gras zusammengedrückt war; vermutlich hatten hier am Vortag ein paar Soldaten geschlafen. »Aber es ist nichts da.«

Nub erspähte den Beutel, den der alte Mann um die Mitte geschlungen hatte. »Nichts, sagst du?«, fragte er und schwang sein Schwert drohend vor dem Gesicht des Alten hin und her. »Und was ist das? Was ist in dem Beutel? Gib ihn mir, alter Narr! Aber rasch!«

»Nein! Bitte nicht! Es ist nur wertloser Tand. Erinnerungen an meine Familie. Für Euch ist das vollkommen wertlos.«

»Gib es her!«, befahl Nub. Gegenüber dem schwächlichen alten Mann mit seiner Unterwürfigkeit fühlte er sich stark und überlegen, was ihm in Sakars Gesellschaft selten passierte. »Her damit, du klappriges Knochengestell, sonst schlitze ich dir den Bauch auf!«

»Nein! Bitte nicht! Macht mich nicht unglücklich!«

Der Alte streckte flehend die Hand aus. Nub machte eine schnelle Bewegung mit dem Schwert. Der alte Mann zog die Hand zurück; sie war blutüberströmt. »Gib den Beutel her, alter Narr!« Nub machte einen Schritt auf den Alten zu und hielt ihm die Hand hin.

Nub wollte nach dem Beutel greifen, verfehlte ihn aber und griff in die Luft. Wütend trat er nach dem alten Mann, sodass dieser stöhnend zusammenbrach. »Ich nehm dir das ab«, sagte Nub und schnitt ihm den Beutel vom Gürtel. Im selben Augenblick trat Sakar neben ihn.

»Was ist drinnen?«, wollte Sakar wissen. »Etwas Wertvolles?«

Nub hockte sich auf den Boden, öffnete die um den Beutel gebundene Schnur und schüttete den Inhalt auf den Boden. Verärgert stellte er fest, dass der Beutel tatsächlich nur enthielt, was der alte Mann gesagt hatte: Eine wertlose Perlenkette, die einst einer längst vergessenen Frau gehört haben mochte. Eine kleine Götterstatue, von den Fingern des einstigen Besitzers so abgenutzt, dass der Name des Gottes kaum mehr zu erraten war. Ein kleines Spielzeug, das vor langer Zeit einmal einem Kind gehört hatte. »Unnützes Zeug! Was für eine Verschwendung!«

»Hat sich bei dem nicht gelohnt«, knurrte Sakar mit seiner tiefen Stimme. »Komm mit! Ein Stück weiter sind ein paar, die mir vielversprechender aussehen. Siehst du, was ich meine?« Er deutete in eine Richtung. Nub blinzelte in die angegebene Richtung. »Eine von denen scheint mir eine Frau zu sein.«

»Eine Frau?«, fragte Nub plötzlich interessiert. »Das ist etwas anderes.« Er grinste und ließ seine gelben, abgebrochenen Zähne sehen. Instinktiv drehte er sich aber sogleich wieder um, um sich zu vergewissern, was sich hinter ihm abspielte. Er durfte sich von der Aussicht, hier draußen auf eine Frau zu stoßen, nicht ablenken lassen. Es gab genügend Schläger hier draußen, die alle ihre eigenen Vorstellungen davon hatten, wem die Kriegsbeute zustand. Manche wussten mit dem Schwert ebenso gut umzugehen wie Sakar und er. Es wäre dumm, das zu vergessen, so wie es ihnen zwei Tage zuvor unten am Fluss ergangen war. Im Kampf gegen drei Soldaten hatten sie nur mit Mühe die eigene Haut retten können. Wäre Sakar nicht so groß und stark, wer weiß, was dann geschehen wäre.

Nub sah sich um, entdeckte jedoch nur einen einzigen Müllsammler, eine kleine jämmerliche Gestalt mit einem Tuch auf dem Kopf, zum Schutz vor der Sonne. Von hier drohte keine Gefahr.

Erleichtert lief Nub Sakar nach, der auf die drei Gestalten vor ihnen zuschritt.

Tuia bemerkte sie zuerst. Ihr Leben auf der Straße hatte sie gelehrt, misstrauisch zu sein. Kaum hatte sie die beiden entdeckt, wusste sie auch schon, dass es Schwierigkeiten geben würde. »He! Gebt Acht!«, rief sie ihren Gefährten zu, von denen sie nicht einmal die Namen kannte; die beiden durchsuchten gerade gebückt das Geröll. »Zwei Männer kommen auf uns zu. Ich glaube, das bedeutet nichts Gutes!«

Der eine Mann hatte einen verkrüppelten Arm, der reglos herunterhing. Er sah in die angegebene Richtung und zupfte mit seiner gesunden Hand seinen Freund am Gewand. »Schau, dort drüben! Dort, wo die Frau hinzeigt! Das gibt Schwierigkeiten. Wir machen uns besser davon!«

Der andere richtete sich auf. Tuia war sofort klar, dass er nicht viel von dem begriff, was sein Freund gesagt hatte. Irgendein Leiden machte es ihm unmöglich, aufrecht zu stehen oder einen zusammenhängenden Gedanken zu fassen. »Was?«, sagte er, verzog das Gesicht zu einer unkontrollierten Grimasse und verdrehte die Augen.

»Komm!«, forderte der Mann mit dem verkrüppelten Arm ihn auf und zog ihn am Gewand davon. »Gefahr! Böse Männer! Die wollen dir wehtun. Wehtun! Hörst du!«

Der Mann schien zu begreifen. »Wehtun? Gefahr?«, wiederholte er und ließ sich willig fortziehen.

Die beiden Männer kamen näher. Tuia kannte solche Typen: ein riesenhafter Mann, begleitet von einem kleinen Kerl. Der Kleinere lebte immer von dem, was der Große übrig ließ.

Sie ging rasch weiter. Die beiden Männer hatten in der Zwischenzeit die zwei Krüppel eingeholt. Ein kurzer, unfreundlicher Wortwechsel folgte, dann blitzten die Klingen auf. Tuia wandte sich ab, fasste ihre lumpigen Röcke zusammen und eilte weiter.

»He! Frau!«, brüllte jemand hinter ihr. Tuia wandte sich nach den Verfolgern um. Dabei rutschte ihr bloßer Fuß an einem losen Stein ab. Ein stechender Schmerz durchzuckte ihr Bein, und sie fiel zu Boden.

Sie war sofort wieder auf den Knien, doch als sie aufstehen wollte, konnte sie nicht auftreten, weil ihr Knöchel schmerzte. Sie versuchte es und fiel mit einem lauten Schmerzensschrei sogleich wieder nieder. In Panik mühte sie sich auf ein Bein hoch und wollte hüpfend fliehen.

Der kleine Mann hatte sie rasch eingeholt und packte sie an dem langen Gewand, in das sie gehüllt war; sie hatte die Lumpen erst am Vortag von einem Abfallhaufen gestohlen. Tuia ließ sich zu Boden fallen und das Gewand zerriss. Sie zog den im Gewand verborgenen Dolch hervor, und als der Stoff noch einmal zerriss, hielt nur noch der aus Schilf geflochtene Gürtel die Lumpen zusammen. Als der Mann abermals daran zog, durchtrennte sie den Gürtel mit dem Messer und befreite sich von den Stofflumpen. Wieder einmal stand sie nackt unter der prallen ägyptischen Sonne.

Dem kleinen Mann blieb der Mund offen stehen; er verzog das Gesicht zu einem hässlichen Grinsen. »Du wirfst den Dolch jetzt besser fort, Frau«, rief er mit seiner weinerlichen, hohen Stimme. »Leg ihn fort und ich tu dir nichts!« Er schob sich näher und wusste nicht, wo er hinschauen sollte: auf ihren nackten braunen Körper oder auf den blitzenden Dolch in ihrer Hand. Tuia versuchte jetzt, zumindest auf dem unversehrten Bein zu stehen.

Sie würde ihr Leben so teuer wie möglich zu verkaufen, wenn notwendig mit dem Dolch. Plötzlich fiel ihr der andere ein, und Entsetzen packte sie. Wo war der große Mann geblieben?

In dem Augenblick fasste jemand nach ihren Haaren und zog sie daran hoch, als wäre sie so leicht wie ein neugeborenes Kind. Als sie die Hand mit dem Messer in blinder Wut nach hinten schwang, packte sie der Mann mit seiner zweiten Hand am Handgelenk und drückte so fest zu, dass sie zuerst gar nichts spürte, nicht einmal Schmerz. Dann öffnete sie die Finger und ließ den Dolch fallen. Klirrend schlug die Klinge auf dem Boden auf. Der riesenhafte Mann hatte haarige Hände, die viermal so groß waren wie die ihren, und damit hielt er sie immer noch an den Haaren fest und ließ sie hilflos in der Luft zappeln. Mit ihrer kleinen Faust schlug sie auf seine Hand ein, die hart wie Stein war. Der Kerl lachte laut und hämisch. Tuia fühlte sich so hilflos, nackt und schutzlos wie noch nie zuvor.

Nub sah zu, wie die Frau zappelte und mit den Füßen trat wie ein kleines Kind. Nubs Herz schlug schneller, und sein Mund wurde trocken. Sie war hilflos, aber immer noch sehr lebhaft. Sakar würde ihr das bald austreiben, davon war Nub überzeugt. Bald würde sie darum betteln, er möge sie loslassen. Aber das würde Sakar natürlich nicht tun. Sakar war diesbezüglich wie ein Tier. Rücksichtslos würde er seine Gier befriedigen, als hätte sich die Frau willig gefügt; sie konnte schreien und sich wehren, er würde nicht darauf achten. Wurde es ihm zu bunt, so würde er sie bewusstlos schlagen und weitermachen, bis er fertig war. Nub fand es aufregend zuzuschauen, und es steigerte sein Verlangen, wenn er beobachtete, wie Sakar den Widerstand einer Frau brach. Seine eigene Erregung wuchs, während der Koloss sein Opfer vergewaltigte.

Als er die Schritte hörte, war es zu spät. Er drehte sich um und blickte in das Gesicht eines Dämons. Das Herz blieb ihm beinahe stehen. Das Schwert traf ihn mit voller Wucht am Hals; der Dämon legte sein ganzes Gewicht in den lautlos geführten Hieb. Nub taumelte und fiel zu Boden. Sein Blick wurde trüb. Die Kraft verließ ihn, er verlor das Bewusstsein und war im nächsten Augenblick tot.

Zitternd vor Wut, Angst und allen möglichen anderen Gefühlen, die er nicht benennen konnte, stürzte Anab weiter, noch ehe Nub zu Boden gesunken war. Seine Hände am Schwertgriff zitterten, als er sich dem riesenhaften Scheusal näherte, das Tuia unter sich zu Boden gezwungen hatte. »Du ...«, begann Anab mit schriller Stimme, aber die Worte wollten nicht kommen, und er konnte nicht denken. Er sah rot vor Wut, hob das Schwert und ließ es mit Wucht niedersausen. Die Klinge durchbohrte den Rücken des Riesen. Anab zögerte keinen Augenblick, sondern zog taumelnd das Schwert sofort wieder zurück. Sakar versuchte, sich aufzurichten, und glitt dabei zur Seite. Tuia nützte die Gelegenheit und rollte sich schnell weg. Sakar wollte aufstehen, ballte krampfhaft die Hände zu Fäusten und öffnete sie wieder.

Ein lähmender Schreck durchfuhr Anab. Wenn er aufsteht, dachte er entsetzt, dann ... Er nahm das Schwert in beide Hände und drosch auf Sakar ein wie ein Holzarbeiter auf einen Baumstamm. Er schlug dem Ungeheuer eine tiefe Wunde an der Schulter und zwang Sakar erneut in die Knie. Sakar brüllte auf, erhob sich endlich doch und stürzte sich auf Anab.

Genau in diesem Augenblick hatte Anab die Spitze seines Bronzeschwerts auf Sakar gerichtet. Die Klinge traf Sakar in den Mund. Seine Vorderzähne brachen, und das Schwert drang tief in Sakars Rachen. Anab sprang zur Seite, und durch das Gewicht des Mannes wurde ihm das Schwert aus den Händen gerissen.

Verzweifelt packte Sakar die Waffe an der Klinge und wollte sie herausziehen, aber vergeblich. Blut quoll ihm aus dem Mund und aus den Wunden an den zerschnittenen Handflächen; er zerrte immer noch an der Klinge. Doch seine Kräfte erlahmten rasch. Sakar stürzte und Anab konnte sich gerade noch rechtzeitig vor dem fallenden Koloss in Sicherheit bringen.

Anab wandte sich schluchzend ab und fiel auf die Knie, angeekelt von dem, was er soeben getan hatte. Erst allmählich spürte er Tuias warmen Körper an seinem, fühlte ihre Arme, mit denen sie ihn umschlang. Es dauerte eine Weile, bis er die leisen, beruhigenden Worte verstand, die sie ihm ins Ohr flüsterte, während er zitternd und weinend unfähig war, seine wirren Gefühle zu kontrollieren.

Anab brachte es nicht über sich, die toten Männer anzusehen, geschweige denn sie zu berühren. Tuia durchsuchte die Leichen und stieß einen triumphierenden Schrei aus, als sie Sakars dicken Geldbeutel hochhielt. »Schau, Anab! Geld und Essen! Käse und Oliven!«

Bei dem Gedanken, zu essen, wurde Anab übel. »Rede bitte nicht vom Essen«, bat er schwach und kehrte ihr den Rücken zu.

»Schon gut. Denk jetzt nicht daran!«, beruhigte Tuia ihn fröhlich. »Was für eine Beute!« Stöhnend vor Anstrengung rollte sie Nub zur Seite, zog ihm die Kleider aus und ließ ihn bis auf ein schmutziges Lendentuch nackt liegen. »Ein wenig groß, aber da kann man nichts machen«, meinte sie, als sie die blutbefleckte Tunika hochhielt. Sie schlüpfte hinein und band sich den Schwertgurt um, den sie ebenfalls erbeutet hatte. Dann hob sie Nubs Kurzschwert hoch, schwang es prüfend zweimal durch die Luft und steckte es wieder in die Scheide. »Das sollte mir gut zustatten kommen!«

»Ich bin so froh, dass du gekommen bist!«, bekannte sie. »Ich werde es dir nie genug danken können. Gleich zwei, Anab! Du bist ein anderer Mann geworden! Ich erkenne dich kaum wieder. Du bist tapfer wie ein Löwe!«

Anab drehte sich langsam um und sah sie an. Sein Gesicht war immer noch leichenblass. »Nachdem Ben-Hadad und Baka gegangen waren, hatte ich Zeit zum Nachdenken. Ich wusste, dass du ihnen folgen würdest, auch wenn du versprochen hast, es nicht zu tun. Du würdest Ben-Hadad folgen, wohin er auch gehen mochte. Ich entschloss mich, dich zu begleiten, ob du willst oder nicht. Aber während ich noch schlief, hast du dich davongestohlen.«

»Du musst nicht mit mir kommen, Anab«, meinte Tuia sanft. »Ich bin natürlich dankbar, wenn du es tust. Lieber Anab! Du musstest mir wirklich nicht folgen!«

»Ich habe es aber getan. Du siehst, ich habe euch allen nur Unglück gebracht. Ihr hättet mich töten sollen.«

»Anab! Du weißt genau, dass wir das nie gemacht hätten.«

»Bitte! Er hat mir verziehen. Ben-Hadad hat mir verziehen. Ich hatte bis dahin nicht begriffen, was es bedeutet, einen Freund zu haben. Ich hatte noch nie einen Freund. Noch nie hat mich jemand so genommen, wie ich bin.« Nach einigem Zögern fuhr er fort: »Ich wollte mich umbringen, Tuia. Es gab nichts, wofür ich leben wollte.«

»Anab!«, flüsterte Tuia sanft.

»Lass mich zu Ende reden. Dann sah ich eine Aufgabe vor mir, die mir das Leben lebenswert erscheinen ließ: Wenn ich zu nichts anderem gut war, so wollte ich dich zumindest sicher zu Ben-Hadad bringen. Wenn mir das gelingt, wenn ich dich beschützen kann, bis du ihn wieder gefunden hast, dann wäre ich vielleicht doch etwas wert. Daher bin ich dir gefolgt, zusammen mit Löwe. Aber gestern verschwand er.« Anab wollte noch etwas sagen, aber die Stimme versagte ihm. Er konnte sie auch nicht ansehen.

»Ich verstehe«, sagte Tuia schließlich. »Anab, mach dir keine Sorgen wegen Löwe. Er kann auf sich selbst Acht geben. In der Zwischenzeit passt du auf mich auf, und ich werde auf dich aufpassen. Ben-Hadad wäre untröstlich, würde er seinen Freund verlieren, und ich auch.«

Anab sah sie ungläubig an.

»Wie findest du das, Anab? Von jetzt an geben wir auf einander Acht. Du hast mehr Freunde, als du glaubst. Außerdem haben wir beide noch eine Aufgabe, von der du noch nichts weißt. Wir müssen noch jemanden sicher zu Ben-Hadad bringen.« Sie lächelte und redete nicht weiter.

»Ich verstehe nicht.«

»Das habe ich auch nicht erwartet. Ich hatte diesen Monat keine Periode, Anab. Ich glaube, ich bekomme ein Kind.«

Kapitel 13

I

Das Innere von Bukangos Königreich war karg und hügelig. Hier und da ragten vereinzelte Berge steil empor. An manchen Stellen wurde Hirse angebaut, und ab und zu leuchtete das frische Grün von Bananenhainen heraus. Schon als kleiner Junge hatte Akilleus dieses Hügelland durchstreift. Damals hieß er Mtebi und war der Erbe eines mächtigen Throns gewesen. Jetzt wanderte er still neben Kimala einher und stellte dem Begleiter nur selten eine Frage. Doch seinem wachsamen Auge entging nichts, das war deutlich zu sehen.

Boten brachten den Befehl von Ramogi, dass den Fremden der Zutritt zu Bukango während Ramogis Abwesenheit nicht gestattet sei. Ramogi war im Augenblick damit beschäftigt, eine Grenzstreitigkeit zu bereinigen, was noch mehrere Tage dauern konnte.

Akilleus hatte vorgeschlagen, in der Zwischenzeit einen Abstecher in das Hochland von Kigesi zu machen, das am Fuß der mächtigen Mufumbiro-Berge lag, der Feuerberge. Kimala hatte einmal ganz nebenbei erwähnt, dass es dort Kupfervorkommen geben könnte. Akilleus erwartete daher Kimalas Einspruch gegen den Ausflug, aber Kimala schien sich ganz im Gegenteil über den Ausflug zu freuen, weil sich ihm dadurch eine zusätzliche Gelegenheit bieten würde, sich mit den fremden Besuchern zu unterhalten.

In den Dörfern am Fuß der Berge versorgten sich die Männer mit Verpflegung, bevor sie sich nach Südwesten wandten. Akilleus erkannte die Gegend sofort aus den halb vergessenen Tagen seiner Jugend wieder. Schon seit unvordenklichen Zeiten benutzten die Menschen denselben schmalen Pfad, der sich durch Täler und über Kuppen wand. Je weiter die Expedition in das Hochland vordrang, desto häufiger wurde das vulkanische Gestein, das sich deutlich dunkler von seiner Umgebung abhob.

»Schau dir das an!«, sagte Akilleus zu Ebana, bückte sich und hob, ohne stehen zu bleiben, einen der dunklen Steine auf. »Das war einmal flüssiges Feuer, das von den Bergen floss. Die Berge selbst sind so hoch, dass ihre Gipfel in den Wolken stecken und man sie nicht sieht.«

Ebana nahm den Stein in die Hand und sah ihn sich genau an. Sie schüttelte den Kopf. »Berge aus Feuer?«, fragte sie ungläubig. »Berge, die heiße Steine in den Himmel spucken, die dann viele Tagesmärsche weiter entfernt wieder zur Erde fallen? Würde ich dich nicht so gut kennen, Akilleus, so müsste ich glauben, dass du uns wieder einmal eine deiner erfundenen Geschichten erzählst, wie du es früher oft gemacht hast. Ich würde schwören, dass du mich mit deinen unglaublichen Geschichten zum Narren hältst.«

»Glaube mir, es ist keine Geschichte, die ich mir ausgedacht habe. Wir sind hier, um ernsthafte Verhandlungen zu führen, vielleicht sogar ernstere, als du glaubst.« Fürsorglich fasste er sie an der Hand und half ihr über eine ausgewaschene Stelle im Weg. »Außerdem sind die Zeiten vorbei, da ich Witze gemacht habe, Ebana!«

Ebana erwiderte den Druck seiner Hand und lächelte zu ihm auf. »Ich weiß. So gefällst du mir besser.«

»Das ist gut, denn so wird es auch bleiben. Früher, in Ägypten, waren wir unter Freunden und konnten uns einen Scherz erlauben. Aber hier befinden wir uns in Gefahr. Aller Augen sind auf uns gerichtet. Hier sind Anstand und Würde angebracht.« Er berührte sie am Arm und lenkte ihre Aufmerksamkeit auf die terrassierten Hügel, die jetzt vor ihnen sichtbar wurden. »Schau einmal, wie üppig hier alles wächst. Anfangs verwüstet der Feuerregen alles. Doch das Land, auf das er fällt, erholt sich und wird sehr fruchtbar. Hier wächst alles besonders gut, Yam, Hirse, Bohnen, Erbsen, einfach alles.«

»Es ist wirklich sehr grün hier«, gab Ebana zu. »Und das Licht ist so eigenartig. Die Farben wirken alle gedämpft.«

Akilleus betrachtete die sanften grünen Hügel. »Du hast Recht. Als Junge habe ich dieses Land geliebt. Mein Vater hatte ab und zu hier zu tun, und zweimal nahm er mich mit. Ich hatte mich schon darauf gefreut, mit meinem Vater wieder hierher zu kommen, aber dann wurde ich entführt. Ich hatte alles vergessen. Erst jetzt erinnere ich mich wieder, und es kommt mir vor, als wäre ich nie fort gewesen.«

Ebana stolperte, Akilleus fing sie auf und geleitete sie mit seinen kräftigen Händen wieder auf den holprigen Weg zurück. »Das Land ist voll von Wundern. Als ich das zweite Mal mit meinem Vater hier war, zeigte er mir eine Stelle, die ich nie vergessen werde. Der höchste Feuerberg heißt Muhavura. Muhavura bricht nicht aus, und von ihm geht auch kein Feuerregen nieder wie von den anderen. Dafür befindet sich auf seinem Gipfel ein großes Loch mit einem See. Von unten sieht man den See nicht; er wird vom Regenwasser gespeist.«

»Das muss wunderschön sein. Du musst mir den See einmal zeigen.«

»Das werde ich tun«, versprach Akilleus. »Aber es kommt noch etwas dazu: Manchmal regnet es hier so viel, dass der See, der keinen natürlichen Abfluss hat, sich bis zum Rand füllt und überfließt. Das Wasser strömt dann über die Hänge des Berges hinunter. Wenn das geschieht, sagt man in den umliegenden Dörfern, der Berg weine. Genauso sieht es auch aus: Als würden große Tränen über das Anlitz des Muhavura rinnen. Muhavura, der Berg, der weint.« Seine Stimme hatte einen geheimnisvollen Klang angenommen. »Wir sind hier in einem verzauberten Land.«

Etwas an seinen letzten Worten hatte Ebana aufmerksam gemacht. »Hast du schon daran gedacht, hier zu bleiben, Akilleus? Willst du Ramogi die Nachfolge als König streitig machen, sobald dein Onkel gestorben ist?«

»Pst!« Akilleus berührte sie mit leisem Vorwurf am Arm. »Über diese Dinge reden wir nur, wenn wir mit Sicherheit allein sind. Man kann nie wissen, wie weit unsere Stimmen hier oben zu hören sind.« Er lächelte und fügte flüsternd hinzu: »Du hast Recht; ich habe daran gedacht.«

An einer Stelle, wo die Erde vor vielen Generationen gebebt hatte, hielt die Karawane. Ein riesiger Felsblock hatte sich damals vom Berg gelöst und war zu Tal gestürzt. Kimala kletterte im losen Geröll herum und füllte seinen Vorratssack mit Steinen, ehe er wieder herunterstieg. Er reichte den Sack Akilleus. »Was hältst du davon?«

Akilleus begutachtete die Steine. »Musuri! Wo bist du?«

Der alte Moabiter trat neben ihn. Kimala waren die vielen Narben aus vergangenen Schlachten auf Brust und Gliedmaßen des Kriegers nicht entgangen. »Lass mich sehen«, bat Musuri. Er nahm zwei Steine, die Akilleus ihm hinhielt, und wog sie in der Hand. Dann spuckte er auf einen Stein und rieb ihn.

»Nun?«, drängte Ebana

»Es ist eindeutig Kupfererz. Noch dazu von guter Qualität, meiner Meinung nach. Gibt es hier viel davon? Wie schwierig wird es sein, es zu holen?«

Akilleus stellte Kimala ein paar kurze Fragen und lauschte aufmerksam, was der Krieger dazu zu sagen hatte. Dann wandte er sich wieder an Musuri. »Davon gibt es hier, so viel man will, behauptet unser Freund. Hat man das Erz einmal gebrochen, macht der Transport keine Schwierigkeiten mehr.«

Akilleus dachte nach, dann entließ er Musuri. Er sah Kimala lange an und versuchte, das Funkeln in den Augen des jungen Soldaten zu deuten. Ein feines Lächeln huschte über Kimalas Gesicht, das Akilleus im ersten Augenblick als verständnisvoll und komplizenhaft deutete. Oder irrte er sich? War es möglich, dass Kimala ihm vielleicht um einen Schritt voraus war?

In Kigesi gab es tatsächlich Kupfer, so viel war erwiesen. Sie kehrten um und wanderten wieder bergab. Von oben gesehen wirkten die sanften Vorberge noch schöner. Ebana machte mehr als einmal eine diesbezügliche Bemerkung, aber Akilleus war mit seinen Gedanken anderweitig beschäftigt und blieb während des gesamten Rückmarsches sehr schweigsam.

Weiter unten, wo der Weg weniger steil war, wurden sie von einem Trupp Soldaten erwartet. »Was soll das nun wieder bedeuten?«, wollte Akilleus von Kimala wissen.

»Ich weiß es nicht«, antwortete der junge Soldat. Er brüllte einem seiner Männer etwas zu, worauf dieser vorauslief und sich beim Anführer des Trupps erkundigte. Gleich darauf kehrte er um und kam im Eilschritt zurück. Leise überbrachte er Kimala die Antwort; dieser nickte und entließ ihn. Zu Akilleus gewandt verkündete er: »Bukango wird dich empfangen, Akillu, wenn er lange genug lebt. Ramogi hat es zugesichert. Er ist jetzt bei Bukango und erwartet deine Ankunft.«

Akilleus runzelte die Stirn. »Ich hatte auf ein weniger förmliches Treffen gehofft. Aber ich füge mich ihren Wünschen.« Kimala nickte und gab das Zeichen zum Weitermarsch. Sobald Kimala außer Hörweite war, rief Akilleus Musuri zu sich.

»Man gestattet uns anscheinend, König Bukango zu treffen«, erklärte er. »Doch nur in Ramogis Beisein. Das gefällt mir nicht; es ist ein wenig zu einfach.«

»Ein Grund mehr, auf der Hut zu sein«, pflichtet Musuri bei. »Ich werde dafür sorgen, dass alle bewaffnet sind, und höchste Vorsicht walten lassen, bis wir im Dorf sind.« Er zögerte und fuhr unentschlossen fort: »Ich wollte schon längst mit dir reden, Akilleus. Hier stimmt etwas nicht. Seit wir in deiner Heimat sind, habe ich das Gefühl, dass uns Unheil droht. Ich fühle mich ständig beobachtet.«

»Ich weiß, was du meinst. Ich glaube nicht, dass es etwas mit Kimala zu tun hat. Ich war in den vergangenen Tagen zu sehr mit meinen eigenen Gedanken beschäftigt und habe mir deshalb keine Sorgen gemacht. Aber halte Augen und Ohren offen, ich werde es auch tun. Wir befinden uns alle in Gefahr, darüber besteht kein Zweifel. Vielleicht kommt die Bedrohung von mehreren Seiten. Wir werden unseren ganzen Verstand brauchen, falls wir hier mit heiler Haut davonkommen wollen.«

Als es Abend wurde, schlugen sie ein Lager auf und taten sich gütlich an gekochter Hirse, Bohnen und – zu Musuris großem Entsetzen – in Öl gebratenen Termiten, einer wahren Köstlichkeit für die Einheimischen. Akilleus machte sich über die Empfindlichkeit des Moabiters lustig. »Du musst es so sehen, Musuri: Die Insekten haben sich den ganzen Tag von dir ernährt. Jetzt hast du Gelegenheit, es ihnen heimzuzahlen.« Musuri wandte sich angewidert ab.

Ebana hatte ihre Freude am fremdartigen Brauchtum in der Heimat ihres Mannes. Sie hatte die Beobachtung gemacht, dass die Männer hier zwar bei jedem Wetter nackt gingen, die Frauen es jedoch vorzogen, sich etwas überzuwerfen. Nach dem Abendessen spazierte Ebana durch das Lager. Einige eingeborene Soldaten befanden sich in Gesellschaft von Männern und Frauen aus einem anderen Dorf in der Nähe. Die Frauen umdrängten Ebana und kicherten. Ebana ließ es zu, dass die Frauen sie nach den örtlichen Gebräuchen ankleideten. Sie banden ihr ein Schürzchen aus Ziegenleder um, das ihre Scham bedeckte, und schmückten sie mit einer Halskette aus Draht, die sie als verheiratete Frau kennzeichnete. Dann drängten sie ihr noch einen Umhang auf, der sich vermutlich als nützlich erweisen würde, sobald sie an das große Wasser kamen, von dem Akilleus ihr erzählt hatte. Dieser See war so groß, dass man nicht einmal vom höchsten Gipfel der umliegenden Berge das andere Ufer sehen konnte. Die Morgennebel würden den Beweis bringen, ob sie so leben könnte wie die Eingeborenen, hatte Akilleus gemeint. Nun gut, sie war jetzt gekleidet wie die Eingeborenen. Anscheinend fanden zumindest die Frauen nichts dabei, sich gegen die morgendliche Kühle zu schützen.

Wieder zurück am Lagerfeuer, zeigte sie sich stolz in ihrer neuen Aufmachung; Akilleus gefiel es. Mit Genugtuung nahm Ebana zur Kenntnis, dass Akilleus Musuri das Wort abschnitt, als dieser sich über sie lustig machen wollte. Er schien stolz auf sie zu sein, wie sie aussah und wie sie sich den örtlichen Bräuchen anpasste. Als sie sich später in den Unterstand zurückzogen, den die Eingeborenen für sie errichtet hatten, waren Akilleus' Umarmungen von einer Leidenschaft, dass sie einem nur halb so alten Mann Ehre gemacht hätte.

Es war Nacht. Der Mörder saß unruhig am Rand der Lichtung und dachte über die aufregende Neuigkeit nach, die er am Nachmittag erfahren hatte. Akilleus, der Sohn eines Königs! Kann das stimmen? Und Bukango soll sein Onkel sein? Wir werden an Ort und Stelle sein, wenn der König stirbt und Ramogi sein Recht auf die Nachfolge geltend macht. Was wird geschehen, sobald Ramogi herausfindet, dass Akilleus ihm diese Nachfolge streitig macht?

Ganz einfach. Sobald die Wahrheit ans Licht kommt, wird Ramogi Akilleus töten lassen. Vielleicht wird er auch selbst versuchen, ihn umzubringen. Was wird ihn danach noch davon abhalten, uns auch zu töten?

Dieser Gedanke bereitete dem Mörder Unbehagen. Böse blickte er hinüber zu der Hütte, in der Akilleus und Ebana schliefen.

Was würde geschehen, wenn Akilleus von einem seiner eigenen Männer getötet wurde, nachdem Ramogi von Akilleus' wahrer Identität erfahren hatte? Man müsste Ramogi wissen lassen, was es mit der Ermordung von Akilleus auf sich hatte: Akilleus wollte die Macht an sich reißen; als Treuebeweis gegenüber dem neuen, rechtmäßigen König wurde Akilleus ermordet. Vielleicht wollte man es Ramogi ersparen, sich selbst die Hände mit dem Blut eines Landsmanns zu beschmutzen?

So könnte es gelingen. Zuerst musste Ramogi erfahren, wer Akilleus wirklich war. Damit würde er über den Beweggrund für den Mord Bescheid wissen und klar seinen Vorteil erkennen. Ein getreuer Freiwilliger übernahm den Mord, und sein eigener Name wurde nie damit in Verbindung gebracht.

Der Mörder lächelte und spielte müßig mit dem Dolch an seiner Seite.

II

Bukango war wie sein Vater Lokosa in jenen Kigesi-Vorbergen zur Welt gekommen, die Akilleus als Junge durchstreift hatte. Als er an die Macht kam, verlegte er seine Hauptstadt in eine Region, die genau zwischen den beiden großen Gebirgszügen lag. Keiner der beiden kriegerischen Stämme, die Lokosa vereint hatte und die Bukango jetzt als eine großes Volk regierte, war hier ursprünglich beheimatet gewesen.

Je näher Akilleus dem Sitz des Königs kam, desto deutlicher erkannte er, wie richtig Lokosas Überlegung einst gewesen war. Für eine erfolgreiche Verwaltung des vereinigten Reichs war es notwendig, ein Gleichgewicht zwischen den feindlichen Stämmen herzustellen. Keiner von beiden durfte bevorzugt werden; der König musste allen in gleicher Weise gerecht werden. Wenn diese Gleichbehandlung streng eingehalten wurde, konnte Bukango geschickter regieren als seinerzeit Lokosa.

Bukango hatte es gestattet, dass die Stämme ihre eigenen inneren Strukturen behielten; jeder Stamm hatte seinen eigenen Herrscher, der nur ihm, Bukango, verantwortlich war. Die Stämme mussten den Nachfolger des alten Königs daher nicht zwangsläufig anerkennen. Dieser musste vielmehr seine Souveränität bei allen, über die er herrschen wollte, neu etablieren. Andernfalls hätte er mit offenem Widerspruch oder gar Bürgerkrieg rechnen müssen.

All das wurde überall deutlich, je näher sie der Hauptstadt kamen. Es herrschte allgemeine Aufbruchstimmung. Jeder Stamm schickte eine Abordnung in die Hauptstadt, um den eigenen Interessen Nachdruck zu verleihen, sobald die Macht auf den neuen König überging. Ramogi würde in den nächsten Tagen alle Hände voll zu tun haben, denn er musste sich die Macht, die er übernahm, erst verdienen.

Akilleus fand das richtig so. Der Bund zwischen den Stämmen, den Lokosa vor vielen Jahren begründet hatte, musste durch eine Willenserklärung des Volkes bestätigt werden. Das war unter Magimbi so gewesen und später unter Bukango. Es war richtig, dass das Volk bei der Wahl des Nachfolgers auch etwas mitzureden hatte. Schließlich würde der König während seiner ganzen Regierungszeit auch die Grenzstreitigkeiten zwischen den Stämmen zu schlichten haben. Soviel Akilleus von Kimala gehört hatte, gab es zwischen den Stammesmitgliedern der Kigesi und jenen der Karamojong immer noch böses Blut.

Bedachte man, dass die beiden Stämme schon seit langer Zeit in Zwietracht lebten, so grenzte es an ein Wunder, dass Lokosa, der ein Kigesi war, von den Karamojong ebenso anerkannt wurde wie von den Stämmen in der Ebene zwischen den Gebirgen. Er wurde eben akzeptiert, und seine beiden Söhne nahmen sich ein Beispiel an ihm. Wenn es um die Einheit des Reiches ging, vergaßen sie ihre stammesbedingten Vorurteile und herrschten gerecht über alle Stämme. Seit nun beinahe zwei Generationen ermöglichte diese Politik der Unparteilichkeit das Bestehen eines Königreichs, das so groß und von so bunter Vielfalt war, wie es an den Ufern des Großen Sees noch nie eines gegeben hatte.

Doch das Reich des Lokosa und seiner Söhne blieb auch viele Jahre später noch ein zerbrechliches Gebilde. Schon beim kleinsten Anlass drohte es zu zerbrechen. Der Mann, der nach Bukangos Tod den Bund zusammenhalten wollte, durfte seinen drei Vorgängern an Format nicht nachstehen. Irgendetwas im Ton von Kimala und seinen Leuten ließ Akilleus vermuten, dass die Stämme Ramogi dieses Format nicht zutrauten.

Im Augenblick konnte er noch nicht offen mit Kimala darüber sprechen. Bis jetzt hatte sich Kimala freundlich und respektvoll verhalten, war aber stets reserviert geblieben und hatte seine Meinung für sich behalten. Von anderen Mitgliedern der Gruppe erfuhr Akilleus, dass Kimala selbst ein Prinz aus einem der Stämme am See war. Entgegen den Wünschen seines Vaters hatte er sich von Ramogi für dessen Armee anwerben lassen. Er wünschte, die Kunst der Kriegsführung und der Menschenführung zu erlernen, das war seine Begründung. Sein Vater hatte das nicht verstanden und es ihm nie verziehen. In seiner Heimat galt Kimala als Abtrünniger, und er war daher im Grunde heimatlos. Seine Verantwortlichkeit beschränkte sich auf Ramogi, weil der ihn bezahlte, und auf die treu ergebenen Männer, die unter ihm dienten.

So viel konnte Akilleus sich zusammenreimen. Aber hinter Kimala steckte noch mehr. Akilleus hielt ihn für einen höchst ungewöhnlichen jungen Mann, der klüger und reifer war, als es seinem Alter entsprach.

Nun kreisten Akilleus' Gedanken immer öfter um Ramogi. Denn je näher sie der Hauptstadt kamen, desto häufiger wurde die Expedition von Männern angehalten, die zu Ramogis Leibwache zählten. Ramogi hatte die Hauptstadt Bukangos beinahe hermetisch abgeschlossen; jeder, der in die Stadt wollte, musste sich einer eingehenden Überprüfung durch die Wachen unterziehen.

Nach einer besonders eingehenden Kontrolle ließen die Wachen sie endlich passieren. Akilleus holte Kimala ein und erkundigte sich: »Wir sind schon sehr nahe der Hauptstadt, nicht wahr? Wenn ich nicht irre, dann gehören diese Männer zu Eliteeinheiten.«

Kimala lachte. »Elite, das kann man behaupten! Sie gehören zu Bukangos Leibwache. Wir befinden uns jetzt in Bukangos innerstem Bereich. In unruhigen Zeiten haben hier nur die Einwohner der Stadt und die Stammeshäuptlinge Zutritt. Ich bin erstaunt, Akillu, dass man dir Zutritt gewährt, denn es sind derzeit äußerst unruhige Tage. Wir könnten Zeugen eines Machtwechsels werden. Soviel ich weiß, wird Bukango schon sehr bald zu seinen Vorvätern heimkehrten. Es ist nicht Brauch, in solchen Zeiten Fremde zu empfangen. Die Wahl des Nachfolgers für den König« – er verwendete das Wort Kabaka, das Akilleus sofort wieder erkannte; er hatte es in seiner Jugend oft gehört – »machen die Stämme unter sich aus. Außenstehende sind nicht erwünscht.« Dabei sah er Akilleus eindringlich an.

»Mir wird eine Ehre zuteil, die ich nicht verdiene.«

Kimala entging die Ironie in Akilleus' Worten nicht. »Ursprünglich wollte ich dich als Übersetzter bei deinem Besuch bei Bukango begleiten. Aber ich sehe, dass meine Dienste in dieser Hinsicht nicht notwendig sind. Trotzdem würde ich gern dabei sein, wenn du das erste Mal vor unseren Kabaka trittst, Akillu. Ich werde schweigen, es sei denn, ich werde aufgefordert, etwas zu sagen. Auf diese Weise kann ich mehr lernen.«

»Man soll nie aufhören, zu lernen und sich Wissen anzueignen, als wollte man ewig leben«, gab Akilleus ihm anerkennend Recht. »Aber schau! Hier versperrt uns schon wieder eine Wache den Weg. Es ist ein ganzes Empfangskomitee, das uns erwartet.«

Kimala blieb stehen und bedeutete Akilleus, sich zurückzuziehen. Dann ging er dem Soldaten entgegen und begann ein in knappen Worten gehaltenes Gespräch mit ihm. Sie befanden sich am Rand eines Dorfs, und Akilleus und seine Gefährten wurden bald von einer Gruppe neugieriger Zuschauer bestaunt.

Kimala kam zurück und fragte Akilleus: »Der Posten möchte wissen, wen er melden soll, wenn du vor Bukango erscheinst, Akillu. Als was soll ich dich einführen?«

Akilleus hatte diesen Augenblick vorausgesehen, und sein Herz klopfte zum Zerspringen. Er drehte sich zu Musuri und Ebana um und sah die wachsende Menge vor sich, die sie mittlerweile von drei Seiten eingekreist hatte. Akilleus holte tief Luft. Mit dem Rücken zu Kimala richtete er sich schließlich auf, warf die breiten Schultern zurück und sprach mit klarer, ruhiger Stimme. »Sag dem großen Kabaka Bukango, dass ihm sein treu ergebener Gefolgsmann Mtebi seine Aufwartung machen möchte, Sohn des Magimbi, Enkel des von allen hoch geschätzten Lokosa, des größten Königs im Land zwischen den Bergen.«

Die Menge zögerte und zog sich dann unsicher zurück, als hätten die Worte des Fremden etwas Bedrohliches an sich. Sogar Kimala reagierte sichtlich betroffen.

Akilleus wusste, dass er auf dem einmal begangenen Weg bleiben musste. »Sag ihm, Kimala, dass Mtebi, Sohn des Magimbi, von einer langen, mühevollen Reise in fremde Länder zurückgekehrt ist und um die Gunst bittet, dem Bruder seines Vaters seine ergebenste Wertschätzung darzubringen.«

Anfangs hatte sich Akilleus nur zögernd und vereinzelt an früher erinnert, aber jetzt, da er sich dem Kral des großen Königs näherte, überwältigte ihn eine wahre Flut von Bildern und Gerüchen. Anfangs machten ihn die vielen neuen Eindrücke benommen und er war unfähig, einen Gedanken zu fassen oder die neuen Bilder zuzuordnen. Doch schließlich wurde ihm eines klar: Das Land verändert sich natürlich, und so auch die einzelnen Orientierungspunkte. So viel Zeit war seit seiner frühen Jugend vergangen. Aber den Kral des großen Kabaka hatte man bestimmt unverändert belassen. Jede strohgedeckte Hütte hatte man sofort ersetzt, sobald altersbedingte Schäden an ihr auftraten. So wirkte das Dorf stets neu und frisch und nichts deutete auf Vergänglichkeit hin. An den Kral des Königs werde ich mich besser erinnern als an alles andere, dachte Akilleus, habe ich doch als der einzige Sohn des Königs den größten Teil meiner Kindheit dort verbracht.

Am Eingang zum Dorf hatte man ihm seine Waffen abgenommen. Allein und nackt, wie er war, fühlte sich Akilleus sehr verwundbar, als man ihn endlich in die abgedunkelte Hütte des Kabaka Bukango geleitete. Hinter ihm standen bewaffnete junge Krieger, schlank und groß wie er selbst. Der Mann links von ihm konnte nur Ramogi sein, Bukangos Sohn. Der Thron in der Mitte der Hütte stand leer.

Akilleus wandte sich fragend an den offensichtlichen Erben. Er registrierte sofort den nach unten gezogenen, grausamen Mund Ramogis und seine großen Augen, mit denen Ramogi ihn zornig anblickte.

Ramogi trat zur Seite. Auf einem mit Fellen ausgelegten Ruhebett an der Wand hinter Ramogi lag Bukango.

Akilleus machte eine langsame, tiefe Verbeugung. Als er sich wieder aufrichtete, sah er seinen Onkel zum ersten Mal deutlich vor sich.

Die größte Überraschung für Akilleus war das unübersehbare Alter seines Onkels. Bukango war in sich zusammengefallen und verhutzelt, uralt wie die Berge schien er zu sein. Das Gesicht war von tiefen Falten durchfurcht und hatte jede Ausdrucksfähigkeit verloren. Die Hände ruhten reglos in seinem Schoß. Nur die Augen bewegten sich. Prüfend sah Bukango Akilleus von oben bis unten an; schließlich blieb sein Blick auf dem Gesicht des Ankömmlings hängen. Die runzeligen Lippen zitterten. Neben dem Kopfende des Betts stand einer von Bukangos Beratern. Dieser bückte sich jetzt und legte sein Ohr an den Mund des alten Mannes. Dann richtete er sich wieder auf und sagte: »Der große Kabaka bittet alle, die Hütte zu verlassen. Er möchte mit dem Fremden, der sich Mtebi nennt, allein sein.«

Allgemeine Unruhe folgte den Worten. Ramogi weigerte sich zuerst zu gehen. Erst auf die wiederholte Bitte des Sterbenden kam er der Aufforderung nach. Zusammen mit den schwer bewaffneten Soldaten verließ er die Hütte und warf Akilleus einen wütenden Blick zu. Der verbeugte sich dennoch ehrerbietig, als Ramogi an ihm vorbeikam.

Bukangos Berater ging ebenfalls, und Akilleus blieb mit dem alten König allein. Bukango winkte den Besucher mit einer kaum sichtbaren Bewegung seiner Finger näher. So winzig war die Bewegung, dass Akilleus anfangs Mühe hatte, sie zu deuten. Schließlich kniete er neben dem Bruder seines Vaters nieder; ihre Gesichter waren kaum eine Handbreit voneinander entfernt.

Bukango begann zu sprechen. Es bereitete ihm sichtlich Mühe, zusammenhängende Sätze hervorzubringen; seine Stimme war zwar leise, aber klar. »Endlich kehrt der Sohn meines Bruders zurück.« Akilleus nickte. »Ja, ja, es stimmt. Ich erkenne Magimbis Züge in deinem Gesicht. Er ist nicht so alt geworden, wie du es jetzt bist.« Er machte eine Pause. »Ich habe von diesem Tag geträumt. Lange Zeit hindurch, viele Jahre, hatte ich Angst vor dem Tag, da Mtebi zurückkehren könnte.« Doch der Alte sprach ohne jede Angst. »Jetzt fürchte ich dich nicht mehr. Was kannst du mir bringen, Sohn meines Bruders, dem ich solches Unrecht angetan habe? Was kannst du mir bringen als den Tod, den ich mit großer Ungeduld erwarte?«

Akilleus lächelte. »Ich bringe Euch nichts als Freundschaft, Onkel. Und Vergebung, wenn Ihr das wollt.«

»Vergebung?« Der König verzog die Lippen und es sah fast wie ein Lächeln aus. »Ja, Vergebung. Es gibt viel, das zu vergeben wäre. Aber es ist gut, wenn Verwandte ihren Streit begraben, bevor der Tod sie für immer trennt. Ich nehme deine Vergebung an und erteile dir den Segen des Königs.«

In Akilleus' Kopf jagte ein Gedanke den anderen. Segen? Das bedeutete, dass Bukango das Königreich ihm überließ! »Mein Onkel«, begann er, »Ihr habt einen Sohn. Er kennt die Stämme und weiß, wie sie zu behandeln sind. Ich habe mein Leben in der Fremde verbracht. Ich kenne nicht einmal die Lebensart meines eigenen Volkes, geschweige denn die der anderen Stämme, die Lokosa vor vielen Jahren vereint hat.«

»Mein Sohn kennt sie alle, das stimmt. Aber die Stämme zwischen den Bergen kennen auch meinen Sohn. Das Königreich, das Lokosa gegründet hat und das Magimbi und ich zusammengehalten haben, würde unter Ramogi in viele Teile zerfallen, und all unsere Anstrengungen wären zunichte gemacht. Ich sehe es vor mir. Ich weiß, was ich zu tun habe, bevor ich sterbe.«

»Aber Bukango ...«, begann Akilleus.

Bukango legte seine welken Finger auf Akilleus' Arm. »Ich habe deinen Vater nicht getötet, Mtebi. Er starb am Fieber. Aber als er krank im Sterben lag, so wie ich jetzt, habe ich über die Zukunft nachgedacht. Ich wusste, dass ich dich aus dem Weg räumen musste, so weit wie möglich fort von Magimbi. Die Stämme hätten dich sonst zum König gemacht, obwohl du noch so jung warst, so mächtig war Magimbis Einfluss, so groß ihre Liebe zu ihm.«

Seine Kehle war trocken geworden und er deutete auf einen Wasserkrug, der in der Nähe stand. Vorsichtig, ja liebevoll half Akilleus dem alten Mann beim Trinken.

Dann sprach Bukango weiter. »Es ist eigenartig, Mtebi. Wäre ich Magimbi auf natürlichem Weg nachgefolgt, wäre ich vermutlich ein schlechter König geworden. Ich war jung und unbedacht. Doch kaum hatten dich die Sklavenhändler auf meine Anordnung hin entführt, versuchte ich, dich wieder zurückzuholen. Ich schickte Boten hinterher. Ich ließ südlich des trockenen Sudd überall nach dir suchen, doch vergeblich. Du warst verschwunden, ich wusste nicht einmal, ob du noch lebst.«

Akilleus wollte etwas sagen, aber Bukango gebot ihm mit einer Bewegung seiner knochigen Finger zu schweigen. »Unterbrich mich nicht«, flüsterte er heiser. »Mir bleibt nicht viel Zeit, mit dir zu sprechen. Die Stunde des Todes ist nahe, sehr nahe. Hör mir zu, Mtebi!«

Akilleus nickte und beugte sich vor, damit ihm kein Wort entging. Der alte Mann fuhr fort:

»Der Kummer über das, was ich getan hatte, quälte mich Tag und Nacht. Ich hatte keinen ruhigen Augenblick. Schließlich fasste ich einen Entschluss. Ich hatte dich von meinem Volk entfernt. Du warst der Sohn meines weisen Bruders, der, so weit es abzusehen war, lange und klug über unser Volk geherrscht hätte. Ich konnte nur eines tun, um mein Vergehen wieder gutzumachen: Ich musste ebenso weise und gerecht regieren, wie mein Bruder regiert hatte, und wie sein Sohn regiert hätte.« Er lächelte und entblößte seine zahnlosen Kiefer. »So gerecht, wie der Mann regiert hätte, der du geworden bist, trotz der Mühen, die du um meinetwillen ertragen musstest.« Eine Träne glitzerte im Augenwinkel des alten Mannes. Wieder tastete Bukango nach Akilleus' Hand, und dieser umschloss die Finger des greisen Onkels mit den seinen. Mit versagender Stimme fuhr der König fort: »Du bist ein prächtiger Mensch geworden. Ich bin stolz auf dich.«

Akilleus wollte barsch abwehren, tat es dann aber nicht, sondern drückte nur zart die Hand des Königs.

Zweimal setzte Bukango erneut an, etwas zu sagen, aber erst beim dritten Mal gelang es ihm. »Vielleicht gibt es doch ein gerechtes Schicksal, Mtebi. Ich habe dir Unrecht getan, aber das Unrecht, das ich dir angetan habe, machte mich zu einem besseren Mann, als ich anfangs gewesen bin.«

»Ihr sprecht wahr«, sagte jetzt Akilleus. »Wenn ich es zu etwas gebracht habe, wenn Ihr stolz auf mich seid, dann ist es das

Ergebnis des Lebens, das ich gelebt habe. Jetzt bin ich ein guter Mensch, mein Onkel, ein gerechter Mensch. Das war nicht immer so. Ich war ein Schurke und ein Narr, bis mich diese grauen Haare weiser machten. Wer weiß? Wenn ich das privilegierte Leben gelebt hätte, das Magimbi für mich geplant hatte, wäre ich vielleicht ein Narr und Schurke geblieben, und das Volk hätte unter mir zu leiden gehabt. Es ist jetzt nicht die Zeit, sich über unsere Torheiten zu grämen, mein Onkel. Ich glaube, wir beide, Ihr und ich, haben nach dem Willen der Götter gelebt, die es geben mag, und wir haben den Menschen gedient. Ihr durch Eure Anwesenheit und ich durch meine Abwesenheit.«

Bukango sah Akilleus unverwandt an und zog ihn näher. Seine Stimme war kaum noch zu hören. »Das Volk. Zuerst das Volk und zuletzt das Volk, immer das Volk.« Der alte König verstummte, und seine Hand, die Akilleus immer noch in der seinen hielt, wurde plötzlich schlaff. Die Endgültigkeit der letzten Worte des Königs machten Akilleus tief betroffen. Er beugte sich über Bukango und schloss mit unendlicher Zärtlichkeit die Augen des Toten.

So fand man die beiden. Akilleus hielt immer noch die reglose Hand des alten Mannes. In seinen Augen standen Tränen, und sein Gesicht war ausdruckslos. Er bemerkte nicht einmal Ramogis wütenden Hass, als der Berater des Königs ihn sanft fortführte, um den Leichnam des alten Königs zu betten. Wie in Trance ließ Akilleus sich zu seinen Begleitern am Eingang des Krals geleiten. Ein einziger Gedanke drängte sich in den Vordergrund: Ich muss eine Entscheidung treffen, dachte er immer wieder. Vielleicht die schwierigste Entscheidung in meinem langen, abenteuerlichen Leben. Und ich muss sie jetzt treffen.

Kapitel 14

I

Die Streitwagen der ägyptischen Nachhut waren zurückgekehrt, und der Staub, den sie aufwirbelten, trübte eine Zeit lang den Himmel im Westen. Endlich hatte sich die dicke Sandwolke aufgelöst; der Wind wehte wie immer vom Fluss und tat das Seine dazu.

»Waren das die Letzten?«, brüllte Baka seine Männer an. Es blieb einen Augenblick still, und er rief ungeduldig: »Verdammt! Antwortet mir, wenn ich etwas frage!«

Ein Unteroffizier, von Kopf bis Fuß mit rotbraunem Wüstenstaub bedeckt, trat vor. »Verzeiht, Herr! Wir haben nur gezählt, wer …«

»Keine Entschuldigungen! Ich möchte Befehle nicht zweimal erteilen. Wer mich noch einmal dazu zwingt, wird bei der nächsten Soldauszahlung um zwei Ränge degradiert. Also: Sind jetzt alle zurückgekommen? War das der Letzte?«

»Ja, Herr!«, rief ein anderer Offizier. »Alle sind hier!«

»Gut!«, nickte Baka. »Dann schließt auf. Von jetzt an durchbricht keiner mehr unsere Linien.« Seine laute Stimme war weithin zu hören. »Diese Stellung geben wir nicht auf. Wir haben ihnen bereits mehr gegeben, als wir ursprünglich wollten. Als sie die vorderste Linie durchbrachen, vergaben wir die letzte Möglichkeit, Memphis zu halten.«

Baka kletterte auf einen Felsen, sodass ihn möglichst viele sehen konnten. »Ich möchte nicht schlecht über Unas reden. Er war ein tapferer Soldat und starb einen würdigen Tod. Der Name des Mannes, der Vahan überwältigt hat, wird uns lange in Erinnerung bleiben. Der geordnete Rückzug, den wir hinter uns haben, war hervorragend geplant. Keiner weiß das besser als ich, denn ich musste ihn durchführen. Unas' Name also in allen Ehren, aber wir dürfen nicht vergessen, dass wir Boden verloren haben. Vergessen wir nicht, dass wir unsere Heimatstadt unverteidigt den Barbaren überließen; sie konnten sie einfach plündern!« Sein unterdrückter Ärger und seine Anspannung waren unverkennbar.

Er wischte sich Schweiß und Staub von der Stirn und blickte dabei unverwandt in die niedergeschlagenen Gesichter der umstehenden Soldaten. »Ägypten wurde beschämt!«, schrie er, so laut er konnte. »Von den Barbaren beschämt!«

Er hielt inne und rang nach Luft. Unwillig schüttelte er den Kopf, und nachdem er sich wieder unter Kontrolle hatte, fuhr er fort. »Hört mir zu! Ich musste schon einmal im Delta eine Stadt aufgeben. Wir mussten das damals tun, um ein Gebiet zu retten, das die Hirten durch ihren Angriff in zwei Teile geteilt hatten. Von unserem Rückzugsposten aus hörte ich das Schreien der Verletzten und Sterbenden. Ich hörte die Schreie der vergewaltigten Frauen, bevor sie erstochen wurden. Ich hörte das Weinen der Kinder, die die Nomaden einfach zum Spaß töteten. Ich hatte Mühe, die Ordnung der Truppe aufrechtzuerhalten und zu verhindern, dass die Männer in die Stadt zurückkehrten und zu retten versuchten, was noch zu retten war. Wäre ich damals schwach geworden oder hätte einer der Männer sich meinen Anordnungen widersetzt, so hätten die Nomaden das ganze Delta bereits ein Jahr früher eingenommen und ich wäre jetzt nicht hier als euer Anführer.«

Wieder machte er eine Pause; ein Windstoß trug seine letzten Worte hinaus in die Stille der Wüste. »Ich sage euch das, weil ich verstehe, was euch durch den Kopf geht, wenn ihr flussabwärts Richtung Memphis schaut. Aus diesem Grund hält eine Einheit von Bogenschützen während der Nacht Wache. Jeder Soldat, der die Truppe verlässt und versucht, sich nach Einbruch der Dunkelheit in die Stadt davonzumachen, wird auf der Stelle erschossen. Ohne Ausnahme. Es ist mir gleichgültig, ob ihr Verwandte oder Freunde retten wollt. Ihr erreicht damit nur, dass es einen Toten mehr gibt, und der seid ihr selbst.«

Von weiter hinten kam ein zorniger Zwischenruf: »Was können wir denn tun? Wir wissen doch, dass diese Bastarde …«

»Tun?«, wiederholte Baka leicht gereizt. »Du musst alle Gefühle ausschalten, mein Freund. Du musst dir sagen, dass du an Ort und Stelle sein wirst, sobald die Zeit der Rache gekommen ist. Ruf dir immer wieder in Erinnerung, dass diese Schuld zurückgezahlt wird, und das mit Zinsen. Denn eines kann ich euch sagen, so wahr ich hier stehe: Für jeden, der heute Nacht in Memphis stirbt, werden zwei Nomadenköpfe rollen, und das, noch ehe der Nil das nächste Mal über die Ufer tritt. Denn merkt euch eines: Der einzige Grund für den Rückzug ist die Aussicht, am nächsten Tag wieder kämpfen zu können, wenn die Umstände für uns vorteilhafter sind. Deshalb sind wir da, wo wir jetzt stehen.«

»Am nächsten Tag?«, fragte jemand, und ein Murmeln ging durch die Menge. »Meint Ihr, dass wir morgen angreifen?«

»Nein«, antwortete Baka leise und besorgt. »Morgen werden die Nomaden ihr hässliches Vorhaben beenden, das sie heute begonnen haben. Auch in den nächsten Tagen werden sie höchstwahrscheinlich müßig sein. Danach werden sie allmählich in das Lager zurückkehren, halb betrunken und in Gedanken immer noch bei den genossenen Vergnügungen. Sie werden gegenüber von unseren Linien Stellung beziehen, in der Überzeugung, dass wir ein Haufen Feiglinge sind, die ihre Stadt nicht zu retten vermochten. Sie werden uns den Mut zum Angriff nicht zutrauen.« In der darauf folgenden Pause dämmerte es den Männern allmählich; so manches Gesicht strahlte.

»Richtig. Dann nämlich werden wir ›Feiglinge‹ unsere jetzige Zahl um die Hälfte vergrößert haben. Dafür werde ich sorgen. Denn ich habe vor, mich mit ein paar einflussreichen Männern bei Hof zu unterhalten. Wir werden ausgeruht und gut in Form sein, voll zorniger Ungeduld, bis wir mit unseren Schwertern und Äxten endlich über die Nomaden herfallen können.«

Baka wartete die Wirkung seiner Worte ab; auf vielen Gesichtern machte sich ein Lächeln breit und aus Hunderten Kehlen brach ein Jubelruf los. Baka hob den Arm dankend zum Gruß und sprang vom Felsen. Er sah sich um, und sein Blick blieb an einer Gruppe von Offizieren vor ihm hängen. »Menes!«, rief er so leise, dass nur die Männer vor ihm es hörten. »Wo ist Menes, der Anführer der Sechsten Fußtruppe?«

»Hier, Herr!« Ein junger Offizier trat vor.

»Ich habe dort drüben etwas zu erledigen.« Baka deutete mit dem Daumen nach hinten. Menes begriff, dass er den Hof meinte, der mittlerweile in Lischt residierte. »Ich brauche einen verlässlichen Mann, dem ich vertrauen kann. Ich habe von dir nur das Beste gehört.«

»Ich danke Euch, Herr.«

Baka nahm ihn am Arm und führte ihn von der Gruppe fort. »Übertrage dein Kommando vorerst deinem Stellvertreter. Mach dir keine Sorgen, du wirst bestimmt nichts versäumen. Unsere Gegner werden beschäftigt sein, ähnlich wie ich es den Männern beschrieben habe. Ich kämpfe jetzt schon lange gegen die Nomaden und kenne sie.«

»Ich weiß, Herr. Was habt Ihr vor?«

Baka holte aus seinem Gewand eine Rolle Papyrus hervor. »Hier! Schau dir das einmal an! Es ist der Befehl für die Erste und Dritte Abteilung der königlichen Wachen, sich unseren Truppen anzuschließen.«

Menes starrte seinen Vorgesetzten an, ohne den Papyrus aufzurollen und zu lesen. »Aber ... Herr! Das wird Harmin nie zulassen!«

»Doch, das wird er«, beteuerte Baka. Sein Lächeln war kalt, doch zuversichtlich. »Es ist mehr als ein Befehl. Es ist eine Botschaft, die nur für Harmins Augen bestimmt ist. Du kannst sie lesen, aber du wirst sie nicht begreifen. Niemand wird sie verstehen, außer Harmin. Es ist eine Art Geheimnis zwischen ihm und mir.«

Menes war bestürzt. »Etwas, das den König erzürnen würde?«

»Genau. Es ist bloß eine Erinnerung. Wie du bereits erraten hast, wäre diese Sache höchst peinlich für unseren großen General. Wenn er mir verwehrt, worum ich ihn bitte, bleiben ihm drei Möglichkeiten: Entweder er begeht Selbstmord, oder er lässt mich ermorden, oder er ist erledigt.«

»Erledigt?«

»Geköpft oder erstochen, ganz gleich, was. Ich bin nicht so leicht zu ermorden, musst du wissen. Harmins Komplott habe ich es zu verdanken, dass ich in die Hände der Nomaden fiel und einige Zeit in ihrem Gefängnis verbrachte. Vermutlich willst du gar nicht wissen, wie es dort zugeht, junger Freund. Aber wie du siehst, hier bin ich. Ich bin nicht unsterblich, aber fast. Mich bringt man nicht so leicht um.«

»Eine für mich beruhigende Tatsache, wenn ich neben Euch reite, Herr«, gestand der junge Offizier.

»Jetzt lass dir also sagen, was du zu tun hast.«

Anab und Tuia zogen hinter der Armee der Nomaden her und erreichten Memphis bei Einbruch der Dunkelheit. Die Eroberer hatten die gefallene Stadt bereits am Nachmittag erreicht. Nachdem die Nomaden auf keinen bewaffneten Widerstand gestoßen waren, hatte man die Soldaten in der Stadt sich selbst überlassen; sie konnten tun, was ihnen beliebte. Die Spuren ihrer Anwesenheit waren sogar nördlich der Stadt zu sehen. Die Leichen waren liegen geblieben, wo sie gefallen waren. Die sonst so scheuen Schakale, die am Rand der Wüste lebten, kamen zögernd bis an die Stadtmauern, um sich an den Gefallenen gütlich zu tun. Als es dunkel wurde, deutete der helle Schein am südlichen Himmel darauf hin, dass die Stadt zum Teil in Flammen stand. Entweder hatten verlassene Herdfeuer Brände ausgelöst, oder betrunkene Plünderer, die durch die Stadt streunten, hatten sie gelegt.

Anab blieb stehen und blickte zu den nicht bewachten Stadtmauern und dem offenen Stadttor hoch. Noch nie zuvor hatte er das Tor nach Einbruch der Dunkelheit offen gesehen. »Ich glaube, wir tun besser daran, gar nicht in die Stadt zu gehen, Tuia.«

»Du hast Recht«, antwortete sie. »Kaum einem Ägypter wird es gelingen, Memphis lebend zu verlassen.« Sie schauderte, als jemand in der Ferne schrie. Unruhig suchte sie den Rand der verlassenen Stadtmauer ab. »Wir machen besser einen großen Bogen um die Stadt. Was ist dort drüben?«

»Ich weiß es nicht genau. Ich glaube, so etwas wie ein Tempel, ein Tempel des Ptah. Memphis ist dem Ptah geweiht; es ist seine Stadt. Jetzt sieht es aber aus, als wäre die Stadt den Schakalen geweiht.« Unbewusst tastete Anab nach dem Schwert an seiner Seite. »Im Schutz der Tempel könnten wir vielleicht ungesehen an der Stadt vorbeikommen.« Er blickte zum Himmel hoch. »Ich weiß nicht, ob ich den Göttern danken oder sie verfluchen soll, weil heute der Mond so hell scheint. Man könnte uns leicht sehen. Wir verschwinden so bald wie möglich, bevor jemand oben auf der Mauer auftaucht und uns erblickt.«

Sie gingen auf die dunklen Tempel zu. Wieder schrie jemand. Diesmal waren sogar einzelne Worte zu verstehen. Eine Frau schrie immer wieder: »Nein, bitte nicht! Nein, nicht!« Dann war es plötzlich still. Danach kam das Echo der Worte von beiden Seiten, etwas leiser, aber ebenso deutlich.

Tuia presste die Hände auf die Ohren. Vor ihnen waren die Umrisse eines großen Gebäudes zu erkennen. Vielleicht war das der Tempel des Ptah, von dem Anab gesprochen hatte. An den zwei Seiten, die zu sehen waren, standen zwei hohe mit kunstvollen Schnitzereien verzierte Pylone. Hinter den Mauern des Tempels zeichnete sich ein großes, unregelmäßiges Etwas gegen den Nachthimmel ab. »Was ist das, Anab?«, flüsterte Tuia. »Es sieht aus wie ein riesiger steinerner Löwe.«

»Es ist eine Sphinx. Bei den großen Pyramiden steht auch eine. Aber die ist noch viel größer. In Avaris hat mir jemand davon erzählt. Allein der Bart soll so groß sein wie zwei übereinander stehende Männer. Damals wusste ich nicht, ob ich die Geschichte glauben soll. Aber in den Roten Provinzen bauen sie wirklich riesige Sachen.« Er fasste nach Tuias Hand und half ihr über einen Graben, durch den während der Regenzeit das Wasser abfließen sollte. »Eines Tages, wenn der Krieg zu Ende ist, möchte ich wieder herkommen und alles bei Tageslicht sehen. Ich wette ...«

Er konnte den Satz nicht zu Ende sprechen. Plötzlich waren die Räuber da, und nur seine rasche Reaktion verhinderte das Schlimmste. Anab sprang den drei Angreifern entgegen, zog das Kurzschwert aus der Scheide, schwang es wild um sich und brüllte dabei wie ein Dämon aus der Unterwelt. Die drei Angreifer waren nur mit Dolchen bewaffnet. Wie angewurzelt blieben sie stehen und suchten schließlich ihr Heil in der Flucht.

Anab sah ihnen nach. Lächelnd drehte er sich zu Tuia um und steckte sein Schwert mit einer großartigen Geste in die Scheide. Im selben Augenblick tauchten hinter der Sphinx mindestens ein Dutzend heruntergekommene Männer auf, die Anabs Schrei aufmerksam gemacht hatte.

»Lass uns verschwinden, Anab!« Tuia packte ihn am Ärmel seines Mantels. Anab drehte sich nur einmal kurz um; ein Blick genügte. Sie liefen davon, so schnell sie konnten. Der Boden rund um die Tempelanlage war zum Glück größtenteils sandig, sodass sie rasch vorwärts kamen. Nach einem kurzen Stück sprangen sie über eine niedrige Mauer und befanden sich auf einem Feld mit Mastabas. Sie drehten sich um: Ihre Verfolger waren weit zurückgefallen, hatten aber aus irgendeinem Grund die Verfolgung nicht aufgegeben.

»Komm, wir wollen sehen, was auf der anderen Seite dieses Gräberfeldes ist.«

Schweigend liefen sie durch die Reihen der tür- und fensterlosen Gräber, die alle vollkommen gleich waren. Das Gräberfeld scheint nicht enden zu wollen, eine wahre Totenstadt, dachte Tuia, während sie hinter Anab durch die mondbeschienenen Gänge lief. Sie war schon ziemlich erschöpft und ihre Beine trugen sie kaum noch, als sie das Gräberfeld endlich hinter sich hatten. Unvermittelt blieben sie stehen.

Anab schimpfte. Vor ihnen, links und rechts, so weit das Auge reichte, erstreckte sich eine Kette von Fackeln. Der Abstand zwischen den einzelnen Fackeln war ziemlich groß, und im Lichtschein einer jeden Fackel war ein bewaffneter Wachposten der Nomaden deutlich zu sehen.

Es war ein entmutigender Anblick, und Anab und Tuia standen lange fassungslos da. »Es muss die Hauptstraße vom Fluss in die Stadt sein«, vermutete Anab. »Wir kommen nie an ihnen vorbei. Wir müssen zum Fluss, das ist unsere einzige Chance.«

»Aber du bist kein guter Schwimmer, Anab. Was ist, wenn wir kein Boot finden?«

»Hast du einen besseren Einfall?«

»Nein. Aber wir müssen etwas unternehmen, und zwar sofort.« Sie musste nichts weiter erklären. Von den Gängen zwischen den Gräbern waren die Schreie ihrer betrunkenen Verfolger zu hören.

»Bleib hinter mir«, riet Anab. Sie liefen zurück in das Gräberfeld und wählten die letzte Gräberreihe, die dem Fluss am nächsten war.

»Warte, Anab!« Tuia war stehen geblieben. Keuchend blickte sie auf die schräge Grabmauer ihr gegenüber. Sie kauerte auf Händen und Knien, als müsste sie erst wieder zu Kräften kommen.

»Was ist los?«, fragte Anab, und im selben Augenblick sprang Tuia die Wand hoch und suchte an der glatten steinernen Oberfläche nach einem Halt. Aber sie fand keinen, fiel wieder zurück und landete leise fluchend auf dem Gesäß.

Noch ehe Anab etwas sagen konnte, war sie schon wieder aufgestanden und wollte einen zweiten Versuch unternehmen.

Anab stellte sich vor sie hin. »So warte doch! Versuchen wir es anders.« Er fasste sie an den Schultern, drehte sie um und drückte sie gegen die Mauer.

»Anab!«

»Bleib stehen. Ich klettere auf deine Schultern nach oben und ziehe dich dann nach.«

Die Schreie der Betrunkenen kamen näher; die Zeit drängte. Gehorsam legte sie die Hände zusammen, und Anab stemmte sich hoch. Im nächsten Augenblick stand er schwankend auf ihren Schultern. Der obere Mauerrand war aber immer noch außer seiner Reichweite.

»Hilf mir mit deinen Armen!«, schlug er vor.

Tuia stemmte einen seiner Füße hoch, den anderen stützte Anab auf ihrem Kopf ab, so kämpfte er sich höher. Sein Schwert klirrte laut gegen den Stein, zu laut. Tuia hielt Anabs schwielige Fußsohlen in ihren Händen. Sie hatte nicht gewusst, dass Anab so schwer war. Ihre Ellbogen zitterten und gaben plötzlich nach, aber seine Füße waren nicht mehr da. Mit einem Plumps ließ er sich über die Mauer auf das flache Dach des Grabes fallen.

»Tuia!«

Sie sah hoch. Über der Mauerkrone tauchte sein Kopf auf, gefolgt von seinen nackten Schultern und Armen. In seinen Händen baumelte sein Umhang.

»Halt dich fest!«, rief er.

Tuia sprang, bekam aber den Stoff nicht zu fassen.

»So geht es nicht«, stellte Anab fest. »Wirf dein Gewand herauf!«

Die trunkenen Stimmen kamen immer näher; auch das Geräusch von Schritten war bereits zu hören. Tuia schlüpfte blitzschnell aus ihrem Gewand und warf es zu Anab hinauf. Im Stillen schickte sie ein Gebet zu den Göttern, er möge sich beeilen; sie wagte es nicht, einen lauten Ton von sich zu geben.

Es kam ihr wie das längste Gebet vor, das sie je gesprochen hatte. Endlich ließ Anab die zusammengeknüpften Gewänder herunter. Sie packte mit beiden Händen den Stoff, und Anab zog, während sie sich mit den bloßen Füßen gegen die Mauer stemmte. Ihre Beine waren vom Laufen müde, und einmal verlor sie den Halt, aber mit den Händen hielt sie sich fest, und schließlich war sie oben. Anab packte sie an den Schultern, während ihre Beine noch bedenklich baumelten.

Die Stimmen waren jetzt von genau unter ihnen zu hören. Anstatt sich auf das Dach fallen zu lassen, legte sich Tuia auf der Mauerkrone flach auf den Bauch. Sie hielt den Atem an.

Die Männer unten hielten kurz inne, dann liefen sie weiter.

»Das war knapp«, flüsterte sie und ließ sich auf das Dach hinuntergleiten. Ohne sein Oberkleid sah Anab aus wie ein Leichnam, so blass war er. Er lag auf dem flachen Dach und rang nach Luft.

Tuia legte sich neben ihn; erst jetzt wurde ihr bewusst, dass sie nackt war. Aber sie war so erleichtert und so erschöpft, dass es ihr nichts ausmachte; sie blieb liegen und blickte hinauf zu den Sternen.

Als sie endlich wieder zu Atem gekommen waren, setzten sie sich auf und sahen einander an, als sähen sie sich zum ersten Mal. Mit ihren blassen, mageren Körpern glichen sie einander wie Zwillinge, und sie mussten herzlich lachen. Anab hatte einige Mühe, den Knoten zu lösen, mit dem er ihre Obergewänder zusammengebunden hatte. Doch es gelang, und sie zogen sich an.

Erst jetzt hörten sie das Kratzen.

Anab berührte Tuia am Arm und bedeutete ihr, still zu bleiben. Er kroch an die Seite des Dachs, von der das Geräusch kam. Jetzt hörten sie es ganz deutlich: ein Scharren und Kratzen, als wolle jemand die Mauer hochklettern. Danach blieb es lange still. Tuia kroch näher.

»Das ist doch nicht zu glauben!«, flüsterte Anab. »Das wirst du nie glauben, Tuia!«

»Ich flehe dich an, Anab! Was ist los?«

»Unten steht der Hund! Es ist Löwe!«

II

Ben-Hadad hielt das Schwert, das er soeben repariert hatte, ins Licht des Lagerfeuers, prüfte zuerst die Klinge, drehte dann das Schwert um und überprüfte, wie es ausbalanciert war. Danach gab er es seinem Eigentümer zurück.

»Es sollte wieder in Ordnung sein«, erklärte Ben-Hadad dem Mann. »Aber wenn du das nächste Mal gegen die Nomaden kämpfst und zufällig ein Schwert findest, das einer von ihnen liegen gelassen hat, dann nimm es mit. Dein Schwert hier ist alt und lange nicht so gut wie das deiner Freunde.«

»Ich weiß, Herr«, antwortete der Soldat. »Dieses hier gehörte einem Kameraden, der gestorben ist. Es stammt aus der Zeit, bevor Schobai zu uns gestoßen ist.«

»Das dachte ich. Es ist zumindest drei Sommer her, habe ich Recht?«

Der Soldat gürtete die Waffe um. »Richtig, Herr. Doch wir haben nicht viele seiner Werkstücke zu Gesicht bekommen. Unas, möge sein Geist in Frieden ruhen, sagte, die Palastwachen haben die meisten Waffen, die Schobai und seine Arbeiter für uns gemacht haben, für sich abgezweigt. Vielen Dank, Herr. Ich gehe wieder zu meiner Einheit zurück.« Er grüßte höflich und erwies damit in erster Linie Ben-Hadads fachlichem Können seine Hochachtung; dann verschwand er zwischen den Zeltreihen.

Ben-Hadad sah ihm kopfschüttelnd nach. Was für eine traurige, erbärmliche Armee!, dachte er. Vom Hof an allen Seiten beschnitten. Man hatte ihnen ihre Waffen vorenthalten, um damit die verwöhnte königliche Leibwache auszustatten. Ihr oberster Kommandant, Harmin, hatte sie wieder und wieder verraten, und dennoch war es ihnen gelungen, sich gegen die überlegene Streitmacht der Nomaden zu behaupten, allen Hindernissen zum Trotz. Sie verdankten ihre Erfolge einzig und allein ihrem Mut und ihrer Ausdauer sowie der Schlauheit ihrer Anführer. Warum nenne ich sie jämmerlich!, schalt sich Ben-Hadad. Sie sind Helden, jeder von ihnen ist ein Held, auch wenn sie es selbst nicht wissen.

Kopfschüttelnd griff er nach dem nächsten Rohling, der an der Esse lehnte, und steckte die Klinge in die Glut. Er machte sich gar nicht die Mühe, nach seinem Helfer zu suchen, sondern holte den kleinen Blasebalg und blies mit rhythmischen Stößen Luft in die Glut.

Vielleicht konnte Baka jetzt, da er wieder bei der Armee war, etwas verändern. Vielleicht gelang es ihm, die Beschränkungen, die der Hof der Armee auferlegt hatte, aufzuheben und regelmäßige Lieferungen von Waffen und Verpflegung zu erwirken. Vielleicht könnte er sogar den Hof dazu bewegen, die verwöhnten Söhne der privilegierten Klassen zur Armee einzuziehen. Er hatte versprochen, diesbezüglich persönlich in Lischt vorstellig zu werden. Soweit Ben-Hadad es beurteilen konnte, gab es keine andere Möglichkeit, Verstärkung für die Armee auf die Beine zu stellen. Im Augenblick wurde jeder gesunde Mann gebraucht, darüber gab es keinen Zweifel.

Es wurde auch von einer Expedition geredet, die ein Schwarzer anführte, ein ehemaliger Galeerensklave. Ziel des Unternehmens war es, neue Soldaten – Söldner – anzuwerben und vielleicht sogar neue Quellen zur Beschaffung von Erz zu erschließen. Aber soweit er von den Soldaten gehört hatte, würde noch einige Zeit bis zu ihrer Rückkehr vergehen. Der Nubier, der die Expedition führte, hieß Akilleus und war ein Freund von Unas gewesen. Er soll ausnehmend tüchtig sein.

Ben-Hadad unterbrach die Arbeit, wischte sich über die schweißnasse Stirn und warf einen Blick auf die Glut. Dann trat er weiter den Blasebalg.

Auch zwischen ihm und dem Schwarzen bestand eine Verbindung; das fiel Ben-Hadad jetzt wieder ein. Man erzählte sich im Lager, dass Akilleus seinerzeit, als er als Galeerensklave über das Meer fuhr, mit Ben-Hadads Großvater, Kirta aus Haran, eng befreundet gewesen war. Danach war er viele Jahre hindurch ein zuverlässiger Freund und Beschützer des blinden Schobai gewesen. Auf Akilleus' Schiff hatte auch die endgültige Auseinandersetzung zwischen Schobai und Reschef stattgefunden. Dieser Reschef hatte seinerzeit Schobai geblendet und Hadad, Ben-Hadads Vater und Schobais Bruder, getötet. Den Pfeil, der Reschef letztendlich getötet hatte, hatte Meret abgeschossen; Baka hatte sie einst im Schießen unterrichtet.

Der Gedanke an Schobai und Baka und die Verbindung zwischen ihnen irritierte Ben-Hadad und machte ihn traurig. Er legte den Blasebalg beiseite, griff nach Zange und Hammer und holte den rot glühenden Bronzerohling aus der Glut. Er wollte zuschlagen, hielt aber inne. Auch Baka hat ein solches Schwert!, dachte er. Er ließ den Hammer sinken, da er sich nicht länger auf seine Arbeit konzentrieren konnte.

Die Nomaden machten derzeit keine unmittelbaren Anstalten, weiter nach Süden vorzudringen, und Baka plante, nach Lischt zu reisen. Es war gut möglich, dass er die Gelegenheit benutzte, nach Schobai zu suchen. Ben-Hadad zermarterte sich den Kopf, wie eine tödliche Konfrontation zwischen den beiden zu verhindern war. Wenn er Bakas Rachegelüste nur beschwichtigen könnte!

Er schob den Rohling wieder in die Glut und legte die Zange beiseite.

Die Soldaten hatten Ben-Hadad erklärt, was die beiden Männer so zwingend mit der Armee verband. Baka war ein nüchterner, einsatzfreudiger Soldat, der die dürftige Streitmacht der Ägypter im Delta praktisch allein zusammengehalten hatte. Er wurde von Leuten aus seinen eigenen Reihen an die Nomaden verraten und von diesen in den Kerker geworfen. Schobai, der sanfte Riese, der die Soldaten der ägyptischen Armee um einen ganzen Kopf überragte, half, die Männer dieser Armee mit Waffen auszustatten. Er schonte sich nicht und tat alles in seiner Macht Stehende für den Kampf gegen die Eindringlinge. Stets war er bereit zu helfen, wenn die Ägypter ihn brauchten. Warum steuerten diese beiden Männer auf eine tödliche Auseinandersetzung zu?

Ben-Hadad hätte seinen Onkel so gern getroffen! Unter den Soldaten genoss nur Baka mehr Bewunderung als Schobai.

Wie schön wäre es, seinen Onkel kennen zu lernen, dachte Ben-Hadad. Unwillkürlich tastete er mit einer Hand über den unteren Rücken, wo er, wie alle Kinder des Löwen, das dunkelrote Muttermal in Form einer Löwenpranke hatte. Nur einmal in seinem Leben war er jemandem mit dem gleichen wundersamen Mal begegnet, und das war sein Großvater Kirta gewesen. Doch das war erst kurz vor dessen Tod gewesen. Sein grober Stiefvater Haschum hatte Ben-Hadad bis dahin verschwiegen, was es mit seiner Familientradition auf sich hatte. Jakob erzählte ihm schließlich, wer er war und von welcher Ahnenreihe er abstammte. Sogar jetzt wusste Ben-Hadad nur wenig mehr als das, was Jakob ihm damals erzählt hatte. Wenn er Schobai eines Tages kennen lernen würde, würde sich das alles ändern.

Falls er ihm überhaupt je begegnete!

Ben-Hadad ballte die Hände zu Fäusten. Er musste etwas unternehmen, und zwar bevor Baka überstürzt handelte. Man musste Bakas Zorn abwenden; nur er, Ben-Hadad, konnte das tun.

Der junge Mann richtete sich entschlossen zu seiner vollen Größe auf. Er würde sofort zu Baka gehen und ihm sagen, was er zu sagen hatte. Er würde alles Erdenkliche unternehmen, um Baka von seinem törichten Vorhaben abzubringen.

Entschlossen legte er den Hammer beiseite und schritt mit klopfendem Herzen entschlossen auf die Zelte und Lagerfeuer zu.

Auf dem Weg zu Bakas Zelt traf Ben-Hadad einen Soldaten, der der Armeeführung zugeteilt war. Von ihm erfuhr er zu seiner Bestürzung, dass Baka im Begriff stand aufzubrechen; er hatte befohlen, nach dem abendlichen Appell sein Pferd bereitzuhalten.

Ben-Hadad beschleunigte seine Schritte, nickte kurz einem Wachsoldaten zu, der auf Späheinsatz war und Ben-Hadads Gruß respektvoll erwiderte. Die Stellung des Schmieds war bis jetzt ungeklärt; aber immerhin war Ben-Hadad mit Baka, dem neuen Kommandanten, gut befreundet. Ben-Hadad wollte an der Wache vorbeieilen, als der Posten von der erhöhten Position für den Bogenschützen leise hinunterrief: »Gib Acht! Dort drüben ist jemand!«

Ben-Hadad blieb stehen und sah den Posten besorgt an. Zuerst sagte er nichts, begriff aber rasch, dass man eine Reaktion von ihm erwartete. »Wie viele?«, fragte er.

»Ich glaube, zwei. Sie kommen den Hang herauf.« Er tastete nach einem Pfeil in seinem Köcher. »Seltsam. Sie schauen nicht wie Nomaden aus.«

Ben-Hadad wollte Hilfe holen, zögerte jedoch. Er konnte nicht sagen, warum, aber ein Gefühl, das er sich selbst nicht erklären konnte, veranlasste ihn zu warten. »Warte, lass mich einmal schauen!«

Vermutlich bin ich ein Narr, wenn ich mich jetzt einmische, dachte er. Aber das Gefühl war so mächtig, dass er der Eingebung gehorchte. Er kletterte neben den Bogenschützen und spähte über die aus Erde aufgeschüttete Rampe.

Ben-Hadad fasste es nicht: Die kauernde Gestalt war eindeutig Anab! Ben-Hadad rieb sich die Augen. Angestrengt blickte er in die Dunkelheit hinaus und konzentrierte sich dabei auf die zweite Gestalt, die den Hang heraufkroch. »Tuia!«, rief er.

Die beiden blieben stehen. In diesem Augenblick stürzten sich zwei kleine geschmeidige Schatten auf sie: zwei Schakale, ein Männchen und seine Gefährtin, mit funkelnden Augen und scharfen Zähnen. Der eine biss Anab in den Arm. Anab trat nach ihm, und das Tier stieß einen Schmerzenslaut aus. Im Licht des Mondes sah Ben-Hadad, dass Anabs Arm blutete. »Rasch!«, rief Ben-Hadad und hielt Anab die Hand hin.

Im selben Augenblick wehrte Tuia das Schakalweibchen mit dem Messer ab. Neben ihr funkelten noch zwei Augen.

Sobald Anab über die Brüstung geklettert und in Sicherheit war, kroch Ben-Hadad auf die kleine Mauer und hielt bereits sein Schwert in der Hand. Mit einem lauten Schrei wollte er den Schakal ablenken. Das Tier beachtete ihn nicht, sondern kauerte am Boden, bereit, Tuia anzuspringen. Ben-Hadad lief zu ihr und ärgerte sich, weil er so langsam war.

Noch eine dritte Gestalt war im Dunkel auszumachen. Die stürzte sich jetzt auf den Schakal, packte ihn am Hals und warf den Räuber auf die Seite. Die beiden rollten auf dem Boden hin und her, ohne dass der Angreifer den Schakal losließ. Der erste Schakal war mittlerweile wiedergekommen und sprang den Eindringling an.

»Löwe!«, rief Ben-Hadad und lief zu den raufenden Tieren. Doch Tuia erreichte sie zuerst. Ihr Dolch blitzte im Mondlicht auf und gleich darauf noch ein zweites Mal. Diesmal war er voll Blut. Vor Schmerz wimmernd, lief das Schakalweibchen davon. Noch einmal stieß Tuia mit dem Dolch zu und traf das andere Tier in den Bauch. Der Rüde fiel zu Boden und Löwe mit ihm, da er den Räuber immer noch an der Kehle festhielt.

Ben-Hadad packte Tuia am Arm. »Schnell zurück hinter die Mauer, Tuia!« Dann tötete er den Schakal mit seinem Dolch.

Erst jetzt ließ Löwe den Räuber los, wich zurück und schnupperte prüfend die Luft. »Komm, Löwe!«, forderte Ben-Hadad ihn auf. Seine Augen hatten sich an die Dunkelheit gewöhnt, und er versicherte sich nun selbst, dass keine Gefahr drohte. Erst dann lief er – mit Löwe auf den Fersen – den Hang hinauf, sprang über die Brüstung und in die Arme seiner wartenden Freunde.

Dieses unerwartete Wiedersehen machte Ben-Hadad über die Maßen glücklich. Er hörte sich die Abenteuer seiner Freunde an und erzählte seine Erlebnisse. Anab saß am Lagerfeuer gegenüber von Ben-Hadad, der mit einer Hand Tuias Hand hielt und mit der anderen Löwes strubbeligen Kopf streichelte. »Ich hätte alles dafür gegeben, wäre ich nur einem von euch begegnet«, freute sich Ben-Hadad, »und jetzt habe ich alle drei! Baka hat sich nach euch erkundigt. Erst unlängst habe ich ihm erzählt …«

Bestürzt verstummte er mitten im Satz. »Ihr Götter im Himmel! Ich war gerade auf der Suche nach Baka. Ich muss verhindern, dass er nach Fajum zurückkehrt und dort meinen Onkel tötet.«

»Deinen Onkel?«, fragte Tuia. »Du meinst Schobai? Aber du hast doch gesagt, dass Baka hier nach Unas' Tod das Kommando übernommen hat.«

»Das hat er auch. Aber du weißt nicht, wie besessen er von dem Gedanken an Schobai ist. Er sagte, dass ihn seinerzeit in der Gefangenschaft nur der Gedanke, Schobai zu töten, am Leben hielt. Ich muss ihn daran hindern, Tuia! Nicht nur um Schobais willen, sondern auch um Bakas willen. Du kennst ihn nicht, so wie ich ihn in der Zwischenzeit kennen gelernt habe. Wenn er einen unschuldigen Mann kaltblütig ermordet, wird er für alle Zukunft darunter leiden. Früher oder später zerbricht er daran.

Du warst sehr tapfer, Anab, und bist mir ein treuer Freund. Ich kann dir nicht genug dafür danken, dass du Tuia beschützt hast. Wenn du noch kurz auf sie Acht geben würdest! Ich muss mit Baka reden.« Er bückte sich und küsste Tuias Hand, winkte ihnen zu und eilte davon. Löwe folgte ihm auf den Fersen.

In Bakas Hauptquartier angekommen, fand er nur einen von Bakas Untergebenen vor. »Wo ist Baka?«, fragte Ben-Hadad mit wachsendem Entsetzen.

»Der ist schon vor Stunden nach Lischt aufgebrochen. Gleich nach Sonnenuntergang.«

»Nur nach Lischt?«, fragte Ben-Hadad. »Hat er noch ein anderes Ziel erwähnt?«

»Ja. Seltsam, dass du fragst, denn ich habe mich selbst darüber gewundert. Er hat gesagt ...«

Der Soldat machte eine kurze Pause, und Ben-Hadad hielt den Atem an, während er auf die schicksalhaften Worte wartete. Und schon fuhr der andere fort:

»... er habe zuerst noch etwas Wichtiges in Fajum zu erledigen.«

Kapitel 15

I

Ebana stand auf dem grasbewachsenen Hügel und blickte über das Land. Hier und da raschelte der Wind im trockenen Gras. Vor ihr dehnte sich der Große See mit seinen grünen Inseln; in der Ferne war das andere Ufer zu erkennen. »Was sind diese dunklen Flecken nahe am Ufer?«, fragte sie. »Ich glaube, sie bewegen sich.«

»Ihr habt Recht«, antwortete Musuri. »Es ist eine Herde Flusspferde. Anscheinend sind sie hier genauso lästig wie unten im Delta. Sie zerreißen die Netze der Fischer, die entlang der Seeufer fischen.«

Ebana blinzelte, um die Tiere genauer zu sehen. Trotz der strahlenden Sonne und des sanften Windes hier oben lag unten über dem Wasser eine Dunstschicht. »Im Delta!«, wiederholte sie Musuris Worte. »Ob ich es je wieder sehen werde?« Sie sah den alten Soldaten an. »Ich wüsste so gern, was geschehen ist. Kannst du nicht fragen?«

»Das könnte ich. Ich würde auch mit derselben Antwort zurückkommen, wie die letzten drei Male.« Musuri gähnte, aber Ebana ließ sich nicht täuschen; sie bemerkte das Glitzern in seinen Augen. »Ich bin genauso im Ungewissen wie Ihr. Der Einzige von uns, der ihre Sprache versteht und unsere und dem man vertrauen kann, ist Akilleus. Er redet immer noch mit Kimala und den Häuptlingen der Stämme der Banjankole, Batoro und Basoga. Andere sind auch noch dabei. Ich wette, Ramogi wüsste gern, was sie mit Akilleus besprechen.« Musuris Züge verdüsterten sich. »Aber sie bereiten mir kein Kopfzerbrechen. Als ich das letzte Mal Gelegenheit hatte, mit Akilleus zu reden, sagte er, Ramogi habe die volle Unterstützung der Karamojong und Acholi. Das sind die beiden größten Stämme im ganzen Königreich.«

»Es besteht demnach die Möglichkeit, dass Ramogi die Nachfolge seines Vaters antritt«, überlegte Ebana. »Das bedeutet vermutlich nichts Gutes für uns. Ramogi wird nicht begeistert davon sein, einen Mitbewerber in seiner Nähe zu wissen, der ihn beobachtet.«

Musuris Blick schweifte über den See. »Nein. Falls er gewinnt, möchte ich so weit wie möglich fort von hier sein. Den Ausschlag bei der Wahl wird der größte Stamm geben, und das ist Kimalas Stamm. Leider wurde Kimala damals, als er sich entschlossen hatte, unter Ramogi zu dienen, von seinem Vater verstoßen.«

Ebana seufzte und gab sich Mühe, ihre aufkeimende Angst zu unterdrücken. »Warum mussten wir überhaupt in den Süden kommen?«, fragte sie. »Wir hätten doch umkehren können, nachdem wir in Kerma Männer aus meinem Stamm angeworben hatten. Jetzt sind wir wer weiß wie viele Tagesmärsche von jeder zivilisierten Gegend entfernt und unseren Feinden auf Gedeih und Verderb ausgeliefert.«

»Jetzt reicht es! Ihr redet wie ein Fischweib und nicht wie die Witwe eines großen Soldaten und Gefährtin des klügsten und tüchtigsten Mannes, mit dem ich je gekämpft habe. Wo ist die Ebana, wie ich sie von früher kenne?«

»Ich weiß es nicht. Ich habe immer geglaubt, ich könnte mit jeder noch so misslichen Lage fertig werden, aber jetzt bin ich mir da nicht so sicher.« Sie runzelte die Stirn. »Das Seltsame daran ist: Je unsicherer ich werde, desto zuversichtlicher scheint Akilleus zu sein.«

»Die Antwort darauf liegt darin, dass er etwas weiß, was wir nicht wissen. Ich vertraue auf sein Gefühl, Ebana, mehr denn je. Noch nie habe ich ihn so in seinem Element gesehen, und ich bin jetzt schon viele Jahre bei ihm, seit wir uns in Tyros zum ersten Mal begegnet sind. Ich glaube, er weiß genau, was er tut.« Nachdenklich fügte er hinzu: »Ich wüsste es aber auch gern.«

Die Basoga waren der östlichste der Stämme am See. Ihr Häuptling Obote hatte geschwiegen, während alle anderen sprachen. Jetzt erhob er zum ersten Mal die Stimme. »Ihr habt vom Recht auf die Regentschaft gesprochen. Mir scheint, dass beide Seiten ihre Anhänger unter uns und den anderen Stämmen haben. Es ist an der Zeit, von den wahrscheinlichen Folgen für die Zukunft zu sprechen. Was für ein König würde Mtebi sein? Was für einen König hätten wir in Ramogi?«

Ein vielfältiges Gewirr von Stimmen war die Antwort. Häuptling Mutesa von den Banjankole antwortete aufgebracht: »Du weißt genau, was für einen König wir in Ramogi hätten. Die Stämme bekommen jetzt schon die Last seiner Macht zu spüren. Denk nur daran, was dem Sohn deines eigenen Vetters widerfahren ist. Die Buße, die ihm auferlegt wurde, kostete ihn die Hälfte seiner Herden! Und wofür? Weil er sich mit den Bagwere um Jagdrechte stritt. Du weißt genauso gut wie ich, dass die Bagwere in einem solchen Streit immer gewinnen, wenn Ramogi der Schiedsrichter ist. Keine große Überraschung, wenn seine Lieblingsfrau eine Bagwere ist.«

»Beruhige dich«, meinte Obote besänftigend. »Ich erinnere mich ganz genau an das Geschehen, von dem du sprichst. Das also wäre unser Los, wenn Ramogi an der Spitze aller Stämme zwischen den Bergen stünde. Was wir nicht wissen, ist, wie die andere Möglichkeit aussehen würde.« Sein Gesicht war ausdruckslos, als er Akilleus mit kühlem Blick maß. »Wir wissen nichts von dem Mann, der sich Mtebi nennt und behauptet, zu seinem Stamm zurückgekehrt zu sein.«

Wieder ergriff Mutesa das Wort. »Wir wissen, dass er wie einer spricht, der das Land und das Volk unserer Väter einmal kannte.«

»Das hätte ihn jemand lehren können«, wandte Ngo, der Häuptling der Bunjori ein, den man den Leoparden nannte. »Jeder kann wiederholen, was ihm jemand vorgesagt hat.«

Die Häuptlinge, die am weitesten hinten saßen, stimmten ihm lautstark zu. »Er hat Recht!«, »Ja! Ja!« Aber die Rufer verstummten sofort, als Kimala sich erhob. Mit funkelnden Augen blickte er die Häuptlinge der Reihe nach an; sie waren alle viel älter als er.

»Ihr kennt mich alle. Ich bin Kimala, der Sohn des Kawuma, Häuptling der Baganda, die an den Küsten des Großen Sees leben. Ich spreche als ein Prinz der Baganda, obwohl mein Vater und ich schon seit längerer Zeit getrennte Wege gehen. Ich lebte nun schon seit mehreren Sommern in der Armee von Ramogi und habe gelernt, was nur ein Mann lernen kann, der keinem Stamm angehört. Ich bin zu folgender Erkenntnis gekommen: Der Zusammenschluss der Stämme, den der große Lokosa in den

Tagen unserer Großväter geschaffen hat, ist wie ein großes Haus, das aus festen Materialien gebaut, aber von Lehm und Speichel zusammengehalten wird. Es könnte in kürzester Zeit einstürzen. Dann würden wir einander in die Haare geraten. Das Töten, Brennen und Zerstören würde wieder beginnen, wie es viele Generationen lang der Fall war, ehe Lokosa uns vereinte. Jetzt leben wir als Nachbarn in Frieden und Wohlstand. Aber wie lange wird das noch so sein?«

Kintu von den Batoro fuhr zornig dazwischen. »Sagt dem Grünschnabel, er möge sich setzen und aufhören, den Älteren große Reden zu halten!«, rief er, wurde aber von den anderen niedergeschrien. Kimala sah sich um; aus den meisten Gesichtern sprach Neugierde, und viele bekundeten ihm ihre Zustimmung.

»Ich behaupte nicht, weise zu sein«, fuhr er fort. »Aber ich leugne auch nicht, dass ich gelernt habe. Ich sage nur, was die Erfahrung mich gelehrt hat. Der Mann, der diesen Zusammenschluss der Stämme aufrechterhält, darf kein junger, leidenschaftlicher Heißsporn sein. Er muss ein reifer Mann sein, der gelernt hat, sein Temperament zu zügeln, oder der von vornherein nie ein Sklave seiner Leidenschaften gewesen ist. Dazu bedenkt noch eines: Ich bin als Einziger mit beiden unterwegs gewesen, mit Mtebi, der hier unter uns weilt, und mit Ramogi, dem ich lange gedient habe. Vor einem Jahr endete mein zweiter Vertrag mit Ramogi, dennoch blieb ich bei ihm und zog aus eigenem Entschluss und ohne Verpflichtung mit ihm weiter. Ich habe erlebt, wie er immer grausamer wurde, getrieben von seinem Ehrgeiz und bestärkt von der Tatsache, dass kein Stamm es wagte, sich ihm zu widersetzen.«

Dem widersprachen viele lautstark und stritten Kimalas Behauptung ab. Kimala wollte fortfahren, konnte sich aber kein Gehör verschaffen. Schließlich schritt Obote ein; seine kräftige Stimme übertönte den Lärm. »Er hat Recht!«, rief er. »Der junge Prinz von Baganda spricht die Wahrheit. Wir alle ließen es zu, dass Ramogis Macht außer Kontrolle geriet. Keiner von uns hat etwas dagegen getan. Ich nicht und du auch nicht, Kintu. Und auch du nicht, Mutesa! Wir ließen es zu, dass er immer grausamer wurde, nur um die Ordnung aufrechtzuerhalten. Wir wurden wohlhabend, wie der junge Prinz es dargestellt hat, aber wir wurden auch fett und faul. Wir überließen die Rechtsprechung über Grenzstreitigkeiten Ramogi, und er urteilte hart über die Stämme, die zu regieren jedoch unsere Pflicht gewesen wäre. Er wird zu stark und zu überheblich!« Obotes Augen blitzten zornig; seine Worte waren beißend scharf, wie die Beißzangen der Feuerameisen. Seine Zuhörer senkten die Köpfe in schweigender Selbsterkenntnis.

»Was geschieht, wenn wir diesen überheblichen jungen Heißsporn zum großen Kabaka der Länder zwischen den Bergen machen?«, fuhr er fort. »Wer wird sich gegen seine grausame Art zu regieren durchsetzen?« Sein Blick wanderte von einem zum anderen, und nicht einer der Anwesenden widersprach ihm. »Nun gut. Sprechen wir nun von der anderen Möglichkeit, die wir haben, von dem Mann, der sich Mtebi, Sohn des Magimbi nennt. Sollen wir ihm glauben, und wenn ja, worauf stützen wir diesen Glauben? Auf seine Aussagen? Oder auf eine Geschichte, die uns einer von Bukangos Getreuen erzählte, der das Gespräch zwischen dem Fremden und unserem Kabaka belauscht hatte? Wie sollen wir wissen, dass der Fremde Bukangos Vertrauten nicht bestochen hat, damit er das sagt?« Daraufhin wollten mehrere Häuptlinge gleichzeitig etwas sagen und redeten zornig durcheinander.

Obote hob die Hand. »Ruhe! Ich sage das, weil bereits mehrere von euch etwas Ähnliches zu mir gesagt haben. Aber ich, Obote, kenne den Mann zufällig recht gut, der von diesem Gespräch berichtet hat. Er heißt Nkima. Mein Vater gab ihn Bukango am Tag seines Regierungsantritts zum Geschenk. Fünfmal zehn Sommer lang war Nkima Bukangos Schatten und bediente ihn hinten und vorne. Ich lege für ihn meine Hand ins Feuer; er spricht die Wahrheit. Wenn er behauptet, etwas gehört zu haben, dann hat er es auch gehört.«

Obote wurde abermals von lautem Stimmengewirr unterbrochen. Wieder hob er Ruhe gebietend die Hand. »Hört zu! Ich habe eure Einwände vorhergesehen. Selbst wenn Nkima die Wahrheit über das Gehörte sagt, was ist, wenn Bukango nicht mehr richtig bei Sinnen war, als er das sagte? Das denkt ihr doch, habe ich Recht?« Er sah sich um; einige nickten zustimmend.

»Hört zu, Freunde! Ich selbst, ich, Obote, habe am Morgen vor seinem Tod mit Bukango gesprochen. Nie habe ich ihn klarer bei Sinnen gesehen als an diesem Tag. Er gab mir genaue Anweisungen, wie der Zwist zwischen den Söhnen meines Bruders einfach und gerecht zu schlichten sei. Ich werde seinen Rat umgehend in die Tat umsetzen, sobald ich in das Land der Basoga zurückkehre.«

Kinto von den Batoros hob die Hand. »Verstehe ich den Herrn der Basoga nun richtig, dass wir unsere persönlichen Ansprüche auf den Thron Bukangos hintanstellen sollen? Dass wir nicht weiter nach einem tüchtigen, gerechten Mann suchen sollen, der uns führt, sondern stattdessen die Führung unserer Stämme einem Fremden überlassen sollen?« Ein vielstimmiger Chor unterbrach ihn, und er wartete, bis er verstummte. »Mag sein, dass der Fremde von Lokosa abstammt. Vielleicht ist er auch ein tüchtiger Mann. Aber ...«

Das Durcheinander, das jetzt folgte, war kaum zu übertreffen. Jeder Häuptling wollte etwas sagen. Obote versuchte, die Ruhe wieder herzustellen, aber sie waren so erregt und schrien so laut, dass sein Bemühen vergeblich blieb. »Bitte! Freunde! Das ist nicht die Zeit, um ...«

Jetzt geschah etwas, was alle überraschte: Der einzige Anwesende, der von Anfang an geschwiegen hatte, erhob sich und verbeugte sich würdevoll vor allen. Allmählich verstummte einer nach dem anderen.

Akilleus neigte ehrerbietig den Kopf vor den versammelten Häuptlingen und – wie manche bemerkten – auch vor Kimala. Er sprach leise und mit leichtem Akzent. Manchmal hielt er inne und suchte nach einem Wort. Alle Blicke konzentrierten sich auf ihn.

»Obote von den Basoga, Herr der östlichen Stämme am See. Kintu von den Batoro, in dessen Reich in den Bergen ich einige der glücklichsten Tage meiner Kindheit verbrachte. Ngo, wilder Leopard der Bunjoro, deren Tapferkeit in den Tagen meines Vaters legendär war. Kimala, weiser und gerechter junger Prinz der großen Baganda. Und als Letzter der allen teure große Mutesa von den Banjankole, Blutsbruder meines Vaters und berühmt für die Gastfreundschaft seiner alteingesessenen Familie. Hört mich an, Herren der Lande zwischen den Bergen. Allen von Euch ist mein Geschlecht zu Dank verpflichtet. Ich, Mtebi, Sohn des Magimbi, schätze Euch alle hoch und überbringe Euch die Grüße des mächtigen Pharao von Ägypten, einem großen König, dessen Gesandter ich bin.«

Interessiertes Gemurmel ging durch die Menge. Akilleus' ehrerbietige Begrüßung besänftigte zumindest einige seiner entschlossensten Gegner. Obote wechselte einen Blick mit Ngo und setzte sich, um zur Abwechslung selbst zuzuhören.

»Ich danke Euch, Ihr ehrenwerten Herren«, fuhr Akilleus fort. »Ihr habt Euch alle klug und beredt zur Frage meiner Herkunft und meines möglichen Anspruchs auf den Thron geäußert.«

Er legte die Hände zusammen und blickte, nach Worten suchend, über ihre Köpfe hinweg. »Als Kind träumte ich davon, wieder hierher zurückzukommen. Später geschah, was einem Fremden, der in einem fernen Land als Gefangener lebt, oft widerfährt: Der Traum verblasste, als mir allmählich klar wurde, dass ich den blauen See und die grünen Berge vermutlich nie mehr wieder sehen würde. Nie mehr würde ich die sanften Berge von Kigesi und den alles überragenden Mufumbiro erblicken. Es hat sehr wehgetan, aber ich zwang mich, diese mir lieben Dinge zu vergessen. Zumindest habe ich geglaubt, dass ich sie vergessen hatte. Denn die Sehnsucht nach dem Land, in dem man geboren wurde, die bleibt.«

Er sah sich um; seinem scharfen Blick entging nichts, und er vernahm auch sehr wohl die gemurmelte Zustimmung der Häuptlinge.

»Soll ich Euch davon erzählen, wohin es mich in den vielen Jahren verschlagen hat, ehe ich meinen Fuß wieder auf den heiligen Boden des Landes meiner Väter setzte? Soll ich von den Wundern berichten, die ich an fremden Orten gesehen habe, von denen einige schrecklich waren? Von den Völkern, durch deren Reiche ich gezogen bin?«

Aller Augen waren interessiert auf ihn gerichtet. »Nun gut. Am Ende wird es an Euch sein, die Entscheidung über die Nachfolge auf dem Thron Bukangos zu fällen. Aber ich habe diese Entscheidung für mich bereits getroffen, und zwar aufgrund der Erfahrungen während der Jahre meiner Wanderschaft. Wenn ich mit meiner Geschichte am Ende bin, werdet Ihr verstehen, warum ich so rede.«

Mehrere nickten zustimmend. Akilleus holte tief Luft. Mit leiser, fesselnder Stimme begann er zu erzählen, wie er es von Schobai gelernt hatte, als dieser nach seiner Blendung jahrelang als fahrender Sänger umhergezogen war. »Nun hört, meine Herren. Weit, weit im Norden reisten wir Tag für Tag, über Berge und Ebenen, durch Wüsten und Sümpfe, bis schließlich sogar die Sterne am Himmel an anderen Positionen auftauchten, als ich es aus meiner Kindheit kannte. Wir kamen durch viele wundersame Landstriche, bis wir am Ende die Ufer eines großen Sees erreichten ...«

In einer dunklen, einsamen Hütte, weit außerhalb der Mauern von Bukangos Dorf, standen drei Männer und lauschten ebenfalls der Geschichte eines Fremden.

Ramogi, begleitet von zwei bewaffneten Männern, sah den Fremden unbeirrt an. Sein Gesicht war hart und kalt, wie eine geschnitzte Maske aus Ebenholz.

»Seid Ihr fertig?«, fragte er schließlich den Sprecher mit heiserer, tonloser Stimme.

Einer der bewaffneten Männer neben ihm fungierte als Übersetzer und gab die Frage weiter. Der andere bewaffnete Mann, Ramogis Adjutant, sagte: »Das soll einer glauben! Ich würde sagen, wir töten ihn.«

Ramogi gebot ihm mit einer raschen Handbewegung zu schweigen. »Nein! Ich glaube, er spricht die Wahrheit. Der Fremde ist wirklich Mtebi, der von den Toten auferstanden ist. Ich weiß es. Ich habe es vom ersten Augenblick an gespürt, als ich von ihm und seinen Begleitern erfuhr und man sie mir beschrieb. Außerdem hat Nkima das Gespräch zwischen Mtebi und meinem Vater belauscht. Nkima lügt nicht. Ich kenne ihn genau, er ist zu dumm, um zu lügen.«

Der Fremde sah Ramogi fragend an und wartete vergeblich auf eine Übersetzung.

»Nein«, meinte Ramogi nachdenklich. »Dieser Mann spricht die Wahrheit. Ich glaube, er hat wirklich den Auftrag, Mtebi zu töten. Und er wird es auch tun, wenn ich es ihm gestatte.«

Der Adjutant sah den gedungenen Mörder verächtlich an. »Dann gestattet es ihm, und die Sache ist erledigt.«

Ramogi lächelte kalt und grausam. »Das werde ich auch. Aber es muss mit größter Vorsicht geschehen. Es darf nicht den Anschein haben, als hätte ich den Mann beauftragt. Ich muss als tapferer, ehrbarer Mensch dastehen. Und der Mörder darf seine Tat nicht überleben, damit er nichts von dem berichten kann, was hier zwischen uns vorgefallen ist.«

»Das verstehe ich nicht«, entgegnete der Adjutant.

»Du wirst es schon noch verstehen.« An den Übersetzer gewandt fuhr er fort: »Jetzt hör zu, was ich möchte, das du ihm sagst.«

II

Außerhalb des Krals hatte sich den ganzen Vormittag eine neugierige Menge aufgehalten. Musuri musste sich auf die Zehenspitzen stellen und den Hals recken, um den Grund für die plötzliche Aufregung zu erfahren. »Ebana, schaut!«, rief er. »Ramogi kommt zurück. Die beiden Häuptlinge von den großen Stämmen im Norden begleiten ihn. Sie gehen zu der Hütte, in der Akilleus und die anderen sind.« Er tastete mit der rechten Hand nach dem Schwert, aber er war nicht nur nackt, sondern auch sein Schwertgurt war nicht da; den hatte man ihm vor dem Betreten des Krals abgenommen. »Ich komme mir verdammt hilflos vor! Keine Waffe! Nicht einmal ein Messer.«

»Du könntest ohnehin nicht viel ausrichten«, tröstete ihn Ebana gelassen. »Wir sind von bewaffneten Männern umgeben. Selbst wenn du ein Schwert hättest, Musuri, würde es dir nicht viel nützen.« Sie legte ihm beruhigend die Hand auf den Arm.

»Es ist nicht nur wegen Ramogi«, gab Musuri zu verstehen und ließ die kleine Gruppe nicht aus den Augen, die sich einen Weg durch die Menge zu der mit Schilf gedeckten Hütte bahnte. Ramogi blieb vor der Hütte stehen und wechselte mit dem wachhabenden Soldaten einige Worte. »Es ist noch etwas anderes. Ich weiß nicht, was.« Musuri erblickte einen seiner Boten und winkte ihn heran. »Lule! Komm her!« Der Bote grüßte respektvoll. »Ich möchte, dass alle unsere Männer hierher kommen. Sofort! Obwano, Uranga, die Träger, einfach alle.« Lule nickte und eilte davon. Auch jetzt hatte Musuri die drei Männer vor der offenen Tür der großen Hütte nicht aus den Augen gelassen.

»Seht Ihr sie, Ebana?«, fragte er leise. »Der große Dicke ist Nankiama, Häuptling der Karamojong, hat man mir erzählt. Sein Stamm und die Baganda, der größte Stamm von allen am See, leben schon lange in Unfrieden. Der andere ist Gwasaze von den Acholi. Auf unserem Weg durch die Berge vom großen Wasserfall herunter kamen wir durch ihr Gebiet. Akilleus hat gesagt, dass diese beiden sehr mächtig seien. Sie sind angeblich die größten Häuptlinge. Keiner von ihnen kann einen Mann des eigenen Stammes auf den Thron setzen. Zwischen den Acholi und den Karamojong gibt es zu viele Blutfehden. Aber ohne die Unterstützung dieser beiden Stämme kann keiner herrschen, da sie die wichtigsten Handelsrouten kontrollieren, die das Land nach Norden und Osten mit der Außenwelt verbinden.«

Ebana wirkte besorgt. »Ramogi scheint sich ihrer Unterstützung gewiss zu sein. Das ist nicht gut.«

»Nein, das ist es nicht«, gab der alte Soldat ihr Recht. Wieder tastete er mit der Hand nach der nicht vorhandenen Waffe. »Wenn ich nur wüsste, was dort drinnen vorgeht!«

»... aber als ich nach Ägypten kam«, erzählte Akilleus und ließ seinen ernsten Blick von einem zum anderen wandern, »fand ich Aufruhr und Unruhe vor, wo einst Ordnung geherrscht hatte. Es herrschte Hungersnot, wo es einst Nahrung in Hülle und Fülle gegeben hatte, und blutiger, grausamer Krieg, wo bis dahin viele Generationen in Frieden gelebt hatten. Die Hand der barbarischen Eindringlinge lastete schwer auf dem Land.«

Er hielt inne und blickte zur Tür. Verblüfft drehten alle die Köpfe.

Ramogi stand in der offenen Tür, flankiert von den beiden Häuptlingen. Nach seinem eilig geführten Gespräch mit Kimala eine Stunde zuvor erkannte Akilleus die beiden sofort: Gwasaze von den Acholi, ein kräftig gebauter Mann Ende vierzig, und der breitschultrige, untersetzte Nankjama von den Karamojong.

Vom jahrelangen Wandern in den Bergen hatte er Beine bekommen wie aus Eiche geschnitzt.

Ramogi selbst bot ein Furcht erregendes Bild, wie er flankiert von den zwei mächtigen Häuptlingen in der Tür stand. Akilleus bekam ihn zum ersten Mal richtig zu Gesicht. Der Sohn des Bukango hatte einen starren Blick wie eine Echse. Die scharfen Backenknochen in seinem glatten Gesicht betonten seine harten Züge und gaben ihnen etwas Unmenschliches.

Er ist jung, vielleicht nur halb so alt wie ich, dachte Akilleus, und in ausgezeichneter körperlicher Verfassung. Er wirkte hochmütig, und seine Nacktheit ließ keinen Zweifel an seiner Kraft und Ausdauer. Ein prächtiger Gegner, dachte Akilleus und für einen Augenblick durchzuckte ihn ein anderer Gedanke: Was für ein Verbündeter müsste er sein! Ein Blick in Ramogis Augen belehrte ihn eines Besseren.

Ramogi brach die Stille. »Ich suche den Betrüger.« Er sprach leise, beinahe bescheiden, aber mit einer gewissen Schärfe. »Den Mann, der den Namen des Bruders meines Vaters, Magimbi, beschmutzt, indem er sich als dessen Sohn ausgibt.«

Die Rede überraschte die Anwesenden nicht so sehr wegen ihres Inhalts, sondern wegen des Zeitpunkts, den er dafür gewählt hatte. Drei Häuptlinge sprangen erbost auf, und der alte Obote rief mit vor Wut zitternder Stimme: »Ramogi! Du entehrst diese Versammlung, zu der du nicht geladen bist. Nicht genug, dass du ohne Erlaubnis hereinkommst, beleidigst du auch noch unseren Gast!«

Nankjama lachte höhnisch. »Typisch Obote! Er überbietet sich wieder einmal vor Förmlichkeit und lenkt vom Thema ab.« Dann erhob er die Stimme, um das entstandene Gemurmel zu übertönen. »Ruhe! Ramogi wird etwas sagen. Er, der Sohn des Bukango, hat einen Vorschlag, der unsere Entscheidung erleichtern soll.«

Wieder wurde es unruhig in der Hütte, und wieder gebot Nankjama mit lauter Stimme Ruhe; Gwasaze unterstützte ihn. Die Häuptlinge waren alle aufgesprungen. Als wieder Ruhe eingekehrt war, fuhr Nankjama fort: »Als Lokosa starb, bestimmten eure Väter und mein Vater Magimbi zum König, da niemand sonst einen größeren Anspruch auf die Herrschaft geltend machen konnte. Als dann Magimbi starb, ohne einen männlichen Erben zu hinterlassen«, er machte eine Pause und warf Akilleus einen eisigen Blick zu, »ernannten wir Bukango zu seinem Nachfolger.«

»Du erzählst uns nichts Neues und würdest uns einen Gefallen tun, wenn du zur Sache kämst!«

Nankjama fuhr fort: »Bukango ist tot. Zum ersten Mal seit damals, als wir, die Häuptlinge der Stämme zwischen den Bergen, Lokosa als Herrscher über alle akzeptiert hatten, gibt es zwei Anwärter für die Nachfolge. Daher ...«

Ramogi unterbrach ihn ungeduldig. »Wir müssen wählen, und es gibt nur eine Möglichkeit.« Er sah sich herausfordernd um. »Kein König kann herrschen, solange ein Mitbewerber um die Herrschaft am Leben ist. Wo zwei sind, muss einer sein.« Wieder machte er eine Pause. »Ich habe einen einfachen Vorschlag. Ich verlange, dass wir zu den alten Bräuchen unserer Vorfahren zurückkehren. Damals wurden Zwistigkeiten dieser Art auf eine einzige Art bereinigt.«

Todesstille herrschte, denn alle wussten, was jetzt kommen würde.

»Die Anwärter müssen kämpfen. Einer muss sterben.«

Wieder schrien alle durcheinander, diesmal noch lauter als zuvor. »Nein! Nein!«, rief Obote verärgert. »Sind wir Wilde? Sind wir Tiere, die auf allen vieren gehen? Ist das der Weg in eine bessere Zukunft, wie Lokosa ihn uns gewiesen hat?«

Akilleus bat um Ruhe. »Freunde! Bitte! Ich möchte etwas auf die Behauptung meines Vetters Ramogi erwidern.«

Er trat nach vorn, und aller Augen waren auf ihn gerichtet, wie er vor ihnen stand: Er überragte sie alle einen halben Kopf. Das Haar auf seinem mächtigen Haupt wurde allmählich schütter, und sein Bart war grau durchzogen. Doch seine tief sitzenden Augen blickten sanft und klug. Er sprach so leise, dass manche sich anstrengen mussten, um ihn zu verstehen.

»Ich ehre und achte die Bräuche meines Volkes, die ich während meiner langen unglücklichen Wanderjahre vergessen hatte. Ich achte die Weisheit meines ehrenwerten Vetters, der vorschlägt, zu den alten Bräuchen zurückzukehren. Was er sagt, stimmt. Ein König kann nicht in Frieden herrschen, in diesem

Land nicht und in keinem anderen, das ich kenne, solange er weiß, dass noch ein anderer am Leben ist, der den Thron für sich in Anspruch nimmt. In dieser Hinsicht, wie auch in vielen anderen Belangen, sind die alten Bräuche die besten. Mit Eurer gnädigen Erlaubnis, Freunde, Brüder, nehme ich die Herausforderung meines Vetters Ramogi an.«

»Nein, Mtebi!«, gebot Obote. »Wir können nicht zu den alten barbarischen Sitten von früher zurückkehren. Wir müssen ...«

Obote wurde lautstark unterbrochen, und wieder war es Akilleus, der die Hand hob und um allgemeine Aufmerksamkeit bat. »Meine Freunde!«, begann er und wartete geduldig. Einer nach dem anderen verstummte. Erst als es wieder vollkommen still war, sprach er weiter.

»Ich nehme mir ein Recht heraus. Ramogi ist jung und stark, ich bin alt und nicht mehr das, was ich einmal war. Ich nehme für mich das Recht in Anspruch, meinen Nachteil auf die einzige Art und Weise auszugleichen, die mir möglich ist. Unter den Völkern in den Ländern rund um das Große Meer gibt es einen Brauch, auf den ich mich hier berufen möchte.« Akilleus blickte Ramogi fest in die Augen. »Wenn die anwesenden Häuptlinge einverstanden sind, steht es mir als dem Herausgeforderten zu, die Waffen zu wählen, mit denen wir gegeneinander kämpfen wollen.«

Akilleus verbeugte sich höflich vor den anwesenden Häuptlingen. Die waren verwirrt und sahen einander fragend an. Waffen? Wie sollte das sich auf Ramogis Überlegenheit auswirken? Akilleus war schließlich mehr als doppelt so alt wie Ramogi. Außerdem wusste Ramogi mit Schwert und Messer gleich geschickt umzugehen, ebenso mit dem langen Wurfspeer, dem kurzen Speer, der sich eher zum Stechen eignete, und dem Bogen. Niemand im ganzen Heer konnte ihm im Kampf das Wasser reichen, es sei denn Kimala. Wie auf Absprache blickten alle Häuptlinge zu Ramogi hinüber, um zu sehen, wie er reagierte. Ramogi lächelte überlegen.

»Selbstverständlich«, entgegnete Ramogi verächtlich. »Lasst den Mann, der sich mein Vetter nennt, die Waffe wählen, die ihn das Leben kosten wird. Ich habe nichts dagegen einzuwenden. Ich bin jedem dahergelaufenen Fremden mit jeder bei uns bekannten Waffe überlegen.« Dann wandte er sich an Akilleus. »Nun gut, Fremder, wähle die Waffe, mit der ich dich töten soll!«

Akilleus sah sich um. Er hob seine großen Hände hoch, als wolle er zu einem Gott beten, und ließ sie wieder auf Brusthöhe sinken. Nachdenklich betrachtete er sie. »Ich wähle diese. Wir kämpfen nur mit den Händen, bis zum Tod.«

Vielleicht hatten die Wachen an der Tür gelauscht und die Nachricht an Freunde weitergegeben, die in der Nähe standen. Vielleicht hatte auch jemand draußen vor der großen Hütte gelauscht. Auf alle Fälle hatte sich die Nachricht bereits im halben Lager herumgesprochen, als die Häuptlinge und die beiden Kämpfer ins Freie traten. Es wunderte daher niemanden, dass Kimala als stellvertretender Kommandant von Ramogis Truppe sofort Befehle ausgab. Die Soldaten sollten sich, wenn die Sonne sich ihrem Höchststand näherte, auf dem freien Platz versammeln, der für Spiele und für die Körperertüchtigung vorgesehen war. Nur eine kleine Eliteeinheit sollte bewaffnet sein, falls es zu Unruhen kommen sollte. Alle anderen Aktivitäten würden aufgeschoben bis nach dem Kampf. Der Kral würde wie immer schwer bewacht bleiben, sowohl innerhalb wie auch außerhalb der Mauern.

Ebana und Musuri wussten immer noch nichts von der jüngsten Entwicklung der Ereignisse. Sie warteten, dass sich Musuris Männer am vereinbarten Ort einfanden. Uranga kam als Letzter, und er war es auch, der ihnen die Neuigkeit erzählte. »Musuri!«, rief er. »Eine der Wachen hat es mir erzählt: Akilleus und Ramogi werden gegeneinander kämpfen.«

Musuri schüttelte finster den Kopf. »Das habe ich befürchtet! Verdammt! Und keiner von uns hat Waffen! Was würde ich nicht alles darum geben, hätte ich nur mein Kurzschwert!« Zu Ebana gewandt fuhr er fort: »Wie konnte er es nur so weit kommen lassen! Ich habe ihn gewarnt, dass es nicht gut enden würde, wenn er sich hier in die Politik einmischt, wo er doch nicht einmal die Spielregeln kennt!«

Ebana schien am wenigsten von allen darüber betroffen zu

sein. »Habe Geduld, Musuri!«, beruhigte sie ihn. »Glaube mir, darauf hat er schon lange gewartet. Mach dir keine Sorgen.«

»Ich soll mir keine Sorgen machen? Unser aller Leben, Eures, meines und das von jedem Einzelnen hier, hängt davon ab, ob Akilleus einen Mann überwindet, der zumindest genauso stark ist wie er, aber um viele Jahre jünger.«

Ein zartes Lächeln umspielte Ebanas Mund. »Ich mache mir nie Sorgen um Akilleus, wenn er kämpft. Mir kommen nur Zweifel, wenn er seinen Verstand benutzt und nicht seine Hände. Wenn er beginnt, Pläne zu schmieden, dann werde ich unruhig. Aber auch das ist anders geworden. Wie du selbst beobachtet hast, hat er sich in der letzten Zeit verändert. Er hat sein albernes Seemannsgehabe abgelegt; mittlerweile kann ich nicht einmal mehr sagen, wie gut ich ihn wirklich kenne. Wenn selbst ich darüber Zweifel habe, wie willst du ihn kennen, Musuri?«

Kimala hatte seine Truppen in einem großen Kreis rund um das Spielfeld versammelt. Er begrüßte Akilleus höflich. »Ramogi verschwendet keine Zeit, Akillu«, sagte er und sah den älteren Mann sorgenvoll an, während zwei Stammesangehörige Akilleus' mächtigen Körper mit weißer Asche bedeckten. Die Asche sollte den Kämpfern einen besseren Halt geben, wenn sie einander anpackten.

Akilleus brummte nur als Antwort, und Kimala erschrak. Konnte ein Mann in so vorgerückten Jahren sich lange gegen jemanden wie Ramogi wehren, der in ausnehmend guter körperlicher Verfassung war? Noch dazu ohne Waffen, die den Nachteil des Alters hätten wettmachen können!

»Du sagst also wieder Akillu, Kimala?«, fragte Akilleus ein wenig traurig. »Dann kannst du also nicht wirklich glauben, dass ich der verschwundene Mtebi bin, mein junger Freund?«

»Das wollte ich damit nicht sagen, Mtebi! Meine Lippen gehorchen manchmal nicht meinem Verstand.«

»Ganz im Gegenteil, mein Freund! Ich habe beobachtet, dass der Fehler der Lippen in Wahrheit die tatsächlichen Gedanken verrät. Aber es ist gleichgültig. Komm, reich mir die Hand, Kimala! Vielleicht ist es zum letzten Mal. Ich glaube, nein, ich weiß, dass dein Herz mir gehört. Und wenn dein Verstand nicht einverstanden ist? Ich habe nie um etwas anderes gebeten als um deine Freundschaft, junger Mann. Wenn ich die habe, gehe ich mit Gleichmut jedem Tod entgegen, den die Götter mir bestimmt haben. Ich habe ein langes, erfülltes Leben hinter mir. Viele Freundschaften waren mir vergönnt, Freundschaften mit jungen und alten Menschen. Ich verlasse dieses Leben ohne Bedauern.« Akilleus umarmte den jungen Mann. Als er zurücktrat, lag ein seltsamer Ausdruck auf Kimalas Gesicht, und die Augen des jungen Prinzen schimmerten feucht.

»Du gehst besser, ehe Ramogi kommt«, meine Akilleus lächelnd. »Wenn er gewinnt, dann ist er dein Herr.«

»Da bin ich mir nicht so sicher, Mtebi«, antwortete Kimala, sehr darauf bedacht, den richtigen Namen zu verwenden. »Wenn wir in der nächsten Zeit nicht gut regiert werden, möchte ich keine Stellung bekleiden, in der ich mich gezwungen sehe, schlechten Gesetzen mit Gewalt Nachdruck zu verleihen. Vielleicht ziehe ich dann weiter, schaue mir etwas von der Welt an. Es gibt so viel, das ich nicht kenne.«

»Du weißt so viel, wie ein Mann zu wissen braucht«, beruhigte ihn Akilleus. »Folge deinem Herzen, wohin es dich führt. Es entscheidet klüger als dein Verstand und klüger als anderer Leute Verstand.« Er versetzte dem jungen Prinzen einen freundschaftlichen Faustschlag auf die Brust. »Höre auf dein Herz, mein Freund. Die Eindrücke unserer Sinne verwirren unseren Geist; Augen und Ohren können uns belügen und tun es auch. Aber dein Herz wird immer wahr sprechen. Vergiss das nie! Was immer heute hier geschehen mag.« Akilleus wurde ernst.

»Jetzt geh! Welche Götter auch unser Leben lenken, möge der Tag so ausgehen, wie sie es wünschen.«

III

Schließlich waren beide Kämpfer da und Kimala führte sie in die Mitte des Platzes. Die rundherum stehenden Zuschauer feuerten sie lautstark an. Sie ermutigten die Männer, die sich auf den Kampf bis zum Tod vorbereiteten, oder überschütteten sie mit Hohn und Spott. Als Kimala sich an den Rand des Kreises zurückzog und sich an die Spitze seiner Eliteeinheit stellte, verstummten die Zurufe einer nach dem anderen; eine lähmende Stille machte sich breit.

Ebana verließ der Mut, als sie zusah, wie Akilleus langsam im Kreis ging, vornübergebeugt, halb geduckt, den Blick konzentriert auf das Gesicht des jüngeren Mannes gerichtet. Er sieht alt und müde aus, dachte sie. Doch das täuschte. Sein Verstand war scharf und lebendig – und er war schlau. Akilleus beobachtete Ramogi scharf, und Ebana war es nicht entgangen, dass Akilleus genau registriert hatte, wie Ramogi Speer und Schwert einem Anwesenden aushändigte. Gut!, dachte sie, er hatte es bemerkt. Ramogi ist Rechtshänder. Und sie versuchte mit aller Kraft, Akilleus eine Botschaft zu übermitteln, in der Hoffnung, dass sich ihre Gedanken mit den seinen trafen: Geh nach rechts, Akilleus! Halte dich fern von seiner stärkeren Seite! Entweder Akilleus hatte ihre Botschaft empfangen, oder er verfolgte den gleichen Gedankengang. Denn als Akilleus jetzt seinen Gegner umkreiste und zu Scheinangriffen ansetzte, vermied er es, Ramogis Waffenhand zu nahe zu kommen.

Ebana blickte sich rasch um – sie hatte Sorge, etwas zu versäumen – und stieß Musuri an: »Ich glaube ... Musuri! Wo sind Obwano und Uranga?«

Der alte Soldat war vom Kampf gefesselt. »Sie stehen doch neben mir ...« Aber als er sich kurz nach rechts und links umdrehte, stellte er erstaunt fest: »Ihr habt Recht, sie sind verschwunden. Ich habe beiden befohlen, neben mir zu bleiben, für den Fall, dass ich sie brauche.« Er fluchte leise und fügte dann hinzu: »Ihr bleibt hier. Ich sehe mich um.«

»Wirst du nicht zusehen?«, fragte Ebana.

»Es wird alles seinen Lauf nehmen, ob ich zusehe oder nicht. Ihr könnt es mir später erzählen. Jetzt muss ich herausfinden, was da vorgeht.« Er drückte ihre Hand und machte sich durch die Menge davon.

Akilleus stand in der Mitte des Kreises, fixierte Ramogi, machte zwei Scheinangriffe – und schlug zu. Seine Hand sauste vor wie der Kopf einer angreifenden Schlange. Seine mächtige Faust traf Ramogi knapp unter dem Auge. Der Schlag hätte Ramogi in die

Knie zwingen müssen, aber der jüngere Mann war stark wie ein Ochse. Sein Kopf schnellte zwar zurück, aber wenn Ramogi auch kurzzeitig benommen war, so reagierte er sofort instinktiv, umklammerte Akilleus' Handgelenk und hielt es mit schier unmenschlicher Kraft fest.

Akilleus knurrte und riss seine Hand mit einiger Mühe wieder los. Ramogi hatte einen Griff so stark wie die Kiefer eines Krokodils! Noch ehe Akilleus sich vollkommen gefangen hatte, stieß Ramogi ein wütendes Gebrüll aus und griff an.

Akilleus wich zurück, täuschte einen Angriff vor und drehte sich sofort zur Seite, sodass Ramogis Schlag ins Leere ging. Gleichzeitig stellte Akilleus Ramogi ein Bein, Ramogi stolperte und landete auf den gerade noch rechtzeitig ausgestreckten Armen. Blitzartig zog er den Kopf ein, rollte ab und war schon wieder auf den Beinen, wenn auch von oben bis unten staubig und dementsprechend gedemütigt. Er war wütend und verwirrt, trotzdem reagierten seine Muskeln sofort wieder. Er täuschte einen Angriff mit der linken Hand vor – und schlug mit der rechten zu. Seine Faust traf Akilleus an der Schläfe.

Die Wucht des Schlags zwang Akilleus beinahe in die Knie. Ihn schwindelte und das Brüllen der Zuschauer dröhnte in seinen Ohren, als wäre er unter Wasser. Im nächsten Augenblick stürzte Ramogi schon wieder auf ihn los. Akilleus hob die Arme schützend vor das Gesicht, und Ramogi trommelte auf seine Unterarme los. Schritt um Schritt wich Akilleus zurück.

Jetzt nimm dich besser zusammen, schalt sich Akilleus. Er schüttelte den Kopf, blieb unvermittelt stehen und senkte die Arme. Ramogi reagierte nicht schnell genug, ging weiter auf Akilleus los und rannte direkt in Akilleus' steinharte Faust. Der Schlag traf ihn mitten auf die Nase, dass das Nasenbein brach. Ramogi taumelte zurück und sank in die Knie.

Das war der Zeitpunkt für den tödlichen Schlag, aber zur Überraschung der Zuschauer trat Akilleus ruhig zurück und ließ die Arme mit den locker geballten Fäusten entspannt sinken. Auf seinem Gesicht zeigten sich zwar auch bereits blaue Flecke, trotzdem schenkte er seinem Gegner ein gutmütiges, zuversichtliches Lächeln.

Die ruhige Haltung des älteren Mannes versetzte Ramogi erneut in Wut. Seine Hände zitterten, so zornig war er, und er richtete sich mühsam wieder auf.

Jetzt sahen die Zuschauer auch zum ersten Mal, wie Akilleus' Schlag Ramogis Nase zugerichtet hatte; das Blut floss ihm aus der Wunde in den offenen Mund. Die Menge stieß einen erstaunten Laut aus, und zu Ramogis Überraschung kamen die ersten spöttischen Zurufe. »Schaut! Der alte Mann hat die erste blutende Wunde geschlagen!«, »Was ist los, Ramogi? Wirst du mit dem Graubart nicht fertig?«

Ramogi wischte sich mit dem Handrücken über das Gesicht und griff wieder an. Diesmal durchbrach er mit seinem langen Arm Akilleus' Deckung und traf Akilleus an der Wange. Akilleus taumelte zurück, und Ramogi schlug nach. Jetzt hatte Ramogi die Oberhand. Er zielte auf Akilleus' Kinn, landete jedoch mit der anderen Faust einen Schlag in den Bauch seines Gegners.

Akilleus blieb einen Augenblick die Luft weg. Er packte den jungen Mann an den Armen, zog ihn näher und hielt ihn fest, während er versuchte, wieder Luft zu holen. In diesem Augenblick spürte er nicht nur seine eigene plötzliche Schwäche, sondern auch die ungebrochene brutale Kraft des jungen Mannes, mit der er sich aus der Umklammerung zu befreien versuchte. Ich war auch einmal so stark!, dachte Akilleus entsetzt. Wo ist meine Kraft nur hingekommen?

Er spannte die Muskeln an, ließ Ramogi plötzlich los und trat rasch zurück und versetzte Ramogi einen Schlag mitten in das bereits verunstaltete Gesicht. Sein Gegner brüllte vor Schmerz auf. Damit hatte Akilleus zumindest einen Teilsieg errungen. Die Männer von Ramogis Stamm waren dazu erzogen, Schmerz mit heldenhaftem Schweigen zu ertragen. Akilleus zielte erneut auf Ramogis Nase, schnellte nach rechts und ließ die Faust wie einen Hammer auf Ramogis linke Hüfte und die Eingeweide darüber niedersausen.

Der Schlag sah nicht besonders schlimm aus, aber es war der bisher schmerzhafteste Schlag in diesem Kampf. Ramogis Gesicht war schmerzverzerrt. Akilleus zog sich langsam zurück und Ramogi umkreiste ihn, doch seine Bewegungen waren mühsam und unbeholfen.

Aus Ramogis Augen sprachen der Zorn und die Verzweiflung

eines Mannes, der von einem doppelt so alten Mann langsam und systematisch zum Schwächling abgestempelt wurde. Dazu kamen seine Hilflosigkeit, die Demütigung und der Schmerz.

Jetzt heißt es vorsichtig sein, dachte Akilleus. Ein verwundetes Tier ist zu allem fähig …

»Hier bist du also, du Hurensohn!«, sagte Musuri und packte Obwano am Arm. »Ich habe dir doch gesagt, du sollst bei mir bleiben, für den Fall, dass es Schwierigkeiten gibt.«

Obwano sah nicht aus wie jemand, der bei etwas Verbotenem ertappt wurde. Angst und Besorgnis standen ihm ins Gesicht geschrieben. »Ich weiß, Musuri. Aber Uranga war plötzlich verschwunden. Ihr habt doch selbst gesagt, ich soll die Augen offen halten. Schaut, Musuri! Dort ist er!«

Musuri blickte in die angegebene Richtung. »Im Namen des Moloch! Wir kommen zu spät!«, stöhnte der alte Soldat.

Uranga zog gerade einem Soldaten von Kimalas Eliteeinheit eines der konfiszierten Schwerter aus der sorglos umgeschnallten Scheide. Die Klinge blitzte hell in der Mittagssonne.

Langsam und hartnäckig verfolgte Ramogi Akilleus und zwang ihn so immer näher an seine eigene rechte Seite. Unentwegt hämmerte er auf Akilleus' Unterarme ein … und Akilleus wich zurück, um die Schläge abzuwehren. Nur einmal, als Ramogi vortrat, ließ Akilleus sein langes Bein vorschnellen und trat Ramogi ins Knie, doch der Tritt streifte Ramogi nur. Akilleus reagierte schnell und wich erneut zurück. Er dankte den gütigen Sternen, dass es ihm zuvor gelungen war, den Schlag in Ramogis Seite zu landen. Wäre das nicht geschehen, würde Ramogi jetzt viel mehr treten, und dessen Beine waren muskulöser als seine eigenen, selbst nach dem langen Marsch von Ägypten nach Süden.

Plötzlich bemerkte Akilleus, dass Gefahr in Verzug war. Ramogi drängte ihn näher an die Zuschauermenge, wo Kimala an der Spitze seiner Einheit stand. Vorsicht!, dachte Akilleus. So nahe am Rand des großen Kreises war weniger Platz für ein Manöver.

Langsam und vorsichtig wich der alte Mann zurück und versuchte, seitlich in die Mitte des großen Kreises auszubrechen. Aber Ramogi wusste das zu verhindern und drängte Akilleus an den Rand des Rings, wo die Soldaten und Zuschauer standen.

Das ist meine einzige Gelegenheit, dachte Uranga. Ein gerader, sauberer Stoß, das ist es! Seine Hände zitterten und sein Gesicht war nass von Schweiß. Akilleus stand mit dem Rücken zu ihm und schob sich Schritt um Schritt näher. Uranga ließ ihn nicht aus den Augen. Jetzt wird er müde, dachte Uranga. Jetzt kommt er! Jetzt ... ein Schritt ... zwei Schritte ... warte ...

Jetzt!

Die Klinge blitzte in der Sonne, als der Mörder sich von der Menge löste und auf Akilleus' ungeschützten Rücken losstürzte. In diesem Augenblick ertönte Musuris kräftige Stimme, ein wenig grob vom lebenslangen Kommandieren: »Akilleus! Gib Acht!«

Akilleus drehte sich blitzartig um – zum Glück auf die richtige Seite.

Die Klinge glitt an seinen Rippen entlang und hinterließ eine hellrote Blutspur.

Akilleus packte Uranga am Handgelenk – so wie die großen Affen von Mufumbiro etwas anpacken –, und das Schwert fiel zu Boden.

Akilleus drückte noch fester zu, sodass der Mörder in die Knie brach. Er wand sich und schrie vor Schmerz. Akilleus verdrehte ihm den Arm und blickte sich nach Ramogi um.

Das brachte Uranga auf einen Gedanken; er sah einen möglichen Ausweg. »Er hat es getan, Akilleus«, stöhnte er. »Er hat mich bezahlt, damit ich Euch töte!«

Akilleus ließ Ramogi nicht aus den Augen. Hinter Ramogi rückten die Zuschauer enger zusammen und drängten näher. Kimalas Männer griffen ein, umstellten die Kämpfer und den Attentäter und drängten die Menge mit den Speeren zurück.

Ramogi wich Akilleus' Blick aus. »Ich kenne diesen Mann nicht«, behauptete er. »Ich hatte nichts zu tun mit ...«

»Ihr lügt beide«, stellte Akilleus fest. Er sprach so laut, dass seine Stimme bis in die hintersten Reihen der jetzt schweigenden Zuschauer zu hören war. »Du, Uranga, lügst. Du wurdest bereits in Ägypten dafür bezahlt, dass du mich ermordest. Ich wusste es, seit wir das Land Sudd betreten haben. Ich ließ dich nirgendwo aus den Augen.«

»Nein, Akilleus! Ramogi war es. Er hat gesagt ...«

»Ramogi war auch beteiligt, stimmt es? Er hat dich für etwas bezahlt, was du ohnehin getan hättest. Ist das richtig, Uranga?« Sein mörderischer Griff wurde noch fester, und Uranga heulte vor Schmerz auf. Die Soldaten hinter Ramogi richteten die Spitzen ihrer Speere auf den Rücken von Bukangos Sohn.

Schließlich gab Uranga mit vor Schmerz verzerrter Stimme zu: »Ja, Akilleus, beide, Harmin in Memphis und Ramogi hier ...«

Da riss Ramogi einem der Soldaten den Speer aus der Hand, machte ein paar Schritte zurück und wollte den Speer nach Akilleus schleudern ...

... doch ebenso unvermittelt wurde er von hinten getroffen und die Waffe fiel ihm aus der Hand. Im nächsten Augenblick ragte die Spitze eines Speers aus Ramogis Bauch. Akilleus sah gerade noch, wie der Speerwerfer hinter Ramogi die Waffe mit einem Ruck zurückzog. Ramogis Augen wurden trüb und er fiel auf die Knie, wie in stillem Flehen. Nur wenige Augenblicke später verließ ihn die letzte Kraft und er fiel schwer nach vorn auf sein Gesicht.

Ebana bemühte sich vergeblich, sich einen Weg durch die Menge zu bahnen. Endlich erkannte sie einer von Kimalas Soldaten als Mtebis Frau und brüllte einen Befehl. Gleich darauf teilte sich die Menge und ließ sie durch. Kimala ließ Uranga von seinen Männern abführen und kümmerte sich selbst um die Wiederherstellung der Ordnung in der Menge. Ebana umarmte Akilleus, obwohl sein Körper von einem Gemisch aus Schweiß und Asche bedeckt war. Sie war glücklich, wieder in seinen beruhigenden Armen zu liegen; es war das schönste Gefühl, das sie kannte. »Du bist ein Löwe, Akilleus!«, sagte sie.

Er lachte und klopfte ihr beruhigend den Rücken. Über ihren Kopf hinweg blickend, entdeckte er Obotes faltiges Gesicht; der alte Häuptling sah ihn nachdenklich an. »Eigentlich bin ich ein Leopard«, verbesserte Akilleus seine Frau. »Das war zumindest der Clan meines Vaters. Über die Mutter meines Vaters sind wir entfernt mit Ngo von den Bunjoro verwandt.« Er lächelte Obote zu und fragte: »Ich kann mich nicht erinnern, Obote. Bin ich mit Euch verwandt? Habe ich diese Ehre?«

Obote antwortete nicht. Stattdessen befahl er Kimala in scharfem Ton: »Es muss sofort eine Versammlung der Häuptlinge einberufen werden. Sofort!«

In Bukangos Kral gab es keine Hütte, die groß genug für die Häuptlinge aller Stämme gewesen wäre. Die Versammlung fand daher im Freien statt, unter der warmen afrikanischen Sonne, auf den sanften Hängen, von wo man die tiefblaue Wasserfläche des Großen Sees überblickte. Die Luft war klar und der Himmel wolkenlos. Akilleus und Ebana saßen nebeneinander am Rand des großen Kreises. Ein sanfter Wind umspielte ihre nackte Haut. Noch nie hatten sie sich so wohl gefühlt. Endlich Friede, dachte Ebana. Und Sicherheit, nach so vielen Gefahren! Es ist beinahe so, als wären wir ... zu Hause. Der Gedanke entsetzte sie. Zu Hause? Hier?

Obote stand auf und während er sprach, beobachtete sie Akilleus' Gesicht. Sie verstand kein Wort, nur eines war ihr klar: Sie waren hier in Sicherheit. Das zumindest stand fest.

»Die Zeit ist gekommen, dass wir einen König wählen, der über uns regiert«, sagte Obote und sah sich um. »Über alle Stämme, die hier vertreten sind. Ich würde vorschlagen ...«

»Ich bitte um Eure Nachsicht«, unterbrach ihn Akilleus und stand auf. »Ich möchte mich bei Euch, edler Obote, entschuldigen. Bevor die Stämme wählen, muss ich mit der freundlichen Erlaubnis der Häuptlinge etwas sagen.«

»Gewiss, Mtebi«, entgegnete Obote. »Wir hören, was Ihr zu sagen habt. Fahrt fort!« Damit setzte er sich.

»Ich danke Euch, ehrenwerter und weiser Obote.« Akilleus sah sich um; die Gesichter aller Häuptlinge waren ihm zugewandt. »Ich danke Euch allen, Ihr Häuptlinge der Karamojong, Iteso und Bagiso im Sonnenaufgang, der Bagwere, Basoga und Baganda an den Ufern des Großen Sees im Süden von unserem Königreich. Ihr Anführer der tapferen Bunjoro, Batoro, Bakonjo, Bajankole, Bakiga und der Banjarwanda aus den großen Bergen im Sonnenuntergang. Kluge und gerechte Häuptlinge der Acholi und Madi, der Aalur, der Lugbara und Kakwaka im Norden, wo der Große Fluss dem Meer zufließt, das Ihr noch nie gesehen habt. Ich erweise Euch meine Ehrerbietung und bitte um Euer Gehör.

Bukango bat mich auf seinem Sterbebett, die Herrschaft zu übernehmen. Ich habe dieses Recht im Kampf gegen seinen Sohn Ramogi erworben. Aber ...« Er hielt inne und sah sich um. »Wie soll ich das sagen, was ich sagen muss? Vor allem da es bedeutet, dass ich Euch allen Lebewohl sagen muss, Euch und dem großen Volk, dem ich mich durch das Blut und den Geist der Vorfahren verbunden fühle, die hier in diesem uralten Land begraben liegen.«

»Lebewohl?«, fragte Obote. »Aber Mtebi!«

»Lebewohl«, fuhr Akilleus traurig fort. »Ihr vergesst, ich bin der Sohn des Magimbi, der Enkel des Lokosa, dem die Ehre über alles ging, was auch der Preis war. Ich gab dem großen König von Ägypten mein Wort. Wenn ich dieses Wort breche, wäre ich nicht würdig, Sohn meiner großen Ahnen zu sein. Und sollte ein solcher Mann, der als Mann unwürdig ist, regieren?«

»Aber wenn Ihr geht ...«

»Außerdem«, fuhr Akilleus unbeirrt fort, »werde ich allmählich alt. Ich werde bald sterben. Vielleicht sterbe ich, noch ehe ich Ägypten erreiche. Es spielt keine Rolle, solange ich auf dem Pfad der Ehre bin, wenn ich sterbe, im Begriff, ein Wort zu halten, das ich aus freien Stücken gegeben habe. Wenn ich bliebe, würde ich trotzdem sterben, und die hier versammelten Häuptlinge müssten aufs Neue zusammentreten und das tun, was ich Euch jetzt vorschlage: Wählt einen jungen Mann, der lange regieren wird, wählt ihn gleich und ohne jeden Wettstreit. Wählt einen jungen Mann, der sich als klug und wertvoll erwiesen hat, einen Mann, der die Stämme und ihre Lebensart kennt, nicht nur seinen eigenen. Das tue ich leider nicht. Dazu war ich zu lange fort. Wählt einen jungen Mann, der zum Anführer geboren wurde, der aber auf seine Privilegien verzichtet hat, weil er lernen wollte, was ein kluger Anführer über die Menschen lernen muss, wenn er ihre Köpfe und ihre Herzen in gleicher Weise regieren will.«

Er machte eine kurze Pause und sah mit Freude, dass aller Augen auf den Mann gerichtet waren, den er meinte und der jetzt verlegen in ihrer Mitte saß. Akilleus überlegte, ob er den Namen des Mannes nennen sollte, aber seine Worte hatten bereits die von ihm gewünschte Wirkung erzielt. Denn die versammelten Häuptlinge riefen wie ein Mann den Namen, den Akilleus bereits auf den Lippen hatte.

»Kimala.«

Kapitel 16

I

Die Hauptstraße verlief südlich von Memphis nahe am Ufer des Nils und vorbei an den Pyramiden aus längst vergangenen Zeiten, die die Anhöhen entlang dem Weg nach Lischt krönten. Nicht weit vom Lager der ägyptischen Armee entfernt führte die Straße am großen Steindamm vorbei, den Cheops in beinahe unvordenklicher Zeit im Wadi Garawi hatte erbauen lassen. Der Damm sollte dazu dienen, die Arbeiter im Steinbruch mit Wasser zu versorgen, während sie an Cheops' großartigem Grab und Denkmal arbeiteten. Danach führte die Straße an der Königsstadt Lischt vorbei nach Süden. An der Abzweigung zur ersten wirklichen Pyramide in Medum bog die Straße nach Westen.

Ab hier waren es nicht mehr die großartigen Baudenkmäler der wohlhabenden Könige und Adeligen, die das Land prägten. Zwar wurde gelegentlich noch eine Hügelkuppe von einem Grab oder einem Tempel gekrönt, viel mehr ins Auge springend war jedoch die Quelle, die diesen erstaunlichen Reichtum ermöglichte. Vom höchsten Punkt der Straße bot sich ein wunderbarer Ausblick über die fruchtbare Tiefebene, Fajum genannt, in der ein Großteil des unermesslichen Reichtums seinen Ursprung hatte.

Die Pharaonen der frühen Dynastien hatten Städte, Pyramiden und Tempel erbaut. Die Könige der Zwölften Dynastie hingegen errichteten Wasserwege, die das Land für immer veränderten. Nach ein bis zwei Generationen konnten mit den Erträgen dieser Region wesentlich mehr Menschen ernährt werden als zuvor; die Bevölkerung wuchs auf mehr als das Doppelte an. Auf diesem Bevölkerungszuwachs hatten die Könige der Zwölften Dynastie eine große Zivilisation aufgebaut.

Das Herz von Fajum war der See Moeris. Das riesige Gewässer wurde von einem Nebenarm des Nils gespeist, der in der Nähe von Asyut ziemlich weit im Süden vom Hauptarm abzweigte. Dieser Arm floss zuerst viele Tagesritte weit parallel zum Hauptarm und dann plötzlich nach Westen. Durch eine enge Öffnung zwängte er sich unterhalb der Pyramide von Sesostris II. durch die Felsen.

Nach dem unvermittelten Richtungswechsel bildete dieser westliche Nil-Arm eine natürliche Ost-West-Grenze zwischen den fruchtbaren Tiefebenen von Fajum westlich von Lischt und der nahen Wüste weiter flussaufwärts; außerdem war er die politische Grenze zwischen dem Einflussbereich von Memphis und dem von Theben im Süden. Die drei Gaue dieses Gebiets waren begehrtes Land und wechselten im Laufe der Jahrhunderte mehrmals die Oberherrschaft. Der Besitz dieser Region – von Fajum und seiner Verbindung zum Hauptarm des Nils – war gleichbedeutend mit der Vorherrschaft über das ganze Niltal.

Die Könige der Zwölften Dynastie hatten das erkannt. Sie hatten große Pläne, deren Verwirklichung viele Jahrzehnte dauerte und die Urbarmachung möglichst großer Flächen in Fajum zum Ziel hatte. Anfangs hatte der Moeris-See beinahe die gesamte Tiefebene bedeckt; nur das südliche Ufer konnte genutzt werden. Die Könige der Zwölften Dynastie bauten ein ausgedehntes System von Kanälen und Deichen – ein in der ganzen bekannten Welt einmaliges Vorhaben. Das Wasser aus dem Moeris-See wurde durch Kanäle abgeleitet. Die Wasserfläche des Sees reduzierte sich auf einen Bruchteil der früheren Größe und die Bebauung weiter, bis dahin überfluteter Flächen wurde möglich. Kanäle und Deiche regulierten außerdem die jedes Jahr im Frühling eintretende Überflutung des Flusses; bislang nicht bewirtschaftete Gebiete konnten nun be- und entwässert werden. In Fajum konnten daher statt einer zwei Ernten eingebracht werden; der durchschnittliche Ertrag an Oliven, Bohnen und Trauben war doppelt so hoch wie in den fruchtbarsten Regionen im Delta. Die Könige aus dem Geschlecht des Sesostris und ihre Erben hatten aus der Halbwüste mit dem riesigen See einen Garten gemacht. Es gab Wild in Hülle und Fülle und je nach Jahreszeit eine Vielzahl von Vögeln: Ibisse, Pelikane, Kormorane, Reiher, Kraniche, Flamingos, Gänse und mehrere Entenarten. Rund um den See standen geräumige Villen der Landbesitzer, palastartige Landhäuser, wo das Leben auch während der Nomadenherrschaft so angenehm verlief, dass so manche Könige anderer Länder hätten neidisch werden können.

Zwischen den prächtigen Häusern des Landadels standen kleinere, trotzdem wunderschöne Sommerhäuser von Adeligen und Hofbeamten und von Generälen im Ruhestand, die sich, wie es unter den erfolgreichen Offizieren der Brauch war, gut verheiratet hatten. Auch wohlhabende Händler lebten hier, die ihre Familien in Sicherheit wissen wollten, wenn sie mit ihren Karawanen in ferne Lande zogen. Und Menschen wie Schobai hatten sich hier niedergelassen.

In glücklicheren Tagen, als die Zwillinge erst wenige Monate alt waren, hatte Meret Heimweh nach dem Delta bekommen. Sie hatte sich nie ganz an das Leben in Memphis gewöhnen können, wo Schobai durch seine einträgliche Arbeit den größten Teil des Jahres zu tun hatte. Meret lag nichts daran, sich mit den Soldatenfrauen anzufreunden, deren Männer Schobai durch seine Arbeit kennen lernte. Das müßige Leben der Gesellschaft am Hof von Memphis interessierte sie ebenso wenig wie das provinzielle Gesellschaftsleben seinerzeit im Delta. Anfangs hatten die Zwillinge Meret sehr beschäftigt, aber mit der Zeit kam es immer öfter vor, dass Meret niedergeschlagen und einsam war, wenn Schobai nach Hause kam.

Schließlich hatte er mit ihr gesprochen und zum ersten Mal von ihr gehört, wie zuwider ihr das trockene Land rund um die Hauptstadt war und wie sehr sie die üppige Natur im wasserreichen Delta vermisste. Schobai hörte sich bei seinen reichen Freunden um und erfuhr, dass die Lebensfülle in Fajum mit Merets Erinnerungen an das Delta vergleichbar war. Der junge Offizier Hori war in Fajum aufgewachsen. Er schilderte die Oase mit den üppigen Pflanzen, den blauen Seen und den zahlreichen Tieren so lebhaft, dass vor Schobais geistigem Auge ein wunderschönes Bild entstand. Schobai hatte heimlich Geld gespart und kaufte mithilfe eines ihm wohlgesinnten Freundes einen Besitz. Sobald es seine Arbeit ihm erlaubte, zeigte er Meret ihr neues Zuhause.

Ihre grenzenlose Freude über das neue Heim war ihm reicher Lohn. Meret war glücklich und zeigte es auf vielerlei Art. Obwohl Schobai die neue Umgebung nicht sehen konnte, so merkte er doch den Unterschied. Er spürte den langsameren, ruhigeren und natürlichen Lebensrhythmus im bewässerten Land. Als die Zeit für ihn gekommen war, wieder nach Memphis zurückzukehren und zu arbeiten, bedauerte er es mehr noch als Meret. Auf der Fahrt zurück in die Stadt machten sie schon wieder Pläne für den nächsten Aufenthalt in Fajum. Das nächste Mal wollten sie länger bleiben; sobald Schobais Verpflichtungen es zuließen. Aber die Gelegenheit dazu hatte sich nie ergeben. Die Nomaden waren weiter vorgedrungen und hatten die ägyptische Armee zurückgeschlagen. Schobai war vollauf damit beschäftigt, die aus den oberägyptischen Provinzen neu eingezogenen Soldaten mit Waffen auszurüsten. Ihr Traum, gemeinsam in ihr kleines Landhaus zurückzukehren, ging nie in Erfüllung.

Heket sah Schobai bereits von weitem, als sie mit den nackten, sonnengebräunten Zwillingen vom Teich kam. Er saß auf einer Steinbank im Halbschatten einer Weinlaube. Auch heute lag wieder der gleiche unergründliche Ausdruck auf seinem Gesicht, wie meistens in letzter Zeit. Sie fühlte mit ihm, denn sie wusste, was ihn bedrückte. Seit jenem schwarzen Tag, an dem man seine Frau fortgebracht hatte, quälte ihn stets die gleiche Sorge.

Was für ein Unglück! Man sollte meinen, dass jemand, der eine so hohe Stellung bekleidete wie er, hätte herausfinden können, was mit ihr geschehen war. Aber entweder waren die Männer, die Meret damals geholt hatten, Entführer, die sich als Soldaten ausgaben, oder jemand bei Hof log. Vielleicht traf beides zu? Wer konnte das wissen! Tatsache war, dass sie wie vom Erdboden verschwunden war.

Natürlich bestand die Möglichkeit, dass sie den Nomaden in die Hände gefallen war. Schobai glaubte, sie einmal draußen auf dem Fluss schreien gehört zu haben, als er flussaufwärts segelte. Hori hatte damals auf einem flussabwärts treibenden Boot eine Frau gesehen, die sich gegen einen Soldaten der Nomaden zur Wehr setzte. Doch Hori konnte nicht sagen, ob diese Frau Meret war. Er hatte Heket gestanden, dass Schobai sich vermutlich nur eingebildet habe, die Frau habe seinen Namen gerufen, ehe die Nomaden sie unter Deck brachten. »Wenn man sehr unter

Druck steht, spielt uns unser Verstand manchmal einen solchen Streich«, hatte er gesagt. »Er möchte glauben, dass sie noch am Leben ist.«

Der arme Mann! Heket verdrängte ihre Traurigkeit und tätschelte die nackten Rücken der Kinder. »Euer Vater ist da, Kinder. Lauft zu ihm!«

Teti und Ketan liefen Schobai jubelnd entgegen und versuchten unter Lachen, an seinen Beinen hochzuklettern. »Vater! Vater!« Sofort war der leere Ausdruck von seinem Gesicht verschwunden. Freudig hob er die beiden hoch, hielt in jedem Arm ein Kind und drückte sie fest an sich.

»Kinder! Ich wette, ich kann euch sagen, wo ihr heute gewesen seid. Eure Haare sind noch nass.«

»Vater!«, begann das kleine Mädchen begeistert. »Ich kann schwimmen! Heket hat es mir gezeigt.«

»Ich kann auch schwimmen!«, fiel Ketan ihr ins Wort. »Aber ich bin hingefallen und habe mir das Bein angeschlagen. Es hat geblutet!«

Schobai umarmte die zwei, die jetzt auf seinen Unterarmen saßen, und drückte jedem einen Kuss auf die Wange. »Das macht nichts«, tröstete er den Jungen. Er übergab die Kinder Heket. »Du willst sie sicher ankleiden«, sagte er. »Es wird kühl. Die Sonne muss vermutlich bald untergehen. Wie lange ist es noch bis dahin?«

»Etwa eine Stunde, Herr«, antwortete sie und hob die Zwillinge hoch. »Wenn Ihr wollt, richte ich das Abendessen, Herr.«

»Ja, bitte. Ich bleibe noch eine Weile in der Laube sitzen. Um diese Tageszeit, wenn es allmählich Abend wird, ist es hier am schönsten.« Heket wollte bereits gehen, drehte sich aber nochmals um, als er sagte: »Übrigens, wann hätte Hori zurück sein sollen?«

»Verzeiht, Herr, ich habe vergessen, es Euch zu sagen«, antwortete sie bestürzt. »Vor einer Weile kam ein Bote. Hori wird sich verspäten. Es hatte etwas mit den königlichen Wachen zu tun.«

»Sie zanken sich vermutlich um Nahrungsmittel. Der Markt ist aus allen Fugen geraten. Es ist ein Wunder, dass die Bauern nicht überhaupt aufgehört haben zu arbeiten und sich eine andere Beschäftigung gesucht haben. Sie arbeiten sich krumm und bauen alles Mögliche an. Wenn sie es dann verkaufen wollen, kommt irgendein Beamter vom Hof, nimmt ihnen alles, was sie geerntet haben, und bezahlt sie mit wertlosen Papyrusscheinen von der Regierung. Die kann man nicht einmal bei den Nachbarn gegen etwas anderes eintauschen.« Er seufzte. »Wenn es zumindest den Soldaten oder den Armen zugute käme!«

»Kaum anzunehmen, Herr. Hori ließ auf alle Fälle ausrichten, dass er nicht vor morgen Abend kommen wird. Er bat, ein Licht für ihn brennen zu lassen.«

»Das werden wir natürlich tun«, nickte Schobai. »Jetzt lauf und mach die Kinder fertig für das Abendessen und das Bett.«

»Natürlich, Herr! Wollt Ihr sie selbst zu Bett bringen, so wie gestern Abend? Vielleicht wollt Ihr ihnen wieder eine Geschichte erzählen?«

Schobai schüttelte den Kopf. »Nein. Heute nicht, Heket.« Dann überlegte er es sich anders. Er hob den Kopf und sagte: »Ich möchte ihnen einen Gutenachtkuss geben. Bring sie mir doch bitte her!«

Sie tat, worum er sie gebeten hatte. Schobai nahm die Kinder zärtlich in die Arme, und plötzlich musste Heket weinen. Er stellte sie wieder auf den Boden und streichelte ihnen nochmals über die Köpfe. »Gute Nacht, meine Lieblinge«, sagte er, und seine Stimme klang ernst und seltsam abwesend. »Jetzt lauft! Heket ... rufe mich bitte, sobald das Essen fertig ist.«

Heket rieb die Kinder trocken, zog ihnen die warmen Nachtgewänder an und stellte die Suppe wieder auf das Feuer. Dabei musste sie immer an Schobai denken, wie er den Kindern gute Nacht gesagt hatte. Der arme Mann, dachte sie. Er wirkt so traurig, als hätte er sich damit abgefunden, dass ...

Als sie den Gedanken schließlich zu Ende dachte, überlief sie ein kalter Schauer. Sie hatte den Eindruck, als hätte er sich für immer von ihnen verabschiedet.

Schobai stand regungslos da und hielt sich mit einer Hand an der Laube fest. Ein leichter Wind war aufgekommen. Wohltuend kühl fuhr er ihm durch das ergrauende Haar und flüsterte durch das Weinlaub.

Er ist irgendwo da draußen, dachte Schobai. Er ist endlich da! Ich spüre es, genauso wie ich den Wind spüre. Noch heute Nacht wird er kommen. Aber wann?

II

Von oben gesehen bot Illahun wirklich einen eigenartigen Anblick. Noch nie hatte Ben-Hadad etwas Derartiges gesehen. »Die Stadt sieht aus wie ein Senet-Spielbrett«, sagte er zu Tuia, die hinter ihm auf dem Pferd saß. »Baka hat mir erzählt, dass die Könige Sesostris hießen, die Siedlungen hier nach vorgezeichneten Plänen bauen ließen. Ich habe ihm nicht geglaubt, weil ich an Städte gewöhnt bin, deren Wege so krumm verlaufen, als hätte eine Kuh sie getreten.«

»Es ist wirklich eigenartig«, gab Tuia ihm Recht. »Alles verläuft schnurgerade, wie auf einem Friedhof. Rechtwinkelige Straßenecken! Und schau! Die einzelnen Stadtviertel sind durch Mauern voneinander getrennt!«

Ben-Hadad trieb das Pferd an, und sie ritten auf der sich abwärts windenden Straße weiter. Anab kam langsam hinter ihnen her, blieb stehen und blickte hinunter in die Oase Fajum und hinüber zum großen See. »Komm, Anab!«, rief Ben-Hadad ungeduldig, weil Löwe bereits den Hang hinuntertollte.

Tuia konnte sich vom Anblick der Stadt nicht losreißen. Was für ein ungewöhnlicher Ort! Hier wollte sie nicht leben! Mit den Mauern zwischen den einzelnen Stadtvierteln war die Stadt viel zu leicht von den Wachsoldaten zu kontrollieren. In der Mitte der Stadt erhob sich eine mächtige Akropolis mit ihren Tempeln und Nebengebäuden. Sie war ebenfalls durch eine Mauer von den Villen im östlichen Stadtviertel getrennt. Dort wohnten offensichtlich die Reichen, denn die großzügig angelegten Häuser hatten alle einen Hof in der Mitte. Im Westen lagen die Armenviertel mit den Wohnungen der Diener. Die Pharaonen der Zwölften Dynastie waren eindeutig Erneuerer gewesen. So etwas wie hier hatte Tuia bisher noch nie gesehen.

Weiter unten holte Anab sie ein. »Ich kann mir nicht vorstellen, dass Schobai sich hier niedergelassen hat. Was meinst du, Ben-Hadad?«

»Nein«, antwortete Ben-Hadad. »Vielleicht kann mir jemand in der Stadt sagen, wo ich ihn finde. Er dürfte derzeit in Oberägypten recht gut bekannt sein.«

»Wir können ja fragen. Ich bin schon neugierig, was von den Leuten in einer solchen Stadt zu erfahren ist!«

Ben-Hadad lachte. »Ich weiß, was du meinst. Doch ich habe auf meinen Reisen eine Erfahrung gemacht: Die Menschen sind sich überall ziemlich gleich, wenn man die Sprachbarrieren und fremden Sitten einmal überwunden hat.« Wieder trieb er sein Pferd an, und schon nach ein paar Schritten fiel das Tier in Trab und schließlich in Galopp.

Zum Glück war die Straße gut; das war einer der Vorteile von Städten in der Nähe von Pyramiden. Die Straßen mussten in gutem Zustand erhalten werden. Die Priesterschaft, die die Stadt regierte, besaß genügend Einfluss bei Hof und erhielt stets ausreichende Mittel für die Erhaltung des Verbindungsweges zwischen der Stadt und den Pyramidenfeldern. Die drei Reiter und der kleine Hund, der auf seinen kurzen Beinen neben ihnen lief, kamen gut voran und erreichten schon bald das Stadttor. Sie hielten. Ohne vom Pferd zu steigen, wandte sich Ben-Hadad mit seiner Frage gleich an die beiden Wachposten. »Verzeiht! Wir suchen das Haus von Schobai, dem Waffenschmied. Angeblich hat er hier in der Gegend einen Besitz.«

»Schobai? Ihr meint den großen blinden Kerl«, antwortete der jüngere der zwei. »Er wohnt am anderen Ende der Stadt am See. Ihr habt noch ziemlich weit bis dorthin. Kommt ihr von Osten? Aus dem Niltal?«

»Ja«, antwortete Ben-Hadad.

»Wisst ihr etwas Neues von den Kämpfen zu berichten? Ich habe Familie in Memphis.«

Ben-Hadads Miene verfinsterte sich. »Ich wollte, ich könnte euch etwas erzählen. Ein Teil der Bevölkerung wurde vor dem Angriff nach Süden übersiedelt. Manche wollten die Stadt nicht verlassen, andere konnten es nicht.«

»Und die Nomaden? Haben sie ...?«

»Die Nomaden haben Memphis eingenommen«, berichtete

Anab. »Die ägyptische Verteidigungslinie verläuft jetzt südlich der Stadt.«

»Seid ihr sicher? Unas würde die Stadt nie freiwillig den …«

»Unas ist tot«, unterbrach ihn Ben-Hadad. »Er fiel als tapferer Soldat. Er hat Vahan, den General der Nomaden, im Zweikampf getötet. Die ägyptische Armee zog sich ohne besonders große Verluste auf eine Stellung zurück, die leichter zu verteidigen ist. Baka ist zurückgekehrt. Ich weiß nicht, ob du dich an den Namen erinnerst.« Er beobachtete den Soldaten genau. War Baka vielleicht schon vor ihm hier? Soweit er es beurteilen konnte, nicht. »Er war ein General damals im Krieg im Delta«, fügte er hinzu. »Wenn jemand helfen kann, dann ist es Baka. Er hat bereits Verstärkung aus den Reihen der Palastwachen angefordert.«

»Hast du das gehört?«, fragte der junge Mann seinen Kameraden. »Wenn ich das nur glauben könnte!« Dann wandte er sich noch einmal fragend an Ben-Hadad: »Glaubst du, dass die Nomaden unsere Linien durchbrechen werden?«

»Nicht, wenn Baka seine Verstärkung bekommt«, behauptete Anab. »Er ist ein tapferer Soldat und sehr erfinderisch. Außerdem kennt er die Nomaden und ihre Art, Krieg zu führen. Überdies hat der Feind neue, unerfahrene Anführer, denn nicht nur Vahan starb in der Schlacht, sondern auch sein Stellvertreter.« Voll Stolz fuhr er fort: »Keiner ihrer Anführer kann sich mit Baka messen. Er hat mehr Erfahrung und überragende Fähigkeiten. Wenn ihr euch vielleicht Baka anschließen wolltet, dann tut es! Er kann immer tüchtige Männer gebrauchen!«

»Vielleicht mache ich das auch«, überlegte der jüngere Posten. »Ihr drei zieht weiter! Die Götter mögen euch beschützen. Bleibt auf der Straße; sie führt direkt zum See. Dort fragt nach Schobai. Dort kennt jeder seinen Namen.«

»Vielen Dank«, antwortete Ben-Hadad und trieb sein Pferd ungeduldig vorwärts. Das Herz wurde ihm schwer, als er daran dachte, dass Baka, der vor ihnen hier gewesen war, offensichtlich nicht angehalten und die Männer am Tor nach dem Weg gefragt hatte. Er musste gewusst haben, wohin er wollte, und hatte jetzt einen Vorsprung, den sie nicht mehr wettmachen konnten.

»Braucht Ihr heute noch etwas, Herr?«, fragte Heket nach dem Essen. Sie stand in der Tür und blickte zu Schobai hinunter, der ruhig vor dem erlöschenden Feuer saß. Der milde Schein der Glut beleuchtete seine edlen Züge und die alten Narben unterhalb des weißen Tuchs, das er über den leeren Augenhöhlen trug. Er ließ die breiten Schultern hängen, ob aus Müdigkeit oder Traurigkeit, konnte Heket nicht sagen. Seit er aus Memphis nach Fajum gekommen war, hatte er kaum mit ihr darüber gesprochen, was in ihm vorging. Sie hatte zwar versucht, ihn zu trösten, wie Meret sie gebeten hatte, doch er schien die Einsamkeit vorzuziehen.

»Wie bitte?«, fragte er, aus seinen Grübeleien gerissen. »Ach so, ja. Ich danke dir. Du kannst zu Bett gehen, Heket. Ich bleibe noch eine Weile hier sitzen. Das Feuer tut mir wohl. Vielleicht siehst du noch einmal nach den Kindern, bevor du schlafen gehst.«

»Natürlich, Herr. Das tue ich immer. Gute Nacht, Herr!«

Sie blieb noch eine Weile in der Tür stehen. Er ist alt geworden in den letzten Tagen, dachte sie. Bis vor kurzem war er ein Mann in bester Verfassung, jetzt wirkte er beinahe wie ein Greis. Traurig schüttelte sie den Kopf.

Sie konnte wenig tun, auch wenn sie ihm liebend gern geholfen hätte. Morgen wartete wieder Arbeit auf sie, und es war Zeit, zu Bett zu gehen. Die Kinder würden sie früh wecken, da sie sie heute früher als gewöhnlich zu Bett gebracht hatte.

Mit der Kerze in der Hand tastete sie sich durch die Diele des kleinen Hauses. An den Wänden tanzten seltsame Schatten; ihre Schritte waren auf dem mit Matten ausgelegten Boden nicht zu hören.

Plötzlich blieb sie stehen, hielt den Atem an und starrte in die Dunkelheit.

War jemand dort draußen? Schlich jemand um das Haus?

Sie lauschte angespannt, ob sie Schritte hörte. Aber es war still, nur der leise Wind, der bei Einbruch der Dunkelheit aufgekommen war, fuhr durch die Bäume; abends wechselte immer die Windrichtung im Tal. Jetzt schwiegen auch die kleinen Nachtvögel, deren Rufe noch kurz zuvor zu hören gewesen waren.

Sie ging weiter, und wieder hatte sie das Gefühl, dass außer ihr noch jemand da war; jemand schlich um das Haus.

»Wer ist da?«, fragte sie mit unsicherer Stimme. Es kam keine Antwort, nur der Wind flüsterte leise.

Schobai blieb lange regungslos sitzen, bis das Feuer allmählich verglomm und die Glut zu Asche wurde. Er suchte Vergessen, aber vergeblich; er fand keinen Frieden. Nach einiger Zeit griff er nach der Kithara, die hinter ihm lag. Er hatte das Instrument aus Ugarit mitgebracht, wo er seine Wanderjahre als fahrender Sänger begonnen hatte.

Zerstreut stimmte er das Instrument, und ohne zu denken suchte er nicht die Tonlage, wie er sie von den Hafenstädten kannte, sondern die alte Tonlage von Ur. Diese Art, ein Instrument zu stimmen, hatten er und Hadad als Kinder von Kirta gelernt. Diese Intervallsetzung fügte sich besser für den Augenblick und ohne darüber nachzudenken, stimmte er die Darmsaiten auf die richtigen Töne.

Müßig zupfte er die Saiten. Allmählich ergab sich eine Folge von Akkorden und schließlich eine richtige Melodie. Auch die Worte formte er, scheinbar ohne nachzudenken. Wie von allein entstand ein Zwiegespräch zwischen einem Mann und seinem Geist, ein Lied aus der Zwölften Dynastie:

Heute erwartet mich der Tod
Wie den Kranken die Genesung
Wie die Sonne nach dem Kerkerdunkel
Heute erwartet mich der Tod
Wie ein vertrauter Weg
Wie ein Mann, der heimkehrt vom Krieg
Heute erwartet mich der Tod
Wie sich der Mann nach der Heimat sehnt
Wenn er viele Jahre in Gefangenschaft verbrachte.

Plötzlich war ihm klar, was er gesungen hatte, und er warf die Kithara mit einem bitteren Fluch von sich. Was für ein Unsinn ist das!, schalt er sich. War er nicht ein Mann, der nie aufgegeben hatte, nicht in den dunkelsten Stunden seines Lebens? Hatte er nicht seinem Schicksal getrotzt, auch als Sklave im Lager der Nomaden, wo er hungerte, geschlagen wurde und bei jedem Wetter nackt an einen Pfahl gebunden war? Hatte er nicht weitergelebt, auch nachdem er geblendet und sein Bruder getötet worden war? War das noch Schobai, der hier wehleidig auf den Tod wartete, damit er endlich seiner Sorgen ledig wäre?

Eines war sicher: Ob er den Tod erflehte oder nicht, er stand ihm unmittelbar bevor. Während es eine feige Torheit war, um den Tod zu bitten, wie der Mann in dem Lied es getan hatte, so war es keineswegs töricht, sich auf den Tod vorzubereiten.

Er tastete nach der Kithara, diesmal ganz bewusst, und schlug zart die Saiten an.

Wenn mein Leben anders verlaufen wäre, dachte er, so würde ich jetzt vermutlich meinen Frieden mit den Göttern machen. Welchen Göttern? Nun, mit jenen, die eben zufällig in dem jeweiligen Land herrschten, in dem er sich zufällig gerade aufhielt – Osiris, Baal, wie sie auch heißen mochten. Je mehr er herumgekommen war und je mehr er von der Welt gesehen hatte, desto weniger glaubte er an bestimmte Götter. Er war nun schon lange unstet unterwegs – im Grunde sein ganzes Leben; das gehörte zu seinem Gewerbe.

Eines war ihm auf seinen Reisen oft aufgefallen: Aus allen Glaubensgemeinschaften war etwas zu lernen, auch wenn er und seinesgleichen den Glauben seines Gastvolkes nicht teilten; er hatte sich nie über einen Glauben lustig gemacht, nirgendwo. Was spielte es für eine Rolle, dass die Kinder des Löwen aus dieser Quelle nicht trinken konnten? Denn der Glaube war eine Quelle, die offensichtlich den Durst der meisten anderen Menschen stillte. Der Glaube machte die Menschen in schweren Zeiten stark. Er heilte Wunden, die keine Medizin heilen konnte. Schobai hatte andere oft um die Fähigkeit beneidet, im Glauben Trost zu finden. Aber wie sehr er sie auch beneidete, er hatte es ihnen nie mit gutem Gewissen gleichtun können.

Und jetzt? Welcher Trost blieb ihm, jetzt, da die letzte Stunde seines Lebens nahte? Mit welchen Waffen konnte er gegen die Dunkelheit ankämpfen? Er stand mit leeren Händen und leerem Herzen da. Mit Meret hatte man ihm den einzigen Trost geraubt, der ihm im Leben geblieben war.

Mit einer Ausnahme ...

Er legte die Kithara beiseite, stand auf und ging um das Feuer herum zur Tür in die Halle. Er bewegte sich in den dunklen Räumen so sicher, als wäre es Mittag. An der Tür zum Zimmer der Kinder blieb er stehen und lauschte ihren tiefen Atemzügen.

Der Gedanke an die Zwillinge, an ihre Zukunft, an das Leben, das sie ohne ihn führen würden, schmerzte ihn und tröstete ihn gleichzeitig. Zumindest hatte er mit dem Geld, das er für sie bei vertrauenswürdigen Menschen hinterlegt hatte, für ihr sorgenfreies Leben vorgesorgt. Man würde sie gut behandeln und sie behüten. Sie würden wissen, wer ihre Ahnen gewesen waren und welches ihr Erbe war. Beide, der Junge und das Mädchen, würden das Handwerk eines Waffenschmieds erlernen, so wie er es in seiner Jugend erlernt hatte. Es war gegen alle Tradition, wenn eine Frau ein Handwerk erlernte, das stets nur Männern vorbehalten gewesen war – aber das Omen war unmissverständlich gewesen und die Botschaft war eindeutig. Beide Kinder waren mit den Muttermalen zur Welt gekommen; beide waren Kinder des Löwen. Der Entschluss war Schobai nicht leicht gefallen, aber sobald er ihn einmal gefasst hatte, war er unverrückbar. Teti und Ketan würden beide den Beruf erlernen und die alte Familientradition weiterführen.

Das Schicksal des armen Belsunu würde ihm voraussichtlich erspart bleiben. Belsunu war der älteste Vorfahre, von dem Schobai etwas wusste. Er war einsam gestorben und in Kanaan begraben worden, ohne zu wissen, dass sein Sohn, Ahuni, lebte. Er war mit der Gewissheit in das Land der Finsternis eingegangen, der Letzte seines Geschlechts gewesen zu sein. Wie einsam muss er gewesen sein!

Doch Schobais eigener Verlust war schwer genug. Die Kinder waren alles, was ihm geblieben war. Als er sich über sie beugte und die Decken über sie breitete, zitterten seine Hände; seine Knie wurden weich, und sein Gesicht war nass von Tränen. »Lebt wohl«, flüsterte er. »Lebt wohl, meine Kleinen. Wie gern hätte ich euch noch die kommenden Jahre begleitet und gesehen, wie ihr groß, stark und schön werdet.«

Er beugte sich zu ihnen und küsste jedes auf die Wange. Alt

und gebrochen richtete er sich auf und ging langsam zur Tür. »Lebt wohl«, flüsterte er noch einmal, so leise, dass es kaum zu hören war.

In der Halle spürte er sofort, dass sich etwas verändert hatte. Er war nicht mehr allein im vorderen Teil des Hauses. Es war noch jemand hier. Als er noch sehen konnte, hatte er es immer abgestritten, aber es stimmte: Dem Blinden war ein neuer Sinn gegeben, der den Verlust des Augenlichts wettmachte. Er konnte es nie genau erklären, aber er hatte von allem Anfang an über diesen Sinn verfügt. Er spürte die Anwesenheit eines anderen im Haus mit der gleichen Bestimmtheit, wie er den leisen Wind spürte, der durch die Eingangstür wehte, die jetzt offen stand. Mit der gleichen Sicherheit konnte er auch sagen, wer es war. Ein derart eigenartiges Gefühl hatte er noch nie gehabt, denn das plötzliche Entsetzen, das ihn überkam, verschwand sofort wieder. Eine große Ruhe überkam ihn; er fürchtete den Tod nicht und hieß ihn nicht willkommen; er nahm ihn an.

Zwischen ihnen glomm das erlöschende Feuer; Schobai spürte die vom Feuer ausgehende Wärme, und genauso spürte er, dass auf der andere Seite des Feuers jemand saß. Er verbeugte sich und sagte leise mit ruhiger Stimme: »Ich heiße Euch in meinem Haus willkommen. Ich habe Euch erwartet.«

Baka umklammerte krampfhaft den Schwertgriff, dass die Fingerknöchel weiß hervortraten. Er holte tief Luft und betrachtete den riesenhaften Blinden, der vor ihm stand. Schlag zu und es ist vorüber!, dachte er. Glühend heiß stieg die Wut in ihm hoch. Er machte einen Schritt vor, hob das Schwert ... und ließ es wieder sinken. Vor ihm stand Schobai und ließ die Schultern hängen; er hatte große, sanfte Hände, voll von Narben aus der Schmiede; sein friedliches Gesicht war im schwachen Licht des ersterbenden Feuers kaum auszumachen. Etwas in Baka zerriss, fiel von ihm ab, wie ein dürres Blatt im Wind vom Baum fällt. »Wo ist sie?«, fragte er heiser.

Das Gesicht des blinden Mannes blieb ausdruckslos. »Ich wollte, ich könnte es Euch sagen«, antwortete Schobai. »Selbst wenn das bedeutete, dass Ihr sie mir nehmen würdet.« Er machte eine hilflose Geste. »Es tut mir Leid.«

»Das verstehe ich nicht«, entgegnete Baka scharf. »Sie ist nicht hier?«

»Eines Tages kamen Männer in Uniform. Sie trugen die Uniform der königlichen Wachen. Sie nahmen sie mit. Meret hat sie anscheinend erwartet. Aber als ich bei Hof fragte, wusste niemand etwas zu sagen. Niemand gab zu, Soldaten nach ihr geschickt zu haben. Als Unas mich zwang, mich von den vordersten Linien zurückzuziehen, hörte ich eines Tages draußen auf dem Fluss einen Schrei. Mein Gefährte hat gesehen, wie auf einem flussabwärts treibenden Schiff eine Frau überwältigt wurde; das behauptet er. Die Besatzung des Schiffs waren Soldaten der Nomaden. Ich weiß nicht, ob es Meret war oder nicht.«

Baka wollte im ersten Moment nicht glauben, was er hörte. Sein Körper straffte sich, und die Hand am Schwertgriff zuckte. Er wollte etwas sagen, brachte aber kein Wort heraus. Sein Herz raste und die Hände zitterten, ob aus Enttäuschung oder aus einem anderen Gefühl heraus, das konnte er nicht sagen. »Dann haben wir sie beide verloren«, flüsterte er schließlich.

Schobai wartete, dass Baka noch etwas sagte, aber dieser schwieg. »Ihr müsst müde sein, General«, sagte Schobai schließlich. »Ihr seid den weiten Weg von Memphis gekommen. Neben Euch steht ein Stuhl.«

Baka starrte vor sich hin, ohne zu begreifen. Dann gaben seine Knie nach, und er ließ sich auf den angebotenen Stuhl fallen. Das Schwert entglitt seiner Hand und fiel zu Boden. Sein Blick ruhte unverwandt auf dem blinden Mann, ohne dass Baka ihn wirklich wahrgenommen hätte.

III

Die beiden Männer hatten lange schweigend dagesessen. Nach dem ersten hastigen Gespräch über Meret waren sie still geworden. Nur das leise Knistern und Knacken des Feuers war ab und zu zu hören. Einmal stand Baka auf, legte ein neues Stück Holz in die Glut und stocherte mit dem Schwert darin herum, das er kurz zuvor noch im Zorn erhoben hatte. Ein seltsamer Ausdruck lag auf seinem Gesicht, beinahe ein Lächeln.

»Dieses Schwert habe ich in vielen Kämpfen getragen, vielleicht in zu vielen. Ich war ein Narr, als ich glaubte, ich könne die Nomadenkönige allein besiegen. Die Männer glauben, dass alles von ihren Heldentaten mit Waffen abhängt, währenddessen warten die Frauen auf uns, lieben uns und bringen Kinder zur Welt, Kinder wie deine Teti und dein Ketan, ihre Kinder. Aber unsere Kinder sind nicht unser Eigentum. Sie gehören ...«

Schobai lächelte. »Sie gehören uns allen oder niemandem, oder vielleicht nur sich selbst. Ja, sie gehören sich selbst. Zumindest so viel haben wir gelernt, mein Freund.«

Nach einer langen Pause nickte Baka und wollte etwas sagen, als Schobai plötzlich die Hand hob und ihn mahnte, zu schweigen. Er stand auf und ging zur Tür. Baka begriff, dass etwas nicht stimmte, und erhob sich ebenfalls, hielt jedoch inne, als Schobai ihn mit einer Handbewegung bat, still zu bleiben. Schobai hatte die Tür geöffnet und lauschte von der Schwelle gespannt hinaus in die Dunkelheit.

Erst nach geraumer Weile hörte Baka das Getrappel von Pferdehufen, zuerst dumpf, dann lauter.

Schobai drehte sich um. »Hat Euch jemand begleitet oder ist Euch jemand gefolgt?«

Mit gezogenem Schwert schob sich Baka beunruhigt an Schobai vorbei. Draußen trat er aus dem Lichtkegel, der aus der offenen Tür fiel, und blieb an der Hausmauer stehen. Zwei Pferde hielten. Drei Gestalten stiegen ab. Ein Mann stürzte auf das Haus zu. Es war Ben-Hadad!

»Baka!« Ben-Hadad blieb wie angewurzelt stehen und blickte von einem zum anderen. »Dem Himmel sei Dank, dass wir Euch rechtzeitig gefunden haben!«, sprudelte er atemlos vor Aufregung hervor. »Ihr dürft ihn nicht töten, Baka! Ich lasse es nicht zu! Da müsst Ihr mich zuerst töten!«

»Und mich auch!«, fügte Anab hinzu. Er war näher getreten, und seine Hässlichkeit wirkte im Licht noch bizarrer.

Baka war so erstaunt, dass er kein Wort hervorbrachte. Jetzt stand auch Tuia vor ihm, ebenfalls bereit, ein Blutvergießen zu verhindern. »Tuia! Anab!«, stammelte Baka. »Ben-Hadad! Was um alles in der Welt ...?«

Ben-Hadad stürzte an Baka vorbei zu Schobai. Jetzt, da er sah, dass Schobai lebte, wusste er vor Staunen nichts zu sagen. »Schobai? Ihr seid Schobai von Haran?«, sagte er schließlich mühsam.

»Deine Stimme, die Art, wie du sprichst! Das klingt wie Hadad!«, sagte Schobai leise und ungläubig. »Genauso habe ich es in Erinnerung.« Unsicher und zögernd streckte er die Hand aus und wirkte in dem Augenblick tatsächlich wie ein Blinder.

Ben-Hadad hatte Tränen in den Augen, als er die große schwielige Hand ergriff. Er ließ Schobai nicht aus den Augen, als er seinen Gefährten erklärte: »Tuia, meine Liebste, Anab, das ist mein Onkel.«

»Schobai!«, kam plötzlich Hekets angsterfüllte Stimme aus dem Haus. Sie stand mit der Lampe in der Hand in der Halle, und die Zwillinge äugten mit verschlafenen Augen hinter ihr hervor.

Tränen strömten über Schobais Wangen. »Komm her, Heket! Bring die Kinder her. Jetzt sind wir endlich alle zusammen. Alle Kinder des Löwen.«

In der Aufregung über das Zusammentreffen von Onkel und Neffe wurde Tuia vergessen. In ihrer Begeisterung versuchten Schobai und Ben-Hadad, in einer Nacht die vielen Jahre der Entfremdung nachzuholen. Heket lief geschäftig hin und her, brachte den Gästen Wein, Feigen, Datteln und Käse. Anfangs hatte Tuia noch versucht, sich die verwickelten Familiengeschichten zu merken, was ihr auch einigermaßen gelang. Aber als Löwe schließlich kam, wie Ben-Hadad es vorhergesagt hatte, gesellte sie sich zu den Kindern, die den Hund zum Spielen überreden wollten. Dann hatte Heket darauf bestanden, dass die Kinder wieder zu Bett gingen – ohne den Hund –, und Tuia setzte sich draußen im Dunkeln auf die Stufen. Von hier hatte man einen wunderbaren Blick über den steilen Abhang und die stille Wasserfläche des Moeris-Sees, in dem sich das blasse Mondlicht spiegelte.

Die kühle Nachtluft war erfrischend, und Tuia hüllte sich in den Umhang, den Heket ihr gegeben hatte. Sie genoss den Blick über das mondhelle Tal. Wie friedlich war es hier! Wie fern schien das Rauben und Morden des Krieges, die Welt, die sie vor gar nicht langer Zeit erst verlassen hatte. Schwer zu glauben, dass es das gleiche Land war, ihr armes, leidgeprüftes Ägypten.

Sie hatte das Land natürlich nie während Friedenszeiten gekannt. Die meiste Zeit ihres jungen Lebens war Ägypten von den Eindringlingen bedroht worden, und davor hatte im Land beinahe ständig Krieg geherrscht, der auf innere Zwistigkeiten zurückging. In den Schwarzen Provinzen im Delta verunsicherten herumstreunende Banditen und Aufständische die Bewohner; es gab keinen ausreichenden Schutz gegen das raubende und mordende Gesindel. Hier in Fajum war es anders. Hier herrschte beinahe unheimliche Stille; die Häuser am Seeufer waren nicht von Mauern umgeben und wurden ebenso wenig bewacht wie die Felder und Weingärten.

»Es ist wunderschön hier, nicht wahr?«, sagte jemand neben ihr. »Sehr friedlich und still. Man könnte glauben, schon im nächsten Leben zu sein, so wenig gleicht es allem, was wir von diesem kennen.«

»Baka! Ihr habt mich erschreckt.«

Er lächelte. »Warte nur, bis du das Land hier bei Tageslicht siehst! Du hältst es nicht für möglich, dass es so etwas Schönes gibt.«

Lange schwiegen sie und blickten über den vom Mond beschienenen See. »Als ich erfuhr, dass Schobai in Fajum lebt«, begann Baka schließlich wieder, »war ich erbost darüber, dass solche Schönheit an einen blinden Mann verschwendet wurde, zumal an einen blinden Mann, den ich geschworen hatte zu töten.« Er schüttelte murrend den Kopf. »Was war ich für ein Narr und bin es immer noch!«

»Ihr seid kein Narr«, widersprach sie. »Ein Narr hätte ihn wirklich umgebracht, nachdem er ihn gefunden hat.«

»Vielleicht.« Baka hob den Kopf, und sein scharfes Profil zeichnete sich gegen das kalte Licht des Mondes ab. »Wie konnte ich ahnen, dass der Mann, den ich töten wollte, ein viel besserer Mensch ist, als ich je sein würde?« Er lachte verständnislos. »Er hatte keine Angst vor mir. Er hat auf mich gewartet, war darauf vorbereitet, von mir gequält und getötet zu werden. Er hatte seinen inneren Frieden gefunden. Seine einzige Sorge galt Meret.«

»Meret?«

»Ja«, gestand er müde. »Er machte sich nur Sorgen um sie. Außerdem wollte er mir unbedingt erzählen, was es von ihr zu berichten gab. Er wusste, was ich ihretwegen gelitten hatte; er hatte ebenso gelitten. Aber er wollte seine Trauer nicht mit mir teilen, denn er begriff, dass die Last für mich zu schwer wäre und ich sie nicht tragen könnte. Stattdessen ...« Seine Stimme war so belegt, dass er nicht fortfahren konnte. Er schloss die Augen, bis er sich wieder in der Gewalt hatte. »Hast du die Kinder gesehen?«, fragte er.

»Ja. Sie sind wunderbar.«

»Das Mädchen ist wie Meret. Als ich Meret kennen lernte, war sie selbst beinahe noch ein Kind. Sie hatte die gleichen zarten Gesichtszüge, die gleiche kleine gerade Nase ...« Er schüttelte den Kopf und wandte sich ab.

Tuia trat neben ihn, umarmte ihn und schmiegte das Gesicht an seine Brust. »Was wollt Ihr jetzt machen, Baka? Wohin wollt Ihr gehen?«

Ohne es wahrzunehmen, legte Baka ihr die Hände auf die Schulter. »Jetzt, da Unas tot ist, brauchen sie einen erfahrenen Anführer, der sie vor Harmin und seinen schändlichen Intrigen schützt und gegen die Nomaden in die Schlacht führt.« Zorn übermannte ihn, als er das sagte. »Dieser hinterlistige Bastard! Er ist ein schlimmerer Feind als zwanzig Nomadengeneräle. Ich muss nach Lischt, um seinen Ränken zuvorzukommen. Dann ...«

Der unvollendete Satz machte sie aufmerksam. Sie trat zurück und blickte ihn offen an. »Ihr habt noch anderes im Sinn, nicht wahr? Ihr wollt sie finden, falls sie überhaupt zu finden ist.«

»Ja.«

»Und wenn Ihr sie findet? Was dann, Baka?« Er sah sie so verzweifelt an, dass sie seine kalten Hände in die ihren nahm und sie an die Brust drückte.

»Wenn sie noch am Leben ist, muss ich sie wohl zu ihm zurückbringen. Und zu ihren Kindern. Was sonst kann ich tun? Danach ... mein Weg führt in eine andere Richtung. Wie gesagt, es ist immer noch Krieg. Und das Kämpfen liegt in meiner Natur.« Er blickte auf seine Hände und entzog sie Tuias Griff. »Schau sie dir an! Einmal waren das die Hände eines Schreibers, weich und zart wie die einer Frau. Jetzt kann ich mit ihnen kaum noch eine Feder halten. Eher schon ein Schwert oder einen Speer und eine Streitaxt. Seltsam, wenn man sie einmal der Kriegskunst geopfert hat, sind sie kaum noch zu anderem zu gebrauchen.«

»Nein, Baka ...«

»Doch, so ist es. Wir wählen uns unser Schicksal nicht aus; wir werden vom Schicksal ausgewählt. Etwas anderes zu denken würde heißen, sich dem unabänderlichen Spruch der Götter zu widersetzen. Ich hatte bestimmte Vorstellungen über meine Zukunft. Die Götter hatten anderes im Sinn und machten einen Schlächter aus mir. Ich wäre verrückt, würde ich mich ihrem Willen entgegenstellen.«

»Nein! Nein!«

»Du bist genauso ein Narr wie ich, Tuia! Begreifst du es denn nicht? Die Götter haben dich und deinen jungen Mann ebenso fest im Griff wie mich.« Sein Ton erschreckte sie. Ein bitteres Lächeln umspielte seine Züge. »Auch Schobai. Es wird nicht lange dauern, dann werden er und Ben-Hadad wieder mit mir in den vordersten Linien stehen und Waffen machen, mit denen wir die Nomaden töten. Und du? Wo wirst du sein, Tuia? Du bekommst ein Kind, richtig?«

»Ja.« Zum ersten Mal machte der Gedanke Tuia Angst.

Baka musste ihre Bestürzung bemerkt haben; er lächelte zögernd und versuchte sie aufzuheitern. »Es gibt Schlimmeres. Er ist ein guter junger Mann, der dich liebt. Der Krieg wird ihn nicht ändern, genauso wenig, wie er mich geändert hat. Ich bin jetzt für nichts anderes gut als für den Krieg, ganz gleich, welche Pläne ich als junger Mann hatte. Ich kehre besser wieder zurück.«

»Geht nicht, Baka! Bitte! Wir brauchen Euch hier.«

»Rede keinen Unsinn!« Sie hatte ihn an den Armen gepackt, und er löste sich sanft von ihr. »Wie kann mich jemand mehr brauchen als die Soldaten im Kampf?« Dabei machte er sich an seinem Schwertgürtel zu schaffen, der hinuntergerutscht war.

Als der Gürtel wieder richtig saß, wirkte Baka gleich viel strammer. »Der blinde Mann hat alles in seiner Macht getan, um sie zu finden. Ich aber nicht. Ich habe immer noch Freunde auf der anderen Seite. Wenn ich ihnen eine Nachricht zukommen lassen kann, kann ich die Suche nach ihr fortsetzen.«

»Glaubt Ihr, dass Ihr sie findet?«

»Vielleicht. Da fällt mir etwas ein: Ben-Hadad hat einen Freund erwähnt, der in Kanaan entführt und an die Ägypter verkauft wurde oder zumindest an eine ismaelitische Karawane, die Richtung Ägypten zog. Sag ihm, dass ich mich umhören werde. Vielleicht hat jemand bei Hof etwas von ihm gehört.«

»Ich werde es ihm sagen, Baka.«

»Hier seid ihr!«, rief jemand im Haus. Die schwere Tür wurde aufgestoßen, und Anab trat ins Freie. »Ihr werdet doch nicht gehen, Baka?«

»Doch. Ich muss zurück zur Armee.«

»Gut. Dann gehe ich mit Euch.«

»Du, Anab? Aber ...«

Tuia unterbrach ihn und deutete auf Anab. »Er weiß, was er tut, Baka. Ihr braucht außerdem jemanden, der hinter Euch steht, wenn die Intrigen bei Hof wirklich so schlimm sind, wie Ihr sagt.« Sie umarmte Anab voll ehrlicher Zuneigung. »Wenn es gefährlich wird, dann kann ich mir keinen besseren Begleiter vorstellen als Anab. Er hat mir zweimal das Leben gerettet. Zuerst hat er ...«

Anab zog Tuia zur Seite. »Das reicht jetzt!«

Tuia ließ sich nicht beirren. »Das sind die wahrhaft Tapferen, stimmt es? Sie wollen nicht, dass man von ihren Heldentaten berichtet. Nehmt ihn mit, Baka. Ihr werdet es nicht bereuen.«

Bakas Blick wanderte zwischen ihr und dem Mann mit dem zerstörten Gesicht hin und her. »Also gut«, meinte er schließlich. »Aber ich warne dich, Anab: Die nächsten Monate werden eine harte Probe sein, für dich, für mich und für alle. Wir müssen eine Armee wieder auf die Beine stellen, damit ...« Er hielt inne und sah die beiden an. »Aber das könnt ihr nicht wissen. Der Bote hat nur mir davon berichtet.«

»Ein Bote?«, fragte Anab und gürtete bereits sein Schwert um.

»Ein Bote aus Nubien. Der Abgesandte Akilleus, ein Schwarzer, hat auf seinem Weg nach Süden in Kerma Halt gemacht. Dort gelang es ihm, Frieden zu schließen, was andere wieder und wieder vergeblich versucht hatten. Er hat sogar ein Abkommen mit ihnen getroffen, dem zufolge sie Truppen für den Krieg beistellen, nubische Krieger, gut ausgebildet und mit Kriegserfahrung. Wir bekommen von ihnen auch Erz für unsere Aufrüstung.«

»Erz? Welches Erz?«, fragte Tuia aufgeregt.

»Natürlich Kupfer und Zinn aus der Wüste im Osten.«

»Auch Eisen?«

»Eisen? Ich kann mich nicht erinnern, dass er das gesagt hat. Du glaubst doch nicht die Geschichte, die Schobai erzählt hat, oder etwa doch?«

»Du hast nicht zugehört, Baka. Er kann wirklich Eisen schmelzen. Er hat Schwerter aus Eisen gemacht.«

»Das habe ich gehört. Ich würde es gern glauben. Aber ich kann mich nicht auf Wunder verlassen. Der Bote hat nichts von Eisen erwähnt. Aber wenn Ben-Hadad und Schobai solche Waffen herstellen können, umso besser! Mittlerweile habe ich alle Hände voll zu tun, die Nomaden nördlich unserer Linien zu halten, bis wir die versprochene Verstärkung bekommen. Ich nehme an, dass uns die Nomaden in den nächsten Wochen in Ruhe lassen werden. Sie haben Vahan und Sahag verloren; die beiden müssen ersetzt und die Kommandos neu verteilt werden. Bei uns liegt der Fall ähnlich. Wir dürfen keine Zeit verlieren. Hol dein Pferd, Anab, wenn du mit mir kommst. Wir haben eine Verabredung in Lischt. Pass gut auf Ben-Hadad auf, Tuia! Wir brauchen ihn, nicht nur für die Waffen aus Eisen.«

Sie umarmten einander. Anab ging davon, aber Tuia eilte ihm nach und legte ihm impulsiv die Arme um die Mitte und küsste ihn. »Nach allem, was wir zusammen durchgemacht haben, werde ich dich sehr vermissen, Anab! Gebt auf ihn Acht, Baka! Ich wäre sehr, sehr traurig, wenn einem von euch etwas zustieße.« Sie hatte Tränen in den Augen.

Anab war sprachlos. Er legte die Hand auf die Stelle, die sie geküsst hatte. »Ich habe mich immer noch nicht daran gewöhnt, dass jemandem etwas an mir liegt«, stammelte er schließlich. »Leb wohl, Tuia! Alles Gute für dich!«

Als sie fort waren, lauschte Tuia noch eine Weile den verklingenden Hufschlägen nach. Mit einem Seufzer ging sie zurück ins Haus. Von der Tür her betrachtete sie die beiden Männer: Ben-Hadad hörte seinem endlich gefundenen Onkel mit leuchtendem Gesicht zu, und auch Schobai strahlte vor Glück. »... umso besser jetzt, da der Handel mit Kanaan wieder floriert und die Minen in Timna wieder ausgebeutet werden. Das Erz kommt auf Schiffen über das Rote Meer.«

»Timna!«, rief Ben-Hadad dazwischen. »Mein Lehrmeister, Ischmerai, hat erzählt, dass in den Bergen bei Timna im Sinai sehr viel Malachit gefunden wird. Der Sandstein, in dem er gelagert ist, ist so leicht zu bearbeiten, dass ein einziger Mann in einem Tag genügend Erz brechen kann, um daraus ausreichend Kupfer für ...«

»Ischmerai, sagst du? Vor vielen Jahren kannte ich einen Mann dieses Namens. Er war ein Schmied aus Succoth, glaube ich. Aber ich traf ihn in Schkelon.«

»Ja, das war Ischmerai.« Ben-Hadad bemerkte Tuia, die immer noch in der Tür stand. »Komm, Tuia, setz dich zu mir!«, bat er mit glücklichem Lächeln. Sie setzte sich mit gekreuzten Beinen neben ihn, und er legte ihr den Arm um die Schultern. »Ich bin so glücklich, Tuia! Es ist seltsam, ich war noch nie so weit fort von Kanaan und den Menschen, die ich kenne, und trotzdem habe ich mich noch nie so zu Hause gefühlt wie jetzt.«

Kapitel 17

I

Im Land, das der große Lokosa einst vereinte, hatte keiner je davon gehört, dass einem Mann eine Krone angeboten wurde und er sie ausschlug. Im ersten Augenblick hielten die Häuptlinge und ihre verwirrten Untertanen Akilleus für verrückt. Doch wer den großen Mann reden gehört hatte, wusste, dass er weise war. Der Sohn des Magimbi hatte für die Ablehnung der ihm gebührenden Ehren sehr vernünftige Gründe genannt. Dass er nicht gewillt war, sein dem ägyptischen König gegebenes Wort zu brechen, war eine Frage der Ehre, und die wurde bei allen Bewohnern des Landes zwischen den Bergen hochgehalten.

Daher wurde Akilleus – den jetzt alle Mtebi nannten, auch jene, die anfangs gegen ihn gewesen waren – während der Zeremonien und Festlichkeiten rund um Kimalas Amtseinsetzung besondere Behandlung zuteil. Die Häuptlinge wetteiferten darin, Magimbis großem Sohn und seinen Begleitern Ehrenbezeigungen zu erweisen. Bei kleineren Veranstaltungen wurde sogar der alte Musuri als Ehrengast behandelt. Anfangs freute er sich darüber, doch mit der Zeit fand er es ärgerlich. Bei diesen Anlässen verwöhnten ihn ausgewählte Jungfrauen stets mit ihrer Gunst, weil sie von diesem altgedienten Soldaten, der viele Länder bereist und in vielen Kriegen gekämpft hatte, ein Kind haben wollten. Musuri wusste um die Bedeutung von Sitten und Gebräuchen. Es war unklug, sie zu missachten, und er kam daher diesen Wünschen stets nach. Aber er suchte keine neuen Begegnungen dieser Art.

Die Feierlichkeiten gingen zu Ende, und im Land zwischen den Bergen kehrte der Alltag wieder ein. Akilleus verkündete seine unmittelbar bevorstehende Abreise. Ein letztes Fest wurde zu seinen Ehren veranstaltet, zu dem die Häuptlinge aller Stämme und die Anführer der Armee geladen waren.

Das Fest dauerte bis lange nach Sonnenuntergang. Es wurde getanzt und gesungen, Reden wurden gehalten und es gab reichlich zu trinken und zu essen. Schließlich zogen sich die Festgäste einer nach dem anderen zurück, und am Ende saßen Akilleus und Kimala allein beim wärmenden Feuer. Keiner konnte ihre Unterhaltung belauschen. Akilleus gähnte, und aus seinem Gähnen wurde ein herzliches Lächeln. »Ich gehe besser auch schlafen. Am Morgen brechen wir auf, Kimala. Du wirst mein Volk behüten, mein Freund, ja?«

»Am Morgen?«, fragte Kimala. »Aber wir wollen doch ...« Lachend lehnte er sich zurück und sah Akilleus an. »Das war meine Jugend, die aus mir sprach. Der Jugend kommt ein Abschied immer ungelegen. Du musst tun, was du für notwendig hältst. Mir bleibt nichts anderes übrig, als das zu verstehen und dir zu helfen. Du nimmst den gleichen Weg zurück, den du gekommen bist?«

»Ja. Ich werde sogar den Abstecher zum großen Wasserfall wieder machen. Wo die gewaltigen Wassermassen über die Klippen stürzen und unten auf den Felsen prallen, von dort geht für mich der Lebenshauch dieses Landes aus.«

»Das verstehe ich. Auch ich gehe manchmal dorthin. Der Fluss verkörpert die Kraft dieses Landes.«

»Und vieler anderer Länder auch«, antwortete Akilleus. »Ich würde dich gern mitnehmen und dir alles zeigen, Kimala. Aber dein Platz ist hier. Bringe deinem wunderschönen Land Frieden und Wohlstand.«

»Das werde ich. Aber ich werde dich bis in das Gebiet der Kakwa begleiten.«

»Gut. Übrigens, einige deiner jungen Krieger werden am Morgen von dir die Erlaubnis erbitten, mich als Söldner zu begleiten.«

Kimala war erstaunt. »Das wusste ich nicht. Von welchem Stamm sind sie?«

»Von vielen verschiedenen Stämmen. Sie haben mir heute ihren Vorschlag unterbreitet, und wenn du nichts dagegen hast, möchte ich sie mitnehmen. Die Reise wird lange und gefahrvoll werden, und am Ende erwartet uns womöglich wirkliche Gefahr. In Ägypten gibt es viele Männer wie Ramogi.«

Kimala war besorgt.

Akilleus lächelte. »Wenn mich ein paar von deinen tüchtigen

Männern begleiten, müsste ich mir um meine Sicherheit weniger Sorgen machen.«

»Für deine Sicherheit?« Kimala lächelte.

Akilleus lachte. »Nun, vielleicht sind sie auch gutes Saatgut für ... nun, sagen wir, für meine eigene Armee!«

»Eine Truppe, die nur dir unterstellt ist und keine Verpflichtung gegenüber dem ägyptischen König hat?«

»Oder einem seiner Untergebenen. Du darfst nicht vergessen, dass einer dieser Untergebenen Uranga dafür bezahlte, mich unterwegs zu ermorden. Damit hat man sich kaum meine Loyalität gesichert.«

»Hm. Hast du mir nicht erzählt, dass Ägypten praktisch geteilt ist und die Invasoren das gesamte Gebiet am Großen Meer besetzt halten, von dem du gesprochen hast?«

»So ist es. Meine Beziehung zu den Invasoren ist natürlich weniger gut als die zu den Ägyptern. Doch die ägyptischen Führer und auch der König sind keine klugen Männer. Vielleicht hätte ich dennoch für sie gekämpft, wäre ich nicht in euer Land gekommen und hätte in meinen alten Tagen noch diese Erfahrungen hier gemacht.«

»Deine alten Tage? War es denn ein Greis, der Ramogi überwältigt hat?«

»Ach! Ab und zu spiele ich noch den jungen Mann, davon rede ich nicht. Sieh, Kimala, ich habe bereits einmal ein Reich verloren, ein Reich auf dem Großen Meer. Ich war ein mächtiger Handelsherr, reich genug, ganze Länder zu kaufen und zu verkaufen, hätte ich gewollt. Ich besaß achtzig, neunzig, ja hundert Handelsschiffe, die über das Meer fuhren. Das war eine größere Flotte, als die meisten Länder damals besaßen. Jetzt gebe ich ein Königreich auf. Ich will niemandes Untergebener mehr sein.«

»Nicht einmal der des Königs von Ägypten?«

Akilleus lächelte und legte Kimala vertraulich die Hand auf die Schulter. »Wenn ich nach Norden ziehe, Kimala, werde ich vermutlich eine Armee um mich versammeln. Aber ich werde nicht direkt in das belagerte Ägypten marschieren. Ich werde in Kusch am Fünften Katarakt Halt machen. Das ist viele Wochenmärsche flussaufwärts. Von dort werde ich Gesandte an den ägyptischen König schicken. Es gibt dort eine Stadt namens

Meroe, unmittelbar oberhalb der Wasserfälle. Dort wurde ich auf meiner Reise herzlich empfangen, ebenso in Kerma, wo meine Frau einflussreiche Verwandte hat.«

Der Wind hatte sich gedreht und fuhr in die Glut. Kimala wehrte mit einer Handbewegung den Rauch ab und sah Akilleus an. »Du wirst die ausgleichende Macht in der Region sein. Du wirst für die Invasoren und die Verteidiger eine wichtige Rolle spielen.«

»Genau. Ich stelle mir vor, dass ich, noch ehe ein Jahr um ist, mit beiden Handelsbeziehungen habe. Die Handelswege führen durch die westliche Wüste, wo die Oasen nicht mehr als einen Tagesmarsch voneinander entfernt sind. Vielleicht kann ich dann mit den Resten meines früheren Handelsunternehmens wieder Kontakt aufnehmen. Es wird während meiner Abwesenheit kaum zerfallen sein. Ich übertrug die Verantwortung ausnehmend tüchtigen Leuten; sie sind ehrlich und mir treu ergeben. Sicher werden sie keine große Eile damit haben, mir wieder die Kontrolle zu überlassen, aber sie werden einsehen, dass die Eröffnung neuer Handelswege nach Kusch vernünftig ist.«

»Was hat Kusch zu bieten? Du hast mir erzählt, es sei ein trockenes Land ohne Bodenschätze.«

Akilleus neigte sich vor. »Das stimmt, jetzt! Aber in Memphis gibt es einen blinden Waffenschmied, ein alter Freund von mir. Ich kannte auch bereits seinen Vater. Bevor sein Vater verschwand, lehrte er den Sohn ein Geheimnis, das die ganze Welt verändern wird.«

Kimala blieb skeptisch.

»Schau!« Akilleus reichte ihm sein Schwert aus Bronze. »Diese Waffe hat der Vater des blinden Mannes vor vielen Jahren gemacht.«

»Ein schönes Schwert, stimmt!«

»Ich freue mich, dass es dir gefällt. Ich werde dir das Schwert morgen als Abschiedsgeschenk überreichen. Bei dieser Gelegenheit werde ich für meine neuen Freiwilligen eine kurze Rede halten und von diesem Schwert erzählen.«

»Aber …«

»Sei still, unterbrich mich nicht! Ich werde Folgendes sagen: Stellt euch eine Waffe vor, die dieses Schwert hier mit Leichtigkeit in zwei Teile zerschlägt. Eine Klinge, die viel härter ist als diese, die härter ist als … zum Beispiel euer Arm.«

»Und wie kommt man an eine solche Zauberwaffe?«

»Der blinde Mann kann sie machen. Aus dem schwarzen Metall, über das ich dich in den Mufumbiro-Vorbergen befragt habe.«

»Sein Vater hat es ihm gezeigt?«

»Ja. Das schwarze Metall heißt Eisen. Ganz Ägypten ist arm an Eisen, aber nicht Kusch.«

»Aha. Und du möchtest es den Bewohnern dort abfordern, weil es dir zusteht?«

»Nein. Ich werde es kaufen. Die Berge, in denen das schwarze Metall vorkommt, gelten als wertlos. Ich werde das Land kaufen und ein neues Reich damit aufbauen, das größer sein wird als mein Handelsreich auf dem Meer. Dabei werde ich nur einen Spottpreis dafür bezahlen!«

Kimala dachte darüber nach. »Du wirst den Ägyptern im Rücken sitzen und gleichzeitig vor den Invasoren sicher sein. Aber du wirst viel Zeit brauchen, bis dein Plan verwirklicht ist.«

»Ich habe vor, lange genug zu leben, um mein Ziel zu erreichen. Falls nicht …« Er zuckte die Achseln. »Zuerst werde ich den blinden Mann zu mir in den Süden bringen. In Ägypten ist er auf alle Fälle in Gefahr, wenn ich an den Anschlag auf mein eigenes Leben denke!«

»Und was dann, Mtebi?«, fragte Kimala.

Akilleus stand auf, holte tief Luft und breitete die Arme aus. Die Jahre schienen von ihm abzufallen; er wirkte wie fünfzig, wie vierzig … »Die Luft hier ist wundervoll!«, freute sich Akilleus. »Ich habe es total vergessen. Ich habe die Erinnerungen wahrscheinlich bewusst verdrängt. Es muss zu schmerzlich gewesen sein, mich zu erinnern. Aber sobald ich den Nil sah, wie er sich durch die enge Schlucht zwängt und in einer einzigen Kaskade auf die Felsen darunter stürzt, wusste ich, dass ich zu Hause war. Diese Heimkehr war das Wichtigste, was ich in meinem ganzen Leben getan habe oder noch tun werde.«

Kimala sah ihn unverwandt an. »Du hast dich verändert. Sogar in der Zeit bei uns hast du dich noch verändert. Ich weiß nicht, wie ich es beschreiben soll. Bei deiner Ankunft in unserem

Land hast du nach etwas gesucht, ohne genau zu wissen, wonach. Aber jetzt, Mtebi, jetzt hast du es gefunden. Auch wenn ich nicht mit Sicherheit sagen kann, was du gefunden hast.«

»Du bist weiser, als es deinen Jahren entspricht!«, freute sich Akilleus. »Das ist gut so. Du wirst über ein großes Reich herrschen, und es bedarf großer Weisheit, diese Aufgabe zu erfüllen.« Sein Blick glitt über die wenigen noch verbliebenen Festgäste hinüber zum dunklen Wald jenseits des Lichtkreises. »Was habe ich gefunden? Meine Reise hatte einen bestimmten Zweck, den du kennst. Darüber hinaus habe ich entdeckt, wer ich wirklich bin. Ich meine damit nicht nur die Stationen meines Lebens, meine Kindheit als kleiner Mtebi, mein Leben als Sklave, später als Akilleus, der Galeerenruderer, Akilleus, der Pirat, und Akilleus, der reiche Mann.« Er lächelte. »Im Laufe unseres Lebens häuten wir uns wie eine Schlange. Wir legen die alte, ausgebleichte Haut ab und tauschen sie gegen eine neue, die mit der Zeit auch wieder alt werden wird. Aber wer ist der Mensch unter all den Häuten, Kimala, mein Freund?«

»Ich weiß es nicht. Ich habe nicht die leiseste Ahnung, Mtebi, was für eine Schlange ich bin. Meine neue Haut muss noch wachsen.«

Akilleus lachte und schüttelte den grauen Kopf. Der Wind rauschte leise in den Blättern über ihm, und Akilleus griff nach einem überhängenden Zweig. »Wer weiß? Vielleicht wirst du nie eine neue Haut brauchen. Das ist vermutlich der Lohn oder der Fluch eines sehr langen Lebens. Bukango lebte lange genug, um es herauszufinden. Vielleicht entdeckte er es bereits in dem Augenblick, als er die Herrschaft antrat. Ich glaube, Kimala, er wusste, dass er in diese Herrschaft erst hineinwachsen musste, und er besaß die Fähigkeit dazu.«

Kimala nickte nachdenklich. »Was hast du über deine Fähigkeiten herausgefunden, Mtebi?«

Akilleus strahlte mit der Begeisterung eines jungen Mannes. »Ich habe erfahren, dass ich kleiner bin als die kleinste rote Ameise in den Bäumen und größer als der größte Elefantenbulle. Ich habe gelernt, dass ich alles bin, was ein Mensch sein kann, schwach und stark, alt und jung, und dass mir nichts, was ein Mensch ist oder werden kann, fremd ist. Ich kann tapfer sein und feige, wahrhaftig und verräterisch, weise und närrisch. Es gibt in diesem Augenblick keinen Menschen, der mir so fremd wäre, dass ich ihn nicht verstehen und nicht mit ihm fühlen könnte. Ich akzeptiere die Menschen so, wie sie sind.«

»Ich glaube, ich begreife ein wenig davon«, nickte Kimala.

»Dann bist du klüger, als ich es in deinem Alter war. Das überrascht mich nicht. Vielleicht wird man dich einmal für den größten aller Könige halten, größer als Lokosa. Doch auch du wirst einmal sterben, genauso wie ich, und man wird uns vergessen, wie man unsere fernen Vorfahren vergessen hat. Bestehen bleibt die Tatsache, dass wir einander schätzten, so wie wir waren, dass wir uns begegnet sind und voneinander gelernt haben.« Akilleus ließ den Zweig los und streckte Kimala die Arme entgegen. »Komm in meine Arme, mein Bruder! Mein Sohn! Du bist mir ein wahrer Freund!«

Kimala stand auf und zögerte. Dann ließ er sich von Akilleus in die Arme schließen. »Mein Vater!«, sagte er erschüttert; noch nie in seinem jungen Leben hatte ihn etwas derartig bewegt.

Am Morgen sammelte sich die Karawane, der sich die kräftigsten jungen Männer als Söldner angeschlossen hatten; noch nie hatte Musuri eine derart stattliche Truppe kommandiert. Der alte Soldat strahlte vor Stolz, als er sie strammstehen ließ und inspizierte; er machte kein Hehl daraus, dass er sehr zufrieden mit dem war, was er sah.

Akilleus hatte Kimala das Angebot, sie bis an die Grenzen des Reichs zu begleiten, ausgeredet. »Dein Platz ist jetzt hier«, sagte er. »Das Volk muss wissen, dass es wieder einen Anführer hat, und sie müssen täglich daran erinnert werden. Bleibe hier bei deinem Volk. Sieh zu ... doch nein, jetzt gebe ich dir Ratschläge. Dabei weißt du bereits gut Bescheid. Du bist so klug, wie du jung bist.«

»Leb wohl, Mtebi«, verabschiedete sich Kimala. »Wenn ich dich hier bei mir behalten könnte, würde ich es tun. Aber ich glaube, dir ist ein größeres Schicksal beschieden, als du es hier zu erwarten hättest. Ich möchte dich nicht aufhalten.«

Akilleus packte ihn am Arm und sagte lächelnd: »Oder ich muss noch einmal in eine neue Haut hineinwachsen, bevor ich sterbe. Wenn es etwas gibt, was einen alten Mann wieder jung werden lässt, dann ist es eine neue Herausforderung.«

Ebana trat neben ihn. »Eine Herausforderung? Was für eine Herausforderung, du alter Elefant? Ist es für dich eine Herausforderung, wenn du versuchst, auf dem Weg nach Hause nicht zu fallen und dir nichts zu brechen? Womit gibst du schon wieder an?«

Sie hatte wieder ihren alten neckenden Ton angenommen, dem es aber keineswegs an Liebe und Respekt mangelte. Sie legte ihren Arm in den von Akilleus und lächelte Kimala an. »Was für einen Unsinn hat Euch mein Mann jetzt wieder erzählt?«

Musuri trat zu ihnen und unterbrach sie. »Wir sind zum Abmarsch bereit, Akilleus. Wir warten nur auf deinen Befehl.«

»Ich habe es ihr noch nicht erzählt«, erklärte Akilleus Kimala. »Vielleicht sollte ich es tun.« Er hob den Arm. Die lange Reihe der Soldaten und Träger hinter ihm warteten nur auf das Kommando. Akilleus legte den Arm um Ebena und drückte sie; als er sie losließ, sagte er: »Königin von Kusch. Das klingt gut.«

»Was meinst du damit, du alter ...« In dem Augenblick senkte Akilleus den Arm, und der Rest ihrer Frage ging im lauten Geschrei der Soldaten und Träger der Karawane unter. Die Menge, die Kimala zu ihrem Abschied versammelt hatte, stimmte lautstark ein. Dazu erklangen Dutzende Trommeln, hohe und tiefe, in vielen unterschiedlichen Rhythmen, und alles vereinte sich auf seltsame Weise zu einem Ganzen. Die Männer hielten die Köpfe hoch, und die Karawane setzte sich in Bewegung. Die Soldaten aus Kimalas früherem Kommando stimmten ein altes Marschlied von Akilleus' Volk an. Es war der Freudengesang eines jungen Mannes, der von Reisen in fremde Länder sang, von ausgestandenen Schrecken, von Eroberung und Abschied; vielleicht auch von Wiederkehr.

Kapitel 18

I

Vor den mächtigen Grundmauern des neuen Palastes, der auf Madirs Befehl für den Herrscher beider Reiche errichtet wurde, blieb Harmin stehen. Lange Reihen von frisch getrockneten Ziegeln lagen bereit. Auf der anderen Straßenseite floss ein kleiner Kanal, den man vom Nil abgeleitet hatte. Hier formten sonnengebräunte Arbeiter neue Lehmziegel.

Harmin sah den emsigen Arbeitern zu und schüttelte verächtlich den Kopf. »Zeitverschwendung«, murmelte er. »Hier in die Provinz einen Palast zu bauen! Das musste man sich einmal vorstellen! Hätte jemand vor einem Jahr die Vorstellung geäußert, die Hauptstadt von Memphis nach Lischt zu verlegen, hätte man ihn ausgelacht. Und jetzt ...« Harmin beobachtete die Szene mit unverhohlenem Widerwillen.

Theben war natürlich etwas anderes. Dort konnte er sich unschwer königliche Wohnungen unweit des Flusses vorstellen ... vielleicht sogar auf seinen eigenen Grundstücken. Er zweifelte nicht daran, dass Theben eines Tages Memphis ebenbürtig sein würde, es vielleicht sogar als großartigste Hauptstadt auf der Welt übertreffen würde, zumal die barbarischen Nomaden die alte Königsstadt kontrollierten und vermutlich für ihren Niedergang sorgten.

Harmin seufzte und ging weiter. Er wollte sich gar nicht vorstellen, wie der fertige Palast hier in Lischt aussehen würde. Er hatte die Pläne der Architekten natürlich gesehen und sich davon auch beeindruckt gezeigt. In Wahrheit war er davon überzeugt, dass Madir nur seinen eigenen Ruhm im Sinn hatte.

Der übliche Morgenempfang des Wesirs fand derzeit in einem umgebauten Tempel statt. Harmin stieg die Treppe zum Tempel hinauf; beim Gedanken an Madir wuchs seine Unruhe. Wenn diesem Jusni seine Tat nur geglückt wäre!

Am Eingang zum inneren Garten stand ein Wachposten mit gezücktem Speer. Harmin nickte ihm nicht einmal zu, ging an ihm vorbei und betrat den Innenhof. Hier wollte er darauf warten, dass Madir ihn in seine privaten Räume rief. Tief in Gedanken trat er aus dem Schatten in das vom Sonnenlicht überflutete Atrium mit den beiden Palmen.

Sie hatten großes Glück gehabt, dass Jusni nichts verraten hatte und Unas glücklicherweise im Kampf gestorben war, ehe ihr gedungener Mörder seine Tat ausführen konnte.

Es war alles zu einfach gewesen – bisher.

Jetzt kam diese leidige Sache mit Baka dazwischen. Das musste man sich vorstellen: Er schickte ihm – Harmin, dem obersten General aller Armeen des Pharaos – einen Boten mit unverblümten Drohungen! Eine Frechheit von dem Mann!

Harmin ging im Hof unruhig auf und ab; schließlich blieb er stehen und zwang sich zur Ruhe. Er musste vollkommen gelassen wirken, wenn er vor Madir erschien. Was Baka anbetraf, würde er sich zu gegebener Zeit um ihn kümmern. Zuerst musste das heutige Gespräch zufriedenstellend verlaufen. Warum sollte es anders sein?, fragte er sich und lächelte zuversichtlich. Madir hatte sich doch seinem letzten Plan nicht im Geringsten widersetzt. Harmin hatte ihm die Reorganisation der Armee vorgeschlagen und sich selbst als aktiven Feldkommandanten eingesetzt. Dadurch schaltete er Baka praktisch aus. Schon nach zwei Tagen hatte sich der Wesir offen für diesen Vorschlag eingesetzt und Harmin zu der heutigen Unterredung vorgeladen, um die Sache in Ruhe in allen Einzelheiten zu besprechen. Die Einladung war im freundlichsten Ton abgefasst ... beinahe zu freundlich für Madir. Wieder überkam Harmin ein seltsames Vorgefühl.

Wurde Madir allmählich senil? Er war schließlich zwanzig Jahre älter. Das musste es sein. Im Leben eines jeden Mannes kam letztendlich der Zeitpunkt, da er vom tatkräftigen Mann zum kindischen Greis wurde. Dann war es an der Zeit, sich zur Ruhe zu setzen, Macht und Verantwortung an den Jüngeren, besser Geeigneten zu übertragen. Harmin wusste, dass ein weiser Mann seinen Nachfolger selbst auswählen und mit ihm so etwas wie einen Handel abschließen würde. Im Austausch für die zugesagte Unterstützung verbürgte sich der Nachfolger für die Sicherheit und körperliche Unversehrtheit seines Vorgängers.

Madir hatte in der Vergangenheit Scharfsinn und Selbsterkenntnis bewiesen. Vielleicht würde er das heute wieder tun.

Harmin musste nicht lange nachdenken, wie er sich verhalten sollte. Großmut war die Lösung! Er würde Madir mit großer Ehrerbietung begrüßen und seine Wertschätzung zum Ausdruck bringen. Wenn Madir ihm dann das Angebot unterbreitete, würde er zögern, es anzunehmen, und auf seine Unzulänglichkeit gegenüber Madirs Erhabenheit und überlegenem Wissen hinweisen. Beide würden von Anfang an wissen, dass alles nur zum Schein geschah, doch Madir würde Harmins Verhalten begrüßen. So waren alte Männer eben, wenn ihre Zeit zum Abtreten gekommen war.

»Der ehrenwerte Madir bittet Euch einzutreten, Herr.« Der Gardist an der Tür zu den inneren Räumlichkeiten verbeugte sich und geleitete Harmin durch die mächtige Doppeltür vor den großen Mann. Wie beschlossen begrüßte Harmin den Wesir mit größtem Anstand und Respekt und beendete seinen Gruß mit einer tiefen, langen Verbeugung.

»Erhebt Euch, Harmin«, ließ Madir sich vernehmen. Als Wesir saß er auf einem Podest am Ende des Raums. »Ihr und ich, wir brauchen kein Zeremoniell. Wir beide haben im Laufe der Zeit schon zu viel gemeinsam durchgemacht. Steht auf und tretet näher, mein Freund. Soll ich Wein bringen lassen? Vielleicht Oliven oder Datteln? Bitte komm!«

»Ich danke Euch, ehrenwerter Madir«, antwortete Harmin. Er bemerkte, dass Madir eine Papyrusrolle auf dem Schoß hielt. »Ich fürchte, ich habe Euch bei wichtigen Geschäften gestört. Soll ich später wiederkommen?«

Madir lächelte herzlich. »Nein, nein. Die Angelegenheiten, mit denen ich gerade beschäftigt war, betreffen ohnehin Euch. Es wird Euch interessieren.« Er klatschte in die Hände. Aus einer Seitentür trat ein Diener mit einem Tablett mit Wein und zwei goldenen Schalen. »Stell alles neben den ehrenwerten Harmin und geh wieder. So ist es recht.« Der Sklave zog sich leise zurück. »Wein, Harmin? Wollt Ihr es Euch nicht überlegen? Nein? Nun, dann lasst es mich kurz machen. Wir haben hier« – er deutete mit seiner knochigen Hand auf die Rolle – »einen Bericht über Eure Aktivitäten als Anführer unserer Streitkräfte.«

Harmin wurde blass. »Das kann ich erklären ...«

»Bitte, keine falsche Bescheidenheit!«, fuhr Madir in salbungsvollem Ton fort. »Ihr werdet Euch freuen zu hören: Ich habe hier die Aussagen von zweien unserer Generäle, und sie haben nur das Allerbeste über Euch zu berichten, alles sehr schmeichelhaft.« Er machte eine kurze Pause. »Beinahe alles. Eine Kleinigkeit hier und da, aber nichts von Bedeutung. Zum Beispiel ...«

»Welche Generäle?«, fragte Harmin und dachte dabei an Unas. »Ich wollte es Euch nämlich schon sagen, Herr, Unas hat einen Verrat angezettelt. Wäre er nicht gestorben, er hätte, noch bevor der Mond sich rundet, vor Gericht gestanden. Ich hatte unwiderlegbare Beweise ...«

»Keine Angst«, beruhigte ihn Madir. »Ich hatte einen Bericht von Unas, doch da ich Euren Ruf kenne, hielt ich ihn für das eifersüchtige Gewäsch eines Untergebenen.« Er zuckte die schmalen Schultern, als hege er nicht den geringsten Verdacht. »Aber wir wollen nicht von den Toten sprechen. Die unguten Ränke, die er geschmiedet haben mochte, nahm er mit in sein Grab. Es bringt außerdem nichts, Zeit mit seinen Fehlern zu verschwenden. Schließlich hat er in seinem Leben gute Dienste geleistet. Das müsst sogar Ihr, mein lieber Harmin, zugeben!«

Großmut!, erinnerte sich Harmin. Beweise Großmut! »Ich verstehe«, gab er heiser zu. »Selbstverständlich.«

»Die Aussagen stammen auf alle Fälle nicht von Unas«, fuhr Madir fort und deutete wieder auf die Schriftrolle auf seinem Schoß. »Das hier stammt von Eurem Nachfolger.« Wieder klatschte er in die Hände, diesmal zweimal. »Ich erlaubte mir, ihn herzubitten. Ich war überzeugt, Ihr würdet ihn gern treffen.« Madir lächelte, als Baka mit einem hässlichen Begleiter – einem mageren Mann mit teilweise gelähmtem Gesicht – den Raum betrat. Zwei Wachen folgten ihnen.

»Baka!«, rief Harmin erschrocken. »Das ist der wirkliche Verräter, Herr! Genau wie Unas will auch er ...«

»Euch, mein lieber Harmin, absetzen!«, fiel Madir ihm ins Wort. »Und das ist gut so. Hätten sie mir nicht über deine Machenschaften berichtet, wer weiß, vielleicht wäre dir dein Verrat sogar noch geglückt.«

»Mein Verrat?«, stammelte Harmin. »Aber …«

»Dein Verrat, richtig. Hochverrat!«, sagte Baka mit zynischem Lächeln. »Zuerst hast du mich seinerzeit im Delta verraten. Über Ebne haben wir die Sache bis zu dir zurückverfolgt. Er hat nicht gezögert und behauptet, dass du und der Priester Hapu in die Sache verwickelt seid.«

»Ebne? Hapu? Ich weiß nicht, wovon du sprichst.« Harmin blickte unbehaglich von Baka zu Madir, der kühl und gelassen auf seinem Podest saß. Die beiden bewaffneten Wachen hatten sich unauffällig neben Madir gestellt, und Harmin bemerkte mit wachsendem Schrecken, dass sie nicht die Uniform der Palastgarde trugen, sondern die von Madirs handverlesener Leibwache, alles überaus tüchtige, ergebene Männer. Instinktiv wich Harmin zurück. Jedoch ein kurzer Blick nach hinten bestätigte seine schlimmsten Befürchtungen. Zwei weitere schwer bewaffnete Wachen standen vor der inzwischen geschlossenen, verriegelten Doppeltür.

Madir räusperte sich geräuschvoll. »Im Gefängnis wirst du genügend Zeit finden, Harmin, dein lückenhaftes Gedächtnis zu prüfen. Das heißt, während du auf deinen Tod wartest. Vielleicht können wir es so einrichten, dass du dein Verlies mit deinen Freunden Ebne und Hapu teilst. Da fällt mir noch etwas ein! Wir haben herausgefunden, dass du auch den Mörder angeworben hast, der Akilleus, meinen Gesandten nach Nubien, töten sollte. Hast du wirklich geglaubt, dass ich nichts davon wusste, Harmin? Das allein hätte dir den …«

Das war zu viel. Mit einem wütenden Laut zog Harmin einen schmalen bronzenen Dolch unter seinem Gewand hervor und stürzte sich auf Baka. Er wollte nur dessen hämisches Grinsen beseitigen. Der Dolch blitzte auf – doch im letzten Augenblick stellte sich Bakas magerer Begleiter dem Ziel des Angriffs in den Weg. Harmin traf, aber den Falschen. Der junge Mann sackte zusammen, stolperte und fiel. Baka packte Harmin mit seinen kräftigen Armen und rang ihn zu Boden. Madirs Wachen eilten herbei, umstellten Harmin und richteten die Spitzen ihrer Speere auf sein aschfahles Gesicht.

Madir verlor keine Zeit. »Bringt ihn in das Verlies! Ich will ihn nicht mehr sehen.«

Mit vorgehaltenen Speeren wurde Harmin abgeführt. Er stieß einen lauten Fluch aus, ehe ihm jemand die Hand auf den Mund drückte und ihn zum Schweigen brachte.

Baka kniete über Anab gebeugt auf dem Boden. Ein Blick auf die grässliche Wunde genügte. »Anab, mein tapferer Freund!«, sagte er leise. »Schon wieder verdanke ich dir mein Leben. Ich ...«

Anabs Lebensgeister wichen rasch. Er versuchte zu lächeln, aber er stieß nur einen röchelnden Seufzer aus. »Baka ...«, flüsterte er, dann starrten seine Augen blicklos ins Leere. Sein entstelltes Gesicht wurde vollkommen ausdruckslos. Baka ließ den Kopf hängen und blieb lange stumm.

Langsam und müde stand er schließlich auf. »Ihr habt es gesehen«, sagte er zu Madir. »Das war blinde Tapferkeit, ohne nachzudenken. Dabei hat der Mann behauptet, den größten Teil seines Lebens ein Feigling gewesen zu sein, der sich vor seinem eigenen Schatten fürchtete.« Baka seufzte und war sichtbar bemüht, seine Fassung wiederzugewinnen. »Die Wirren unserer Zeit schaffen die erstaunlichsten Helden.« Er blickte noch einmal auf den toten Freund und schüttelte den Kopf. »Ich bitte Euch, mein Herr, mich zu entschuldigen, aber ich möchte dafür sorgen, dass er mit allen Ehren und den notwendigen Zeremonien in die andere Welt begleitet wird. Die Notwendigkeit machte einen Mann aus ihm. Ich bin sicher, er hätte mit der Zeit tagtäglich seinen Mut bewiesen.«

»Ich verstehe«, antwortete Madir. »Deine Bitte sei gewährt.« Er gab dem noch verbliebenen Wachsoldaten ein Zeichen; dieser hob Anabs leblosen Körper auf und trug ihn hinaus.

Baka und Madir blieben allein zurück. Sie schwiegen, bis die Schritte des Soldaten verklungen waren.

»Du hast Recht«, begann Madir das Gespräch. »Der Krieg schafft unerwartete Helden. Du bist doch auch einmal Schreiber gewesen. Ich sehe dich noch vor mir als bescheidenen Schulmeister, der seine Schüler streng durch ihre Lektionen begleitet. Und hier stehst du nun als Soldat vor mir, noch dazu als großartiger Feldherr. Nein, nein, streite es nicht ab!« Er winkte Baka noch näher zu sich heran. »Nicht was ein Soldat aus einer sicheren Stellung heraus mit einer gut gerüsteten, gut ausgebildeten Armee vollbringt, beweist seine Qualität. Es zählt vielmehr, was er mit einem bunt zusammengewürfelten Haufen Freiwilliger erreicht, die sich zurückziehen müssen, weil sie sich einer gut ausgerüsteten Übermacht gegenübersehen.«

»Ich hatte Glück«, wandte Baka ein.

»Glück? Glück hilft nur den Tüchtigen, an alle anderen ist es verschwendet. Widersprich mir nicht, mein Freund. Unterschätze nicht dein eigenes Heldentum und lehne es nicht ab, wenn ich dich jetzt zum obersten General meiner Armeen bestelle, denn ich nehme deine Ablehnung nicht zur Kenntnis.«

»Ich ... ich verstehe«, stammelte Baka. »Wenn Ihr mich jetzt aber entschuldigt. Ich möchte zuerst meinen Freund bestatten.«

»Natürlich.« Madir erhob sich von seinem Thronsessel auf dem Podest und legte Baka den Arm um die Schulter. »Sobald du alles vorbereitet hast, müssen wir uns zusammensetzen und den Krieg besprechen. In der Zwischenzeit sag einfach, was du brauchst, um die vordersten Linien zu stärken. Es wird nicht mehr vorkommen, dass die Palastgarde beschlagnahmt, was für die Armee bestimmt ist. Wenn du mehr Männer und neue Waffen brauchst, sag es einfach. Von jetzt an wende dich mit allem direkt an mich. Sorge dafür, dass die Palastgarde deine Boten kennt, damit sie unverzüglich zu mir geführt werden.« Er klopfte Baka auf die Schulter. »Du hast uns sehr gefehlt. Wenn du in den vergangenen Monaten bei uns gewesen wärst, hätten wir Memphis nie den Nomaden überlassen müssen.«

»Vielleicht, vielleicht auch nicht, Herr. Trotzdem glaube ich, dass wir die augenblickliche Situation zu unserem Vorteil nützen können. Wir werden den Fall von Memphis zum Anlass für die Einberufung neuer Truppen nehmen. Wenn wir die neuen Männer rechtzeitig ausbilden, noch ehe die Nomaden die Anführer, die sie einbüßten, ersetzt haben, können wir sie meiner Meinung nach noch vor dem Einsetzen der nächsten Überschwemmungen bis in das Delta zurückdrängen. Danach hätten wir vielleicht für eine Weile etwas Distanz zwischen ihnen und uns geschaffen ... Es sei denn, Akilleus sorgt mit Söldnern und Nachschub an Erz für Verstärkung. Mir kam zu Ohren, dass er das versprochen hat. Wer weiß, wie es dann weitergehen könnte?«

Madir lächelte gutmütig und begleitete Baka zur Tür. »Richtig, wer kann das wissen? Ich kenne nur einen Mann, der die Zukunft voraussagen kann, und das ist ein junger Fremder namens Joseph. Ich wollte ihn bei mir am Hof haben, aber ich glaube, dass er leider den Nomaden in die Hände gefallen ist. Doch komm jetzt, ich habe für dich einen Empfang beim Herrscher beider Reiche arrangiert. Er möchte, dass du ihm berichtest, wie derzeit das Leben im Delta verläuft. Wir verloren dich und deine Aktivitäten die ganze Zeit über nicht aus den Augen, auch von hier aus nicht. Dieser ›Benu‹ hat mich nicht lange getäuscht. Der Phönix! Der Name war wirklich passend, denn du bist wahrhaftig von den Toten auferstanden.«

Baka lächelte schwach, wurde aber gleich wieder nachdenklich. Schließlich sagte er. »Herr, da wäre noch etwas ... Ich weiß nicht, wie ich es sagen soll ...«

»Deine Frau? Meret, so heißt sie doch?« Madir klopfte Baka abermals beruhigend auf die Schulter. »Sobald die Front wieder stabilisiert ist, kann ich vielleicht meine Spione auf ihre Spur ansetzen. Du musst dich natürlich auf Schwierigkeiten gefasst machen, falls wir sie finden ... Mit denen musst du selbst fertig werden.«

Baka kannte Madirs berüchtigtes Netzwerk von Informanten sehr gut, trotzdem war er darauf nicht vorbereitet. Als sie den Empfangssaal durch die Doppeltür verließen, blieb Baka unvermittelt stehen und schloss die Augen, während Madir langsam weiterging. Erst dann war er zu einer Antwort bereit. Er öffnete die Augen, holte tief Luft und sagte: »Ihr habt Recht, Herr.«

Madir wartete geduldig, bis Baka wieder neben ihm war. Baka ergriff das Wort, sprach jedoch nur über militärische Angelegenheiten, und Madir ließ das zuvor angeschnittene Thema bereitwillig auf sich beruhen. Er musste ohnehin zuerst in Erfahrung bringen, was aus Meret, Uni und dem erstaunlichen jungen Seher geworden war. Gut möglich, dass alle drei tot waren, umgebracht von den Nomaden; aber das war keineswegs sicher. Alles zu seiner Zeit, dachte Madir. Fürs Erste musste eine Strategie entwickelt und das Reich neu aufgebaut werden. Dafür stand ihm jetzt ein tatkräftiger, verlässlicher Mann zur Seite, der ihn unterstützen würde. Bei dem Gedanken daran fühlte er sich wieder jung.

Kapitel 19

I

Sie verließen den Hauptarm des Nils in Heliopolis und bestiegen ein größeres Schiff, auf dem sie durch die vielen Nebenarme des Deltas dem Meer entgegenfuhren. Meret stand an Bord und blickte trostlos auf die Olivenbäume und Dattelpalmen, an denen sie vorüberkamen. Sie fuhren ungefähr nach Nordwesten. Natürlich ... Sie hätte es sich gleich denken können! Bald würden sie durch die Gegend kommen, wo sie zur Welt gekommen war. Wenn sie den Arm wählten, der am schnellsten floss, würden sie bald durch Tanis kommen.

Doch nein, so weit würden sie nie kommen. Das Schiff würde bestimmt Avaris anlaufen, die neue von den Nomaden errichtete Hauptstadt. Das hatte sie in Heliopolis einem Gespräch zwischen dem Kapitän und dem Maat entnommen.

Es war eine eigenartige Heimkehr nach so vielen Jahren. Ehe die Nomaden gekommen waren, war sie die verwöhnte Tochter eines wohlhabenden Magistrats gewesen. Eine palastartige Villa war ihr Zuhause, ihr Erbe eine florierende Schule für Schreiber und Gelehrte sowie Landbesitz, viele Tagesmärsche weit. Die Erträge dieses Landes hätten eine ganze Armee ernähren können. Jetzt kehrte sie in eine Gegend zurück, in der sich niemand an den Namen ihres Vaters erinnerte und in dem sie nichts besaß, absolut nichts, nicht einmal den geliebten Ehemann und die Kinder. Statt etwas zu besitzen, war sie selbst zum Besitz geworden – eine Sklavin. Sie war eine Sklavin der Nomaden.

Meret schloss die Augen; Tränen rollten ihr über die Wangen. Sie presste die Lippen aufeinander und versuchte, die dunklen Gedanken zu verdrängen. Von jetzt an war es besser, die Vergangenheit zu vergessen und nur in der Gegenwart zu leben. Nur so würde sie nicht den Verstand verlieren.

Eine weiche Männerstimme unterbrach ihre Gedanken. »Ihr denkt wieder an früher?«

Sie öffnete die Augen und wischte die Tränen fort. Neben ihr stand der junge Mann, der gemeinsam mit ihr aus dem Gefängnis in Memphis befreit worden war. Er hatte freundliche Augen und wirkte ruhig und ausgeglichen. Wie hieß er nur gleich? Jussuf oder so ähnlich? Er hatte einen fremd klingenden Namen, aber er sprach nur einen leichten, kaum merkbaren Akzent. Sicher stammte er aus einer vornehmen Familie, obwohl er aus einem fremden Land kam. Das war für einen Sklaven nicht ungewöhnlich. Sie kamen von überall und aus den unterschiedlichsten Lebenssituationen. Jemand hatte von dem jungen Mann hier behauptet, er sei der Sohn eines Königs. Und jetzt war er Sklave, so wie sie auch! Meret seufzte. »Ihr habt Recht, ich habe an die Vergangenheit gedacht. Es ist nicht leicht zu vergessen.«

»Warum wollt Ihr vergessen?«, fragte der junge Mann.

Wie hieß er wirklich? Ach ja! Joseph.

»Bei meinem Volk ist es Tradition, sich zu erinnern«, fuhr er fort. »Wir erinnern uns an alles. Bei uns heißt es, dass die Toten so lange unter den Lebenden weilen, solange man sich ihrer erinnert. Wenn ich das Heim, das ich verlassen habe, vergesse, wie kann ich hoffen, je wieder dorthin zurückzukehren?«

»Aber es tut so weh. Ich habe kleine Kinder zurückgelassen und einen Mann, der mich liebt und der mich braucht.« Sie hielt inne und sah sich hastig um, ehe sie flüsternd fortfuhr: »Vergesst, was ich gesagt habe. Bis jetzt wissen die Nomaden anscheinend noch nicht, wer ich bin. Ich möchte, dass es möglichst so bleibt.«

Joseph nickte nachdenklich. »Vielleicht sollte ich das Uni sagen. Obwohl ich den Eindruck habe, dass er derzeit nicht sehr gesprächig ist. Euer Ehemann ist demnach ein für die Ägypter wichtiger Mann? Könnten die Nomaden ihn vielleicht dazu zwingen, sein Volk zu verraten, wenn sie wüssten, dass Ihr seine Frau seid?«

Meret sah sich wieder vorsichtig um. »So ähnlich ist es. Aber tut mir einen Gefallen: Vergesst es bitte!« Erstaunt fuhr sie fort. »Ihr müsst wirklich ein Hellseher sein! Ich habe gehört, wie jemand das behauptet hat.« Verbittert fügte sie hinzu: »Sagt mir, hellseherischer Freund: Werde ich je wieder nach Hause zurückkehren? Werde ich meine Kinder wieder sehen?« Ihre Stimme brach und sie unterdrückte ein Schluchzen.

»Ich weiß es nicht«, antwortete Joseph ernst. »Der Gott meiner Väter gewährt mir den Blick in die Zukunft; ich kann ihn nicht erzwingen.« Er lehnte am Schiffsgeländer und blickte über das vorüberziehende ferne Ufer. »Ich durfte einen Blick auf meine eigene Zukunft tun«, fuhr er fort. »Ich träumte etwas von Rindern, einer großen Herde Rinder. Manche waren wohlgenährt, andere waren mager. Das hatte bestimmt eine Bedeutung, nur kenne ich sie noch nicht. Manchmal ist eine Reihe von Träumen notwendig, bis der erste Traum Sinn macht. Eines weiß ich mit Sicherheit.«

Meret sah ihn fragend an.

»Ich werde nicht mehr lange Sklave sein. Man wird mich bald freilassen. Danach beginnt mein Aufstieg. Nach geraumer Zeit wird im ganzen Königreich nur einer über mir stehen. Sogar er wird vor jeder Unternehmung mein Wort zu Rate ziehen.« Joseph sprach mit beunruhigender Sicherheit.

Meret betrachtete ihn prüfend. Er hatte einen kräftigen, schlanken jungen Körper, einen langen Hals und eine aufrechte Haltung. Joseph trug einen einfachen kurzen Schurz und Sandalen aus Papyrus. Seine Haare hatten einen deutlich rötlichen Schimmer und seine dunklen Augen waren ernst auf sie gerichtet. Seine Worte klangen beinahe kindisch – Wunschdenken der närrischsten Art, dachte Meret. Doch sie brachte die scheltenden Worte nicht über die Lippen, die ihr auf der Zunge lagen. Vielleicht besaß er tatsächlich seherische Kräfte. Vielleicht hatte sein namenloser Gott tatsächlich auf eine unbegreifliche Art mit ihm gesprochen. Vielleicht erwiesen sich seine Worte letztendlich als richtig. Mit Sicherheit sah er aus wie ein Mann, der es weit bringen würde in der Welt.

Dann ärgerte sie sich über ihre eigenen Gedanken und wandte sich ab. Was für ein Unsinn! Das war bestimmt nichts anderes als die Angeberei eines unerfahrenen jungen Mannes. Leeres Gerede, das ihm die nackten Tatsachen des Lebens bald austreiben würden. Die Nomaden ließen schließlich nur ihr eigenes Volk gelten; Menschen anderer Herkunft zählten nicht viel mehr als Rinder. Warum sollten sie diesen jungen Fremden freilassen und ihm Gelegenheit zum Aufstieg geben? Warum sollte er ein gnädigeres Schicksal haben als sie oder tausend andere

Sklaven, die sich in der Gewalt dieser unumschränkten Herrscher befanden?

»Ich sehe, Ihr glaubt mir nicht«, begann Joseph aufs Neue. »Ich verstehe. Ich würde auch nicht an meine Gabe glauben, hätte sie sich nicht schon so oft als wahr erwiesen. Manche Menschen lehnen sie ab. Manche hassen mich sogar deswegen. Meine Brüder haben mich deshalb gehasst und mich in die Sklaverei verkauft. Aber ich verstehe ihren Zorn und ihre Eifersucht und vergebe ihnen. Eines Tages werde ich Gelegenheit haben, ihnen das persönlich zu sagen. Auch das weiß ich so sicher, wie ich hier stehe. Ich weiß auch ...«

Seine Worte verklangen. Meret sah ihn scharf an; sie war entsetzt: Stocksteif stand er da, mit verdrehten Augen und offenem Mund, und seine Hände am Geländer begannen unkontrolliert zu zittern.

Im ersten Augenblick war Meret zu Tode erschrocken, dann begriff sie, dass er eine Art Krampf hatte, wie es bei Menschen vorkam, die krank waren. Sie versuchte ihn festzuhalten. Sein Körper fühlte sich steif wie ein Leichnam an. Sein Atem ging stoßweise; die Augen hinter den geschlossenen Lidern bewegten sich.

Vom hinteren Ende des Schiffs brüllte ein Wachposten der Nomaden in gebrochenem Ägyptisch: »Du! Verschwinde! Nicht angreifen!«

»Er hat einen Anfall!«, antwortete Meret und versuchte Josephs verkrampfte Hände vom Geländer zu lösen. »Ich habe Angst, dass er sich verletzt.«

In diesem Augenblick entspannte sich Josephs Körper und er stürzte beinahe zu Boden. Meret stützte ihn, bis er seine Beine wieder unter Kontrolle hatte und aufrecht stehen konnte. »Ich ... Wo bin ich? Wer seid Ihr?« Er schüttelte den Kopf und versuchte klar zu denken. »Ach ja! Ich bin auf dem Schiff, und wir fahren flussabwärts. Und Ihr seid die Frau von dem blinden Mann, der ...«

»Pst!« Sie legte ihm die Hand auf den Mund. »Ich weiß nicht, wieso Ihr das wisst, aber redet nicht darüber!«

Wieder brüllte ihnen der Nomade eine Warnung zu. Joseph löste ihre Finger von seinem Mund und gab ihr zu verstehen, sie möge zurücktreten, um den Posten nicht weiter zu verärgern. »Macht Euch keine Sorgen«, sagte er. »Er kann uns nicht hören. Und ich werde nichts erzählen. Aber ich erinnere mich allmählich. Was soeben geschehen ist ... So ist es, wenn ich eine Vision habe.«

»Das habe ich vermutet«, meinte Meret, immer noch besorgt. »Seid Ihr sicher, dass alles in Ordnung ist?«

»Ja. Ihr heißt Meret, nicht wahr? Ich habe Euch zusammen mit Euren Kindern gesehen. In meiner Vision. Ihr und der blinde Mann, Euer Ehemann und die beiden Kinder, der Junge und das Mädchen.«

»Der Junge und das Mädchen? Wie könnt Ihr das wissen?«

»Sie sind Zwillinge, stimmt es?«

»Ja! Aber wieso ...? Niemand weiß das außer ...«

Joseph fuhr fort, als hätte sie nichts gesagt: »Ich habe Euch alle vier gesehen. Der Junge und das Mädchen waren bereits so groß, wie Ihr seid. Sie waren kräftig und gesund. Das Mädchen war beinahe so kräftig wie der Junge. Dann habe ich ... danach war der Vater nicht mehr da. Aber an seiner Stelle sah ich andere. Ein Mann war dabei. Hat Euer Ehemann Verwandte? Einen jungen Mann, kräftig gebaut mit gelockten Haaren?«

Meret runzelte die Stirn. »Hadad? Der Bruder meines Mannes? Aber er ist tot. Vor Jahren, als ich noch ein Kind war ...«

»Ja! Aber er hatte einen Sohn! Und dieser Sohn ist von Kanaan hierher gekommen, um ... um ...« Joseph konnte plötzlich selbst nicht fassen, was er da sagte. »Ihr werdet das jetzt nicht glauben, Meret, aber ...«

»Du!«, brüllte der Wachposten wieder. »Ich sage, Sklaven nicht anfassen! Seemann! Bring Sklaven hinunter! An verschiedene Enden von Schiff!«

Jemand packte Meret und führte sie ans hintere Ende des Schiffs. Ein zweiter Seemann zerrte Joseph zur vorderen Luke und stieß ihn hinunter. »Joseph!«, rief Meret ihm nach. »Vergesst mich nicht! Wenn Ihr an die Macht kommt, vergesst mich nicht!«

Joseph widersetzte sich nicht dem harten Griff des Seemanns. Er lächelte ihr noch ein letztes Mal zu und rief: »Ihr seht sie wieder!«

Der Matrose presste ihm grob die Hände auf den Mund. Merets Gewand war in Unordnung geraten; sie trat mit den bloßen Füßen um sich und wurde schließlich durch die Luke nach unten in die Dunkelheit unter Deck gestoßen. Das Letzte, was sie hörte, ehe der Deckel über ihr zufiel, war der einsame Schrei einer Möwe hoch oben am Himmel.

Die Sonne war schon vor Stunden untergegangen, aber mit dem vollen Mond im Osten war es am Berghang, wo die Zelte standen, beinahe so hell wie in der Morgendämmerung. Das Feuer war verloschen, nur die Reste der Glut glommen noch rot in der Asche. Von unten fiel ein Lichtschein auf das bärtige Gesicht des Geschichtenerzählers und ließ es für einen Augenblick dämonisch erscheinen. Er machte eine Pause und blickte mit weit aufgerissenen Augen ins Leere.

Dann richtete sich die magere Gestalt auf und reckte sich in die Höhe. Der Geschichtenerzähler machte eine weit ausholende Armbewegung und ergriff noch einmal das Wort.

»Jetzt geht zu euren Zelten, meine Kinder, und schlaft. Morgen werde ich wiederkommen. Dann werde ich euch vom Aufstieg Josephs erzählen, des Sohns Jakobs. Er kam zu großer Macht im Lande Ägypten. Ihr werdet erfahren, wie der verachtete Sklave Wesir des großen Pharaos von Ägypten wurde, wie er das Land vor dem Hunger rettete, der über das Reich hereinbrach, und wie er seinen Vater Jakob und seine Brüder, die ihn in die Sklaverei verkauft hatten, nach Ägypten brachte.

Ihr werdet von der schönen Meret hören, von ihrem langen Kampf um die Freiheit, wie es ihr gelang, zu entkommen und zu ihrer Familie zurückzukehren. Ihr werdet auch erfahren, wie der blinde Schobai sich um die Ausbildung seiner beiden Kinder kümmerte, des Jungen und des Mädchens in gleicher Weise. Auch sorgte er dafür, dass Ben-Hadad, der Sohn seines Bruders, das alte Handwerk der Kinder des Löwen erlernte. Er lehrte alle drei, Waffen anzufertigen, um Frieden zu bringen in die Roten und die Schwarzen Provinzen …

Ihr werdet auch von Akilleus hören, dem schwarzen Riesen, dem stärksten aller Männer, wie er aus dem Land seiner Vorväter zurückkehrte, um in Kusch sein eigenes Königreich zu errichten und dem geplagten Land am Großen Fluss Frieden zu bringen, wenn auch nur für kurze Zeit.«

Ein vielstimmiger Seufzer entrang sich der Menge, aber der alte Mann hob noch einmal die Hand. »Ihr sollt auch Schlimmes hören. Betrug und Verrat machten sich unter den Kämpfern für die Freiheit breit und entfachten aufs Neue den Bruderkampf, sogar als die gefürchtete Hungersnot das Land bedrohte.«

»Erzählt jetzt!«, ließ sich eine junge Stimme vernehmen.

Aber der alte Mann legte seine Hände zusammen, verbeugte sich und zog sich in den Schatten der Berge zurück. »Morgen«, sagte er. »Morgen …«